LA MORT EN TÊTE

Sire Cédric

LA MORT EN TÊTE

ÉDITIONS FRANCE LOISIRS

Édition du Club France Loisirs,
avec l'autorisation des Éditions Le Pré aux Clercs

Éditions France Loisirs
123, boulevard de Grenelle, Paris
www.franceloisirs.com

Site de l'auteur : www.sire-cedric.com

ISBN : 978-2-298-08844-1

Ô dangereusement de son regard la proie !

Paul Valéry, *La Jeune Parque*

I

La rencontre

1

Drancy, Seine-Saint-Denis

Dorian Barbarossa filme le démon.

Sur l'écran de sa caméra brillent les cierges disposés partout dans la pièce, incongrus sur les meubles Ikea, à côté des jouets et des piles de bandes dessinées. Le halo tremblotant de ces candélabres illumine une tapisserie verte délavée sur laquelle sont affichés plusieurs posters de Spiderman et de Superman.

Une chambre d'enfant.

C'est ici que le démon a élu domicile, et maintenant ils sont tous en enfer.

L'enfer pue l'encens, la sueur âcre. L'enfer est bruyant. Il y a les cris. Beaucoup de cris. Des secousses, des râles, des gémissements. Puis davantage de hurlements et de spasmes, de coups de pied au hasard. Ce sont des sons inhumains, changeants, tantôt rauques et fatigués, tantôt aigus et rageurs, perçants comme des dagues, et il en vient toujours d'autres, par vagues, par assauts successifs.

Le garçon sur le lit refuse de se calmer. Il tressaute, se tord, se noue, se déplie en vaines tentatives de se libérer de l'étreinte de son oncle et de sa tante, qui peinent à le maintenir allongé.

Alors le garçon continue de crier et de crier. De vomir des insanités, des insultes, avec une sauvagerie stupéfiante, les traits convulsés, de la mousse débordant aux commissures de sa bouche.

Pour couvrir ces hurlements, le prêtre posté au-dessus de l'enfant doit crier autant que lui, vociférer de toutes ses forces tout en brandissant sa grande croix dorée.

— Je te conjure, Satan, qui trompes le genre humain ! Reconnais l'Esprit de la vérité et de la grâce, qui repousse tes embuscades et embrouille tes mensonges ! Va-t'en de cet humain créé par Dieu !

La voix du vieil homme tremble. Son timbre s'éraille, se perd. Le prêtre continue pourtant, même si le garçon dans le lit hurle plus fort que lui. Le garçon n'est plus que ça, un hurlement, un son de rage et d'impuissance, qui fait vibrer tout son corps, tout le lit et toute la pièce.

Un démon déchaîné.

Il se débat, mord, crache.

Seuls les bras de son oncle et de sa tante l'empêchent de bouger. À deux, ils maintiennent l'enfant couché sur son lit, mais ce n'est pas une mince affaire.

— Léo, supplie sa tante, ses yeux emplis de larmes. S'il te plaît…

— Mon Dieu, murmure son oncle. Oh, mon Dieu. Mon Dieu… je vous en prie…

L'enfant réussit à libérer son bras droit. Il gifle sa tante à la volée. L'instant suivant, son oncle lui attrape le poignet et le ramène sur le matelas, lui tordant à moitié l'épaule. Il écrase le torse du garçon pour l'immobiliser.

— Oh, Dieu, continue de sangloter l'homme tout en appuyant de tout son poids. Dieu… Mon Dieu…

— Au nom du Père, du Fils et du Saint-Esprit, répète inlassablement le prêtre exorciste. Quitte le corps de cet enfant, démon ! Laisse cette créature de Dieu !

Il se penche et presse la croix sur le visage du garçon.

— Laisse cette créature de Dieu, elle ne t'appartient pas ! Laisse Léo maintenant !

Le garçon est secoué par un violent hoquet. Puis par un autre.

Puis il hurle de plus belle. De ses cris suraigus et inhumains qui semblent capables de fissurer les miroirs tant ils sont perçants.

En gros plan.

La caméra de Dorian Barbarossa ne perd pas une miette du spectacle.

Tout se déroule comme il s'y attendait.

Le journaliste se déplace d'un pas précautionneux pour mieux cadrer le visage congestionné et écumant.

2

Il filme tout.

Il enregistre tout.

Avec un soin maniaque.

Dorian Barbarossa fait ce métier depuis plusieurs années et il le fait bien. On peut même dire qu'il le fait mieux que la plupart de ses collègues. Son secret est simple. Il n'a peur de rien. Personne n'a encore jamais réussi à l'arrêter. Alors il ose ce qu'aucun d'entre eux n'osera jamais.

C'est la vie qu'il a choisie. Le risque l'attire comme un aimant.

Chaque fois un peu plus près des flammes…

Sa caméra numérique tient dans sa main. C'est un outil de travail extrêmement pratique, miniaturisé, qui peut être brandi à bout de bras sans effort. Le micro directionnel y est intégré. En outre, ses images sont d'aussi bonne qualité que celles des caméras de télévision habituellement utilisées pour les reportages et que l'on doit porter à l'épaule ou placer sur un pied. Ces gros engins sont bien trop lourds à son goût, pas assez maniables pour ses besoins. Il veut pouvoir emporter sa caméra partout et sans gêne, que ce soit au cœur des favelas de Rio, dans les ruelles de l'Alfama de Lisbonne, ou – comme ce soir – au fond d'un lotissement de banlieue parisienne, chez de pauvres gens persuadés que leur neveu est possédé par un démon.

Les imbéciles.

Si seulement ils comprenaient à quel point ils sont les dindons de la farce.

Le journaliste sourit, rivé à l'écran lumineux de la caméra, attentif à son cadrage.

Il fait son travail, oui.

Il capture le visage du démon en gros plan.

L'encens commence à lui faire tourner la tête. À moins que ce ne soient les plaintes et les gémissements continus ? Cela fait plus de deux heures que dure ce cirque absurde. Il ne montre aucun signe de fatigue. Barbarossa lève sa caméra de la main gauche tout en contournant le lit. La netteté automatique peine à suivre. L'image se stabilise de nouveau. Pour un instant seulement. Ses gestes sont trop brusques. Cela n'est pas un problème. Bien au contraire. Les mouvements saccadés renforcent l'impression de proximité de la vidéo, lui donnent un effet de réalisme, comme s'il s'agissait d'une caméra cachée. Les spectateurs sont friands de ce genre de choses. Le grain du réel, c'est toute la spécialité de son émission.

Sur le lit, l'enfant se met à tousser.

Puis hurle encore.

Le prêtre continue de psalmodier ses prières hypnotiques.

Le journaliste zoome, tout doucement.

Il avait espéré du spectaculaire. Il est comblé. Ce sont les images les plus fortes qu'il ait enregistrées jusqu'ici. Et des exorcismes, il en a vu. D'un bout à l'autre du monde, dans les sectes qui fleurissent un peu partout.

En toute impunité…

Une esquisse de sourire se dessine au coin de ses lèvres.

Gros plan. Le visage du garçon, agité de spasmes, déformé par une rage absolue. La bave mousse aux coins de sa bouche. Ses yeux, maintenant révulsés, palpitent comme s'ils étaient sur le point d'exploser, à n'importe quel moment. Le visage de cet enfant est émacié, sa peau d'une pâleur mortelle. Il fait réellement peur à voir.

Ses hurlements fissurent tout.

Le regard du journaliste reste froid. Sa joie glacée. Invisible.

Il tourne la caméra vers le prêtre, plié comme un saule pleureur au-dessus du lit. L'homme semble en transe lui aussi.

— Retire-toi, Satan ! vocifère le père Guillaume pour la centième fois peut-être, sa voix dérapant dans les aigus et manquant une syllabe avant de revenir, ses cordes vocales abîmées à force de trop crier, pendant trop longtemps. Laisse ce serviteur de Dieu. Retire-toi !

Dorian Barbarossa fait un pas en arrière, lentement, puis un autre, jusqu'à appuyer son dos contre le mur et pouvoir reposer son bras tenant la caméra. *Plan d'ensemble.* Le gosse crie de plus belle. Le micro directionnel intégré à la caméra sature. L'autre prise de son, un micro voix posé sur un meuble, fait de même, Dorian voit que le curseur de la console ne sort pas de la zone rouge. Cela aurait ennuyé n'importe quel autre journaliste, mais, bien sûr, il n'est pas un journaliste ordinaire. Pour l'émission qu'il dirige, il s'agit d'une très bonne chose. Le résultat sera plus racoleur. Il y aura le grain *gonzo*, une bande-son outrancière, du voyeurisme à l'état pur. Le directeur de la chaîne, Matheo Durand, va probablement détester. Les spectateurs, eux, vont adorer. Et au final, ce bon vieux Matheo devra convenir qu'il adore voir ces idiots adorer. C'est ainsi que cela se passe. Il le félicitera pour la qualité de son travail, un peu, et pour ses records d'audience, beaucoup. Barbarossa, quant à lui, aura eu précisément ce qu'il souhaite. Une nouvelle fois.

L'anticipation gonfle déjà son cœur.

Le fait battre un peu plus vite.

— Au nom du Père, du Fils et du Saint-Esprit, psalmodie le prêtre. Retire-toi par la foi et la prière de l'Église, démon !

Zoom sur le prêtre. *Gros plan.* Le père Guillaume a tout juste la soixantaine, mais son apparence lui donne quinze ans de plus. Un vieillard maigre comme un clou. Il est entièrement chauve, et son crâne est fripé et taché, lui donnant l'air d'un ancien skinhead déliquescent, les tatouages en moins. Ses yeux sont injectés de sang. Plié en deux au-dessus du lit, sa croix brandie à bout de bras, il tremble de tous ses membres. Il déclame ses prières, vibrant et rougeaud, même si la fatigue commence peu à peu à altérer sa diction et que sa voix dérape de plus en plus fréquemment.

— Je te conjure, Satan, ennemi du salut des hommes ! Reconnais la justice et la bonté de Dieu le Père, qui, par son juste jugement, a condamné ton orgueil et ton envie ! Quitte ce serviteur de Dieu !

Dorian Barbarossa enregistre tout.

Soigneusement. Méticuleusement.

Il tourne la caméra vers l'enfant, maintenu sur le lit, sous l'ombre gesticulante et imprécatrice du vieil homme. Le petit Léo continue de hurler comme si son corps entier était en feu. Il s'agite et se tord de droite à gauche. En vain.

Zoom sur le visage de l'enfant à nouveau. *Gros plan.* À force de chercher à mordre, il s'est déchiré les lèvres et semble avoir été badigeonné d'un maquillage de sang. Le garçon donne des coups, se cambre jusqu'à se démettre les os, mais il est secoué presque autant par son oncle et sa tante, qui semblent eux-mêmes en transe, dopés à la mélopée que débite le prêtre. Pour ces gens, le diable est réel, le diable vit avec eux depuis des mois, dans le corps de cet enfant, et ils sont prêts à toutes les extrémités pour en débarrasser leur maison.

Barbarossa ne pouvait rêver d'un meilleur scénario.

Dans sa main droite, il tend le micro voix pour saisir davantage de gémissements et de pleurs.

Quand l'enfant est secoué par un monumental haut-le-cœur, il sent la chose arriver, et, mû par réflexe, il recule d'un pas, tout en prenant soin de conserver son cadrage.

L'instant suivant, le garçon se met à vomir à longs traits jaunes sur sa tante et son oncle.

— Satan, laisse ce serviteur de Dieu ! répète le père Guillaume, insensible à la bile qui macule maintenant sa veste. Léo ne t'appartient pas ! Il ne sera jamais à toi ! Quitte son corps maintenant !

L'enfant tousse, crache. Les mains de son oncle qui le maintiennent plaqué sur le lit ne le laissent pas reprendre sa respiration, mais personne ne s'en aperçoit.

Personne, sauf Barbarossa.

Qui continue de filmer.

Le regard froid.

Le sourire figé.

3

Paris,
XXe arrondissement

Installée sur le canapé du salon, la femme aux cheveux blancs soupira.

— Quelque chose ne va pas, murmura-t-elle d'une voix légèrement éraillée. Je ne sais pas ce que c'est, mais c'est dans l'air…

Cela la tracassait depuis un moment. Elle avait beau réfléchir, elle n'arrivait pas à comprendre de quoi il s'agissait. Cela l'irritait d'autant plus.

Elle cligna ses yeux écarlates. Alors que le soir tombait, la lumière rasante du crépuscule passait par la fenêtre située juste en face d'elle et l'éblouissait. Elle piocha ses lunettes noires devant elle, les glissa sur son nez, couvrant ainsi son regard fragile d'albinos. Eva Svärta soupira de nouveau. Elle se sentait somnolente. Encore. Elle avait envie d'un verre d'alcool. Ou d'amphétamines. Mais elle savait qu'elle ne prendrait ni l'un ni l'autre. Hors de question. Elle se l'était promis. Elle y était bien obligée. Elle s'y tiendrait quoi qu'il arrive.

Pendant neuf mois, elle ne ferait aucun écart. Pas une seule fois.

Elle posa ses mains sur son ventre. La bosse qu'il était en train de devenir s'était encore arrondie. Elle avait beaucoup trop chaud. Il lui semblait que ce mois d'août était le plus étouffant qu'elle ait connu de sa vie. Presque 10 heures du soir et la température ne semblait toujours pas décidée à baisser. Elle déboutonna sa chemise, collée à sa peau par sa transpiration. Elle s'éventa avec un magazine, en vain. L'air était lourd et moite.

Son compagnon passa la tête dans l'encadrement de la cuisine.

— Un problème, chaton ?

Il était mal peigné, un peu hirsute, comme toujours. Son visage brut, lacéré de vieilles cicatrices, avait la dureté du roc. Pourtant, quand Alexandre Vauvert posait ses yeux sur elle, ses traits s'illuminaient, il reprenait la douceur d'un enfant, malgré ses deux mètres de haut et son impressionnante carrure.

— J'ai horreur que tu m'appelles comme ça, éluda-t-elle.

— Mais encore ?

Il pencha la tête sur le côté, et Eva se sentit fondre entièrement. Elle ne pouvait s'empêcher de le trouver beau, à sa manière si particulière, de cette beauté animale faite de dangerosité et de gentillesse. Et ce regard. Les yeux d'Alexandre semblaient pouvoir lire au plus profond de votre âme. Elle s'éventa de plus belle.

— Alors ? insista-t-il, appuyé dans l'encadrement de la porte, ses biceps tendant le tissu de son teeshirt. Allez, vide ton sac.

— Que veux-tu que je te dise, Alexandre ? Je ne sais pas ce qui ne va pas. J'ai un mauvais pressentiment, je n'arrive pas à penser à autre chose. C'est idiot, non ?

— Tu es une boule de stress. Mais c'est normal, tu sais.

— Quoi ?

— Ne dis pas le contraire. Ce genre de choses… ça fait toujours partie des symptômes…

Eva secoua la tête. Une mèche de cheveux tomba devant ses lunettes, sur son petit nez. Elle la repoussa de son visage, glissant les longues boucles blanches derrière son oreille, et réajusta les verres noirs du bout de son index.

— Ce genre de choses ? ironisa-t-elle. Ça y est, tu es devenu gynécologue, maintenant ?

— Tout le monde sait ça ! dit-il en disparaissant de nouveau dans la cuisine. Les sautes d'humeur font partie des symptômes tout à fait normaux…

— N'importe quoi, souffla-t-elle, de mauvaise grâce.

Bien sûr, elle savait qu'il avait raison. Elle avait échappé aux vomissements, aux maux de tête et au reste des désagréments habituels de la grossesse, mais son moral faisait des bonds d'un extrême à l'autre. Un instant elle se sentait euphorique, et le suivant elle avait envie de démolir le monde entier. C'était plus fort qu'elle. Quels que soient ses efforts pour se contrôler, elle devenait sans cesse plus irritable, à tel point qu'elle se demandait comment Alexandre faisait pour la supporter. Elle savait aussi qu'elle avait de la chance de l'avoir, lui, après tout ce qu'elle avait traversé dans sa vie ces dernières années.

Elle fit de nouveau glisser ses mains sur son ventre arrondi.

Elle songea que cela faisait presque quatre mois qu'elle était enceinte.

Seulement quatre mois.

La délivrance semblait à des années-lumière d'elle.

Pire, chaque fois qu'elle tentait de se projeter dans le futur, elle ne ressentait qu'une peur irrationnelle. Elle avait donc cessé d'y penser. Ou en tout cas, c'était ce qu'elle se disait.

— Je ne suis pas stressée, ajouta-t-elle d'une petite voix, sur un ton presque coupable. Je meurs de chaud, voilà tout !

— Ouais ! Et moi je suis Lana Del Rey ! minauda Vauvert dans la cuisine. (Il prit une voix exagérément nasillarde.) Elvis est mon papa, Marilyn est ma maman…

— Par pitié, ne chante pas ! lui lança-t-elle en réprimant, cette fois, un vrai sourire.

Elle entendit son rire résonner dans la cuisine, fort et clair, et elle réalisa à quel point cela lui faisait du bien. À quel point elle avait besoin de la présence de cet homme, de ce rocher inébranlable à ses côtés. C'était son absence durant toute la semaine qui lui était intolérable. On disait qu'être enceinte aide à grandir, mais dans son cas c'était l'inverse qui se produisait. Elle avait l'impression de revivre une adolescence. Une adolescence dont on l'avait privée à l'époque, et dont elle pouvait jouir maintenant, à trente-trois ans. Elle devait reconnaître que ce n'était pas une sensation désagréable, loin de là. Cela tenait certaines peurs à distance. Pour la première fois depuis fort longtemps… et *cela*, c'était inespéré.

— Bon, tu as peut-être raison, concéda-t-elle. Je me fais du mouron pour rien. C'est parce que les week-ends avec toi semblent si courts…

— À qui le dis-tu ! Mais pour l'instant nous n'avons pas le choix. Faire l'aller et retour chaque week-end ne me dérange pas. Ensuite… on verra bien comment se présentent les choses, non ?

Eva hocha la tête pour elle-même. Quand Alexandre parlait de leur avenir, tout semblait toujours si simple. Alors que dans sa tête à elle, rien ne l'était jamais. Au final, il disait vrai : ils n'avaient pas le choix. Il n'était pas envisageable, pour l'un comme pour l'autre, de quitter leur emploi. Ils étaient identiques, en cela comme en tout.

Tous deux étaient policiers. Tous deux avaient voué leur vie à ce métier. Même leur rencontre avait eu lieu au cours d'une enquête, trois ans auparavant. Alexandre Vauvert était commandant au SRPJ de Toulouse, où il dirigeait son propre groupe, tandis qu'elle était affectée à la brigade criminelle de Paris. Deux villes séparées de sept cents kilomètres. Deux quotidiens dévorants qui ne laissaient pas la place à une relation à distance. Et pourtant… il y avait eu ça. Il y avait eu *eux*. Malgré les obstacles. Malgré son propre refus, au début. Ils avaient pu vivre ça. Le destin. Le bonheur. Enfin.

Quand elle était tombée enceinte, sans le prévoir, sans s'y attendre un seul instant, ils ne s'étaient même pas posé de question. Tout avait semblé naturel, il leur suffirait d'adapter leurs priorités et…

de voir venir, comme le disait toujours Alexandre. Il avait raison. Leur liaison ne changeait finalement rien à qui ils étaient, l'un et l'autre. Des flics mariés à leur boulot, deux drogués à l'adrénaline. Elle avait demandé sa mutation à Toulouse, sachant que cela prendrait peut-être des années avant que cette requête puisse être validée. En attendant, Alexandre prenait l'avion chaque vendredi pour la rejoindre à Paris, et repartait dans le Sud tous les lundis à la première heure, retrouver ses enquêtes, ses propres bains de sang et ses drames à lui. Et étrangement cela fonctionnait. Jusqu'ici. Cela fonctionnait même à merveille.

Elle se demanda combien d'hommes auraient été prêts à vivre ainsi. Pour elle. Sans doute aucun. Aucun autre que lui.

— En tout cas, on n'a pas été dérangés de la journée ! lui lança-t-il depuis la cuisine.

— En effet, soupira-t-elle. Personne ne s'est encore fait tuer ce week-end.

Le regard de la policière voleta jusqu'à son arme de service posée sur le secrétaire, à l'autre bout de la pièce. Prête à être glissée dans son sac.

Le téléphone mobile était posé à côté.

On était dimanche, mais elle demeurait l'officier de permanence, au cas où quelque chose se produirait.

— Je vois ! se moqua son compagnon. C'est ça qui te manque, hein ? Une bonne fusillade ? Tu t'ennuies déjà avec moi, avoue…

— Qu'est-ce que tu es bête ! pouffa-t-elle.

Mais elle ne quitta pas le téléphone des yeux.

Toujours aussi inquiète, sans savoir pourquoi.

4

Drancy, Seine-Saint-Denis

— Il faut qu'il boive maintenant, ordonne le prêtre, haletant.

La tante laisse son époux maîtriser l'enfant et récupère la bouteille d'eau bénite qui attendait par terre.

— Encore ? ne peut s'empêcher de demander Barbarossa, tendant le micro voix vers le prêtre pour ne rien manquer de sa réponse.

Le vieil homme a un sursaut perceptible. Il braque un regard noir sur la caméra, puis sur le journaliste.

— Vous ne devez pas intervenir ! Nous avons été clairs sur ce point, n'est-ce pas ? Vous risquez de mettre toute la cérémonie en péril !

Le sourire de Barbarossa s'agrandit. Un tout petit peu. Ses yeux demeurent aussi froids que de la glace.

— Mais pourquoi le faire boire autant ? insiste-t-il, sachant très bien ce qui se passe en réalité.

Exaspéré, le prêtre secoue la tête. Il reprend difficilement sa respiration.

— N'est-ce pas évident, enfin ? L'eau bénite va purifier son corps. L'esprit de Dieu va chasser le démon. Maintenant, taisez-vous !

Barbarossa hoche la tête et, cette fois, s'abstient de tout commentaire. Il a eu ce qu'il désirait. Au cours des deux dernières heures, le prêtre a fait boire l'enfant à plusieurs reprises. En tout et pour tout, il l'a forcé à ingurgiter deux bouteilles entières d'eau bénite. À présent, la tante ouvre la troisième et dernière bouteille, et l'apporte auprès du garçon. Barbarossa a remarqué que, celle-ci, le père Guillaume l'a sortie en dernier de son sac. Une fois les deux premières bouteilles déjà bues par le petit Léo. Sa forme est légèrement différente des autres. Mais, mis à part ce détail, rien ne la distingue d'une banale bouteille d'eau minérale.

— Faites-le boire, maintenant.

Le garçon se débat et geint.

— Il ne veut pas, murmure l'oncle. Il n'en peut plus…

— Il le faut. C'est la seule manière.

M. Martel se résigne. Tout en pesant sur le garçon, il lui saisit la bouche d'une main et le force à ouvrir les lèvres. L'enfant pleure. De grosses larmes. Il pousse un nouveau cri déchirant qui est une capitulation.

— Le démon qui l'habite sait que l'eau bénite est le symbole divin. C'est pour cela qu'il se révolte, explique le père Guillaume avec un regard de biais vers la caméra.

La tante ne se pose pas de question et fait couler un filet d'eau dans la gorge du garçon.

Il en recrache aussitôt une bonne partie. Il s'étouffe. Il tousse. Il cherche sa respiration et y parvient de plus en plus difficilement.

Barbarossa note tout cela intérieurement.

Mais son sourire ne change pas.

Son regard demeure de glace.

— Ce n'est pas assez ! Il faut qu'il boive ! ordonne le prêtre. Allez !

Il y a une insistance un peu trop appuyée dans sa voix.

Dorian Barbarossa sait exactement pourquoi.

Il fait un nouveau zoom sur l'enfant pour ne rien perdre de la scène. M. Martel prend la bouteille des mains de son épouse et fourre le goulot dans la bouche de leur neveu. De sa main libre, il lui pince le nez, l'empêchant de respirer tant qu'il n'aura pas bu. Et le garçon boit. Il y est bien obligé, cette fois. Il boit de longues gorgées. Le prêtre continue sa litanie. Il en appelle à Dieu et à ses anges. Il répète les mêmes phrases qu'il vocifère depuis des heures, avec une ferveur accrue.

Une telle hystérie aurait rendu dingue n'importe quelle personne normalement constituée.

Dorian Barbarossa continue de filmer avec application.

Il sait maintenant que ces images seront précieuses.

Parce que ce sera son meilleur reportage.

Et plus encore.

Il ne peut prévenir ces imbéciles, bien sûr. Il ne peut pas leur expliquer que l'homme qui officie pour eux en se faisant passer pour un prêtre n'est en aucun cas affilié à l'Église, contrairement à ce qu'il leur a expliqué. Franck Guillaume a certes été ordonné trente ans auparavant – c'est bien la seule bribe de vérité dans son discours –, mais il a été contraint de quitter les ordres à la suite d'une sordide histoire de mœurs. Cela fait vingt ans que le bonhomme a rejoint l'Église de la Fraternité de

Nazareth, qui n'est en aucun cas reconnue par le Vatican. Il n'a ni lieu de culte attitré, ni le droit de pratiquer le moindre rituel de l'Église romaine. En un mot, c'est un escroc. Il exploite simplement la crédulité des gens, prêt à tout pour leur soutirer de l'argent. *Beaucoup d'argent*. Les personnes à qui il propose ses services sont faibles, bien sûr. Aucune n'ira jamais vérifier ses affabulations quand il prétend s'occuper d'une paroisse en région parisienne, ou qu'il est missionné par le Vatican pour pratiquer l'exorcisme.

Sa carrière est bientôt terminée, même s'il ne le sait pas encore.

Dorian Barbarossa va s'y employer. C'est, entre autres choses, une des raisons d'être de son émission. Et cela ne manque jamais.

Le journaliste est parcouru par un frisson délicieux.

Aucune des personnes ici présentes ne peut se douter de ce qu'il a en tête.

Il pense à son émission.

Il pense à cet enfant. Qui s'agite encore de toutes ses forces.

Ce visage émacié.

Ce visage de démon, oui. Comment ne pas croire ? Comment ne pas voir le visage de l'enfer dans cette créature convulsée et hurlante ?

Lui ne se laisse pas déstabiliser.

Il continue de filmer.

Le cœur battant de plus en plus fort à mesure qu'approche le moment.

5

Cela dure encore de longues minutes.

Le changement sur les traits du garçon a commencé. L'oncle et la tante du petit ne se rendent encore compte de rien, mais Dorian sait à quoi s'attendre. Il constate qu'il ne s'est pas trompé.

— Satan, Dieu te chasse ! déclame le père Guillaume. Répétez avec moi, que Dieu entende nos prières ! Dieu te chasse, démon, tu n'es pas le bienvenu ici !

L'oncle et la tante, galvanisés, se mettent à répéter comme il le leur indique :

— Dieu te chasse ! Dieu te chasse, démon !

Le journaliste vérifie l'heure.

Cela fait maintenant deux heures et demie que dure la mascarade.

Le spectacle va bientôt s'achever. Sur le final soigneusement préparé par ce prêtre exorciste de pacotille.

À mesure que les minutes passent, que les voix se mélangent, les mouvements de l'enfant se font plus lents. Preuve indiscutable, pour l'homme et la femme enlaçant leur neveu, que les prières sont efficaces.

Dix minutes plus tard, ils sont aphones. Ils toussent eux aussi, leurs gorges irritées par les fumées de l'encens.

Dans leurs bras l'enfant s'est enfin endormi.

Le prêtre exulte.

— Le démon est parti ! Vous le voyez ? La paix de Dieu a empli Léo ! Alléluia !

— Alléluia ! répètent l'oncle et la tante, toujours en transe. Alléluia !

Le silence revient. Enfin.

Dorian avance d'un pas. *Zoom. Gros plan.* Les visages de l'homme et de la femme sont tirés. Mais illuminés par une joie profonde. Leurs yeux se chargent de larmes de bonheur et de libération.

Déplacement sur la gauche. *Zoom* sur le visage de l'enfant immobile. Léo affiche encore un rictus, ses lèvres s'agitent sous l'effet d'un tic nerveux, mais il dort profondément. Aux dires du prêtre, le démon a été terrassé par la prière. Et c'est ce qu'il semble, en effet.

Par la prière, songe Dorian, *ou bien par le contenu de cette bouteille. Qu'y avait-il exactement dans cette eau bénite ?*

Un produit extrêmement puissant, à n'en pas douter. Une drogue capable d'assommer un cheval.

Ce n'est pas la première fois que le journaliste rencontre ce genre d'imposteur.

Il a déjà été témoin de ce stratagème, une fois, en Haïti, pratiqué par un escroc du même acabit. Tout s'était déroulé de la même manière. Le prêtre exorciste, ou du moins l'homme qui se fait passer pour tel, commence par faire boire de l'eau bénite à l'enfant supposé être possédé. Dans cette eau se trouve une drogue hallucinogène des plus puissantes, un produit qui provoque l'équivalent d'une crise d'épilepsie. La famille y voit, forcément, la preuve que le démon réagit à la tentative de l'expulser de la chair de leur enfant innocent. Le prêtre peut alors s'adonner à son lavage de cerveau, dans les vapeurs d'encens, les prières répétées encore et encore, jusqu'à les rendre dingues.

L'escroquerie repose ensuite sur un deuxième élément, tout aussi crucial.

À un certain moment, le prêtre doit administrer une nouvelle dose d'eau bénite à la victime de possession. Cette fois, c'est un sédatif que l'eau contient. Il doit être puissant, lui aussi, pour pouvoir inverser les effets de la première drogue. Un somnifère capable d'assommer n'importe qui en quelques minutes. Bien sûr, de telles drogues mettent toujours en péril la santé de la victime, mais c'est bien la dernière des préoccupations de l'escroc. L'essentiel pour lui est de provoquer une réaction spectaculaire. Un miracle artificiel.

Et l'effet est saisissant, en effet.

Il a de quoi convaincre, si on est de nature crédule.

L'homme et la femme se lèvent. Eux, oui, sont crédules. Ce sont eux qui ont demandé les services du père Guillaume, à partir de son site Internet. Ce sont eux qui ont refusé d'écouter leurs amis qui leur ont tous assuré que leur neveu est simplement en dépression, qu'il faudrait certainement le faire suivre par un médecin compétent, mais qu'il n'y a jamais rien eu de diabolique dans ses sautes d'humeur.

Eux sont persuadés du contraire. Ou plutôt, les quelques rendez-vous qu'ils ont eus avec le père

Guillaume ont achevé de les décider. Le prêtre exorciste parle bien. Il sait être terriblement convaincant.

Maintenant ils tremblent, bien que la chaleur estivale soit étouffante. Ils grelottent de fatigue, de transe encore, de joie sans limites forcément. Car leur neveu est sauvé. Il est sauvé, puisque le prêtre le leur dit.

Dans le lit, Léo ouvre la bouche et reste ainsi. Sa poitrine se soulève et s'affaisse à intervalles irréguliers. Il ne se réveille pas.

— Alors, c'est fini ? demande Mme Martel, les larmes grossissant dans ses yeux. C'est bien fini, maintenant ?

— Ce n'est jamais fini, lui répond le père Guillaume d'une voix mielleuse, en essuyant les éclaboussures de vomi sur sa veste. Quand le démon est chassé, il s'en va dans le désert, il cherche six autres démons et ensuite il revient avec eux…

La terreur emplit aussitôt le couple.

— Mais pour le moment, n'ayez aucune crainte, continue-t-il. L'enfant va dormir pendant des heures. Peut-être toute la journée de demain. C'est normal. La force de Dieu a un grand pouvoir. Les démons ne reviendront pas tout de suite. Seulement plus tard…

Dorian Barbarossa doit lutter pour ne pas sourire.

Le prêtre s'en rend compte. Il se tourne vers lui, sourcils froncés.

— Maintenant coupez ça, vous entendez ?

— Que va-t-il se passer ? lui demande le journaliste en tendant le micro vers lui.

— Arrêtez de filmer, je vous dis ! Le rituel est achevé. Vous avez vu tout ce que vous vouliez voir, n'est-ce pas ? Il faut laisser cet enfant de Dieu se reposer à présent. N'est-ce pas, Josie ?

— Heu, oui, murmure Mme Martel. Arrêtez de filmer, s'il vous plaît.

Barbarossa hoche la tête. Il éteint la caméra, puis la console de prise de son.

Il a eu tout ce qu'il désirait.

L'émission va être parfaite. Tout simplement parfaite.

Il observe l'oncle et la tante qui quittent la pièce, hagards, chancelants comme s'ils étaient ivres. Tous deux sont persuadés d'avoir assisté à un miracle et ne s'en remettent pas encore. Ils pleurent et se soutiennent mutuellement. Barbarossa surprend le regard prédateur que le prêtre pose sur eux. Quel que soit son prix, le vieil homme va pouvoir leur demander, et leur extorquer, tout ce qu'il désire. Il prétextera sans doute la pauvreté de sa paroisse qui n'existe pas, la séparation de l'Église et de l'État qui fait que les religieux n'ont droit à aucune aide financière de la part du gouvernement, il faut bien compenser par les dons des fidèles, qui sont un véritable devoir aux yeux de Dieu, et ainsi de suite. Mais ce n'est pas ce qui intéresse le journaliste. Pas encore.

En soupirant, il dépose son équipement sur le meuble à côté du lit.

— Je vous remercie, mon père.

Le prêtre le regarde de travers. Il essuie son crâne glabre avec un mouchoir à carreaux.

— Remerciez plutôt Dieu. C'est lui qui a sauvé cet enfant.

— Si vous le dites.

Barbarossa a un sourire sibyllin.

— Je vais vous demander de m'excuser quelques instants, ajoute le journaliste. Je dois aller aux toilettes. Si vous n'y voyez pas d'objection… ?

— Mais bien sûr que non, dit le père Guillaume, heureux de couper court à la discussion. Je vais quant à moi m'occuper de ces gens, ils sont encore sous le choc…

Il attend toutefois que le journaliste se soit enfermé dans la salle de bains avant de remonter le couloir, se tamponnant le visage avec son étole violette.

6

Paris,
XXe arrondissement

Alexandre Vauvert apporta enfin le plateau débordant de verres, de bols de crudités, d'olives, de dés de poulet et de fromage de brebis. Eva écarta les magazines sur la table basse pour qu'il dépose le tout dessus. Il y avait du Jack Daniels pour lui et une bouteille de Schweppes Light pour elle. Il ouvrit la bouteille et versa un filet de Schweppes dans un verre débordant de glaçons. Le soda translucide se mit à mousser et à pétiller.

L'albinos enleva ses lunettes noires. Le soleil commençait à décroître à l'horizon. Elle posa ses mains sur son ventre et grimaça.

— Je ne tiendrai pas neuf mois comme ça. Je te le dis.

— Plus que six, murmura Vauvert en lui tendant son verre.

— Cinq, rectifia-t-elle. J'arrive au quatrième mois.

— Tu vois bien. De quoi tu te plains ?

Elle sourit.

— Tu es bête.

— Non, je suis la voix de la sagesse au contraire, dit-il en s'installant à côté d'elle. Sincèrement, où est le problème ?

— Je crève de chaud, voilà le problème.

— Dans ce cas, tu devrais enlever tes vêtements…

Elle éclata de rire.

— Espèce d'idiot !

— Décidément ! Que de compliments aujourd'hui, dit-il.

Elle gloussa tout en se blottissant contre lui. Elle se sentait si petite, au contact de son corps puissant. Cela avait été ainsi dès le premier jour. Elle aimait cette sensation.

Il lui passa le verre de Schweppes. Elle approcha ses lèvres et but une gorgée hésitante.

— Bon sang, je n'aurais jamais cru que l'alcool me manquerait autant, finit-elle par soupirer. Comment peut-on boire ça sans vodka dedans ?

— Le jour de l'accouchement, je t'offrirai une bouteille de Grey Goose pour toi toute seule.

— Oh, tais-toi ! Rien que de l'imaginer, c'est une torture !

Ils éclatèrent de rire tous les deux et sirotèrent leurs verres.

— Alors ? C'était quoi ? lui demanda-t-il enfin.

— Quoi ?

Il pencha la tête sur le côté, inquisiteur.

— Ne joue pas à ça avec moi. De quel pressentiment voulais-tu parler, tout à l'heure ? Je vois bien que quelque chose te chiffonne… Tes yeux sont plus petits quand tu es contrariée.

Elle réfléchit un instant. Était-elle si transparente ? Et que pouvait-elle lui dire ? Elle ne savait toujours pas. Elle était paranoïaque, voilà tout.

— Ce n'était rien.

— Je trouve que, pour une flic, tu mens très mal.

— Oh, écoute, soupira-t-elle. Si on profitait simplement de notre fin de week-end ? Je suis désolée d'être si irritable. Mais je ne t'ai à moi que pendant quelques heures, je ne veux pas en perdre une miette.

Il sourit. Ses muscles saillirent sous son tee-shirt, tendant le tissu léger quand il se pencha sur elle pour l'embrasser.

— Une femme selon mon cœur !

Ils trinquèrent, s'embrassèrent de nouveau, et burent, lui son whisky, elle son soda.

— Rien ne nous séparera plus, tu sais. Je te le promets.

Elle lui sourit. Quand il lui disait ce genre de choses, la voix d'Alexandre changeait. Une tendresse infinie irradiait de lui.

— Personne ne peut promettre ça, Alex.

— C'est faux. *Moi*, je te le promets. S'il le fallait, je reviendrais de l'enfer pour être à tes côtés.

— Ce n'est pas une citation de film, ça ?

— Je crois que c'était dans *Conan le Barbare*.

— Ça, c'est de la culture !

Il rit. Irrésistible. Tout à elle. Pour quelques heures encore. Elle s'empressa de finir son verre et se jeta sur lui pour le couvrir de baisers, pour ne pas perdre un instant de bonheur dans ses bras.

Oui, en sa compagnie elle se sentait adolescente à nouveau, et bizarrement elle n'en avait pas honte.

Elle fit glisser ses mains sur son visage couturé, comme taillé à coups de hache. Elle embrassa le nez d'Alexandre, cassé maintes fois et qui formait désormais une ligne étrange. Il n'était pas beau, non, et pourtant il était le plus bel homme du monde. Il était simplement lui-même. Vauvert. L'homme qu'elle aimait. Il exerçait sur elle une fascination qu'elle n'avait jamais connue, avec personne d'autre. Cet homme-là était le premier avec qui elle se sentait elle-même, avec ses fantômes et ses fissures, car lui en avait autant qu'elle. Il était le premier avec qui elle pouvait réellement envisager de construire quelque chose. Un avenir, peut-être.

Pourtant, tandis qu'elle se lovait contre lui et entreprenait de lui ôter son tee-shirt pour avoir sa peau contre la sienne, alors qu'elle se noyait dans ses baisers et ses caresses de plus en plus pressantes, son regard ne cessait de voleter jusqu'au secrétaire, à l'autre bout de la pièce. Le Beretta étincelant, et le petit téléphone toujours silencieux. Dans ses yeux rouges se consumait de nouveau la flamme de l'inquiétude.

Cette sensation de danger au fond de ses tripes. Sans qu'elle n'y puisse rien.

Plus forte à chaque instant.

7

C'est maintenant.

Dorian Barbarossa s'asperge le visage d'eau et prend une longue inspiration.

Il se tient devant le lavabo de la salle de bains. Face à lui, le miroir est sale et traversé par une grande fissure, à croire que la famille Martel ne se lave pas. Le journaliste observe le reflet de son visage coupé en deux, en diagonale. Les deux moitiés de lui-même, comme légèrement décalées, ne forment pas un tout exactement normal.

Il se dit que l'image est parfaitement adéquate.

Dans sa poitrine, son cœur s'est mis à battre de plus en plus vite.

Maintenant ou jamais, se répète-t-il.

Il plonge ses mains sous le jet du robinet, et se passe davantage d'eau fraîche sur le visage. Il est prêt, oui.

Au-dessus du miroir, une ampoule nue diffuse une lumière blanche désagréable. Même ici, dans la salle de bains, l'air pue l'encens bon marché que le père Guillaume a fait brûler dans la chambre du petit.

Barbarossa ébouriffe ses cheveux noirs et drus.

De combien de temps est-ce que je dispose ? Cinq minutes ?

Il ne parvient pas à détacher son regard de ce miroir fendu. De son visage partagé en deux moitiés, si semblables, si différentes.

La fissure se superpose à la cicatrice sur son front. En fin de compte, il n'a pas besoin de ce verre brisé pour avoir les traits zébrés. Irrémédiablement.

Disons cinq minutes. Pas une de plus.

Il soupire.

Des pas dans le couloir. Une porte se referme. Il entend, étouffée, la voix du père Guillaume qui discute avec M. et Mme Martel, de l'autre côté de la maison.

Le vieil escroc est en train de les baratiner.

Barbarossa a désormais le champ libre.

Pour faire ce qu'il est venu faire.

Il sait que c'est de la folie. Qu'il risque à chaque fois de se faire prendre. Chaque fois un peu plus. Il n'y peut rien, pourtant. C'est plus fort que lui. Ce frisson. Ce feu dans sa tête.

Depuis la nuit de ses dix-sept ans. La nuit où sa vie a changé.

De cette nuit-là, il conserve cette cicatrice en zigzag sur son front.

Mais ce n'est pas la seule chose qu'il garde en lui.

Enfouie dans son crâne.

La particularité qui le rend différent. Plus intelligent. Bien supérieur à tous ces gens, oui.

Et ce besoin.

Ce besoin dévorant qui le hante. Qui guide chacun de ses gestes. Qui le pousse sans cesse à braver l'impossible. À vivre ce que nul autre humain ne peut vivre. Et à s'en sortir, à chaque fois, plus fort encore.

Son sourire revient. Son sourire de glace.

Cinq minutes.

Maintenant.

Il sort les gants en latex de sa poche et les enfile consciencieusement.

8

La chambre est plongée dans le silence. Les cierges continuent de se consumer, sur les meubles, et leurs flammes vacillent tout doucement, signe qu'un courant d'air parcourt les lieux. Pourtant l'odeur de l'encens prend toujours autant à la gorge.

Allongé sur le lit, l'enfant tousse une fois, d'une toux sèche.

Barbarossa reste un instant sur le seuil avant de se décider à refermer la porte, le plus doucement possible.

Ensuite il s'approche.

Il observe Léo Martel qui dort.

Dans son sommeil, les paupières de l'enfant s'agitent.

Barbarossa sent le grand frisson le traverser. L'envie, cette amie fidèle, emplit maintenant son corps des pieds à la tête. Elle le consume tout entier. Dans de tels moments, c'est comme si sa vision se dégradait. Les contours des choses deviennent plus sombres. Il ne voit plus que l'enfant allongé dans le lit, dans un écrin de noirceur. Cette si belle victime. Pour lui offerte.

Lentement, il se penche.

S'approche tout près de ce petit visage endormi.

Je peux le faire sans être attrapé, se répète Barbarossa. *Cette fois comme toutes les autres. Je peux le faire en toute impunité.*

Personne n'en saura rien car ils seront incapables de le comprendre. Ils sont tous faibles, idiots et aveugles.

Parfois, il se demande ce qui se passerait s'il était finalement découvert. Si ces idiots lui demandaient d'expliquer la raison de ses actes.

La vérité, la seule, c'est qu'il n'y a jamais eu de raison.

Il en a envie, voilà la seule terrible raison. Une envie que rien ni personne ne peut stopper. Une envie qui vit au fond de lui. Cachée dans les replis de son cerveau, dure et froide.

Il se souvient du moment précis où cette envie est entrée en lui, bien sûr. Et quel souvenir. Le fracas des détonations, comme si les armes crachaient le tonnerre dans le petit appartement. L'écran de télévision qui explosait. Les balles fauchant Joe, Nicole, Michael, Lionel, l'un après l'autre, sous ses yeux. C'est à ce moment que cela s'est produit. Sans raison aucune. Juste parce que c'était le destin et que le destin a toujours une étrange manière de prodiguer ses révélations. Dorian Barbarossa n'a pu que le comprendre, et l'accepter. Même si la descente punitive des deux Turcs dans cet appartement n'a duré qu'une minute au grand maximum, il en conserve chaque détail gravé dans sa mémoire. Un tableau en mouvement. D'une précision diabolique. Il se souvient de chacun de ces ados aux yeux écarquillés qui étaient ses amis et qu'il voyait maintenant en train de se vider de leur sang devant lui. Il se souvient de les avoir vus passer de vie à trépas, totalement fasciné, avec leurs bouches ouvertes qui faisaient des bulles de sang. Il se souvient de chaque tir, des esquilles d'os qui décollaient des crânes et allaient dessiner des éclaboussures rouges et grises sur les murs. Il se souvient de la puanteur de ses propres sphincters qui se relâchaient, comme si c'était arrivé hier et que ses vêtements n'avaient pas encore été lavés.

Il revoit encore l'arme dirigée vers lui.

La gueule mortelle de métal noir.

Et la personne qui la tenait, ses yeux aux pupilles dilatées par la cocaïne. La joie inhumaine déformant ses traits quand elle a pressé la détente et que le monde est devenu un grand éblouissement.

Il se souvient de la sensation étrange, quand la balle de calibre 22 lui a perforé le crâne.

Quand elle a pénétré dans son cerveau.

Cette sensation de froid. Ce néant qui l'a happé. L'a aspiré dans le coma blanc.

Barbarossa caresse sa cicatrice. Il tremble légèrement. Il se force à se reprendre.

Reviens à la réalité. Dépêche-toi.

Maintenant.

Il sort son téléphone de sa poche, active l'application vidéo et dépose délicatement le petit objet sur la table de nuit. Il vérifie que l'enregistrement a bien commencé. C'est le cas. L'écran affiche un gros plan du visage du garçon. Ce soir, il est hors de question d'utiliser sa caméra professionnelle pour ce qui va suivre, mais il ne peut se passer de cet enregistrement, il en a besoin, plus que tout besoin. *Pour pouvoir revivre cet instant autant de fois qu'il souhaitera, ensuite.*

Tout est en place.

Il respire par la bouche, lentement, aux aguets.

De l'autre côté de la maison, les discussions du père Guillaume et des deux parents du petit continuent. Le faux prêtre exorciste les rassure encore. Il ne va pas tarder à aborder le sujet de l'argent. Tout est pour le mieux.

Barbarossa dispose de plusieurs minutes pour faire ce qui doit être fait.

Cinq minutes.

Ou peut-être seulement quatre.

Ou trois.

Il ajuste ses gants en latex.

Maintenant.

Sa respiration s'accélère malgré lui.

Son pouls s'emballe.

Il se saisit de l'oreiller.

D'une main, il redresse le visage du garçon endormi et découvre sa bouche entrouverte.

Léo tousse une fois de plus.

Le journaliste applique l'oreiller sur son visage, prenant soin de couvrir la bouche et les narines.

Il presse.

Il a déjà fait cela plusieurs fois. Il a tâtonné, au début, mais à présent il sait s'y prendre. Tout ira vite.

Le garçon ne tarde pas à réagir. Il se tend brusquement. Il bat des jambes sous les draps.

Barbarossa appuie plus fort, bloquant l'air de manière irrémédiable.

L'enfant se réveille, ou essaie de se réveiller, essaie de lutter, mais son esprit est bien trop anesthésié par les drogues que le père Guillaume lui a administrées, et ses muscles sont épuisés par le rituel. C'est trop tard. Tout est déjà fini pour lui.

Barbarossa maintient la pression.

Plaque l'enfant sur le lit.

De toutes ses forces.

Son cœur tambourine dans sa poitrine jusqu'à lui faire mal.

Dépêche-toi. Allez.

Avec son genou droit, il pèse sur la cage thoracique pour tenir sa proie immobile. L'enfant s'agite davantage. Sa poitrine s'affaisse d'un coup. Une de ses côtes vient de se briser.

Maintenant.

Le garçon cesse de lutter.

C'est maintenant.

Cette fois, son immobilité n'est pas due à un quelconque somnifère.

C'est la vie qui quitte sa chair.

Ses jambes sont encore agitées de tremblements pendant quelques instants.

Puis elles s'immobilisent à leur tour.

Définitivement.

Barbarossa continue de presser.

Il n'a pas droit à l'erreur.

Son pouls emballé, à ses tempes, le rend presque sourd.

Il ne soulève l'oreiller qu'au dernier moment, quand il perçoit les pas dans le couloir. Cela fait un certain temps qu'il s'est isolé aux toilettes, quelqu'un a fini par s'inquiéter.

La porte s'ouvre à la volée.

— Hé ! Bon sang, mais qu'est-ce que vous faites ? explose la voix du père Guillaume.

Barbarossa se retourne, l'air surpris.

Son cœur a beau taper de toutes ses forces dans sa poitrine, son visage affiche l'air le plus naturel du monde.

— Eh bien, j'avais laissé mon matériel…

Il soulève la caméra numérique. Il a tout juste eu le temps d'ôter le gant de sa main droite avant de la saisir.

Sa main gauche, toujours revêtue de latex, elle, enfouit son mobile dans la poche de son pantalon. Son cœur tape tape TAPE.

Le prêtre ne remarque rien. Il dépasse Barbarossa avec humeur pour se pencher au-dessus de Léo Martel.

— Vous ne pouvez pas rester là, grince le vieil homme. Je n'étais pas enchanté que vous assistiez au rituel… ce genre de chose est intime…

— Je comprends, murmure le journaliste. Mais ne m'accorderez-vous pas un dernier entretien ?

Tout en parlant, il presse la touche d'enregistrement de la caméra. L'écran s'illumine, affichant le visage contrarié du père Guillaume.

— Pas question, proteste celui-ci avec véhémence. J'ai déjà répondu à toutes vos questions tout à l'heure.

Il redresse le visage du garçon dans le lit.

— Nous étions d'accord… Vous filmiez le rituel… et rien d'autre…

Mais déjà il ne regarde plus le journaliste. Il vient de réaliser que quelque chose ne va pas avec l'enfant. Sa position. Son immobilité totale. Ses yeux révulsés.

— Léo ? Mon enfant ? murmure-t-il, avec une certaine inquiétude dans la voix à présent.

Il secoue doucement le garçon.

— Léo ? Tu m'entends ?

Subitement, il tourne un visage livide vers la caméra et s'écrie :

— Éteignez ça ! Tout de suite ! Foutez le camp d'ici, vous entendez ?

Attirés par l'éclat de voix, l'oncle et la tante se pressent à la porte de la chambre.

— Père Guillaume ? Monsieur Barbarossa ? Que se passe-t-il ? veut savoir l'homme.

— Je ne sais pas, lui répond le journaliste, sans cesser de filmer. Père Guillaume, quelque chose ne va pas ? Il y a un problème avec Léo ?

Le vieil homme ne répond pas. Il ne l'écoute plus. Il s'affole, maintenant, secouant le garçon et murmurant son nom avec une voix emplie de terreur.

M. et Mme Martel se précipitent à leur tour auprès de lui. Ils ne disent rien. Ils ont bien compris que l'enfant ne respire plus. Que son corps est inerte. Que quelque chose de terrible s'est produit.

Barbarossa continue de filmer.

Son regard est aussi froid que son sourire.

Sa jubilation secrète comme un bloc de glace.

9

Il était un peu plus de 23 h 30 quand le téléphone carillonna sur le secrétaire. Le salon était plongé dans la pénombre bleue de la nuit et leurs propres soupirs.

Alexandre jura dans sa barbe, haletant.

Eva glissa contre lui, délaissant l'écrin de ses bras, et se redressa, nue, couverte de sueur brûlante. Ils étaient en train de faire l'amour sur le canapé et la sonnerie du mobile venait de les interrompre. Le regard à la fois hagard et agacé d'Alexandre était un pur bonheur à contempler.

— Dis-leur que je les déteste ! grogna-t-il en s'étirant sur les coussins écrasés.

Elle se contenta de sourire, amusée, bien que tout aussi frustrée que lui. Elle aussi aurait préféré une nuit entière avec lui. Une nuit sans travail. Mais il savait tout comme elle qu'elle n'avait pas le choix.

Elle se saisit du petit téléphone.

— Svärta… Oui… D'accord… Où ça ?… Bien… Je serai là aussi vite que possible, déclara-t-elle à son interlocuteur avant de mettre fin à la communication.

Ensuite elle resta immobile, pensive, son corps nu se découpant devant la fenêtre. Sa respiration était toujours difficile. Elle ferma les yeux. S'efforça d'intégrer l'information.

— Que se passe-t-il ? demanda Alexandre.

— Un décès à Drancy. Le substitut du procureur est déjà sur place. La routine.

Il connaissait, oui. Son quotidien à lui aussi.

— De quel genre, la mort ?

— Il ne me l'a pas dit… Je verrai bien sur place.

Vauvert fronça les sourcils.

— Et c'est tout ? Si tu voyais la tête que tu fais…

— Qu'est-ce que tu crois ? maugréa-t-elle en revenant vers lui. Je n'ai pas envie de te quitter !

Ce n'était, après tout, qu'un demi-mensonge. Il eut l'air de le gober. Tant mieux. Elle le bâillonna d'un long baiser passionné pour l'empêcher de lui poser davantage de questions.

Elle ne pouvait lui dire que, oui, elle avait davantage d'informations, et que le décès en question était celui d'un enfant. Vu les circonstances… Elle préférait ne pas l'inquiéter, voilà tout.

Ou ne pas s'inquiéter elle ?

En se redressant, elle ne put s'empêcher de poser sa main sur son ventre arrondi. Ce geste idiot. Cette évidence. Son sourire avait disparu.

— Je passe chercher Erwan, lui dit-elle en enfilant des sous-vêtements. Son appartement est sur le chemin.

— Tu lui donneras mon bonjour.

— Promis.

— Est-ce que tu penses pouvoir revenir avant 5 heures, au moins ? Je ne peux pas rester plus longtemps si je ne veux pas louper mon avion…

— Je le sais bien ! Mais tout va dépendre de ce qui s'est produit là-bas. Le substitut m'a parlé de plusieurs témoins sur place. Ça risque de prendre la nuit…

Elle enfila un pantalon de tailleur gris pâle, puis passa sa chemise qu'elle entreprit de boutonner. Elle sentit la promesse du vide, déjà. Quitter Alexandre était une torture physique.

— Je vais tout faire pour revenir avant que tu y ailles, finit-elle par ajouter. Mais je ne peux rien te promettre… Tu sais ce que c'est…

— Malheureusement, dit-il. Je le sais bien, oui ! Ne t'en fais pas.

Elle laça ses bottes, glissa son Beretta dans son holster avant de le fourrer dans son sac à main, puis alla décrocher sa veste dans le placard du hall. Alexandre la regarda sans rien dire. Il enfila son caleçon et s'ébouriffa les cheveux en soupirant.

— Tu sens le sexe, fit-il remarquer avec un grand sourire.

— Ils ont l'habitude.

Vauvert leva un sourcil.

— Cela sous-entend quoi, exactement ?

Pour toute réponse, elle gloussa comme une lycéenne. Lui grogna. Pour se venger, quand elle accourut pour l'embrasser une dernière fois, il la retint dans ses bras puissants. Elle dut lutter pour s'en extraire, hilare, et forcément n'y parvint pas.

— Arrête ! Allez ! Je dois faire vite ! Ne m'en veux pas, OK ?

— Ouais, dit-il en la laissant repartir à regret. Bon courage, chaton.

— Merci !

Elle sortit de l'appartement, refermant la porte derrière elle.

Et la rouvrit aussitôt à la volée.

— Je t'ai dit de ne plus m'appeler comme ça, bon sang !

Vauvert lui décocha un sourire de requin.

— Dépêche-toi !

Elle ferma de nouveau la porte, rayonnante. Et cette fois, elle fut bel et bien partie. Vers une nouvelle scène de crime, de nouveaux mystères, de nouvelles horreurs. Des antichambres de l'enfer où la société avait besoin de gens comme elle, comme lui, pour défaire les tresses du chaos et jeter un peu de lumière dans la nuit profonde. Parfois, ils y arrivaient. Jamais ils ne perdaient espoir. Ce devait être dans leurs gènes.

Le colosse soupira.

Cela faisait vingt ans qu'il était flic. Ce genre de situation, il l'avait vécu maintes fois. Sauf qu'habituellement c'était lui qui devait s'éclipser pour reprendre une affaire au milieu de la nuit, retrouver ses hommes sur une filoche ou une interpellation. *Lui en vouloir ?* Comment aurait-il pu en vouloir à Eva ? Pas une seule seconde. Il ne pouvait *imaginer* lui reprocher quoi que ce soit pour la simple raison qu'il avait toujours, lui-même, imposé ce genre de vie à ses partenaires. C'était même pour cela que son ex-femme l'avait quitté, dix ans auparavant.

Enfin, non, songea-t-il avec une subite amertume, *pas exactement*. Ce qui s'était passé avec Virginie était un peu plus compliqué que ça. Mais il aimait se dire que c'était la raison première. Qu'elle l'avait quitté parce qu'il était absent trop souvent. Pas… à cause de ce qu'il avait fait…

Il chassa son ex-femme de ses pensées.

Il n'y avait de la place que pour Eva maintenant. Maintenant et demain. Et chaque jour après cela.

Il n'aurait jamais cru possible de retomber amoureux de cette manière. Après toutes ces années de solitude.

Et pourtant, c'était bien ce qui s'était produit.

Le simple fait de penser à cette femme et à leur enfant qui grandissait dans son ventre l'emplissait de lumière. Chassant ses propres ténèbres. Réchauffant son cœur qu'il avait cru ne plus sentir battre. Et qui battait maintenant comme une machine. Grâce à elle, de nouveau, Vauvert se sentait invincible.

Il s'étira, heureux pour la première fois depuis bien des années. Il fixa le plafond où les lueurs venues de la rue projetaient des ombres rouges et bleues.

Dix minutes plus tard, il dormait avec un sourire béat sur les lèvres.

10

23 h 50

— C'est cette rue, dit le lieutenant Leroy en apercevant les lueurs de gyrophares autour de la maison.

— OK.

Elle bifurqua. Une allée arborée. De petits pavillons coquets, caractéristiques du coin, s'alignaient de part et d'autre du macadam. Il y avait déjà quatre voitures de patrouille autour de la maison des Martel et une dizaine de policiers attendaient sur le trottoir, leurs visages fermés. Eva gara son Audi aussi près qu'elle le put des barrières érigées pour tenir les badauds à distance.

— Eh bien… moi qui espérais passer une soirée tranquille, soupira son coéquipier en enfilant son brassard rouge marqué POLICE sur son tee-shirt Guess.

Il vérifia son arme dans son holster avant de gratter sa chevelure dorée.

— Tu n'as pas dit à Alex que c'est un enfant qui est mort, n'est-ce pas ?

Eva soupira et sortit de la voiture.

— Je crois que ça ne te regarde pas, Erwan.

— Tu ne lui as pas dit, insista-t-il en la rejoignant sur le trottoir. Je le savais.

— Je n'ai pas jugé utile de l'inquiéter pour rien. (Elle tira sur sa veste pour que celle-ci couvre bien son ventre et réajusta ses lunettes noires.) Erwan, ça va, je suis enceinte. Ce n'est pas une maladie, d'accord ? Et je peux t'assurer que ça ne change rien à mon travail ! J'en ai vu d'autres…

— Ouais. Ça, je n'en doute pas…

Cela faisait plusieurs années qu'ils travaillaient ensemble. Ils avaient été témoins des mêmes horreurs, côte à côte. Ils avaient survécu aux mêmes bains de sang. Parfois – plus souvent qu'il ou elle ne l'aurait souhaité –, ils avaient même posé les yeux sur des choses interdites, inexplicables. Ce que les gens ordinaires prenaient pour des histoires et de la superstition. Mais qui se produisaient bel et bien, parfois, dans les zones les plus noires de la nuit, ils en avaient tous deux conscience, maintenant.

Erwan Leroy était bien placé pour savoir qu'elle avait affronté les démons de son passé. Et qu'elle en était ressortie plus forte. Plus sereine.

— J'ai toujours été un flic de terrain. C'est dans ma nature.

— On croirait entendre Alexandre, soupira-t-il. Pas d'erreur, vous vous êtes bien trouvés, tous les deux ! Allez, au boulot. Il me tarde de découvrir ce qui nous prive d'une nuit de repos…

Ils se hâtèrent vers la maison, dépassant la poignée de voisins curieux qui s'étaient regroupés pour essayer de glaner des détails sur ce qui se passait. Il n'y avait encore aucune équipe de journalistes en vue, mais Eva savait que celles-ci ne tarderaient pas, aussi sûr que deux et deux font quatre. Un enfant mort, c'était la certitude de voir rappliquer ventre à terre tous les fouille-merde du département.

Au téléphone, le substitut du procureur avait insisté sur la nature épineuse de l'affaire. Il n'avait pas précisé pourquoi.

À présent, tout comme Leroy, elle brûlait de comprendre.

— Police criminelle de Paris, annonça-t-elle à l'agent en uniforme posté devant la maison. Le substitut Flemming nous a appelés.

Le garçon – il ne devait pas avoir plus de vingt ans – la dévisagea un instant d'un drôle d'air. Ces cheveux blancs. Ces lunettes noires en pleine nuit. Elle vit dans les yeux du jeune flic qu'il savait très exactement qui elle était.

— Commandant Svärta, bien sûr… J'ai entendu parler de vous…

Une phrase à laquelle elle avait droit souvent.

La bête de foire, c'est ça ?

Mais avant qu'elle ne soit obligée de répliquer, une voix puissante les interpella depuis le perron :

— Eva ! Nom de Dieu, ça faisait longtemps !

Elle leva les yeux et reconnut le lieutenant Hugo Garderie qui les attendait devant la porte. Un homme d'un mètre quatre-vingt-dix, cent vingt kilos tout en muscles et en crâne rasé. Même lorsqu'il vous disait bonjour, il semblait être en train de vous gueuler dessus. Eva avait travaillé avec lui à plusieurs reprises, à l'époque où elle était affectée à l'unité antibraquage de Seine-Saint-Denis.

— Hugo ! Toujours au commissariat de Drancy, alors ?

— Toujours, ma chérie ! Faut croire que j'aime cette vie de merde. Et bien sûr, encore une fois, je t'ai mâché tout le travail !

Garderie lui fit la bise en lui cognant les joues. Il n'y avait pas à dire, il était bien la brute épaisse qu'il semblait être de l'extérieur. Malgré tout, Eva l'avait toujours apprécié. Il était méticuleux dans son travail. Et surtout, il conservait ce sens des valeurs d'un autre temps qui faisait cruellement défaut aux hommes modernes. Une fois, Eva l'avait vu se lever comme un diable de la table de brasserie où ils étaient en planque pour aller casser la gueule à un type en costume qui venait de gifler une femme en pleine rue. Garderie était un homme bon. Mal dégrossi, macho au dernier degré, mais profondément honnête. Elle était toujours heureuse de le croiser au détour d'une affaire.

— Hugo, je te présente le lieutenant Erwan Leroy. Je ne sais pas si vous vous êtes déjà croisés ?

— Pas encore, non ! fit Garderie en lui serrant la main. Enchanté, Erwan !

— De même, dit Leroy. Alors, qu'est-ce qu'on a ?

— Je ne vous fais pas attendre. Venez voir la belle brochette de tocards qu'on a ramassés ce soir… Vous n'allez pas être déçus du voyage !

11

La porte d'entrée s'ouvre de nouveau. Le flic, ou plutôt l'armoire à glace au crâne rasé, revient dans le salon de son pas lourdaud.

Dorian Barbarossa comprend que quelque chose se passe. Tout au fond de lui.

Tout au fond de sa tête.

C'est inattendu. Presque douloureux. Des mouches noires envahissent subitement son champ de vision. Il se tend. Mal à l'aise. Lutte contre l'évanouissement. Jusque-là, tout s'est déroulé comme il savait que cela se passerait. Mais quelque chose se produit maintenant. En ce moment même. Quelque chose qu'il n'a pas prévu, quelque chose qu'il n'aurait jamais imaginé, et qui le déstabilise d'un coup, comme s'il venait de heurter un mur de plein fouet. Il se redresse sur le fauteuil où on lui a ordonné d'attendre.

Il force son sourire, comme il sait si bien le faire.

Les taches noires fourmillent encore quelques instants sur ses rétines.

Puis s'estompent.

Il voit alors que la brute épaisse est accompagnée d'un homme et d'une femme. Brassards rouges de la police autour du bras. Ils sont sans doute venus directement du Quai des Orfèvres. Il s'y attendait. Ce n'est pas un problème en soi.

L'homme est jeune. Trente ans peut-être. Mince, les cheveux couleur miel peignés en arrière, des airs de gravure de mode. Même ses jeans sont de marque. Il porte un holster sur son tee-shirt. La crosse d'un SIG Sauer bien en évidence. Méfiance.

Barbarossa pose ensuite les yeux sur sa collègue, la femme tout en tailleur et cheveux blancs.

Celle-ci cache son regard derrière des verres noirs.

C'est à cet instant que cela se produit.

Que tout bascule.

Irrémédiablement.

C'EST ELLE.

Le fourmillement de taches noires, grosses comme des papillons, réapparaît dans sa rétine. Il lutte pour ne pas les chasser d'un revers de la main.

ELLE EST REVENUE.

Elle est si semblable et si différente à la fois. Un instant il la voit telle qu'elle est à présent, mince et droite, mains sur les hanches, se tournant vers lui…

Les souvenirs le happent. Le broient.

Ces cheveux-là. Cette sensation de danger. Cette certitude que sa vie ne tient plus qu'à un infime fil…

Son estomac se soulève. Il ne comprend pas. Il panique. *Ce n'est pas possible.* Elle ne peut pas être revenue… Pas elle…

Le simple fait de la regarder lui donne l'impression de laisser couler de l'acide dans ses yeux.

Il les ferme aussitôt pour ne pas perdre la vue. Même si cette idée est idiote. Derrière ses paupières, les taches persistent. Se forment et se déforment. Se moquent de lui.

Le cœur de Dorian Barbarossa est un volcan crachant sa lave par secousses, par jets de feu dans ses veines. Ses muscles se mettent à bouillir sous sa peau.

Les souvenirs lui reviennent en giclées rouges. Les giclées de son propre sang répandu. De sa propre mort qui le regarde. Et sourit. Moqueuse.

Ce sourire dur, encadré par ses boucles blanches. C'est elle. C'est encore elle. Toujours elle.

Les images de cette nuit-là, de la nuit de ses dix-sept ans, ne cessent de tourner dans sa tête comme un film mis en boucle. Elles sont à jamais capturées dans la petite masse de métal glacé, il le sait. Les images de ces deux tueurs débarquant sans prévenir. Leurs armes braquées sur eux. Le fracas des détonations, les balles éventrant la chair, faisant jaillir les arcs de sang sur les murs.

C'est impossible, lui hurle sa raison. *Ce ne peut pas être elle. Réfléchis un peu.*

Pour la première fois, il se demande s'il ne va pas perdre son calme.

Il ouvre de nouveau les yeux. Il faut qu'il la voie. Il faut qu'il sache.

Il sait que son visage est impassible. Que personne ne peut voir son tourment intérieur.

Sauf elle. Peut-être.

La femme aux cheveux blancs s'est arrêtée dans l'entrée. Elle ne dit rien. Elle le dévisage derrière ses lunettes.

Qui croit-elle tromper ? S'imagine-t-elle qu'il ne la reconnaîtrait pas ?

Mais non. Arrête donc. Réfléchis. Ce n'est pas du tout elle. Ce ne peut pas être elle.

C'est juste une flic qui lui ressemble. À cause des cheveux.

Ressaisis-toi.

Quand elle tourne la tête pour parler à son coéquipier, il entraperçoit un éclat de ses yeux. Ou plutôt, leur rougeoiement. La panique revient, immédiate. Elle le crucifie sur le fauteuil.

Ce n'est pas elle et pourtant c'est pire que si c'était elle.

Les braises de l'enfer brûlent dans le regard de cette femme-là. De cette flic qui lui rappelle tant cette autre femme.

Mais l'autre est morte. L'autre est depuis longtemps enterrée.

Le passé ne peut pas revenir de cette manière.

Il s'agit d'une simple coïncidence.

Oui.

Il déglutit.

Il faut qu'il reste calme.

Qu'il demeure impassible.

Personne ne doit se douter de l'émoi qui l'assaille.

Cette fois comme toutes les autres.

Il va s'en sortir.

Il s'en est toujours sorti.

N'est-ce pas ?

Oui, se répète-t-il en contractant ses abdominaux. Il tousse une fois. Une seule. Le monde tangue autour de lui. Les contours des choses s'assombrissent.

Dorian Barbarossa ne pense plus. Ne respire plus.

Dans son esprit, une barrière a cédé. La guerre a éclaté.

Qu'il le veuille ou non.

Une obsession vient de naître.

12

— C'est de l'encens qui pue comme ça ? demanda Leroy en s'éventant de la main.

— On a pourtant ouvert toutes les fenêtres, grommela Garderie. Cette foutue odeur s'est imprégnée partout ! (Puis il se mit à gueuler à la ronde.) Alors, où est passé Flemming ?

— Il est au téléphone dans l'autre pièce, expliqua un des hommes de l'Identité judiciaire d'une petite voix, comme s'il s'excusait. Je vais tout de suite le prévenir que la Crim' est arrivée…

Eva ne dit rien. Elle salua d'un mouvement de menton le reste des officiers présents dans la pièce et jeta un regard attentif aux quatre témoins qu'on avait installés là en attendant. Coincé dans l'angle, il y avait un vieillard maigre comme un clou, habillé en costume et col blanc de religieux, qui se tenait raide comme une trique sur sa chaise. À côté de lui, un homme et une femme d'âge moyen serrés l'un contre l'autre – et visiblement effondrés nerveusement – sur le canapé. Et enfin, un peu à l'écart, un jeune homme de moins de trente ans en jeans et tee-shirt installé dans un fauteuil qui les dévisageait avec insistance.

Non. Il la dévisageait, *elle*.

Eva l'observa plus attentivement. Elle vit l'homme tressaillir. Puis se ressaisir. Et finalement lui sourire comme si de rien n'était. Mais Eva ne le quittait plus des yeux. Son instinct ne la trompait jamais. Et son instinct l'avertissait que quelque chose clochait chez ce garçon. Ses cheveux en bataille. Son sourire forcé. Cette grande cicatrice qui lui zébrait le front. Il mettait Eva mal à l'aise sans qu'elle sache pourquoi. *Son regard*. C'était dans la manière dont il la regardait.

Elle sentit la main de Leroy qui effleurait son épaule.

— Lui, c'est...

— Oui ?

— Le type dans le fauteuil. C'est Dorian Barbarossa. Plutôt amusant, ça...

— Pourquoi ? Qui est-ce ?

— Un journaliste. Il a son émission à la télé. Sur une petite chaîne, mais gros buzz.

— C'est vrai ? Je n'en ai jamais entendu parler.

Le lieutenant sourit.

— Considère que tu as de la chance. Ma copine ne manque aucune de ses émissions. Et quand elle ne peut les voir en direct, elle les enregistre.

— Tu as une copine, toi ? Depuis quand ?

— Tu es jalouse ?

— Ne dis pas de sottise, soupira Eva. Donc, ce type est connu...

— Totalement. Barbarossa est une des sensations du moment.

Barbarossa, nota intérieurement Eva.

Un journaliste. Elle commençait à comprendre ce qui chagrinait le substitut. Se frotter à la presse était toujours épineux. On ne touchait pas sans risques à la liberté d'un journaliste. Ils pouvaient être certains que la moindre gaffe de leur part se retrouverait diffusée dans tous les médias.

Elle se rendit compte qu'il continuait de la regarder. Il ne semblait pas bouger. Il ne semblait même pas respirer. Elle songea à un crocodile. Immobile face à sa proie.

— D'ailleurs, il a une sacrée réputation, ajouta le lieutenant Leroy à mi-voix. Tu vois sa cicatrice sur le front ? Il est une des rares personnes à…

Il fut interrompu par Nathan Flemming, le substitut de Bobigny, qui fit irruption dans la pièce et leur serra énergiquement la main.

— Merci d'être venus aussi vite !

C'était un vieux beau à la crinière grise et au regard toujours étincelant. Malgré la chaleur étouffante, il portait un costume gris parfaitement repassé et une cravate bleu marine bien en place. Mais pas une seule goutte de sueur sur son visage anguleux.

— Le reste du groupe devrait arriver d'ici un quart d'heure, précisa Eva. Je les ai prévenus en chemin.

— Bien, bien, fit le substitut. Le tout est de ne pas perdre de temps. Comme je vous l'ai dit tout à l'heure, nous avons un enfant de huit ans décédé. En outre, la situation est… disons, un peu délicate…

Eva fit un signe du menton vers le jeune homme dans le fauteuil.

— Le journaliste, là ?

Flemming hocha la tête.

— Vous avez tout compris, commandant. Il était présent toute la soirée. Pour des raisons évidentes, il faudra prendre des pincettes avec lui…

— Génial, grommela l'albinos.

— Mais venez avec moi, je vous prie… Nous serons plus tranquilles à côté…

Les deux officiers du Quai des Orfèvres et le lieutenant Garderie lui emboîtèrent le pas jusque dans un long couloir qui traversait la maison. Le substitut du procureur se tenait toujours aussi droit que s'il allait demander une danse. Une fois à l'abri des oreilles des témoins, il reprit :

— Je vous fais le topo rapide. La victime s'appelle Léo Martel, huit ans. Nous sommes chez son oncle et sa tante, Ludovic et Josie Martel. Vous les avez vus dans le salon. Le couple assis dans le canapé…

— Qu'est-ce qu'ils ont fait à ce gosse ? demanda le lieutenant Leroy.

— Un exorcisme.

— Quoi ?

— Vous avez bien entendu. Ces gens… (Il eut un geste empli de dédain, comme s'il chassait une mauvaise odeur.) Ils ont voulu exorciser leur neveu. Ces crétins sont persuadés qu'il était possédé par le diable. Vous voyez le tableau…

— Quelque chose a mal tourné ?

— On n'en a aucune idée. On ne sait pas encore pourquoi, comment, ni même à quel moment le gosse est mort. Tout s'est passé dans cette chambre, là-bas, au bout du couloir…

Tandis qu'ils marchaient en file indienne vers cette pièce, Eva nota que la chambre de l'enfant était très éloignée du salon. Cela n'avait peut-être aucune importance, mais elle enregistra tout de même l'information dans un coin de son esprit.

À chaque mètre qui les rapprochait de la scène de crime, elle sentait son estomac se serrer.

Elle lutta pour ne pas poser sa main sur son ventre.

Tu es flic. Enceinte ou pas, tu es flic.

— Le prêtre que nous avons vu parmi les témoins, déclara-t-elle d'une voix qui ne laissait paraître aucun trouble. Ils l'ont engagé pour pratiquer le rituel romain ?

— Oui. Son nom est Franck Guillaume. Mais il n'est pas réellement prêtre.

— Un escroc ?

— Déjà repéré par nos services, dit Flemming. Plaintes multiples à son encontre. La mission de vigilance sectaire avait déjà un œil sur lui. Cette fois, il a réussi à se mettre dans de beaux draps…

— Et les parents du gamin ?

— Il n'en avait plus, malheureusement. Père inconnu. Mère décédée il y a deux mois dans un accident de la route. Son oncle et sa tante avaient recueilli le gamin. C'est pour ça qu'il vivait ici.

Le substitut s'arrêta devant la porte entrouverte de la chambre. L'odeur d'encens était lourde. Une odeur de mort, déjà.

Il poussa la porte. L'odeur devint pire.

Par réflexe, Eva posa le bout de son index sur ses lunettes. La lumière était allumée dans cette pièce, l'éblouissant un peu. Mais dévoilant chaque détail.

Les bougies de cire tordues, les brûle-encens, disposés partout sur les meubles. Les coussins jetés sur le sol tout autour du lit. Et le petit corps immobile allongé dessus, bien sûr. Les yeux grands ouverts. La bouche auréolée de sang. Un gamin. Ces tocards d'illuminés avaient tué leur propre neveu.

Elle frissonna. Serra les dents de toutes ses forces. Elle s'était juré de ne pas se laisser atteindre. Cela lui fichait tout de même un coup. Un sale coup. Tout au fond de son ventre. À chaque seconde, elle percevait de nouveaux détails, les draps inondés, les gouttelettes de sang sous les narines, les contusions rougeâtres partout sur le corps de la victime. Elle imaginait avec une terrible précision ce que ce gosse avait subi. Martyrisé. Bâillonné. Écartelé. Terrifié de bout en bout.

— Tout va bien, Eva ? murmura Leroy.

— Bien sûr, pourquoi ?

— Pour rien du tout…

Le lieutenant n'insista pas. Ils se postèrent au pied du lit et tous sortirent leurs gants en latex pour s'assurer de ne rien contaminer.

— On se croirait dans ce film, fit Garderie.

— Lequel ?

— Eh bien, vous savez ! *L'Exorciste !*

Flemming adressa un regard dégoulinant de condescendance au lieutenant, qui reçut le message. Il se tint désormais silencieux et leur épargna sa culture cinématographique. Le substitut quant à lui fit claquer ses gants sur ses poignets avant de désigner le corps de Léo Martel, et il leur annonça :

— Voici notre victime telle qu'on l'a trouvée. Les Martel avaient tout d'abord appelé le Samu, c'est le médecin urgentiste qui a constaté la mort. À 22 h 24 très exactement.

Leroy se pencha sur le cadavre de l'enfant, couvert d'hématomes, stupéfait par ce qu'il voyait.

— Ils l'ont battu à mort ou quoi ?

— Selon les Martel, il était en pleine crise de possession démoniaque. En d'autres termes, le gamin devait faire une crise d'hystérie. Ils l'ont maintenu de force sur le lit pour qu'il se tienne tranquille. Ils nient en bloc toute maltraitance de leur neveu.

— Ils se moquent bien de nous, dit Leroy. Contusions sur tout le corps. Regardez ces bras ! Toutes ces traces rouges de maintien, elles sont très nettes. Ce gosse donne l'impression d'être passé sous un rouleau compresseur ! Il est décédé au cours de l'exorcisme ?

— Les Martel jurent que ce n'est pas le cas. Ils disent l'avoir laissé seul quelques minutes. Selon eux, l'enfant dormait. Quand ils sont revenus le voir, ils se sont rendu compte qu'il ne respirait plus.

— Mais quand ils l'ont quitté, il était encore en vie ? Ils en sont certains ?

— Ils le croient, en tout cas.

Eva prit une longue inspiration. L'encens lui brûla les sinus. Sa tête tournait. Elle pensa au bébé dans son propre ventre. Elle ressentit une peur diffuse, un sentiment de danger larvé, sans comprendre pourquoi, ni d'où cela pouvait venir. C'était idiot. *Elle était flic.* Elle n'avait aucune raison de se sentir menacée.

Se reprenant, elle se pencha à son tour au-dessus du corps. Elle voyait des cadavres toutes les semaines ou presque, cela faisait partie de son travail. Un travail dans lequel elle était la meilleure.

Elle n'avait aucune raison de douter d'elle-même. Sa main gantée se posa sur la poitrine de Léo Martel. Là. Elle fit ce qu'elle faisait de mieux. Elle s'imagina à la place de la victime. Elle se projeta, glissa dans sa peau, jusqu'à se sentir *intimement* connectée à elle. Elle se vit allongée sur ce lit, pieds et mains maintenus, sentit la peur et la rage, les secousses pour se dégager, en vain. Elle *était* à sa place… seule… terrifiée… cherchant à se libérer de ses entraves… cherchant sa respiration… ne la trouvant pas…

Elle cligna des yeux, revenant à la réalité.

Ses doigts appuyèrent sur un léger affaissement, au beau milieu du thorax.

— Il a une côte cassée. Sa famille a fait ça à l'ancienne. À la dure. Comme pour calmer les hystériques du Moyen Âge… Les draps sont humides, je parie qu'ils lui ont fait boire de l'eau… peut-être même salée…

— En effet, confirma Flemming.

— Il y a trois bouteilles vides, là-bas, intervint le lieutenant Garderie. J'ai déjà placé un chevalet de marquage pour les signaler.

— Parfait… Il faudra les saisir et les mettre sous scellés… Ainsi que les coussins et tous les draps, bien sûr… La Scientifique fera des prélèvements ADN complets… Il a vomi de l'eau et de la bile… en grandes quantités…

Eva parlait machinalement, son regard attentif au corps inerte, au désordre autour du lit, au plus infime détail. Au moins, elle était dans son élément. Les sectes, les pervers, toutes les ténèbres de l'âme humaine, elle les connaissait. Intimement. C'était sa spécialité depuis des années. Elle laissa ses automatismes la guider. C'était la flic et uniquement elle derrière le bouclier de ses lunettes noires.

— Il va falloir déterminer ce qu'ils lui ont fait exactement pour en arriver là. S'ils l'ont attaché, par exemple, et ensuite détaché avant d'appeler les secours… Le gamin devait être terrorisé par ce qu'ils lui faisaient… Il a peut-être eu une attaque cardiaque…

— Il y a heureusement un moyen de le savoir, annonça le substitut. Nous avons une vidéo en notre possession.

— Dorian Barbarossa ? fit Leroy.

— Oui. Il était venu pour filmer cette mascarade, soi-disant pour démystifier l'escroquerie du père Guillaume. Vous le connaissez, lieutenant ?

— Eh bien, comme tout le monde. J'étais justement en train d'en parler au commandant Svärta… à cause de ce qui lui est arrivé…

Flemming leva un sourcil.

— De quoi parlez-vous ?

— Vous ne le savez pas ?

Leroy les regarda tous, un à un, les yeux ronds.

— Aucun de vous n'est au courant ? Ce type est une vraie star. Et pour une bonne raison. Il se promène avec une balle dans le crâne. C'est un cas extrêmement rare.

Un ange passa.

Hugo Garderie secoua la tête.

— Qu'est-ce que c'est que ces conneries ? grommela-t-il.

— C'est la stricte vérité, assura Leroy. Vous n'avez pas vu sa cicatrice sur le front ? Quand il était adolescent, Barbarossa s'est retrouvé dans une fusillade. Il a reçu une balle en pleine tête. Par miracle, les médecins ont réussi à le sauver, mais n'ont pas osé retirer le projectile. L'opération aurait été trop hasardeuse, ils risquaient de le tuer plutôt que de le sauver. Ils l'ont laissée dans son crâne…

— Et donc, maintenant, il vit avec une balle dans la tête ? murmura Eva, quelque peu sceptique.

— Il vit même très bien, je t'assure. Il fait partie des rares personnes qui n'ont eu à souffrir d'aucun effet secondaire. Enfin, juste une chose… Il paraît que, depuis cet accident, il n'a plus été capable de ressentir la moindre peur. Son émission à la télé est largement basée là-dessus. Il voyage dans le monde entier, fait du saut en parachute… tout ce qu'on peut imaginer pour défier la mort… Et bien sûr, il s'est fait une spécialité de dénoncer les escrocs qui exploitent la crédulité des simples d'esprit… comme ici les Martel avec ce prêtre de carnaval… Il est sans pitié avec la religion et, plus généralement, toute forme de superstition, ce qui lui vaut aussi pas mal de critiques. Je n'arrive pas à croire que je suis le seul à le connaître. Si ?

À voir les mines atterrées des trois personnes autour de lui, cela semblait pourtant être le cas.

— C'est une histoire à dormir debout, soupira Garderie. Moi, je n'en crois pas un mot.

Le substitut fit un geste excédé qui coupa court aux polémiques.

— Tout ça n'a pas la moindre espèce d'importance. Barbarossa est un drôle de bonhomme, je vous l'accorde. Mais, en ce qui concerne notre affaire, il est une aide inespérée. Il a filmé ce qui s'est passé dans cette maison.

— Quelle partie ? demanda Eva.

— Absolument tout ! Il a enregistré la séance d'exorcisme du début à la fin pour son émission. Nous avons saisi son matériel, tout est posé là-bas. Je n'y ai pas encore jeté un coup d'œil moi-même…

Flemming se dirigea vers un meuble sur lequel attendaient une petite caméra numérique, une console de son, un micro et divers câbles. Il saisit la caméra dans sa main gantée.

— Voici ce que nous avons…

Il déplia l'écran de l'appareil. Qui s'alluma. Un rectangle bleu électrique.

— C'est bizarre, dit Eva. Ça ne ressemble pas à une caméra de journaliste…

— Si, justement, intervint de nouveau Erwan Leroy. Le côté amateur, c'est la marque de fabrique de son émission. Barbarossa y tient. Tout comme il filme toujours ses émissions seul, sans l'aide d'un caméraman ni d'un technicien son. Il fait tout lui-même de A à Z. Il paraît qu'il se charge même du montage de son émission…

— Je vois que vous êtes un vrai fan, fit remarquer le substitut avec un sourire complice.

Le lieutenant Leroy haussa les épaules.

— C'est ma copine qui en est folle. Alors, du coup, j'ai été obligé de supporter la quasi-totalité des émissions…

— Je comprends… Ma femme me fait le même coup avec *The Voice*… Maintenant, voyons…

Flemming bascula sur le menu. Une image fixe apparut. Un gros plan de Léo Martel, assis sur son lit, l'air maussade.

— Le fichier vidéo a une durée de deux heures et demie…

— Autant de film ? s'étonna Eva.

— On fait du bon matériel de nos jours. Comme je vous l'ai dit, M. Barbarossa a filmé tout ce qui s'est passé dans cette pièce. De la première à la dernière seconde.

— Autrement dit, nous disposons d'un enregistrement de la mort du petit, fit Garderie.

Le substitut hocha la tête d'un air grave.

— Oui. Et nous allons en visionner un bout tout de suite…

13

L'enfant est assis sur son lit. Joues rondes, tignasse hirsute. Les yeux cernés. Léo Martel est nerveux mais ne montre aucun signe d'hystérie. Simplement une grande fatigue. Il lance un regard désemparé au père Guillaume qui lève sa croix devant lui et prononce une prière en latin. Le garçon secoue la tête. De plus en plus mal à l'aise. D'une voix maussade, absente, il leur dit :

— Laissez-moi tranquille. Je n'ai rien fait…

Sa tante s'assoit sur le lit à ses côtés. Elle lui caresse les cheveux avec tendresse. Elle a pleuré. Ses yeux sont rouges.

— C'est pour ton bien, mon chou. Tu sais que nous t'aimons, n'est-ce pas ? C'est le démon qui est entré dans ton corps.

— Tatie, non. Je vais bien…

Le désarroi déforme le visage de l'enfant. Ses lèvres se retroussent, comme par défense. Il secoue la tête et tente d'ôter la main de sa tante de ses cheveux, mais Josie Martel s'accroche, continue à le caresser comme un petit chien.

— Tu ne sais pas ce que tu dis, mon chou. Mais nous allons t'aider. Le père Guillaume est ici pour ça. Tu vas voir…

— Mais… Non… je ne veux pas…

Le vieil homme s'approche. Sourire grave. Il approche la croix de l'enfant, qui esquisse un mouvement de recul, comme s'il craignait d'être battu avec cet objet.

— Nous allons prier pour toi, Léo, ne t'en fais pas.

Il approche sa main. Léo Martel cherche à se lever. Sa tante l'en empêche.

— Laissez-moi !

— Vous voyez ? murmure le prêtre avec un sourire vainqueur, agitant la croix au-dessus du garçon terrorisé. La présence de l'Esprit-Saint dérange le démon ! Cette résistance est tout à fait normale. Le démon veut se cacher. Mais nous allons le faire sortir… de gré ou de force…

Les policiers se tenaient penchés au-dessus de la petite caméra, le regard fixe, sidérés par ce qu'ils voyaient et entendaient.

— Comment peut-on encore être aussi attardé de nos jours ? soupira Leroy.

— Je passe en accéléré, dit Flemming.

Il fit défiler les images à vive allure pendant un certain temps, puis reprit la lecture. Une demi-heure s'était écoulée. À présent, l'enfant était allongé. Son oncle et sa tante assis de part et d'autre du lit tenaient ses poignets. Ou plutôt ils les tordaient, de toutes leurs forces, pour maintenir l'enfant immobile. Plus il cherchait à se dégager, plus ils s'accrochaient et pesaient sur lui.

— Vous avez vos marques de maintien, soupira-t-il. Ils auront du mal à prétendre ne pas l'avoir brusqué…

— C'est de la torture, dit Garderie.

— Ce sont surtout des preuves accablantes.

Eva plissa les yeux. Intriguée.

Il était clair que le comportement de l'enfant avait changé.

— Le petit est beaucoup plus nerveux, maintenant. Vous avez vu ça ?

C'était plus que ça. Les traits de Léo Martel étaient désormais tordus par une expression de rage sans limites. Il crachait, criait, essayait de donner des coups de pied. *Zoom. Gros plan.* Le père Guillaume récitait ses prières avec davantage de ferveur. La spirale brûlante de l'hystérie était amorcée.

— Bon sang, soupira Eva.

— C'est bon, j'accélère tout ça. C'est la fin qui nous intéresse.

Le substitut lança de nouveau l'avance rapide. Ils purent assister à la métamorphose de l'enfant en accéléré. Bien que le son soit coupé, ils n'avaient aucun mal à imaginer ses cris inhumains tandis qu'il s'agitait et se cambrait en tous sens, de plus en plus vite. Une toupie de rage et de douleur.

— On dirait une crise d'épilepsie, murmura Leroy.

— En tout cas, ces imbéciles lui écrasent la poitrine à de nombreuses reprises, dit Eva. On a la cause de notre côte cassée, sans le moindre doute. Merde, ces cons ont eu de la chance de ne pas lui péter un bras ! Ils le tordent comme un vieux sac !

— Et maintenant ils le font boire de nouveau, dit le substitut. On arrive à la fin.

Il remit la vidéo en lecture.

Le son revint d'un coup. Les hurlements. Les prières. La bêtise humaine.

Ils ne dirent plus un mot. Ils regardèrent, dans le silence total, les neuf dernières minutes de la vie de Léo Martel.

Ils virent les spasmes de l'enfant ralentir. Ils entendirent ses cris diminuer.

Ils l'observèrent mourir, sans le moindre doute.

Sur l'écran, le prêtre ordonnait à Barbarossa d'arrêter de filmer. Que le rituel était achevé. Qu'il avait vu tout ce qu'il voulait voir.

Ça, c'est certain, songea Eva avec une profonde amertume.

La caméra fut dirigée vers le sol pendant deux secondes, puis la vidéo prit fin.

— Attendez. Il y en a une deuxième, fit-elle remarquer.

— En effet, dit Flemming. Celle-là est beaucoup plus courte. Cinq minutes à peine.

Il la lança sans se faire prier. Le procureur était tout aussi fasciné par ce qu'il voyait que les trois policiers autour de lui.

À cet instant, Eva nota intérieurement que le time code de l'enregistrement passait de 21 h 42 à 21 h 48. Il y avait donc une période de six minutes manquant entre les deux prises. Un simple détail. *Peut-être.*

Le visage du père Guillaume, en gros plan. Une violente colère déformant ses traits.

— *Pas question*, s'écriait-il en foudroyant l'objectif du regard. *J'ai déjà répondu à toutes vos questions tout à l'heure.*

Puis il se retournait. S'approchait du lit. De l'enfant allongé sur le lit.

La caméra continuait de filmer Franck Guillaume de dos tandis qu'il secouait le corps inanimé.

Le secouait de plus en plus fort en appelant son nom.

— C'est le moment où ils se rendent compte que le gosse est décédé, nota Eva. Il est 21 h 53.

Personne ne releva.

Ils attendirent que la vidéo se termine.

Mais elle n'avait plus rien à leur apprendre dans l'immédiat.

Quand elle prit fin – sur les visages paniqués des Martel qui poussaient le journaliste hors de la chambre, porte claquée, fondu au noir –, un silence brutal s'installa.

La chaleur était subitement étouffante dans la pièce.

Le substitut se racla la gorge et toussa dans son poing fermé. Malgré son port irréprochable, il avait l'air bouleversé par ce qu'il venait de voir.

— C'est la première fois que je tombe sur une pièce à conviction pareille, finit-il par dire.

Eva se tourna vers le lit et observa le cadavre de l'enfant. Elle n'avait aucun mal à imaginer, en surimpression sur la petite silhouette, les images de son oncle et de sa tante. Elle les voyait encore en train de le serrer, le tirer, le tordre, l'écraser…

— Grâce à cette vidéo, dit-elle, on va pouvoir noter à la minute près chaque fois que les Martel ont touché la victime et ce qu'ils lui ont fait. Cela sera utile pour le légiste.

— Ils l'ont broyé, vous avez vu ça ?

— Oui. Tous les deux à la fois sur sa poitrine…

— Il y avait de quoi s'étouffer, non ?

La policière hocha la tête. C'était précisément à cela qu'elle pensait. Les spasmes. L'enfant qui toussait. Qui peinait à chercher sa respiration. Et son idiot d'oncle qui continuait de faire pression sur sa cage thoracique. Jusqu'à lui briser une côte.

Elle revint auprès du corps. Se pencha de nouveau au-dessus de lui.

— S'il s'est bien étouffé, on sait ce qu'on doit chercher comme symptômes…

Cela ne lui prit même pas dix secondes. Elle n'eut qu'à glisser ses doigts dans la bouche de l'enfant pour constater que l'intérieur de ses lèvres était coloré en bleu.

— C'est ça. Il y a des signes d'asphyxie très nets…

Ensuite, du pouce et de l'index, elle écarta démesurément ses paupières, observant les globes oculaires gorgés de sang.

— Même chose pour ce qui est des paupières inférieures. On a une belle hémorragie pétéchiale. Impossible de la louper.

Elle se redressa. Le verdict était clair.

— Cet enfant a été victime d'asphyxie. C'est ce qui a causé la mort. Le légiste pourra déterminer quel type d'asphyxie exactement. Et à quel moment celle-ci a eu lieu…

— Parfait, soupira le substitut. On a un bel homicide involontaire. Je vais demander que l'autopsie ait lieu aussi vite que possible.

— De notre côté, annonça la policière, on va mettre tout ce beau monde en garde à vue. On pourra démêler les détails au 36.

— Attendez…

— Oui, monsieur le substitut ?

Nathan Flemming ôta ses gants de latex et lissa sa chevelure cendrée, bien qu'elle n'eût nul besoin de retouche. Il était pensif. Et nerveux.

— Attendez un peu, répéta-t-il. On va laisser le journaliste tranquille.

— Quoi ?

— On met en garde à vue la famille et le prêtre, bien sûr. Les preuves de leur responsabilité dans ce décès sont accablantes. Mais on laisse Barbarossa repartir. C'est le mieux.

— Monsieur, on ne peut pas faire ça !

Le regard de Flemming se durcit. Il n'était pas habitué à ce qu'on lui parle sur ce ton. Et nullement disposé à le tolérer.

— C'est pourtant ce que vous allez faire, commandant. Nous devons coûte que coûte éviter de jouer avec un membre de la presse. Vous m'avez bien compris ?

Eva serra les dents.

— C'est un traitement de faveur…

— Cela s'appelle de la diplomatie. Il va falloir s'arranger avec lui, vous le savez tout comme moi.

— C'est bien ce que je dis…

— Commandant, ça suffit ! tonna le substitut. Que vous le vouliez ou non, le contexte médiatique est déjà assez compliqué, on ne va pas porter atteinte à la liberté de la presse. Autant ne pas braquer cet homme inutilement, et résoudre cette affaire au plus vite. Vous allez commencer par mettre sous scellés la carte mémoire de cet appareil. Tout ce dont nous avons besoin, ce sont des vidéos qu'elle contient, n'est-ce pas ?

— C'est vrai, mais…

— Et ensuite vous allez rendre la caméra à monsieur Barbarossa et vous le laisserez rentrer chez lui. Nous savons qu'il n'a pas pu toucher le gosse puisqu'il filmait. Vous avez vu comme moi qu'il ne l'a approché à aucun moment. Vrai ou faux ?

Eva hocha la tête, de mauvaise grâce.

— Bien ! conclut le substitut en appuyant d'un geste du menton. Je vois que nous sommes d'accord. Je vous rappelle tout de même qu'il vous faudra lui rendre sa carte mémoire dès qu'on aura fait une copie des vidéos. Libre à vous de le convoquer dans les bureaux demain à l'aube, si ça vous chante. Mais en aucun cas je n'accepterai que vous le placiez en garde à vue. Entendu ?

— Cinq sur cinq, souffla Eva d'une voix à peine audible.

Puis elle tourna les talons et sortit sans rien ajouter.

14

Profondément endormi, Vauvert commença à rêver.

Il rêva qu'il se trouvait sur une banquise. Le ciel était gris. Le froid absolu.

C'était irréel, bien sûr. Cette surface de glace à perte de vue, comme un miroir opaque, ne pouvait exister. Le rêve faisait ressortir des souvenirs désagréables. Des choses auxquelles il ne voulait plus jamais penser. Un lac figé par le gel… un monstre englouti…

Tout cela appartenait au passé. C'était un épisode traumatisant de sa vie, oui, qui avait eu lieu au cœur des montagnes enneigées, mais il était révolu. Il ne pouvait s'agir de ça. Plus jamais.

Il n'y avait pas de monstre dans son rêve. Juste cette étendue blanche, sous ce ciel sans couleur.

Et lui qui marchait. Sur ce tapis de glace. Il sentait le froid intense qui traversait ses chaussures et se propageait en lui.

Il y avait une raison à cette marche. C'était évident dans le rêve, même s'il ne saisissait pas laquelle. Pas encore. Il fallait qu'il avance à tout prix, qu'il ne perde surtout pas de temps.

Il s'aperçut alors qu'il y avait une autre personne sur cette banquise, et que cette personne était Eva. Maintenant il distinguait sa silhouette, au loin, sans comprendre ce qu'elle faisait là, ni pourquoi elle était ainsi, entièrement nue. Elle se tenait debout sur la neige, immobile face à lui.

Elle le fixait de ses yeux écarlates comme il ne les avait jamais vus. Ce regard-là était un cri au secours.

Eva ? Mon amour ? appela-t-il. Que se passe-t-il ?

Il se rendit compte qu'elle pleurait. Mais les larmes d'Eva étaient rouges. C'était bel et bien du sang qui suintait de ses yeux et roulait sur ses joues, traçant des lignes écarlates sur l'ivoire de sa peau.

Eva ! Tu saignes ! Tu es blessée !

Il pensait crier mais en réalité aucun son ne sortait de ses lèvres.

Mon amour, que t'est-il arrivé ?

Il s'élança vers elle. Il lui fallait la rejoindre. Lui porter secours. Tout de suite. Pourtant, il avait beau courir, il ne semblait pas avancer, il ne parvenait pas à se rapprocher d'elle. Eva restait à la même distance de lui. Loin. Si loin. Il ne se découragea pas, accéléra, courut aussi vite qu'il le pouvait. Le sol gelé continua de défiler sous ses jambes. Et toujours il restait au même endroit. Tout autant éloigné d'elle. Tout aussi impuissant à la sauver.

Eva !

Pour toute réponse, elle baissa les yeux sur son ventre arrondi.

Il se rendit compte de l'horreur qui se produisait dans la chair de la femme qu'il aimait.

Une plaie béante. Profonde. Eva était salement blessée au ventre. C'était comme si on lui avait entaillé la chair à coups de couteau. Le plus horrible, c'est qu'elle ne semblait pas éprouver de douleur. Elle saisit la peau de son ventre de part et d'autre, et sans le regarder elle se mit à écarter démesurément les bords de la plaie.

Non ! Arrête ! Ne fais pas ça ! Pourquoi est-ce que tu fais ça ?

Toujours aucun son ne sortait de sa bouche.

Il continua de courir. Il puisa dans toutes ses forces. Mais cette banquise semblait s'étirer à l'infini. Il avait beau se démener, avancer aussi vite qu'il le pouvait, la distance à parcourir restait la même, désespérément la même.

Alors Eva se courba sur elle-même et enfouit ses mains dans son propre ventre. Ses doigts glissèrent dans ses tissus humides. Le sang remonta le long de ses bras jusqu'aux coudes.

Il ne voulait pas voir cette horreur et pourtant il ne voyait que ça. Ce spectacle impossible, et lui incapable d'arriver à temps.

Eva sourit, tandis que ses yeux se révulsaient.

Vauvert hurla.

De toutes ses forces.

Et son cri cette fois le réveilla.

Il se replia en fœtus, cherchant ses repères dans la pénombre, assourdi par le tambour de son cœur et glacé par sa propre transpiration.

Dans les draps. Dans la chambre d'Eva.

Seul.

Attrapant son téléphone, il vérifia l'heure. Il était déjà 2 heures du matin.

Il s'assit au bord du lit, encore perturbé par son cauchemar, puis se leva. Il traversa la pièce sans allumer la lumière, ses doigts glissant le long du mur pour se guider. Le salon, dont la fenêtre était toujours ouverte, baignait dans le halo nocturne de la ville. Et lui aussi était désert.

Eva n'était toujours pas rentrée.

Il comprit qu'elle ne serait pas de retour de la nuit.

15

— Monsieur Barbarossa ?

Le jeune homme tourna la tête vers elle. Elle fut de nouveau frappée par la force de son regard. Une éblouissante clarté.

— Oui ?

Il portait un tee-shirt bleu marine. Des cheveux noirs dressés sur la tête, un visage carré aux pommettes saillantes. Avec son sourire féroce et son front zébré par cette cicatrice blanchâtre, il avait l'apparence d'un capitaine pirate.

— Venez avec moi dans la cuisine, je vous prie. Je souhaite vous parler un instant.

— Bien sûr…

Il se leva sans se presser et traversa la pièce pleine de monde. À présent, le groupe de la Criminelle de Paris avait pris le relais des policiers de Drancy. Une demi-douzaine d'officiers s'activaient à faire des relevés des lieux, déposant des chevalets de marquage jaune, photographiant, remplissant des procédures. Erwan Leroy venait de signifier le début de leur garde à vue au couple Martel, mais ceux-ci refusaient de quitter les bras l'un de l'autre, en larmes, répétant qu'ils étaient innocents et suppliant qu'on les laisse tranquilles. Deux policiers en tenue les séparèrent sans ménagement, les éjectant du canapé avant de les traîner vers les voitures de patrouille garées devant la maison. Leroy se dirigea ensuite vers Franck Guillaume. Le faux prêtre tremblait comme une feuille sur sa chaise.

Dorian Barbarossa, lui, affichait une assurance à toute épreuve.

Ça, et autre chose que la policière albinos ne parvenait pas à définir.

Quelque chose qu'elle n'aimait pas.

Elle aurait préféré pouvoir l'interroger cette nuit. Comprendre ce qui se cachait derrière ce contrôle froid. Ce sourire de Sphinx. Peut-être rien, après tout. Juste un jeune homme trop sûr de lui, qui se complaisait comme tant d'autres à fouiller dans la misère humaine. Ou, peut-être, un individu plus inquiétant.

Mais les ordres du substitut étaient formels. Elle ne pouvait passer outre. Elle devrait se contenter de quelques minutes, maintenant, face à face. Pour le juger. Se faire son idée de l'énergumène. Avant de le laisser filer à l'abri de la nuit.

— Voici votre matériel, dit-elle en déposant le sac de voyage sur la nappe cirée. Tout y est, à l'exception de la carte mémoire de votre caméra. Nous l'avons saisie le temps de faire une copie de vos vidéos.

— Merci, madame.

— C'est commandant.

— Merci, commandant, fit Barbarossa. Je ne suis pas en garde à vue ?

Il l'avait dit sur le ton d'une question, pourtant il n'y avait aucune trace de surprise dans sa voix. Comme s'il évoquait une évidence.

Eva rajusta ses lunettes noires du bout de son index.

Tu devrais l'être.

— Non, fut-elle bien obligée de lui répondre. Vous n'êtes pas considéré comme suspect. Vous allez pouvoir rentrer chez vous.

— Quand pourrai-je récupérer ma carte mémoire ? J'ai besoin de ces vidéos pour mon travail…

Il ne perdait pas le nord. Et connaissait bien ses droits.

— Votre émission, je sais, dit Eva. Mon collègue m'en a un peu parlé. Vous suivez des charlatans pour les démystifier, si j'ai bien compris.

— Entre autres choses, oui.

— Et vous obtenez tout de même leur accord pour les filmer ?

Barbarossa haussa les épaules.

— Les escrocs ne sont pas tous des lumières. De nos jours, qui refuserait ses quinze minutes de télévision ? Même si c'est pour se faire humilier ? Je ne dis pas que c'est toujours facile de me faire accepter dans leurs combines. Je n'y arrive pas forcément du premier coup. Le père Guillaume, par exemple, il a refusé de me voir une première fois.

— Pourquoi ?

— Exactement comme vous l'avez dit. Parce qu'il est un charlatan et que je dénonce les charlatans. Je montre au reste du monde leur vrai visage.

— Si je comprends bien, vous êtes une sorte de justicier ?

— Je n'ai pas cette prétention, répliqua le journaliste.

Eva était songeuse.

— D'accord. Mais Guillaume a fini par accepter, n'est-ce pas ?

— Les Martel y tenaient.

Ou bien tu sais être diablement persuasif, se dit-elle.

— Très bien, monsieur Barbarossa. Nous vous restituerons votre carte mémoire demain, si vous le souhaitez. Nous en profiterons pour prendre votre déposition à tête reposée. Il est important que nous ayons votre version des événements.

— D'accord.

— Je vous attends à 14 heures, ajouta la policière. Vous vous présenterez à la direction de la police judiciaire, au 36, quai des Orfèvres. Je précise que c'est une convocation officielle. Vous feriez mieux de ne pas oublier.

— Je n'oublierai pas, dit Barbarossa avec un demi-sourire. Ne vous inquiétez pas.

— Je ne m'inquiète pas, répondit Eva. Voici ma carte. C'est moi que vous demanderez à l'accueil.

Il saisit le carton entre deux doigts et le glissa dans la poche arrière de son jean sans quitter son interlocutrice du regard un seul instant. Cette insistance avait quelque chose de perturbant.

Elle n'aimait pas son assurance. Sa fausse modestie puante.

Elle n'aimait rien de lui.

Elle se tourna un instant vers la fenêtre. À l'extérieur, deux officiers amenaient le père Guillaume vers une voiture de patrouille. Ils allaient le conduire dans un bureau pour l'interroger immédiatement. Les autres voitures où se trouvaient Ludovic et Josie Martel partirent à leur tour.

— Je ne vous cache pas que vous avez de la chance d'être journaliste. Mais vous le savez, n'est-ce pas ?

— Je suis quelqu'un d'assez chanceux en général, répliqua Barbarossa.

— C'est ce qu'on m'a dit.

Elle désigna la cicatrice sur son front et ajouta :

— Est-ce que c'est vrai, cette histoire ? Vous avez vraiment une balle dans le crâne ?

Les paupières du journaliste papillonnèrent. Il soupira.

— Cela faisait longtemps, tiens... C'est usant, parfois, cette question, vous savez ? Les gens se focalisent là-dessus. Ils cherchent à voir des tares partout. Des stigmates. Ils aiment les monstres de foire. Vous devez en savoir quelque chose...

Eva ne broncha pas. Pourtant sa réflexion venait de lui faire l'effet d'une gifle. Elle se demanda une nouvelle fois à quoi il jouait. Ou si c'était elle qui imaginait des choses.

— Je veux simplement savoir si c'est de la publicité que vous vous faites, dit-elle sans desserrer les dents. Cela m'a tout l'air de bien vous servir, cette réputation de trompe-la-mort. Non ?

Je veux savoir si tu mens comme tu respires, mon petit pirate.

Barbarossa acquiesça.

— C'est vrai que le succès de mon émission n'est pas étranger à cette histoire. Mais oui, puisque vous voulez tout savoir, c'est la stricte vérité. Je me suis fait tirer dessus quand j'avais dix-sept ans. La jeunesse… les mauvaises fréquentations… J'ai pris une balle de calibre 22 dans le crâne. Elle y est toujours. Autant dire que je sonne dans les aéroports…

Il posa son index sur sa tempe. Comme s'il tenait un pistolet lui-même.

— Cela va faire dix ans qu'elle y est. Au beau milieu de ma tête. Je vis avec la mort coincée là.

— C'est tout de même incroyable.

— N'est-ce pas ? La balle s'est logée entre les deux hémisphères, voyez-vous. Elle a glissé dans mon cerveau sans causer le moindre dégât. Elle y a trouvé une place stable. Les médecins n'avaient jamais vu ça. J'avais une chance sur plusieurs millions que ce cas de figure arrive. Pourtant, c'est ce qui s'est produit. J'ai survécu. Vous vous doutez que les médecins ont tout imaginé pour extraire le projectile…

— Mais ?

— Mais ce n'est pas possible, dit Barbarossa. Il faudrait aller chercher dans le cerveau. L'opération risquerait de me tuer.

— Et en vous la laissant là où elle est ? Il n'y a pas de risques ?

— Il y a le risque que je meure à tout moment. (Un sourire étrange se dessina sur ses lèvres.) Mais il ne faut pas dramatiser non plus. Cela reste une simple probabilité. Je préfère me dire que cela rend le jeu plus intéressant. Vous ne trouvez pas, commandant ?

— Que voulez-vous dire ? fit la policière, en posant ses poings sur ses hanches.

Son geste fit s'écarter les pans de sa veste.

Dévoilant la rondeur de son ventre, qui tendait sa chemise.

Elle s'en aperçut et referma machinalement sa veste pour le masquer de nouveau.

Mais Barbarossa ne regardait plus que ça. Son ventre. Une ombre subite passa sur son visage. Quelque chose d'infime, un frémissement au coin de ses lèvres, comme un tic nerveux, qui n'avait duré qu'une fraction de seconde. À tel point qu'Eva se demanda si elle l'avait imaginé. Peut-être bien.

— Monsieur Barbarossa ?

Il releva les yeux vers elle.

— Désolé, dit-il. Je n'avais pas remarqué que vous étiez enceinte.

— Et alors ?

Il haussa les épaules.

— Alors, toutes mes félicitations. C'est ce qu'on dit dans ces cas-là, non ?

Eva pencha la tête sur le côté. Prise au dépourvu malgré elle.

— Je suppose. Merci, en tout cas.

— C'est la moindre des choses.

Il eut un sourire forcé. À moins que ce ne soit son expression habituelle. Elle ne savait toujours pas quoi en penser.

Si tu es un manipulateur, tu es sacrément bon.

— Vous m'avez dit que je peux m'en aller, n'est-ce pas ?

Malheureusement.

— Oui, monsieur Barbarossa. Je ne vous retiens pas plus longtemps. Nous nous verrons demain.

— À demain, commandant.

Et voilà. Elle le regarda quitter la pièce et repartir vers le hall, au milieu du déploiement d'officiers, toujours aussi indéchiffrable. Elle était incapable de déterminer s'il se payait la tête de tout le monde. Mais pourquoi aurait-il fait une telle chose ?

Après tout, elle n'avait rien à lui reprocher.

Elle n'arrivait simplement pas à comprendre pourquoi elle se sentait si mal à l'aise en sa présence.

Mais elle réalisa aussi qu'elle avait été dans cet état toute la soirée, avant même de venir ici. Une fatigue sournoise ne la quittait pas.

Un bâillement lui échappa.

Bon sang. Elle détestait ça. Elle se sentait somnolente. Encore.

Sa nervosité venait de là. La cause était évidente. C'était sa grossesse qui provoquait ces sautes d'humeur.

Était-il possible que cela dure ainsi jusqu'à l'accouchement ?

Cinq mois ? *Cette éternité-là ?*

Dans le métier qu'elle faisait, ce n'était pas acceptable. Il lui faudrait trouver une solution. N'importe laquelle. Cela ne pouvait pas continuer comme ça.

Elle posa une main sur son ventre, songeuse.

Machinalement, elle se tourna vers la fenêtre.

Elle se figea.

Barbarossa se tenait sur le trottoir, de l'autre côté de la rue.

Il la regardait. Les yeux brillants, fixés sur la fenêtre de la cuisine. Sur elle.

Il lui sourit.

Puis il fit volte-face et s'éloigna, son sac sur l'épaule.

16

Il presse le pas, l'air de rien.

L'attroupement s'est considérablement éclairci dans la rue, la plupart des curieux ayant fini par aller se coucher. L'attention des derniers badauds est focalisée sur les camions de télévision en train de manœuvrer et que les policiers essaient de faire repartir à grands gestes ulcérés. Personne ne s'intéresse à lui tandis qu'il rejoint sa voiture.

La porte de la Volkswagen est claquée. Le sac de matériel jeté à l'arrière. Le moteur vrombit. Il remonte l'allée à faible allure.

Dorian Barbarossa s'éloigne de cette femme qui a essayé de le tester. Qui a essayé de le piéger. Mais il est plus malin que ça. Il a remporté l'épreuve. Comme d'habitude.

Il prend à droite. Puis à gauche. Roule dans des allées au hasard.

Puis il arrête brutalement son véhicule dans un pan d'ombre au beau milieu de la rue, ouvre la portière et a tout juste le temps de se pencher pour vomir ses tripes à longs jets brûlants.

La bile si longtemps contenue éclabousse le trottoir avec violence, disparaissant dans le noir.

— Salope… murmure-t-il entre deux hoquets. Tu te crois forte…

Il est pris d'une quinte de toux acide.

Il sent des larmes s'échapper de ses paupières fermement closes.

Il a tenu bon. Il ne l'a pas quitté des yeux un instant. Il ne s'est pas laissé démonter face à elle.

Elle cache ses yeux écarlates derrière ses lunettes noires. Pourtant il a bien regardé. Il a très bien vu ses prunelles, quand elle tournait la tête. Il n'a vu que ça. Ces yeux rouges, inhumains. Débordant de la lave de l'enfer. Comment une telle aberration est-elle seulement possible ?

Plié en deux, il continue de tousser et de cracher pendant un moment qui lui semble durer une éternité.

La crise passe enfin.

Quand il peut de nouveau respirer, il se redresse, pantelant. Il s'essuie la bouche avec un mouchoir en papier qu'il jette dans la rue avant de claquer la portière.

Cette femme est albinos. Et une albinos comme il n'en a jamais vu.

L'autre ne l'était pas.

Celle-ci a beau lui ressembler, ce n'est qu'une coïncidence. Une âcre ironie du destin.

Il n'y a rien d'infernal en elle.

Seulement ce qu'elle lui évoque. Cette rage folle qui le submerge quand il pense à elle. Ces souvenirs qui reviennent et le frappent comme des coups de poignard.

— Putain de flic, murmure-t-il. Tu ne comprendras jamais. Tu n'es pas de taille.

Il s'accroche à cette pensée. *Aucun rapport avec l'autre.* Celle-là est simplement venue faire son travail de fonctionnaire sous-payé. Et en bonne flic idiote et incompétente elle l'a laissé repartir libre.

Elle ne sait rien.

Tu ne risques rien.

S'il s'était agi de la même personne – si cette femme était une sorte de réincarnation de Mina Karlova, ou une quelconque entité vengeresse venue pour lui –, les choses se seraient déroulées de manière très différente. Il peut en être certain.

Tout ce qui compte, c'est qu'il s'en est sorti. Comme d'habitude. Sans la moindre difficulté. Il a regardé l'abysse et l'abysse ne l'a pas englouti. La chance demeure de son côté.

Il empoigne le volant et le tient serré, attendant que la lumière du plafonnier s'estompe.

Le plongeant dans le noir complice.

Où il tremble de tout son corps.

Son réconfort est de penser à l'enfant qu'il a étouffé de ses propres mains. Cela, rien ni personne ne pourra le lui enlever. Il l'a fait. Il a vécu ce moment-là. Il a senti le corps s'immobiliser, le cœur cesser de battre…

À ces pensées, une vague de bonheur revient en lui. Il s'y accroche. Se laisse submerger par l'évocation de ces quelques instants.

C'est ce genre de souvenirs qui l'apaisent. Qui lui font oublier la présence de métal fiché dans son cerveau. Ces souvenirs sont sa drogue, secrète et coupable.

Il vérifie que son téléphone est toujours dans sa poche. Il le sort, le tient dans sa main, s'assure que la vidéo est toujours là. Bien en sécurité dans la mémoire cryptée de l'appareil. *Deux minutes trente.* Cela n'a duré que ce bref moment. *Mais à présent, cela sera éternel.*

Dès qu'il sera à la maison, la première chose qu'il fera sera de visionner cet enregistrement. Pour revivre cette bouffée de plaisir évanescent. Il sait qu'il se le repassera de nombreuses fois, oui, et que cela sera la même chose à chaque vision. Cette plénitude insaisissable, quand il voit la vie de ces gens quitter ce monde. L'idée que ce sont ses propres mains. Qu'il était là. Au travers de ces images enregistrées, sauvegardées, il peut bel et bien revivre l'acte, il peut sentir leurs gorges palpitantes sous ses doigts.

Il inspire calmement. De plus en plus calmement, maintenant.

Bercé par ce souvenir. Cette victoire, si infime soit-elle.

Non, il n'a aucune raison de s'inquiéter.

Pas plus que les fois précédentes. Toutes les fois précédentes.

Dorian Barbarossa sourit. Un vrai sourire, cette fois, pas le masque artificiel qu'il a servi à ces gens durant toute cette soirée. Un sourire de victoire. Un sourire comme une promesse.

Ses yeux brillent dans l'ombre totale.

Il range son téléphone.

Son esprit est désormais occupé par sa nouvelle obsession.

La femme aux cheveux blancs.

Enceinte.

LA FEMELLE EST ENCEINTE.

Rien que d'y penser, son estomac se révulse de nouveau.

Il revoit très clairement ce qui s'est produit dans cette cuisine.

Quand elle a écarté les pans de sa veste. À cet instant-là.

Il a eu l'impression qu'une vague de froid polaire lui soufflait dessus.

C'est vraiment ce qui est arrivé. Un frisson l'a frigorifié jusque dans ses os.

C'est la première fois qu'il a ressenti ce genre de chose.

Cela doit forcément avoir un sens.

Surtout qu'avec cette sensation de froid, une vision lui est venue.

Dans le ventre gonflé de la policière. L'espace d'un instant il a vu. Quelque chose qu'il n'a même pas reconnu. Ce n'était pas humain.

Il en frémit encore. Cette vision a été brève, pourtant, mais d'une telle clarté ! Comme un hologramme, une image en surimpression. Dans le ventre de cette femme, il a aperçu une abomination reptilienne et grouillante, comme si elle était multiple, tapie dans le secret de ses entrailles. La chose le regardait de ses yeux aveugles, à travers la chair et les vêtements. Attentive. Attendant.

Il a beau savoir que c'est la balle dans son crâne qui altère sa vue, parfois, il a beau se répéter que cela ne peut être possible, que ses sens sont perturbés, cela ne change rien à ce qu'il ressent au plus profond de lui. L'envie le possède et c'est tout ce qui compte.

La mort habite dans sa tête. Il lui faut vivre avec.

À présent, cette pensée ne le lâchera plus. Il le sait.

Il sait comment cela se passe. Chaque fois le déroulement est identique. Il va être hanté par cette femme aux cheveux blancs. Par le désir de la voir morte. Le film va se dérouler dans l'œil de son esprit. Chaque jour, sans relâche, il va y penser. Il va en rêver. Encore et encore.

Jusqu'à passer à l'acte. Le but de tout cela est de passer à l'acte, bien sûr. Satisfaire la pulsion. Enfin.

Détendu à présent, il jette un bref regard derrière lui, pour s'assurer que personne ne l'observe. La rue est plongée dans les ténèbres. Les stores des maisons baissés.

Il glisse ses doigts dans la poche arrière de son jean et en retire la carte que la femelle albinos lui a remise.

Eva Svärta. Commandant de police.

La proie a un nom.

Le nom qui va hanter ses jours et ses nuits.

II

La traque

17

Le visage de Mina Karlova ne quitte pas sa mémoire.

Qu'il le veuille ou non, elle n'est jamais loin.

Elle a laissé un souvenir dans son crâne.

Coincé entre ses deux hémisphères cérébraux.

Cette balle de 22.

Cette incarnation de mort, métallique, inamovible. Il la lui doit. À elle et à elle seule.

Il se souvient…

Le plus ironique c'est que, les rares fois où il a eu l'occasion de la croiser, il l'a trouvée tellement belle, avec ses cheveux décolorés. Hautaine, certes. Une dureté de roc à fleur de peau. Mais qui dans le quartier n'est pas façonné ainsi, avec du béton dans le cœur et des rêves de grandeur plein la tête ?

Mina n'a que dix-neuf ans. Tout le monde ne parle que d'elle, et de son frère Deniz. Partis de rien, les deux Karlova se font peu à peu leur place dans l'économie parallèle. Cannabis, cocaïne, MDMA, ils sont sur tous les marchés. Et toujours prêts à en découdre. Les rares à avoir essayé de marcher sur leurs plates-bandes s'en sont, tous, mordu les doigts.

Dans leur dos, loin de leurs oreilles, les plus jeunes n'hésitent pas à comparer le frère et la sœur à un couple de hyènes, tout en s'écrasant ventre à terre en leur présence.

Après tout, on ne plaisante pas avec des hyènes armées jusqu'aux dents.

Depuis quelques jours, une rumeur s'est propagée. Les Karlova recherchent le petit malin qui leur a dérobé un kilo de marchandise. Les Karlova retournent la cité. Ils font le tour des appartements, donnent de l'argent aux gosses pour les faire parler. Le voleur peut se faire du souci. Les représailles que lui réservent les Karlova seront exemplaires. Ce n'est qu'une question de temps.

Dorian, lui, n'a rien à voir avec tout cela, ou du moins c'est ce qu'il s'imagine naïvement. Alors qu'il fête ses dix-sept ans aujourd'hui même, c'est déjà un garçon débrouillard. Il est rodé aux menus larcins qu'on lui propose pour une poignée d'euros, parce que c'est ainsi que les choses se passent dans son milieu. Le visage masqué d'une cagoule, il peut voler n'importe quelle voiture en moins de cinq minutes. Se battre avec un plus fort que lui ne lui a jamais fait peur. Au fond de lui, il se dit qu'un jour il deviendra quelqu'un. Il suffit qu'il gravisse les échelons sans faiblir. Les autres y arrivent, pourquoi pas lui ? Quand il se sera fait assez d'argent facile, il pourra même draguer Mina Karlova. Il aimerait ça. Ce genre de fille ne respecte que le pouvoir, il le sait. Et ce pouvoir, il le veut. Il en rêve chaque fois qu'il ferme les yeux.

Ce qu'il ignore, c'est que le fameux kilo de coke volé aux Karlova, c'est Joe, cet idiot de Joe, qui l'a récupéré. Joe a toujours eu la mauvaise idée au mauvais moment. Dorian aurait dû s'habituer à ses coups foireux.

Ce soir-là, il n'a rien vu venir. C'est le jour de ses dix-sept ans et c'est tout ce qui compte pour lui. Joe l'a invité à passer la soirée chez lui. Dorian ne peut s'imaginer dans quels ennuis son ami d'enfance s'est encore fourré.

Il est 23 heures. Ils ne sont que quatre, dans le petit appartement, mais il y a de quoi boire, fumer, sniffer, et des nouveaux jeux à essayer sur la PlayStation. Les enceintes vibrent au son d'Eminem. De retour à la réalité. Oh voilà la gravité. Dorian se sent défoncé et absolument heureux, il pense conclure avec la petite Nicole, installée à côté de lui sur le canapé. Ils sont en pleine partie de Call of Duty *quand on frappe à la porte. Ou plutôt, on y tambourine.*

Aucune importance, se dit-il sur le moment. Il y a toujours un voisin aigri pour venir casser l'ambiance et demander qu'on baisse la musique. Il continue de jouer, l'esprit ailleurs, tandis que Joe va ouvrir.

La détonation se confond avec les bruitages du jeu.

Nicole crie et lâche sa manette.

Joe, quant à lui, s'est mis à reculer, avec des gestes saccadés et un air de terreur absolue sur le visage.

Dorian ne comprend pas tout de suite. Il a besoin de plusieurs secondes pour absorber l'idée qu'on a tiré sur son ami. C'est réel. Joe hoquette en se tenant la poitrine, d'où son sang s'échappe en torrents furieux. Joe est en train de mourir sous ses yeux.

Le responsable entre sans se presser dans la pièce. Dorian reconnaît Deniz Karlova, son crâne rasé, son impressionnante carrure d'athlète, entretenue chaque jour à la salle de sports où les gosses du quartier apprennent la boxe thaïe. Deniz tient un pistolet à deux mains. Il le braque vers les adolescents installés sur le canapé.

Il commence à tirer.

Dorian se jette au sol, assourdi par les détonations. Les meubles autour de lui sont criblés de balles, des vitrines se brisent. Michael, le cousin de Joe, qui s'est levé précipitamment de la table où il se faisait un rail de MDMA, prend une première balle dans la jambe, puis une autre en pleine poitrine. Il est mort avant même de toucher le sol.

Mina est entrée dans l'appartement elle aussi. Ses cheveux décolorés sont attachés en arrière. Ses yeux scintillent comme s'ils contenaient des miroirs. Elle brandit un pistolet à bout de bras. Dorian apprendra plus tard qu'il s'agit d'un Ruger Mark II semi-automatique. L'arme des Navy SEALs, d'une redoutable précision.

L'engin de mort qui va sceller son destin.

Mina lève l'arme vers lui. Ses lèvres se relèvent comme un rictus animal.

Elle tire.

Ce n'est pas lui qui reçoit la balle. C'est Nicole, qui s'était, elle aussi, repliée contre le mur, en hurlant, en suppliant. Son épaule est pulvérisée par le projectile. Son sang gicle sur le mur, y dessinant un grand rorschach humide. Nicole roule sur le sol, agitée de spasmes, étouffée par la rivière rouge qui jaillit de sa blessure.

Dorian l'observe, fasciné, alors qu'elle meurt sous ses yeux.

Tout ce sang répandu. Cette odeur palpable qui le prend aux sinus.

Quelque chose se produit en lui, durant cette fraction de seconde qui semble durer des heures.

Quelque chose change.

Il lève les yeux vers Mina Karlova. Cette fille si belle qui vient sans raison mettre un terme à sa vie.

Il sait que c'est ce qui va arriver maintenant.

Il sait qu'il va mourir et qu'il ne peut rien y faire.

Il écarte les bras comme un risible épouvantail. Il s'entend dire non. Je ne veux pas mourir. Pas moi.

Dans le regard de la jeune fille, il n'y a qu'un intense mépris, dans les reflets de la transe.

— Pourtant, la mort t'ouvre ses bras, dit-elle.

Au moment où elle presse la détente, il la voit distinctement mordre sa lèvre inférieure, et ses yeux qui se révulsent.

Comme si tuer lui apportait du plaisir.

Cette idée le crucifie.

Dans cet instant figé. Dans cette fraction de seconde avant la mort.

Il se répète que non. Il ne peut pas mourir. Il ne doit pas. Pas ainsi. Pas sans avoir été quelqu'un.

C'est sa dernière pensée, alors que la balle jaillit de la gueule du pistolet. Il la voit se diriger tout droit vers lui, il voit sa pointe effilée transperçant l'air. Il sait que ce n'est pas possible, que ses sens ne peuvent pas percevoir cela, et peut-être n'est-ce qu'un rêve qu'il fera plus tard. Mais dans son esprit, dans ces dimensions subjectives que sont le temps et la mémoire, cette balle continue d'arriver au ralenti. Elle est dorée, sifflante, presque comme si elle hurlait, un cri de guerre, un cri de faim. Il la sent qui heurte son crâne. Qui perfore l'os, s'enfonce dans les replis palpitants de son cerveau.

À présent il ne voit plus rien qu'un grand vide blanc. Il sait qu'il tombe sur le sol, même s'il ne ressent pas le choc.

Ne reste que cette idée, obsédante.

Ce refus de se laisser emporter.

Il ne le peut pas.

Il ne mourra pas maintenant.

Même si la mort lui ouvre ses bras pour l'accueillir.

Il répond à son étreinte.

C'est lui qui emprisonne la mort dans ses bras, oui.

Et la tient serrée contre lui.

Tout au fond de lui.

Dorian tremble de tout son corps.

Il ouvre brusquement les yeux.

Un instant, une nuée de papillons noirs peuple son champ de vision, puis les écrans multiples de son ordinateur réapparaissent devant lui.

Il se trouve dans son bureau, à sa table de travail.

Il réalise qu'il s'est écroulé devant son clavier. La fatigue a finalement eu raison de sa résistance.

Combien de temps a-t-il dormi ? Sans doute pas longtemps, mais il peste tout de même entre ses dents. L'horloge de l'ordinateur affiche un peu plus de 5 heures du matin.

— Eh bien, cela me laisse encore deux bonnes heures, murmure-t-il pour lui-même.

Cela devrait lui permettre de bien avancer dans ses recherches.

Il se penche en arrière sur son fauteuil pour s'étirer. Il a besoin de quelques instants encore pour reprendre ses esprits. Quand il se sent de nouveau d'attaque, il observe les pages Internet déployées sur les trois écrans devant lui.

Les fenêtres en cascade affichent des photos, des vidéos, des articles de journaux.

Les archives des quotidiens regorgent de ressources. Il suffit de savoir où chercher. De savoir forcer les barrages cryptés, aussi.

Barbarossa est rodé à cet exercice. Cela fait partie de son travail d'investigation.

À présent, et grâce à la déconcertante perméabilité d'Internet, toute la vie d'Eva Svärta s'étale sous ses yeux.

Plus fascinante que tout ce qu'il aurait imaginé.

Sur l'écran principal défile la liste des criminels que cette femme a mis sous les verrous en un peu moins de quinze ans de service. Et la liste, non moins longue, de tous ceux ayant trouvé la mort lors de leur interpellation par le commandant Svärta. Un catalogue que Barbarossa s'empresse de croiser avec tous les articles de presse qu'il peut trouver. Il tient à comprendre ce que cette femme leur a fait. Comment elle les a tués. *Pourquoi* elle l'a fait.

À chaque nouveau document qui s'affiche, il se répète la même chose.

Qu'il a trouvé une proie bien dangereuse.

Un grand frisson le parcourt à cette pensée.

Le défi n'en est que plus intéressant. N'est-ce pas ?

Dorian Barbarossa attrape le thermos pour remplir son mug de café.

Puis, sirotant le breuvage corsé, il lance un nouveau téléchargement. Il vient d'accéder à un serveur de la DDASS mal protégé, il peut remonter les dossiers pour atteindre leurs archives.

Dans deux heures, il faudra qu'il appelle Matheo, son patron, pour faire le point sur le reportage de ce soir. Il ne sait pas encore ce qu'il va lui raconter.

Ce n'est pas bien grave en soi. Son travail est secondaire. La pulsion qui l'habite efface toute autre priorité.

Tout ce à quoi il peut penser maintenant est cette mystérieuse policière.

Continuer ses recherches, oui. Visionner toutes les vidéos qu'il peut récupérer en ligne. Se glisser dans l'intimité de ses placards, derrière ses petites culottes, et y contempler ses squelettes les mieux cachés.

Il est important pour lui de tout apprendre sur elle.

Pour mieux la réduire à néant.

18

Quand la Navette Paris-Toulouse se posa sur le tarmac de l'aéroport international de Toulouse-Blagnac à 7 h 30 précises, Alexandre Vauvert réalisa que sa vie n'avait jamais été aussi réglée. Même pendant les dix années qu'avait duré leur mariage, son ex-femme n'avait jamais réussi à lui imposer le moindre rythme régulier. Et Virginie avait été une sacrée maniaque, on ne pouvait pas dire le contraire.

À présent, il prenait presque goût à cette régularité.

Ce lundi était identique à tous les précédents depuis des semaines. Déambulation dans le hall D de l'aéroport, au milieu des passagers hagards. Traversée du parking P1 où était stationné son véhicule. Long parcours du combattant sur le périphérique déjà saturé alors qu'il n'était même pas 8 heures.

Fenêtres du 4 × 4 ouvertes en grand, il fumait cigarette sur cigarette, le regard brumeux. Il n'avait pas assez dormi. Le cauchemar qu'il avait fait durant la nuit le perturbait plus qu'il ne l'aurait souhaité. Au cours de sa vie, ce genre de rêve n'avait jamais été anodin. Il annonçait toujours quelque chose de terrible. *Une mise en garde.* Cela pouvait sembler idiot, irréel, mais ce n'était pourtant pas une simple superstition. Il le savait car il avait déjà vécu cette situation.

Les rêves que faisait Vauvert étaient plus que des rêves.

Ils se réalisaient toujours.

Pendant des années, il avait refusé de leur accorder la moindre attention. Il n'acceptait pas ce don étrange qui était le sien, et dont il ne comprenait même pas le fonctionnement ni la raison. Si tant est qu'il y ait une raison à ces choses.

Mais le rêve de cette nuit était le pire de tous ceux qu'il avait jamais faits. Il l'avait empli d'une angoisse profonde et tenace.

Incapable de retrouver le sommeil, le policier avait passé le reste de la nuit vautré sur le canapé du salon, à regarder la télévision et à espérer le retour d'Eva sans trop y croire.

Elle n'était, en effet, pas rentrée.

À 5 heures du matin, elle l'avait appelé pour lui souhaiter un bon retour, s'excusant de ne pouvoir être là pour l'embrasser une dernière fois avant son départ. Elle était coincée dans les bureaux du 36, quai des Orfèvres pour les interrogatoires et n'avait pu se libérer un seul instant.

Il lui avait dit que ce n'était pas grave.

Mais au fond de ses tripes, son absence était un manque terrible.

Un vide vertigineux qu'il ressentait chaque fois qu'il était séparé d'elle.

Déjà 8 h 20. Il arrivait à peine au niveau des Ponts-Jumeaux. Le centre-ville de Toulouse était encore plus embouteillé que le périphérique. Il lui fallut presque trois quarts d'heure de plus pour rejoindre l'hôtel de police, boulevard de l'Embouchure. Sa place l'attendait dans le parking en sous-sol. Il emprunta l'escalier, délaissant les ascenseurs pour lesquels il avait une aversion profonde. Le bâtiment était ancien mais Vauvert s'y sentait comme chez lui. Couloirs étroits. Murs de briques roses. Tout ici sentait la procédure et la sueur. Quand il avait besoin de réfléchir, il lui arrivait de parcourir les étages pendant des heures, ce qui lui avait toujours valu une réputation de doux illuminé.

Arrivé dans les locaux de la Brigade criminelle, il trouva les lieutenants Blanca et Lavigne autour de la machine à café. Tous deux avaient les yeux gonflés et une barbe de deux jours.

— Eh bien ! J'en déduis que le week-end a été dur ?

— On n'a pas arrêté, soupira Lavigne, le nez dans son gobelet en carton. Je ne sais pas si c'était la pleine lune ou quoi, les gens étaient tous à cran. On n'a jamais eu autant d'agressions et de batailles d'ivrognes en un week-end !

— Et on a un meurtre, ajouta Blanca. C'est la procureur Chanabé qui est saisie et le juge Marcazzan qui s'en occupe. Il doit d'ailleurs arriver à 10 heures pour faire le point. On a été dessus durant tout le week-end sans rentrer chez nous.

— OK, faites-moi le topo, dit le colosse en glissant une pièce dans la machine. Quel genre de meurtre ?

— Une prostituée hongroise de dix-huit ans. Tailladée à l'arme blanche. Salement amochée, la gamine. Son corps a été retrouvé samedi matin dans une poubelle, rue du Printemps.

— Identité ?

— Anita Somossy. Plus connue sous divers pseudonymes, « Anita Love » ou « Veronika » notamment, dans diverses vidéos pornographiques de bas étage. On l'avait arrêtée pour racolage trois fois l'an dernier. D'après ce qu'on sait, elle était en France en toute illégalité depuis deux ans.

Le calcul était facile. Et amer.

— Bordel, elle était sur le trottoir à seize ans ?

— Le rêve français, que veux-tu, grimaça Blanca. Pour l'instant, ça ressemble à un banal règlement de comptes, peut-être avec son mac, ou bien avec un client. On a un témoin fiable qui prétend avoir vu la fille se battre avec un homme d'une trentaine d'années, un peu plus loin sur le boulevard Matabiau, au milieu de la nuit. L'agresseur était en train de la traîner par les cheveux pour l'éloigner du boulevard. On a demandé l'ADN en urgence, la fille avait de la peau sous les ongles. Il faut croire que le type qui a fait ça n'était pas bien malin, ou en tout cas qu'il n'avait pas prémédité son coup.

Vauvert récupéra sa boisson fumante. Il souffla dessus. Il avait de nouveau envie d'une cigarette.

— Bien. Si le lascar est connu de nos services, ça devrait aller vite.

— Ce n'est pas tout, intervint Lavigne. L'autopsie a été faite hier, et… il y a tout de même un truc bizarre avec la victime.

— Quel genre ?

— Il lui manque deux organes. La rate et un rein…

Vauvert perdit tout intérêt pour son café et planta son regard dans celui du lieutenant.

— Le tueur a emporté des *morceaux* ?

— En fait non, ce n'est pas ce que je voulais dire. L'ablation des organes est antérieure à l'agression. On a deux opérations bien distinctes, une pour le rein et une deuxième pour la rate. De manière parfaitement chirurgicale toutes les deux, peut-être par la même personne. Quoi qu'il en soit, c'est un pro qui les a réalisées.

— Ça aurait pu être fait en Hongrie ? Avant qu'elle ne débarque ici ?

— Impossible. Les opérations sont trop récentes. De plus, le légiste est formel, la technique employée pour opérer est bien de chez nous. La victime était aussi farcie de médicaments. Anticoagulants. Antibiotiques. Cortisone. Un vrai cocktail. Elle avait visiblement contracté une septicémie due à l'ablation de sa rate…

— On ne peut retrouver qui lui a prescrit ces médicaments ?

Ses deux collègues gloussèrent en même temps.

— Qu'est-ce que tu crois ? fit Benjamin Blanca en jetant son gobelet à la corbeille. Aucune ordonnance. Pas le moindre dossier médical. La Sécu ne la connaît pas. Le labo est en train d'analyser tous les médicaments qu'elle avait dans le sang. En fonction du type de molécules, ils vont essayer de retracer leur provenance. Mais ils n'y croient pas trop…

— Bon sang, soupira Vauvert, vous croyez qu'on pourrait avoir un trafic d'organes dans la région ? Ce serait la première fois que ça arriverait…

— Il y a sans doute une autre explication, dit Lavigne. On en a discuté avec le juge. Il ne croit pas une seconde à cette possibilité. Les greffes d'organes sont bien trop réglementées dans le pays, il est impossible de passer outre le fichier national des demandeurs et des donneurs. Marcazzan penche plutôt pour une guerre de territoire ou pour un pervers. Bref, quelque chose de plus habituel…

— Je vois…

Le commandant but lentement son café. Il n'était pas mécontent d'avoir passé deux jours au calme à Paris. Même s'il n'avait pas assez récupéré cette nuit, il avait eu droit à un break, contrairement au reste de son équipe.

Il repensa au rêve qu'il avait fait cette nuit. Ce cauchemar de banquise et de sang.

Le ventre d'Eva ouvert comme un fruit.

Il frissonna.

Il chassa vivement ces pensées.

Il lui tardait de l'appeler pour prendre de ses nouvelles.

Pour entendre sa voix au creux de son oreille.

Retrouver cette parenthèse d'insouciance au cœur du chaos.

19

À 10 heures précises, le juge Adrien Marcazzan toquait à la salle de réunion où se trouvaient entassés les cinq membres du groupe de Vauvert. Il coupa une communication à l'oreillette de son mobile et annonça à la cantonade :

— Messieurs, haut les cœurs, on a du nouveau ! Ah, commandant ! Bon retour parmi nous. J'espère que vous êtes bien reposé ?

Vauvert grommela que oui, sans insister. Il n'aimait pas vraiment cet homme, et n'avait jamais su comprendre la différence entre son humour et ses coups d'aiguillon. Marcazzan était une pile électrique, toujours prêt à en découdre avec le monde entier. Il demeurait un très bon juge. Parmi les meilleurs, si ce n'est le meilleur. La rumeur disait qu'il était déjà pressenti pour passer président de la troisième chambre. Pas le genre de personne avec qui on avait envie de se brouiller, c'était certain.

Il tendit des rapports d'analyse à Vauvert.

— Le labo a mis les bouchées doubles pour nous. L'ADN retrouvé sous les ongles d'Anita Somossy a parlé. Son agresseur est déjà fiché.

— On le connaît ?

— Plutôt, oui. Il s'agit de Tony Ribault.

Le lieutenant Lavigne laissa échapper un sifflement.

— Tony l'Africain ? Encore lui ? Cela faisait longtemps qu'on ne l'avait pas reçu dans les bureaux !

— Cette fois, ce sera la bonne, assura Marcazzan. Il a franchi une limite de trop.

— Il a trente-cinq ans, dit Vauvert. Un homme grand et mince… C'est vrai que cet âne correspond à la description faite par le témoin.

Hochements de tête des membres de l'équipe. Ils le connaissaient tous. Tony Ribault dit « l'Africain » était, en réalité, originaire de Tarbes. Son surnom, il le devait à ses dix ans passés dans la Légion en Afrique, à Djibouti. Il avait déjà été inquiété pour proxénétisme là-bas, ce qui avait précipité son départ de l'armée dans des conditions plus que floues. Depuis son retour en France, rien n'avait changé, tous les services l'avaient cueilli à un moment ou à un autre, et il avait écopé de plusieurs condamnations légères. Jamais rien de dramatique. Jusqu'à aujourd'hui.

— Ribault est aux abois, déclara le juge. Il est criblé de dettes. Il a eu des problèmes avec tout le monde, ces derniers temps. Les Mœurs, les Stups, le fisc. Il a même eu maille à partir avec d'autres truands de son acabit à qui il doit des sommes rondelettes. Au final, il a dû décider que s'en prendre directement à la concurrence allait résoudre ses problèmes par magie.

— Il n'a jamais été très futé comme garçon, dit Vauvert.

Le juge lui décocha un sourire féroce.

— Vous ne croyez pas si bien dire. J'ai envoyé des effectifs devant le domicile du suspect. Ils viennent de rappeler, Ribault est toujours chez lui, comme si de rien n'était ! Ils l'ont vu passer devant sa fenêtre et l'ont clairement identifié. À croire qu'il ne se doute pas qu'on puisse le retrouver…

— Quel idiot. Après un crime pareil, n'importe qui d'autre se serait empressé de quitter la ville. Mais le fait qu'une action puisse avoir une conséquence doit être un concept trop difficile à saisir pour ses deux neurones.

— Moi, dit Blanca, je vous parie qu'il pense qu'on n'enquêtera pas sur la fille parce qu'elle est immigrée illégale, tout simplement…

Le juge se passa une main dans sa chevelure clairsemée. Suffisant jusqu'au bout des ongles.

— Alors, qu'attendez-vous ? Déplacement et interpellation immédiate, messieurs !

Vauvert se leva du coin de table sur lequel il était assis. Il surplombait le juge de presque trente centimètres.

— On y va. Je vous fais un compte rendu dès qu'on l'a cueilli.

— Nous allons même faire mieux, annonça Marcazzan. Je viens avec vous !

Les policiers installés dans la pièce échangèrent des regards surpris. Ça, c'était une première.

— Normalement, le juge ne se déplace pas… commença le commandant.

— J'en ai envie, c'est comme ça. Et vous savez pourquoi ? Parce que vous êtes le meilleur, Vauvert. J'aime travailler avec les meilleurs. Ça me motive. Ça illumine mes journées. Je n'ai pas d'autre dossier à traiter ce matin. Je tiens à voir de mes yeux votre groupe sur le terrain.

Vauvert fut bien obligé de capituler, en soupirant.

— Comme vous voudrez. Mais on va vous donner un gilet pare-balles. Je ne veux pas être responsable d'une bavure avec le juge le plus adulé du département.

Adrien Marcazzan lui envoya un clin d'œil complice.

20

Paris.

Noyé de soleil.

Dorian Barbarossa porte des lunettes noires et il a relevé la capuche de son sweat-shirt, ce qui masque entièrement son front et ne risque pas de trahir son identité au milieu de la rue. Il tient un plan de la capitale à la main. Il est tout à fait invisible au milieu des allées et venues des touristes.

Adossé contre le pont au Change, on pourrait croire qu'il admire la tour de l'Horloge face à lui. Ou simplement qu'il profite du beau temps.

En réalité, il garde un œil sur l'entrée arrière du Palais de justice, située une centaine de mètres plus loin, quai de l'Horloge, et qui permet également d'accéder au siège de la police judiciaire et de sa légendaire Brigade criminelle. L'antre de sa proie.

Il attend qu'elle sorte. Il a compris qu'elle préfère emprunter cette issue. Il a besoin de trouver sa faille, son angle mort. Tout le monde en a un. Il suffit de savoir observer.

Sur les coups de 10 heures et demie, la policière se montre enfin. Elle emprunte la petite porte, en compagnie de son collègue aux cheveux blonds.

Leroy la salue avant de s'éloigner, sa sacoche jetée par-dessus son épaule.

L'albinos remonte les quais.

Droit dans la direction de Barbarossa.

Il remarque qu'elle n'a pas changé de vêtements, ce qui signifie qu'elle a passé la nuit au travail, et donc que sa faculté de concentration doit être diminuée. C'est une très bonne chose.

L'air de rien, il relève le plan devant son visage quand elle passe devant lui. Si près de lui. Il sent son parfum qui l'entoure comme un nuage invisible. Une odeur violente et aigre. Il songe à un reptile.

Mais elle n'a pas fait la moindre attention à lui.

Confiant, il lui emboîte le pas sans se hâter, tourne après elle à l'angle de l'Horloge. Il voit qu'elle se rend dans une brasserie située sur le boulevard, en face du Palais de justice. L'établissement semble n'être fréquenté que par des membres du tribunal et leurs amis policiers.

Barbarossa reste à distance prudente, installé sur le banc de l'arrêt de bus, feignant d'étudier son plan.

Il attend pendant qu'elle prend son café en terrasse. Qu'elle salue les juges et greffiers qui entrent et sortent de l'établissement.

Il la contemple. L'étudie.

Nourrit davantage son obsession.

Il remarque que, quand elle réfléchit, elle a tendance à poser le bout de son doigt sur ses lunettes pour les ajuster sur son nez.

Il remarque aussi qu'elle pose souvent sa main sur son ventre. Que, dès qu'elle s'imagine que personne ne la regarde, elle baisse la tête vers ce renflement de son corps, et sourit.

Il enregistre tout cela dans ses pensées.

Il se prépare.

Barbarossa n'est pas pressé le moins du monde. Il a l'habitude de cette attente.

Un prédateur doit savoir guetter sa proie.

Celle-ci est unique.

Différente de toutes celles qu'il a connues jusqu'ici.

Ses recherches sur le Net ont été longues, cette nuit, mais fructueuses. La policière n'a plus rien de mystérieux pour lui. Il a pénétré ses réussites, ses failles et ses traumatismes. Désormais, il connaît ses mensonges et ses addictions. Il a été témoin, fasciné, de ses dérapages, quand cette femme cède à la violence qui l'habite.

Eva Svärta est aussi un prédateur, à sa manière. Il n'y a pas d'autre mot pour ça.

Cet instinct bestial, cette intelligence noire, elle l'a dans le sang. Qu'elle le veuille ou non, elle est aussi dangereuse que les criminels qu'elle traque. D'ailleurs, son taux d'élucidation a beau être extraordinaire, ses méthodes l'ont toujours mise à l'écart de ses collègues.

Pour une bonne raison.

Le commandant Svärta a, semble-t-il, un problème avec les tortionnaires d'enfants. Sans parler des assassins d'enfants.

Pour eux, elle a toujours démontré une vision aussi personnelle que définitive de la justice.

De ses propres mains, chaque fois qu'elle en a eu l'occasion.

Les récits de ces bavures ont été éparpillés. Les affaires soigneusement étouffées. Mais rien qui ne soit impossible à déterrer et à rassembler pour un journaliste assez compétent et déterminé. Ce qu'il est. Il a pu retrouver tous les articles. Réunir tous les faits. Ceux-ci sont nombreux. Toujours les mêmes. Des criminels décédés au cours de leur interpellation. De *nombreux* criminels.

Il a trouvé cela aussi fascinant qu'instructif.

Pas moins d'une dizaine de suspects sont tombés lors d'échanges de tirs avec elle. En soi, ce sont des choses qui peuvent arriver, au détail près que trois de ces hommes ont reçu une balle en pleine tête. Et ce n'est pas tout. Il a également retrouvé les cas de deux hommes ayant fini précipités sur les rails du métro, broyés par le train alors qu'ils tentaient de fuir lors de leur arrestation. En tout cas, d'après la version officielle. Même chose pour un pédophile récidiviste précipité par la fenêtre du deuxième étage. Et encore un autre que le commandant Svärta a poignardé à mort au cours d'une lutte. Pour sa défense, elle a assuré avoir été attaquée par surprise. Et toujours, bien sûr, elle a été couverte par sa hiérarchie. À chaque fois, il y a eu une belle excuse, une légitime défense, un témoin providentiel ou une expertise bidon tombée du ciel…

Le plus amusant, c'est qu'elle passe pour une profileuse d'exception. Tout le monde semble croire qu'elle possède un don hors du commun, à la limite du surnaturel. Qu'elle serait capable de se mettre dans la peau des autres. Qu'elle pourrait ressentir tout ce qu'ont subi les victimes. Et, bien entendu, qu'elle parviendrait à penser comme les tueurs eux-mêmes.

Voilà qui fait bien sourire Barbarossa.

Il n'y a rien d'extraordinaire là-dedans. Pas de pouvoir magique ni d'intervention divine. Ce n'est qu'une banale preuve de perversion. Il en sait quelque chose.

Il ne doute pas que cette petite fouineuse prétende pénétrer dans la tête des criminels.

Après tout, quelle meilleure manière de justifier ce qu'elle fait le mieux ? Elle sait les traquer. Elle sait les *tuer*, dès qu'elle en a l'occasion, et elle ne s'en prive pas. Pourquoi s'arrêterait-elle ? Elle s'en est toujours tirée avec les honneurs.

La seule chose que cela prouve, c'est que cette femme est aussi tordue – aussi dangereuse – que lui.

Mais il est bien mal placé pour reprocher à quelqu'un de nourrir une obsession.

Celle de la femme flic envers les meurtriers d'enfants, comme toute obsession, a une origine, une raison bien précise.

Il était important pour lui de la découvrir. Cela lui a pris un peu plus de temps. L'accès à ce genre de fichiers est beaucoup mieux gardé, même dans les réseaux de l'administration.

Mais en aucun cas impossible à obtenir.

Il a finalement retrouvé les faits. Il a compris la cause, ce qui a fait de cette femme le monstre qu'elle est aujourd'hui.

Eva Svärta a été une victime elle-même. Voilà le déclencheur, le début de tout. Cela s'est produit quand elle était enfant. Un tueur en série s'en est pris à elle… ainsi qu'à sa sœur…

Cette partie de l'histoire est encore plus extraordinaire que tout ce qu'il aurait pu imaginer.

Abreuvé de café, il a passé de longues heures à compulser tous les sites auxquels il avait accès. Il a même volé les codes de plusieurs nouvelles bases d'archives pour l'occasion.

Il a lu et relu les articles relatant cette sordide affaire.

Aussi incroyable qu'elle puisse paraître.

Eva avait une sœur jumelle. Son nom était Justyna. Elles étaient âgées de six ans quand un criminel a assassiné leur mère, puis la personne qui les gardait, avant d'entraîner les deux fillettes dans la cave de la maison.

Personne n'a jamais pu savoir ce qui s'est produit exactement cette nuit-là.

Ni pourquoi le tueur a attaqué ces enfants alors qu'il ne ciblait jusque-là que des femmes.

Tout ce que les articles expliquent, c'est que Justyna Svärta est morte.

Égorgée.

Sous les yeux de sa sœur.

La petite Eva a tout vu. Elle a regardé sa jumelle se faire assassiner. Les sources sont unanimes à ce sujet.

Barbarossa frémit à cette pensée.

Il aurait aimé être ce tueur-là. Tenir dans ses mains la fillette terrifiée. Il s'imagine le petit monstre terré à ses pieds. Oh oui, il la voit sans mal. Six ans. En pleurs. Forcée de le regarder pendant qu'il saigne sa sœur comme une truie. Quel bonheur cela a dû être. Et ensuite…

Subitement il se fige.

Il a senti une vague de froid l'effleurer. Exactement comme il l'a sentie la veille, dans la maison des Martel. Un courant d'air glacé passant sur lui.

Il n'y a aucun courant d'air. Au contraire. La température ambiante est étouffante.

Il a dû rêver tout éveillé. Voilà tout.

En revanche, il s'aperçoit que l'albinos a quitté sa table en terrasse.

Et qu'elle marche dans sa direction.

Il se lève, le cœur battant, mais faisant confiance à ses réflexes. C'est devenu une seconde nature. Il voit qu'un bus est en train d'arriver. Parfait. Il se place dans la queue pour y monter.

La policière passe derrière lui sans le voir, encore une fois.

Un instant avant que les portes du bus ne se referment, Barbarossa en redescend et le laisse partir le long des boulevards.

Le commandant Svärta est retournée au 36. Continuer sa journée de flic. Interroger des criminels, peut-être. Comme le couple Martel et le père Guillaume. Ils vont être condamnés, bien sûr. Puisque tout les accuse. Puisque eux-mêmes sont persuadés d'être les responsables…

Barbarossa sourit. Il retourne à son poste d'observation, au pied de la tour de l'Horloge. Là-haut, l'immense cadran indique 11 heures.

Il regarde la façade et l'imagine dans son bureau, quelque part là-haut, sous les toits, dans le labyrinthe de couloirs de la PJ. Elle, qui se croit à l'abri, derrière ses lunettes de soleil et son arme de service. Elle qui s'imagine toujours protégée par sa hiérarchie.

Sans se douter de sa présence.

Sans savoir qu'elle est perdue.

Barbarossa se frotte les bras machinalement. La chair de poule persiste sans qu'il comprenne pourquoi.

21

Quatre étages.

Les murs de l'escalier étaient taggués. Une violente odeur d'urine stagnait dans l'air surchauffé. Vauvert retenait sa respiration tout en montant les marches. Même en avançant avec précaution, le groupe faisait du bruit. Trop. Leurs pas résonnaient dans tout l'immeuble.

Le commandant n'aimait pas ça.

Il n'aimait pas non plus la présence auto-imposée de Marcazzan, qui gravissait l'escalier juste derrière lui avec son air supérieur. Le bonhomme avait troqué sa veste de costume hors de prix contre un gilet pare-balles en kevlar estampillé POLICE NATIONALE. Il devait tellement s'ennuyer dans ses bureaux de technocrate qu'il avait décidé de s'offrir une virée sur le terrain comme on va au zoo. Et Vauvert avait la sale impression d'être le gorille de service.

— C'est fou ce que cet immeuble est insalubre, marmonna le juge.

Au moins, songea le policier, il n'y avait aucune chance que leur client leur échappe. Ils allaient le cueillir chez lui sans problème.

Une opération vite faite, bien faite.

Du moins il l'espérait.

Ils étaient arrivés devant la porte de l'appartement.

On entendait de la musique à plein volume.

— Ribault ! cria Vauvert en tambourinant avec son poing. C'est la police !

Aussitôt, du mouvement à l'intérieur. Des signes caractéristiques de panique. Objets qui tombent. Bruit de verre.

— C'est bon, on entre !

Il envoya un coup de pied dans la porte, qui se gondola sous l'impact. Au deuxième coup de ranger, la porte s'arracha proprement de ses gonds.

— Police ! répéta-t-il en faisant irruption dans l'appartement.

Il parcourut les lieux du regard. Un salon qui empestait le tabac froid. Un canapé défoncé. Une table basse avec des traces de cocaïne et des cendriers pleins à ras bord. Au mur, un grand écran sur lequel défilait un jeu vidéo de course automobile, c'était la source sonore qui hurlait. La manette avait été abandonnée sur le tapis au milieu de la pièce.

Aucun joueur en vue.

— Ribault ! gueula le policier en ouvrant les portes à la volée. Montre-toi !

Le reste du groupe investit l'appartement en quelques secondes. Le son de la télé fut coupé net. Vauvert jeta un œil dans la chambre, plongée dans l'ombre, les stores baissés, tout aussi vide que le salon. La salle de bains s'avéra pareillement déserte.

— Rien dans la cuisine ! cria Blanca. Je ne vois personne nulle part !

— Mais où il est, ce con ?

Il lui restait encore le balcon à inspecter. Ou plutôt une vaste terrasse, au sol quasi entièrement recouvert de bouteilles vides. Il devait y en avoir des centaines. Vauvert sut instantanément qu'il était sur la bonne voie. C'était ça, le bruit de verre qu'il avait entendu avant d'entrer. Il se précipita. Les bouteilles de bière, de vodka et de whisky roulèrent en tous sens, tandis qu'il se frayait un chemin jusqu'au rebord.

Ce côté de l'immeuble, situé à l'arrière, ne donnait pas sur la cour intérieure du lotissement. Il surplombait un chemin bétonné. Plus loin en contrebas, c'était les bords de la Garonne. Deux équipes de rameurs se faisaient la course sur la surface immobile du fleuve.

Le commandant se pencha par-dessus le balcon, plié en deux pour avoir une vue de la façade.

Comme il s'y attendait, il aperçut Tony Ribault juste en dessous, suspendu entre deux étages, ses pieds battant dans le vide à plus de douze mètres du sol.

— Ribault ! Reste où tu es !

L'homme releva les yeux vers lui. Il avait le sourire du fou, celui que rien n'arrête.

— Je t'emmerde !

Et, sans un regard en arrière, il se laissa tomber.

Vauvert le vit rouler sur la terrasse inférieure.

— Suspect en visuel ! lança-t-il à ses hommes. Il passe de balcon en balcon !

— On redescend ! Vite ! s'écria Lavigne en se précipitant vers la porte.

À l'étage en dessous, Ribault s'empressa de reprendre sa fuite, basculant de nouveau dans le vide et se laissant descendre sur la façade par saccades. Un instant, Vauvert se demanda si le bonhomme allait se louper et faire une chute fatale. Mais non. Il voyait bien que le truand savait ce qu'il faisait. Ribault était agile, tout en minceur et en muscles nerveux. Il atteignit le deuxième étage sans trop de mal.

Le policier jeta un bref regard en arrière. Les pas précipités de ses hommes se répercutaient dans l'escalier.

Il se rappela aussi que l'unique sortie de l'immeuble se situait de l'autre côté. Pas celui de la Garonne. Il leur faudrait faire le tour de tout le lotissement pour y accéder.

— On n'aura jamais le temps ! Merde !

Il n'y avait pas d'autre solution.

Il l'avait su à l'instant où il avait regardé en bas.

Il prit une profonde inspiration.

Et il enjamba le balcon à son tour.

— Nom de Dieu, Alex ! s'écria Blanca en accourant. Qu'est-ce que tu fous ?

Pour toute réponse, Vauvert se plaça dos au vide, cramponné à deux mains au rebord. Il ressentit une vague sensation de vertige.

Le juge Marcazzan arriva à son tour, les yeux ronds de surprise.

— Mais… Commandant… bégaya-t-il.

— Monsieur le juge, vous vouliez voir comment ça se passe sur le terrain ? Eh bien, maintenant, vous voyez…

— Vauvert… vous ne…

Le commandant descendait déjà vers l'étage en dessous.

C'était moins difficile qu'il n'y paraissait. Les espaces entre les briques offraient des points d'appui où s'accrocher. Ils lui permirent de se déplacer sans trop de mal. Jusqu'au moment où, comme son fugitif avant lui, il se retrouva pendu à bout de bras entre les deux étages.

Là, il fouilla le vide avec ses pieds, hésitant. Le rebord inférieur ne pouvait pas se trouver bien loin. Dès qu'il le devina au bout de sa botte, sans se poser de question, il se laissa tomber et se réceptionna tant bien que mal sur les dalles de la terrasse.

Au même instant, il entendit un choc de tôle pliée, en bas de l'immeuble.

Ribault avait sauté dans le vide. L'enfoiré.

Vauvert se pencha pour le voir.

Le suspect venait d'atterrir sur le toit d'une voiture. Cela avait amorti sa chute.

Il roula sur le côté, retombant à quatre pattes sur l'asphalte. L'impact avait quand même sonné le bonhomme.

Mais pas assez.

Ribault se redressa.

Il détala sans demander son reste.

— Bordel !

Le policier réalisa que rien n'était encore perdu. Le chemin bétonné continuait sur plusieurs centaines de mètres. Tant que Ribault le suivait, il serait à découvert.

Ensuite, bien sûr, il atteindrait les barres d'immeubles et les artères principales. Il trouverait des parkings et des ruelles où il lui serait facile de se cacher. Pire, s'il parvenait à dénicher un véhicule, le fils de pute leur échapperait à coup sûr.

Il n'y avait pas une seconde à perdre.

Vauvert enfourcha le rebord pour reprendre sa descente.

Au-dessus de lui, les visages de Blanca et de Marcazzan se penchaient au balcon du quatrième étage, sidérés l'un comme l'autre par ce qu'ils voyaient. Ils ne cherchèrent pourtant pas à le dissuader tandis qu'il se laissait choir sur la terrasse du deuxième étage.

C'était d'ici que Ribault avait sauté.

Le commandant regarda en bas, contemplant le toit de la voiture déjà passablement défoncé.

Il devait y avoir six bons mètres. L'idée déclencha un envol de papillons dans son estomac. *Ne pas y penser.*

Si cet abruti de Ribault l'avait fait, il pouvait le faire. C'était aussi simple que ça.

Un instant plus tard, il se retrouva à califourchon sur le rebord du balcon. Il avait bien vu où se laisser tomber. Il ne lui restait qu'à se lancer.

Il retint sa respiration.

Puis il bascula dans le vide.

Il se sentit aspiré. Son estomac remonta dans sa poitrine. La seconde suivante il s'écrasait sur le toit du véhicule, qui s'affaissa d'un cran supplémentaire.

— Nom de Dieu, grommela-t-il en rampant sur le capot, les muscles endoloris. Je déteste les semaines qui commencent comme ça…

Il se planta de nouveau sur ses pieds, cherchant ses repères et s'ébouriffant les cheveux pour se réveiller.

Comme il s'y attendait, le reste de son groupe n'avait pas encore fait le tour. Il n'y avait pas le moindre accès direct sur ce côté de l'immeuble.

Il se tourna vers la direction où avait fui Ribault et l'aperçut, au loin, son tee-shirt rouge aussi voyant qu'un panneau de signalisation.

Il s'élança à sa suite.

22

— Le suspect se déplace en direction de la Croix-de-Pierre ! beugla Vauvert dans le micro fixé à son col tout en courant aussi vite qu'il le pouvait. Je l'ai toujours en visuel !

La silhouette au tee-shirt rouge se trouvait à cent mètres devant lui.

Pour le moment.

Car l'écart augmentait.

Vauvert perdait peu à peu du terrain. Il essaya de s'accrocher tant bien que mal. Son cœur martelait dans sa poitrine.

— Ribault !

Le fuyard continua de creuser son avance. Après tout, il avait effectué dix ans de Légion. De quoi être habitué à la course à pied.

Vauvert serra les dents et se força à tenir le rythme. Il n'avait pas le choix.

— Il y a un chemin sur la gauche ! Ribault arrive près d'une intersection !

Le passage en question remontait vers les parkings des lotissements. C'était la direction d'où viendraient les renforts. S'ils se bougeaient les fesses.

Mais Ribault ne quitta pas la rue. Il courait comme un dératé. Toujours plus vite.

— Il n'a pas tourné ! On continue… vers… le pont…

Sa respiration était de plus en plus difficile. L'air qu'il avalait brûlant.

Devant lui, il vit que Ribault arrivait face à un couple de promeneurs. Ceux-ci essayèrent de s'écarter mais il les percuta sans ménagement. L'homme fut projeté contre le muret de la digue. La femme poussa des cris aigus tandis que le fugitif continuait sa course.

Le choc l'avait ralenti. Un tout petit peu.

Assez pour que Vauvert gagne un peu de terrain, et de confiance en lui.

Cette fois, la femme s'écarta du passage. Il la dépassa comme une locomotive.

— Bande de malades ! entendit-il gueuler dans son dos.

Aucune importance. Tout ce qui comptait maintenant était de rattraper le salopard devant lui.

Son cœur tapait à ses tempes comme un forgeron sur une enclume chauffée à blanc.

Ses poumons lui semblaient sur le point de se déchirer.

Mais il ne ralentissait pas pour autant.

Il en était hors de question.

Quand Ribault atteignit le pont, les choses se compliquèrent.

Vauvert eut juste le temps de le voir gravir l'escalier.

— Non ! Pas maintenant ! Merde !

Il fonça vers les marches à son tour. L'escalier débouchait sur le pont où défilaient des flots de véhicules. Il se précipita au milieu des quatre voies, se glissant entre un énorme 4 × 4 et un bus Tisséo, sous un concert de klaxons. Il apercevait le rond-point de la Croix-de-Pierre, la fontaine surmontée d'une horloge en son centre, la piste de tramway et les quatre grands axes qui y débouchaient. Des voitures et des vélos par dizaines. Des trottoirs encombrés de piétons. Des ruelles à sens unique. Des cours d'immeubles. Des cachettes partout.

— Je l'ai perdu au niveau du rond-point ! cria-t-il dans son micro.

— *On remonte l'avenue de Muret à pied*, fit la voix du lieutenant Brodin dans son oreillette. *On a du renfort. Le périmètre est en train d'être établi... mais il faut le temps de tout bloquer...*

Vauvert savait que ce ne serait pas assez rapide. Ribault pouvait être n'importe où.

— Faites bien attention aux piétons ! Il ne peut pas être loin ! Si on ne le localise pas tout de suite, il va nous filer entre les doigts...

Il courut vers le rond-point, cherchant des yeux un endroit où pourrait se tapir son fugitif. Celui-ci n'avait pas pu se volatiliser. Il devait encore se trouver dans un rayon d'une cinquantaine de mètres.

Il y avait un petit parking en bordure de la chaussée. Vauvert en fit le tour, s'aplatit au sol pour jeter un œil sous les véhicules. Personne.

Il se redressa, fulminant.

— *Nicolas et Rémy s'occupent des rues adjacentes*, crachota la voix de Brodin dans son oreillette. *Toujours rien de ton côté ?*

— Non ! Je vois pas où il a pu aller, bon sang…

Il y avait trop de petites rues partant d'ici. Ribault pouvait s'être faufilé n'importe où.

Leur seul espoir était qu'il reste dans le secteur assez longtemps. Le temps d'immobiliser la circulation et de l'encercler.

Une intuition le traversa.

Il se tourna vers le bus Tisséo qui venait de s'arrêter un peu plus loin. Des dizaines de personnes y entraient et en sortaient.

Ribault n'avait peut-être pas de véhicule sous la main, mais il pouvait très bien utiliser les transports en commun.

Vauvert se remit à courir dans le rond-point en se faisant klaxonner par les automobilistes.

Il apercevait une personne avec un tee-shirt rouge en train de pénétrer dans le bus. Il n'arrivait pas à voir son visage de là où il se trouvait. Mais c'était un homme. Une grande perche aux cheveux en pétard.

C'était lui.

— Il est monté dans le bus ! À toute l'équipe ! Ramenez-vous tout de suite !

Vauvert courut plus vite.

— Attendez ! Bordel, attendez !

Les portes s'étaient déjà refermées. Le bus redémarrait sans faire attention à lui.

— Police ! Arrêtez ! vociféra-t-il en tambourinant sur les portes. Arrêtez tout de suite !

Le bus finit par stopper. La porte avant s'ouvrit.

Le chauffeur était une femme bien en chair et portant des lunettes. Elle avait l'air terrifiée par le pistolet que Vauvert tenait à la main.

— Mais enfin que se passe-t-il ?

— C'est la police, se borna-t-il à répéter en bousculant les passagers. Tout ira bien…

Il leva son arme à bout de bras. Les gens se mirent à crier et à s'écraser sur leurs sièges.

Ribault se trouvait tout au fond. Il essayait d'ouvrir les portes. En vain.

— On arrête de jouer ! beugla-t-il en le mettant en joue. Allez ! À terre ! Tout de suite !

— Je t'emmerde !

L'homme s'écarta subitement de la porte et saisit une jeune fille par le bras. La passagère poussa des cris terrifiés alors qu'il la tirait vers lui comme un écran.

— Laisse-moi sortir, putain !

— Fais pas le con, Ribault !

— Laisse-moi sortir je te dis !

À présent, il collait la pointe d'un couteau de chasse pliable sous la gorge de la fille. Une lame courte, triangulaire, extrêmement pointue. L'otage hurla de plus belle.

— Tu vas pas risquer la vie d'une petite pute, si ?

— Laisse-la partir tout de suite, fit Vauvert en avançant dans l'allée, son arme toujours brandie devant lui.

— Stop ! Putain, arrête-toi ou je la bute ! Comme j'ai buté l'autre salope !

Vauvert hocha la tête.

— Ça, c'est un bel aveu. Je ne t'en demandais pas tant.

— Je t'emmerde ! répéta Ribault, sa voix montant dans les aigus. Je te jure que je vais le faire !

La pointe du couteau perça la peau. Un filet de sang se mit à couler de la gorge de la fille.

Elle avait cessé de crier, pétrifiée de terreur, mais pleurait à grosses larmes.

— Tu vois ? s'écria Ribault, hystérique. Je vais la buter si tu me laisses pas partir tout de suite ! T'as bien compris ?

— C'est bon ! dit Vauvert. Ouvrez les portes !

La femme chauffeur ne se fit pas prier. Elle pressa le bouton et les portes en accordéon s'écartèrent.

— C'était pas compliqué, connard !

Ribault poussa son otage dans l'allée et se jeta dehors, bousculant les piétons.

Fuyant encore.

Vauvert se précipita à sa poursuite.

Il vit Ribault traverser l'avenue de Muret, au beau milieu des voitures. Coups de klaxon. Hurlements de pneus. Une Clio faillit le percuter. Ribault roula tant bien que mal sur son capot et reprit sa cavale.

Vauvert le suivit, frôlant de peu les pare-chocs lui aussi. Une voiture fit un écart pour ne pas lui rentrer dedans et emboutit violemment le trottoir.

Cette fois, il ne laissa pas son fugitif parcourir plus de trente mètres.

Il se jeta sur lui et le plaqua comme au rugby, refermant ses bras puissants autour de ses jambes. Ribault fut précipité sur le trottoir. Le couteau qu'il serrait toujours convulsivement lui échappa.

— Enculé ! s'écria-t-il en se débattant en tous sens. Lâche-moi, enculé !

Le poing du policier entra en collision avec sa mâchoire, lui brisant plusieurs dents. Il cessa enfin de geindre.

Vauvert le frappa de nouveau.

Du sang l'éclaboussa.

Ribault fut précipité sur le bitume.

Et, cette fois, y resta.

Vauvert demeura quelques instants de plus à genoux à côté de lui, pris d'une quinte de toux. Il détestait avoir à courir. Ses poumons de fumeur le faisaient souffrir comme s'ils s'étaient emplis de rasoirs.

— C'est bon, tocard. Tu es en garde à vue pour homicide volontaire.

Ribault balbutia quelque chose d'inintelligible. Sans doute une insulte. Sa bouche continuait de pisser le sang sur le trottoir.

— Alex ! Nom de Dieu ! éclata la voix de Benjamin Blanca.

Il leva les yeux et vit les membres de son équipe qui accouraient.

Laissant Blanca menotter l'homme à terre, Vauvert se redressa et ordonna à ses hommes qu'ils fassent s'écarter les curieux. Le juge Marcazzan arriva à son tour. Il avait une expression étrange sur le visage tandis qu'il contemplait le prisonnier, puis le policier aux phalanges gluantes de sang.

— Eh bien, commandant ! Je constate que vos méthodes sont bien celles qu'on vous prête…

Vauvert sentit venir un coup bas.

— Vous vouliez une arrestation, non ? Le débile est à vous…

Le juge acquiesça vivement.

— Je n'ai jamais dit que je vous reprochais quoi que ce soit. Si ?

— Eh bien… non, monsieur le juge…

Encore une fois, il ne comprenait rien à ce bonhomme. Et il n'aimait pas ça.

Marcazzan, lui, était tout sourires.

— Je vous l'ai déjà dit, vous êtes le meilleur ! C'est un bonheur de voir le meilleur en action, je vous assure. Si vous saviez comme cela me change de ces bureaucrates coincés…

Vauvert fronça les sourcils.

— Désolé, monsieur, mais non, répliqua-t-il. On a été en dessous de tout, au contraire. On s'y est pris comme des manches depuis le début. Une civile a été blessée. Si je n'avais pas eu de la chance, Ribault nous aurait échappé…

— Mais il ne l'a pas fait. N'est-ce pas ?

— Ouais.

— Personne ne vous échappe jamais, Vauvert. C'est ça qui est fascinant avec vous. Et arrêtez de dire que c'est de la chance, la chance n'y est pour rien ! Quoi qu'en pensent nombre de mes collègues, je trouve, moi, qu'il nous faudrait plus de flics comme vous… Je vous trouve admirable, vous savez ?

Le policier haussa les épaules.

— Si vous le dites…

— Ah, excusez-moi… un appel…

Ce fut comme si le juge avait perdu tout intérêt pour lui en l'espace d'un instant. Il tourna les talons et l'abandonna pour discuter d'une voix animée dans l'oreillette de son téléphone mobile. Égal à lui-même. Insupportable.

Vauvert soupira et contempla son poing ensanglanté. Les dents du suspect étaient éparpillées à ses pieds. Admirable ou pas, il allait devoir se farcir un procès-verbal détaillé.

Pendant ce temps, ses hommes escortaient Ribault vers le véhicule de patrouille. Le prisonnier titubait. Sa bouche était un gouffre de sang et le côté de son visage qui avait reçu le second coup enflait à vue d'œil. L'œil gauche de Ribault était entièrement fermé.

Le lieutenant Blanca désigna le juge d'un geste de menton discret.

— On dirait que tu t'es fait un nouvel ami…

— Me casse pas les couilles, Benjamin, répliqua Vauvert en essuyant son poing sur son gilet pare-balles.

23

À 14 heures, Eva se sentit nauséeuse. Alors qu'elle quittait son bureau, elle fut surprise d'apercevoir Dorian Barbarossa quelques mètres plus loin dans le couloir. Il était vêtu d'un jean et d'un polo gris, portait un sac en bandoulière, et se tenait adossé à la rampe de l'escalier, un sourire étrange sur les lèvres.

— Bonjour, commandant…

— Monsieur Barbarossa ? Ça fait longtemps que vous êtes là ? lui demanda-t-elle en marchant jusqu'à lui, s'efforçant d'ignorer la sensation désagréable dans son ventre.

— Non, pas de problème, je suis arrivé il y a dix minutes à peine. J'ai donné votre nom comme vous m'aviez dit de le faire, mais je crois que personne n'est allé vous prévenir…

— En effet, s'étonna la policière. Il doit y avoir eu une erreur à l'accueil, ce n'est pas bien grave puisque vous m'avez trouvée… Venez…

— Attendez, fit une voix à l'autre bout du couloir. Je voulais justement vous voir !

Un homme petit et rond avançait vers eux à grands pas. C'était le juge Devienne, que le procureur avait choisi pour instruire l'enquête sur la mort de Léo Martel. Il avait passé la matinée à interroger les suspects.

Il se présenta et serra la main de Barbarossa.

— J'ai récupéré votre carte mémoire. Je vais profiter de votre présence pour vous entendre avec le commandant Svärta. Vous n'y voyez pas d'inconvénient, commandant ?

— Bien sûr que non, monsieur le juge.

Ce n'est pas comme si on avait le choix, songea-t-elle avec amertume.

De l'autre côté du couloir, ils virent passer le père Guillaume, menotté et escorté par deux officiers qui le ramenaient en cellule. Cernes sous les yeux. Son crâne glabre luisant d'une pellicule de transpiration. L'homme avait piètre allure.

— Comment les choses s'annoncent-elles pour lui ? demanda Barbarossa en l'observant descendre l'escalier.

— Plutôt mal, soupira le juge. Autant les Martel s'enferment dans leur foi et ne veulent voir que la main de Dieu dans la mort de leur neveu, autant Franck Guillaume est conscient de sa responsabilité dans ce décès. Il nous a avoué qu'il a drogué l'enfant. L'affaire va partir aux assises, mais il n'échappera pas à la détention provisoire.

Ils passèrent tous les trois dans un bureau mansardé. Le juge déposa la carte mémoire sur la table et fit signe au journaliste qu'il pouvait prendre place. La policière resta debout à côté de la fenêtre. Le soleil tapait sur son dos, réchauffant le tissu de son chemisier, mais au moins la lumière n'agressait pas ses pupilles fragiles. Elle ajusta ses lunettes du bout de l'index, par réflexe.

— Merci, monsieur le juge, dit Barbarossa en récupérant la carte.

— Bien sûr, dit Devienne, nous vous demandons d'attendre un peu avant de diffuser ces images... Il faudra également flouter les visages et ne pas citer les véritables noms, vous comprenez ?

Le journaliste hocha la tête.

— J'ai l'habitude, ne vous en faites pas. Mais... vous avez bien dit que le père Guillaume a drogué l'enfant ?

— Oui. Cela nous a été confirmé par les analyses de sa prétendue eau bénite. Elle contenait un hallucinogène très puissant. Il est probable que l'étouffement du petit Léo soit, en partie du moins, une réaction secondaire due à cette substance.

Barbarossa hocha la tête.

— Cela ne m'étonne pas, à vrai dire. J'ai déjà été témoin de ce procédé au cours d'un de mes reportages...

— À Paris ? demanda la policière albinos.

— Non, pas ici. C'était en Haïti, il y a quelque temps. Même type d'escroc... même procédé de drogue administrée dans de l'eau bénite pour déclencher une soi-disant crise de possession...

Eva nota ce détail dans un coin de sa tête.

— Pourquoi ne pas me l'avoir dit hier soir ?

— Vous ne me l'avez pas demandé, et j'avoue que sur le moment je n'y ai pas pensé. J'étais sous le choc. Un enfant est mort, tout de même...

Elle ne savait pas pourquoi, mais il leur mentait ouvertement. C'était dans le ton de sa voix. Dans l'absence d'émotion de ses inflexions.

Elle remarqua aussi que le juge, lui, hochait la tête. Il ne se rendait compte de rien.

— Il y a toutefois une chose qui m'intrigue, ajouta-t-elle.

— Laquelle ?

— Une question de timing. Vous me direz que c'est peut-être rien, mais il y a un délai de cinq minutes entre les deux vidéos que vous avez prises hier soir.

— C'est vrai. J'ai arrêté l'enregistrement après que l'enfant s'est endormi.

— Qu'avez-vous fait à ce moment-là ? Vous avez quitté la pièce ?

Un bref tremblement agita les lèvres du journaliste.

Avait-elle bien vu ? Elle aurait juré percevoir un tic nerveux, au coin de sa bouche. Un frisson infime. Mais elle n'était pas sûre.

Barbarossa haussa les épaules.

— Eh bien, oui. Nous sommes tous sortis de la chambre du petit. Tout s'est déroulé très vite, vous savez. Je suis allé aux toilettes. Ensuite, quand je suis sorti, je suis revenu dans la chambre, le père Guillaume était avec moi. Je voulais continuer à filmer. Ce que j'ai fait, d'ailleurs.

— Vous y êtes donc entrés tous les deux au même moment ?

— Je ne sais plus. Peut-être.

Il parut réfléchir, puis secoua la tête.

— Non, le père Guillaume était déjà dans la chambre. Je m'en souviens très bien. Il se tenait debout à côté de l'enfant. Quand je suis entré, j'ai même eu l'impression de le déranger. Il a insisté pour que je ressorte tout de suite, mais j'ai refusé.

— Et pourquoi cela ?

— Je voulais d'abord récupérer ma caméra qui était restée à côté du lit. C'est là que je me suis mis à filmer. J'ai dû avoir une intuition de journaliste, peut-être.

Il avait parlé calmement, sans la moindre hésitation.

— Cela ne corrobore pas exactement ce que nous a raconté Franck Guillaume, dit Eva.

— Pourquoi ? Que vous a-t-il dit ?

— Que vous étiez revenu dans la chambre avant lui pour chercher votre caméra. C'est étrange, vous ne trouvez pas ?

— Il ment, dit le journaliste avec un sourire imperceptible. Je ne sais pas pourquoi… Peut-être a-t-il quelque chose à cacher qu'il ne vous a pas encore avoué ?

Le juge considéra la possibilité. Il finit par dire :

— Peut-être bien. Peut-être bien…

Barbarossa contempla ensuite la policière. Celle-ci ne dit rien, mais le regardait, impassible, derrière ses lunettes noires.

— Tenez, commandant, lui dit-il en tendant une petite carte rigide. Si je peux vous aider d'une manière ou d'une autre, ce sera avec plaisir. N'hésitez pas à me contacter à ce numéro. C'est ma ligne directe. On ne sait jamais, vous pourriez en avoir besoin…

Eva empocha la carte de visite.

— Je n'y manquerai pas, dit-elle. Il est possible que nous devions encore approfondir certaines choses, en effet.

Il n'y avait aucune trace de sourire sur ses lèvres à elle.

24

Après le départ du journaliste, Eva s'enferma dans son bureau, décidée à compulser toutes les informations au sujet de Barbarossa qu'elle pourrait trouver sur le Net.

Elle commença par examiner la carte qu'il lui avait donnée. Épaisse et plastifiée, avec le logo de la chaîne de télé en relief, elle était à l'image du bonhomme. D'une prétention sans bornes.

Elle remarqua que le numéro de mobile qui y figurait n'était pas celui dont elle disposait dans son dossier. Cela ne lui plaisait guère. Elle avait appris à se méfier des hommes qui multipliaient les portables.

Elle glissa soigneusement la carte dans son portefeuille. Elle serait peut-être amenée à appeler ce numéro à un moment ou à un autre.

Pour l'instant, elle ne se sentait pas très bien. Dès qu'elle se retrouvait assise, sa somnolence la reprenait. Cette fatigue lancinante.

Cinq mois encore.

Elle préféra ne pas y penser. Pour se réveiller, elle but une canette de jus d'orange et se rabattit sur un énorme paquet d'abricots secs qu'elle entreprit de grignoter tout en faisant défiler les pages web.

En tout cas, Dorian Barbarossa n'avait pas menti. À l'âge de dix-sept ans, il s'était bel et bien retrouvé mêlé à un règlement de comptes entre bandes rivales. Il avait reçu une balle dans le crâne. Et il vivait toujours, dix ans plus tard, avec le projectile enfoncé dans le cerveau. Il était un des rares cas au monde.

En cherchant des détails sur ce fait divers, elle put constater que le récit de la fusillade avait été repris dans tous les journaux à l'époque. Le quotidien *Le Parisien* décrivait l'histoire comme « tristement banale », et évoquait un « appartement de banlieue occupé par un dealer de dix-neuf ans ». Eva connaissait bien ce genre de squats. Les paumés y défilaient nuit et jour. Certains consommaient sur place. D'autres s'y faisaient passer à tabac quand il s'avérait qu'ils ne pouvaient pas payer leurs dettes.

Parfois, aussi, on y réglait ses comptes à coups d'arme de guerre.

Le soir du drame, en plus du locataire des lieux, trois garçons et une fille étaient présents sur place. L'un d'eux était âgé de dix-huit ans, un autre de dix-neuf, et Barbarossa ainsi que la fille en avaient seulement dix-sept. Pour ces jeunes gens, tout avait basculé un peu avant minuit, quand deux trafiquants rivaux avaient fait irruption dans l'appartement. Il s'agissait d'un frère et d'une sœur, d'origine turque, déjà repérés par les Stups. Tous deux étaient armés. Ils étaient venus pour tuer.

Ils avaient ouvert le feu sur tout le monde.

Bilan : trois morts. Seuls en avaient réchappé un des garçons, Lionel Maupas, qui avait eu sa moelle épinière atteinte et perdu l'usage de ses jambes, et le jeune Barbarossa touché en pleine tête, envoyé en service de réanimation, naviguant entre la vie et la mort.

Le jeune homme était resté dans le coma pendant une semaine, jour pour jour.

Personne n'aurait imaginé qu'il s'en sortirait.

Quand il s'était réveillé, les médecins n'avaient pas osé retirer l'objet mortel niché dans son crâne.

Eva était toujours impressionnée par les mystères du corps humain.

Mais elle avait déjà affronté tellement de choses qui défiaient l'entendement que cette bizarrerie lui semblait tout à fait plausible.

Constatant que son paquet d'abricots était vide, elle en ouvrit un de raisins, puis continua ses recherches.

Elle vit que le duo à l'origine de la fusillade, pour une fois, n'avait pas tardé à être identifié. L'interpellation par la BAC s'était très mal passée. Les suspects avaient échangé des tirs avec les policiers et étaient décédés tous les deux.

Au moins la justice avait été rendue cette fois-ci. D'une manière quelque peu définitive, mais sans conteste.

Les journaux people s'étaient emparés de l'affaire et avaient beaucoup parlé du jeune Barbarossa. S'ils ne s'attardaient pas sur son enfance, celle-ci apparaissait comme particulièrement dure. Il avait grandi dans un milieu défavorisé. Tous les récits qu'elle put trouver s'accordaient à décrire son père comme un petit truand alcoolique sans envergure qui passait le plus clair de son temps à battre sa femme et à dormir au poste de police. Par ailleurs, Martin Barbarossa avait fini bêtement, noyé dans la Seine tellement il était ivre.

La mère ne valait guère mieux. Une toxicomane incapable de s'occuper d'elle-même, alors d'un fils… La véritable famille du jeune Dorian, on pouvait dire que c'était les délinquants avec qui il traînait depuis toujours. Dès l'âge de quatorze ans, il avait été impliqué dans diverses menues affaires de vol, de deal, et même une agression sexuelle. Il n'était pas étonnant qu'il se soit retrouvé dans cet appartement, le soir de la descente punitive.

En définitive, cet adolescent avait connu toutes les circonstances pour devenir un criminel. Un vrai, un dangereux. Comme tant d'autres dans la même situation…

Ce qui était extraordinaire, c'est qu'il ne le soit pas devenu.

Tout le contraire.

Peut-être était-ce dû à la balle dans son crâne. Ce morceau de mort dans ses cellules vivantes. Peut-être que cela lui avait fait prendre conscience que la vie était un rêve très court, et qu'il était en train de passer à côté ?

Ou peut-être que l'électrochoc décisif fut la mort de sa mère.

Car, comme Eva le découvrit non sans surprise, Avigail Barbarossa s'était suicidée l'année suivant la fusillade.

La policière croisa cette information plusieurs fois. Toutes les sources le confirmaient. Suicide de la mère.

Et métamorphose du fils.

Depuis cette année-là, l'année de ses dix-huit ans, la vie de Dorian Barbarossa avait changé du tout au tout.

Il avait été placé en foyer. Il avait étudié. Il avait obtenu un diplôme d'ingénieur du son sans le moindre problème et avait commencé à travailler dans une station de radio locale. Son talent pour le spectacle était tel qu'on l'avait vite remarqué. Il était doué pour tout. Quand il était passé à la vidéo, son ascension n'avait été que plus rapide.

Eva n'en revenait pas.

L'ancien adolescent oublié du système s'était métamorphosé en un homme public en l'espace de quelques années. D'animateur radio en agitateur vidéo, de clips en reportages, il était aujourd'hui un véritable journaliste suivi par des millions de spectateurs. Il faisait du sport pour entretenir son physique. Il brillait en société où son avis toujours piquant était très demandé.

En un mot, il était devenu une star. Un people, dans l'éclat des projecteurs, parfaitement irréprochable.

Le sachet de raisins secs était vide à présent.

La policière s'étira en grommelant.

Elle commençait à penser qu'elle s'était trompée sur son compte. Peut-être ne cachait-il rien. Peut-être était-il simplement en recherche désespérée de gloire. Comme un antidote à sa vie passée. Elle ne pouvait pas lui reprocher ça. Elle-même était entrée dans la police en réaction à sa propre tragédie familiale…

Puis, alors qu'elle consultait machinalement son dossier de téléchargements, elle réalisa qu'elle avait fini de recevoir une de ses émissions. Curieuse, elle lança la vidéo. Cet épisode mettait en scène l'infiltration de Barbarossa dans une secte basée dans l'Aude. Ou du moins chez de pauvres gens qui vénéraient une ancienne race d'extraterrestres supposés habiter sous une montagne. Le journaliste les accompagnait dans une excursion spéléo en toute illégalité dans des grottes réputées dangereuses. Plusieurs membres de la secte avaient déjà été victimes d'accidents mortels dans ces gouffres – à moins qu'il ne s'agisse de suicides, personne n'avait pu le dire. Ces gens étaient de toute manière persuadés que leurs âmes, après leur mort, seraient capables de rejoindre les extraterrestres, et que ceux-ci allaient les emmener dans les étoiles pour découvrir la galaxie. Quand ils évoquaient leurs frères et leurs sœurs disparus, ils prenaient tous un air rêveur, comme s'ils les enviaient.

— Toi-même, tu as été témoin de ce retour vers les étoiles ? demandait le journaliste, sa voix méconnaissable sur l'enregistrement, son accent différent, comme s'il endossait un véritable rôle.

Sa caméra, cachée quelque part sur lui, montrait une demoiselle aux joues creuses, qui ne comprenait pas son jeu, qui n'entendait pas la moquerie, et qui lui répondait avec un aplomb halluciné et vaguement lascif :

— Bien sûr. J'ai vu les âmes s'envoler plusieurs fois. Imagine des lucioles qui remontent vers le ciel. C'est à ça que ressemblent nos âmes. Des lucioles bleues et heureuses. Après notre mort, nous pouvons voler de nouveau. Plus aucune dimension terrestre ne nous retient ici…

— C'est donc ça, répliquait-il, d'une voix où perçait une ironie cruelle. Quand la mort nous ouvre ses bras, elle nous montre qui nous sommes vraiment.

— C'est exactement ça ! s'extasiait la fille. Un jour, moi aussi je serai une luciole…

Eva se mit à bâiller. Sous ses airs de pseudo-documentaire, cette émission était une copie de tout ce qui se faisait par ailleurs. Elle ne reposait que sur deux émotions essentielles : le voyeurisme et la moquerie. Avec un côté extrêmement dérangeant en prime.

Comment les gens faisaient-ils pour regarder ça ? Eva était-elle la seule à n'y voir qu'un spectacle de la méchanceté ?

Elle passa plusieurs séquences en accéléré et finit par éteindre la vidéo.

Tout ce qu'elle retenait de cette télé poubelle, c'était que le journaliste avait un ego surdimensionné. Mais cela, elle l'avait déjà décelé. Il pouvait jouer Monsieur Parfait tant qu'il le voulait, ses airs de pourfendeur de mythes ne dissimulaient qu'un dégoût profond des autres. Un besoin de les humilier, peut-être. De se sentir supérieur à eux, certainement.

Bref, il était comme la plupart des reporters qu'elle avait pu croiser dans sa vie.

Les choses s'arrêtaient là.

Elle se posait sans doute trop de questions. Elle en avait conscience.

Elle éteignit son ordinateur, but la moitié d'une bouteille de Vittel, et se décida à quitter son bureau vers 17 heures. Trop de fatigue accumulée. Elle se sentait exténuée et incapable de faire quoi que ce soit de productif aujourd'hui.

En descendant les escaliers en lino noir, elle essaya de téléphoner à Alexandre. Elle tomba directement sur sa messagerie. Elle n'insista pas, ne sachant que trop bien ce que cela signifiait. Une affaire épineuse, pour lui aussi.

— Vie de flic, soupira-t-elle en claquant la porte de sa voiture.

Elle démarra l'Audi et quitta le 36, quai des Orfèvres en se forçant à rester concentrée. Ce serait trop bête de s'assoupir au volant.

Alors que le trafic était au ralenti le long des quais, elle chercha une station de radio, s'arrêta sur Radio Classique et monta le volume, tout en continuant de boire de l'eau minérale. Elle avait décidément trop chaud. Elle baissa la température de la climatisation de deux degrés.

À aucun moment elle ne remarqua qu'une voiture la suivait méthodiquement, dans le lent flux de véhicules.

Mais même si elle avait regardé dans le rétroviseur, à cette distance, elle n'aurait probablement vu qu'un homme au visage assombri par la capuche de son sweat-shirt, et ne l'aurait sans doute pas reconnu.

25

— Messieurs, l'arme du crime ! Et encore tachée de sang, je vous prie !

Rayonnant de satisfaction, Marcazzan contemplait le couteau papillon enfermé dans le sachet transparent sous scellés. Il y avait de nombreux sachets de ce genre, alignés sur pas moins de trois tables. Ceux-ci contenaient l'ensemble des pièces à conviction que l'équipe de la Criminelle avait récupérées dans l'appartement de Tony Ribault.

Tout le monde arborait un large sourire. Rarement une affaire avait été résolue aussi vite. C'était bon pour le moral du groupe.

— Il le gardait où, alors ? demanda Vauvert en se grattant le menton.

Le lieutenant Brodin leva la main.

— Dans le tiroir de la chambre, chef ! C'est moi qui l'ai trouvé. Il y avait toute une collection d'armes blanches là-dedans, du même type que le couteau Virginia que le lascar a sorti dans le bus. On a ses empreintes sur tout ça, bien sûr.

Brodin s'approcha de la table, désignant une série d'autres sacs contenant des vêtements. Il y avait une paire de pantalons en toile. Un tee-shirt. Des chaussettes.

— On a même retrouvé les affaires que Ribault portait la nuit du meurtre. Aspergées de sang. Ce gros débile s'est contenté de les mettre dans le panier avec le reste de son linge sale…

Vauvert soupira.

— Putain. Être aussi con, ça doit être douloureux…

— Il faudra tout de même attendre les résultats des analyses, dit Marcazzan. Seul le labo pourra nous confirmer que le sang est bien celui d'Anita Somossy, et que c'est également cette arme qui a causé ses blessures mortelles…

Il souleva le sachet contenant le couteau papillon. Une arme en métal noir.

— … Mais on peut raisonnablement l'envisager, conclut-il d'un air ravi.

— Et tout ça ? demanda Vauvert en se plantant devant la deuxième table. C'est quel genre de drogue ?

Il désigna un tas de sachets qui avaient été regroupés. Certains contenaient de toute évidence de la cocaïne et d'autres une quantité impressionnante de cannabis. Mais il y avait également un certain nombre de sachets renfermant des plaquettes de comprimés blancs et roses.

Cette fois, ce fut le lieutenant Lavigne qui s'avança :

— Les comprimés, ce n'est pas de la drogue. Ils étaient dans le salon, en vrac sous la table basse. J'ai tout mis sous scellés avec le reste parce que j'ai pensé que ça pouvait être des stupéfiants. Finalement, non. Pour les gars du labo, ce sont bien des médicaments. Mais il reste quand même à savoir comment ils sont arrivés là, parce qu'ils ne sont pas faciles à obtenir…

— Quel genre de médocs ?

— Le genre qu'on trouve dans les services hospitaliers, en chirurgie. Les blancs sont de la warfarine, un anticoagulant, et les roses, j'ai oublié leur nom, mais c'est un antibiotique de compétition.

Vauvert acquiesça machinalement. Il ne se serait jamais attendu à ça, mais il fallait avouer que tout collait.

— C'est ce que la victime avait dans le sang, n'est-ce pas ? Elle avait une infection due à l'ablation de la rate.

— C'est ça, dit Lavigne. Ça n'explique pas encore où sont passés les organes, mais ça implique clairement Ribault dans l'histoire.

Marcazzan toussa dans son poing fermé.

— Je suis d'accord. C'est une preuve supplémentaire qu'il ne pourra pas nier. Il est mêlé à ces mutilations, d'une manière ou d'une autre.

— C'est vrai que tout pousse à le croire, répliqua Vauvert. Il a peut-être voulu diversifier ses activités… Ajouter une nouvelle corde à son arc, comme on dit… C'est surprenant, mais avec ses problèmes d'argent cela peut s'expliquer…

— Tout à fait, dit Marcazzan.

Vauvert resta songeur.

— Quand même, monsieur, c'est bizarre. Je pige pas le lien que peut avoir un déchet comme lui avec des voleurs d'organes…

— Ne vous inquiétez pas, on le trouvera, déclara le juge en dévoilant des dents immaculées. Je vous assure que le couperet va tomber pour Tony Ribault. Et sur ses complices, s'il en a, bien sûr…

Il salua toute l'équipe en se dirigeant vers la porte.

— Messieurs, ajouta-t-il avant de quitter la pièce, je vous félicite tous pour votre travail. J'aime quand une affaire se règle aussi facilement !

26

Entre les preuves à enregistrer et les procès-verbaux à boucler, tout le service était mobilisé. L'interrogatoire de Ribault commença. Comme ils s'y attendaient, le suspect niait en bloc. Le jeu habituel allait durer. Longtemps. L'avocat commis d'office, un débutant à l'air perdu, restait dans un coin de la pièce sans lui apporter un grand secours.

Vauvert fit des allers et retours entre son bureau où il remplissait ses PV, la fenêtre au bout du couloir où il se collait pour fumer des Marlboro, et la salle d'interrogatoire où il revenait régulièrement pour suivre l'avancée des choses. Il se tenait en retrait, les bras croisés, blasé. Il écoutait, presque distraitement, la misère humaine qui se déballait devant lui.

— Vous avez rien contre moi, répétait Ribault. Comme d'habitude. Vous êtes que des connards incompétents.

Le prévenu portait désormais une minerve, et avait du mal à s'exprimer. Son visage était tuméfié par les coups que Vauvert lui avait assenés, et on avait dû lui faire des points de suture à la lèvre inférieure. Dès qu'il le pouvait, il lançait des regards de haine intense dans sa direction.

On lui apporta le couteau papillon. On le lui mit sous le nez, sur la table.

— Il y a encore du sang dessus, tu vois ? lui expliqua le lieutenant Boyer. Alors, tu nous dis quoi maintenant ?

— Je te dis que je t'emmerde, flic à la con. Je vois pas de quoi tu parles. J'ai jamais vu ce couteau-là de ma vie.

Vauvert soupira et s'en alla prendre un café à la machine.

Son regard accrocha l'horloge au bout du couloir. Minuit passé. Nom de Dieu.

Il retourna dans son bureau pour appeler Eva.

Le reste de la nuit serait long et il avait besoin d'entendre sa voix.

Ne serait-ce qu'un instant.

Eva était assoupie et elle faisait un rêve désagréable.

Dans ce rêve, elle se retrouvait perdue sur une banquise sans fin.

Il n'y avait pas d'océan visible, juste cette surface blanche qui s'étendait aussi loin que portait le regard, auréolée d'une légère vapeur translucide. Où qu'elle regarde, c'était le même horizon plat, aveuglant et gelé.

La jeune femme grelottait. Et pour cause, elle était entièrement nue. Debout sur la glace au milieu de nulle part, dans ce monde qui n'était pas le monde. Que faisait-elle là ? Elle n'en savait rien. Le froid était tel qu'il la dévorait, l'empêchait de respirer. Elle voulait avancer, fuir, trouver une échappatoire à cet univers monochrome, mais elle ne parvenait à se mouvoir qu'avec difficulté, elle progressait au ralenti, un pas après l'autre.

Jusqu'à ce qu'une douleur fulgurante se déclenche dans son ventre.

Elle se plia en deux.

Ce n'est qu'à cet instant qu'elle vit que ses mains étaient rouges et gluantes.

Son ventre. Il se passait quelque chose dans son ventre.

Elle ouvrit la bouche pour crier et la sonnerie du téléphone la réveilla en sursaut.

Elle se redressa sur le canapé, repoussant les coussins, en haletant. Elle se rendit compte que la télévision avait fini par s'éteindre, grâce à la fonction économie d'énergie. Elle s'était endormie comme une masse devant une série, elle ne se souvenait même plus laquelle.

Le téléphone continuait de sonner sur la table basse, à côté de son assiette encore à moitié emplie de blanc de poulet et de crudités. Elle s'empressa de le saisir et de décrocher.

— Alexandre, enfin ! Tu as fini par te libérer ?

— *Même pas. On dirait que je suis au bureau pour la nuit.*

— Chacun son tour, plaisanta-t-elle. Tu fais bien de m'appeler, je faisais un cauchemar.

— *Oh. Et tu rêvais de quoi ?*

— Rien de bien passionnant, je t'assure. Et toi ? Pourquoi es-tu coincé toute la nuit ?

— *Un meurtre, figure-toi. Mais on en voit le bout…*

Tandis qu'il lui racontait sa journée, elle se leva et traversa la pièce jusqu'à la fenêtre, toujours ouverte en grand. Une délicieuse brise fraîche pénétrait dans la pièce. Elle coinça le téléphone entre sa joue et son épaule et déboutonna son chemisier pour profiter de cet air nocturne. La nuit était moite. Sans le moindre rapport avec le froid de son rêve.

Elle laissa glisser son vêtement à ses pieds. Après tout, son appartement était situé au neuvième étage et il n'y avait aucun vis-à-vis, aucun regard curieux ne pourrait jouer les voyeurs pour la reluquer en soutien-gorge.

— Une prise d'otage dans un bus, hein ? soupira-t-elle en s'appuyant à la fenêtre. Tu as de la chance, je n'ai pas eu ça depuis un moment…

Au bout du fil, Alexandre éclata de rire et reprit son récit. Des organes manquant chez la victime. Des preuves accablantes. Un juge survolté…

Eva continua de l'écouter, mais fut un instant distraite en apercevant une silhouette dans le parc, en contrebas. Un homme, semblait-il. Il se tenait entre les arbres, comme s'il cherchait à rester à l'abri.

Que faisait-il là ? On aurait dit qu'il… observait sa fenêtre, précisément ?

Eva essaya de le détailler, mais l'homme se déplaça dans l'ombre.

Ce devait être un clochard. Il y en avait plusieurs qui traînaient dans le quartier. Des types perdus, mais inoffensifs.

L'albinos recula tout de même dans son salon.

Elle continua de discuter avec Alexandre mais éteignit les lumières et se replia dans sa chambre.

Ensuite, Vauvert passa le reste de la nuit comme il l'avait commencée, à naviguer entre plusieurs bureaux. Il assista à la suite de l'interrogatoire en pointillés. Il était tout de même curieux d'entendre la conclusion de cette histoire.

À 2 heures du matin, Ribault finit par lâcher que oui, il connaissait la victime, et alors ? La petite Anita lui devait du fric. Un beau paquet de fric, même. Il prétendait s'être fait plumer. Qu'elle l'avait eu par les sentiments. Qu'il lui avait donné tout ce qu'il avait.

Son avocat dormait déjà à poings fermés sur sa chaise.

Les questions reprirent.

À 3 heures, il avoua.

— D'accord, je l'ai tuée. Et alors ? La salope a eu que ce qu'elle méritait !

— Il va falloir que tu nous expliques pourquoi, dit calmement Boyer.

— C'est arrivé comme ça, déclara Ribault, le regard noir. Elle s'est foutue de ma gueule. Je l'ai butée. C'est tout.

— C'est tout ? insista l'officier attablé devant lui. Elle s'est moquée de toi et tu l'as tuée. Ça t'arrive souvent, ce genre de choses ?

— Oh, ça va, arrête de me faire chier. Je lui ai prêté des fortunes quand elle a débarqué. Je lui payais le resto, je lui filais même de la thune pour qu'elle puisse se louer une chambre. Je te l'ai déjà raconté dix fois, putain ! Je te jure que j'ai pas regardé à la dépense. Sauf que maintenant qu'elle avait les moyens de me rembourser, elle voulait plus rien savoir. Cette petite salope, elle a jamais eu l'intention de me rendre tout ce qu'elle m'a pris ! Alors voilà, c'est comme ça. N'importe qui aurait fait pareil à ma place. Me dites pas le contraire !

— Mais bien sûr, soupira Boyer. Bon, je crois qu'on avance. Maintenant, si nous parlions de ça ?

Il fit glisser deux sachets en plastique sur le bureau. Un pour les comprimés blancs d'anticoagulant et l'autre pour l'antibiotique.

— C'est quoi ces machins ? fit Ribault en écarquillant les yeux.

— C'est ce que tu vas nous expliquer.

— J'ai jamais vu ces merdes de ma vie.

— C'est ce que tu nous disais au sujet de ton couteau préféré, c'est bizarre… Mais ce n'est pas grave, on va tout reprendre depuis le début…

— Je suis sérieux. C'est pas à moi ! Tu te fous de ma gueule !

Vauvert soupira.

Il décolla son dos du mur et sortit de la pièce.

Il était déjà 5 heures du matin.

Il alla fumer à la fenêtre. En fouillant dans sa poche, il se rendit compte que son paquet était vide. Il lâcha un torrent d'injures.

Entre 6 et 7 heures du matin, bras croisés sur le bureau, il finit par s'endormir brièvement.

Il fit un rêve.

Un rêve de banquise blanche sur laquelle flottait une légère brume bleutée, comme agitée d'une lente respiration.

Venu de sous la surface, un battement de cœur montait.

Lent et lourd.

De plus en plus fort.

De plus en plus proche.

27

Le mardi, à 8 heures du matin, Vauvert quitta son bureau, les yeux gonflés. Cela ne servait à rien d'essayer de somnoler. Il espérait tout de même avoir réussi à dormir une heure. Il n'en était pas bien sûr.

Aujourd'hui, le café serait son meilleur ami.

Il venait de se faire livrer des croissants chauds et était en train de les partager avec les membres de l'équipe de nuit quand l'avocat de Tony Ribault sortit enfin de la salle d'interrogatoire, l'air pincé et les joues rouges d'avoir trop longtemps tenu sa tête entre ses mains pour éviter le sommeil.

Ribault suivit peu de temps après, escorté par deux officiers qui lui firent traverser les bureaux pour le raccompagner en cellule. Il avait l'air si fatigué qu'il titubait.

Quand il passa devant le commandant, cependant, l'homme lui jeta un regard où brûlait une colère sans limites.

— Je te crèverai. Un jour je te crèverai, connard.

Vauvert se contenta de le saluer de la main.

— Dans vingt ans, alors…

Puis il tourna la tête et il se rendit compte que le divisionnaire Boud Kiowski le regardait, de l'autre côté de l'open space, les poings sur les hanches et le regard sombre.

— Merde, soupira Vauvert.

Il fallait bien que cela arrive. Il avait échappé à cette confrontation la veille. Ce serait donc maintenant. Kiowski patienta le temps que le prévenu et son escorte atteignent l'ascenseur, puis il traversa à son tour la grande salle.

Les quelques policiers autour de Vauvert s'éparpillèrent sans un mot et retrouvèrent leurs bureaux où ils se firent tout petits. Il ne faisait jamais bon s'exposer à la colère du supérieur.

Il en avait malheureusement l'habitude.

— Bonjour, chef. Vous allez bien ?

— Ne vous foutez pas de ma gueule, Vauvert ! Vous avez vu ce que vous avez fait ? Non mais vous avez vu le résultat, nom de Dieu ?

Kiowski se planta devant lui, l'air furieux. Le commissaire divisionnaire était aussi grand et large que Vauvert. Cheveux en brosse, cou de taureau, costume anthracite contenant difficilement ses cent kilos. Face à face, les deux hommes ressemblaient toujours à deux dinosaures sur le point de s'entre-dévorer.

— C'est vrai, admit-il, j'ai un peu forcé au moment de l'interpellation. Mais il fallait bien arrêter ce fils de pute…

— Ce n'est pas la question ! Il y a des témoins par dizaines. Tout le monde a vu que Ribault ne vous a pas attaqué. Son avocat a beau être un débutant, la première chose qu'il a faite, c'est de déposer une plainte pour violence policière ! Non mais à quoi vous vous attendiez ? Vous avez démoli ce pauvre type !

Vauvert serra les poings. Ses articulations craquèrent. Il se força à sourire.

— Ce pauvre type ? Il a planté vingt coups de couteau dans une fille de dix-huit ans avant de laisser son cadavre dans une poubelle. Il a tout avoué, au fait.

— Je sais ! beugla Kiowski. Mais ce n'est pas une excuse ! Le problème, c'est vous, Vauvert ! Vous êtes un homme violent ! Incapable de contrôler ses hormones !

— Et puis quoi encore ? C'est ridicule !

— Non, c'est la triste réalité et vous le savez très bien. C'est toujours la même histoire. Je ne peux plus fermer les yeux, ça va trop loin. Vous vous croyez tout permis, n'est-ce pas ? Vous vous imaginez sans doute que vous êtes au-dessus de tout ? Mauvaise nouvelle, mon vieux. Vous ne l'êtes pas.

— Mais bordel, je fais mon boulot ! se défendit Vauvert. J'arrête les criminels ! C'est pour ça qu'on me paie ! Vous ne pouvez pas me féliciter pour mes résultats, et en même temps me reprocher d'aller au contact !

— Continuez sur ce ton et je vous retire du terrain, le prévint le divisionnaire.

— Le terrain ? Qu'est-ce que vous en connaissez, du terrain ? explosa Vauvert. Désolé, chef, mais moi, je ne reste pas mes journées dans un bureau. Je ne fais pas passer les intérêts de mes amis politiciens avant mes propres hommes !

C'était dit. Et c'était parfaitement idiot. Kiowski devint livide. Vauvert regretta aussitôt ses paroles. Il était malheureusement trop tard pour les retirer.

— Vous insinuez quoi, Vauvert ? Que je fais mal mon boulot ? Que je ne mérite pas mon poste, c'est ça ?

Les deux hommes se toisaient méchamment.

Bien sûr que oui. Tu ne penses qu'à ta carrière.

— Non, chef, répondit le policier en ravalant sa fierté. Bien sûr que non. Je crois que je me suis emporté…

Kiowski continua de le fusiller du regard. Il serrait tellement les mâchoires que les veines saillaient sur son front.

— Je vais vous dire une chose, mon vieux. Pour quelqu'un qui critique mes *amis politiciens*, comme vous dites, vous me faites bien rire. (Une grimace sardonique apparut sur le visage carré du divisionnaire.) C'est étrange, voyez-vous, mais vous venez d'éviter une suspension et une enquête administrative dans la foulée. Vous savez à qui vous devez ce miracle ?

Vauvert fronça les sourcils.

— De quoi vous me parlez, là ?

— D'un beau renvoi d'ascenseur de votre ami le juge Marcazzan. Et arrêtez de me prendre pour un con, vous êtes forcément au courant.

— Je l'ignorais, dit Vauvert. Je vous le jure. Marcazzan… Il a fait pression ?

— Il n'y est pas allé par quatre chemins, oui. Il est venu me voir en personne pour que j'ajoute son témoignage au dossier. Autrement dit, qu'il a vu Ribault se jeter sur vous armé d'un couteau. Il assure que vous étiez en légitime défense pour maîtriser un forcené. Facile, n'est-ce pas ?

Vauvert ouvrit la bouche. Pour une fois, il était à court de repartie. Pour autant qu'il s'en souvienne, le juge n'était pas là quand il avait plaqué le suspect au sol. Il ne pouvait être témoin de rien. De surcroît, il n'avait pas pu voir Ribault l'attaquer, puisque les faits ne s'étaient pas déroulés ainsi.

Le juge n'avait pas hésité à mentir. Pour le couvrir.

Le divisionnaire le savait tout aussi bien que lui.

— Ça a l'air de vous surprendre, en plus, grogna Kiowski. Votre ami ne vous a pas prévenu ?

Vauvert secoua la tête.

— Ce n'est pas mon ami, chef. Mais cela veut dire qu'il n'y aura pas d'enquête interne, alors ?

— Aucun risque. Le parapluie de Marcazzan est en téflon. La plainte de Ribault n'a pas la moindre chance d'être prise au sérieux par la procureur. Vous vous en tirez avec les honneurs et moi je passe pour un con. Profitez-en bien, mon vieux…

Le divisionnaire tourna les talons.

— … Parce que c'est la *dernière* fois que vous échappez à vos responsabilités, acheva-t-il en s'éloignant. Comptez sur moi pour ça…

Un silence gêné retomba dans l'open space. Tout le monde feignait d'être absorbé par une procédure, une mise à jour sur un écran, un coup de téléphone à passer. Au fond de la salle, Thibaut Brodin avait mis les oreillettes de son iPod. On entendait des riffs de metal s'en échapper, comme un bourdonnement sourd.

Vauvert s'assit à un bureau vide, se prit la tête dans les mains et resta un moment à réfléchir.

Il ne comprenait pas pourquoi Marcazzan avait fait ça. Il n'avait rien à lui offrir en échange.

Le juge, aussi arriviste qu'il soit, l'appréciait peut-être réellement.

Il avait du mal à l'accepter, mais peut-être que Marcazzan n'était pas un si mauvais bougre, après tout.

28

À 9 heures, Vauvert toqua à la porte du bureau de Leïla Amari. La jeune femme était déjà en blouse blanche, affairée derrière son ordinateur, ses cheveux attachés en chignon désordonné.

Elle baissa ses lunettes et lui offrit un grand sourire.

— Alex ! Cela fait longtemps que je ne t'avais pas vu à notre étage !

— C'est justement ce que je me disais. Ta science me manque.

— Entre donc ! Qu'est-ce qu'il te faut ?

— L'affaire Somossy, annonça-t-il en refermant la porte derrière lui. Les échantillons ont-ils été analysés ?

— Toi, tu as des antennes ! gloussa la scientifique. Figure-toi qu'on vient de finir à l'instant. C'est bien le sang de la victime sur le couteau. Et aussi sur les vêtements de Ribault. Je t'imprime tout ça…

Elle pianota sur son clavier et aussitôt la grosse photocopieuse à l'autre bout de la pièce se mit à vrombir.

— Merci, dit Vauvert en attendant que les feuillets sortent dans le bac. Pour le sang, on s'en doutait. Il a bien tué la pauvre fille. Il a tout avoué.

— Alors quel est le problème ?

— C'est cette histoire de médicaments qui me chiffonne…

L'impression était finie. Le commandant récupéra les feuilles et les parcourut en diagonale.

— Ribault a refusé jusqu'au bout d'admettre qu'ils lui appartenaient. À la fin, on l'a forcé à reconnaître qu'ils étaient chez lui, puisqu'on les avait trouvés là-bas. Tu connais le système.

— Malheureusement, soupira le lieutenant Amari. Il a signé n'importe quoi pour qu'on le laisse aller dormir.

— Cela ne change pas grand-chose, d'ailleurs. Il va passer en comparution immédiate cet après-midi. Le juge Marcazzan va n'en faire qu'une bouchée et l'envoyer directement en détention. Ah… c'est ça… anticoagulant… et antibiotique… Ce sont bien les mêmes médicaments que ceux retrouvés dans le sang de la victime ?

— Oui. Elle avait une septicémie. Une infection du sang, si tu préfères. Ce n'est pas étonnant après une ablation de la rate.

— Je ne savais même pas qu'on pouvait vivre sans rate, dit Vauvert.

— Oh, si, bien sûr. Ce n'est pas un organe noble, comme le cœur ou les poumons. En revanche, c'est dans ta rate que se stockent une grande partie des plaquettes sanguines dont tu as besoin pour que ton sang coagule. La plupart des gens à qui on a retiré la rate sont donc forcés d'utiliser des anticoagulants. Mais ce n'est pas tout. Le système immunitaire est aussi gravement affaibli. Ton corps ne lutte plus contre les germes. Les conséquences peuvent être dramatiques.

— Comme cette infection…

— Oui. Elle était assez grave. Si tu veux mon avis, Anita Somossy aurait fini par faire un vrai choc septique et y rester, quoi qu'il arrive. C'est tout son organisme qui était atteint. L'antibiotique qu'elle prenait a beau avoir un spectre très large, il n'était pas suffisant à ce stade…

Le commandant s'éventa avec le dossier.

— D'accord, mais alors, ces médicaments, où peut-on se les procurer ?

— Pas en pharmacie, déjà. Ils sont réservés à l'usage clinique.

— Tu penses que Ribault aurait pu les voler dans un établissement hospitalier ?

— En théorie, oui, dit Amari après un instant de réflexion.

— Pourquoi en théorie ? demanda Vauvert.

Elle réfléchit un moment de plus, et lui dit :

— Ce n'est pas si simple. Les médicaments génériques, c'est comme des marques, il y en a des centaines. Tu retrouves la même molécule de base à laquelle chaque laboratoire va ajouter un produit liant, ou une modification chimique, afin de la rendre spécifique. En ce qui concerne cet antibiotique, par exemple, il date un peu. C'est de la céfoglycine, autrement dit un dérivé de céphalosporine, et qui est produit en Indonésie, si je me souviens bien. De nos jours, on n'en prescrit plus.

— Pourquoi ça ?

— Très simple. On s'est rendu compte que la protéine utilisée comme additif était potentiellement allergène. Sans compter que de meilleurs médicaments sont arrivés sur le marché.

— Donc, plus personne ne s'en sert ?

— Je n'ai pas dit ça. La céfoglycine reste un médicament très peu coûteux. Tout dépend de la ligne politique de l'établissement, et celle-ci change à chaque nouveau directeur. Pour ma part, j'ai souvent entendu dire que l'hôpital Larrey et le CHU de Rangueil l'ont bannie par principe. Mais on raconte aussi que des établissements moins regardants continuent de l'utiliser sans le moindre état d'âme.

— Par exemple ?

— Eh bien… (La jeune femme réfléchit quelques instants.) On m'avait dit que c'était le cas de l'ancienne clinique du Cours-Dillon, juste avant qu'elle ne déménage. J'ai aussi entendu le nom de la clinique du Pré. Mais c'est simplement ce qu'on raconte…

Vauvert contempla les feuillets, l'air dépité.

— D'accord, alors comment on fait pour le vérifier ? Pour savoir avec exactitude quels médicaments sont utilisés par une clinique ?

— Tu peux demander à obtenir les bons de commande de tous les hôpitaux de la région, suggéra la scientifique avec un sourire sardonique. Je te souhaite bon courage.

— Ouais. Si seulement un sur dix acceptait de jouer le jeu, ce serait déjà une révolution…

Il regarda de nouveau les papiers.

Songeur.

— Tu dis que la clinique du Pré utilise cet antibiotique, hein ?

— C'est ce qu'on m'a dit, mais je le répète, ce n'est qu'une rumeur. Pourquoi ? Tu connais cette clinique ?

— Non, mentit Vauvert.

29

— Avant qu'on ne boucle, avez-vous des pièces à ajouter au dossier ?

Le juge Devienne était installé à son bureau, au milieu de piles de classeurs et d'épaisses chemises cartonnées. Derrière lui la fenêtre était grande ouverte, mais en raison de la climatisation en panne, il ne cessait de s'éponger le front avec un mouchoir en tissu.

Les officiers Svärta et Leroy secouèrent la tête.

— Pour ma part, tout est dans le rapport du légiste, dit Leroy. La liste de toutes les marques sous-cutanées et des infiltrations sanguines. On a établi les correspondances avec la vidéo, en notant le time code chaque fois que Ludovic et Josie Martel ont maintenu l'enfant. On n'arrive pas à déterminer avec précision quand la côte a été brisée, mais plusieurs time codes peuvent le corroborer. Quant aux résidus de tissu présents dans la gorge de la victime, la vidéo les explique également. La victime a eu la tête plongée dans les draps et au milieu des coussins à plusieurs reprises. Sa salive et son sang se retrouvent partout dans le lit.

— Bien. Et vous, commandant Svärta ?

La policière albinos haussa les épaules.

— Non, monsieur. Rien d'autre que ce que j'ai déjà versé au dossier. La mère du petit Léo est décédée, son fils a fait une dépression. Son oncle et sa tante se sont mis en tête qu'il s'agissait d'une possession démoniaque. Je me suis tout de même renseignée sur le journaliste car c'est un drôle de personnage. Vous devez savoir qu'il a une balle dans le crâne…

— Oui… J'ai entendu cette histoire incroyable… (De nouvelles gouttes de sueur s'étaient formées sur son front, qu'il tamponna avec le mouchoir.) Vous croyez qu'il fait de la rétention d'informations ?

— C'est ce que je me suis demandé. Je pense que je me trompais. Je ne vois vraiment pas ce que nous pourrions lui reprocher.

Le juge fit un grand sourire.

— Eh bien, dans ce cas, la messe est dite, non ?

Les policiers acquiescèrent. Il n'y avait plus rien à faire. À présent, l'affaire suivrait son cours, les trois prévenus allaient être placés sous contrôle judiciaire et poursuivis par le tribunal. Le couple Martel encourait dix ans de réclusion pour homicide involontaire. Quant au père Guillaume, il cumulait trois chefs d'inculpation. Tout d'abord, l'administration de substances nocives à un enfant, ce qui lui vaudrait probablement cinq années de prison. Ensuite, l'escroquerie pour s'être fait passer pour un prêtre missionné par le Vatican, cinq années de plus. Enfin, il fallait ajouter à cela l'homicide involontaire, dix ans. L'addition montait à vingt ans derrière les barreaux si le tribunal était pointilleux. Et il le serait.

Après un coup d'œil à l'heure, le juge Devienne s'empressa de les remercier pour leur travail et de les congédier, il avait d'autres rendez-vous en attente. En effet, deux officiers de la Brigade des mineurs patientaient déjà dans le couloir. Une affaire chassait l'autre.

— On dirait qu'il en abat, des dossiers, dit Leroy en poussant les portes au bout du couloir.

— Pas le temps de faire dans le détail, soupira Eva.

Ils descendirent les marches situées à l'arrière du Palais de justice, rue de Harlay. Le soleil brillait avec férocité dans un ciel bleu pâle.

— Tu crois qu'on a loupé quelque chose ?

— Non, dit la policière. J'ai voulu faire du zèle, c'est tout… un pressentiment idiot…

Elle allait ajouter quelque chose quand elle sentit un courant d'air froid sur son ventre. C'était comme si une main glacée venait d'effleurer sa peau, sous ses vêtements.

Elle se figea. Un sentiment d'alerte se diffusait en elle. Sans raison, elle ressentit une vive angoisse pour son enfant. Comme si… elle était subitement menacée…

— Eva ? s'inquiéta Leroy. Ça va ?

Elle secoua la tête, ne sachant que lui dire. Puis, tout à coup, elle se rendit compte que quelqu'un l'observait.

Un homme, sur le trottoir, à une cinquantaine de mètres d'eux.

Il portait un sweat-shirt noir avec un logo en forme de triangle imprimé sur la poitrine, capuche rabattue sur son visage. Il venait de se tourner quand elle avait levé les yeux vers lui. Elle en était persuadée.

— C'est qui, ce type ?

— Où ça ? fit Leroy.

Un camion de livraison passa à cet instant et s'arrêta devant eux, effaçant l'homme à leur regard.

— Derrière le livreur ! s'écria la policière en se mettant à courir.

Ils contournèrent le camion.

L'homme au sweat-shirt avait disparu.

— Il n'y a personne, dit Leroy. Tu es sûre que tu as vu quelqu'un ?

— Certaine. Je…

Elle regarda en tous sens. Pas un piéton à l'horizon. Bien sûr, l'individu avait eu le temps de s'éclipser en longeant les véhicules… il pouvait être accroupi dans un angle mort, n'importe où… mais… n'était-ce pas trop tiré par les cheveux ?

Elle secoua la tête.

— Et puis merde, je ne sais plus ! Cette grossesse… J'ai horreur de l'admettre, Erwan, mais elle m'épuise nerveusement. Je me demande si je ne finis pas par rêver tout éveillée.

— Tu devrais essayer de te reposer.

— Je ne fais que ça, soupira-t-elle. Je mange et je me repose. Tu le crois, ça ?

— Ça ne durera pas, se moqua-t-il. Tu as une âme de flic. Tu ne peux pas lutter contre ta nature. Allez viens, on rentre au 36.

Ils remontèrent la rue. Erwan lui parlait, pour la rassurer sans doute, mais Eva n'écoutait qu'à moitié ce qu'il lui racontait. Arrivée à l'intersection avec le quai des Orfèvres, elle se retourna une fois pour s'assurer qu'ils n'étaient pas suivis. Bien sûr, il n'y avait personne.

C'était uniquement son imagination qui travaillait.

Cela ne pouvait être que ça.

30

À la nuit tombée, le parc s'habille de ténèbres.

Et il est là. Comme la veille. Comme il le sera tous les soirs jusqu'à assouvir la pulsion. Invisible dans l'ombre des massifs. Ses vêtements noirs se fondent dans la nuit. Son visage est entièrement dissimulé par la capuche.

Le sable bruisse sous ses semelles. Un son léger. Presque imperceptible.

Il se déplace à l'abri des arbres, prenant soin de rester là où la lumière des réverbères n'arrive pas.

D'ici, il peut observer la façade de l'immeuble en toute tranquillité.

L'antre de la proie. Juste de l'autre côté de la rue.

Il lève sa caméra au bout de son bras. Le zoom le rapproche de la fenêtre, au neuvième étage, et c'est comme s'il l'avait juste devant ses yeux. Il est hypnotisé par ce carré de lumière. Parfois il voit le profil de sa proie qui se découpe dans le champ. Parfois elle pose ses mains sur le rebord et regarde au-dehors. Vêtue d'un soutien-gorge noir comme de l'encre sur sa peau de marbre.

Elle. L'horrible femelle. Sa proie. Il zoome encore et contemple le visage aux traits fins de la femme, sa chevelure blanche comme des cascades de lait.

À présent qu'elle a ôté ses lunettes noires, il peut apercevoir ses yeux écarlates. Ses yeux de monstre, comme deux rubis étincelants.

Une boucle blanche est retombée devant son visage. Elle passe sa main dans ses cheveux pour les repousser en arrière. Puis elle lève une bouteille d'eau et en boit un peu.

Parfois elle regarde vers le bas. Comme si elle fouillait du regard les ténèbres du parc.

Mais elle ne peut pas le voir.

Elle ne peut pas se douter de sa présence.

Pas imaginer ce qui l'attend, non.

Barbarossa sourit.

Il lui suffit de patienter. Jusqu'au bon moment…

À présent, la lumière du salon s'est éteinte. C'est la chambre qui s'illumine d'une lueur douce et chaude. Il zoome sur la fenêtre. Il voit des murs rouge opéra dans le fond. Les lignes noires et blanches d'une lithographie, peut-être. Et il voit sa silhouette qui s'avance vers lui.

La policière tire les rideaux.

L'écran de la caméra ne lui montre plus que ça. Ces rideaux rouges illuminés en contre-jour. Il aimerait tellement apercevoir ce qui se passe derrière… pouvoir flotter au-dessus de son lit pendant qu'elle dormira… approcher ses mains, lentement, de sa gorge…

Un bruit le fait sursauter.

Il range précipitamment sa caméra.

Des pas. Dans la rue. Se rapprochant.

Il aperçoit un homme qui marche en titubant sur le trottoir. C'est un clochard avec une barbe blonde hirsute et des dreadlocks s'échappant d'un bonnet rapiécé.

De toute évidence, l'individu est saoul. Il grommelle dans sa barbe ce qui semble être des insultes. Quand il arrive devant les bornes Vélib', il balance des coups de pied nerveux sur les vélos. Barbarossa, pourtant à vingt mètres de lui, sent l'odeur putride qui se dégage de ses vêtements imbibés d'alcool, de sueur et de vomi.

Il patiente le temps que le gêneur passe son chemin.

Mais ce n'est pas ce qui arrive.

L'homme s'est immobilisé devant le parc. Il empoigne le portillon à deux mains, se penche en avant, sourcils froncés. Son regard est un reflet vide.

Il émet un rot sonore, puis lève une jambe pour enjamber le portillon.

Barbarossa recule lentement sous le couvert des arbres.

— Hé ! Toi ! beugle le clochard d'une voix éraillée. Toi, là-bas ! Ouais ! Tu crois que j't'ai pas vu ?

Barbarossa serre ses poings et les desserre, plusieurs fois. Le poivrot marche vers lui à grands pas.

— J'te cause, mon gars !

— Pas la peine de crier, murmure le journaliste entre ses dents.

— Et qu'est-ce que tu fous là d'abord ? C'est mon coin ! Tout le monde le sait ! T'as rien à foutre ici !

— Moins fort, je te dis !

— Qu'est-ce que tu me causes ?

— Dégage de là ! s'emporte Barbarossa.

Il quitte l'ombre des arbres et repousse violemment le clochard.

— Tout de suite !

L'homme recule en chancelant, jusqu'à poser un genou à terre. Il se redresse aussitôt, encore plus furieux.

— Hé ! Connard ! beugle-t-il. C'est mon coin ! Il est à moi !

Cette fois, le clochard lui fonce dessus. Il est plus rapide que Barbarossa ne l'aurait imaginé. Il est arrivé à lui agripper son sweat-shirt et le secoue en lui soufflant son haleine putride au visage.

— Pour qui tu te prends, hein, connard ?

En guise de réponse, Barbarossa sort son taser portable de sa poche. Il l'applique sur la gorge du clochard et presse le bouton, envoyant huit millions de volts dans ce déchet humain. Le résultat est instantané : l'homme l'a lâché, il tressaute sous le crépitement électrique continu, incapable de bouger, incapable de parler, tous ses muscles paralysés. À la fin de la décharge, il s'effondre sur les graviers, le corps encore agité de violents spasmes.

Barbarossa lui balance un coup de pied dans les côtes, de toutes ses forces.

— Tu vois ! Tu vois ce que tu m'obliges à faire !

Le clochard roule sur le dos, essaie de gémir, s'étouffe. Barbarossa recule pour prendre son élan et envoie un autre coup de pied, au visage. La pointe de sa chaussure s'écrase sur la bouche, faisant exploser la lèvre et cassant des dents. Il frappe de nouveau dans cette tête comme dans un ballon de foot. Et de nouveau encore. Chaque impact est terrible. Il sent le cartilage du nez qui se brise net. L'homme pousse des gémissements d'animal à l'agonie.

— Qui est le connard, maintenant ?

L'individu allongé sur le sable se met à pleurer. Il tousse et s'étouffe dans son propre sang.

Alors Barbarossa s'accroupit au-dessus de lui et enfonce le taser dans sa bouche. Il le fait pénétrer de force jusque dans la gorge.

Puis il l'actionne de nouveau.

La décharge électrique explose dans la tête du clochard avec son crépitement caractéristique. Ses yeux se révulsent. Son corps semble se soulever du sol tellement il tremble.

Barbarossa ne s'arrête pas.

Il continue d'envoyer huit millions de volts en continu.

Son taser est de très bonne qualité. Sa charge lui permet de le faire pendant près de dix minutes s'il le désire. Il a donc tout son temps.

Le corps continue de tressauter en tous sens.

De la fumée s'échappe de sa bouche. Une odeur de viande brûlée monte avec elle.

Quand Barbarossa relâche le bouton, le crépitement cesse, et les membres s'immobilisent. Le visage ravagé retombe en arrière. Sans vie.

Le silence total est revenu.

Il faut qu'il parte. Tout de suite.

Il se redresse, le sourire féroce, le cœur battant comme un tambour dans ses tempes.

Il se rend compte qu'il est maculé de sang.

Qu'importe. Il est bien couvert. Il lui suffira de brûler tout ce qu'il porte. Personne ne saura.

Il allume fébrilement sa caméra numérique.

Il est tenté d'utiliser la vision infrarouge de l'appareil. Mais, dans ce cas, l'image qu'il obtiendrait serait en noir et blanc. Après une brève hésitation, il se résout à actionner le flash. Il en a besoin pour voir le cadavre tel qu'il est. Il n'y a pas d'autre solution.

Bien sûr, il sait qu'il prend un risque inconsidéré en faisant cela, que quelqu'un pourrait voir la lumière. Il y pense tandis qu'il lève la caméra et l'oriente vers le corps. Mais c'est plus fort que lui. Il a besoin d'enregistrer ces images.

Il a besoin de pouvoir *revivre* cela.

Lentement, il s'en va à reculons, sans cesser de filmer le corps du clochard en train de se vider de son sang sur le sable du parc.

Il n'y a personne dans la rue. Il entend seulement les sons produits par une bande de jeunes qui s'engueulent, un peu plus loin.

Aucun témoin. Tout va bien.

Le cœur battant la chamade, il presse le pas jusqu'à sa voiture.

III

Complications

31

Le mercredi matin à 8 h 30, Vauvert, encore à moitié endormi, s'était garé dans le sous-sol de l'hôtel de police quand son téléphone vibra dans sa poche. L'appel venait de Romuald Coutaud, le médecin légiste avec lequel il travaillait régulièrement.

— Bonjour Romuald. Que se passe-t-il ?

— *J'aimerais te montrer quelque chose, dès que c'est possible.*

Le médecin avait une voix étrange, que Vauvert ne lui connaissait pas.

— Eh bien, oui, pas de problème, répliqua-t-il. Rien de grave, j'espère ?

— *Je préfère ne pas en discuter au téléphone. Ça concerne une de tes affaires… Je ne vois pas à qui d'autre je pourrais en parler…*

— D'accord. Je passe tout de suite si tu veux.

— *Ce serait parfait. Je n'ai pas de client ce matin. Je t'attends.*

Vauvert raccrocha, quelque peu inquiet.

Il s'étira et fit craquer ses articulations. La journée commençait mal. Habituellement, Coutaud n'était pas quelqu'un d'aussi cérémonieux. Tout le contraire, même.

Cela ne laissait rien augurer de bon.

L'espace d'un instant, alors qu'il redémarrait le 4 × 4 et que le moteur se mettait à gronder, il ne put s'empêcher de songer à Eva. À combien elle lui manquait. À combien il était idiot d'être si loin d'elle. Après tout, il n'avait qu'à tout plaquer, là, maintenant. Simplement aller la retrouver, profiter d'eux. Il pouvait prendre l'autoroute sans même passer chez lui. Six heures de route et il serait dans ses bras. Il lui suffisait de laisser derrière lui toutes ces enquêtes sordides, ces mystères sans fin…

Ce n'était malheureusement pas possible.

Il cessa de rêver et enclencha la marche arrière pour quitter la place de parking.

Direction l'Institut médico-légal.

Coutaud l'attendait sur le parking. Il était assis sur un banc devant le vaste bâtiment du CHU, avait remonté les manches de sa chemise et prenait le soleil en patientant. C'était un homme mince et maniéré, à la chevelure blond platine hérissée sur la tête. Vauvert s'était toujours dit qu'il ressemblait plus à un acteur ou à un chanteur de rock qu'à un médecin légiste.

— Désolé de t'avoir fait te déplacer, lui dit-il en lui serrant la main. Je suis de permanence toute la journée, aujourd'hui. Mais viens dans mon bureau. Je vais tout t'expliquer.

Le policier lui emboîta le pas et ils pénétrèrent dans le bâtiment que la climatisation rendait glacial après la fournaise de l'extérieur. Ils empruntèrent l'escalier et descendirent au deuxième sous-sol, où se trouvait le département de médecine légale. Les « clients » de Coutaud, comme le médecin les appelait, étaient alignés dans leurs tiroirs réfrigérés. Vauvert n'aimait pas ce lieu. C'était épidermique. Chaque fois qu'il devait venir ici, un froid qu'il n'expliquait pas s'immisçait en lui. Au plus profond de sa chair. Il mettait toujours des heures à s'en débarrasser.

— Alors, grogna-t-il en entrant dans le bureau. Que se passe-t-il donc ?

— Ça concerne la prostituée hongroise assassinée ce week-end, lui annonça le médecin en refermant la porte. Tu l'as encore en tête ?

Vauvert réprima un rictus.

— Plutôt, oui. Le meurtrier a avoué le crime. Il dort en prison pour le moment et l'affaire suit son cours. Malgré tout, il reste des zones d'ombre dans cette histoire.

— Ça, je sais, répliqua Coutaud. C'est moi qui ai pratiqué l'autopsie de la petite Somossy. Quelque chose m'a perturbé, je ne savais pas quoi. Finalement, je me suis souvenu d'une autre autopsie, que j'avais effectuée il y a presque deux mois de ça. Fin juin, très exactement…

Vauvert fronça les sourcils. Il voyait passer tous les meurtres de la région, qu'il s'en occupe ou non. De mémoire, il n'y en avait pas eu à cette période.

— Personne ne s'est fait tuer au mois de juin, Romuald.

— Je n'ai jamais dit que c'était un meurtre. Juste le plus banal des suicides. Une fille qui s'est tranché les veines des poignets dans sa baignoire. Ses voisins l'ont découverte, le commissariat de quartier a été prévenu. Procédure classique pour les morts violentes, on autopsie pour confirmer, tu connais la musique.

— Ouais. Et donc, c'était bien un suicide ?

— Aucun doute là-dessus. La fille était en dépression. Bourrée de cachetons. L'affaire a été classée. Normalement, tout devrait s'arrêter là…

— Mais ?

— Cette cliente avait une particularité… il lui manquait un rein…

Vauvert faillit s'étouffer.

— Bordel ! Comment ça se fait que ce ne soit pas remonté jusqu'à nous ?

— Ça ne semblait pas important, lui expliqua le médecin. On trouve souvent d'anciennes pathologies auxquelles on ne fait pas attention. N'oublie pas que, sur le moment, tout ce que je cherchais, c'était la cause de la mort. Ce n'est qu'après coup que ça m'est revenu. Je n'ai pas arrêté d'y penser, tu sais ce que c'est quand une idée te taraude, hein ? Il fallait que j'en aie le cœur net. Alors je suis allé aux archives et j'ai épluché le dossier médical de la suicidée…

Le policier le voyait venir.

— Il n'y avait aucune trace d'opération, c'est ça ?

— Nulle part ! s'exclama Coutaud en s'accompagnant d'un grand geste théâtral. Pas la moindre mention de l'ablation d'un rein. Cette fille n'a jamais été enregistrée comme ayant donné un quelconque organe. Sauf que c'est tout bonnement impossible, vois-tu ? En plus, l'opération devait être récente, six mois tout au plus. Je te le dis très franchement, ça me dépasse. J'ai beau y réfléchir sous tous les angles, je n'arrive pas à comprendre ce qui a pu se passer. Une chose est certaine, pourtant. La technique chirurgicale employée est du même type dans les deux cas.

— C'est le même médecin qui a opéré les deux filles ?

— Il y a une forte probabilité.

— Eh bien, ça nous fait une sacrée coïncidence. Et tu sais ce que je pense des coïncidences…

Coutaud esquissa un sourire de connivence.

— Pourquoi crois-tu que je t'ai appelé ? Je savais ce que tu te dirais.

— Ouais. En effet. Je peux voir le dossier en question ?

— Le voilà…

Il fit glisser une chemise plastifiée sur son bureau. La page de garde comportait uniquement le nom de la personne, écrit en lettres capitales.

JEANNE BONNET

Tout d'abord, Vauvert sentit un fourmillement désagréable à la base de sa nuque.

Il ne comprit pas pourquoi ce nom lui semblait familier.

Puis il se souvint. Le bourdonnement dans sa nuque devint un coup de massue.

Il serra les poings jusqu'à ce que ses articulations craquent.

— Jeanne Bonnet ? C'est pas vrai…

Il ouvrit le dossier pour lire les informations exactes.

— Vingt-deux ans. Quartier Borderouge. Bon sang. C'est bien elle.

— Tu la connaissais ?

— Ouais. Putain, ouais.

La photo la représentait bien telle qu'il se la rappelait. Les cheveux noirs coupés court. Le regard hanté. Il ne se souvenait que trop bien de la paumée squelettique à l'air terrifié qu'il avait reçue à l'hôtel de police en début d'année. Ses hématomes sur le visage. Son récit décousu dont il n'avait pas cru un mot.

— Je ne l'ai vue qu'une fois. Elle était venue pour porter plainte...

— Pour quelle raison ?

— Pour un viol, expliqua Vauvert d'une voix absente, toujours sous le coup de la surprise. Mais je ne l'ai pas crue. Il y avait quelque chose d'étrange dans son histoire. Elle racontait des craques. Je n'ai pas compris pourquoi à l'époque... et je n'ai pas cherché à savoir... J'étais préoccupé par diverses autres choses...

— Elle mentait sur un viol ? s'étonna le médecin.

— J'en aurais mis ma main à couper. Sa version des faits était tellement incohérente que je l'ai prise pour une mythomane. On en voit passer tellement. Des femmes qui accusent leur amant de les avoir violées pour ne pas être jetées à la rue par leur mari... d'autres qui ont attrapé un virus et qui cherchent à faire payer le type par tous les moyens... Je l'ai mise dans cette catégorie. Comme je te l'ai dit, j'avais la tête ailleurs, Romuald... J'étais en plein milieu d'une enquête difficile... Je n'ai pas réfléchi... Bon sang, je n'en suis pas fier...

Son regard resta dans le vague tandis que les événements lui revenaient. Non, il n'était pas fier. Pas *du tout*. Ce qu'il ne pouvait expliquer au médecin, ce qu'il ne digérait toujours pas, c'est qu'il n'aurait jamais *dû* auditionner cette fille. Il l'avait reçue uniquement parce que son ex-femme l'avait poussé à le faire. Virginie avait insisté. Elle était venue le voir chez lui. Elle avait fait jouer ses relations. Tout pour discréditer cette fille. Cette Jeanne Bonnet.

Il avait horreur de l'admettre, mais il avait été manipulé. Malgré lui, il avait participé à ces combines politiques qu'il détestait tant. Il n'avait rien vu venir, et n'avait pu stopper l'engrenage une fois la spirale infernale amorcée.

Car l'affaire ne s'était pas arrêtée là.

— Cette fille s'est fait avoir, grogna-t-il. Je ne sais pas pourquoi, je ne sais même pas comment, mais cette pauvre fille s'est bien fait rouler…

Le légiste secoua la tête.

— Je ne te suis pas. Que s'est-il passé au juste ?

— Comme j'ai précisé dans mon compte rendu que je ne voyais aucun élément permettant d'étayer le viol, c'est finalement elle qui s'est retrouvée accusée. Le barreau s'en est mêlé, ils en avaient fait une affaire personnelle. Jeanne Bonnet a été poursuivie pour dénonciation de crime imaginaire. Je ne me suis pas intéressé à la suite, mais on m'a dit que le juge la chargeait à mort. Une belle occasion de faire un exemple sans prendre de risques. À terme, elle aurait certainement été condamnée, et lourdement. Pas étonnant qu'elle en ait fait une dépression ! Mais qu'elle finisse comme ça… Bon sang de bordel… Ces cons l'ont poussée au suicide, et je parie qu'ils dorment confortablement…

Vauvert referma le dossier et le contempla quelques instants encore.

Il n'y avait *jamais* de coïncidence.

C'est ce qu'il avait toujours dit et répété.

Subitement, il sentit une boule douloureuse se former dans sa gorge.

— La personne qu'elle accusait de viol… ajouta-t-il lentement. Il s'appelle Arnaud Levy. C'est à cause de lui si tout le monde s'est acharné sur cette fille. Ce type a le bras aussi long que son ego…

— Jamais entendu ce nom. Qui est-ce ?

— Un médecin, répondit Vauvert, les dents serrées. Il travaille à la clinique du Pré.

Le légiste écarquilla les yeux.

— Un médecin ? Tu déconnes…

— Je t'assure que non. Il y a aussi… un autre problème…

— Lequel ?

— C'est le nouveau mec de mon ex-femme.

32

Eva avait eu un réveil difficile. Un léger vertige ne voulait pas la quitter. Elle était restée plus de temps que nécessaire sous la douche et à présent elle était en retard. Et d'humeur massacrante.

En sortant de son parking, elle constata que le trafic était bouché : les véhicules faisaient la queue jusqu'au bout de la rue, avançant au ralenti. Il se passait quelque chose au niveau du parc. Plusieurs policiers en uniforme s'occupaient de faire circuler les automobilistes à grands gestes directifs.

Et pour cause, un fourgon funéraire était garé en double file, bloquant tout le monde.

C'était écrit, ce matin, il faudrait qu'elle prenne son mal en patience.

Elle en profita pour récupérer le sachet de pastilles à la menthe dans la boîte à gants et en glisser deux dans sa bouche, le temps que la file de voitures avance, un mètre après l'autre. Quand elle arriva enfin au niveau des policiers, elle baissa la vitre et agita sa carte tricolore.

— Excusez-moi, messieurs, je suis une collègue. J'habite l'immeuble juste derrière… Je peux savoir ce qui se passe ?

Un des policiers s'approcha, souriant. C'était un Asiatique un peu rond avec les cheveux en brosse.

— Désolé pour ce petit désagrément, commandant. Un homme est décédé dans le parc. L'équipe des pompes funèbres est en train de s'occuper du corps.

— Oh. D'accord.

Elle ne les apercevait que de loin, mais devinait en effet quatre hommes autour d'une civière. Un cinquième était allongé dessus. Mort.

— C'était un SDF, ajouta le policier. On pense à une bagarre qui a dégénéré. D'après les médecins, c'est le cœur qui a lâché…

— Je vois. J'espère que vous retrouverez l'agresseur facilement. Ils ne sont pas nombreux dans le quartier. Habituellement, ils sont assez calmes…

— Pas celui qui a fait ça, je peux vous le dire ! La victime a été salement passée à tabac. Son visage est en charpie. Je vous épargne les détails, mais ce n'est pas beau à voir.

Il secoua la tête, comme pour chasser les images de son esprit, avant d'ajouter d'un ton amer :

— Faut quand même avoir un grave problème dans sa tête. S'acharner comme ça sur quelqu'un…

Eva ne releva pas. Elle n'avait que trop l'habitude de ce genre de faits divers. Le monde était malade, oui. Une maladie qui s'aggravait un peu plus chaque jour, et les remèdes semblaient de moins en moins efficaces.

Elle remercia l'officier, lui souhaita bon courage et redémarra.

Elle mit presque un quart d'heure à rejoindre la rue de Bagnolet où le trafic était plus fluide.

Malheureusement, dès qu'elle arriva dans la rue de Charonne, l'embouteillage recommença. Elle alluma France Info pour se tenir au courant de la misère du monde et avança au ralenti, une main nerveuse posée sur son ventre.

33

À une quinzaine de kilomètres de Toulouse, sous une chaleur de plomb, les jardins arborés de la clinique s'étendaient comme un océan vert. Le ciel était d'un bleu limpide, sans le moindre nuage.

Tout l'inverse de l'orage dans sa tête.

Alexandre Vauvert pénétra dans le bâtiment avec le pressentiment confus du désastre à venir. Il avait évité cette confrontation trop longtemps. Au fond de lui, pourtant, il avait toujours su qu'elle serait inévitable.

Des vases de fleurs fraîchement coupées décoraient la porte à tambour. Trois hôtesses blondes en uniforme bleu marine, derrière le guichet d'accueil, discutaient entre elles et rirent à une blague qu'il n'avait pas entendue. Ils avaient forcé sur le parfum industriel, ici. Une odeur de bonbon, lourde et sucrée, planait dans le hall.

Il avança avec détermination jusqu'aux escaliers.

À chaque pas, il sentait sa colère grandir, malgré tous ses efforts pour la contenir. Il bouillait intérieurement. L'hypocrisie avait assez duré. À présent seules les réponses pourraient le calmer. Seule la vérité.

Depuis qu'il avait parlé avec Leïla Amari, ce maudit détail avait happé son attention et ne l'avait plus lâché. Ce nom. *La clinique du Pré.*

Ces couloirs immaculés dans lesquels il avançait, poings serrés, le regard noir.

Cette clinique où travaillait désormais Arnaud Levy, l'amant de Virginie.

Si Leïla avait raison, cet établissement était un des derniers à utiliser de la céfoglycine.

Il avait beau se répéter que ce n'était pas une certitude, que c'était peut-être une méprise, ou une coïncidence, son pouls refusait de ralentir. Ce sentiment funeste ne voulait plus le quitter. Le simple fait d'y songer le rendait malade.

L'instinct.

Il n'avait que ça. Ce feu intérieur, cette certitude terrible au fond de ses tripes. Il ne disposait pas de la moindre preuve tangible pour relier les deux affaires à ce salaud de Levy. Même si sa clinique utilisait le même antibiotique que celui retrouvé dans le sang d'Anita Somossy, cela ne constituait pas une preuve valable. Et que Jeanne Bonnet ait été en violent conflit avec lui ne prouvait rien non plus. Strictement rien du tout. Cela ne justifiait pas une commission rogatoire. Cela ne justifiait même pas sa présence ici, en cet instant.

Ce que ressentait Vauvert n'était qu'intuition. Il se fiait exclusivement à son instinct de flic.

Et à son histoire personnelle.

Il connaissait Levy. Un bel escroc dénué de conscience. Ce n'était pas nouveau. Le neurochirurgien avait déjà été poursuivi à plusieurs reprises : fautes professionnelles, erreurs médicales, faux diagnostics, opérations inutiles, escroquerie organisée mettant en danger la vie d'autrui. Une quinzaine d'années auparavant, il avait pris l'habitude de diagnostiquer des tumeurs bénignes chez des personnes en parfaite santé. La combine était rodée. Levy facturait des opérations de chirurgie exorbitantes et les patients acceptaient sans se poser de question. Le pot aux roses avait été dévoilé quand une femme, qui n'aurait jamais dû être anesthésiée, était finalement décédée en salle d'opération entre ses mains.

Mais s'il y avait bien eu deux condamnations, aucune application de peine, aucune sanction réelle n'avait jamais suivi. Levy avait ses appuis en haut lieu. Il lui avait suffi de changer de clinique. Il avait dédommagé généreusement l'ordre des médecins. Un claquement de doigts et tout avait repris comme si de rien n'était. Il avait retrouvé une nouvelle clientèle, tout aussi fidèle que fortunée. Rien ne l'empêchait d'exercer. Il pouvait continuer d'opérer et de s'enrichir en méprisant les lois et les hommes.

Vauvert détestait cet individu. Viscéralement. Comme cela lui était rarement arrivé de détester quelqu'un.

Qu'il soit le nouveau compagnon de Virginie depuis quelques années n'y changeait rien.

En tout cas c'est ce qu'il se répétait.

— Monsieur ! s'écria la secrétaire derrière son écran d'ordinateur. Attendez ! Le docteur est en consultation ! Vous ne pouvez pas entrer !

Il continua d'avancer comme un bolide sans adresser un regard à la petite brune. Le visage tanné du policier n'était plus qu'un masque terrible. Il atteignit la porte du bureau de consultation et l'ouvrit avec une telle violence qu'elle cogna contre le mur.

À l'intérieur, une femme assise sur la chaise poussa un cri de surprise. Elle avait la soixantaine, les cheveux rouges, un affreux chemisier probablement hors de prix et des bijoux énormes en forme d'animaux. Le docteur Levy se leva brusquement.

— Alexandre ? Mais ça ne va pas ou quoi ?

— Sortez, madame, ordonna Vauvert. C'est la police.

La dame ne se fit pas prier. Elle se leva d'un bond, l'air toujours aussi terrifié, ramassa à la hâte son sac Chanel et quitta la pièce en rasant le mur, de crainte de passer trop près de cette immense brute. Ses bracelets en or représentant des serpents tintaient au rythme de ses pas précipités.

— Qu'est-ce que c'est que ce cirque ? s'indigna Levy en contournant le bureau. Et que fais-tu là, enfin ? Je travaille !

— Je viens voir de mes yeux quel genre de menteur tu es, dit Vauvert d'une voix sourde.

Levy s'approcha, nullement intimidé par le colosse face à lui. À cinquante ans, cheveux poivre et sel, c'était encore un homme séduisant et conscient qu'il l'était. Il dégageait cette assurance arrogante de ceux qui se considèrent plus malins que les autres et qui sont habitués à toujours tirer leur épingle du jeu. Il soutint le regard de Vauvert sans se démonter.

— Et pourquoi donc serais-je un menteur ?

— Tu te souviens de Jeanne Bonnet ?

— Qui ça ?

— Ne me prends pas pour un abruti. Il y a six mois, j'ai reçu au commissariat une fille qui t'accusait de viol.

— Oh. Cette histoire ?

— Ouais. Cette histoire, Arnaud ! s'emporta le policier. Cette paumée désespérée que personne n'a crue ! Cette fille que tu as fait persécuter par tes petits copains du tribunal !

— Qu'est-ce que tu insinues ?

Un éclat sauvage traversa le regard du policier.

— Je t'assure que si je devais insinuer quelque chose, tu serais déjà à plat ventre sur ton bureau avec les menottes aux poignets.

Levy ne parut nullement impressionné. Un sourire ironique apparut au coin de ses lèvres.

— Alors pourquoi es-tu là ?

— Parce que Jeanne Bonnet s'est suicidée.

Vauvert observa l'expression du médecin. Il n'y vit qu'un reflet vide. Une totale absence d'empathie.

— Maintenant que tu le dis, soupira le médecin, on m'avait peut-être parlé de ça. Ce genre de chose arrive. Que veux-tu que j'y fasse ?

— Je veux que tu répondes à mes questions, et je veux la vérité. Qu'est-ce que tu as fait à cette fille ? Qu'est-ce que tu lui as *vraiment* fait ?

L'homme secoua la tête comme s'il se trouvait face à un enfant capricieux.

— Mais rien du tout, voyons. C'était une mythomane. Elle mentait comme elle respirait. C'est toi-même qui l'as dit, tu ne t'en souviens pas ?

— Elle mentait pour le viol. Mais pourquoi, Arnaud ? Pourquoi a-t-elle inventé cette histoire ? Pourquoi t'en voulait-elle autant ?

— Tu fais une fixation, ma parole ! Cette histoire est terminée et oubliée…

— Réponds-moi ! ordonna Vauvert.

Ce rictus moqueur, toujours. Levy écarta les mains.

— Que veux-tu que j'en sache ? L'appât du gain, sans doute. Elle devait envier l'aisance financière dont je jouis, la vie que je mène et qu'elle n'aurait jamais. Mais, bien sûr, avec ton salaire de flic, tu ne peux pas vraiment comprendre ce dont je parle… Ce genre de chose te dépasse…

Vauvert avala l'insulte.

Ses yeux se réduisirent à des fentes.

— Au lieu de me raconter tes conneries, dis-moi plutôt pourquoi tu voyais cette fille en consultation. Tu es neurochirurgien, non ? Comment se fait-il qu'une chômeuse puisse atterrir dans ton cabinet, où tu n'acceptes normalement que des tocards pleins aux as ?

— C'est le neuropsychiatre qui me l'a envoyée, vois-tu. Cette fille était dépressive. Elle avait des hallucinations. Elle aurait fini par se faire du mal quoi qu'il arrive. Le psy craignait qu'elle ait une tumeur. Alors que la véritable raison n'était pas bien compliquée à trouver. Bonnet était une toxicomane. Et dans sa tête de toxicomane, elle s'est connement dit qu'en inventant une histoire à dormir debout, elle parviendrait à me soutirer de l'argent. Je ne suis pas responsable de la bêtise des gens, Alexandre. Pas plus que tu ne l'es d'avoir fait ton travail en refusant sa plainte. Cette fille s'est cherché ses problèmes toute seule.

Il se moquait de lui.

C'était écrit en toutes lettres sur son visage.

Vauvert souffla de l'air par les narines. Mâchoires serrées.

La sensation désagréable dans sa nuque se réveilla. Comme un bourdonnement.

Son intuition de flic.

Qui ne le trompait jamais.

— Tu ne lui aurais pas prescrit une opération, alors ? demanda-t-il d'une voix mielleuse.

— Quoi ?

— De la chirurgie, répéta-t-il en le regardant les yeux dans les yeux. Tu sais, Arnaud, comme à l'époque où tu montrais une radio de cerveau malade à des patients sains en leur disant que s'ils n'allongeaient pas le montant d'une opération tout de suite, ils risquaient de mourir ?

— Je ne comprends pas un mot de ce que tu me racontes, soupira Levy sans se défaire de son rictus narquois. Écoute, si c'est tout ce pour quoi tu es venu me déranger, j'aimerais que tu me laisses, maintenant.

— Avant cela, il va falloir que je jette un œil à son dossier.

— Ça, c'est hors de question. Tu as entendu parler de cette chose qui s'appelle le secret médical ?

Le policier hocha la tête.

— C'est vrai. Mais dis-moi tout de même…

Il désigna l'armoire derrière le médecin, où se trouvaient diverses boîtes de médicaments.

— C'est vrai que tu prescris encore de la céfoglycine dans les cas de septicémie ? Je te demande ça parce que j'ai connu une fille qui en prenait. Elle s'appelait Anita Somossy. Une prostituée. Tu ne l'aurais pas eue en consultation elle aussi ?

Cette fois, il vit le regard de Levy trembler un bref instant.

Le médecin baissa le regard et épousseta sa chemise d'un geste faussement distrait.

— Jouons cartes sur table, Alexandre. Dis-moi plutôt pourquoi tu es ici.

— Je te l'ai dit. Je veux des réponses. Je les veux maintenant.

— Oh, arrête, soupira le médecin. Tu n'as pas à faire tout ce cinéma. Tu es pitoyable. C'est à cause de Virginie que tu m'en veux. Nous le savons tous les deux.

Vauvert déglutit, poings serrés. Le terrain devenait glissant.

— Ça n'a rien à voir avec Virginie, dit-il.

— Bien sûr que si, attaqua Levy. Il ne s'agit que d'elle. Tu ne supportes pas qu'elle appartienne à un autre homme. C'est là tout le fond de l'histoire.

— Ne change pas de sujet.

— C'est le véritable sujet. Vous avez été mariés, d'accord, et alors ? Tu as eu ton tour, il fallait en profiter quand tu en avais l'occasion. Ça a duré quoi… dix ans, c'est ça ? Maintenant elle est à moi. Elle me mange dans la main. Ça te rend malade, hein ?

Le médecin s'approcha, rayonnant.

Il posa un doigt sur le torse musculeux du policier pétrifié.

— Au fait, je sais qu'elle t'a quitté parce que tu la frappais.

Il avait parlé à voix basse. Comme une confidence. Articulant chaque mot avec une minutie cruelle. Et chacun de ces mots avait été un coup de lame dans l'estomac de Vauvert.

— Jamais de la vie ! explosa-t-il.

— Elle me l'a dit, Alexandre. Elle me dit tout, cette femme.

— Elle ne peut pas t'avoir raconté ça, dit le policier d'une voix tremblante. Parce que c'est totalement faux.

— Oh si, elle l'a fait.

— Si c'est le cas, elle t'a menti. Je ne l'ai jamais touchée. *Jamais.*

— Selon toi, tout le monde ment, hein ? Ce n'est plus une déformation professionnelle, à ce niveau-là, c'est de la paranoïa pure et simple !

Le médecin éclata de rire. Il posa ses mains sur ses hanches et le toisa, rayonnant de mépris.

— Tu veux la vérité, Alexandre ? Je me contrefous de ce que tu lui as fait. Tu l'as utilisée comme tu en as eu envie, je ne vais pas te jeter la pierre. C'est à mon tour d'en faire ce que je veux… Et je peux te dire que c'est une affaire, cette femme… prête à tout… Je n'avais jamais vu ça… pas très futée, la pauvre, mais quel cul…

Le regard de Vauvert s'enténébra.

— Arrête tout de suite, Arnaud.

— Oh, voyons. Ne me dis pas que tu es prude. C'était déjà une crieuse, avec toi ? Parce que tout le lotissement est au courant de ce qui se passe chaque soir, je peux te le dire !

— Arnaud, ça suffit.

— Et quand je lui dis qu'elle peut monter le son, poursuivit le médecin avec un rire gras. Si tu entendais jusqu'où elle peut aller ! C'est fou ce qu'une femme peut faire pour un homme qui a de l'argent, n'est-ce pas ?

Vauvert ferma les yeux. C'était insupportable. Il se faisait piéger. Encore.

— Il n'y a rien qui les arrête… aucune humiliation à laquelle elles ne consentiraient pas… Pas plus tard que la semaine dernière, j'ai demandé à Virginie de boire sa propre urine en échange de ma carte Black pour aller faire son shopping… Et crois-le ou non, elle l'a fait…

— Mais ferme-la, putain ! cria Vauvert en lui envoyant son poing dans le ventre.

Le médecin fut projeté en arrière sur son bureau.

Vauvert lui donna un second coup de poing. Au visage. Il frappa de toutes ses forces. Il sentit le craquement du nez qui se brisait. Il reçut une éclaboussure de sang tandis que Levy s'écroulait.

Il réalisa trop tard ce qu'il venait de faire.

Il recula. Tremblant.

— Merde.

Il aurait aimé dire qu'il était désolé. Il ne l'était pas. Cela lui avait fait du bien. Un bien horrible. Irréversible.

— Merde, répéta-t-il, l'air hagard.

Devant lui, Levy se redressa et se mit péniblement à genoux, une main sur le visage. Entre ses doigts, son nez brisé laissait échapper un filet de sang. Il tombait goutte à goutte sur le lino gris. Une flaque s'était déjà formée.

Le médecin le fixait toujours sans la moindre peur. Il grimaçait, de douleur ou peut-être de joie.

— Tu te rends compte de la situation dans laquelle tu viens de te fourrer, j'espère ? articula Levy sans cesser de sourire.

Puis il rejeta la tête en arrière et hurla comme s'il était à l'agonie :

— Au secours ! À l'aide ! Coralie, à moi !

— Bordel, soupira Vauvert en tournant les talons.

S'il restait ici un instant de plus, il allait achever cette ordure.

Il rebroussa chemin vers l'accueil avec dans son dos les cris faussement terrifiés de Levy qui hurlait qu'on était en train de l'agresser, qu'il fallait que quelqu'un vienne à son aide. La secrétaire avait quitté son fauteuil et se terrait sous son bureau, tremblante, son téléphone à l'oreille, probablement en liaison avec la sécurité.

Le policier ouvrit la porte et la claqua tellement fort derrière lui que la partie vitrée explosa en mille morceaux.

Il dévala les escaliers sans être inquiété et traversa le hall d'un pas raide. Le soleil éblouissant d'août l'accueillit au-dehors.

Il s'engouffra dans son 4 × 4 et serra le volant.

Il vit qu'il avait du sang sur ses phalanges.

Encore.

Vauvert ferma les yeux. La chaleur accumulée dans le véhicule était insoutenable. Pourtant il ne bougea plus pendant de longues minutes.

Il avait l'impression qu'un immense gouffre venait de s'ouvrir sous ses pieds, prêt à l'aspirer.

34

Ce n'était pas une bonne journée.

Enfermée dans son bureau, Eva se rendit compte qu'elle somnolait encore. Ses yeux se fermaient tout seuls. Elle se sentait attirée vers un autre lieu… une banquise blanche à perte de vue… un horizon flou et gris qui se resserrait autour d'elle… l'appelait… comme si des voix murmuraient quelque chose au creux de son oreille… des mots qu'elle ne comprenait pas… À plusieurs reprises elle sursauta, réalisant qu'elle avait cessé de taper sur le clavier et qu'elle était en train de s'assoupir, la tête dans les mains.

— Ma grande, tu files un mauvais coton, pesta-t-elle en s'étirant dans son fauteuil.

L'écran de l'ordinateur lui brûlait les yeux. Les lignes affichées dans le traitement de texte devenaient floues.

Elle décida qu'il était inutile de s'acharner. Chaque dossier qu'elle parcourait se révélait être une nouvelle voie sans issue. Meurtre à l'arme blanche dans le cadre d'une escroquerie immobilière organisée par une famille roumaine qui semblait avoir déjà mis les voiles à l'étranger, duo de braqueurs eux aussi en cavale après avoir vidé une trentaine de balles dans une bijouterie de la place Vendôme, règlement de comptes à la Kalachnikov en plein après-midi où personne n'avait rien vu, mais où deux adolescents avaient trouvé la mort. Elle ne voyait pas ce qu'elle aurait pu apporter comme nouvel élément dans la moindre de ces affaires…

Fermant le logiciel, elle récupéra la bouteille d'eau minérale au bord du bureau, cala son dos dans son fauteuil et composa le numéro d'Alexandre sur son mobile.

— Bonjour, mon policier, murmura-t-elle quand il décrocha. J'avais juste envie de te dire à quel point tu me manques…

— *Hmm, bonjour chaton*, grommela-t-il à l'autre bout du fil.

Son intonation était inhabituelle. Et inquiétante.

Eva se redressa. Elle posa les coudes sur son bureau.

— Tout va bien ?

— *Ouais. Ça va*, dit-il.

— C'est pour ça que tu as cette voix d'enterrement ? Je sais quand tu mens, tu te souviens ?

Il rit. Cela la détendit un peu d'entendre ce son.

— *Je déteste sortir avec une collègue pour cette raison. Est-ce que je te l'ai déjà dit ?*

— Des centaines de fois. Alors ? Dis-moi la vérité. Que se passe-t-il ?

— *Je n'ai pas commencé au mieux la journée. Il y a des jours comme ça…*

Un court silence. Alexandre toussa, puis ajouta, d'une voix amère :

— *Disons que j'ai fait quelque chose que j'aurais dû faire depuis longtemps.*

Eva soupira.

— Cela a un rapport avec ton ex, c'est ça ?

— *Qu'est-ce que tu racontes ? Pourquoi cela aurait-il un rapport avec Virginie ?* répliqua-t-il aussitôt.

L'irritation dans sa voix était un aveu.

— Parce que c'est le seul sujet que tu ne veux jamais aborder avec moi, dit-elle.

— *Ouais*, éluda-t-il.

Elle l'entendit grommeler dans sa barbe, puis, comme d'habitude, il préféra fuir la discussion :

— *On parlera de mes problèmes une autre fois, d'accord ? Si tu me disais comment tu vas, toi ?*

— J'ai toujours du mal à m'habituer à ces coups de fatigue… mais sinon tout va bien… Je traîne sur des dossiers… (Elle but une longue gorgée à la bouteille.) Je n'arrête pas de faire un rêve bizarre, aussi…

— *Quel genre de rêve ?*

— Un rêve vraiment idiot. Cela doit signifier que je ressasse des choses… Je te raconterai…

— *OK. Je te rappelle ce soir, d'accord ? Il faut que j'aille… gérer cette journée de merde…*

— Bien sûr… dit Eva.

Elle resta un moment à contempler le téléphone dans sa main, pensive. Elle n'aimait pas cela. C'était la première fois qu'elle entendait cette note d'anxiété dans la voix d'Alexandre. Il était sur la défensive. Il avait volontairement écourté la discussion parce que quelque chose le minait.

Quelque chose qu'il n'arrivait pas à contrôler. Et qui le terrifiait.

Alexandre avait sa vie, ses secrets. C'était tout. Elle s'efforça de chasser ces pensées funestes. Ses années passées à étudier le comportement des criminels lui avaient transmis des réflexes. C'était une déformation professionnelle, et elle savait que ce n'était pas sain. Elle ne tenait pas à fouiller dans les secrets de son compagnon s'il ne désirait pas les partager. Il était assez grand pour s'occuper de lui.

Elle ferait mieux de s'occuper d'elle avant tout.

Elle but le reste de la bouteille d'eau avant de se décider à se lever et à quitter son bureau. Les couloirs de la brigade grouillaient d'officiers. Elle salua au passage un juge, observa du coin de l'œil un suspect qu'on amenait dans une pièce pour l'interroger.

Elle s'arrêta un peu plus loin, apercevant le commandant Jean-Luc Deveraux plié en deux devant la machine à café. Elle ne supportait pas ce type. Tous deux avaient beau travailler dans le même service depuis des années, ils n'avaient jamais réussi à trouver un quelconque terrain d'entente. De tous ses collègues, c'était le seul qu'elle détestait réellement, *viscéralement*. Elle n'aimait pas ce qu'il était, buté, obtus, jaloux. Elle ne supportait pas son racisme et sa misogynie décomplexés. Bien sûr, les sentiments de Deveraux pour elle étaient pires.

Elle resta plantée derrière lui, interdite, tandis que le bonhomme se battait avec la machine à café. Quand il finit enfin par récupérer son gobelet à moitié rempli, il se redressa, sifflotant entre ses dents. Il la vit alors et son sourire se fana. Il la dévisagea des pieds à la tête, le regard noir.

— Un problème, madame Dracula ? grogna-t-il en lissant sa petite moustache entre le pouce et l'index.

L'albinos lui rendit le sourire le plus condescendant dont elle était capable.

— Juste un, oui.

Et elle s'éloigna sans attendre la réplique de son collègue.

Un peu plus loin, elle arriva devant le bureau d'Erwan Leroy. La porte était ouverte. Elle constata que le lieutenant Perrine Alazard se trouvait avec lui.

— Eva ! appela celle-ci en l'apercevant. Entre ! On vient d'avoir du nouveau !

Perrine était aussi grande qu'Erwan, plus large d'épaules, de bras et de cuisses, et curieusement avait l'habitude de porter des minijupes sans le moindre complexe. Elle se teignait également les cheveux d'une couleur différente chaque mois. Ces derniers temps, c'était blond platine. Elle les avait attachés en couettes qui lui donnaient un air de lycéenne quelque peu étrange, du haut de ses vingt-six ans.

— Quelle affaire ? demanda la policière albinos en les rejoignant dans le bureau.

— Toujours notre exorcisme de Drancy, annonça Leroy. Le faux prêtre va sans doute avoir des ennuis supplémentaires.

— Pourquoi ça ?

— Une ancienne victime a lu les titres de la presse et vient de se manifester. Son nom est Frédéric Madison. Il prétend que Guillaume l'a agressé il y a une dizaine d'années.

— Le même type d'escroquerie ?

— Pour le coup, c'est plus grave que ça. La victime l'accuse aussi d'attouchements pédophiles. On n'a pas réussi à en savoir plus au téléphone. Il nous a simplement donné son adresse pour qu'on puisse aller le voir.

Il fit glisser une feuille de papier sur le bureau. Ce fut au tour du lieutenant Alazard de poursuivre :

— On a déjà filtré plusieurs mythomanes qui voulaient de l'attention, mais celui-ci a l'air fiable. Il prétend que le père Guillaume l'a drogué en le forçant à boire de l'eau bénite.

— Un détail que la presse n'a jamais eu en sa possession, soupira Eva. Je vois…

Elle lut en diagonale les informations. L'adresse de Frédéric Madison était située en Seine-Saint-Denis, non loin de la maison des Martel.

— Qui on a envoyé ?

— Personne, dit Alazard. Madison a appelé il y a moins de cinq minutes. On allait venir te l'annoncer.

— Dans ce cas, je vais lui rendre visite tout de suite.

— Très bien, dit Leroy. Je t'accompagne.

— Pas la peine, Erwan. Tu as assez de dossiers à gérer comme ça.

— Ça te ferait un peu de compagnie, non ? murmura le jeune homme en lui jetant un drôle de regard.

De son côté, Perrine Alazard tira sur sa jupe, un sourire gêné au coin des lèvres.

— Sérieusement, Eva… Tu n'es pas trop… fatiguée ?

L'albinos se figea un instant. Puis elle baissa ses lunettes noires et les fusilla tous les deux du regard.

— J'ai l'air fatiguée ? J'ai l'air de ne plus pouvoir travailler ?

— Eva, voyons… commença Leroy.

— Je n'ai jamais dit ça… balbutia Alazard.

— Si, c'est exactement ce que tu viens de dire, renvoya Eva d'un ton qu'elle aurait aimé plus calme, mais qu'elle n'arrivait pas à contrôler. Tous les deux, épargnez-moi vos sous-entendus condescendants et laissez-moi bosser. Croyez-moi, tout ira mieux comme ça.

Sur quoi elle tourna les talons et repartit le long du couloir. Furieuse.

35

14 heures, sous un soleil de plomb.

Eva coupa le contact et prit le temps d'entamer une nouvelle bouteille de Vittel avant de sortir. Elle s'était garée dans un petit parking à l'asphalte défoncé, entouré d'arbres moribonds. Il devait servir de place de marché le week-end. À l'instant il était quasi désert, si on exceptait une poignée de véhicules en très mauvais état. L'un d'eux semblait même avoir échappé à un incendie.

Elle sortit de la voiture banalisée, clignant des yeux sous le soleil féroce malgré ses lunettes noires. L'air sentait la poussière, l'essence et l'urine. Une voiture passa au ralenti, suivie d'un scooter conduit par des jeunes sans casque. Elle entendit un couple se crier dessus à une fenêtre.

Ce quartier était littéralement à l'abandon.

Partout où elle posait les yeux, elle ne voyait que des rues insalubres aux façades décrépites, portes et fenêtres condamnées par des briques et des planches couvertes de grands tags multicolores. À de nombreux endroits, elle remarqua que les planches étaient disjointes, preuves évidentes que les lieux étaient squattés.

De ces squatteurs, aucun signe pourtant.

Ceux-ci ne devaient sortir qu'à la nuit tombée.

La policière albinos traversa le parking, observant la rue, cherchant à sentir son ambiance. Plutôt déprimante. L'adresse que Madison avait donnée correspondait à une maison un peu plus loin, la façade noircie par la pollution. Attenant à la bâtisse se trouvait un grand garage recouvert d'une toiture en tôle ondulée.

Eva laissa passer une camionnette blanche brinquebalante et remonta la rue.

Pas de nom à la porte. Mais celle-ci n'était pas condamnée.

Elle commença par sonner, puis frappa.

Personne ne répondit.

Derrière elle, sur l'autre trottoir, elle remarqua qu'une planche bougeait à une des fenêtres. Les squatteurs surveillaient, finalement.

Du coin de l'œil, elle nota également que la camionnette s'était arrêtée au bout de la rue. Elle ne tournait ni à droite, ni à gauche. Elle restait simplement à l'arrêt en plein carrefour, comme si son conducteur réfléchissait.

Quand celui-ci redémarra, ce fut pour s'arrêter au bout de quelques mètres. Il recula et effectua un tour complet, revenant face à la policière.

La camionnette s'engagea de nouveau dans la rue.

Elle avançait au pas.

Eva se demanda d'abord pourquoi le véhicule roulait ainsi au milieu de la rue, aussi lentement, et s'il pouvait s'agir d'une personne habitant l'immeuble.

Elle essaya de distinguer le conducteur au travers du pare-brise, mais celui-ci avait rabattu la capuche de son sweat-shirt et portait de grosses lunettes de soleil, il était strictement impossible de distinguer ses traits à l'exception de sa bouche.

Puis, alors que le véhicule approchait encore, elle vit que l'homme derrière le volant souriait. Et ce sourire la figea sur place. C'était le genre de sourire qu'elle avait déjà vu un nombre incalculable de fois. Sur les lèvres des prédateurs déguisés en êtres humains. Des psychopathes au plus fort de leur crise.

Un sourire d'ogre observant sa proie.

L'instant précédant le passage à l'acte.

Le sourire de dément s'effaça net.

Le conducteur mit soudain le pied au plancher.

La camionnette fonça droit sur elle.

Eva comprit.

Elle se mit à reculer, à courir.

Le conducteur braqua d'un coup. La camionnette monta à cheval sur le trottoir, le bas de caisse raclant. Accéléra encore.

Eva se jeta contre la porte du garage, se demandant si elle parviendrait à trouver refuge dans son maigre interstice.

Elle vit sa mort arriver sur elle dans un rugissement de moteur.

Le pare-chocs frôlait le mur, produisant d'énormes gerbes d'étincelles.

Elle allait être percutée. Elle allait se faire broyer contre cette porte.

Au tout dernier moment, elle poussa de toutes ses forces pour s'écarter du trottoir, essayant de se soustraire à la trajectoire du véhicule fou.

Elle ne fut pas assez rapide. La camionnette lui heurta violemment l'épaule, l'envoyant tourbillonner comme une feuille morte au milieu de la rue. Elle perdit ses lunettes en roulant sur l'asphalte et fut aveuglée. Sa tête cogna le sol, envoyant une onde de choc au plus profond de son corps. Tout ce à quoi elle pouvait songer était l'enfant dans son ventre, et ces pensées déclenchèrent en elle une vague de panique.

Le conducteur de la camionnette pila. Les pneus hurlèrent tandis qu'une odeur de gomme suffocante monta dans l'air.

Sonnée, Eva hoqueta et cracha un filet de sang.

Elle n'avait que quelques instants pour se ressaisir.

Son ventre lui faisait terriblement mal.

Elle refusa d'y penser.

La camionnette manœuvra pour faire demi-tour. Dans sa précipitation, le conducteur emboutit une Ford garée contre le trottoir.

Réagis.

Maintenant.

Eva empoigna la crosse de son Beretta. Elle l'arracha à son holster et visa la camionnette, ses yeux à moitié clos sous l'agression du soleil.

Un couple de piétons, un peu plus loin, se mit à crier et à faire de grands gestes en courant pour se mettre à l'abri.

Eva tira au hasard.

Elle toucha le pare-brise qui se fissura en étoile.

La camionnette fonçait droit sur elle.

Eva tira de nouveau, yeux mi-clos, mains jointes sur la crosse du Beretta. Elle pressa la détente de manière répétée, perforant le capot de plusieurs balles, faisant exploser la vitre du véhicule, tirant et tirant encore sur cet agresseur inconnu sans savoir si elle l'avait touché.

Au dernier moment, elle se jeta sur le côté. Elle sentit l'air être absorbé sous elle tandis que le véhicule la frôlait. Elle roula de nouveau sur le béton, se cogna le genou contre le trottoir, faillit s'évanouir sous la douleur intense.

Le conducteur fou avait cette fois perdu le contrôle de son véhicule et percuta une Renault garée un peu plus loin dans un grand fracas de tôles froissées.

Des portes d'immeubles s'étaient ouvertes.

Plusieurs personnes sortirent dans la rue en criant.

La camionnette recula de nouveau, se remit sur la chaussée et s'en alla en trombe tandis que la rue se peuplait de monde.

Eva se recroquevilla en fœtus sur l'asphalte. Le soleil l'aveuglait et elle n'y voyait plus rien. Une crampe terriblement douloureuse lui nouait le ventre. Elle grelottait. Elle hyperventilait. Le monde devenait une spirale folle.

Elle se rendit compte que des gens s'étaient attroupés autour d'elle. Qu'ils lui demandaient si ça allait. Qu'ils lui expliquaient qu'ils appelaient la police, que tout irait bien.

Elle sentait qu'elle pleurait.

— Je suis enceinte, fut tout ce qu'elle parvint à formuler. Je suis…

Elle sentit ses yeux se retourner dans ses orbites, le vide l'aspirer, et elle sombra.

36

La douleur s'estompe.

Eva cligne des yeux sous un ciel blanc.

Curieusement, elle peut voir sans le moindre mal, la lumière vive ne provoque aucune brûlure dans ses prunelles, alors qu'elle ne porte plus ses lunettes.

Elle ressent juste le froid. Pénétrant.

Elle roule sur elle-même, comprend qu'il n'y a pas que ses lunettes qui lui manquent. Elle est entièrement nue, à genoux sur un sol gelé.

La banquise. Encore. Aussi loin que porte son regard, cette étendue plate de glace, nappée de vapeur.

Je rêve.

Toujours ce même rêve.

Pourquoi ?

Eva secoue la tête. Elle veut se réveiller. Maintenant. Rien n'y fait. Elle reste là. Dans le blanc et dans le froid pénétrant. Seule. Perdue dans le monde des songes.

Jusqu'à ce qu'un bruit de fond retentisse.

Elle se redresse, aux aguets. La plante de ses pieds glisse sur la surface polie de la banquise.

Le bruit se fait entendre de nouveau.

C'est un choc lourd. Venu d'en dessous. Sous la couche gelée.

Un battement de cœur au ralenti, peut-être, déformé comme toute chose dans les rêves, et pourtant présent, autour d'elle. Avec elle.

Elle regarde dans toutes les directions sans rien apercevoir que ce désert blanc, ce ciel sans nuage, sans vie.

Alors le craquement se produit entre ses pieds. Baissant les yeux, elle voit la fissure qui se dessine sur la surface de la banquise. Comme une blessure dans la glace. La fissure court entre ses jambes, s'écartant à vue d'œil. Eva distingue une substance rouge en dessous.

Elle recule d'un pas.

La fissure se propage vers elle.

Un pas de plus. Et un autre. De plus en plus vite.

La crevasse dans la banquise continue de suivre, comme si elle la cherchait et savait précisément où elle se trouve. La ligne rouge reste parfaitement entre ses jambes, avançant à mesure qu'elle recule.

Non, songe-t-elle subitement, réalisant l'évidence.

Elle pose ses mains sur son ventre. Cette fois, elle sent le sang épais sur ses doigts. Un filet rouge suinte à l'intérieur de ses cuisses et s'écoule sur la glace immaculée.

Non, répète-t-elle. Non, je ne veux pas. Pas mon enfant.

Davantage de gouttes rouges tombent sur la glace tandis que la fissure s'approche, s'agrandit de plus en plus…

Par pitié…

— … NON !

Elle avait hurlé de toute la force de ses poumons.

Des mains se posèrent sur elle pour la maintenir allongée.

Une lumière blanche l'aveugla.

— Madame, tout va bien. Vous m'entendez ?

Elle haleta. Secoua la tête. Chercha à discerner quelque chose.

— Mes yeux… la lumière…

On lui apporta ses lunettes de soleil et elle se calma un peu. Elle vit enfin l'homme, le visage rond, moustachu et barbu, les cheveux dissimulés sous une charlotte bleu pâle de la même couleur que ses yeux. Il y avait également deux femmes, de part et d'autre du médecin, elles aussi vêtues entièrement de bleu et portant des masques en papier. Eva comprit qu'elle était allongée dans une salle d'intervention.

Son cœur remonta dans sa gorge à cette pensée. La panique afflua de nouveau.

— Est-ce que… est-ce que j'ai perdu…

— Non. Ne vous inquiétez pas, répéta l'homme en se penchant sur elle. Je suis le docteur Fedele, je suis obstétricien. Vous êtes entre de bonnes mains ici.

— J'ai été renversée par un véhicule…

— Nous le savons. Vous avez subi un sérieux choc, mais fort heureusement vous vous en tirez avec des contusions sans grande conséquence. Nous avons effectué une échographie pour vérifier que tout allait bien.

Eva déglutit.

— Et… tout va bien alors ? C'est vrai ?

— Mais oui. Tout va pour le mieux. Je vous assure que votre grossesse n'est pas affectée par votre accident. Tout se déroule normalement. Vos enfants se portent à merveille…

Eva laissa retomber sa tête sur le lit. Elle regarda le plafond, interdite, avant de dire :

— Comment ça, *mes enfants* ?

— Vous ne le saviez pas encore ? Vous êtes enceinte de jumeaux, madame.

37

Le téléphone d'Alexandre Vauvert vibra dans la poche de son treillis pour la troisième fois.

C'était Eva qui essayait de le joindre avec insistance.

Mais il ne pouvait se résoudre à lui parler. Pas maintenant. Il n'avait jamais été bon avec les mots. Il ne voulait pas l'inquiéter.

Il était assis sur un banc, sous l'ombre verte d'un rideau d'arbres, bercé par le chant des oiseaux et le brouhaha lointain d'enfants en train de jouer. Il aimait cet endroit, situé au cœur du jardin japonais, car il se trouvait à la fois près de l'hôtel de police et totalement isolé de la frénésie du centre-ville. Face à lui, la statue d'un maître zen au visage strié de rides profondes, le front plissé, les yeux mi-clos, semblait contempler en lui-même.

Le policier ne bougea pas quand la femme arriva dans l'allée ombragée. Il se contenta de la regarder, cherchant à demeurer aussi impassible que la statue. Elle était toujours aussi belle, cette femme. Grande et mince dans sa robe blanche à pois noirs. Ses cheveux avaient poussé depuis la dernière fois qu'ils s'étaient vus. Ils formaient une rivière dorée et scintillante sur ses épaules.

Virginie prit place à côté de lui sur le banc. Elle avait le visage fermé. Il remarqua qu'elle portait encore le collier de fluorine noire qu'il lui avait offert plus de dix ans auparavant. Juste avant leur rupture…

— Bonjour, murmura Vauvert.

Son ex-femme le fusilla du regard.

— Je suppose que tu es fier de ce que tu as fait ? attaqua-t-elle. (Il comprit qu'elle avait préparé cette entrée en matière, l'avait répétée dans sa tête de nombreuses fois en arrivant ici.) Arnaud a le nez cassé. Un de ses confrères est en train de lui faire une rhinoplastie en ce moment même !

Il ne se laissa pas déstabiliser.

— Quelle chance d'avoir un bloc opératoire sous la main, hein ? Disponible vingt-quatre heures sur vingt-quatre…

— Nom de Dieu, Alex, tu l'as agressé !

Le policier contempla ses énormes mains et fit un bruit de gorge. Il ne pouvait guère avancer d'argument pour sa défense.

— On peut voir les choses sous cet angle.

— Sous cet angle ? fulmina Virginie. Mais qu'est-ce qui se passe dans ta tête ? Je croyais que c'était du passé, tout ça…

Il soupira. Il ouvrit la bouche, la referma.

Ce type t'a traitée de pute, songea-t-il, la gorge serrée. *Ce type est fier de se servir de toi comme il s'est toujours servi de tout le monde. En toute impunité. Parce que personne ne l'a jamais remis à sa place.*

— Cela ne te regarde pas, se contenta-t-il de murmurer entre ses dents.

— C'est tout ce que tu as à dire pour ta défense ? Tu ne vois pas que tu es en train de perdre les pédales ? C'est l'influence de cette flic avec qui tu couches. Elle fait ressortir tes mauvais côtés. Je savais que ça arriverait. Tout le monde connaît sa réputation…

Alexandre grogna.

— Tu es jalouse, alors ? Comme c'est ironique.

— Ne dis pas de bêtises, Alex. Cela n'a rien à voir avec de la jalousie et tu sais ce que je veux dire.

— Oui, en effet. Ce que tu veux dire, c'est que tu es en train d'insulter la femme que j'aime. Nous allons avoir un enfant, au fait.

Le regard de Virginie se figea. Une ombre passa tout au fond de ses prunelles bleues. C'était idiot, mais cela lui fit du bien de le constater.

— Félicitations, dit-elle du ton le plus froid dont elle était capable.

Ils restèrent immobiles quelques instants. Il lui semblait qu'ils avaient fait ça toute leur vie. Compter les points. Regarder l'autre vaciller, sans savoir s'ils faisaient ça pour le blesser vraiment ou pour exister à ses yeux.

— C'est lui qui t'a envoyée, n'est-ce pas ?

Virginie secoua la tête.

— Non. Il m'a juste prévenue de ce qui s'était passé. Je suis allée le voir tout de suite, il était couvert de sang… Et j'ai… j'ai décidé de t'appeler… nous avons besoin de trouver un arrangement…

Vauvert eut un rire douloureux.

— Nous avons besoin de *trouver un arrangement* ? Bon sang de bordel, mais tu t'entends,

Virginie ? C'est moi que tu accuses d'être sous une mauvaise influence ? Levy t'a lobotomisée.

— Tu ne comprends rien.

— Sûr, que je pige pas comment il t'a retourné la tête, ça c'est clair.

Le ventre serré, il se souvint des paroles de Levy. *Elle me mange dans la main*. Il en avait la preuve, cette fois comme toutes les autres. Et il n'y pouvait rien.

— Qu'est-ce que tu lui trouves, à ce type ? murmura-t-il. Mis à part ses montagnes de pognon, bien sûr.

Virginie découvrit un rictus sauvage.

— Il n'est pas toi. C'est déjà beaucoup.

— Cela veut dire quoi ?

— Je veux que les choses s'arrangent, se contenta-t-elle de répliquer. Il faut que tu promettes de cesser de le harceler. C'est vraiment important, Alex.

— Oh. Je vois. Je n'aurai pas d'ennuis si je regarde dans une autre direction, hein ?

— Tout ce qu'il souhaite, c'est que tu l'oublies. Si tu continues de t'acharner…

— Je pense que ton mec est mêlé à un trafic d'organes, Virginie. Je ne peux *pas* le laisser tranquille…

Elle le regarda de biais. Le dégoût qu'il lut dans ce regard lui fit l'effet d'une lame s'enfonçant dans son cœur.

— C'est ça que tu as inventé pour lui nuire ? Tu es encore plus parano que je le croyais…

— Tu sais que c'est faux, insista-t-il. Et tu sais aussi ce que c'est, quand je sens quelque chose… Mon instinct ne me trompe jamais…

Elle fit un geste irrité en se levant. Il remarqua qu'elle tremblait et essayait de le cacher tant bien que mal.

— Arnaud m'a prévenue… que tu inventais n'importe quoi…

— Il t'a dit ça, hein ?

Il eut un rire amer.

— Virginie, réponds-moi sincèrement. Est-ce que tu lui as dit que je te battais ?

Les yeux de la femme s'agrandirent. Elle se tourna vers lui. Son visage était livide.

— Quoi ?

— Tu as bien compris la question. Est-ce que tu as raconté à ton mec que la raison pour laquelle nous nous étions séparés, c'était que je te battais ? Parce que c'est ce qu'il m'a dit.

Elle secoua la tête nerveusement.

— Mais bien sûr que non ! Je lui ai peut-être dit… que je t'avais quitté à cause de ta violence, oui… Mais jamais qu'elle était dirigée contre moi !

Vauvert essaya d'avaler mais la salive dans sa gorge lui sembla subitement trop épaisse.

Les faits remontaient à douze ans déjà. Il avait l'impression que c'était hier. Il s'était rendu compte que sa femme le trompait avec son meilleur ami. Thierry Leclerc. Il avait fini par régler le problème comme il avait toujours tout réglé. Avec ses poings.

Il s'efforça de chasser les souvenirs.

— Ce qui s'est passé avec Thierry… j'ai perdu mon sang-froid…

— Tu mens.

Il déglutit. Sa salive avait un goût de rasoirs.

— Et alors ? Si c'est comme ça que je veux me souvenir des choses… Le passé est le passé…

Virginie le toisa. Vauvert se sentit pitoyable, mais c'était plus fort que lui. Le passé devait rester le passé, oui. *Violences volontaires.* C'était ce que le tribunal avait retenu contre lui à l'époque. Il ne pouvait le nier. Il avait frappé ce fils de pute. Avec trop de force. À de trop nombreuses reprises. Thierry Leclerc avait eu les cervicales brisées. Il avait passé une année entière en chaise roulante. Il y avait eu un procès. Leclerc avait gagné. Virginie avait obtenu le divorce et empoché une pension confortable au passage.

— J'aimerais pouvoir réécrire le passé, mais ce n'est pas possible, conclut-il.

Elle soupira et s'éventa du revers de la main. Le soleil détourait sa silhouette au travers de sa robe légère. Vauvert détestait cela, mais chaque fois qu'il la contemplait, il était toujours autant troublé. Il avait aimé cette femme. De tout son cœur, de toute son âme. Elle avait fait partie de lui, de chaque instant de sa vie, pendant près de dix ans. On ne se débarrasse pas d'un morceau de soi aussi facilement. Même après tout ce qu'elle lui avait fait subir, même s'il ne ressentait plus rien pour elle, il était incapable de lui en vouloir pour ses traîtrises. C'était le don qu'avait cette femme. Un don dangereux.

— Tu n'as pas changé, Alex. Tout le monde évolue. Mais toi… tu restes ce que tu as toujours été… Une brute…

Vauvert encaissa. Et lui répondit :

— Dis à ton mec que je ne vais pas le lâcher. Que je vais trouver des preuves. Et qu'il finira en prison.

Elle secoua la tête.

— Tu ne peux pas…

— Dis-lui cela, Virginie. Insiste sur le mot prison.

— Il peut te détruire. Il en a le pouvoir. Il *va* te détruire, Alex.

— Parfait.

Elle le regarda encore durant quelques secondes, une profonde tristesse sur le visage, et tourna les talons, ses cheveux comme une rivière scintillante dans son dos.

— Au revoir, Virginie, murmura le policier alors qu'elle disparaissait au bout de l'allée.

L'espace d'un instant, les images de leur vie ensemble revinrent. Des rires sincères, des nuits d'amour, un bonheur qu'il avait cru éternel et qui n'était qu'une illusion. Le visage de Thierry Leclerc revint, lui aussi, comme un mauvais rêve tenace.

Vauvert chassa tous ces souvenirs d'un geste irrité.

Il alluma une Marlboro et resta là, assis face à la statue du vieux maître zen, l'humain contemplant la pierre et la pierre contemplant en elle-même.

— Mon pote, je crois que je suis dans la merde jusqu'au cou, murmura-t-il. Toi au moins, tu ne me juges pas…

La statue ne lui répondit pas, et il apprécia cette sagesse minérale.

Il fuma tranquillement. Il n'avait découvert le confort feutré de ce jardin public que récemment. Longtemps, il avait cru qu'il détestait la nature. Il se trompait. Il n'avait simplement jamais pris le temps de s'y intéresser. Il observa les oiseaux qui sautillaient sur le chemin en picorant. Il se laissa bercer par la brise fraîche qui filtrait sous la voûte des arbres et par le bruit de l'eau, en fond, presque imperceptible. La fumée de cigarette lui brûlait la gorge et cela lui fit un bien fou.

Il s'était écoulé à peine plus d'un quart d'heure quand son téléphone se remit à vibrer.

Cette fois il décrocha. Il savait ce qui allait se produire.

— *Vauvert ?* fit la voix du commissaire divisionnaire Kiowski. *Nous avons un grave problème…*

— Oh. Et lequel ?

— *Où êtes-vous à l'instant ?*

— Pas loin de l'hôtel de police.

— *Dans ce cas ramenez vos fesses dans mon bureau.*

Vauvert ferma les yeux. On y était.

— Arnaud Levy a porté plainte, c'est ça ?

— *Cela va plus loin que ça. Vous êtes impliqué dans un meurtre, commandant. Je veux vous voir tout de suite.*

38

— Je peux savoir de quoi on m'accuse ?

— Tony Ribault est mort, lui annonça Kiowski.

Le commissaire était installé derrière son bureau, mais, même assis, il demeurait très imposant. Il serrait les dents, comme chaque fois qu'il était contrarié, et les muscles de ses maxillaires se gonflaient et se tendaient de part et d'autre de son visage carré. Son duvet de barbe dure, entretenue avec soin dans cet état, lui conférait un air redoutable de baroudeur.

Debout devant lui, Vauvert croisa les bras et soutint le regard de son supérieur, nullement impressionné.

— Quel rapport avec moi ?

— Vous vous foutez de ma gueule ? Il vient de décéder en début d'après-midi. Suite aux blessures que vous lui avez infligées. On appelle ça une bavure, Alexandre. C'est ce qui va être dit dans les médias dès ce soir. Il y a déjà eu des fuites, figurez-vous.

Vauvert secoua énergiquement la tête.

— Non, chef. Je suis désolé, mais ça, c'est de la connerie. Il allait très bien hier. Il avait seulement quelques dents cassées. Vous l'avez vu vous-même !

— Peut-être que, ce coup-ci, votre chance habituelle vous a oublié, dit Kiowski. Entre nous, il va falloir vous y habituer. L'Inspection des services est prévenue. Ils ne vont pas tarder à venir vous chercher. En attendant, je veux que vous transmettiez tous vos dossiers en cours à vos collègues.

— Attendez, il doit y avoir une explication ! Ce n'est pas une mâchoire démise qui…

— Ce sera aux bœufs de le dire. De toute manière, ce n'est pas le seul dossier que la commission d'enquête aura à examiner, vu qu'Arnaud Levy a déposé une plainte pour violences volontaires. Je ne vous explique pas dans quelles circonstances, n'est-ce pas ? Vous le savez mieux que moi…

Vauvert émit un bruit de gorge.

— Levy veut votre peau, ajouta Kiowski. Je peux vous le confirmer. Il a tenu à ce que votre ancien… *accrochage*… avec Thierry Leclerc soit versé au dossier, comme vous vous en doutez…

Bien sûr qu'il s'en doutait. Il entendait déjà le discours de l'accusation. Récidive. Intimidation. La nausée monta en lui. Il était piégé. Pris de tous côtés. Quoi qu'il puisse dire pour s'expliquer, il savait qu'il n'aurait jamais gain de cause. Il pouvait s'attendre à ce que même Virginie témoigne contre lui.

— C'est de l'acharnement, dit-il. Et je sais quelle en est la raison. Levy ne veut pas que je puisse enquêter sur lui. Il est mouillé dans un trafic…

— Arrêtez de dire des conneries ! le coupa de nouveau son supérieur.

— Ce ne sont pas des conneries, chef ! s'emporta Vauvert tout en sachant que c'était en vain. Il fait tout ça pour me mettre hors course ! Pour que je ne puisse pas enquêter sur lui !

— Et c'est exactement ce qui va se passer ! Vous stoppez tout, vous comprenez ? Je vais vous faire remplacer à la tête du groupe d'enquête, et je bloque dès à présent tous vos accès à l'informatique.

Vauvert serra les poings. Ses yeux se réduisirent à deux fentes.

— Vous ne devez pas faire ça, chef. Réfléchissez.

— Vous ne pouvez vous en prendre qu'à vous-même. Vous ne pourrez pas dire que je ne vous avais pas prévenu !

— En effet. Je devrais vous remercier, c'est ça ?

Le visage de Kiowski s'assombrit.

— Vous voulez que j'ajoute outrage à un officier supérieur ? Les bœufs vont adorer.

Vauvert déglutit, avalant une salive épaisse et acide. La colère bouillait en lui à tel point qu'il sentait jusqu'au moindre de ses poils se hérisser sur sa peau.

— Vous n'avez jamais pu me blairer, chef, murmura-t-il d'une voix basse. Faites-vous plaisir, allez-y. Achevez-moi. Ça vous fait tant de bien que ça ?

Le commissaire se leva lentement. Ses biceps en se contractant gonflèrent le tissu de sa veste. Il toisa Vauvert avec une expression de dégoût sans limites.

— Sortez de mon bureau tout de suite. Je ne veux plus vous voir. Je ne veux même plus jamais entendre parler de vous.

— Chef… Levy est lié à la mort de la prostituée, et ce n'est pas tout. Il y a une autre fille à qui il manquait des organes. Je peux relier ces deux victimes à la clinique où…

— FOUTEZ LE CAMP, NOM DE DIEU ! beugla Kiowski en écrasant son poing sur le bureau. TOUT DE SUITE !

Vauvert tourna les talons, blanc de colère, et quitta la pièce en claquant la porte de toutes ses forces.

39

— Des jumeaux ? s'extasiait Perrine Alazard. Mais c'est génial !

Dès qu'ils avaient appris son accident, Erwan Leroy et elle avaient foncé à l'hôpital pour y retrouver Eva. À présent, tous deux regardaient, fascinés, l'écran d'une tablette numérique où défilait la vidéo de l'échographie. Celle-ci ressemblait à un cône de lumière, une pyramide grise et bleue en perpétuel mouvement. Et au cœur du triangle de lumière, les deux silhouettes, minuscules, recroquevillées. Des oreilles, des doigts, des paupières fermées, esquissées par une multitude de pixels sans cesse changeants. La vidéo évoquait une œuvre d'art abstraite. Il s'agissait pourtant de deux vies bien réelles. Deux nouveaux cœurs en train de battre en elle.

— On voit bien les deux poches et les deux bébés, dit Leroy. Ils sont si petits… C'est dingue…

— Ils sont surtout très résistants, soupira Eva, assise sur le lit. Ils tiennent de leur père. Ce sont à peine des fœtus… mais déjà des petits bébés…

Prononcer ces mots lui sembla étrange. Elle ne savait pas si elle aimait cela ou non. La simple idée l'emplissait d'un bonheur sans limites, mais la peur instinctive que ces deux vies soient en danger était un poison toxique.

Elle se força à sourire.

— Au moins, je comprends mieux pourquoi mon ventre gonfle si vite. Cela explique aussi ces coups de fatigue en permanence. Il faut que je me fasse à l'idée que ce n'est pas un seul petit être dans mon ventre, mais deux. Et qu'ils ont besoin de beaucoup d'énergie.

— Il paraît que la fatigue diminue au bout de quelques mois, fit remarquer Alazard.

— C'est ce que le médecin m'a promis. La somnolence devrait cesser à partir du cinquième mois de grossesse. J'espère qu'il ne se trompe pas…

Elle s'étira, grimaçant quand la douleur dans ses hanches se réveilla.

— Tu as mal ?

— J'ai des contusions partout, mais rien de grave. J'attends encore le diagnostic du médecin pour mon épaule et je quitte cet endroit. Je déteste les hôpitaux !

Perrine Alazard sourit. Elle croisa et décroisa ses jambes gainées de collants rayés.

— Tu as eu de la chance quand même… ce type aurait pu te tuer…

— Il a essayé, en tout cas, soupira Eva.

— Tu crois que c'était un toxico ? Un petit dealer de quartier qui a eu peur et a paniqué ?

— Non. C'était une tentative de meurtre, une vraie.

— Tu ne peux pas en être certaine…

— Bien sûr que si, je le peux ! Le véhicule a traversé cette rue *deux fois* pour me renverser,

Perrine ! Il voulait me tuer. Et je suis sûre que c'était prémédité.

Alazard soupira.

— D'accord. Dans ce cas, c'est extrêmement inquiétant. Est-ce que tu as appelé Alexandre pour le prévenir, au moins ?

Eva haussa les épaules.

— Il est toujours injoignable. Je ne comprends pas ce qui se passe. Ça ne lui arrive jamais…

Entre-temps, Erwan Leroy s'était levé pour prendre un appel téléphonique à l'autre bout de la pièce. Il remercia son interlocuteur et revint auprès de ses collègues.

— J'ai du nouveau. La camionnette qui t'a percutée était volée. On vient de la retrouver au bord du périphérique, porte de la Villette. Les collègues sont en train de faire des relevés d'identité. Il y a des familles de gitans installées un peu partout à cet endroit, une vraie décharge à ciel ouvert…

— Ce n'était pas plus un gitan qu'un camé, Erwan ! C'était un *maniaque*. Je l'ai su à l'instant où je l'ai vu.

— Tu as vu son visage, alors ?

Eva hésita. Puis elle répondit :

— Non… En fait, je n'ai pu voir que sa bouche. C'était… dans sa façon de sourire… Je connais cette expression… je l'ai déjà vue des centaines de fois.

Ses deux collègues n'osèrent répliquer quoi que ce soit.

— Oh, s'il vous plaît, grinça-t-elle, ne me regardez pas comme ça ! Je sais ce que je dis. Il s'agit de l'homme qui m'épiait déjà à la sortie du tribunal, hier. Même façon de dissimuler son visage avec des lunettes et une capuche. Il doit avoir l'habitude. Il sait qu'ainsi il est impossible à identifier.

Perrine Alazard s'éventa avec un magazine.

— Tu crois vraiment que ce type te suit ? Depuis combien de temps ?

— Je n'en ai aucune idée. Je ne m'en suis rendu compte que cette semaine. Cela dure peut-être depuis longtemps, qui sait ? Il a attendu que je me trouve dans une rue déserte, sans témoin, et il m'a foncé dessus intentionnellement.

— Il y a autre chose, dit Erwan. Les collègues de l'IJ ont vérifié, il n'y a aucun Frédéric Madison à l'adresse où tu t'es rendue. Cette maison est inoccupée…

— Il a menti sur son adresse ?

— En fait, ça ne m'a frappé qu'après coup, mais l'identité elle aussi est bidon. Fred Madison, c'est le nom d'un personnage dans le film *Lost Highway*… En d'autres termes…

— C'était un piège, acheva Eva. Bon sang. Mais pourquoi ?

— Je n'en ai aucune idée, dit Leroy, mais il semble que tu aies raison. Quelqu'un t'en veut à mort. On va essayer de retracer l'appel téléphonique.

— Tu sais comme moi que le bonhomme aura pris ses précautions.

— Alors que proposes-tu ? On fait quoi pour te protéger ?

Pour toute réponse, Eva tendit la main vers la tablette de nuit où se trouvait son holster. Elle récupéra le Beretta et le déposa sur ses genoux.

— Je vais faire comme j'ai toujours fait, Erwan. Je vais me défendre.

40

Confortablement installé dans sa voiture, Barbarossa contemple les grandes façades de verre du centre hospitalier. Il s'est garé en retrait, rue Raymond-Losserand, à exactement la bonne distance pour tout voir sans risquer d'être vu.

Quand sa proie apparaît enfin en haut des escaliers, escortée par ses deux collègues, il lève la caméra et lance l'enregistrement. Le zoom le rapproche au ralenti, lui dévoile en gros plan le visage de l'albinos, ses éternelles lunettes noires qui reflètent le monde en miroir, mais aussi la profonde fatigue lisible sur ses traits émaciés, et le journaliste sourit.

Il aurait aimé la tuer cet après-midi. Mais l'animal est coriace.

Le jeu n'en sera que plus intéressant.

Les trois flics arrivent en bas des escaliers. Barbarossa est garé trop loin pour qu'ils puissent l'apercevoir et il sait que la voiture du lieutenant Leroy se trouve de l'autre côté. Aucun risque qu'ils se dirigent dans sa direction à lui.

Le zoom de la caméra les suit pas à pas tandis qu'ils traversent la rue.

La sonnerie de son téléphone le fait sursauter.

Il jure entre ses dents. Voyant le nom s'afficher, il se résout à prendre la communication d'une main nerveuse. De l'autre, il continue de filmer consciencieusement.

— Matheo, murmure-t-il. Désolé de ne pas t'avoir rappelé.

— *C'est surtout que tu m'avais promis des images pour hier. Il n'y a toujours rien sur le serveur. Que se passe-t-il, mon gars ?*

— Une affaire personnelle à régler. Je ne t'ai pas oublié. J'ai bien avancé le dérushage.

— *Et le montage ? Est-ce qu'on pourra au moins avoir un extrait à diffuser demain ? Tu sais que je t'ai réservé l'espace dans la grille publicitaire.*

Matheo Durand, le directeur de Canal 42, ne perd jamais le nord. Et à raison. Depuis qu'il diffuse l'émission de Barbarossa, son audience a été multipliée par deux.

— Je vais m'en occuper cette nuit, lui assure le journaliste. Je n'aurai pas le temps de monter toute l'émission ni d'enregistrer la voix off, mais tu auras des images à utiliser en tant que teaser. Ça ira ?

— *Parfait, mon vieux. Mais tu es sûr que ça va ? Ta voix est différente.*

— Manque de sommeil. Ne t'inquiète pas.

— *Je ne m'inquiète pas. Tu es le meilleur.*

— Ça, je sais, Matheo.

Au loin, les policiers ont claqué leurs portières. Barbarossa stoppe l'enregistrement, ajuste les bords de sa capuche pour qu'ils retombent bien de part et d'autre de son visage, tourne la clef de contact.

— Je t'envoie les images sur le serveur de la chaîne, comme d'habitude, conclut-il.

Et, mettant fin à la communication, il quitte la place de stationnement et s'insère dans la file de véhicules. Il s'en va du côté opposé pour ne pas croiser Erwan Leroy. C'est l'heure de pointe, le trafic est dense, il est noyé dans le flot d'automobiles, ces milliers de Parisiens rentrant du travail en même temps.

Tous ces gens qui essaient d'échapper à la pieuvre qu'est leur ville.

Tandis que, lui, fonce tout droit dans son cœur.

À l'abri en pleine lumière.

Le meilleur endroit pour rester parfaitement anonyme.

Cela fait six ans qu'il habite une maison de ville lovée dans une couronne de verdure, en bordure de Montmartre. Cette maison n'a que trois pièces, mais le parking privatif et l'espace arboré qui l'entoure sont des atouts inestimables. Ils valent bien tous les sacrifices. Et Dorian Barbarossa a dû en faire, pour l'acquérir. Au moins le système bancaire lui a-t-il permis de le faire, juste avant que la crise ne fasse flamber les prix de l'immobilier.

Il se gare dans son parking, attend que le portail soit refermé, traverse le petit chemin de graviers et tape le code à la porte d'entrée. Un excès de précautions qui fait toujours sourire ses rares connaissances, quand ils le voient faire.

Il les laisse sourire.

Lui rit à l'intérieur, d'un rire noir, qui les terrifierait si ces idiots pouvaient l'entendre.

Derrière la porte blindée s'ouvre un décor étincelant. Parquet ciré, canapés en cuir, table basse en verre et métal, lithographies sur les murs. Ici, tout n'est que lumière et propreté. Le grand rectangle noir de la télévision trône au centre du mur, accroché comme un tableau entre les longues draperies blanches des fenêtres.

Il ôte son sweat-shirt, le place sur un cintre et le range avec soin dans la penderie du vestibule. Il vérifie que tout est bien propre. Tout l'est, bien sûr. Tout est irréprochable ici, sans jamais le moindre grain de poussière. Il y tient. Chaque matin et chaque soir il nettoie ce salon, la cuisine et la chambre à fond. Ces pièces sont sa vitrine. Il veut pouvoir y inviter n'importe qui à n'importe quel moment et que cette personne découvre une image de catalogue.

Dans la chambre, il longe le lit impeccablement fait – qu'il ne défait que rarement – et va ouvrir le dressing.

Il s'engage au cœur des cintres et des vestes.

Car ce n'est pas vraiment dans le salon qu'il vit.

Pas dans cette partie immaculée et artificielle de la maison.

La porte dissimulée au fond du dressing est elle aussi protégée par un code électronique. Il la déverrouille, la tire vers lui, et elle s'ouvre comme une gueule de ténèbres. *Ses ténèbres secrètes.* Il lui faut descendre une dizaine de marches et ensuite il retrouve le sol nu de l'ancienne cave. Les murs de béton illuminés par le halo bleuté des écrans.

Il a transformé cet espace perdu, l'a réorganisé. Il l'a également agrandi.

À présent la pièce souterraine fait près de cinquante mètres carrés.

Son studio personnel. Encombré de caisses et d'étagères. Où il peut ranger tout ce qui ne doit pas – qui ne *peut pas* – être vu par le commun des mortels.

Il s'installe dans son fauteuil, face aux trois écrans disposés côte à côte pour démultiplier les vues. Sur le bureau sont alignés tables de mix, micros et casques. Il sort la carte mémoire de la caméra et la glisse dans la fente du lecteur.

Les différents dossiers s'affichent sur l'écran principal.

Barbarossa soupire de satisfaction. Il aime cette partie cachée de la maison. Ces murs solides sous la vitrine évanescente. Ce studio est son refuge secret, son bunker personnel que nul ne peut soupçonner. Ici, il peut monter ses émissions en toute tranquillité et avec du matériel de première qualité.

C'est également ici qu'il conserve, soigneusement stockées en plusieurs exemplaires, sur des dizaines de disques durs, ses vidéos. *Toutes* ses vidéos.

La souris se déplace sur l'écran, sélectionne les dossiers, les envoie sur un disque vierge.

Puis il renomme et classe chaque fichier avec grand soin.

Cet après-midi, après avoir volé la camionnette, il avait fixé la caméra sur le tableau de bord.

Il clique sur l'icône pour lancer la vidéo. Les images emplissent l'écran. Il revoit cette rue déserte. Et la policière aux cheveux blancs, devant lui, en train de frapper à cette porte.

Il voit son accélération, il la voit lever les bras, essayer de s'échapper. Ne pas y arriver.

La caméra a parfaitement filmé le corps de la policière en train d'être éjecté. En train de rouler sur le sol.

Il la regarde se relever, en ralentissant le défilement des images pour mieux en profiter.

Il la voit lever son arme vers lui.

Pause. Marche arrière. La vidéo recule de trente secondes. Il veut revoir le monstre au sol. Son visage sur la chaussée. Le sang qui coule au coin de ses lèvres.

Eva Svärta est de nouveau étendue sur l'asphalte. Pause. Elle pourrait être morte. Oui, elle pourrait être morte, ainsi allongée, désarticulée au milieu de la rue.

Il calcule la bonne durée des images et crée une boucle, de sorte à la faire aller et venir. Puis il relance la lecture.

Cette fois, la femme semble être prise de convulsions.

Elle se redresse à moitié, puis est de nouveau amenée au sol, comme broyée par une force invisible.

Barbarossa ouvre et referme les poings, absorbé par cette boucle pendant un long moment. Ce mouvement perpétuel, cette tentative de se relever vouée à ne jamais aboutir. Eva Svärta grimace, sa joue se pose sur le sol, se décolle, y revient, comme attirée par un aimant.

Avec la souris, il délimite un rectangle plus étroit, effectue le zoom au ralenti, et approche son propre visage de l'écran en même temps. Il est si près, le visage de l'albinos est si grand sur l'écran, si réel, qu'il a l'impression de pouvoir la toucher. Il s'emplit de ces images, de ces cheveux défaits traînant dans la poussière, de cette lèvre inférieure fendue où suinte un sang rouge vif. Dans les yeux écarlates de la proie il n'y a plus que la peur totale. La peur de celui qui est capable d'agir ainsi sur elle. La faire se redresser à moitié. Puis tomber de nouveau. Encore et encore, sans espoir.

Bientôt, elle va tomber définitivement.

Barbarossa la verra à ses pieds. Il verra la vie quitter ses prunelles et il sortira le bébé de son ventre à mains nues.

Il le fera ce soir.

Jamais elle ne s'attendra à une deuxième agression en aussi peu de temps.

41

Le crépuscule nappait de rouge tenace les toits de Paris. Abritée derrière ses lunettes noires, la policière observait le rocher des singes du zoo de Vincennes, qu'elle voyait avec une belle netteté depuis la baie vitrée.

— Je réalise que c'est la première fois que je viens chez toi, Erwan. Je ne savais pas que tu avais une telle vue !

— Heureusement que cet appartement a des qualités, au prix où je le paye.

D'un geste du menton, il indiqua le téléphone qu'elle ne lâchait pas.

— Toujours pas de nouvelles d'Alexandre ?

— Non. J'ai encore essayé de le joindre, mais son mobile est éteint. Il doit être sur le terrain.

— Ça t'arrive aussi, non ?

— Je sais…

Elle prit place sur le canapé où elle s'éventa avec un magazine. Elle ajouta :

— Ce qui m'ennuie le plus, c'est que je n'ai même pas pu lui annoncer la nouvelle, pour les jumeaux…

— Il finira bien par allumer son téléphone. Quand doit-il revenir à Paris ?

— Dans deux jours, dit Eva.

Dans mille ans, eut-elle l'impression de dire.

Elle n'avait jamais eu autant besoin de lui et il n'était pas là.

Au fond d'elle montait une peur insidieuse. Un pressentiment funeste.

— Et toi ? demanda-t-elle pour changer de sujet. Ta mystérieuse copine ne nous rejoint pas ?

— Eh bien non, pas ce soir, lui dit Erwan en apportant des verres sur un plateau. Elle travaille…

— Ne me dis pas que c'est une flic ?

Il éclata de rire.

— Mais non. Je ne suis pas maso, moi !

Après avoir rempli le verre de sa collègue de jus de banane, il traversa la pièce pour aller récupérer une bouteille de Smokehead. Il se servit une bonne dose de whisky pur et revint pour trinquer.

— Au fait ! J'ai discuté avec l'équipe qui enquête sur le décès du SDF en bas de ton immeuble.

Eva leva un sourcil.

— Ils ont retrouvé son agresseur, finalement ?

— Pas du tout. Et je suis assez sceptique quant à leurs chances de le faire, si tu veux mon avis. Il leur a été impossible de trouver un indice dans le parc, c'est un endroit où passe tout un tas de gens chaque jour. Tout ce dont ils sont certains, c'est que le pauvre type a été tué avec un taser.

— Un taser ? C'est possible ?

— Si on te le met dans la bouche, il faut croire. D'après le légiste, la victime a grillé comme un bon steak. Son agresseur l'a électrocuté pendant plusieurs minutes. Le cœur n'avait aucune chance de tenir.

Eva leva son verre et but.

— C'est horrible, grommela-t-elle.

Pour une raison qu'elle ne s'expliquait pas, elle ne cessait de repenser à ce sourire qu'avait eu le chauffard au volant de la camionnette.

Elle se demandait si elle avait déjà vu cette bouche tordue par la folie.

Si elle connaissait ce monstre qui avait tenté de lui arracher la vie.

42

À 23 heures, après avoir dîné et longuement échangé sur les derniers ragots et anecdotes de l'équipe, elle prit enfin congé de son collègue. Leroy lui proposa de la raccompagner, mais elle n'y tenait pas. Elle lui interdit d'insister. Après tout, elle n'habitait pas loin.

Au volant de son Audi, elle remonta les rues du XXe arrondissement, observant les piétons, la plupart pressés, certains déjà bien éméchés. Il y avait des gens attablés aux terrasses des restaurants, des jeunes en scooter, des mendiants installés sur les trottoirs, des vendeurs de kebab adossés à leur devanture en attendant le client.

Cela faisait des années qu'elle vivait ici. Elle aimait ces rues. Ces lumières multicolores de la nuit parisienne, ce grouillement incessant de vie.

Et pourtant. Ces gens faisant la fête seraient-ils capables de fourrer un taser dans la bouche d'un autre jusqu'à le tuer ? L'un d'entre eux au moins l'avait fait.

Un autre avait essayé de l'écraser. Il aurait pu la tuer, oui, et effacer ces deux vies dans son ventre si facilement.

Pourquoi ?

D'où venait cette force, cette attraction irrésistible qui ramenait sans cesse les êtres humains à l'abysse ?

Elle chassa ses idées noires en arrivant dans sa rue. Celle-ci était déserte, comme chaque soir à cette heure avancée. En passant devant le parc, elle ne put s'empêcher de scruter les ombres mouvantes. Il semblait n'y avoir personne. Pas un seul clochard. Le meurtre de la veille avait dû décourager ceux du quartier de venir traîner par ici.

Elle arrêta sa voiture devant le garage et appliqua la clef magnétique.

Il y avait un sas à passer, une deuxième grille commandée elle aussi par clef magnétique, et ensuite seulement on pouvait pénétrer dans les garages souterrains de l'immeuble.

Roulant au pas, elle s'engagea dans la longue bouche du tunnel qui descendait en spirale vers les étages inférieurs. Le premier sous-sol. Le deuxième. Immense, des piliers de béton partout. Des bandes rouges et jaunes sur les murs. Eva n'avait jamais aimé cet endroit. Un sentiment de claustrophobie la saisissait chaque fois qu'elle devait le traverser à pied.

Sans compter que son emplacement était situé tout au fond. Elle manœuvra et se glissa entre les autres véhicules.

Dès qu'elle éteignit le moteur, un silence glacial envahit le parking souterrain.

Elle regarda de chaque côté, par réflexe. Elle voulait être certaine que personne ne se trouvait dans les parages.

Arrête de te faire peur, ma grande, se morigéna-t-elle en sortant de l'Audi.

Elle garda toutefois une main sur son arme, dans son sac, et pressa le pas vers la porte de sortie.

Il y avait régulièrement des effractions ici.

Elle n'était jamais rassurée.

Ses talons résonnaient sur le béton alors qu'elle remontait la longue allée de voitures.

Son téléphone sonna.

Elle le sortit de son sac et fut soulagée. Alexandre se décidait enfin à l'appeler ! En un instant, toute la tension accumulée se dissipa.

Elle plaqua le mobile contre son oreille, son autre main appliquant la clef magnétique sur la porte.

— Alexandre, quand même !

— *Oui, je sais, je suis désolé*, lui dit Vauvert au bout du fil.

— Tu peux l'être, fit-elle en poussant la lourde porte. Si tu savais tout ce qui s'est passé ici…

Quelqu'un se tenait derrière la porte.

Elle ne l'avait pas vu venir.

Il fondit sur elle.

Un visage masqué par une capuche. Des mains gantées.

L'individu la frappa à la clavicule.

Il tenait un taser.

L'électricité la secoua. Elle ne cria pas, ses cordes vocales ne répondaient pas, elle ne contrôlait plus son corps, le téléphone lui échappa des mains, elle sentit son cœur manquer plusieurs battements et elle s'écroula sur le béton comme une bête morte.

43

La femme, *la proie*, tressaute à ses pieds, les muscles parcourus de spasmes, paralysée par la décharge électrique qu'elle vient de recevoir.

Barbarossa rayonne de satisfaction.

Il repousse la porte. Voilà. Il est bien enfermé avec elle dans la cage d'escalier. Derrière lui, l'ascenseur est déjà bloqué en position ouverte pour éviter les mauvaises surprises.

Il a pris soin de passer une cagoule sous sa capuche. Au cas où une caméra de surveillance aurait échappé à sa vigilance, personne ne pourra le reconnaître.

Le jeu arrive à la fin et il a gagné.

— Qui… êtes… bégaie la proie.

— Je suis la mort, murmure-t-il. Et je suis venu pour toi, petite salope.

Il lui arrache son sac, le renverse, le secoue, en fait tomber tout ce qu'il contient. Le pistolet de service de la policière échoue sur le sol. Barbarossa jette le sac et attrape l'arme.

Il voit qu'elle essaie de se ressaisir, à mesure que la paralysie quitte ses membres.

Malheureusement pour elle, pas assez vite.

Il se penche, lui assène un violent coup de crosse au visage. Le crâne de la femme heurte le sol.

De son autre main, il applique le taser directement sur son plexus solaire.

Nouvelle décharge.

Le délicieux crépitement électrique explose dans la cage d'escalier. La femme aux cheveux blancs est secouée de la tête aux pieds, telle une marionnette de chiffon.

Il relâche le bouton et l'observe tandis qu'elle continue de se trémousser sur le sol, les yeux révulsés, de la bave aux lèvres.

D'une main nerveuse, il dirige le Beretta sur son front. Il pourrait lui coller une balle entre les deux yeux, voir sa cervelle couler hors d'elle, tout de suite. Ce serait si bon. Mais ce serait aussi trop facile. Il tient à prendre son temps. Et surtout, il tient à filmer sa mort. Il veut un souvenir à afficher en plein écran. C'est essentiel. Ça l'a toujours été.

Pour cela, il va falloir l'amener dans un endroit plus intime. N'importe qui pourrait débarquer ici.

Il s'approche et pose son pied sur le ventre de la femelle. Il presse. Yeux comme des soucoupes écarlates, une expression de terreur absolue sur le visage, sa proie halète comme l'animal vaincu qu'elle est.

— N-Non…

— Quel joli spectacle, murmure-t-il. Si tu pouvais te voir comme je te vois…

Il lui donne un coup de pied.

L'albinos parvient à se protéger d'un bras, recevant le coup en plein dans le coude mais réussissant à épargner son horrible ventre.

Si c'est ainsi qu'elle souhaite que les choses soient faites, alors... Il prend de l'élan et lui assène un nouveau coup. Cette fois, il la touche dans les côtes. Fort.

La femme laisse échapper un hoquet de douleur.

Il voit ses larmes couler.

Il se rend également compte que la température de l'air a chuté.

Il doit y avoir un problème avec la climatisation dans les sous-sols.

De seconde en seconde, le froid s'installe. Un frisson court sur sa peau.

Il refuse d'y accorder la moindre importance. Il a l'habitude. Ses sens lui jouent souvent des tours.

La balle fichée dans son cerveau perturbe ses perceptions. Parfois plus que d'autres.

Il prend une grande inspiration pour ne plus y penser.

Le froid pénètre dans ses narines et le brûle de l'intérieur.

— Je vais te tuer, murmure-t-il, en approchant le canon du Beretta de la tempe de la femme. Tu le sais, n'est-ce pas ? Je vais prendre tout mon temps. Tu seras mon chef-d'œuvre...

Elle essaie de secouer la tête. N'y parvient même pas. Elle ferme les yeux et davantage de larmes roulent sur ses joues.

Barbarossa, lui, frissonne, tandis que la sensation de froid ne cesse d'augmenter.

Il s'accroupit. Il pose son visage à côté du sien, le tissu de sa cagoule frotte contre la peau de sa proie. Il approche ses lèvres de son oreille, susurre :

— Et tu sais quoi ? Aucun de tes collègues ne comprendra ce qui s'est passé. À chaque fois que j'ai tué, je l'ai fait d'une manière différente. Personne ne me soupçonne jamais, tu vois ?

Il explose de rire dans son oreille. La femme est agitée par un soubresaut, elle parvient à rouler sur le ventre et à s'écarter de lui. Au terme d'efforts désespérés, elle se hisse sur ses coudes. Elle commence à ramper. Lui se contente de la regarder avancer, la suivant pas à pas, le pistolet dirigé droit sur sa nuque.

— La question, maintenant, est quelle mort pour toi… Quelle dégradation je vais pouvoir infliger à ton corps… et à l'abomination que tu caches dans ton ventre… Il faudra que je l'arrache avec mes mains, ça oui…

La policière s'acharne à vouloir ramper, centimètre après centimètre. Elle s'imagine sans doute pouvoir fuir. Sauf qu'il n'y a plus aucun endroit où fuir. Plus aucun salut pour elle.

Il presse son pied au milieu de son dos. La plaque sur le sol.

— Chhh… murmure-t-il en appliquant le taser sur sa nuque.

Pour la troisième fois, la décharge électrique court sous la peau d'Eva Svärta, contracte ses muscles sans qu'elle puisse réagir. Il la regarde tressauter et tressauter encore. Il veut être certain qu'elle ne bougera plus.

Dans la cage d'escalier, le froid devient glacial.

Il lui semble même voir du givre apparaître sur les murs.

Une hallucination, se répète-t-il.

Quand enfin il relâche le bouton et retourne sa proie du pied, il sait que cette fois est la bonne. La policière ne peut plus se mouvoir du tout. Ses muscles sont durablement paralysés. Mais elle peut le voir, ça oui. Ses yeux sont grands ouverts, derrière ses mèches blanches collées à son visage par sa sueur, son sang et ses larmes. Elle le dévisage avec terreur. Elle ne le reconnaît pas, pas encore, à cause de la cagoule qu'il porte. Elle est incapable d'identifier sa voix car elle aussi change quand il laisse apparaître sa véritable personnalité. Il saura le lui montrer assez vite. Ce sera le coup de grâce.

Avant cela, il tient à lui faire éprouver de la peur.

Il veut que son cœur aille jusqu'au point de rupture.

Il faut qu'elle devienne sa chose.

— Tu te demandes qui je suis, hein ?

Il se penche vers elle. Écrase le Beretta contre ses lèvres, glissant le canon entre ses dents, pressant pour qu'elle l'avale en entier.

— Tu devrais le savoir. Ce devrait être facile pour toi. On dit que tu es la meilleure en profilage criminel… que tu as un don hors du commun… Ce n'est pas vrai ?

La femme s'étouffe. L'arme l'empêche de respirer.

Il la retire lentement, puis la frappe au visage avec la crosse, faisant voler ses cheveux sur le côté.

— En réalité, tu n'es pas plus douée que les autres. Tu te contentes de profiter du système, n'est-ce pas ? Une petite salope qui se croit à l'abri derrière son brassard de police. Dis-moi, est-ce depuis que tu as vu ta sœur jumelle se faire massacrer que tu as pris goût au sang ? Est-ce que ça t'a plu, de la voir se faire égorger ? Moi, ça m'aurait plu…

Les yeux de la policière roulent dans ses orbites. Ses sourcils blancs sont agités de spasmes.

— Que… me… voulez-vous ? parvient-elle à murmurer.

— Je te l'ai dit. Te tuer.

— Pourquoi… ?

— Parce que j'en ai envie. Parce que je le peux. Et parce que tu me rappelles une autre salope que j'aurais aimé tuer de mes propres mains, mais j'ai été privé de ce plaisir…

— Qu… quoi ?

Il s'accroupit de nouveau pour se placer à son niveau. Le sol est si froid qu'il lui semble couvert de gel bleuté. Cette image est très étrange et ne veut pas le quitter. Il cligne des yeux pour chasser l'hallucination, mais celle-ci persiste. Il jurerait que du verglas s'est formé, partout sur les murs autour d'eux. Un souffle glacé pénètre au sein même de sa chair.

Frissonnant, mais toujours aussi déterminé, il lui saisit la gorge, serre, tout doucement, jusqu'à ce qu'elle se mette à haleter.

— Est-ce toi qui fais ça ? demande-t-il.

Les yeux de la policière roulent dans ses orbites. Elle hoquette, incapable de prononcer le moindre mot.

Barbarossa sent la chair de poule se dresser sur sa peau, sous ses vêtements.

La température continue de baisser. Il est frigorifié.

— Serais-tu vraiment sorcière, comme tes collègues le disent ? insiste-t-il, fasciné par le phénomène qu'il ne comprend toujours pas. L'autre aussi était sorcière, tu sais. Ils disaient qu'elle pouvait guérir les brûlures et les verrues. Ces idiots…

La policière ne peut pas répondre. Il serre trop fort. Son visage devient bleu. Le froid est tel que Barbarossa est secoué par les frissons.

Une voix explose soudain dans l'escalier.

— Eva ?

Il relâche son étreinte.

La policière pousse un gémissement. Allongée sur le sol recouvert de glace, elle ne parvient pas à émettre un véritable cri.

— EVA ? répète l'homme en dévalant les marches.

Un géant. Hirsute, le visage couturé, muscles épais de boxeur tendant son tee-shirt. Des yeux de bête sauvage, braqués sur Barbarossa.

— VOUS ! rugit le colosse en dégainant une arme. STOP !

Barbarossa, pris de court, recule en faisant feu le premier.

Il manque l'individu, qui a plongé en arrière pour se mettre à l'abri dans l'angle de l'escalier.

Et qui réplique aussitôt.

Les déflagrations se succèdent, se répercutant dans l'espace clos. Les balles ricochent. L'une d'entre elles siffle à l'oreille de Barbarossa.

Il se précipite vers la porte, la tire vers lui et se réfugie dans le parking.

44

— Eva ! Est-ce que tu m'entends ? s'alarma Vauvert en s'accroupissant auprès d'elle.

L'albinos cligna faiblement des yeux.

Elle désigna la porte du menton.

— Rattrape-le… fut tout ce qu'elle parvint à murmurer.

— Et comment, que je vais le rattraper, ce fumier.

Il se redressa comme un roc, une expression terrible sur son visage tanné.

Alors qu'il posait la main sur la poignée de la porte, il frissonna à son contact glacé.

Il eut une seconde d'hésitation. L'autre attendait peut-être derrière. Il se demanda s'il allait se faire tirer dessus comme à la fête foraine…

Il le saurait très vite.

Il tira la porte vers lui.

Aucune détonation.

Le silence total.

Vauvert sortit à la hâte et alla se réfugier à l'abri d'une colonne.

Le parking souterrain était plongé dans les ténèbres.

Il ne comprenait pas pourquoi un tel froid régnait ici. Mais il n'avait pas le temps de se poser de question. Il longea lentement l'alignement de voitures, tous ses sens en alerte, et atteignit l'interrupteur de la minuterie. Il le pressa de l'index.

Les néons déversèrent leur flot de lumière blanche.

Partout, des voitures, de toutes les marques, de toutes les couleurs, alignées en plusieurs rangées. À intervalles réguliers, les colonnes de béton, assez larges pour dissimuler un homme, chacune d'entre elles.

L'individu pouvait se cacher n'importe où.

Au moins, ils se trouvaient dans un parking. Un espace clos.

Il était prisonnier. Quoi qu'il fasse pour s'en tirer, il était pris.

— C'est la police ! cria Vauvert. Maintenant tu lâches ton arme et tu te montres ! Tu ne peux aller nulle part !

Il guetta un signe de réaction. Un bruit de déplacement. Une ombre, aussi infime soit-elle.

Il ne vit rien du tout.

Le silence demeurait total. La lumière vive des néons illuminait les allées désertes. Une vague odeur d'huile et d'essence flottait dans l'air confiné.

Vauvert avança entre les voitures à pas lents.

Un rire s'éleva. Bref. Mauvais.

Le policier se figea. Il fouilla chaque direction des yeux. Des véhicules immobiles, des pare-brise et des rétroviseurs qui renvoyaient des éclats de lumière.

Le silence revint. Total.

Sa propre respiration lui semblait faire un bruit de tous les diables.

— Tu vas te montrer, fils de pute ?

Sa voix se répercuta quelques instants sur les murs de béton.

Il s'accroupit subitement, posa une épaule au sol et regarda sous les véhicules.

Il ne vit rien que des roues et des murs orange.

Il se déplaça doucement pour changer de rangée de voitures, et répéta l'opération.

Cette fois, il aperçut le bonhomme cagoulé, allongé sous un 4 × 4 à une cinquantaine de mètres de lui.

L'homme dirigea son arme vers lui et tira.

Pris de panique, Vauvert roula sur le côté, tandis que la balle se fichait dans la carrosserie avec un bruit mat. L'homme en avait profité pour se relever et se mit à courir, tirant au hasard derrière lui.

— Stop ! cria-t-il en faisant feu à son tour, ses deux mains jointes sur la crosse de son Smith & Wesson.

Les déflagrations furent assourdissantes. Ses balles se fichèrent dans les colonnes, firent exploser un pare-brise, mais n'atteignirent pas le fuyard.

Celui-ci disparut dans le tunnel qui remontait vers l'étage supérieur. Il avait épuisé les munitions de l'arme d'Eva et la jeta derrière lui. Le bruit de sa course se répercuta avec davantage d'écho dans l'espace confiné.

Vauvert jura dans sa barbe et se lança à sa poursuite.

Il s'engagea dans la pente, dépassa le Beretta abandonné par le type et remonta la longue courbe aussi vite qu'il le pouvait. Il ne portait pas de gilet pare-balles et se rendait bien compte qu'il était vulnérable, mais il ne pouvait pas faire autrement. Il fallait seulement espérer que l'homme n'avait pas d'autre arme à feu sur lui, et rester prêt à toute éventualité.

— Les renforts vont arriver ! T'es coincé ! Tu entends ?

Arrivé au premier sous-sol, il s'empressa de coller son dos contre une colonne et pointa son pistolet dans toutes les directions.

L'écho de la course avait cessé.

Si le fuyard avait continué de gravir la pente vers le rez-de-chaussée, Vauvert entendrait encore ses pas.

Il se cachait donc à ce niveau.

— Je sais que tu es là !

Vauvert se déplaça et se colla derrière une BMW.

Il apercevait l'interrupteur de la minuterie, un peu plus loin.

Il se déplaça lentement dans cette direction.

Il entendit un raclement.

L'autre était là. *Tout près.*

Vauvert atteint l'interrupteur et le pressa.

La lumière déferla, dévoilant le parking. Il eut tout juste le temps d'apercevoir l'individu cagoulé tandis qu'il se repliait derrière une colonne, à une trentaine de mètres de lui.

— Je t'ai vu ! beugla-t-il en mettant la colonne en joue. Sors de là ! TOUT DE SUITE !

La main de l'homme apparut brièvement.

Il jeta quelque chose sur le sol.

Un objet métallique tinta sur le béton en roulant vers Vauvert.

Une grenade.

45

Alors que le petit engin de mort s'immobilisait à moins de trois mètres de lui, le policier ne réfléchit pas. Il banda ses muscles et se jeta en arrière, de toutes ses forces, pour se mettre à couvert, vite.

Il trouva refuge derrière un pilier.

La grenade explosa.

Il n'était pas suffisamment à l'abri. La déflagration vint le chercher, le souffle mortel enveloppa son corps et l'arracha à son piètre écran de béton. Il fut soulevé comme une marionnette de chiffon, emporté et écartelé dans les airs en même temps que les réservoirs des voitures explosaient. Il heurta un capot arraché, traversa des torrents de flammes, fut rejeté plus loin encore, au milieu des nuées de verre brisé et des tôles arrachées. Il eut l'impression que tous les os de son corps allaient se briser.

Il finit sa course vingt mètres plus loin, projeté comme une balle contre le pare-brise d'un 4 × 4, qu'il traversa entièrement pour s'écraser sur les sièges, tandis que la pluie furieuse de fragments le criblait, déchirait sa peau, enfonçait des bouts de verre dans ses bras.

Les voitures en flammes continuaient d'exploser les unes après les autres, les déflagrations secouant les murs du parking et l'emplissant de bouches dévorantes de feu.

La puanteur des pneus brûlés le prit à la gorge.

Il lui fallait sortir d'ici. *Vite.*

En grimaçant, il rampa hors du 4 × 4. Ses muscles lui faisaient souffrir le martyre. Dans sa nuque il ressentait comme une lame glacée, et il pria pour ne pas s'être brisé une vertèbre.

Il avança tout de même au cœur de l'épaisse fumée, pris de quintes de toux.

Les dispositifs anti-incendie avaient beau arroser dans toutes les directions, l'air demeurait irrespirable. Chaque inspiration était comme inhaler de la poudre de rasoirs. Autour de lui, tous les véhicules étaient en feu à présent. Un autre réservoir se transforma en bombe, soulevant une voiture à plusieurs mètres de hauteur. Les débris ricochèrent à ses pieds en entaillant le béton.

Quand il atteignit la porte de la cage d'escalier, il constata qu'elle aussi avait été arrachée par l'explosion de la grenade.

L'individu avait fui par cette issue.

Vauvert s'y engouffra à son tour. Il poussa la deuxième porte menant à l'escalier, quittant enfin les flammes et la fumée toxique.

Alors qu'il gravissait les marches, il sentit le vertige l'envahir. Ses plaies à vif, partout sur son dos et ses bras, l'élançaient cruellement. Il faillit trébucher et dut se tenir au mur pour ne pas s'écrouler.

Ce n'était rien. Il en avait vu d'autres. Il se le répéta. *Rien du tout, mon vieux. Tu vas te ressaisir tout de suite.*

Il toussa et toussa, crachant une épaisse glaire noire, et retrouva tant bien que mal son souffle. Il continua sa montée des marches jusqu'au rez-de-chaussée.

Le vertige ne voulait pas le quitter.

Sa tête lui semblait sur le point d'exploser.

Arrivé à la porte, il tira dessus si fort qu'elle cogna contre le mur.

Il déboucha comme un fou dans le hall.

Il y avait des gens à cet endroit. Une demi-douzaine au moins. Des visages inquiets. Des téléphones mobiles en train d'appeler des secours.

Une femme cria, terrifiée par l'intrusion du géant couvert de suie. Elle avait la soixantaine, était en peignoir de bain, des bigoudis plein la tête, et affichait un air de pur désarroi.

Toutes ces personnes devaient être sorties précipitamment de leurs appartements.

— Que s'est-il passé ? s'écria un homme. Les explosions… il y a le feu ?

— Vous êtes blessé, monsieur ? s'inquiéta un garçon d'une vingtaine d'années.

— Je suis de la police, se borna-t-il à répondre pour couper court aux questions.

Il posa une main sur le mur pour se reprendre. Il ne pouvait pas flancher maintenant. Ignorant le sifflement aigu qui emplissait ses tympans, il se redressa et se fraya un passage entre ces gens pour accéder aux portes de l'immeuble.

La rue semblait déserte. En face, les arbres du parc se découpaient en silhouettes sombres sur le ciel violet de la nuit parisienne.

— Il y avait quelqu'un d'autre, annonça-t-il aux personnes rassemblées. Un homme habillé en noir. Il portait une cagoule. Il est forcément sorti par ici, non ?

— Mais oui, dit la femme aux bigoudis. Il est passé comme un fou en bousculant tout le monde !

— Je vous l'avais bien dit, qu'il avait une cagoule sous sa capuche ! s'exclama une dame obèse aux cheveux gris. Ils ne voulaient pas me croire, vous voyez ?

— Par où est-il parti ? abrégea le policier. Parc, gauche ou bien droite ?

— Sur la droite, lui répondit le plus jeune. C'est cet homme qui a provoqué l'incendie ?

Vauvert était déjà sorti.

Il courait sur le trottoir, se dirigeant dans la direction que le garçon venait de lui indiquer. Les rues n'étaient pas très larges dans le quartier. S'il ne perdait pas de temps, il avait une chance de retrouver ce foutu terroriste.

Il le *fallait*.

Arrivé à l'intersection, il observa la circulation clairsemée, scruta les personnes qui arpentaient les trottoirs.

Où était-il ?

Le vertige était de plus en plus fort.

Vauvert l'ignora.

Il aperçut un homme, de dos, au bout de la rue. Une capuche de sweat-shirt noir rabattue sur sa tête. Il semblait marcher tranquillement, mais c'était peut-être lui. Ce *devait* être lui. Il s'élança, son arme serrée dans sa main.

Les piétons se figèrent en le voyant accourir. Il se faufila entre eux, leur donnant des coups d'épaule, soulevant des protestations et des insultes. Il ne fléchissait pas. Malgré ses poumons en feu et son cœur meurtri par l'effort. Malgré ses vertèbres qui envoyaient des étincelles de douleur de son cou jusqu'en bas de ses reins. Sa vision devint floue. Les sons ne lui parvenaient plus. Il ne voulait pas le savoir, pas maintenant. Tout ce qui importait était de rattraper ce fils de pute qui avait essayé de tuer Eva.

Il se rendit à peine compte qu'il trébuchait.

Il se vit tomber à genoux. Il sentit, ou crut sentir, peut-être, le choc de son menton lorsqu'il heurta le trottoir.

Puis l'évanouissement acheva de l'avaler dans sa grande gueule noire.

46

La montagne de muscles ne bouge plus.

Le type s'est écroulé comme une masse sur le trottoir.

C'est inespéré, presque trop beau pour être vrai.

Pourtant, c'est bien le cas. Il ne semble pas reprendre ses esprits. Un filet de sang s'est échappé du coin de sa bouche, maculant le goudron de taches rouges.

Le danger est écarté.

Pour le moment.

Assis à la table d'une terrasse, à seulement une dizaine de mètres, Barbarossa pousse un soupir fébrile. Son cœur bat très fort.

Son regard est fixé sur le pistolet, abandonné sur le trottoir. Si près. Si risqué. Si on le reconnaissait…

C'est plus fort que lui.

Il n'a pas une seconde à perdre.

Il se redresse. Il a enfoui sa cagoule dans sa poche, et à présent tire sur les bords de sa capuche, afin de dissimuler au maximum ses traits. Il prend une grande inspiration. Puis il quitte la terrasse de la brasserie. Son visage demeure parfaitement neutre tandis qu'il marche vers l'homme étendu en chien de fusil sur le trottoir. Comme il le craignait, les passants commencent à s'arrêter, à faire des signes. Il sait ce qu'il doit faire. Il n'a plus beaucoup de temps.

— Je suis médecin, annonce-t-il à l'attention des curieux, priant pour que personne ne le reconnaisse. Laissez-moi passer…

Il s'accroupit au-dessus de la silhouette inanimée en prenant bien soin de tourner le dos aux badauds. L'arme est là. Juste devant lui. C'est un gros calibre à barillet. Barbarossa ne voit plus que ça. Le défi est trop beau. L'adrénaline le submerge. Il se dit qu'il fait nuit, que personne ne s'est encore approché, il peut prendre le risque, oui. Ses mains fondent sur le pistolet. Aussitôt rangé dans la poche ventrale de son sweat-shirt.

Il l'a fait. Et personne ne l'a vu faire.

Jusqu'ici, la chance est toujours avec lui.

Il peut en outre dévisager son agresseur. Une armoire à glace. Des épaules massives, des biceps énormes moulés dans son tee-shirt gris. Son visage est carré, une tête de boxeur ou de tueur à gages, mal rasé, les pommettes marquées de vieilles cicatrices et le nez de travers, sans doute déjà cassé à maintes reprises. Qui peut-il être ? Une sorte de garde du corps ? Un ancien militaire, peut-être ?

Non. Cet homme, Barbarossa réalise qu'il le connaît.

Il a vu des photos de lui. Cela lui revient d'un coup, et son cœur recommence à taper.

Vauvert. C'est son nom. Commandant à la PJ. Il s'agit du policier toulousain avec qui la femelle albinos collabore régulièrement. Il est comme elle, un prédateur, employant les mêmes méthodes qu'elle, oui. Il y a quelques années, ils ont interpellé ensemble deux frères attardés qui jouaient les vampires. C'est-à-dire qu'ils les ont criblés de balles. Ils ont également été mêlés à une sordide affaire de secte infanticide, il y a quelques mois, où tous les protagonistes ont été retrouvés morts dans des circonstances plus que douteuses. Comme d'habitude. Barbarossa sait tout cela, il a eu tous les rapports sous les yeux. Il n'a simplement pas imaginé que la relation entre ces deux flics puisse être autre chose qu'une simple collaboration professionnelle.

Une belle erreur. Qu'il aurait pu payer très cher.

— Monsieur ? Que lui est-il arrivé ? s'alarme une femme blonde en s'approchant de Barbarossa. Il a été agressé ?

— J'appelle les pompiers, annonce le jeune Noir qui l'accompagne, en sortant son téléphone portable de sa veste.

— C'est ce qu'il y a de mieux à faire, réplique Barbarossa en se relevant. Cet homme a besoin de soins immédiatement.

Tout en parlant, lui aussi sort son mobile de sa poche, comme s'il comptait prévenir les secours. Mais, lui, s'en sert uniquement pour prendre une photo de l'homme à terre.

Déjà, plus personne ne se soucie de lui. Les curieux se regroupent autour du policier inanimé. Il en profite pour s'écarter discrètement, se faufiler entre les badauds, s'éloigner le plus vite possible.

C'est la première fois qu'il commet une erreur.

Il ne faut pas que cela se reproduise. Jamais.

Sa voiture est garée juste un peu plus loin, devant le club La Flèche-d'Or. Il y a des dizaines de personnes sur le trottoir, en train de fumer, des gobelets emplis de bière à la main. Des musiciens chargent leur matériel dans un camion. Là aussi, il est invisible. Personne ne se souviendra de lui.

Il claque sa portière au moment où une voiture de police passe, gyrophare et sirène en action.

Alors qu'il tourne la clef de contact, il ne peut s'empêcher de penser à sa proie, la femelle aux cheveux blancs.

Il est bien trop tard à présent pour revenir sur ses pas et aller la chercher. Cette pensée le tétanise, mais il sait qu'il n'a pas le choix.

Pour l'instant, il ne peut que battre en retraite.

Pour l'instant, se répète-t-il. *Seulement pour l'instant.*

Il sait que rien n'est perdu.

Rien du tout.

Il ne compte pas abandonner. *Au contraire.*

Il remonte la rue de Bagnolet dans un état second. Sa vision est floue, emplie de mouches noires. Il doit secouer la tête pour les faire disparaître. Il repense au froid qu'il a ressenti là-bas. Il y avait du *givre* sur les murs, n'est-ce pas ? Plus il y pense, plus il se convainc qu'il a rêvé. Il s'agissait de foutues hallucinations. Uniquement cela. Il n'y avait pas de froid dans ce parking. Il n'y avait que ses sens qui parfois le perdent. Rien d'autre. Il se le répète, et peu à peu il retrouve son calme. Les battements de son cœur diminuent.

Il faut qu'il songe à sa riposte.

Le défi est plus important que prévu.

Dans ce cas, la victoire ne sera que plus grande.

Ce qu'il sait, ce dont il peut être certain, c'est que sa proie est déjà terrifiée, exactement comme il l'espérait. Il a vu la panique dans ses yeux rouges. Il a senti l'odeur de la terreur qui émanait d'elle. Il a donné des coups de pied dans le ventre horrible qui abrite Dieu sait quelle abomination.

À ces pensées, un sourire se dessine au coin de ses lèvres.

Il a eu un avant-goût du plaisir qu'il aura à l'égorger, oui.

Il veut voir de nouveau cette panique.

Sentir de nouveau cette délicieuse odeur de mort.

Avant d'arracher de ses mains ses yeux et son utérus.

Il sait qu'il le fera. Il sait qu'il y arrivera.

Très bientôt.

IV

Plus près de l'enfer

47

Alexandre Vauvert rêvait.

Toujours le même rêve.

Il luttait pour en sortir.

En vain.

Il restait perdu sur cette banquise, dans ce monde blanc.

Le froid semblait bien réel. Vauvert grelottait de tout son corps. Quand il respirait, il voyait la vapeur s'échapper de sa bouche. Bras croisés, il regarda de tous côtés, mais comme à chaque fois il ne vit que l'horizon plat et gelé, le ciel lourd.

Il savait qu'il devait y avoir une raison à ce rêve. Il y en avait toujours une.

Mais laquelle ?

Il se mit à marcher sur la glace, lentement, attentif.

Qu'est-ce que je fais ici ? hurla-t-il dans le silence du rêve.

Que dois-je comprendre, hein ? Où est le sens ?

Il avait, bien malgré lui, l'habitude de ce genre de rêves. Cela faisait des années qu'il les faisait, sans savoir d'où ceux-ci venaient. Sans savoir ce qu'ils étaient vraiment, d'ailleurs. *Des rêves prémonitoires*, lui répétait sans cesse Virginie, à l'époque où ils étaient mariés. C'était peut-être le cas. Ces songes arrivaient toujours comme des avertissements, avant les grands drames de sa vie. Ils avaient beau lui montrer des choses qu'il ne désirait pas voir, et toutes les terreurs profondes qui attendaient, enfouies au fond de son cœur, ces rêves avaient un sens précis, il ne pouvait le nier. En un sens, ils lui montraient des pièces du puzzle de sa vie. Des éléments capitaux que sa conscience refusait de voir en face.

Même si Vauvert avait rarement été capable de déchiffrer leurs symboles à temps.

Cette fois, il fallait que cela soit différent.

Cette fois, c'était d'Eva qu'il était question.

De l'enfant qu'elle portait dans son ventre, peut-être.

Cette pensée le tétanisa.

L'instant suivant, alors qu'il remarquait les gouttes rouges sur la banquise, son cœur lui sembla se fendre, imploser dans sa poitrine.

Ce ne peut pas être ça. Par pitié.

Il scruta l'horizon.

Eva ? Où es-tu ?

Plus ici, en tout cas.

Il était seul. Perdu. Impuissant.

Il continua malgré tout de tourner sur lui-même comme une toupie, persuadé qu'il allait finir par l'apercevoir à l'horizon. Il cria de toutes ses forces :

Eva !

Toujours sans être capable d'entendre sa propre voix.

Pas plus qu'il ne reçut la moindre réponse à son appel.

Un désespoir intense le saisit et l'écrasa. Il sentit ses poumons se contracter, et se plia en deux, pris d'une quinte de toux. Plus il toussait, plus une sensation visqueuse se faisait sentir dans sa gorge, et il réalisa qu'il était en train de cracher du sang. D'épaisses gouttes mouchetèrent le sol de glace comme un envol de papillons écarlates.

Où est-ce que je suis ? Bordel, qu'est-ce que cela veut dire ?

Il tomba à genoux. Sentit la surface de glace sous ses mains, sous ses genoux.

Le sol trembla imperceptiblement.

Un battement de cœur titanesque s'élevait, partout autour de lui.

Se rapprochait de la surface.

Redressant la tête, Vauvert vit alors une ligne irrégulière qui venait d'apparaître, un peu loin.

Elle était rouge, comme une plaie béante.

C'était une fissure dans la glace.

Et elle grandissait à vue d'œil.

Il se leva, empli d'une nouvelle angoisse.

La banquise s'ouvrait.

La fissure progressa vers lui dans un craquement de glace.

De plus en plus vite.

Vauvert recula.

Les zigzags de la crevasse se rapprochèrent.

Les battements de cœur devenaient assourdissants.

Il voulut courir. S'éloigner. Ne surtout pas se laisser engloutir.

Il se rendit compte qu'il n'avançait pas. Il avait beau mouvoir ses jambes de toutes ses forces, il restait sur place.

L'ouverture l'atteignit. Passa sous ses pieds. Il sentit le sol disparaître.

Des mains jaillirent de l'abysse et le saisirent.

C'étaient des mains de lave brûlante.

Il hurla, tandis qu'elles l'entraînaient dans les profondeurs, là où les cœurs battaient comme des tambours de guerre.

48

C'était comme s'il venait de retomber dans sa propre chair. Vertige, nausée. Vauvert cligna des yeux en grommelant, ses mains agrippant les draps pour lutter contre la sensation de déséquilibre.

Il était éveillé à présent. Et personne ne s'accrochait à lui. Aucun abysse ne l'aspirait plus. Il était plongé dans le silence et la pénombre.

La porte située en face du lit s'ouvrit doucement.

Eva se tenait dans l'encadrement. Elle était enveloppée dans un tee-shirt trop grand pour elle et ses cheveux étaient attachés. Ses éternelles lunettes noires, rivées sur son visage de craie, reflétaient l'éclat de l'aube comme des miroirs.

À ne voir que sa silhouette dans la demi-pénombre, dans cette chambre qu'il ne reconnaissait pas, Vauvert se demanda s'il rêvait encore. Mais, à mesure que sa vue s'ajustait, il remarqua les marbrures sombres sur les joues de la jeune femme. Il vit que sa lèvre inférieure était fendue et légèrement gonflée. Il crut que son cœur allait manquer un battement.

— Mon Dieu, Eva, dit-il en se relevant du lit où il était allongé tout habillé.

— C'est moins grave que ça en a l'air, déclara-t-elle. Ce ne sont que des bleus…

Il en doutait fort. Les événements des dernières heures lui revenaient maintenant, comme des pièces de puzzle, floues et disparates, mais néanmoins terrifiantes. Il se souvint de l'explosion dans le parking souterrain, de sa chute, de son évanouissement. Il avait repris connaissance aux urgences, une perfusion dans le bras. Le lieutenant Leroy était à son chevet. Il lui avait assuré qu'Eva était entre de bonnes mains. Qu'il n'y avait pas matière à s'inquiéter. Mais elle était encore en salle de soins, ils ne pouvaient pas la voir tout de suite. Il se rappela alors que Leroy l'avait ramené chez lui pour qu'il puisse se reposer une heure ou deux… C'était là qu'il se trouvait. Dans la chambre de Leroy.

— J'ai appelé Erwan pour qu'il vienne me chercher ! expliqua la jeune femme en se jetant dans ses bras. Tu dormais… il a préféré te laisser récupérer…

Elle le serrait de toutes ses forces, incapable de masquer ses tremblements. Vauvert déposa un baiser timide sur son front. Dans son esprit, les pensées se bousculaient. Des dizaines de questions lui brûlaient les lèvres. Il finit par poser celle qui lui liquéfiait les entrailles :

— … Ta grossesse ?

— Il y a eu plus de peur que de mal, lui assura-t-elle. Ne t'inquiète pas…

— Bon sang, souffla-t-il, mais *bien sûr* que je m'inquiète ! Si tu savais comme je suis désolé… Tu étais en danger et je n'étais pas là pour te protéger…

— Non, ne dis surtout pas ça. Tu m'as sauvé la vie. Tu le réalises, n'est-ce pas ? Tu es arrivé au bon moment. Cet homme… Il allait me tuer…

Elle releva la tête vers lui et ôta ses lunettes. Ses yeux brillèrent dans l'ombre comme ceux d'un chat.

— Je n'ai même pas compris par quel miracle tu étais là… Tu ne devais revenir que dans deux jours…

— Un congé inattendu, grommela-t-il.

Eva fronça les sourcils. Elle n'était pas aussi naïve.

— Un congé ? Toi ?

Il haussa les épaules, mal à l'aise. Il ne tenait pas à aborder le sujet pour le moment.

— J'avais besoin de prendre l'air. Tu me manquais. J'ai sauté dans le premier avion sur un coup de tête. Voilà tout.

— Pourquoi ne m'as-tu pas prévenue ?

— Je pensais te faire une surprise.

— Eh bien, disons que c'en était une…

Elle déposa un baiser fiévreux sur ses lèvres, puis elle ajouta :

— Avant qu'on parle de ce qui s'est passé, j'ai une surprise pour toi également. J'ai essayé de te joindre toute la journée pour te l'annoncer, mais tu ne décrochais pas…

— Quoi ? Que s'est-il passé ?

Elle s'illumina d'un grand sourire.

— Une drôle de nouvelle, Alexandre. Ce n'est pas un bébé que j'attends, mais deux !

Il sentit tout l'air quitter sa poitrine. Le vertige le saisit d'un coup.

— On va avoir… des jumeaux ?

— Des garçons ! Et rassure-toi, ils vont très bien. Ils ont eu une journée mouvementée, mais le gynéco m'a assuré qu'ils sont très costauds. Ils tiennent de leur père, il n'y a pas de doute là-dessus…

— Des jumeaux, répéta-t-il, comme pour se persuader qu'il ne rêvait pas. Mon Dieu. Je… C'est… merveilleux !

Il la serra contre lui sans rien dire pendant plusieurs minutes, se sentant idiot. Trop d'émotions subites et contradictoires se bousculaient en lui. La joie, la panique, l'incompréhension. Enfin, il s'écarta d'elle et lui demanda :

— Pourquoi as-tu quitté l'hôpital ? Tu devrais être en observation, après ce que tu as subi !

Elle secoua vivement la tête.

— Hors de question que je reste dans un lieu public ! Je ne me sens pas en sécurité. Tu as très bien vu ce dont cet homme est capable…

— Je l'ai mis en fuite, lui rappela-t-il.

— Crois-moi, il ne va pas s'en tenir là. Cela fait déjà plusieurs jours qu'il me suit, où que je sois. J'ignore comment il y arrive, c'est comme s'il était toujours derrière moi…

— Tu en es sûre ?

— Tout à fait certaine. C'est un psychotique. Je ne sais pas pourquoi il m'a choisie, mais il l'a fait. Pour lui, je ne suis pas une personne, mais une proie à chasser. Tu affrontes ce genre de prédateurs aussi souvent que moi. Tu sais très bien qu'ils ne renoncent pas… Leur pulsion de meurtre est plus forte que tout…

Vauvert se renfrogna.

— Bon sang. C'est pire que tout ce que j'aurais imaginé.

— Et je ne t'ai encore rien raconté ! Un homme a été assassiné en bas de chez moi, il y a deux jours. On lui a enfoncé un taser dans la bouche et on l'a électrocuté jusqu'à ce que le cœur du pauvre type lâche… Je suis certaine que c'était lui… même si je ne peux pas le prouver… Il n'a rien laissé derrière lui…

— Moi, je te crois. Sauf que, dans ce cas…

Il se prit la tête dans les mains. La situation était terrible.

— Mon Smith & Wesson… murmura-t-il.

— Quoi ?

— Ce gars m'a volé mon arme après que je me suis évanoui. Je ne l'ai pas signalé. En fait, je ne suis pas du tout censé être ici… Nom de Dieu, c'était bien la dernière des choses dont on ait besoin en ce moment !

Il souffla longuement. Très vite, ses problèmes allaient s'additionner. Il ne pouvait cependant en affronter qu'un à la fois. Il reprit :

— Eva, il faut que tu m'expliques les choses depuis le début. Je dois savoir tout ce qui s'est passé. Par exemple, où et quand tu as aperçu ce type. Tu veux bien ?

— Bien sûr…

La jeune femme s'installa au coin du lit et commença à lui relater les événements des derniers jours. La lumière pâle de l'aube apparaissait à la fenêtre, chassant peu à peu les ténèbres. Ses yeux étaient gonflés et cernés. Vauvert prit place à côté d'elle et lui caressa les cheveux le plus doucement possible tout en l'écoutant. Elle lui parla de l'homme au sweat-shirt noir qu'elle avait aperçu à plusieurs reprises, y compris dans le parc en face de chez elle, le soir venu. Elle lui raconta aussi l'appel où celui-ci s'était fait passer pour un témoin, ainsi que sa première agression, elle décrivit la camionnette qui avait failli mettre fin à ses jours l'après-midi même. À mesure qu'elle parlait, sa voix s'emplissait de sanglots.

— Dans le parking… Il m'a parlé de ma sœur. On aurait dit qu'il connaissait ma vie. Et puis… il m'a clairement annoncé qu'il avait l'intention de me tuer… et qu'il…

Elle prit une profonde inspiration. Puis acheva :

— … qu'il voulait aussi tuer ce qui se trouvait dans mon ventre. Ce taré s'est mis en tête d'arracher mes enfants de ses propres mains. Et je sais qu'il va tout faire pour réaliser l'objet de son fantasme. Il l'a déjà fait. Il s'est vanté d'avoir déjà tué. Il a précisé que c'était à chaque fois d'une manière différente. Et qu'il s'en était toujours sorti. Je suis sûre qu'il ne mentait pas.

— Cela voudrait dire qu'il est passé entre les mailles de la justice jusqu'ici, fit Vauvert entre ses dents. Il connaît le système.

— Et surtout, ajouta Eva, cela veut dire que nos services ne possèdent aucune info sur ces meurtres. Il se considère au-dessus de tout soupçon… et s'il n'a effectivement jamais été inquiété pour ses crimes, quoi de plus normal ? Il s'imagine qu'il peut continuer à tuer sans avoir à redouter la moindre conséquence…

— D'accord… Admettons qu'il a dit la vérité, qu'il est bien habitué à tuer… Cela fait de lui un tueur en série…

Il la prit de nouveau dans ses bras.

— Mais si c'est le cas, continua-t-il, cela nous donne des informations importantes sur lui. Cela signifie qu'il n'en est pas à ses débuts. Il lui a fallu mettre au point ses crimes. Ceux-ci doivent être répertoriés quelque part, d'une manière ou d'une autre ! Et puis, il y a l'arsenal qu'il utilise. Ses méthodes. Toutes ces choses peuvent être recoupées…

— On n'a rien du tout, Alexandre. Tu sais comme moi que les armes circulent sans problème, et qu'il y a des centaines de crimes non résolus chaque année. Ce soir, il portait une cagoule et des gants. Les techniciens n'auront rien à analyser. Au moins, j'ai pu récupérer mon Beretta…

Il haussa les épaules, puis posa son front contre celui de la femme qu'il aimait, décidé à ne pas montrer la panique qui le gagnait. Son esprit fonctionnait à toute vitesse.

— Quoi qu'il en soit, tu n'es pas toute seule. Je vais te sortir de là, tu entends ? On va réagir. Il y a forcément une solution.

Eva contracta les mâchoires.

— Ce qui me tue, c'est de ne même pas savoir qui il est. Il peut tout aussi bien nous attendre dans la rue et nous coller une balle dans la tête dès qu'il nous apercevra. Tu connais ce genre de types. Tu sais comment ils fonctionnent. Ils sont incapables de s'arrêter tant qu'ils ne sont pas mis hors d'état de nuire. Au contraire. Ils perçoivent la difficulté comme un défi supplémentaire. Cela ne fait que les encourager à aller plus loin dans l'escalade…

— Je sais tout ça…

Il quitta le lit et se campa devant la fenêtre. Il faisait entièrement jour, à présent. La sphère blanche du soleil montait lentement au-dessus des toits de Paris.

Penchant la tête à droite, puis à gauche, le policier fit craquer ses vertèbres. Réfléchissant.

— On ne va pas laisser à ce type la possibilité de te retrouver. J'ai une idée.

— Que veux-tu faire ? demanda Eva en se levant à son tour.

Il indiqua la porte de la chambre d'un signe de tête.

— Est-ce qu'Erwan s'est couché ?

— Il n'est pas ici. Il m'a simplement déposée et il est reparti.

— Ah bon ?

Eva haussa les épaules.

— Tu sais qu'il aime son confort. Ici, il n'y a qu'une seule chambre, et son canapé n'est visiblement pas très confortable. Il a préféré aller finir la nuit chez sa petite amie… Une petite amie dont je n'ai pas encore eu le droit de connaître l'identité, soit dit entre nous… Mais cette mystérieuse fille semble occuper une grande partie de son temps depuis quelques mois…

— Je vois. Dis-moi, est-il encore possible d'accéder à ta voiture, après l'incendie de cette nuit ?

— Quoi, mon Audi ?

— Est-ce qu'on peut la récupérer ?

— Eh bien, je suppose, dit-elle d'une voix hésitante. Le premier niveau mis à part, l'accès au parking a été rétabli tout à l'heure. Il faut bien que les gens puissent aller travailler... Mais... que veux-tu faire ?

— Partir d'ici. On quitte Paris. Tout de suite.

Elle leva les mains.

— Attends une seconde. Qu'est-ce qui te prend ?

— Je propose une solution. Si on disparaît sans attendre, on échappe une fois pour toutes au prédateur qui t'a prise pour cible. Il n'aura plus aucun moyen de te retrouver. Et cela laisse tout le temps à ton service pour remonter jusqu'à lui et le mettre hors d'état de nuire.

— Mais on ne peut pas partir comme ça !

— Pourquoi pas ? Tu as dit que tu n'étais pas en sécurité...

— Mais enfin, ça ne remet pas en cause le fait qu'il y a une enquête, et que je suis la personne concernée ! Le chef veut me voir tout à l'heure, il y aura le magistrat chargé de l'instruction. Tu n'as qu'à rester avec moi. Tu vas devoir témoigner, de toute façon, et...

— Je ne peux pas faire ça, trancha-t-il d'une voix d'outre-tombe. Il ne faut pas que je me fasse remarquer...

— Quoi ?

Il la regarda de biais, ouvrit et referma ses grosses mains, cherchant comment lui expliquer ce qui s'était produit ces derniers jours. Cette ridicule accusation d'homicide involontaire qu'on lui avait collée sur le dos...

— Je ne peux pas être mêlé à une enquête, maugréa-t-il. Cela me placerait dans des ennuis sans fin… Ma situation est un peu compliquée…

Elle le fusilla du regard.

— Qu'est-ce que tu ne m'as pas dit ?

— Rien de vraiment important…

— Ne te moque pas de moi ! Que s'est-il donc passé à Toulouse ? Tu n'es pas en congé, n'est-ce pas ?

Il leva un index peu convaincant.

— D'une certaine manière, si. Kiowski m'a relevé de mes fonctions. J'ai l'Inspection des services sur le dos. J'ai quitté le commissariat hier après-midi avant qu'ils ne débarquent. Ils doivent être en train de me chercher partout, à l'heure qu'il est…

— Oh, bon sang, soupira Eva.

— Je dois éviter de me faire remarquer, dit-il en regardant ses pieds. C'est la garde à vue à l'IGS qui m'attend…

— Et ton arme ? lui rappela-t-elle. Tu dois absolument signaler qu'elle a été volée par un individu dangereux.

— J'en suis conscient… Je ne vois simplement pas comment faire…

Eva ne pouvait masquer sa stupéfaction. Elle marcha de long en large dans la petite chambre, bras croisés.

— Quoi qu'on fasse, on est dans l'impasse, alors ?

— Tu comprends pourquoi on ne peut pas rester là…

— Il faut que j'en parle au chef, insista-t-elle, sans cesser d'aller et venir, le visage livide.

— Tu n'auras qu'à lui téléphoner en chemin.

— Je ne sais pas... tout ça est totalement dingue...

Ses rangers à la main, il revint s'asseoir sur le lit et entreprit de se chausser.

— C'est tout vu, Eva ! On retourne chez moi tout de suite. À cette heure-ci, on peut encore circuler sur le périphérique. On sera à Toulouse avant 14 heures. Je trouverai un moyen de m'arranger avec les bœufs carottes...

Elle s'arrêta d'aller et venir et se tourna vers lui. Elle secoua la tête, mais de plus en plus faiblement.

— Alexandre...

— Tes collègues sont compétents. Tu peux les laisser s'occuper de cette affaire pendant quelques jours. Ils vont bien finir par identifier ce psychopathe, et pendant ce temps il n'aura pas, lui, de moyen de te retrouver. Fais-moi confiance, je t'en prie.

— D'accord, murmura-t-elle, d'une voix blanche. Mais je suis sûre qu'on fait une énorme bêtise...

49

À 6 heures et demie, Barbarossa ouvre les yeux, mû par un brusque pressentiment.

La lumière bleutée des trois écrans nimbe son visage tandis qu'il se redresse sur son fauteuil. Ses vertèbres sont douloureuses, mais il se sent bien. Il réalise qu'il s'est endormi face à une vidéo de sa proie.

À présent, le film s'est arrêté. Il reste figé sur la dernière image, montrant la silhouette aux cheveux blancs, de dos. Son collègue toulousain, le géant au visage buriné, se trouve dans l'angle de l'écran. Il porte un tee-shirt gris moulant son imposante carrure, et son épaule gauche est bandée. Cet extrait vidéo n'a jamais été exploité, Barbarossa l'a retrouvé à force de fouiller le Net, dans les archives de France Télévisions. Il s'agit de la première affaire que ces deux policiers ont résolue ensemble – et, probablement, leur toute première rencontre – dans les montagnes ariégeoises, trois ans auparavant.

Barbarossa déplace le curseur de la souris et clique pour refermer la fenêtre. Ce n'est pas ce qui l'a réveillé.

Le GPS. C'est ça. N'est-ce pas ?

Fébrile, il se tourne vers la tablette numérique posée à l'extrémité du bureau. Il effleure l'écran tactile et observe le plan qui vient de s'y afficher : la ville de Paris, sous la forme d'un labyrinthe inextricable de voies jaunes sur fond gris. Avec, sur la bande orange représentant le périphérique, un curseur rond et bleu.

Oui. C'est ça.

Le curseur est en mouvement, se déplaçant en direction du sud.

Barbarossa pose son pouce et son index sur l'écran et les rapproche lentement, reculant ainsi le zoom. Il obtient une meilleure vue d'ensemble du plan.

Il peut maintenant voir que le signal provient de l'extérieur de la capitale. Le rond bleu continue de se déplacer vers le sud.

Le commandant Svärta a repris sa voiture. Bien. *Très bien.*

Comme il s'y attendait, elle n'a pas repéré le mouchard.

Le stratagème est imparable.

Sa proie ne détectera jamais la puce là où elle est placée.

L'idiote croit profiter de quelques heures de liberté. Peut-être même espère-t-elle se cacher ? Qu'ainsi il sera incapable de la retrouver ?

Il sourit à cette idée.

Elle est terrifiée. Quoi qu'elle fasse, quoi qu'elle puisse imaginer, elle est littéralement dévorée par la peur. Et cela ne fait que commencer.

Exactement comme il le souhaitait.

Tout continue de se dérouler comme il l'avait prévu, oui.

Il ne doit plus lui laisser un instant de répit.

La traque doit reprendre. Maintenant.

Barbarossa se frotte les yeux, gagné par une brusque allégresse. La mésaventure de la veille au soir est oubliée.

Ne reste que l'obsession. La pulsion de mort qui habite en lui jusqu'à emplir tout son être. Il ne pense plus qu'à ça désormais. Il pense à ce visage livide privé de vie, à ces yeux rouges couleur de sang, non plus à cause de leur maladie, mais parce qu'ils seront en train de saigner, lorsqu'il les écrasera à coups de talon. Il imagine ses doigts s'enfonçant dans le ventre de la femelle pour lui arracher l'abomination qui s'y dissimule. Les images sont d'une telle précision et d'une telle intensité qu'elles pourraient être réelles, déjà.

Il cligne des yeux, chassant les illusions.

Se tournant de nouveau vers le signal GPS, il réalise alors que le véhicule de la policière vient de s'engager sur l'autoroute A10.

Étrange.

Il se demande où elle peut bien aller comme ça.

Se peut-il qu'elle cherche à se cacher ? Mais pour quelle raison ? Elle devrait se réfugier chez ses collègues, au contraire, afin qu'ils puissent la prendre en main. Elle devrait s'imaginer que la protection de la Brigade criminelle lui suffira pour échapper à son chasseur…

Ce n'est pas le cas.

Le mouchard est formel.

La position de la proie s'éloigne tout doucement de Paris.

Barbarossa croise les mains sous son menton. Songeur.

Il observe le ruban de l'autoroute.

Aussi curieux que cela puisse paraître, la proie a bel et bien décidé de se soustraire à l'enquête. Elle est partie se cacher.

Pour quelle destination ?

La réponse est évidente.

Toulouse.

Le commandant Vauvert, son ami policier – probablement son amant –, habite en plein cœur de cette ville. C'est obligatoirement là qu'ils vont. Ils doivent penser qu'ils peuvent se barricader chez lui. Ils s'imaginent qu'ils y seront en sécurité. Alors qu'ils seront seuls au monde. *Totalement vulnérables.*

Barbarossa se tourne vers l'écran de droite, où est encore affiché le dossier qu'il a rassemblé sur cet homme. Alexandre Vauvert. Quarante-deux ans. Divorcé. Passablement alcoolique. Désormais, il connaît tout de lui. Ses rapports conflictuels à l'autorité, ses problèmes récurrents d'insubordination et les nombreux avertissements de sa hiérarchie à cet égard. Sa fascinante propension à faire usage de violence. *Une proie facile.* Cet homme est déjà penché au-dessus d'un abysse. Il suffira de le pousser.

Et il sait comment.

Posé sur le bureau se trouve l'imposant Smith & Wesson qu'il a pris au policier.

De l'index, il donne une impulsion à la crosse, faisant tourner le pistolet sur lui-même.

Celui-ci fait plusieurs tours avant de s'immobiliser, canon dirigé vers l'écran.

Barbarossa sourit.

Cette traque prend décidément un tour inattendu.

Le défi est de taille.

Mais il se sent parfaitement à la hauteur.

Il a un temps d'avance. Comme toujours.

Un grand frisson le parcourt tandis qu'il caresse l'arme du policier, suit du bout de l'ongle les détails de la crosse en ivoire, et qu'il s'imagine tout ce qu'il pourra en faire.

Il se redresse. Il a besoin de café pour se réveiller. De beaucoup de café. Puis il rassemblera des armes pour son expédition dans le Sud. Il lui en faut de nombreuses. Après tout, ce n'est plus une bête sauvage qu'il traque, mais deux. Deux animaux redoutables. Des prises de choix.

Cette fois, il sera préparé. Il ne se laissera pas surprendre.

Avant de quitter la pièce, il se dirige vers le mur du fond, où il a mis sous verre la photo d'une jeune femme aux cheveux blancs.

Il se plante devant pour l'observer, comme il le fait chaque jour.

Depuis dix ans maintenant.

Cette photo est la seule qu'il ait pu récupérer d'elle.

Mina Karlova.

La jeune fille regarde l'objectif. Ses cheveux décolorés sont emmêlés devant son visage, rendant ses traits un peu flous.

C'est une image qu'il garde en tête depuis dix ans. Ces cheveux. Ce regard. Ce sourire.

L'espace d'un instant, Barbarossa sent que sa vision se trouble. Des mouches noires surgissent devant lui, et il imagine que le visage de la policière remplace celui de la fille sur la photographie. Il se revoit, à dix-sept ans, face à elle. Et elle, qui braque le pistolet vers lui. Il voudrait la supplier. Lui dire qu'il n'y est pour rien. Qu'il ne savait pas que la drogue avait été volée. Qu'il est un simple revendeur. Mais il n'a pas le temps. La fille presse la détente de son arme, tout le mépris du monde dans ses yeux.

Et la balle file vers lui.

La mort vole tout droit vers son crâne.

Dans son esprit, le visage sur la photo se met à fondre. Ce ne sont plus les traits d'Eva Svärta qui sont affichés devant lui, mais une tête en train de pourrir. La chevelure blanche couvre les esquilles ensanglantées des pommettes. Les yeux sont deux gouffres noirs emplis de vers.

Barbarossa sourit et s'approche du mur pour déposer ses lèvres sur celles, froides, de la surface de verre.

Une robuste érection tend le tissu de son pantalon.

50

Entre Orléans et Vierzon, Eva passa près d'une demi-heure en communication avec son supérieur, essayant de lui expliquer la raison de son départ précipité.

À en juger par les cris qui s'échappaient du téléphone, aucune de ses justifications ne semblait convaincre le commissaire Ô.

Vauvert n'écoutait pas leur conversation. Il se contentait de conduire, le dos raide, le regard fixe, la tête emplie de ses propres orages. Devant lui l'autoroute s'étendait, ligne droite et monotone sous un ciel blanc. Les véhicules étaient nombreux. Il restait aussi concentré que possible, conscient qu'il n'avait dormi qu'une paire d'heures.

— Chef, écoutez-moi une seconde, marmonnait Eva. J'ai échappé à deux agressions en l'espace d'une seule journée. Vous comprenez ce que cela veut dire ? J'ai frôlé deux fausses couches en moins de vingt-quatre heures ! Il est hors de question que je me présente au bureau. Je ne prends plus le moindre risque. Je peux vous donner toutes les informations dont vous aurez besoin par téléphone…

Davantage de cris s'échappèrent du mobile. Vauvert perçut les mots « confiance » et « danger ». Il serra les dents. Il avait pu croiser Rudy Ô à plusieurs occasions, il appréciait beaucoup l'homme. Ce commissaire était intègre, toujours en première ligne pour défendre ses équipes. S'il était aussi furieux envers son agent, c'est qu'il s'inquiétait terriblement pour sa sécurité. Vauvert ne pouvait pas lui en vouloir.

Malheureusement, aussi détestable que soit leur situation à l'heure actuelle, ils n'avaient pas le choix.

Il mit le clignotant et doubla une file de camions. Le courant d'air de la climatisation, dirigé vers son visage, le maintenait éveillé. Pour l'instant.

Quand la jeune femme raccrocha enfin, elle releva ses lunettes noires et se massa les tempes, ses traits disparaissant dans les boucles de ses cheveux blancs.

— Je te l'avais dit. Ce n'était pas une bonne idée. Je vais avoir de sérieux ennuis…

Son ton se voulait renfrogné, mais sa voix tremblait.

— Ô finira par se calmer, assura-t-il. Il se fait du souci pour toi. Rien de plus normal.

Elle souffla, faisant voler ses cheveux devant elle, et secoua la tête.

— Tu veux rire ? Même en tant que victime, je suis impliquée dans l'explosion d'un parking souterrain. Et toi aussi, je te rappelle ! Il m'a menacée de me coller un mandat d'amener !

Ce détail fit sourire Vauvert.

— Ce n'est pas la première fois que ça arrive, n'est-ce pas ?

— Ce n'est pas drôle.

— Tu as raison. Parce que, désormais, tu n'as pas que ta vie à protéger, acheva-t-il avec un regard de biais.

Eva fut bien obligée d'acquiescer. L'inquiétude ne quitta pas pour autant ses traits. Elle attacha ses cheveux et remit ses lunettes, avant de poser ses mains sur l'arrondi de son ventre. Elle se mit à mordiller sa lèvre inférieure sans sembler s'en rendre compte.

— Il m'a assuré que tout le groupe est mobilisé. J'espère qu'ils vont sortir quelque chose assez vite.

— Ils ont un début de piste ?

— Pas grand-chose. Ils ont une empreinte assez nette de la chaussure de mon agresseur, et des fibres de ses vêtements.

— Pas d'ADN ?

— Non, ça, malheureusement pas, répliqua-t-elle d'une voix sombre. Ce serait trop beau… Pour l'instant, leur plus gros espoir repose sur la surveillance vidéo. Mon immeuble est doté de plusieurs caméras, et il y en a une autre au bout de la rue. Le type les a peut-être évitées en arrivant, mais durant sa fuite il est forcément passé devant au moins l'une d'entre elles. Avec un peu de chance, on aura une image de son visage.

— Cela nous aiderait beaucoup de savoir à quoi il ressemble, soupira Vauvert. Même s'il faudra ensuite réussir à mettre un nom dessus. C'est souvent le plus long…

— Je pense que je le connais…

Il se tourna vers elle, les sourcils froncés.

— Tu crois ?

— Oui. J'en suis même sûre. Cela peut sembler idiot, mais… tout au fond de moi, je sens que c'est quelqu'un que j'ai croisé… peut-être récemment… ou peut-être pas… C'est très étrange comme sensation…

— Écoute ton intuition. Tu sais que…

Il chercha ses mots. Puis soupira.

— Tu sais que c'est un don que tu as, Eva. Il ne t'a jamais fait défaut. Tu es la meilleure pour traquer les psychotiques… tous les assassins…

— Justement, dit-elle sur un ton songeur, c'est ce que je ne comprends pas…

— Que veux-tu dire ?

— Que d'habitude, je peux sentir ce genre de type à des kilomètres ! Tu le sais très bien. C'est comme si je pouvais voir avec leurs yeux. Je peux penser comme eux, parfois j'ai l'impression que je *suis* eux. Mais pas dans ce cas. Je suis incapable d'analyser ce qui se passe sous mon nez. Cela ne m'est jamais arrivé, ça me rend malade !

— C'est peut-être parce que tu es directement concernée ? hasarda-t-il.

— Non. Il doit y avoir autre chose. Je suis certaine qu'il y a une raison… Je ne comprends simplement pas laquelle…

Elle chassa une brume imaginaire devant son visage.

— Alexandre…

— Oui ?

— Tu as déjà réfléchi à l'*origine* de ce talent particulier que j'ai ?

Vauvert siffla entre ses dents. Il ne savait que répondre. Au cours de ces dernières années, il avait souvent été témoin de cette faculté exceptionnelle que possédait sa compagne. Comme si l'esprit d'Eva reconnaissait celui des assassins, et était attiré par lui… voulait fusionner avec leur âme salie…

Il y avait une raison à ce phénomène. Il ne pouvait pas se voiler la face après ce qui s'était produit dans les Pyrénées, six mois plus tôt.

— Ton père, murmura-t-il.

— Oui…

Il n'aimait pas se souvenir de tout cela. Il avait été témoin des choses que le père d'Eva était capable d'accomplir, oui. Ces phénomènes que la plupart des gens auraient considérés fous, surnaturels, proprement impossibles.

Mais, lui, avait vu. De ses propres yeux. Il avait vu le vrai visage de Louis Canaan, et celui-ci était démoniaque. La confrontation avec cet homme fut une des épreuves les plus incroyables de sa vie. Chaque fois qu'il y repensait, il ressentait ce picotement désagréable à la base de sa nuque. Comme si ses cauchemars cherchaient à le rattraper dans le monde de l'éveil.

— Mon père était un monstre, dit Eva. Tu le sais. Tu l'as vu.

Il hocha la tête, mal à l'aise.

— Cela ne sert à rien de ressasser tout ça. Il y a des événements… des horreurs, qui ne s'expliquent pas. J'ai fini par l'admettre, moi aussi.

— Il jouait avec la nature, insista Eva. Il a déclenché des choses… diaboliques…

— Ton père est mort ! répliqua-t-il d'un ton un peu plus brusque qu'il ne l'aurait souhaité. Sa sorcellerie ne fera plus de mal à personne.

Eva eut un sourire amer.

— À moins qu'elle ne soit en moi. Dans mon sang. En héritage…

— Non. C'est impossible.

— Et comment le sais-tu ?

— Parce que je le sais, dit-il d'une voix vibrante. Je te connais, Eva. Tu n'es pas comme ton père. Tu n'as rien de diabolique en toi. Tu possèdes un don hors du commun, c'est tout. Un don que tu ne maîtrises pas toujours… La preuve, tu le dis toi-même, il t'échappe depuis quelque temps…

Cela ne sembla pas la convaincre. Vauvert serra les mains sur le volant. Il ne savait quoi lui dire pour la rassurer et se sentait maladroit. La vérité, c'était que tous deux avaient traversé des événements irrationnels à plus d'une occasion. Ils avaient risqué leur vie ensemble, avaient côtoyé les rivages de la mort et s'en étaient sortis, l'un comme l'autre, couverts de cicatrices mais toujours plus vivants. Toutes ces épreuves n'avaient fait que renforcer ce lien unique qui existait entre eux, et qu'ils ne pouvaient pas nier.

Perdu dans ses pensées, Vauvert réalisa que l'histoire personnelle d'Eva, son cauchemar secret, avait déjà changé leur existence.

Mais, cette fois, les choses étaient différentes.

À présent, ils attendaient des enfants. Non pas un, mais deux bébés. Deux fragiles, minuscules vies dans le ventre d'Eva, qui changeaient tout.

Ils n'avaient plus le droit de se mettre en danger. Ni lui, ni elle. L'enjeu était plus grand désormais que leurs simples vies professionnelles. Ils devaient avant tout penser à ces vies innocentes.

Cela le traversa subitement.

— Ta grossesse…

— Quoi ?

Il se tourna vers elle. L'idée prenait forme dans son esprit. Et elle ne lui paraissait pas absurde.

— Tu ne crois pas que le fait d'être enceinte puisse affecter tes perceptions ? Peut-être que tu as perdu ce don d'empathie à cause de ça, tout simplement.

— Oh…

Elle demeura songeuse, le visage fermé. L'idée semblait la perturber. Elle caressa son ventre rond.

— Peut-être bien, avoua-t-elle enfin. Peut-être qu'il ne s'agit que de ça…

Un long malaise s'installa.

Ce fut elle qui reprit la parole au bout d'un moment, d'une voix distante :

— Je ne sais pas s'il y a un lien, mais… Il s'est passé quelque chose de vraiment très étrange, hier soir, dans le parking…

— De quoi veux-tu parler ?

— La température. Elle a chuté d'un coup. Sans la moindre raison. Tu ne t'en es pas rendu compte ?

— Je croyais avoir rêvé, dit-il. Pour tout te dire, j'ai même cru voir du givre sur la porte.

— Il y en avait. Je ne comprends pas d'où il a pu venir. Habituellement, on étouffe dans les sous-sols. Mais là, ce froid est arrivé brusquement.

— Quand, exactement ?

— Dès que cet homme m'a attaquée. Ça a commencé à cet instant-là, j'en suis sûre.

Vauvert lui jeta un regard de biais.

— Et tu n'as pas d'explication ?

— Aucune à laquelle je puisse penser, non. Sur le moment, j'étais terrifiée. Je ne pouvais plus bouger à cause de la décharge de taser…

— Tu ne te souviens vraiment de rien qui puisse nous aiguiller sur son identité ?

— Je ne crois pas, non.

— Réfléchis à ce qu'il t'a dit. Quand il t'a parlé de ses victimes, par exemple. Aucun détail ne te revient ?

Eva caressa doucement son ventre, réfléchissant.

— Je ne sais pas. Rien de ce qu'il m'a dit n'était très clair. Il m'a surtout menacée. Il m'a expliqué qu'il allait me tuer lentement… et aussi que je lui rappelais quelqu'un. Une personne… qu'il avait voulu tuer…

— Donc, une de ses précédentes victimes te ressemblait ?

Elle réajusta ses lunettes du bout de l'index. Après le désarroi, son âme de policière reprenait finalement le dessus. Son esprit d'analyse recommençait à fonctionner, à revivre les événements pour les décrypter.

Elle secoua la tête.

— Non. Je ne pense pas que ce soit le cas. Il a dit qu'il aurait *aimé* la tuer. Il y a pensé. Il l'a fantasmé. Peut-être souvent. Peut-être a-t-il failli passer à l'acte. Mais il ne l'a pas fait lui-même. Quelqu'un d'autre que lui s'en est chargé…

— Cette personne était une albinos comme toi, alors ?

— Si c'est le cas, ce ne devrait pas être difficile à retrouver. Nous ne sommes pas si nombreux… Je vais demander à Erwan de faire une recherche…

Elle reprit son téléphone et commença à pianoter un texto, concentrée.

Une vibration s'éleva entre les fauteuils à ce moment-là.

— C'est le tien, Alexandre.

— Ouais…

Il tâtonna pour se saisir de son mobile, qui continuait de vibrer avec insistance. Il jeta un bref regard au nom affiché avant de rejeter l'appel.

Eva l'observa avec curiosité tandis qu'il reposait le téléphone entre les sièges.

— Qui était-ce ?

Il s'ébouriffa la tête et eut un long bâillement.

— Rien d'important, grommela-t-il enfin.

— C'est ton ex-femme ?

Vauvert haussa les épaules. Il ouvrit la bouche quand Eva murmura :

— Choisis bien ton mensonge.

Il hocha la tête.

— Oui. C'est Virginie. Satisfaite ?

— Qu'est-ce qu'elle te veut ?

— Des emmerdes, dit-il entre ses dents. C'est tout ce qu'elle m'a jamais apporté.

Le téléphone se remit à vibrer.

Il le laissa sonner.

51

Raide sur son fauteuil, le commandant Jean-Luc Deveraux poussa un bâillement.

Il n'était pas 8 heures et déjà la chaleur était étouffante dans l'étroit bureau mansardé du 36, quai des Orfèvres. La minuscule fenêtre ouverte en grand n'y changeait rien.

Le policier était d'humeur exécrable.

Ce matin, le chef l'avait empêché de rentrer se coucher. Cela valait pour tout le groupe d'enquête. À présent, à l'étage de la Police criminelle, tout le monde travaillait d'arrache-pied sur l'agression de leur collègue. La moitié des effectifs faisaient encore du porte-à-porte sur place, dans le XXe arrondissement, tandis que le reste, dont faisait partie Deveraux, était de corvée vidéo au 36.

Il jura dans sa barbe en cliquant sur les fichiers pour en trouver un qui soit exploitable.

Il *détestait* faire ce travail de débutant.

Les images de télésurveillance s'affichèrent de nouveau sur son écran. Cet enregistrement-là provenait du pylône situé à deux cents mètres de l'immeuble du commandant Svärta.

L'angle n'était pas parfait, mais il permettait d'apercevoir les portes de la résidence, et l'homme qui en sortait avec précipitation. Il se mettait à courir sur le trottoir en direction de la rue de Bagnolet.

Deveraux ralentit le défilement des images et zooma autant qu'il put. Il s'agissait sans le moindre doute possible de l'individu qui s'en était pris à Eva. Le problème, c'est que la qualité de la vidéo n'était pas très bonne. L'homme avait retiré sa cagoule mais il conservait la tête soigneusement baissée. Le petit malin avait conscience qu'il était filmé. Et il savait très bien comment dissimuler son visage au regard de la caméra.

La séquence ne durait pas plus de six secondes avant que le suspect ne sorte du champ. Deveraux revint en arrière et repassa la vidéo, image par image.

Il n'y croyait pas trop. D'ailleurs, ce visionnage ne lui apporta rien de plus. Il pouvait s'agir de n'importe qui. Les vêtements étaient sombres, passe-partout. Le visage parfaitement invisible sous la capuche du sweat-shirt. Aucun de ces putains d'enregistrements n'était exploitable.

Deveraux bougonna. Il sélectionna tout de même l'image la plus nette du bonhomme et lança une impression sur papier pour l'inclure à son procès-verbal. Il se frotta ensuite les yeux. Il n'y avait pas à dire, cette journée allait être longue. À cause d'elle. *Toujours* à cause d'elle. Ce n'était pas la première fois que cette idiote d'albinos se mettait dans le pétrin. Le plus étonnant, c'est que tout le monde semblait en admiration devant elle.

On pouvait lui raconter ce qu'on voulait, à ses yeux, cette bonne femme ne valait pas un clou en tant que flic. Voilà la vérité.

Et il y avait pire, bien sûr. Toute cette attention qu'elle attirait. Cela compliquait toujours tout. La preuve.

Deveraux n'en démordait pas : travailler avec une fille comme ça, c'était demander aux emmerdes de leur tomber dessus.

Il lissa sa petite moustache avant de remettre machinalement son col de chemise en place. Il n'y avait rien qu'il détestait plus que le désordre. Mis à part, peut-être, le non-respect du règlement.

L'ordinateur émit un carillon, lui indiquant qu'un message venait d'arriver dans sa boîte de réception.

Au même instant, son téléphone se mit à jouer la mélodie de flûte de *My Heart Will Go On*, tirée du film *Titanic*.

Il récupéra le mobile de la main gauche, sa main droite dirigeant la souris pour refermer le lecteur vidéo et afficher ses e-mails.

— Bonjour, chérie…

— *Je suis désolée de te déranger*, lui annonça son épouse, *mais le centre aéré a appelé…*

Il soupira. Il avait bien besoin de ça en ce moment.

— D'accord. Qu'est-ce que notre petit ange a encore fait ?

— *Il a mordu un de ses camarades.*

— Encore ?

— *Si j'ai bien compris, il lui a sectionné un bout d'oreille. Les parents de l'autre enfant sont dans tous leurs états.*

— C'est un gosse. Il n'est pas responsable.

— *Lui, peut-être, mais nous, oui. La monitrice m'a dit que ces gens avaient décidé de porter plainte…*

Tout en écoutant son épouse, il lut en diagonale le message qu'il venait de recevoir. Retour de la réquisition judiciaire adressée à l'agence BNP du quartier. Le responsable sécurité leur transmettait un fichier vidéo. L'enregistrement avait été pris par la caméra du distributeur, depuis une rue voisine. On y apercevait un fragment de la rue de Bagnolet, dans le fond. Même si, *a priori*, il était peu probable qu'on décèle la moindre image exploitable, il fallait tout de même vérifier. On ne savait jamais quelle surprise on pouvait avoir.

— *Jean-Luc, est-ce que tu m'écoutes ?*

— Mais oui, chérie.

— *C'est à chaque fois moi qui me déplace. Il faut que tu y ailles, cette fois. C'est la troisième fois depuis le début des vacances que ça arrive, j'ai vraiment honte, là.*

— Je ne peux malheureusement rien faire pour le moment, soupira-t-il tout en cliquant pour télécharger la vidéo jointe à l'e-mail. Tout le groupe est sur une affaire délicate. Crois-moi, j'aurais mille fois préféré pouvoir rentrer ce matin comme prévu plutôt que me farcir le travail de stagiaire qu'ils m'ont assigné…

— *Est-ce que tu peux au moins téléphoner à la directrice ? Elle sera peut-être sensible à ta fonction.*

— C'est d'accord. Je vais faire ça.

Il raccrocha, tapa machinalement sa réponse au service informatique :

Je traite la vidéo. Je l'ajouterai au PV. Merci.

Il composa ensuite le numéro du centre aéré, se demandant ce qu'il allait bien pouvoir raconter à la directrice.

Le temps que quelqu'un daigne décrocher, il en profita pour commencer à visionner la vidéo. Du noir et blanc. Une définition merdique. La seule zone assez nette était l'espace de trottoir situé directement devant le distributeur. Au fond, on apercevait des façades floues. Il en déduisit qu'il s'agissait de la rue de Bagnolet. Mais il aurait bien été incapable de la reconnaître sous cet angle.

D'un clic, il accéléra jusqu'à l'heure correspondant à la fuite du suspect. De nombreux piétons se trouvaient dans la rue à ce moment-là. Malheureusement, la compression de la vidéo rendait flou tout élément se déplaçant sur l'image. Résultat : les individus en mouvement n'étaient qu'un amas de pixels. Pour obtenir une image utilisable, il aurait fallu que le suspect passe pile devant le distributeur. Ce qui n'était pas près d'arriver.

— *Allô ?* fit une voix de femme au bout du fil.

— Bonjour. Je suis M. Deveraux, le papa du petit Johnny. Je voudrais parler à la directrice, s'il vous plaît…

— *Je suis désolée, Mme Lerein est déjà en communication pour l'instant.*

— Je dois absolument lui parler. Elle en aura pour longtemps ?

— *Je pense qu'elle aura bientôt fini. Vous souhaitez rester en ligne ?*

Il répondit que oui. Une musique d'attente emplit le téléphone.

Son regard ne quittait pas l'écran où les silhouettes brouillées continuaient de traverser l'image l'espace de quelques secondes.

À un moment, il reconnut tout de même le profil massif du commandant Vauvert qui passait en courant. Difficile de le louper, celui-là. Il mit en pause et nota le time code pour le PV, de mauvaise grâce. Il *haïssait* ce type. Ils avaient eu un bel accrochage, tous les deux. Tout le monde dans le service semblait l'avoir oublié, mais son nez, lui, s'en souvenait. Cette brute épaisse lui avait fracturé le cartilage en trois endroits d'un seul coup de front. Deveraux avait pourtant porté plainte, il avait fait plusieurs rapports à l'Inspection des services, tout ça pour que le chef décide d'intervenir et de le blanchir. Il avait protégé le plouc de province en prétendant qu'il travaillait sous couverture. Ce qui était un nouveau mensonge. Une injustice de plus.

Malgré tout, il s'agissait d'un collègue. Deveraux ferait son possible pour l'aider cette fois encore. Il avait son sens des valeurs.

Cela ne remettait pas en cause le fait qu'il voulait sa revanche. Un jour.

Il savait qu'il finirait par trouver une occasion de réparer son humiliation. Il n'était pas pressé. Et cette pensée lui apportait un plaisir étrange, qu'il préférait ne pas trop analyser.

La musique cessa d'un coup dans le téléphone. Il l'appuya de nouveau contre son oreille. Sur son écran, la vidéo continua de défiler.

— *Oui, allô ?*

— Madame Lerein ? Je suis le papa de Johnny Deveraux… Il paraît que mon fils a mordu un autre enfant ?

— *En effet, monsieur. Il lui a coupé un morceau d'oreille et l'a avalé avant que la monitrice ne puisse intervenir…*

— Il l'a vraiment avalé ? Mince… Ce n'était pas un trop gros bout, j'espère ?

— *Rien qui ne soit réparable par quelques points de suture, heureusement. Mais vous comprenez que la situation pose problème…*

— Oui, oui, je m'en rends tout à fait compte, madame. Et je vous assure que mon épouse et moi-même allons lui faire la leçon… Le pédopsychiatre nous a affirmé que Johnny fait des progrès… et vous ne pouvez pas le nier, il a mordu moins de personnes cet été, n'est-ce pas ?…

Il se redressa, cherchant des arguments auxquels se raccrocher pour défendre son fils, et fit le tour de la pièce pour étirer son dos endolori. La directrice refusait de l'écouter. Elle lui expliqua que les parents de l'autre enfant étaient déjà allés porter plainte. Il n'y avait rien qu'elle puisse faire à son niveau. Elle allait d'ailleurs être obligée de renvoyer Johnny du centre aéré, il n'y avait pas d'autre option.

— Écoutez, je suis sûr qu'on peut trouver un moyen de s'arranger, soupira-t-il en déposant un sachet de thé dans une tasse et en versant de l'eau chaude dessus. Vous savez que ce n'est pas de sa faute, ce n'est qu'un gosse. Johnny a été mordu par un chien il y a deux ans. Je vous ai déjà apporté le papier signé du pédopsy qui affirme qu'il s'agit d'un traumatisme tout à fait passager…

La directrice restait sourde à ses arguments.

Il continua de la supplier.

S'il s'était retourné et avait regardé son écran à ce moment-là, au lieu de rester planté devant son thé en train d'infuser, il aurait vu l'homme apparaître rue de Bagnolet, revenir sur ses pas et changer de trottoir. La séquence ne durait pas plus de trois secondes, mais durant ce laps de temps, l'individu passait devant l'agence BNP. Au cours de ces trois secondes, son image était nette.

L'homme avait beau porter une capuche, son visage était visible. On distinguait parfaitement ses yeux très clairs qui luisaient dans l'ombre. Ainsi que le début de la cicatrice blanche zébrant son front telle la trace d'un coup de fouet.

Jean-Luc Deveraux était friand de son émission à la télévision. Il avait croisé cet homme dans les bureaux en début de semaine. Le commandant Svärta l'avait reçu pour l'affaire du gosse étouffé par son oncle et sa tante.

S'il l'avait vu, il l'aurait aussitôt reconnu. Il aurait fait le lien.

Il se retourna un instant après que Barbarossa eut disparu de l'image. Sa discussion prit fin. Il revint s'asseoir avec son thé fumant. Il n'était arrivé à rien avec la directrice et il se sentait démoralisé. Il observa consciencieusement l'enregistrement pendant quelques minutes supplémentaires, cherchant un indice au sein des formes indistinctes. Il n'en trouva aucun.

Il se résolut à arrêter la vidéo et fit glisser le fichier .MP4 dans le dossier qui portait la mention « Non exploitable » pour la graver sur disque et l'ajouter aux autres pièces sous scellés.

Il rappela ensuite sa femme pour lui expliquer qu'il leur fallait trouver un autre centre aéré pour leur fils.

Johnny avait avalé un bout d'oreille, bon sang.

52

À 10 heures, ils arrivèrent à proximité de Limoges. Vauvert décida de s'arrêter sur une aire de services pour faire le plein d'essence. Dans l'espace cafétéria, il but deux cafés l'un après l'autre. Le liquide brûlant chassa quelque peu la sensation de fatigue.

Eva, de son côté, avait dormi durant les deux cents derniers kilomètres. Elle ne semblait pas avoir récupéré pour autant. Elle se sentait même nauséeuse. Elle prit ses affaires de rechange et alla aux toilettes. Vauvert l'attendit d'abord devant les distributeurs de boissons, se demandant s'il devait commander un troisième café, avant de se décider à sortir sur le parking pour profiter du soleil et fumer une cigarette.

Il observa distraitement les alentours. Pompes à essence rouges. Vacanciers adossés à leurs voitures qui mangeaient consciencieusement leurs sandwiches au milieu des vapeurs de gasoil. Le bruit de la circulation était tout ce qu'il parvenait à entendre, semblable au son de bourrasques de vent qui ne s'arrêteraient jamais. Il se tourna vers les véhicules qui passaient à vive allure sur la route, de l'autre côté du terre-plein. Dans son esprit, les pensées défilaient tout aussi vite. Il fallait qu'il trouve un moyen de résoudre ses problèmes avant que le sol ne se dérobe tout à fait sous ses pieds.

Son téléphone se remit à vibrer dans sa veste.

— Putain, soupira-t-il en se décidant à prendre l'appel. Virginie, je me fous de savoir ce que tu veux. Laisse-moi tranquille, tu entends ?

— *Alex, ne t'énerve pas, s'il te plaît.*

La voix de son ex-femme était en mode séduction. Vauvert souffla le plus calmement possible la fumée de sa cigarette.

— Je ne m'énerve pas. Je te dis simplement de ne plus m'appeler. *Jamais.*

— *Ne raccroche pas. Écoute-moi. Arnaud voudrait que tu passes le voir.*

Il fit tomber la cendre au-dessus de la poubelle et ramena la Marlboro à ses lèvres.

— C'est une mauvaise blague ?

— *Il souhaite discuter avec toi. C'est important.*

— Tu crois que je ne suis pas assez dans la merde à cause de lui ?

— *C'est justement pour ça qu'il faut que vous trouviez un arrangement. Il m'a expliqué qu'il t'a provoqué. Il le regrette sincèrement. Je te jure que c'est la vérité. Vous avez des différends, mais Arnaud n'est pas un homme mauvais.*

— Bordel, Virginie, je ne sais plus si tu es idiote ou juste terriblement cruelle…

Il se retourna pour jeter un regard anxieux à l'intérieur de l'établissement. Eva n'était heureusement pas encore sortie des toilettes.

— Levy est un truand, lui dit-il en baissant la voix. Il veut ma peau parce que je menace ses affaires et il est décidé à me faire lyncher par tous les moyens. Voilà ce qu'il est. Voilà comment il fonctionne. Mais tu peux lui dire que ça ne se passera pas comme ça. Je compte le coller au train jusqu'à ce qu'il tombe pour ses magouilles. Je serai alors ravi de discuter avec lui... au tribunal de grande instance. On aura des tas de choses à se dire, crois-moi.

— *Non, tu te trompes. Arnaud est prêt à retirer sa plainte. Il a déjà appelé le juge pour lui en parler. Un certain Marcazzan...*

Vauvert jura entre ses dents. Il était dans une situation intenable. Il avait beau se voiler la face, sa carrière ne tenait désormais qu'à un fil. Au moindre faux pas, il était fini. Et cet enfoiré de Levy le savait. Il ne pigeait pourtant pas où était le piège. Car c'était forcément un piège de plus.

— Il a si peur de moi que ça ?

— *Essaie de comprendre...*

— Je comprends très bien. Il espère me faire chanter en me montrant à quel point il a le bras long. Ce n'est pas la peine d'essayer. Je ne couvrirai pas les combines d'un type qui joue avec des organes humains.

— *Il n'y est pour rien. Il me l'a dit.*

— Oh, vraiment ?

— *Il a l'intention de tout t'expliquer. Il faut que tu lui laisses cette chance. C'est moi qui te le demande. C'est la dernière fois. Je te le jure.*

Vauvert acheva sa cigarette. Il souffla la fumée par les narines et d'un coup d'index propulsa le mégot vers la poubelle. Quoi qu'il décide, il sentait un énorme étau en train de se refermer autour de lui. Il était prisonnier.

— C'est la dernière fois à *chaque fois*, Virginie. Je ne serai jamais débarrassé de toi, hein ?

— *S'il te plaît, accepte de le voir. Cela ne prendra pas longtemps.*

— Bon sang de bordel. (Il leva les yeux au ciel.) C'est d'accord. Mais à mes conditions. Je serai de retour à Toulouse vers 14 heures. Je passerai chez vous. Dis-lui qu'il a intérêt à être là. Parce que je ne l'attendrai pas.

— *Merci Alex. Tu verras, tout s'arrangera…*

Il raccrocha.

Il se retourna. Eva se tenait derrière lui. Les bras croisés. Le visage impénétrable.

Non, rien n'allait s'arranger.

Au contraire.

53

Ils se sont arrêtés.

Sur le GPS de Dorian Barbarossa, le curseur bleu ne bouge plus depuis de longues minutes. Il reste positionné sur l'aire de services. Et cette aire, il en approche. Il voit la bretelle d'accès, un peu plus loin sur la droite. Il continue de rouler, essayant d'apercevoir l'Audi de la policière au passage. Mais cela va trop vite. La barrière d'arbres l'empêche de distinguer les véhicules en stationnement. L'aire est déjà derrière lui, avalée dans la distance.

Ce n'est pas bien grave.

Il sait où ses proies se trouvent.

Il est parvenu à rattraper son retard. Pour cela, son détecteur de radars lui a été très utile. Il lui a permis de ralentir avant un contrôle aux alentours de Vierzon et de reprendre sa lancée immédiatement.

La dernière des choses qu'il souhaite, c'est se faire repérer maintenant.

Il n'aime pas circuler sur l'autoroute pour cette raison. Trop de surveillance vidéo. Trop de risques de se faire contrôler. Il a déjà envisagé toutes les probabilités. S'il est arrêté, il prétextera un déplacement pour un reportage. Il a appelé Matheo pour le prévenir qu'il partait sur un sujet mystère. Son patron n'a pas posé de question. Il ne lui demande jamais rien, tant que son journaliste lui rend ses images en temps et en heure.

Sa présence sur la route est donc totalement justifiée.

Il peut se concentrer sur la traque.

Il continue de rouler pendant une dizaine de kilomètres au milieu d'un paysage de plus en plus aride, écrasé de soleil. Le prochain panneau indique :

Aire de
la Coulerouze
2 000 m

Parfait. Il emprunte cette sortie. Cela lui fera du bien de faire une pause, à lui aussi. De plus, cette aire est un simple arrêt avec plusieurs parkings, des tables de pique-nique tout le long et un gros bâtiment gris abritant des toilettes au centre. Une dizaine de familles se sont installées autour des tables, mais l'endroit demeure beaucoup moins peuplé que les aires possédant station-service et cafétéria.

Barbarossa roule au ralenti le long du chemin, jusqu'à trouver un endroit encore désert, abrité par un muret et par conséquent à l'abri des regards. Là seulement il se permet d'arrêter le moteur de sa Volkswagen.

Il ouvre la portière, faisant face à des champs. Il vérifie que les caméras ne sont pas dirigées dans sa direction. Il n'a rien à craindre dans l'immédiat.

Des pas traînants attirent son attention. Dans le rétroviseur, il aperçoit un individu en short et bras de chemise en train de se diriger vers la bordure du pré. Le bonhomme a visiblement la flemme de marcher jusqu'aux toilettes et s'apprête à se soulager dans l'herbe.

Barbarossa s'étire. Il inspire le grand air, qui sent la terre et le gasoil. Il aime ces moments de chasse. Ces instants où tout peut basculer.

Un regard au GPS, toujours affiché sur sa tablette, lui apprend que le mouchard se déplace. Les deux flics ont repris la route. Dans quelques instants, ils vont passer devant lui.

Il sourit.

Il récupère sa petite caméra dans la boîte à gants et l'allume. Il la dirige vers l'individu en short.

— Monsieur ? Excusez-moi…

L'autre s'arrête, se retourne, le dévisage. Il doit avoir une trentaine d'années. Son visage est mangé par une barbe de quelques jours soigneusement entretenue. Il a de grands yeux noirs qui s'emplissent de surprise tandis qu'il reconnaît Barbarossa.

— Oh, ben ça…

Il change de direction et s'approche à présent de la voiture du journaliste. Son regard va de la caméra au visage de Barbarossa. À sa cicatrice. Il tend un doigt vers lui.

— Vous êtes le bonhomme de la télé, c'est ça ?

— On ne peut rien vous cacher, dit Barbarossa en zoomant lentement sur lui.

— Vous enregistrez une émission ?

— C'est ça. Vous aimeriez être dedans ?

— Bien sûr ! Attendez, il faut que je raconte ça à…

L'homme jette un regard en arrière, sans doute désireux d'avertir ses amis, ou sa famille. Mais ils se trouvent en retrait du reste des voitures, protégés par le muret. Personne ne peut voir ce qui se passe ici. Il se retourne finalement en haussant les épaules et s'approche plus près de Barbarossa.

— En quoi je peux vous aider, dites-moi ? Que faut-il que je fasse ?

— Restez vous-même, dit Barbarossa. Vous êtes parfait.

Il lève à présent sa main droite, tenant le Smith & Wesson.

Il cale ce bras sur la portière.

Le regard de l'homme a changé. Une vague de terreur traverse son visage. Il lève les mains, paumes en avant, incapable d'émettre le moindre son. Barbarossa ne lui laisse pas le temps de réfléchir, il vise le visage et presse la détente. La balle pénètre dans le haut de son crâne, pulvérisant l'os et répandant sa cervelle derrière lui. L'homme s'effondre sur le chemin. La détonation a effrayé les oiseaux qui quittent les arbres à tire-d'aile.

— Merci pour votre coopération, dit Barbarossa en filmant le corps désarticulé. Vous allez être d'une aide précieuse.

Il attend, arme en main, au cas où des curieux s'approcheraient, mais personne ne semble s'être inquiété du bruit de tir, à moins que celui-ci n'ait été couvert par le vacarme incessant du trafic.

Il observe les oiseaux qui tournent en cercles au-dessus de lui, poussant des cris apeurés.

Les animaux, comme toujours, sont moins idiots que les humains.

Barbarossa range la caméra et le pistolet dans la boîte à gants.

Cela se produit à ce moment-là.

Le froid.

Il est revenu, il rampe sur sa peau, lui donnant la chair de poule.

Le pare-brise se couvre de buée sans raison. Barbarossa avance sa main. La buée est glacée. Il l'essuie du plat de la main, stupéfait, et observe la pellicule humide sur sa peau.

Ce n'est pas une hallucination.

C'est impossible. Et pourtant cela arrive sous ses yeux. Sur la paume de sa main, l'humidité devient givre à vue d'œil. Ce ne sont pas ses sens qui lui jouent un tour, cette fois. Ce phénomène est réellement en train de se produire.

— Bordel, mais qu'est-ce qui se passe ?

Sur le pare-brise, la buée qu'il vient d'ôter se reforme.

Le froid le pénètre jusque dans ses os.

Pour la première fois, il panique.

Il redémarre sans réfléchir et écrase l'accélérateur.

Alors qu'il remonte le chemin, essuyant frénétiquement la buée pour voir quelque chose, aucune des familles installées aux tables de pique-nique ne regarde dans sa direction. Ils sont occupés à partager leurs paquets de chips et leurs sodas, ou bien à s'enduire de crème solaire.

Il met le chauffage à fond tout en s'engageant sur l'autoroute baignée de soleil. Quoi qu'il se passe, quoi que soit ce phénomène, il ne tient pas à rester là.

Cela semble être le bon choix, car la sensation de froid s'estompe peu à peu.

La buée s'efface enfin du pare-brise comme un rêve se dilue aux premiers instants du réveil.

Barbarossa continue de rouler, les mains serrées sur le volant.

La tête pleine de questions auxquelles il ne trouve aucune réponse.

54

Pelotonnée dans son siège, Eva frissonna.

Il se produisait quelque chose qu'elle ne comprenait pas encore.

Mais c'était assez inquiétant.

Cela l'emplit d'un sentiment ambigu. Un grand vertige la saisit, et elle eut subitement très froid. Comme si un vent glacé soufflait sur elle. Elle éteignit machinalement la clim. Cela ne changea rien. Le froid était en elle. Dans sa chair.

— Oh, merde, fit-elle, serrant les mains sur son ventre.

Elle sentit distinctement un choc contre sa peau.

— Je crois qu'ils bougent. C'est… la première fois… que je les sens comme ça…

Au volant, Vauvert lui lança un regard curieux.

— Mais c'est une super nouvelle ! Non ?

Elle secoua la tête.

— Non. Ce n'est pas le terme que j'emploierais…

— Pourquoi ?

— Parce que ça fait mal, répliqua-t-elle.

Le visage de son compagnon blêmit aussitôt.

— Mal comment ? Tu crois qu'il y a un problème ?

— Non, non… je ne crois pas…

Elle attendit que la douleur passe. Celle-ci ne dura heureusement pas.

La sensation de froid elle aussi la quitta, peu à peu, même si en périphérie de ses pensées l'image d'une banquise glacée revenait la hanter. Ses rêves… ces derniers jours…

— Ne t'en fais pas, ça va mieux…

Elle inspira doucement.

Quand elle ferma les paupières, il lui sembla voir un vol d'oiseaux noirs.

Et une gerbe de sang.

Elle cligna des yeux. Les visions disparurent.

— Il se passe quelque chose, murmura-t-elle. Ça arrive de nouveau.

— Quoi ?

— Je ne sais pas… mais ce n'est pas bon…

Une terrible sensation de malaise grandissait en elle pour une raison qu'elle ignorait.

— Quoi que ce soit, ce n'est pas bon du tout, répéta-t-elle en observant la route.

55

Il était 14 heures moins cinq quand Alexandre Vauvert gara son 4 × 4 devant la demeure de Levy. C'était la première fois qu'il venait ici et le policier fut estomaqué par la beauté de l'endroit.

Alors c'est ici que Virginie habite, songea-t-il avec une amertume diffuse, tout en s'approchant de l'interphone. Au travers des grilles, il devinait la superbe propriété, style Arts déco, située en bord de Garonne. Le parc qui l'entourait était vaste et verdoyant, avec des pins et des statues de marbre. Un cadre de conte de fées.

Il repensa aussi à Eva, qu'il avait déposée chez lui, dans son modeste appartement en centre-ville. Il lui avait parlé des deux filles à qui on avait ôté des organes, et de sa certitude que le médecin était impliqué dans cette affaire. Il lui avait également expliqué la situation périlleuse dans laquelle il se trouvait. Cette accusation d'homicide involontaire, que son coup d'éclat dans le bureau de Levy et la plainte de celui-ci pour coups et blessures n'avaient pas arrangée. Mais il avait bien l'intention de tout régler. Il lui avait promis qu'il ne serait pas long. Eva avait voulu savoir pourquoi il se jetait ainsi dans la gueule du loup. Il s'était défendu comme il le pouvait, c'était quelque chose qu'il devait faire. Il n'avait pas le choix. Il fallait qu'elle comprenne.

Elle ne comprenait pas, mais elle n'avait rien dit. Elle n'avait pas essayé de le dissuader de se rendre chez le médecin véreux. Elle s'était simplement tenue dans son salon, bras croisés, visage fermé. Alors il s'était retourné et il avait fui ses reproches silencieux. Il ne voyait pas quoi faire d'autre pour l'instant. Il était pris à la gorge.

Il devait régler cette histoire avant toute autre chose. Sauver sa carrière, peut-être. Ensuite il pourrait rentrer chez lui. Il ne s'occuperait plus que d'elle. De leurs enfants. Il les protégerait de tout. Il ne les quitterait plus, quoi qu'il arrive. Voilà ce qu'il désirait plus que tout au monde.

Avant que sa main n'atteigne le bouton, le visiophone s'illumina et le portail commença à pivoter de lui-même.

— *Au bord de la piscine*, fit la voix de Levy dans le haut-parleur. *Je t'attends.*

— J'arrive, grommela Vauvert.

Il avança, mal à l'aise. La maison se trouvait au bout de l'allée, entourée d'un gazon parfaitement entretenu. Les murs étaient immaculés, ouverts par des baies qui scintillaient à tous les étages.

Il repéra la piscine sur le côté. Une vaste terrasse en tek permettait de passer directement de la maison au bassin. Les arbres du parc offraient de l'ombre au sein de la journée étouffante. Il n'y avait aucun vis-à-vis. Au moins, leur entrevue serait intime.

— Alexandre ! fit Arnaud Levy, assis à la table sur la terrasse, devant de larges baies vitrées.

Il était vêtu d'un costume noir strict. Son nez était bandé, pourtant un air supérieur illuminait ses traits. Avec son visage lifté et ses cheveux parsemés de blanc, il ressemblait à un de ces parrains de la mafia dans les mauvais téléfilms. Il ne lui manquait que l'accent italien.

Vauvert contourna la piscine. Des transats étaient alignés sur le tek. Levy ne se leva pas pour l'accueillir. Il ne l'avait d'ailleurs pas attendu pour commencer à boire son café, et faisait lentement tourner sa cuillère dans sa tasse.

— Installe-toi. Je t'ai servi. Pas de sucre, c'est ça ?

— Tu es bien renseigné, fit Vauvert en croisant les bras face à lui sans prendre la peine de s'asseoir.

— Il faut qu'on ait une discussion entre hommes.

— Où est le piège ?

— Il n'y a pas de piège, lui assura Levy avec un sourire qui disait le contraire. Nous sommes partis du mauvais pied, tous les deux. Je te propose de calmer les choses. C'est bien ce que tu veux, non ? Sinon, tu ne serais pas là.

Le policier soupira. Il jeta un regard aux baies vitrées derrière Levy. À l'intérieur, il apercevait un salon de plain-pied. La pièce était vaste, les murs chargés de tableaux abstraits très colorés. C'était tout ce qu'il pouvait discerner de la maison.

— Virginie n'est pas là ?

— Elle est allée à la salle de sports, dit Levy en portant sa tasse à ses lèvres. Elle ne manquerait sous aucun prétexte sa séance d'aquabike. Elle aime entretenir son corps, cette femme. Mais je ne t'apprends rien…

Alexandre Vauvert serra les dents. Levy demeurait égal à lui-même. *Un odieux connard.* Il s'y était préparé. Il se tourna vers l'homme en costume à l'air suffisant et le fusilla du regard.

— Qu'est-ce que tu veux, Levy ?

— Te dire que je suis prêt à retirer ma plainte contre toi. Tu devrais être heureux, non ?

— Et quel est le prix ?

— Installe-toi donc. Tu me donnes le vertige.

— Hmm… Ouais…

De mauvaise grâce, il finit par se résoudre à s'asseoir sur la chaise devant la petite tasse de café recouverte de crème. Ainsi face à face, il surplombait le médecin d'une tête. Mais Levy ne se montrait pas le moins du monde intimidé.

— Détends-toi donc. Je ne te demande pas d'abandonner ton enquête.

— Tu sais que je n'accepterai pas.

— Pas pour le moment, oui, répliqua Levy sur le ton du sarcasme. Mais vois-tu, je souhaite t'apporter mon aide. J'ai une pièce que tu vas ajouter à ton dossier. Soit dit en passant, c'est un document que tu aurais simplement pu me demander quand tu m'as rendu ta petite visite à la clinique…

Il fit glisser une feuille de papier sur la table.

— Qu'est-ce que c'est que ça ? grogna Vauvert, sur la défensive.

— Une déclaration de vol. Signée par moi. J'avais signalé la disparition d'un stock de céfoglycine à mon étage, le mois dernier. C'est cet antibiotique qui te préoccupe, n'est-ce pas ?

— Continue…

— Comme tu le sais, la clinique utilise ce produit. Mais il se trouve que quelqu'un s'est servi dans la réserve. Les serrures sont anciennes. Rien de plus simple que de faire un double.

Vauvert hocha la tête. Il ne parvenait pas à comprendre ce que le médecin tramait, mais il n'aimait pas du tout cela. Il but une gorgée de café. Celui-ci était délicieux. Il n'en retira aucun plaisir.

— Ce papier n'a aucune valeur, fit-il sans quitter Levy du regard. Tu as pu le rédiger ce matin. Tu crois que tu peux t'en tirer aussi facilement ?

— Un peu moins de parano, soupira Levy en levant les mains. Tout ce que je te souhaite, c'est que tu prennes cette déclaration de vol en considération et que tu l'inclues à ton dossier.

— Et ensuite ?

— Ensuite, je te promets que j'irai au commissariat central demain. Je retirerai ma plainte pour coups et blessures. S'il le faut, je parlerai à ton supérieur pour qu'aucune sanction ne soit menée à ton encontre.

Les yeux du policier se réduisirent à deux fentes. Il se demandait quand le coup bas allait venir.

— Tu ferais vraiment ça ? Sans aucune autre contrepartie ?

— Je ferai même mieux, dit Levy sur un ton supérieur. Tu prendras ma déposition détaillée concernant le vol d'antibiotiques. Je sais qui est le responsable. Je tiens à ce que tout soit consigné par toi et aucun autre.

Vauvert inclina la tête sur le côté. Une sensation de picotement venait de naître dans sa nuque. Sourcils froncés, il observa le papier sur la table.

Puis il observa de nouveau le visage de Levy. Son sourire narquois, même quand il se voulait rassurant. Cet homme lui mentait. Il aurait aimé que son histoire soit véridique, mais il savait que le médecin se moquait de lui. Il le *sentait*, au plus profond de ses tripes.

— Je t'écoute, dit-il. Qui est-ce, ce voleur ?

— C'est très simple. Un pauvre type est venu me voir le mois dernier. Il a débarqué dans mon bureau sans rendez-vous, entre midi et deux. Il voulait me poser des questions au sujet d'Anita Somossy, la prostituée assassinée ce week-end, tu vois ?

— Je vois. Et ?

— Je lui ai ordonné de partir, mais cela n'a pas été facile. Le type était très remonté. En sortant de mon bureau, il n'a pas emprunté l'ascenseur. Je l'ai vu s'en aller dans le couloir. C'est dans cette zone que se trouve la réserve. Et le lendemain, comme je te l'ai dit, je découvrais le vol d'antibiotiques…

— Tu n'as pas appelé la sécurité ? Tu te fous de moi ?

— Je ne pensais pas que ce soit utile. J'avais l'esprit ailleurs. Cela m'arrive à moi aussi, vois-tu.

Vauvert soupira.

— Et l'identité de cet homme mystérieux ? Tu ne la connais pas, n'est-ce pas ?

— Détrompe-toi. Il s'était présenté. Son nom m'était sorti de la tête, mais il m'est revenu. Il s'agissait de Tony Ribault. Je crois que tu as eu l'occasion de rencontrer ce charmant jeune homme cette semaine…

La surprise tétanisa le policier.

— Tu connais Ribault ?

— Il paraît qu'il est décédé. Il paraît aussi que tu n'es pas étranger à ce décès.

— Tu es vraiment *trop* bien renseigné, Levy.

— Je te l'ai dit, tout ce que je désire, c'est t'aider. Je vais témoigner que Ribault s'est montré violent. Et que je l'ai vu se diriger vers les stocks, le même jour où un vol a eu lieu. Tu ne pourrais rêver mieux, dans ta situation, non ?

— Pas si c'est un mensonge de ta part. Y a-t-il un autre témoin de cette visite ? N'importe qui ?

— Cela s'est produit durant la pause de midi. Il n'y avait personne au secrétariat. C'est ma parole seule, mais elle suffira, n'est-ce pas ?

Le médecin rayonnait.

Vauvert, lui, se pinça l'arête du nez. Le bourdonnement dans sa nuque ne cessait de s'amplifier. Il n'aimait pas cette sensation. Il savait qu'il était en train de se faire avoir. En beauté.

— On a retrouvé un sac plein de céfoglycine chez le bonhomme, soupira-t-il. Je suppose que tu es déjà au courant ?

Levy haussa les épaules.

— Dans ce cas, toute l'affaire sera bouclée. Tu sais comment il s'était procuré ce produit.

— Non, dit le policier en découvrant un rictus féroce. Rien du tout ne sera bouclé. Même en admettant que Ribault a volé les produits, une autre personne a bien opéré les filles. Il manquait deux organes à Anita Somossy. Ce n'est pas Ribault qui aurait pu manier le bistouri.

— Ce n'est pas moi non plus, répliqua Levy. Je suis neurochirurgien, tu te souviens ? Je n'opère que les cerveaux.

Vauvert demeura impassible. Cette excuse ne signifiait rien, il savait très bien que Levy avait débuté en tant que chirurgien généraliste avant de se spécialiser en neurochirurgie.

— Tu veux que je plombe un type déjà mort, c'est ça ? Et que je te blanchisse au passage ? C'est un peu facile.

— Non, dit Levy. Je souhaite t'aider à boucler une affaire qui s'annonçait merdeuse de toute manière. Ainsi tu as les réponses à tes questions et tu ne seras pas poursuivi pour ton coup de sang d'hier. Je m'y engage. C'est une opération gagnant-gagnant, Alexandre.

— Tu es un sacré enfoiré. Il n'y a pas à dire.

Le médecin secoua la tête.

— Je m'attendais à un peu plus de reconnaissance de ta part. Mais peut-être faut-il que je te rappelle que je suis le seul à pouvoir sauver ta place au sein de la police ?

Il affichait toujours ce sourire conquérant. Cette affreuse prétention.

Vauvert regarda ses poings. Il sentait son estomac se retourner. Cette ordure de Levy avait raison. Sa carrière était en jeu. À sa merci.

— Alors ?

— Tu ne me laisses pas le choix, dit le policier entre ses dents.

Levy se leva et lui tendit la main.

— Tu vois que ce n'était pas si difficile. Tu as toujours été quelqu'un de raisonnable, Alexandre.

Vauvert quitta sa chaise à son tour. Il ne serra pas la main tendue.

Il n'était pas fier de lui. Mais il pensa à Eva. Aux deux enfants dans son ventre. Il devait à tout prix se tirer des tracas administratifs, il n'avait pas le choix. Il ne pouvait lutter sur tous les fronts à la fois. Si Levy lui offrait réellement un répit, alors tout pouvait encore s'arranger. Il le *fallait*.

— Qui c'est, celui-là ? dit alors Levy, poings sur les hanches. Encore un promeneur qui se croit tout permis…

Vauvert se retourna. Il vit qu'une grosse voiture noire, de marque Volkswagen, venait de s'arrêter devant les grilles ouvertes de la propriété, moteur ronflant.

Le médecin se leva en maugréant.

— En période de vacances, je passe mon temps à faire déguerpir des campeurs de mes terres…

L'expression hérissa Vauvert. Levy se voyait comme un seigneur tout-puissant du Moyen Âge.

Pourtant, quelque chose le dérangeait dans le comportement de cet automobiliste. Le fait que la voiture soit immobile mais que le moteur ne baisse pas de régime. Au contraire. Le conducteur appuyait sur l'accélérateur par petites saccades… comme s'il hésitait…

Une alerte s'alluma dans son esprit de flic.

— Levy, attends…

Le médecin n'attendit pas. Il s'empressa de remonter l'allée. D'une pression sur la télécommande, il actionna la fermeture du portail.

La Volkswagen avança subitement.

Le portail heurta le pare-chocs, et stoppa net.

— Nom de Dieu ! explosa Levy en se mettant à courir. Qu'est-ce qu'il fait, ce con ?

Vauvert, lui, eut un mouvement de recul. Instinctivement, sa main se rapprocha de sa veste. Sauf qu'il ne portait ni holster, ni arme de service. La sienne avait été volée.

Un instant plus tard, le conducteur sortit du véhicule et apparut en plein jour.

Vauvert reconnut sa silhouette. Ses vêtements noirs étaient les mêmes que la nuit précédente. Il ne portait plus sa cagoule, mais sa capuche était rabattue sur son front, et ses lunettes noires empêchaient de distinguer quoi que ce soit de ses traits, mis à part son sourire de fou, ses lèvres soulevées, découvrant ses dents comme un animal l'aurait fait, ses narines dilatées comme pour humer l'odeur du sang.

Il vit que l'individu tenait quelque chose dans sa main gauche. Peut-être un téléphone mobile. Il était trop loin pour comprendre ce dont il s'agissait.

Dans la droite, en revanche, il reconnut parfaitement l'arme à barillet. Le long canon noir.

— LEVY ! hurla Vauvert de toute la force de ses poumons. À TERRE !

L'homme leva le pistolet en direction du médecin.

Son propre Smith & Wesson.

Vauvert comprit ce qui allait se produire sous ses yeux.

Sans qu'il puisse rien y faire.

Une fraction de seconde plus tard, une flammèche apparut brièvement dans la gueule de métal. Le bruit de la détonation déchira le silence du bord de Garonne.

La balle traversa l'épaule droite de Levy. Un long filet de sang gicla de sa veste. Le médecin hurla. Il tourna sur lui-même comme une toupie, les yeux emplis d'une terreur sans bornes. Il eut seulement le temps de faire quelques pas, les mains tendues vers Vauvert, comme si celui-ci avait pu le sauver de cette mort certaine.

— Alex… articula-t-il. Par… pitié…

Le tireur fit feu de nouveau.

Cette fois, la balle l'atteignit en pleine tête. Le crâne de Levy explosa. Un tiers de ce qui avait été son visage disparut, emporté dans un brouillard de sang et de matière cérébrale, et le médecin bascula dans la piscine tel un mannequin désarticulé.

Vauvert se jeta au sol. Il renversa la table en guise de bouclier, tout en sachant que cela n'arrêterait pas les balles.

L'homme se dirigeait déjà vers lui à grands pas.

56

Vauvert sentit la panique le submerger.

Cette fois, il n'avait aucune arme sur lui pour se défendre. Il était une cible offerte. Une proie totalement vulnérable.

Si ce type, ce foutu psychopathe, s'approchait assez pour pouvoir viser, il était mort. C'était aussi simple que ça.

Sans attendre un instant de plus, il se mit à quatre pattes et essaya de se replier vers la maison. Mais il dérapait sur le tek, ses gestes étaient patauds, et si lents ! Emporté par la précipitation, il se cogna contre une chaise, la renversa et se prit les pieds dedans. Ses genoux crièrent de douleur. Il l'ignora. Toute son énergie n'était plus mobilisée que par l'instinct de fuite. Il pouvait sauver sa peau ou il pouvait finir criblé de balles comme Levy, ce n'était qu'une question de secondes.

Le tueur marchait vers lui à grands pas. Vauvert entendit son rire. Un rire de dément. Une promesse de sang et de souffrance.

— Alexandre ! cria-t-il en le mettant en joue. Je t'ai retrouvé, tu vois ? Et personne n'en saura jamais rien, je l'ai promis à ta femelle ! Maintenant regarde ! C'est la mort qui t'ouvre ses bras !

Vauvert ne l'écoutait pas. Ne pas se laisser distraire. Il essaya d'ouvrir la première baie vitrée à sa portée. Celle-ci était verrouillée. Il s'élança vers la suivante.

L'homme tira à cet instant. La balle traversa la vitre, qui devint blanche. Puis s'effondra.

Une pluie de verre s'abattit sur le policier.

Il se protégea comme il le put, bras serrés autour de sa tête. Les débris scintillants le frappèrent de toutes parts, entaillant la peau de ses bras, sa nuque, ses épaules.

La douleur n'était rien en comparaison du sort qui l'attendait s'il ne réagissait pas tout de suite.

Il se redressa en éparpillant les éclats de verre et se précipita dans la maison par l'ouverture ainsi dégagée.

La base de la fenêtre était encore en place, comme une guillotine à l'envers. Il voulut l'enjamber, mais il n'était pas assez souple. Son pied buta contre ce dernier fragment de vitre et le brisa en mille morceaux. Les pointes tranchantes lacérèrent le tissu de son pantalon. Son sang ruissela le long de ses jambes.

Il fit quelques pas, plié en deux, dérapa sur les débris de verre et finit par s'étaler. Ses coudes et ses genoux firent de nouveau les frais des tessons éparpillés. Davantage de sang se répandit sur le plancher.

— On fait moins le malin, maintenant ! exulta le tueur. Quel effet cela fait, d'être une proie ?

— Mais qui tu es, putain ? répliqua Vauvert en continuant de fuir à quatre pattes.

Les meubles de cette pièce étaient massifs. Ils lui servaient d'écran. Pour un bref moment. Il lui était impossible de riposter. Il ne comprenait absolument pas ce qui se produisait. Il fallait pourtant qu'il trouve un moyen de s'en sortir.

Une nouvelle détonation retentit. La balle pulvérisa un vase en porcelaine à moins d'un mètre de lui. Ne sachant que faire d'autre, Vauvert se jeta de nouveau à terre, roula sur lui-même jusqu'au mur. Il devait s'éloigner. Se mettre à couvert. Tout de suite.

Il s'accroupit contre le mur.

Il réalisa alors qu'il était acculé dans un angle.

Il lui était impossible de fuir sans s'exposer.

L'individu n'avait plus qu'à venir le tuer. Il était, cette fois, sans la moindre défense.

Cette pensée le tétanisa.

— Qu'est-ce que tu veux ? hurla-t-il en désespoir de cause. Qu'est-ce qu'on t'a fait ?

L'homme ne répondit pas.

— Qui es-tu, hein ? continua Vauvert. Pourquoi est-ce que tu fais ça ? Pourquoi nous ?

Toujours pas de réponse.

Vauvert retira péniblement un morceau de verre de son bras.

Il prit une grande inspiration.

Il fallait qu'il comprenne. Il n'avait plus rien à perdre.

Il s'appuya d'une main contre le mur pour se relever. Tout son corps était à vif. Son sang tombait à grosses gouttes sur le plancher.

Il observa le salon dont il venait de renverser plusieurs meubles dans sa fuite.

Toutes les baies vitrées de cette pièce donnaient sur la terrasse en tek de la piscine.

Il aperçut son agresseur.

De dos.

L'homme était en train de rebrousser chemin en direction de sa voiture.

Alors qu'il avait été à sa merci.

Pourquoi ?

Cela n'avait pas de sens…

Le policier repéra alors le Smith & Wesson posé bien en évidence sur le sol de la terrasse, à côté de la table renversée.

Il ne réfléchit pas. Il sortit du salon au pas de course et se jeta sur son arme. Il la saisit à deux mains, comme s'il s'agissait d'un objet magique qui allait résoudre tous les problèmes.

Un genou à terre, il brandit le Smith & Wesson à bout de bras et mit l'homme en joue. Celui-ci ouvrait la portière de sa Volkswagen. Il pouvait encore l'atteindre sans le moindre mal.

Il pressa la détente.

Le percuteur émit un claquement.

Il pressa de nouveau, à plusieurs reprises, n'obtenant que le même claquement.

L'arme était déchargée.

Pendant une fraction de seconde, il vit de nouveau le sourire de dément dans l'ombre de la capuche. Puis la portière se referma. Le bruit du moteur résonna. La Volkswagen commença à reculer.

— Ce n'est pas possible, murmura-t-il en observant le véhicule en train de faire demi-tour.

Il se redressa. Incrédule.

Il ne pouvait que regarder la voiture reprendre la route et s'en aller à faible allure, comme si de rien n'était.

Quelque part, un chien se mit à aboyer.

Son corps tout entier était un foyer de douleur. Les échardes de verre hérissaient ses épaules.

Le regard vide, il se tourna vers la piscine. Levy flottait, bras en croix dans une eau presque entièrement rouge. Il n'était pas utile de vérifier son pronostic vital. Les morceaux de sa cervelle jonchaient le tek à un mètre à la ronde.

Vauvert voyait du sang partout.

Il réalisa qu'il s'agissait du *sien*.

Il s'était appuyé à plusieurs reprises contre le mur pour rester debout. Il observait maintenant ses empreintes rouges, gluantes. *Accusatrices.*

Il fallait qu'il prévienne les secours. C'était la seule chose à faire. Mais qu'allait-il leur dire ? Son esprit bouillonnait de contradictions.

Comment justifier ce qui venait de se produire ?

Il leva le Smith & Wesson devant ses yeux.

Levy avait été assassiné avec cette arme. La sienne. Poisseuse de son sang, de ses empreintes.

— Oh putain. Dans quelle merde je me suis encore fourré ?

L'Inspection des services était déjà sur son dos. À cause de cet homme-là. Qu'allaient-ils en déduire maintenant ? Que cette foutue scène de crime ne tenait pas debout, voilà ce qu'ils allaient tous penser. *Si un criminel lui avait volé son arme, pourquoi la lui restituer, et surtout pourquoi le laisser en vie ?* Il fallait se rendre à l'évidence, même lui n'aurait pas gobé une telle histoire.

Mais s'il ne prévenait personne, ce serait pire encore.

Il se mit à courir vers sa voiture, cherchant désespérément une solution.

Il n'avait pas le choix.

Qu'il le veuille ou non, il devait appeler ses collègues.

Tout de suite. Avant que ce ne soit trop tard pour agir.

Il débloqua son téléphone et allait composer le numéro du central quand un bruit de moteur le fit sursauter.

Un 4 × 4 Land Rover de couleur mauve approchait.

Il connaissait cette voiture à la carrosserie rutilante. Et pour cause. Elle avait été payée avec sa pension alimentaire.

Virginie s'arrêta en pilant à quelques mètres de lui et elle descendit du véhicule en le dévisageant. Elle portait encore ses affaires de gym : pantalon de survêtement moulant et débardeur rose. Les cheveux de son ex-femme étaient attachés en arrière. Son visage, bien que hâlé, semblait avoir perdu toute coloration tout à coup.

— Alex ? Que s'est-il passé ? Mon Dieu, tu es blessé !

Vauvert leva une main visqueuse de sang vers elle.

— Je vais t'expliquer. Surtout ne regarde pas.

— Quoi ? De quoi parles-tu ?

— Je t'assure, tu ne dois pas voir ça… commença le policier.

Mais Virginie avançait vers lui, son regard allant de ses bras ensanglantés à l'arme qu'il tenait.

— Tu n'as pas fait de mal à Arnaud, n'est-ce pas ?

Il secoua la tête.

— Ce n'est pas du tout ce que tu crois.

Elle s'immobilisa. Les yeux écarquillés.

— Bon sang, ne regarde pas ! cria-t-il.

Elle avait vu. Le corps immobile de son amant plongé dans la piscine teintée de sang. Son visage changea. Vauvert n'avait jamais rencontré cette expression chez Virginie. Il ne la connaissait que fière, arrogante, séductrice. Pas empreinte de cette panique-là. Cette peur à l'état pur. Cette peur de *lui*.

— Ce n'est pas moi, murmura-t-il. Ne crois pas que c'est moi…

— Ne m'approche pas, lui dit-elle en reculant pas à pas vers son véhicule, la voix métamorphosée.

Si elle avait eu une arme sur elle, il se rendit compte qu'elle l'aurait sans doute utilisée contre lui sans hésiter. Le regard de Virginie était devenu aussi vide que celui d'un zombie. Ses lèvres se tordaient, comme saisies de spasmes, comme si elle allait exploser de l'intérieur, là juste devant lui.

— Il faut que tu me croies, insista-t-il en avançant vers elle.

— NE BOUGE PAS ! hurla-t-elle d'une voix suraiguë.

Il s'immobilisa. Écarta les bras. En vain.

Il vit Virginie bondir en arrière, s'enfermer dans le 4 × 4. Il la vit plaquer son téléphone contre son oreille. Il vit ce regard empli de terreur qui ne le quittait pas.

Il ne pouvait rien faire. Il inspira douloureusement, tout en levant la tête vers le ciel. Pas de nuages. Le bleu intense de l'après-midi l'engloutit. Le disque blanc du soleil lui brûla la rétine. Un instant, il espéra qu'il allait se réveiller, qu'il ne s'agissait que d'un de ses rêves tordus. Par pitié, que rien de tout ceci ne soit réel.

Les cris hystériques de Virginie indiquaient, malheureusement, le contraire.

— J'AI BESOIN D'AIDE ! vociférait-elle dans son téléphone. MON EX-MARI VIENT D'ASSASSINER MON COMPAGNON ! OUI, JE L'AI VU FAIRE !

— Oh, bordel, grogna-t-il. Pas ça. Tout mais pas ça…

Il se replia vers son propre véhicule aussi vite qu'il le pouvait.

Tout ce qu'il avait craint était bel et bien en train d'arriver.

Quoi qu'il puisse dire maintenant, personne ne l'écouterait.

Il allait être arrêté. Accusé. Il savait qu'il n'y aurait aucun traitement de faveur pour lui.

Virginie continuait de vociférer au téléphone. Elle donnait son adresse. Elle expliquait que son ex-mari était policier. Qu'il était armé. À présent, ce n'était plus qu'une question de minutes avant qu'une patrouille débarque. Le temps que ses propres collègues de la Brigade criminelle interviennent à leur tour. Il imaginait déjà la scène. Ils allaient trouver son ADN partout, et un homme tué avec son arme personnelle. Un homme qui était le nouveau compagnon de son ex-femme. Un homme qui venait de porter plainte contre lui pour coups et blessures, bon sang de bordel.

Quand il s'installa au volant, les échardes de verre s'enfoncèrent un peu plus dans sa peau. Il serra les dents. Du pouce et de l'index, il s'efforça de retirer les éclats des plaies. Il parvint à en enlever une grande partie.

Puis il tourna la clef de contact.

Il eut un dernier regard vers Virginie, enfermée dans son Land Rover, qui continuait de crier dans son téléphone. Elle le dévisageait toujours avec un mélange de terreur et de haine brûlante.

Il démarra sur les chapeaux de roues.

Il fonça tout droit. Il ne savait pas encore où il se dirigeait.

Mais il fallait que ce soit loin de cet endroit.

57

Deux véhicules de police passèrent à vive allure, gyrophares en action et sirènes hurlantes, sur la route départementale.

Vauvert les observa en essayant de calmer les battements de son cœur.

Il s'était arrêté dans un chemin, à l'écart de la route, où une haie d'arbres dissimulait son véhicule. Grand bien lui en avait pris.

Les sirènes s'estompèrent.

Le policier ferma un instant les yeux, s'efforçant d'ignorer la douleur de ses plaies à vif. Il avait passé les oreillettes de son téléphone, mais son appel sonnait dans le vide.

— Dépêche-toi, grommela-t-il dans sa barbe. Allez, Eva. Je t'en prie…

Elle finit par décrocher à la cinquième sonnerie.

— *Hmm, allô ?* fit-elle d'une voix pâteuse.

— Enfin ! s'écria Vauvert. C'est moi ! Est-ce que tu es seule ?

— *Oui, oui… Je m'étais endormie sur ton canapé, mais… que se passe-t-il donc ?*

— Des emmerdes. Le psychopathe qui t'a attaquée hier soir, il nous a suivis. Il est à Toulouse à présent.

Il entendit son souffle se suspendre au bout du fil.

— *Comment est-ce possible ?* murmura Eva.

— Je ne sais pas. Je te jure que je ne comprends pas…

Il lui expliqua la situation en aussi peu de mots qu'il le pouvait. La voiture se présentant au portail de Levy. L'individu en noir. L'amant de son ex-femme assassiné sous ses yeux, d'une balle en pleine tête, sans qu'il puisse rien faire pour l'empêcher. Le fait que c'était avec son arme personnelle que le meurtre avait été perpétré. Et Virginie qui l'avait vu couvert de sang.

— Elle croit que c'est moi qui l'ai tué, acheva-t-il d'une voix d'outre-tombe. C'est ce qu'elle a raconté aux collègues. Je vais être la personne la plus recherchée de la région, maintenant.

— *Dans ce cas, pourquoi ne les as-tu pas attendus pour leur donner ta version ? Ils te connaissent…*

Il émit un gloussement nerveux.

— Pour être placé en garde à vue comme si c'était moi le criminel ? Tu veux plaisanter ? Il n'y a eu aucun témoin de la scène. Je suis en possession de l'arme du crime. J'ai beau être de la maison, que crois-tu qu'ils vont penser ? Tu te rendrais, toi, si tu étais à ma place ? Avec ce putain de psychopathe lâché dans la nature ?

Eva soupira.

— *Tu marques un point. Mais que peut-on faire ?*

— Je ne sais pas encore, avoua-t-il. Ce qui est certain, c'est que le type ne va pas s'arrêter là. Tu es en danger tant que tu restes dans mon appartement.

— *Tu crois qu'il sait où tu habites ?*

— C'est évident. Il m'a appelé par mon prénom. Il sait très bien qui je suis.

— *Attends. Il y a une chose que je ne comprends pas. Comment a-t-il su que tu te trouvais chez ce médecin, en rase campagne ? Il t'a suivi ?*

— Je ne vois pas d'autre explication.

— *Mais depuis quand ? Nous sommes partis de Paris ce matin ! Comment a-t-il fait pour nous retrouver ici ? Et aussi vite ?*

— Que veux-tu que je te dise ? s'écria-t-il. Je ne sais pas, d'accord ? Toute cette histoire est insensée. Je n'arrive pas à comprendre la logique de ce type !

Il vit une grosse écharde de verre qui dépassait de sa cuisse et la retira délicatement. Le sang continuait de couler de ses plaies. Une sensation de feu parcourait ses épaules.

— Écoute, tu es en danger, reprit-il, sentant le vertige l'envahir. Tu dois quitter l'appartement tout de suite. Ce bonhomme est peut-être en route pour s'en prendre à toi. D'ici, il lui faut à peu près une demi-heure pour atteindre le centre-ville. Tu as juste le temps de faire un sac. Prends des affaires pour moi aussi, s'il te plaît. Et surtout, emporte la trousse à pharmacie. Je vais en avoir besoin…

— *C'est grave ?*

— Ne t'inquiète pas. Il faudra que je me change, c'est tout. Le problème, c'est que je ne peux pas aller te récupérer en ville. Mon véhicule va être recherché partout dans les minutes qui viennent, si ce n'est pas déjà le cas.

— *Je vais prendre mon Audi, il n'y a pas de problème. Où veux-tu que je te rejoigne ?*

Il réfléchit rapidement.

— Une sortie de la ville. C'est le plus simple. Tu vois où se trouve Balma ? Le terminus de la ligne A du métro ? Il y a un centre commercial Auchan.

— *Oui, je vois très bien où c'est.*

— Je vais laisser ma voiture dans le parking souterrain. Tu m'y rejoins aussi vite que tu le peux.

Il hésita, puis ajouta :

— Eva, je te promets qu'on va démasquer ce type avant qu'il ne nous trouve.

— *Je sais. C'est ce qu'on fait toujours, n'est-ce pas ?*

— Ouais. C'est ce qu'on fait toujours.

Après qu'elle eut raccroché, il resta hagard, fixant le téléphone dans sa main, songeant que tous ses collègues allaient le rechercher à présent. Pour certains, des hommes qu'il avait lui-même formés.

Eva et lui avaient affronté des dangers ensemble. L'un comme l'autre avaient déjà plongé la tête sous la surface et vu de leurs yeux à quoi ressemblait l'enfer.

Pourtant, il ne s'était jamais senti aussi perdu.

Aussi impuissant.

Il n'avait pas le moindre indice sur la personne qui les avait pris pour cible.

Rien du tout.

À cet instant, le téléphone s'illumina et se mit à vibrer dans sa main, le faisant sursauter – et déclenchant par la même occasion une vague de douleurs dans ses plaies ouvertes.

Il lut le nom affiché sur l'écran.

C'était le juge Adrien Marcazzan qui l'appelait.

Il eut la sensation que des couteaux s'enfonçaient dans son cœur, un peu plus profondément à chaque sonnerie.

58

Le téléphone continuait de vibrer.

Il fallait bien qu'il décroche.

Il n'avait pas le choix.

Il ferma les yeux et prit l'appel.

— Monsieur le juge, c'est une méprise.

Sa voix était parfaitement calme.

— *Dites-moi plutôt où vous êtes en ce moment*, répliqua Marcazzan sur un ton identique.

Vauvert déglutit. Ce seul mouvement des muscles de son cou raviva la brûlure de ses plaies.

— Pour l'instant, ça ne vous regarde pas. Je ne peux pas me permettre d'être placé en détention.

— *N'aggravez pas votre cas, je vous en prie. Je viens d'avoir Virginie au téléphone. Elle est effondrée. Elle prétend que vous étiez couvert de sang… Que vous avez tué Arnaud Levy…*

Il fallait s'y attendre. Vauvert savait que, maintenant, les choses allaient se précipiter. L'engrenage infernal était amorcé. Il appuya sa tête en arrière, cherchant ses mots.

— Écoutez. Le sang est le mien. Il y avait un autre homme. C'est lui qui a assassiné Levy. Pas moi.

— *Un autre homme ?* demanda le juge après un temps de silence. *Qu'est-ce que vous me racontez ? Virginie a assuré que vous étiez seul sur les lieux.*

— Elle ne l'a pas vu parce qu'il venait de repartir. Il conduisait une Volkswagen noire.

— *Auriez-vous relevé la plaque d'immatriculation, par le plus grand des hasards ?*

— Me faites pas chier, Marcazzan. Je n'ai eu le temps de rien. Le type s'est mis à tirer sans aucune sommation.

— *Bien sûr*, soupira le juge.

— C'est la vérité.

— *Avez-vous vu le visage de cet homme ?*

— Non.

— *Et savez-vous pourquoi il serait venu abattre Levy à son domicile ?*

— Hier soir, il était à Paris. Il s'en est pris à mon amie, le commandant Eva Svärta. Il s'agit d'un déséquilibré et il est extrêmement dangereux. Je pense qu'il a l'habitude de tuer.

— *C'est un peu confus comme situation, non ?*

— Je ne vous le fais pas dire. Si vous ne me croyez pas, appelez le commissaire Rudy Ô, au 36, quai des Orfèvres. Il vous expliquera ce qui s'est passé.

— *Je n'y manquerai pas, mais vous comprenez que c'est de votre version des faits que nous avons besoin. Il faut vous rendre. Le plus vite sera le mieux.*

— Bordel, cette discussion ne va nulle part, soupira Vauvert.

Les yeux mi-clos, il observa la route, les champs de tournesols, immobiles sous le soleil. Il se demanda combien de voitures de patrouille étaient en ce moment même à sa recherche dans le périmètre.

Combien de barrages mettaient-ils en place pour le cueillir au détour d'un de ces champs ?

— Je n'avais aucune raison de tuer Levy, ajouta-t-il. Il comptait retirer sa plainte contre moi. Il m'a invité chez lui pour me l'expliquer…

— *Je veux bien vous croire. Mais il faut tout de même vous…*

Il raccrocha sans écouter le juge.

Il avait perdu assez de temps.

Il devait retrouver Eva tout de suite.

59

Debout devant la baie de son bureau, Adrien Marcazzan observait le paysage des immeubles, les façades de verre et de briques roses.

Le soleil faisait scintiller les toits du centre-ville.

Le juge songeait à la légende d'Icare, qui avait rêvé de voler plus haut que les oiseaux. Et qui, à trop vouloir s'approcher du soleil, s'y était brûlé les ailes.

Cette situation était comparable à ce qu'il vivait à l'heure actuelle.

Il s'était cru au-dessus de tous, mais voilà que ses ailes commençaient à fondre.

Il n'y avait qu'une solution. Il devait se salir les mains.

Encore une fois.

Il n'avait jamais été un couard. Il n'éprouvait aucun scrupule à recourir aux extrêmes pour régler un problème. Mais il devait reconnaître que cette situation devenait plus que problématique.

Arnaud mort.

Un sentiment qu'il n'aimait pas rongeait son ventre de l'intérieur.

C'était de la peur.

Et la peur pousse les hommes à faire des erreurs.

Dans sa main, son téléphone mobile se mit à jouer l'air de *La Walkyrie* de Wagner, l'arrachant à ses pensées.

Il décrocha, le regard toujours perdu à l'horizon.

— *Tu es au courant de ce qui vient de se passer, je suppose ?*

Au bout du fil, la voix de la femme était un peu rauque. La parfaite incarnation de la sensualité. Adrien Marcazzan était bien placé pour le savoir. Mais il savait aussi que cette voix cachait une dureté de diamant, prête à trancher net toute branche devenue inutile.

— Oui, bien sûr que je suis informé, murmura-t-il en réponse. J'ai même eu Vauvert, à l'instant.

— *Alors ? C'est cet idiot qui l'a tué ?*

Marcazzan resta quelques instants songeur.

— Je ne crois pas, dit-il enfin. Arnaud devait lui parler de ce vol d'antibiotiques pour le calmer et continuer de charger Ribault, comme on l'avait convenu. Mais, de toute évidence, les choses ne se sont pas déroulées comme prévu…

— *Je t'avais pourtant averti que ce n'était pas une bonne idée.*

— Ce qui est fait est fait, soupira-t-il.

— *En effet. Arnaud est mort. Voilà ce qui est fait. Et tu sais ce que cela signifie. Si on retrouve un quelconque lien avec nous…*

— On n'en trouvera aucun, répliqua Marcazzan d'un ton agacé. Fais-moi confiance. Je m'occupe de tout.

— *Tu as déjà dit ça au sujet de la prostituée.*

— Et je te rappelle que j'ai tenu parole. J'ai placé les preuves chez Ribault. Et ensuite… tu sais très bien ce que j'ai dû faire à ce gêneur… Il ne sera plus jamais un problème pour nous…

À mesure qu'il parlait, il avait baissé la voix. Il se retourna et jeta un regard suspicieux vers la porte de son bureau.

— *Oh*, murmura la femme. *Peut-être aimerais-tu des félicitations ? Tu n'as pas empêché Vauvert de remonter jusqu'à Levy, si ?*

Il serra les dents.

— Ça suffit ! Je pars chez Arnaud tout de suite.

— *Pour débarquer en pleine perquisition ?*

— Justement. Toutes les équipes ne sont pas arrivées sur les lieux. J'ai encore le temps de faire le ménage.

Il hésita puis ajouta :

— Et que Vauvert soit le responsable ou non, je vais m'assurer que ce soit lui qui porte le chapeau.

— *Ne te l'ai-je pas assez répété ?*

— Tu avais raison. On ne pourra jamais le rallier à notre cause. J'admets mon erreur de jugement. Mais je vais la réparer.

— *Ça, je l'espère, Adrien.*

— Ne t'en fais pas, dit Marcazzan avec un éclat noir dans le regard. Je ferai ce qui est nécessaire. Comme d'habitude.

60

Eva fit aussi vite que possible. Elle sortit un sac à dos de l'armoire et le remplit de vêtements de rechange. Elle prit un pantalon de treillis et un tee-shirt pour Alexandre, quelques affaires pour elle-même, et n'oublia pas la trousse à pharmacie. Elle ajouta une bouteille d'alcool à 70° qui ne serait pas de trop s'il y avait besoin de désinfecter des plaies.

Elle récupéra également son pistolet, le vieux Beretta qu'elle avait toujours préféré au SIG Sauer réglementaire qu'aucun supérieur n'avait encore réussi à lui imposer. Dans le choix de leurs armes comme dans tout le reste, songea-t-elle, Alexandre et elle étaient identiques. Deux faces d'une même pièce. Deux individus hors norme dans un système étriqué.

Était-ce pour cela qu'ils allaient tomber, tous les deux ?

Sans même comprendre à qui ils avaient affaire ?

On ne tombera pas, se morigéna-t-elle. *On en a vu d'autres.*

Serrant son arme dans sa main, l'albinos se sentit prise de vertige.

Ce n'était pas la première fois que quelqu'un s'attaquait à eux, oui. Ils avaient fait le choix d'être flics, l'un comme l'autre, de lutter contre les cauchemars de la société, et cette fonction les mettait sans cesse face aux pires prédateurs. Chaque fois que leurs vies avaient été menacées, ils n'avaient pu compter que sur leur débrouillardise pour se tirer d'affaire. Et ils s'en étaient toujours sortis. Même lorsqu'elle avait été séquestrée par un tueur en série, une femme du nom de Judith Saint-Clair. Elle s'en était sortie secouée, mais plus vivante que jamais. Elle repensait souvent à ces quarante-huit heures de terreur. Comment les oublier ? Elle en conservait de profondes cicatrices, partout sur son corps. Comme un rappel de ce qu'était sa vie, chaque fois qu'elle se regardait dans un miroir.

C'était son métier, rien d'autre.

Elle avait accepté tous ses dangers.

Cette fois, pourtant, la situation était différente. Elle n'avait rien à voir avec le cadre de ses fonctions. Eva était prise pour cible comme n'importe quelle victime. Sans savoir pourquoi. Sans pouvoir rien y faire. Pas encore.

Et surtout, désormais, elle avait deux vies dans son ventre.

Un futur. Ce en quoi elle avait cessé de croire, fut un temps.

Il était primordial qu'elle reste libre de ses mouvements.

Qu'ils puissent mettre hors d'état de nuire le fou qui les poursuivait.

Avant de quitter l'appartement, elle passa par la cuisine pour y boire un verre d'eau. La fatigue la taraudait toujours, mais elle avait eu le temps de dormir un peu, elle se sentait bien assez reposée pour en découdre.

Elle portait le verre à ses lèvres quand la sonnerie de l'interphone retentit. Le verre lui échappa des mains et se brisa sur le sol.

— Merde !

Enjambant la flaque d'eau, elle se dirigea vers la porte.

L'interphone sonna de nouveau.

— Oui ?

— *Eva Svärta ?* fit une voix masculine dans le haut-parleur.

Elle ne put s'empêcher de songer à un vieux film, *Terminator*, et à ce tueur surgi de nulle part qui pressait la sonnette et vérifiait l'identité de sa victime avant de l'abattre.

— Qui est-ce ?

— *Je suis le lieutenant Thibaut Brodin, je travaille avec Alexandre. On s'est déjà croisés.*

— Je m'en souviens, répliqua-t-elle d'une voix hésitante. Que se passe-t-il, Thibaut ?

— *Il s'est produit un incident. Il vaut mieux que je t'en parle de vive voix. Tu peux ouvrir, s'il te plaît ?*

Ils n'avaient pas perdu de temps.

Elle s'éloigna de la porte, son pouls s'accélérant. Machinalement, elle vérifia que son Beretta était bien en place dans son holster.

— *Eva, tu m'as entendu ? Nous devons te parler. C'est important.*

L'emploi du pluriel ne trompait pas sur le but de la mission. Eva ne connaissait que trop bien la procédure. En cet instant, il y avait au moins deux flics devant la porte. Peut-être même un troisième, resté dans la voiture, pour faire la liaison avec le central, s'ils la jugeaient capable d'opposer une résistance. Ce qui était très certainement le cas. Quoi qu'elle puisse leur dire, ils étaient venus perquisitionner l'appartement d'Alexandre. Ils ne repartiraient pas sans elle.

Elle empoigna le sac à dos. Son esprit était en ébullition. Il lui fallait sortir d'ici avant qu'ils ne trouvent un moyen de rentrer dans l'immeuble et ne montent jusqu'à l'appartement.

— *Eva ?* insista le lieutenant Brodin. *Allez, ouvre cette porte.*

Elle se hâta de traverser l'appartement tout en passant les bretelles du sac. La chambre était située du côté opposé à l'entrée. C'était la meilleure voie de sortie pour éviter de croiser ses collègues. Elle courut jusqu'à la fenêtre et l'ouvrit en grand.

Sur la pointe des pieds, elle se pencha au-dehors.

De ce côté, l'appartement d'Alexandre donnait sur la pente des toits. Un paysage de briques roses, typique de Toulouse. Des cheminées et des terrasses, sous un ciel où brillait un soleil de plomb. Eva aperçut un gros chat à la fourrure blanche immaculée, un peu plus loin, qui la regardait avec des yeux curieux.

En un instant, elle évalua le parcours. C'était tout à fait faisable. Il lui suffisait de sortir par cette fenêtre et elle pourrait marcher sur les tuiles, imitant les chats du quartier. L'immeuble voisin semblait accessible depuis l'extrémité du toit. Elle voyait plusieurs balcons et des fenêtres ouvertes, là-bas. Et s'il y avait le moindre problème, la ligne des toits continuait. Elle pourrait toujours passer de bâtiment en en bâtiment jusqu'à trouver un moyen de redescendre. Elle avait déjà fait ce genre de choses. Et dans de pires conditions.

Derrière elle, l'interphone s'était tu. Les agents envoyés pour l'interroger étaient sans doute déjà entrés dans l'immeuble.

Ils devaient être en train de monter les escaliers. Ils seraient à la porte dans quelques instants.

Eva n'hésita pas. Elle enjamba la fenêtre et se glissa au-dehors, dans la fournaise de l'après-midi. La pente du toit était proche. Elle trouva aussitôt le bon équilibre. Un peu plus haut, elle vit que le chat détalait entre les cheminées sans demander son reste.

Elle chemina à la manière d'une équilibriste, pliée en deux, les deux bras écartés, le sac battant contre son dos à chaque pas.

Son seul problème venait du soleil, éclatant, qui se réfléchissait sur la surface des toits. Ses lunettes noires, vissées sur son visage, ne suffisaient pas à la protéger. Elle avait beau plisser les yeux, ses prunelles fragiles d'albinos supportaient mal cette vive lumière.

Elle continua pourtant d'avancer. À chaque pas, des tuiles se brisaient sous ses talons. Son équilibre était précaire. Elle tint bon. En moins d'une minute, elle parvint à atteindre le sommet de la pente.

Les choses se compliquaient un peu à ce niveau.

Pour passer sur le toit voisin, il lui fallait maintenant se laisser glisser le long d'un mur lisse, sans le moindre appui, sur trois bons mètres.

Qu'à cela ne tienne.

La policière s'accroupit et fit pendre ses jambes au moment où des bruits éclataient dans l'appartement d'Alexandre.

Ça y était. Les policiers du SRPJ étaient entrés.

Ils ne tarderaient pas à comprendre quel chemin elle avait pris pour leur fausser compagnie.

Pendue contre le mur à la seule force de ses bras, elle se balança à droite et à gauche, cherchant une aspérité sur laquelle prendre appui.

Elle en trouva finalement une. Elle cala la pointe de sa chaussure sur le bord de la brique.

Contractant ses abdominaux, elle n'eut qu'à lâcher une main et se laisser descendre un peu plus.

Elle enfonça ses doigts dans un interstice pour se retenir.

Mais ses ongles dérapèrent sur la surface friable des briques.

Elle tomba dans le vide.

La chute fut brève. Elle n'eut pas le temps d'avoir peur. Elle se reçut sur les genoux, traversant les tuiles du toit en dessous. Une vive douleur déferla, amenant des larmes dans ses yeux, à tel point qu'elle se demanda si elle ne venait pas de se briser les deux rotules.

— Nom de Dieu ! cria-t-elle en frappant le toit du poing.

Fort heureusement, la douleur refluait déjà. Elle se redressa en titubant sous le poids du sac.

Ses genoux la faisaient souffrir.

Mais elle tenait encore debout.

Elle n'avait rien de cassé.

Jusqu'à présent, en tout cas.

Une voix éclata derrière elle :

— Qu'est-ce que vous fichez là, vous ?

Elle se tourna vers un balcon situé sur la façade proche d'elle, et vit un jeune homme torse nu qui la regardait avec stupéfaction. Il avait le corps entièrement tatoué et des cheveux longs et noirs attachés en queue-de-cheval.

— Vous allez vous tuer ! lui cria le garçon. Ça va pas bien dans votre tête ?

— Moins fort, grogna-t-elle en se déplaçant le long du toit dans sa direction.

Elle espérait que les policiers dans l'appartement d'Alexandre n'allaient pas être attirés par ces cris.

Le jeune homme continuait de vociférer :

— Vous n'avez rien à faire là !

— Je suis une voisine, dit Eva en s'approchant de son balcon. Je cherchais mon chat.

— Ne vous foutez pas de ma gueule ! Et ne rentrez pas chez moi !

— Sinon quoi ? soupira Eva en enjambant la rambarde.

Le garçon allait répliquer quand ses yeux se braquèrent sur le Beretta, que la policière portait en évidence sur son chemisier. Il leva les mains, le regard empli de panique subite :

— OK, ne vous énervez pas. Je n'ai rien vu !

— Il vaudrait mieux, lui intima Eva.

Il se colla contre le mur tandis qu'elle le dépassait. Elle se rendit alors compte que la terrasse était occupée par une dizaine de plants de cannabis en pots, dont les grandes feuilles vertes prenaient le soleil d'été. Les gouttelettes de résine sur les têtes scintillaient comme des diamants. Elle eut un sourire mauvais.

— Et moi non plus je n'ai rien vu. Je suis de la police.

Le garçon tatoué la regarda s'en aller avec des yeux de merlan frit.

Eva traversa un salon où l'odeur de cannabis s'était imprégnée partout, sans aucun doute à cause des autres plants qui poussaient dans les placards. Elle passa devant un écran télé qui diffusait un épisode de *Naruto*, fut dans le hall et ouvrit la porte.

L'appartement d'où elle sortait se trouvait au deuxième étage. Elle descendit sans se presser, profitant de ce maigre répit pour reposer ses yeux dans l'ombre de l'escalier.

En bas, elle se retrouva dans une petite rue à sens unique où passaient de rares véhicules.

Elle fit un rapide calcul pour se repérer, s'assura qu'aucun policier n'était en vue, et contourna le pâté d'immeubles.

Si elle ne se trompait pas, sa voiture se trouvait à quelques centaines de mètres. Elle y était presque.

Cette pensée la rasséréna. Après tout, les collègues d'Alexandre n'étaient toujours pas apparus à ses trousses. Ils la cherchaient peut-être encore sur les toits, se demandant par où elle avait pu fuir.

Arrivée au bout de la rue, elle se plaqua tout de même contre le mur pour risquer un regard.

Comme elle l'espérait, elle put apercevoir son Audi.

Mais il y avait un problème.

La voiture de patrouille était garée juste à côté.

L'agent était sorti du véhicule. Il attendait, bras croisés, adossé contre la carrosserie.

Elle se mordit les lèvres. Impossible de se risquer dans cette rue sans être repérée.

D'ailleurs, elle reconnut également le lieutenant Brodin qui ressortait maintenant de l'immeuble en faisant de grands gestes.

— Elle a filé par les toits ! Guillaume attend là-haut. On a peu de temps pour boucler le périmètre !

— Pas de problème, j'appelle du renfort, répliqua l'autre policier, en décrochant la radio de sa ceinture.

Eva jura, et s'écarta vivement tandis que le lieutenant se tournait dans sa direction.

Elle n'avait pas le temps de récupérer sa voiture. Ce n'était qu'une question de minutes avant que le quartier ne se transforme en souricière. Elle repartit donc en sens inverse, marchant aussi vite qu'elle le pouvait. Elle emprunta les rues un peu au hasard, veillant surtout à les remonter dans le sens contraire de la circulation pour éviter d'être prise en chasse par un véhicule. Au bout d'un moment, elle reconnut la masse verdoyante du Jardin des Plantes, de l'autre côté de l'avenue. Elle patienta au feu, traversa avec le flot de piétons et passa les grilles du parc.

L'endroit était bondé de monde en raison du beau temps. Eva avança le long d'une allée bordée de hauts arbres. Ici, tout n'était que pelouses luxuriantes, massifs, bosquets, fontaines. L'odeur des fleurs exotiques emplissait l'air. Elle s'approcha d'un plan d'eau où nageaient des canards et des cygnes placides. Les enfants leur jetaient des bouts de pain. Un peu plus loin, il y avait un manège, et même des promenades à poney. Des joggeurs et des cyclistes se faufilaient entre les promeneurs.

Quand l'un d'entre eux passa à côté d'elle en faisant tinter sa sonnette, elle eut un bref sursaut de panique.

Elle ne pouvait s'empêcher de se demander si le tueur était déjà là, quelque part parmi tous ces visages, comme un chasseur aux aguets.

Elle devenait paranoïaque, mais qu'y pouvait-elle ? Elle continua d'avancer en dévisageant les jeunes garçons et filles assis sur les bancs pour manger leurs sandwiches, ou allongés dans l'herbe pour prendre le soleil. La menace pouvait venir de n'importe où, au moment où elle s'y attendait le moins.

Elle fit une brève halte sur un banc, pour calmer les battements de son cœur.

Elle sentit un coup de pied minuscule, à l'intérieur de son ventre.

Elle se tétanisa.

C'était la deuxième fois que cela arrivait aujourd'hui.

L'espace d'un instant, elle eut un éblouissement. Le monde fut blanc, aveuglant, puis vert de nouveau, tandis que les arbres réapparaissaient autour d'elle. Sa respiration fut subitement plus difficile à contrôler. Son pouls, loin de ralentir, s'emballa.

— Mes amours, murmura-t-elle, en caressant son ventre rond, je suis désolée. Je vous malmène, mais je promets que tout va s'arranger. Rien ne vous arrivera…

Une nouvelle secousse, plus douce, résonna dans son utérus. La policière sentit les larmes monter dans ses yeux.

Ce n'est pas le moment de flancher, ma grande. Alexandre t'attend.

Elle se reprit du mieux qu'elle le put. Fouillant dans le sac, elle récupéra un tee-shirt gris très léger, qui lui servait habituellement de pyjama. Elle le passa sur sa tête et le noua en guise de bandana.

Cela n'était pas très esthétique, mais au moins cela couvrait sa chevelure blanche.

Son signalement n'allait pas tarder à circuler.

Elle ne pouvait négliger aucune précaution.

Alexandre l'attendait à Balma. Au terminus de la ligne A, lui avait-il dit.

Sortant son téléphone de sa poche, elle tapa un rapide texto :

Problème voiture. Je prends le métro.

Elle effleura l'icône d'envoi. La réponse de son compagnon lui revint quasi immédiatement.

OK. Je t'attends dans le parking. Dernière entrée.

Parfait. Elle remit le sac sur son dos. Ajusta ses lunettes de soleil.

Il n'y avait plus un instant à perdre.

Elle quitta le Jardin des Plantes par la sortie située à l'autre extrémité. Un panneau indiquait le métro. Elle se hâta dans cette direction.

Elle ne tarda pas à atteindre la station.

Mais elle s'arrêta avant de traverser pour rejoindre l'escalator.

Un homme se tenait adossé en haut des marches, scrutant les passants.

Eva reconnaissait un officier en civil quand elle en voyait un. Et celui-ci n'était pas discret, avec sa veste épaisse en pleine canicule. L'étui de son arme, dissimulé à sa ceinture sous sa chemise, était immanquable si on savait où regarder.

Elle piétina un instant sur place. Elle n'avait pas le temps d'attendre.

Elle s'engagea sur le passage pour piétons.

Alors qu'elle s'approchait de l'entrée du métro, elle repéra l'accès par ascenseur, situé en retrait. Le flic en civil n'avait pas encore tourné la tête dans sa direction. Elle pressa le pas, se fondant dans un groupe de personnes, et se plaça dans l'angle du mur pour appuyer sur le bouton d'appel. De là où elle se tenait, elle était à peu près certaine que le policier ne pouvait pas l'apercevoir.

La porte de l'ascenseur coulissa.

Elle s'y engouffra avec un immense soupir de soulagement.

61

Depuis le bord de la route, Barbarossa observe la maison d'Arnaud Levy.

Des voitures de police stationnent à seulement quelques dizaines de mètres, mais aucun de ces imbéciles ne fait attention à lui.

La meilleure façon de rester invisible est de se faire remarquer.

Concentré, Barbarossa écoute le rythme de son pouls.

Il patiente, cramponné au volant, jusqu'à ce que ces battements deviennent une valse lente. De plus en plus lente. Un tambour au ralenti, profond, régulier.

Il contemple son sweat-shirt, posé à ses côtés. Sur le devant, imprimé en blanc, il y a un œil enfermé dans un triangle.

Un sourire se dessine sur ses lèvres.

Il n'est jamais allé aussi loin. Il n'a jamais pris autant de risques. Il a conscience qu'il danse sur un fil.

Malgré tout, il reste le maître du jeu. Il les tient dans sa main, tous autant qu'ils sont. Ces crétins ne voient rien. Ils ne comprennent rien. Aucun d'entre eux ne mérite le don de la vie qui lui a été accordé.

Au fond de son crâne, la boule de chaleur est revenue.

Réconfortante.

Le journaliste glisse les écouteurs dans ses oreilles et compose le numéro de son patron.

Il est temps de passer à la suite de son plan.

Matheo Durand décroche aussitôt.

— *Allô ?*

— Bonjour Matheo. C'est Dorian.

— *Oh. Bon sang, je ne reconnais jamais ta voix. Alors, tout avance comme tu le veux ?*

— Et mieux que ça encore. Je crois que la prochaine émission va faire du bruit.

— *Tu as commencé ton sujet ?*

— Je suis en plein dedans. Mais il faut couvrir mes arrières.

— *Bien sûr. De quoi as-tu besoin ?*

— J'enquête sur un policier du SRPJ de Toulouse. Un type violent. Des méthodes douteuses. Mais sacrément malin. Il passe pour le meilleur de son service. Sauf qu'il vient de buter le nouveau mec de son ex-femme. De sang-froid.

— *Vengeance ?*

— Comme d'habitude. Sexe. Argent. Jalousie. Et tout qui se finit dans un joli bain de sang.

— *Tu as des images ?* demande aussitôt Durand, qui ne perd pas le nord.

Barbarossa glousse dans sa barbe. Son patron est prévisible. Et il compte lui donner tout ce qu'il attend.

— Je vais en avoir, lui promet-il. Ne t'en fais pas pour ça. Le seul problème, c'est que, comme je te le disais, je vais m'intéresser de très près à un agent de l'État. Il est possible que ses collègues aient envie de me mettre des bâtons dans les roues. Peut-être même qu'ils vont chercher à me causer des ennuis. Tu sais comment ça se passe…

— *On a l'habitude. Je contacte notre avocat. Et tu as mon feu vert pour ce sujet, bien sûr. Où es-tu en ce moment ?*

— Sud de la ville, au bord de la Garonne. Je suis devant la maison de la victime. Un chirurgien. Il y a du sang partout. Je te promets de rapporter des images que tout le monde va s'arracher.

— *Fonce. Quoi qu'il arrive, je m'assure que tu es entièrement couvert.*

— Je savais que je pouvais compter sur toi, Matheo.

Il raccroche.

Son sourire s'élargit.

Et la boule de feu dans sa tête fait de même.

Tout se déroule comme il l'espérait.

Il ne reste plus qu'à se montrer à la hauteur.

Ne pas faiblir. À aucun moment.

Il se répète qu'il ne craint rien.

Il est supérieur à tous ces idiots.

À cet instant, son attention est divertie par l'arrivée d'une imposante Audi Q7 à la carrosserie bleue rutilante et aux vitres teintées qui vient se garer devant les grilles de résidence.

L'homme qui en sort a les cheveux poivre et sel plaqués sur son crâne. Il est grand, vêtu d'un costume anthracite digne d'un ministre, d'une cravate rouge vif, et il porte une sacoche en bandoulière. Du premier coup d'œil, il est évident qu'il ne s'agit pas d'un flic. Et ce n'est pas non plus le procureur en charge de l'affaire. Barbarossa a déjà vérifié ce détail. C'est une femme du nom de Chanabé qui a été saisie.

Alors, de qui s'agit-il ?

Le nouveau venu jette un regard autour de lui.

Instinctivement, le journaliste écrase son dos contre son fauteuil et rentre les épaules. Il a beau savoir qu'il est trop loin, que le reflet du soleil sur le pare-brise empêche cet homme de le voir, tous ses sens sont en alerte.

L'homme en costume se retourne heureusement, tandis qu'un officier au visage rond et à l'air stupéfait remonte l'allée.

Barbarossa entend ce policier qui s'écrie :

— Monsieur le juge ? Mais que faites-vous ici ?

De plus en plus intéressant.

L'esprit en ébullition, Barbarossa prend sa caméra. L'écran s'illumine. L'enregistrement commence. Il dirige l'objectif vers les deux hommes et zoome au maximum.

62

Adrien Marcazzan épousseta son costume avant de s'approcher du lieutenant Blanca pour lui serrer la main.

— Ne soyons pas cérémonieux, mon vieux. Je viens simplement en observateur.

Comme le policier demeurait de marbre, le regard empli de questions, il ajouta d'une voix paternaliste :

— J'ai eu le commandant Vauvert au téléphone, voyez-vous…

Les yeux de Blanca se rétrécirent aussitôt.

— Bon sang, et alors ? Que vous a-t-il dit ? Pourquoi ne s'est-il pas encore rendu ?

— Je peux être franc ? dit le juge avec une moue dépitée. Il n'était pas très cohérent. Je crois qu'il a quelque chose à se reprocher. Quelque chose de grave…

Le policier mordit sa lèvre inférieure. De grosses gouttes de transpiration luisaient sur son visage.

— Il n'a pas avoué, tout de même ?

Le juge haussa les épaules.

— Qu'en penseriez-vous, si c'était le cas ?

— Cela ne peut pas être lui. Je n'arriverais pas à le croire.

Blanca essuya nerveusement la sueur de son front du revers de sa manche. Il était plus blanc qu'un linge.

— Non, continua-t-il. Sincèrement, monsieur, ce n'est pas possible. Même s'il avait un conflit personnel avec Levy, Alex ne l'aurait jamais tué. Cela fait des années que je travaille avec lui. Je sais que c'est quelqu'un de replié sur lui-même, et qu'il dépasse parfois les limites. Mais c'est un homme droit. Ici, nous parlons d'un meurtre de sang-froid…

— Je comprends votre surprise, répliqua le juge. Pour tout vous dire, je n'y crois pas moi-même.

— Je suis heureux de vous entendre dire ça. Alors, que faisons-nous ?

— Notre travail, lieutenant.

Il lui donna une tape amicale sur l'épaule tout en se dirigeant vers la maison, où étaient rassemblés le reste des policiers.

Blanca lui emboîta le pas.

— L'IJ est là-bas, comme vous le voyez. On attend les techniciens pour le gros des relevés. Ils ne devraient plus tarder…

— Est-ce que quelqu'un s'occupe de Virginie ?

— Bien sûr. Elle est au premier étage, avec le psy. Elle est encore en état de choc.

— On sait ce qu'elle a vu ?

— Juste ce qu'elle nous a dit quand on est arrivés. Qu'Alexandre était là. Qu'il était couvert de sang… et qu'il était seul, acheva le lieutenant à contrecœur.

Marcazzan n'ajouta rien. Alors qu'ils approchaient de la piscine, la demi-douzaine d'hommes de l'Identité judiciaire se tournèrent vers eux et saluèrent le juge.

Ils venaient de retirer le cadavre de l'eau et l'avaient allongé sur une bâche en plastique, sur la terrasse.

Le spectacle était effrayant.

Impossible de reconnaître Arnaud Levy avec ce crâne pulvérisé. Ce qui avait constitué son visage n'était plus qu'un tas de pulpe rouge et gris. Ses mains, déjà prises de rigidité, restaient repliées comme des serres d'aigle, comme s'il essayait de se retenir à quelque chose alors que la mort l'emportait. Le juge ravala une salive douloureuse. Cet homme avait été son ami. Le voir dans cet état, baignant dans son sang et les grumeaux de sa cervelle, emplissait Marcazzan d'une sensation très désagréable.

— De quel type de munition s'agit-il ? voulut-il savoir en s'approchant de l'agent qui s'affairait à prendre des photos du corps.

Le policier haussa les épaules.

— Gros calibre. On a pu retirer plusieurs balles du mur, à l'intérieur. À vue de nez, on est sur du 357 magnum.

— Le genre de munition que tire un Smith & Wesson ?

— C'est ça, monsieur.

— Merci.

Marcazzan se retourna vers Benjamin Blanca, qui conservait un visage crispé. Le lieutenant n'en croyait toujours pas ses yeux.

— Je sais, grommela-t-il. Ça pourrait être l'arme d'Alexandre. Mais il faut effectuer la comparaison balistique.

— Et comment, dit le juge. Je vais m'assurer que ce soit fait de toute urgence.

Il observa encore le cadavre inerte de Levy. Sa chair béante.

— Si c'est lui qui a fait ça, il est dangereux.

— Mais pourquoi aurait-il fait ça ? fit Blanca. C'est à n'y rien comprendre...

— Qui peut savoir ce que nous cachent les personnes qu'on côtoie tous les jours ? dit le juge.

Il enjamba le cadre de la baie et avança dans le salon jonché de verre.

— Je me permets de jeter un œil, d'accord ? Juste deux minutes, avant que les techniciens ne se décident à venir faire leur boulot...

— Bien sûr, monsieur.

Le policier s'en retourna prêter main-forte à ses collègues.

Marcazzan sourit.

Pendant quelques instants, il marcha d'un bout à l'autre du salon, comme pour s'imprégner de la scène de crime.

Du coin de l'œil, il s'assura surtout que plus personne ne regardait dans sa direction.

Cela semblait être le cas. Blanca était désormais accroupi à côté du cadavre, en pleine discussion avec un collègue. Les autres allaient et venaient, disposant des chevalets près des taches de sang sur la terrasse, ou bien installant des allées en toile de plastique pour ne pas écraser d'indices éventuels.

Parfait.

Marcazzan repéra enfin ce qu'il cherchait.

Le morceau de papier froissé avait échoué entre le canapé et une table renversée, au milieu de gouttelettes de sang.

Il prit une inspiration, fit mine de se mettre à genoux pour lacer sa chaussure, et prit bien garde à ne pas effleurer le sang. Du bout des doigts, il s'empara de la fausse déclaration de vol qu'avait établie Levy.

Quelques secondes plus tard, le papier était en sécurité dans sa sacoche.

Le juge se redressa, les yeux brillants.

Il se dirigea le plus naturellement possible vers la porte au fond du salon.

Cette étape était la plus délicate, mais il n'avait que peu de temps. Il devait le faire tout de suite. Une nouvelle fois, il vérifia que personne ne faisait attention à lui.

Son cœur se mit à battre de plus en plus fort tandis qu'il s'approchait de la porte.

Il s'engouffra dans le petit bureau. Il y était. Une table en bois précieux, un ordinateur éteint, une lampe à led en forme de grande griffe repliée au-dessus. Des livres reliés et des coffrets de blu-ray bien alignés.

Sur le mur du fond, plusieurs panneaux vitrés offraient une vue imprenable sur le parc.

Mais, d'ici, on ne voyait plus les forces de police.

Seuls les massifs multicolores et les arbres bordant la résidence se profilaient.

Marcazzan ne perdit pas une seconde. Il savait précisément ce qu'il cherchait. Et où le trouver.

La clef était rangée dans une boîte en ébène, au milieu de stylos, ciseaux et autres cartes de visite en vrac. Le juge s'en saisit et l'inséra dans la serrure du tiroir pour l'ouvrir.

À l'intérieur, il y avait plusieurs feuilles à en-tête de la clinique.

Ainsi que l'ordinateur extra-plat couleur ivoire.

Les seules traces pouvant relier Levy à leur affaire étaient contenues sur ce disque dur.

Le juge sentit un sourire fou déformer ses lèvres tandis qu'il ouvrait sa sacoche et y glissait l'ordinateur.

Son regard se posa sur la baie vitrée, sur le parc au-dehors.

Il s'immobilisa.

Il y avait un homme en train de le filmer, là-bas, entre les arbres de la clôture.

Il ne pouvait discerner son visage, car sa tête était couverte par une capuche, et il portait des lunettes de soleil.

Marcazzan sentit son cœur sur le point d'exploser. Il ouvrit la bouche, comme pour crier, l'adrénaline la noyant dans une grande vague glacée.

L'individu recula d'un pas et disparut derrière les feuillages.

V

Fugitifs

63

Comme convenu, Vauvert attendait dans son 4 × 4 au fond du parking souterrain. Il s'était garé dans l'angle mort de la caméra de surveillance, et surtout le plus loin possible des portes coulissantes, d'où les clients du centre commercial entraient et sortaient en poussant leurs chariots.

Eva apparut au milieu de ces personnes, la tête recouverte d'un tissu gris. Elle marcha droit dans sa direction et s'engouffra dans le véhicule.

Jusqu'à cet instant, son visage était demeuré imperturbable. Cela changea dès qu'elle vit la quantité de sang qu'il avait répandue sur son siège. L'albinos laissa échapper un cri de surprise.

— Mon Dieu, je ne pensais pas que c'était si grave. Tu as besoin de points de suture !

— Ça ira très bien comme ça, lui dit-il. Tout ce qui compte c'est que, toi, tu sois saine et sauve.

Il se pencha vers elle pour l'embrasser. Alors que leurs lèvres s'effleuraient, une vague idiote de bonheur le submergea. Il réalisa à quel point il avait eu peur pour elle.

Puis il se rendit compte qu'il avait maculé le visage d'Eva avec son sang. Il eut un rire piteux. Il leva son index pour lui essuyer le menton.

— Désolé, chaton… Je tache…

— J'ai de quoi te désinfecter, soupira-t-elle en défaisant son bandana. Commence déjà par retirer ton tee-shirt…

Il entreprit de l'ôter comme elle le lui demandait, mais le tissu adhérait aux plaies. Il gémit, le tee-shirt à moitié soulevé. Eva l'aida à tirer vers le haut, avec le plus d'attention possible, et les lambeaux rougis de son vêtement passèrent enfin par-dessus sa tête. Les épaules massives du policier apparurent, lacérées de toutes parts. Il continuait de perdre du sang sur le fauteuil.

— Comment tu t'es fait ça ? Tu as encore des morceaux de verre dans les plaies !

— Baie vitrée, se contenta-t-il de grommeler. Ça aurait pu être pire. Crois-moi.

— Si tu le dis…

Elle retira délicatement les derniers éclats avant de sortir la bouteille d'alcool à 70° du sac.

— Attention, ça risque de piquer, le prévint-elle.

Piquer n'était pas le terme exact. Quand le liquide ruissela dans son dos, il eut l'impression qu'on enfonçait des hameçons dans sa chair à vif. Il serra les poings et attendit qu'elle sorte les bandages et lui entoure consciencieusement les bras. Puis il ouvrit sa portière, tant qu'aucune voiture ne passait dans l'allée, et en profita pour ôter son pantalon déchiré. Ses cuisses étaient en charpie. Eva lui tendit la bouteille et il se versa lui-même l'alcool sur ses plaies en grimaçant de douleur.

— La vache. Est-ce qu'il reste des bandages ?

— Malheureusement non, lui dit Eva après avoir vérifié dans la trousse à pharmacie. Tu veux que j'aille en acheter au supermarché ?

— On n'a pas le temps.

— Dans ce cas, tiens…

Elle récupéra le tee-shirt qu'elle avait porté en guise de bandana et le déchira en longues bandes.

— Utilise au moins ça.

Il la remercia et pansa ses blessures aux cuisses avec les lambeaux de tissu. Ces bandages de fortune se gorgèrent de sang en seulement quelques instants. Eva préféra ne faire aucun commentaire. Elle attendit qu'il ait enfilé un nouveau pantalon pour lui demander :

— On fait quoi, maintenant ?

— On part d'ici avant de se faire repérer. Je sais où on va aller se cacher.

— Mais tu as dit qu'on ne pouvait pas circuler dans ta voiture.

— On ne peut pas, soupira-t-il. On va en prendre une autre. On est dans un parking, on n'a que l'embarras du choix.

Il ouvrit la boîte à gants et en sortit plusieurs boîtes de munitions pour son Smith & Wesson ainsi qu'un tournevis à pointe plate.

— Viens, ajouta-t-il. N'oublie pas le sac.

Il se déplaça à pas lents, attentif à bien rester dans l'angle mort de la vidéosurveillance. Il observa les véhicules garés autour d'eux.

— Il nous faut un modèle assez ancien. Qui n'ait pas de clef électronique. Et encore moins de GPS intégré…

Il s'arrêta brusquement. Une femme arrivait en poussant un chariot débordant de provisions.

Se retournant, il prit Eva dans ses bras et la serra contre lui, dissimulant son visage blessé. La cliente du supermarché passa dans leur dos sans prêter attention au couple enlacé.

— Ça va ? lui murmura-t-il à l'oreille.

— Ça va, lui répondit-elle. Ne t'inquiète pas.

Mais il sentait distinctement les battements du cœur d'Eva contre lui. Et ce pouls était emballé.

— Il faut faire vite, dit-il en se tournant de nouveau vers les voitures.

Un ancien break BMW se trouvait devant eux. Il n'était pas garé sur une place de parking réglementaire, mais en travers, dans un renfoncement du mur. Hors d'atteinte de la caméra de surveillance.

— Celle-là ira très bien. C'est une antiquité, elle ne risque pas d'avoir d'alarme.

Eva fit le guet tandis qu'il enfonçait le tournevis dans le haut de la portière. Il le tira d'un côté, de l'autre, s'aida du genou, et le verrou sauta sans la moindre résistance.

— Viens.

Il s'engouffra dans le véhicule et ouvrit la portière du passager pour permettre à Eva de le rejoindre.

Puis il glissa la pointe du tournevis sous le volant, à l'angle du bloc de plastique qui protégeait la colonne de direction. Le bloc céda d'une seule traction. Le policier l'arracha en entier et le balança sur la banquette arrière.

Il tira ensuite sur le câblage, sortant trois paires de fils.

— Sur ce modèle, ce doit être les rouges qui servent à l'alimentation, murmura-t-il.

Il dénuda sans attendre la paire de câbles de cette couleur. Puis il les torsada ensemble.

Le tableau de bord s'illumina.

— Maintenant, les marron pour le démarrage…

— Tu as des talents que je ne te connaissais pas, fit Eva, stupéfaite par son aisance.

— Il faut bien que je conserve un peu de mystère, dit-il en dégageant la paire de fils de couleur brune.

Il arracha les caches de ces câbles, comme il avait fait pour les précédents.

Une gerbe d'étincelles jaillit entre ses doigts.

Il retira sa main avec précipitation, surpris par la brûlure.

— Merde !

Sans se décourager pour autant, il reprit les fils, faisant bien attention à les tenir par leur partie gainée. Lentement, il les approcha l'un de l'autre.

Les câbles se rencontrèrent.

De nouvelles étincelles jaillirent, plus furieuses encore.

La voiture tressauta. Le moteur se mit à rugir.

— Impressionnant, dit Eva.

Il lui retourna un rictus satisfait tout en prenant soin de bien replier les fils du démarreur. Il était important que ceux-ci ne risquent pas d'entrer en contact pendant qu'il conduirait. Puis il empoigna le volant et passa la marche arrière.

— Alexandre, attends ! s'écria subitement sa compagne.

Il pila.

— Où ?

— Allée de gauche.

Il regarda dans cette direction. Un homme se tenait en effet au bout de l'allée. Il parlait avec animation dans son téléphone, regard braqué vers eux.

— Ça, murmura Eva, ce n'est pas un agent de sécurité.

— C'est un flic, dit Vauvert. Je le connais. Et il m'a reconnu…

Il s'engagea dans l'allée, repartant à l'opposé de l'endroit où se trouvait le policier.

— Il nous regarde toujours ?

— Il ne nous quitte pas des yeux, dit Eva. Et maintenant il vient dans notre direction.

— Merde.

Il repéra la sortie, mais à ce moment une Twingo lui passa devant. Il fut obligé de rouler à sa suite. Le foutu véhicule avançait au ralenti.

— Plus vite, grommela-t-il.

Il jeta un regard dans le rétroviseur.

Le policier en civil marchait à grands pas derrière eux. Il continuait de parler dans son téléphone.

— Tu crois qu'ils ont pu te filocher dans le métro ?

Eva secoua la tête.

— Ça m'étonnerait. J'ai été très prudente.

— Alors c'est peut-être une coïncidence. Il vaudrait mieux pour nous.

Il suivit la Twingo, remontant lentement la pente qui les menait à l'extérieur.

À l'instant où ils furent sortis du parking souterrain, une sirène retentit.

— Véhicule de patrouille ! cria Eva.

Du coin de l'œil, il aperçut en effet la voiture sérigraphiée.

Elle fonçait vers eux, gyrophare allumé.

Mais, devant lui, le conducteur de la Twingo avait pilé et ne savait visiblement pas quoi faire.

— Bon sang, écarte-toi de là ! pesta-t-il en klaxonnant.

Peine perdue. La Twingo, en travers de l'allée, n'osait plus bouger. Le conducteur attendait sagement que les flics arrivent à leur niveau.

La voiture de patrouille se rapprocha sur leur droite.

Il braqua à gauche.

Il n'eut pas besoin de prévenir Eva. Elle avait déjà saisi à deux mains la poignée au-dessus de sa portière, anticipant sa réaction.

Il écrasa l'accélérateur.

Il y avait peu d'espace libre sur le côté, mais cela devrait suffire, en y mettant assez de puissance. La BMW percuta l'aile de la Twingo et, comme il l'espérait, il put forcer le passage sans trop de mal. Ils entendirent le conducteur qui hurlait.

Au moins, songea Vauvert en s'éloignant, l'automobiliste se trouvait désormais en travers de la voie. La voiture de police ne pourrait pas passer avant qu'il ait manœuvré, et le type n'était de toute évidence pas très dégourdi. Ils ne seraient pas poursuivis.

Pas de ce côté, en tout cas.

Il remonta l'allée du parking aussi vite qu'il le pouvait. Les véhicules qui débouchaient des allées pilaient en le voyant arriver. Un concert de klaxons accompagna son passage.

Deux autres voitures de patrouille apparurent à la sortie du parking, gyrophares et sirènes en action.

— C'est pas vrai ! grogna-t-il entre ses dents serrées. Il y en a d'autres là-bas !

Cette fois, il était clair qu'il ne s'agissait pas d'une simple coïncidence. Les véhicules de police se placèrent l'un à côté de l'autre, leur barrant le passage. Et ils ne devaient pas être les seuls sur le secteur.

— C'est un groupe d'intervention au complet, dit Eva, toujours cramponnée à la poignée. Comment ont-ils fait pour arriver si vite ?

— Géolocalisation de nos téléphones. Quelqu'un au palais de justice a fait du zèle.

Il écrasa le frein et braqua dans la première allée qui se présentait. Il remonta le parking dans ce sens, pied au plancher. Les piétons terrifiés par ce bolide poussèrent leurs chariots sur le côté en les insultant au passage.

Derrière eux, les deux voitures les avaient pris en chasse.

64

Il était hors de question de se faire prendre.

Vauvert donna des coups de volant nerveux, changeant d'allée aussi souvent que possible, forçant les autres véhicules à freiner pour éviter la collision. Les collègues à ses trousses n'avaient pas son assurance et se retrouvèrent vite coincés.

Le break qu'il conduisait était vieux, mais son moteur restait puissant.

Il réussit enfin à atteindre une sortie du parking.

Ils y étaient presque.

Au moment où il s'engageait sur le rond-point, Eva lui cria de faire attention.

C'était un car de police, cette fois, qui venait d'apparaître. Il s'engouffra sur le rond-point juste derrière eux et les talonna.

— Accroche-toi !

Il fit le tour complet du rond-point, finissant le parcours en dérapage, et repartit sur la double voie en direction du périphérique.

Le car de police avait été contraint de manœuvrer plus lentement, mais il fonçait maintenant dans leur sillage, cherchant à les rattraper.

Deux cents mètres plus loin, les feux de signalisation passèrent au rouge. Les deux voies débouchaient sur un rond-point plus important. Sans y réfléchir à deux fois, il grilla le feu et emprunta le rond-point à contresens, espérant qu'il ne se retrouverait pas nez à nez avec un camion.

Il n'y avait heureusement que quelques voitures qu'il évita sans mal, tandis que les conducteurs, terrifiés, eux, écrasaient leurs freins et perdaient le contrôle de leurs véhicules.

Plusieurs voitures se percutèrent derrière eux.

En seulement quelques instants, un carambolage s'était formé, bouchant la circulation.

— Ils nous attendent à la bretelle du périphérique, dit-il, continuant de déraper sans quitter le rond-point.

Il braqua pour emprunter une sortie qui lui semblait libre.

Puis accéléra de nouveau.

Pendant ce temps, les autres voitures de patrouille avaient fait le tour du parking, espérant le prendre à revers.

Elles se retrouvaient désormais sur les voies opposées et ne purent que les regarder passer.

Alors qu'il les croisait, Vauvert reconnut ses propres collègues, dans ces véhicules. Des hommes qui avaient été sous ses ordres, et qu'il appréciait. Ils braquaient sur lui des regards de rage intense. Il eut l'impression que son ventre s'emplissait de rasoirs.

— Bordel, grommela-t-il. Je déteste avoir à faire ça.

On le considérait comme un original au sein de son service, il le savait très bien. Mais il savait aussi que ses pairs le respectaient. Ils ne l'avaient jamais jugé sur ses méthodes, ni sur ses dérapages passés.

Désormais, comment espérait-il pouvoir effacer ce coup d'éclat ? C'était bien simple, il n'y parviendrait pas. Même s'il réussissait à s'innocenter et à expliquer son geste, ses collègues se souviendraient de cet instant. Il y aurait toujours cet éclat de colère et d'incompréhension dans leur regard. Ce terrible sentiment de trahison.

Il s'efforça de ne pas y penser pour le moment. Après tout, ils n'étaient pas encore tirés d'affaire. Il continua de rouler en naviguant d'une file à l'autre pour doubler un maximum de voitures, franchit plusieurs ronds-points, passa sous le périphérique puis se perdit dans les quartiers résidentiels.

Ce ne fut qu'à ce moment qu'il s'autorisa à ralentir.

Il roula au pas entre les maisons.

— Je crois qu'on les a bel et bien semés, dit Eva, tournée vers l'arrière. Je n'entends même plus les sirènes.

— Ils ne sont pas bêtes. Ils ne vont pas tarder à nous retrouver. On peut s'attendre à rencontrer des barrages partout, maintenant.

— Tu sais quoi faire ?

Son visage épais se rida.

— On ne peut pas garder nos téléphones. Ils nous suivent à la trace tant qu'on les a sur nous.

Il passa le bras par sa fenêtre et se débarrassa de son mobile.

Eva maugréa, mais l'imita tout de même. Son téléphone décrivit un arc dans les airs avant de frapper le trottoir dans un grand bruit de verre et de plastique brisé.

— Un iPhone tout neuf, soupira-t-elle.

Son compagnon s'arrêta à une intersection pour céder le passage à un bus Tisséo. Son regard était déterminé.

— On ne peut pas conserver cette voiture. Il nous faut un endroit où se planquer, et vite.

— Attends, on ne peut pas débarquer chez quelqu'un que tu connais. Tu sais très bien comment ça marche. Tous tes amis et connaissances vont être surveillés jusqu'à ce qu'ils nous retrouvent…

— Je sais, Eva. Rassure-toi, je n'ai pas d'ami.

— Tu te crois drôle ?

Pour toute réponse, il la regarda de biais, et vit qu'il lui avait redonné une ombre de sourire.

— Alors ? demanda-t-elle, bras croisés.

— Alors, lui dit-il d'une voix sourde, on va aller chez une personne en qui j'ai confiance et à laquelle ils ne penseront pas. On y sera à l'abri pendant un moment. Le temps de comprendre quel genre de malade est à nos trousses…

Si seulement on y arrive, acheva-t-il en lui-même.

Eva le laissa conduire sans plus rien dire.

Il connaissait la ville comme sa poche. Il savait quelles étaient les voies à éviter.

Sur l'horloge du tableau de bord, il se rendit compte qu'il était à peine 15 h 30.

65

À 15 h 35, Dorian Barbarossa pénètre dans la zone résidentielle située à flanc de colline.

La maison du juge Marcazzan, telle qu'il la découvre, est ceinte d'un muret blanc immaculé. Derrière, il aperçoit un grand jardin, des fleurs partout, des couleurs vives. Il semble même y avoir un bassin et plusieurs fontaines, noyées derrière des roseaux et des saules pleureurs.

Le journaliste stoppe son véhicule un peu en retrait afin de ne pas attirer l'attention, mais tout de même assez près de l'entrée pour pouvoir observer la maison. Dans le jardin, il a déjà remarqué une femme. Elle est vêtue d'un short et d'un débardeur, elle tient un sécateur à la main, et à l'instant se trouve penchée au-dessus d'un massif de belles roses rouges.

— Toi, tu es une femme au foyer, murmure-t-il avec un sourire songeur.

Rien de plus facile à vérifier. Il pose sa tablette sur ses genoux, la tête pleine de questions. Il ouvre le navigateur Internet. La recherche est rapide, il retrouve sans mal diverses photos de Jennifer Marcazzan, quarante-trois ans, en effet sans emploi. En deux pressions du bout des doigts, il accède à ses différents profils sur les réseaux sociaux. Jennifer ne réalise visiblement pas à quel point sa vie intime est étalée, à la vue de tous. Les profils indiquent qu'Adrien et elle sont mariés depuis près de vingt ans. Leur fils, Quentin, a déjà quinze ans. Il figure sur une des photos, datant de quelques années auparavant, sans doute après un accident quelconque, car il se tient sur des béquilles.

Les Marcazzan ont également un chien. Un mastiff nommé Casse. L'animal a d'ailleurs son propre compte Facebook.

La présence de cette bête le chagrine quelque peu. Les chiens sont des obstacles importants, le journaliste l'a déjà appris à ses dépens.

Heureusement, il a aussi appris à les neutraliser quand c'est nécessaire.

Il allume sa caméra et la redresse pour avoir la façade de la maison à l'écran.

Il balaye l'étendue de la propriété, songeur. Le chien Casse n'est pas en vue pour l'instant. Il ne peut voir que cette femme occupée à jardiner.

Zoom avant. Il constate qu'elle a attaché ses cheveux frisés en chignon. Et bien qu'il ne s'intéresse guère à ce genre de choses, Barbarossa doit reconnaître qu'elle est plutôt belle, avec une poitrine impressionnante et des hanches larges contrastant avec une toute petite taille.

Un bruit attire son attention. Il oriente la caméra vers la maison. La porte d'entrée vient de s'ouvrir. *Zoom*. Un jeune homme sort et s'avance sur la pelouse en s'appuyant sur des béquilles.

Voici donc Quentin Marcazzan, le fils.

Mais il y a quelque chose d'étrange dans son physique.

Il semble qu'il ne se soit toujours pas remis de son accident.

Barbarossa observe l'écran de la caméra, fasciné. L'adolescent se plie et se déplie à chaque pas, supporté par ses béquilles, ses jambes visiblement incapables de soulever son propre poids.

Il constate également la maigreur du jeune homme.

Cette apparence éveille une foule de questions dans son esprit.

Tout en tenant la caméra de la main gauche, il effleure l'écran de la tablette, affiche le clavier virtuel et lance une nouvelle recherche.

Contrairement à celui de sa mère, le compte Facebook de Quentin Marcazzan est protégé. Qu'importe, le journaliste sait détourner ce genre de détail. Il se connecte via une application pirate et accède sans le moindre mal à toutes les images du gamin et de ses amis.

Il s'arrête sur une photo de l'enfant dans une chambre d'hôpital.

Deux ans auparavant.

La légende de la photo indique :

Chers amis, j'ai de la chance dans mon malheur. En effet, je suis encore en vie ! Mille mercis pour tous vos messages de soutien. Ils me vont droit au cœur.

Les commentaires sont nombreux. Des amis, la famille, tout le monde lui souhaite de vite trouver un donneur et de se rétablir.

De plus en plus intéressant.

Des éclats de rire s'élèvent. La mère et le fils retournent ensemble à l'intérieur de la maison. C'est à ce moment que Barbarossa aperçoit le chien, Casse, en train de courir au fond du jardin. *Zoom.* Cet idiot de chien trimballe entre ses dents une branche d'arbre deux fois plus longue que lui.

Cela suffit. Le journaliste stoppe l'enregistrement.

Il en a vu largement assez.

Et sa principale préoccupation ne peut plus attendre.

Il affiche l'application GPS.

La carte de la ville se dessine de nouveau sur la tablette.

Puis le rond bleu se place.

Il est en mouvement pendant quelques instants, avant de ralentir, puis de s'immobiliser tout à fait.

Barbarossa rayonne.

Il était certain que la proie conserverait la balise sur elle.

La chasse peut reprendre.

Celle-ci n'a jamais été aussi grisante.

Il est bien décidé à ne leur laisser aucun répit.

Il redémarre et passe devant la grille des Marcazzan.

Le chien s'est assis devant la porte. Il regarde la Volkswagen s'en aller, avant de reprendre sa branche et de la secouer en tous sens.

66

— Alors, c'est bon ? demanda Romuald Coutaud.

Vauvert sortit du box où il venait de garer la BMW volée et hocha la tête, le regard dur. Les plaies sur son dos fourmillaient.

— Ouais. Tu peux refermer, Romuald.

Coutaud tira sur le portail coulissant, referma le box et donna un tour de clef.

— Et voilà ! s'exclama-t-il. Ni vu, ni connu.

Il avait beau être de congé aujourd'hui, le médecin légiste était habillé comme à son habitude, en pantalon de costume et chemise en soie. Il portait même une cravate à rayures, légèrement dénouée. Et, bien sûr, il débordait de son énergie et bonne humeur habituelles, comme un fêtard tout juste rentré de soirée. Ce qui était d'ailleurs peut-être le cas, pour ce qu'en savait Vauvert.

— Tu es certain que tes voisins ne sont pas trop curieux ? grogna-t-il en indiquant les maisons mitoyennes. Nos têtes vont passer aux infos…

— Ne t'inquiète pas, lui dit Coutaud. Il n'y a que des petits vieux dans le quartier. À cette heure-ci, ils sont tous devant *Les Feux de l'amour*.

Vauvert acquiesça, l'air grave, mais n'était pas rassuré pour autant. Toutes les fenêtres alentour lui semblaient suspectes. N'y avait-il pas un visage, derrière ce rideau, là-bas ? De sa propre expérience, les personnes âgées étaient toujours les premières à appeler le standard de la police pour dénoncer leurs voisins.

Bon sang, ressaisis-toi un peu, se morigéna-t-il. Ce n'était pas le moment de céder à la paranoïa. Après tout, ils avaient eu de la chance, et à présent ils disposaient d'un répit, d'une planque où personne ne songerait à venir les dénicher.

Il suivit donc le médecin sans rien dire. Ils firent le tour de la petite maison et pénétrèrent par le salon, situé à l'arrière. Eva les attendait, installée dans le canapé. Elle était encore plus pâle que d'habitude, et frissonnait.

— Tu ressens des douleurs ? s'inquiéta Coutaud.

— Non, tout va bien, murmura l'albinos. J'ai besoin de me reposer, c'est tout.

— Bien sûr…

Il passa une main fébrile dans les pointes blondes de ses cheveux pour les plaquer en arrière, puis indiqua l'escalier.

— Bon, écoutez. Je vous ai mis des serviettes propres sur le lit de la chambre d'amis. La salle de bains est au premier, au fond du couloir. Vous faites comme chez vous, d'accord ?

Il récupéra ensuite un trousseau de clefs dans un tiroir et le déposa en évidence sur un meuble.

— Au cas où vous deviez vous déplacer quand je ne serai pas là, voici les clefs de ma Mégane. C'est ma deuxième voiture, de l'extérieur elle ressemble à une épave mais, rassurez-vous, elle roule très bien.

— Je ne sais comment te remercier, dit Vauvert d'une voix grave. Sincèrement, je ne savais pas vers qui me tourner…

Le médecin balaya l'air d'un geste maniéré.

— Oh, laisse tomber. Combien de fois vous ai-je proposé de passer à la maison, hein ?

— Je doute que tu pensais à ce genre de circonstances !

— Je ne te le fais pas dire, répliqua Coutaud avec un sourire oblique. Mais vous avez besoin d'un coup de main, et ça me fait sincèrement plaisir de vous aider. Vous voulez du thé ? Café ?

— Rien pour moi, répondit Eva.

— Moi, je veux bien du café, dit Vauvert.

— Je te fais ça tout de suite. Ensuite, je vous montrerai mes talents de cuisinier. Je comptais justement préparer une ratatouille avec des légumes du jardin.

Il se dirigea de l'autre côté du salon, où se trouvait une vaste cuisine avec un sol de béton et un îlot central chromé. Sur les plans de travail étaient alignés des saladiers en inox débordant de beaux légumes colorés, ainsi que des appareils dernier cri, disposés en ordre parfait.

Il inséra une capsule dans la machine à café et ouvrit un placard pour y prendre deux tasses en verre.

— Bon… Vous m'avez raconté votre histoire de fous, mais que comptez-vous faire ? Je veux dire, vous êtes sacrément limités dans vos mouvements, désormais !

— C'est bien le problème, grogna Vauvert. Il nous faut absolument comprendre à qui nous avons affaire, et pourquoi il nous traque… C'est notre seule chance de régler cette situation… Pendant que toutes les équipes nous recherchent, cet enfoiré est quelque part dans la nature…

Il s'installa sur une chaise, veillant à ce que son dos ne presse pas contre le dossier.

— Ce que je pense, moi, déclara le médecin, c'est que tu connais le bonhomme, Eva. C'est après toi qu'il en a, d'accord ? Tout cet acharnement, c'est une vengeance personnelle. Tu lui as sans doute fait quelque chose. Si c'est un psychopathe, comme tu le dis, il se peut que tu l'aies arrêté, et qu'il vienne de sortir de prison. Non ?

La jeune femme haussa les épaules.

— J'y ai pensé, mais ça ne colle pas, Romuald. Ce type m'a affirmé qu'il a l'habitude de tuer, et qu'il ne s'est jamais fait prendre. Je suis sûre que c'est la vérité. (Elle soupira.) Si seulement j'avais pu voir son visage ! Le pire, c'est que sa voix me disait vaguement quelque chose. Comme si je l'avais déjà entendue, mais… d'une manière différente.

— En effet, dit le médecin, on ne peut guère avancer avec aussi peu d'indices…

Il déposa la tasse de café sur la table devant Vauvert, avant de retourner auprès de la machine pour s'en préparer un à son tour.

— Et toi non plus, Alexandre, je suppose que tu n'as pas pu voir à quoi il ressemblait ?

— Non, malheureusement, dit le policier. Il était trop loin de moi. Il portait des lunettes, une capuche…

Il réfléchit quelques instants, remuant le café avec une cuillère, puis ajouta :

— Maintenant que tu as mentionné sa voix, Eva, il y a un détail que j'ai trouvé étrange. J'ai l'impression qu'il ne parlait pas de la même façon qu'hier soir.

Dans le canapé, la jeune femme réajusta ses lunettes du bout de l'index.

— Comment ça ? Il n'avait pas la même voix qu'hier ?

— Je ne sais pas comment l'expliquer. C'était dans son timbre. Son accent. Il y avait une nette différence avec la façon dont il s'exprimait à Paris.

— Attends, tu es sûr que c'était bien le même type ? demanda Coutaud en revenant avec son café.

— Oui, assura le policier. Ça, c'est certain.

— Cela peut s'expliquer, reprit Eva. La voix d'une personne instable peut changer en fonction de ses émotions. Il est arrivé que des tueurs en série aient plusieurs personnalités, et s'expriment avec des accents parfaitement distincts en fonction de leurs phases. Cela peut aussi aller de pair avec le développement d'une psychose, quand celle-ci est en train de s'aggraver…

— Qu'est-ce que ça impliquerait, dans ce cas ? dit Coutaud.

— Eh bien, pour résumer grossièrement les choses, un homme atteint de ce genre de pathologie considère les autres comme des objets. Il a besoin de se sentir tout-puissant, de jouer avec ses victimes, de les transformer en proies à sa merci. Mais si sa folie est en train de grandir, ses actes vont en être le reflet. Il peut décider de prendre davantage de risques. Aller plus loin dans les horreurs qu'il commet. C'est une course à l'abîme.

Vauvert poussa un bâillement.

— Ouais. Ça promet.

Il but son café en espérant qu'il le réveillerait un peu, tout en caressant la crosse de son Smith & Wesson qui émergeait de son holster. Il ne cessait de repenser à cet homme lorsqu'il était sorti de sa Volkswagen. Il le revoyait distinctement, dans l'œil de son esprit, avec son propre pistolet à la main. La mise en scène du psychopathe était en train d'évoluer, cela ne faisait aucun doute. L'escalade s'accélérait. *Jusqu'où irait-elle ?*

— Si seulement on avait un détail auquel s'accrocher, murmura-t-il. Avant qu'il ne tue Levy, j'ai bien vu qu'il s'agissait d'un droitier. C'est de cette main qu'il tenait mon Smith & Wesson. Et ensuite…

Il s'interrompit.

Cela lui revenait subitement.

— Il y avait autre chose. Quand il est sorti de sa voiture, il avait aussi un téléphone dans sa main gauche.

— Un téléphone ? fit Coutaud.

— C'est à ça que ça ressemblait, en tout cas. J'étais loin.

— Tu crois qu'il était train de parler avec un complice ?

— Je ne sais pas, dit Vauvert. Mais rien n'est impossible.

— On n'a pas encore envisagé l'éventualité qu'il ne soit pas seul, intervint Eva. S'il dispose d'une logistique extérieure, cela expliquerait pourquoi il t'a retrouvé aussi vite chez Levy…

Vauvert joua avec cette idée.

— Quoi qu'il en soit, dit-il, notre homme a un moyen d'obtenir des informations de manière rapide et très efficace.

— Il travaille peut-être pour un opérateur de téléphonie, dit Coutaud. Dans ce cas, il a pu géolocaliser vos téléphones et vous suivre à la trace.

— C'est possible, admit Vauvert. Ou, si on reste dans l'hypothèse qu'il n'est pas seul, il pourrait connaître quelqu'un qui travaille dans ce secteur, et qui l'aurait renseigné. Nos téléphones étaient le seul moyen de remonter jusqu'à nous aussi facilement.

— Tout cela reste de la pure supposition, soupira Eva. Et ça ne tient pas vraiment la route.

— Quand il t'a attaqué, insista Coutaud, tu es sûr qu'il n'a rien dit de particulier ? Quelque chose qui pourrait laisser penser qu'il n'est pas seul ?

Vauvert réfléchit.

— Rien de ce genre. Il m'a simplement annoncé que j'étais sa proie.

— Pas un mot qui indique pourquoi il vous avait pris pour cible, l'un ou l'autre ?

— Mais non, fit Vauvert, je t'assure. Tout ce qu'il a dit, c'est que la mort allait me tendre les bras... Que personne ne découvrirait ce qu'il avait fait... Les conneries égocentriques habituelles...

À ces mots, le visage d'Eva changea.

— Bon sang !

— Quoi ?

— C'est vraiment ce qu'il t'a dit ? demanda-t-elle d'une voix fébrile. Tu te souviens de ses paroles exactes ?

Vauvert hocha la tête.

— Oui, bien sûr. Pour être précis, ce qu'il a dit, c'est que la mort m'ouvrait ses bras. Ça te rappelle quelque chose ?

— Mon Dieu, murmura la jeune femme en posant une main devant sa bouche. Je n'ai pas pu être si aveugle…

Elle se leva. Elle semblait encore plus pâle que d'ordinaire. Ses traits plus durs. Une subite et violente colère irradiait d'elle.

— Ce que tu as cru être un téléphone, dans sa main, Alexandre, je pense que c'était une caméra.

— Une caméra ? grommela le policier. Il filme ses meurtres ?

— C'est un journaliste. C'est pour ça qu'il a accès à tous les réseaux d'infos qu'il désire. Je l'ai rencontré dimanche dernier, quand je t'ai quitté pour aller sur une scène de crime… Et dire que je ne comprenais pas ce qui clochait avec lui !

Elle se tourna vers Coutaud.

— Romuald, as-tu un ordinateur avec une connexion Internet ?

— Mais bien sûr. Dans le bureau, au premier étage. Il est allumé. Je vous l'ai dit, faites comme chez vous…

67

Le point bleu continue de pulser sur l'écran de la tablette.

Il se trouve à seulement une quinzaine de mètres.

Dans cette maison. Juste devant lui.

Radieux, Barbarossa cale sa nuque sur l'appui-tête de son siège. La lumière encore violente de l'après-midi inonde la rue, tape à travers le pare-brise, transformant l'habitacle de la Volkswagen en véritable sauna.

Une nuée de points noirs se met à flotter devant ses yeux.

Il descend sa vitre pour respirer un peu d'air, et les taches s'estompent aussitôt dans ses rétines.

Attentif, il contemple la rue. Il aperçoit, un peu plus loin, une vieille dame qui promène un affreux petit chien. La bête renifle, crache, gratte contre les murs tous les mètres, tout en tirant sur sa laisse.

Quelques instants plus tard, un bus arrive en manœuvrant habilement, et le dépasse sans ralentir.

Puis les lieux sont déserts de nouveau, seulement baignés par les roucoulements des tourterelles perchées sur les toits des maisons et la rumeur lointaine du périphérique.

Barbarossa observe les façades, proches les unes des autres. Il y a des fenêtres partout. Aucun moyen d'entrer ou de sortir de cette maison sans s'exposer aux regards des voyeurs. Il sait qu'il faudra faire très attention. Les voisins, dans ce genre de quartier, ont toujours un œil qui traîne.

Mais cela ne lui fait pas peur.

Au contraire, la pulsion ne fait que grandir en lui, attisée par la perspective de ces nouveaux obstacles. Il sent son excitation monter, se déployer, le galvaniser.

Il scrute la maison.

Au travers des fenêtres du premier étage, il peut apercevoir des ombres. Des silhouettes humaines. Les leurs, oui.

C'est donc là-haut qu'ils se trouvent.

Ses proies sans défense.

Il inspire.

À force de fixer la fenêtre de l'étage, les papillons noirs sont réapparus dans ses rétines. Il a brusquement l'impression que les ombres des proies prennent une vie propre, déployant des ailes et des griffes sur les murs.

Il cligne des yeux.

L'illusion cesse aussitôt.

Il n'a aucune crainte à avoir.

C'est lui, le prédateur tout-puissant.

Et il va le leur prouver.

Il range soigneusement sa tablette sous le siège.

Puis il récupère le sweat-shirt noir.

Il le passe sans se presser.

Il enfile ensuite une nouvelle paire de gants en plastique.

Son cœur commence à battre plus vite.

De plus en plus vite.

68

Eva avait téléchargé l'émission de Canal 42.

Pour la troisième fois, elle relança le passage. Sur l'écran de l'ordinateur, la jeune fille aux yeux hallucinés et aux longs cheveux emmêlés répétait :

— *Après notre mort, nous pouvons voler de nouveau. Plus aucune dimension terrestre ne nous retient ici…*

Et, pour la troisième fois, la voix du journaliste lui répondait :

— *C'est donc ça. Quand la mort nous ouvre ses bras, elle nous montre qui nous sommes vraiment.*

Elle mit la vidéo en pause.

— Alors ?

Derrière elle, bras croisés, Vauvert hocha la tête.

— C'est sûr que c'est la même phrase, et que ce n'est pas une expression courante. Pourtant, j'ai beau essayer de me souvenir, cela ne ressemble pas du tout à la voix du type.

— Parce que sa voix change, dit-elle. Quand il m'a parlé, chez les Martel, et ensuite dans les bureaux du 36, il ne s'exprimait pas de cette manière non plus. J'ai l'impression que son phrasé varie d'un jour à l'autre. Ou alors, d'une situation à l'autre.

— Comme ce que tu disais sur les psychopathes et leur pathologie ?

— Exactement. La folie de ce type est en pleine accélération.

— Si c'est bien lui qui nous traque, insista Vauvert.

— J'en suis certaine.

Il hocha la tête. Comme à chaque fois qu'il réfléchissait, ses yeux étaient rétrécis, son visage plissé comme un masque de cuir.

— Je n'arrive même pas à croire cette histoire de balle dans sa tête.

— J'ai eu la même réaction que toi, lui répondit-elle. Mais j'ai fait des recherches, je t'assure que c'est vrai. Ce garçon a une balle coincée entre ses hémisphères cérébraux.

Elle bascula sur un autre navigateur et tapa « Dorian Barbarossa » dans la recherche d'images. Elle les fit ensuite défiler une à une, en plein écran.

Les photos montraient le jeune homme dans diverses situations, qu'il soit mal rasé, debout sous la pluie battante, ou même torse nu pour certaines d'entre elles. Mais il conservait toujours un visage souriant et ce même regard hautain, vaguement halluciné, de capitaine pirate. Sur chacune des images, le plus marquant demeurait sans conteste son front lézardé, comme orné d'un tatouage blanc en relief.

— C'est une sacrée cicatrice, grommela Vauvert.

Eva s'arrêta sur une photo où il portait une capuche qui dissimulait justement le stigmate sur son front. Barbarossa fixait l'objectif, de ses yeux intensément clairs, et son sourire était celui d'un ange. Pas du tout le sourire de tueur qu'elle se souvenait d'avoir vu sur le conducteur, elle devait bien l'avouer.

— Je suis sûre que c'est lui, insista-t-elle. Même si on n'a pas vu son visage. C'est sa silhouette.

Vauvert émit un bruit de gorge.

— Ouais. Ça pourrait être lui. Mais bon sang, je n'arrive toujours pas à le reconnaître.

— Je sais, dit-elle. C'est parce que l'expression de ses traits change autant que sa voix.

Elle continua de faire défiler les photos, et finit par s'arrêter, surprise, sur celle d'une fille aux cheveux blancs, une cigarette à la main.

— Qu'est-ce que ça fait au milieu de…

Elle laissa sa phrase en suspens. L'espace d'un instant, elle avait cru qu'une de ses propres photos s'était retrouvée associée au nom du journaliste.

Mais elle réalisa que ce n'était pas une photo d'elle.

Elle agrandit l'image.

Il s'agissait d'une jeune fille, plutôt belle, aux cheveux décolorés. La ressemblance avec elle s'arrêtait d'ailleurs à ces cheveux, car la fille avait un visage ovale à la peau mate, avec un nez arqué et de grands yeux noirs et pétillants. Sur la photo, elle était vêtue d'un pantalon baggy couleur crème, d'un manteau à capuche noir doublé en fourrure, et elle était assise sur les escaliers de ce qui devait être une cité. Elle portait sa cigarette à ses lèvres avec un sourire mutin. Il y avait des graffitis multicolores sur le mur derrière elle.

— Mina Karlova, lut Vauvert par-dessus son épaule. Qui est-ce ?

Eva se retrouva quelques instants sans voix. Elle se souvenait très bien de ce nom. Elle n'avait simplement pas pensé à regarder à quoi le frère et la sœur Karlova ressemblaient.

Elle réalisa qu'elle aurait dû. Si elle l'avait fait, si elle avait vu cette photo de Mina, elle aurait compris bien plus vite.

— C'est la personne qui a tiré sur Dorian Barbarossa, quand il avait dix-sept ans. C'est elle qui lui a envoyé cette balle dans la tête. Elle et son frère Deniz ont assassiné les amis de Barbarossa de sang-froid pour une histoire de drogue volée.

— Bon sang de bordel. Et elle est encore en prison ?

— Non, dit Eva. Elle n'a jamais fait de prison, puisqu'elle a été tuée par la BAC lors de son interpellation, en même temps que son frère.

Elle se tourna vers son compagnon, livide.

— C'est elle, la fille à qui je lui fais penser… C'est pour ça que ce malade m'a prise pour cible…

69

Eva avait beau se forcer à rester calme, cette révélation la rendait malade. Sa tête se mit à tourner. Son ventre lui sembla lourd, et une peur diffuse et glacée monta en elle.

— Mina Karlova est la personne qui lui a tiré cette balle dans le crâne, répéta Vauvert, comme s'il n'arrivait pas à le croire lui-même. Pas étonnant qu'il ait tant désiré la tuer…

— Mais il n'a jamais pu le faire, puisque les forces de l'ordre s'en sont chargées…

— D'où sa frustration, bon sang de bordel. Cela veut dire que ce type a réussi à tromper tout le monde. Il a évité les enquêtes de police. Il a donné le change aux médecins qui n'ont jamais décelé son déséquilibre. Et en prime, aux yeux du public, il passe pour Monsieur Parfait, le pourfendeur des escrocs !

Eva acquiesça, luttant contre le vertige. La situation était d'une ironie terrible.

— Cette balle est bien la cause de tous ses troubles, murmura-t-elle. Il a réussi à créer sa légende, à écrire dans tous les journaux qu'il vivait sans le moindre problème avec ce projectile enfoncé dans le cerveau, mais la réalité est justement tout l'inverse. Les lésions dans ses lobes cérébraux l'ont transformé. En fin de compte, Mina Karlova a fait pire que si elle l'avait simplement tué. Elle a fait de lui un prédateur. Par ricochet, c'est comme si elle avait tué des tas de gens…

— Il nous faut une preuve de sa culpabilité, murmura Vauvert. Mais pour ça, on va devoir prévenir quelqu'un dans le service. On ne peut pas agir seuls. Les collègues pourront géolocaliser son téléphone, par exemple.

Elle pivota sur sa chaise et croisa les bras. Elle sentait venir un de ces accès de fatigue qui ne la laissaient plus tranquille, mais chercha à lutter. Des frissons désagréables remontèrent sous sa peau.

— C'est une bonne idée, articula-t-elle. Romuald pourra transmettre le message discrètement. Mais as-tu un collègue en qui tu pourrais placer une confiance aveugle ? Quelqu'un qui ne se sentira pas obligé de passer par la voie hiérarchique ?

Vauvert hocha la tête.

— Ouais. À vrai dire, un seul. Damien. Tu le connais. Malheureusement, il y a un problème. Il est en vacances en Espagne pour au moins une semaine encore. On va devoir faire appel à quelqu'un d'autre. Et je ne peux pas être sûr que cette personne n'en parlera pas au chef…

Il se dirigea vers la porte du petit bureau, en se frottant machinalement les bras. Coutaud avait commencé à cuisiner et l'odeur des oignons et des aromates arrivait timidement jusqu'à l'étage.

— … Si Kiowski est prévenu, ajouta-t-il sur un ton amer, il ne se posera pas de question. Il viendra nous cueillir en personne. Il m'a dans le nez depuis trop longtemps…

Eva se leva. Les frissons continuaient de l'emplir, brouillant ses pensées.

— De mon côté, je vais appeler Erwan, dit-elle en grelottant. Il a accès aux différentes bases de données… je… Mais que se passe-t-il, bon sang ? D'où vient ce froid ?

À présent, elle tremblait de tout son corps. De la chair de poule se dressait jusque sur la peau de son ventre, sous sa chemise.

— Nom de Dieu, grommela Vauvert en levant les yeux vers le bloc en plastique de la climatisation. Qu'est-ce que Romuald a trafiqué avec son thermostat ?

Eva se rapprocha de lui, tous ses sens en alerte.

— Ce n'est pas la climatisation, dit-elle. C'est déjà arrivé…

Leurs respirations formèrent des volutes de vapeur devant leurs visages.

— Hier soir, dans le parking, murmura-t-il. Quand tu as été attaquée. Bon sang de bordel… Viens !

Il lui prit la main et la tira à sa suite dans le couloir.

La température continuait de descendre.

— Mais putain, qu'est-ce que c'est que ce truc ? s'écria-t-il en voyant la tapisserie perdre sa couleur.

— Du givre, dit Eva. Exactement comme hier…

Ils s'écartèrent, tandis que la couche de givre s'étendait sur le mur. Des cristaux de glace étaient également apparus sur la moquette, tout autour d'eux, et eux aussi se propageaient à vue d'œil. Le couple de policiers essaya de les éviter, tant bien que mal. Le voile de givre les suivait pas à pas. Quand il arriva sous les bottes d'Eva, elle sentit qu'elle glissait et faillit trébucher. Son compagnon la prit par le bras et l'attira vers lui.

— Reste contre moi. On redescend. Vite !

Ils se précipitèrent vers l'escalier, quittant enfin la zone en train de geler. Eva se laissait emmener par le colosse, engourdie par la panique et un début de nausée. Des souvenirs amers remontaient. Alexandre et elle avaient déjà été confrontés à des événements inexplicables, dans le passé, et elle savait très bien que la réalité n'était pas toujours ce qu'elle semblait être. Elle avait espéré de toutes ses forces que cela ne se reproduirait plus. Elle ne VOULAIT PLUS avoir à traverser ce genre de choses.

— Tu crois que c'est lui qui produit ça ? Que Barbarossa a une sorte de pouvoir ?

— Comment veux-tu que je le sache ? fit Vauvert en dévalant les marches devant elle. Romuald ! beugla-t-il. Lâche tes casseroles tout de suite ! Il faut sortir d'ici !

Ils étaient si pressés qu'ils ne comprirent la situation qu'une fois arrivés au pied de l'escalier.

Romuald Coutaud ne se trouvait pas dans la cuisine.

Il était assis à la table du salon, face à eux.

Il n'avait plus de tête.

Son corps s'arrêtait à son cou, un magma de chairs rougeâtres et de fragments d'os sectionnés net. Sa chemise était gorgée de sang, sang qui s'était répandu en abondance sur la table, coulant sur le plancher tout autour, et derrière l'odeur de légumes en train de cuire montait à présent, violente, la puanteur caractéristique de la mort.

— *Eva…*

Ce fut le seul mot, comme un souffle, qui s'échappa des lèvres de Vauvert. Instinctivement il fit écran de son corps pour la protéger.

Elle aussi avait aperçu Barbarossa.

L'homme se tenait quelques mètres en arrière, dans l'espace cuisine. Caméra levée à bout de bras, il filmait la tête de Coutaud, posée sur le plan de travail, à côté de plusieurs couteaux de cuisine aux lames souillées de sang.

Il portait toujours son sweat-shirt noir mais n'avait pas, cette fois, pris la peine de rabattre sa capuche.

Ses traits avaient encore changé. Son visage était distordu par une expression inhumaine.

— Bien, ricana-t-il en dirigeant la caméra vers eux. Vous avez compris plus vite que je ne l'espérais, vous savez ?

Et levant son autre main, il braqua vers eux un pistolet.

Eva sentit le corps de Vauvert se tendre, devant elle, tandis qu'il dégainait son arme et que les deux hommes faisaient feu en même temps.

70

Tout en pressant la détente, Barbarossa avait plongé derrière l'îlot central de la cuisine, juste à temps pour éviter la salve soutenue du policier. L'un comme l'autre tirèrent au hasard et leurs tirs se croisèrent dans un tonnerre de déflagrations.

Le chaos le plus total envahit le salon.

Vauvert sentit une balle frôler son oreille, tandis que les siennes ricochaient sur le plan de travail et faisaient exploser de la vaisselle.

— En haut ! hurla-t-il en remontant les marches.

Il poussa de son dos Eva, veillant toujours à rester en écran devant elle, sans cesser de tirer vers la cuisine, chacun de ses coups de feu pulvérisait les portes des placards et les ustensiles, nourrissant le vacarme infernal. La vitre des grandes fenêtres se scinda et fut emportée en une pluie scintillante.

Accroupi à l'abri de l'îlot, Barbarossa faisait de même, incapable de viser mais continuant de presser la détente avec frénésie. Ses balles faisaient voler en éclats les tableaux sur les murs et se fichaient dans la rampe de l'escalier tandis que les deux policiers battaient en retraite.

Ils atteignirent pourtant le premier étage, stupéfaits d'être encore en vie, et la fusillade cessa aussi vite qu'elle avait commencé.

Ici, ils étaient hors d'atteinte des balles.

Mais face à eux se trouvait un autre problème.

La couche de glace avait progressé.

Elle nappait désormais le couloir, du sol au plafond. Et elle continuait de s'étendre, comme si l'hiver avait décidé de dévorer la maison de l'intérieur, centimètre par centimètre. Un froid polaire leur souffla au visage, couvrant leurs cheveux de diamants de givre.

— C'est de la folie, murmura Eva en croisant ses bras hérissés de chair de poule. Ceci n'est *pas possible !*

Elle fit néanmoins un pas en avant.

Le gel se propageait sur la moquette devant elle, par saccades, ses cristaux émettant une succession de crissements à mesure qu'ils se formaient.

Le phénomène n'était plus qu'à un mètre d'eux.

Et il continuait de sinuer vers eux, tout doucement.

— On ne peut pas fuir par là, grogna Vauvert. On ne sait pas ce que c'est…

Ses pensées bouillonnaient. Ils étaient pris dans un étau et il ne voyait pas comment s'en sortir. Derrière eux se trouvait un tueur psychopathe armé jusqu'aux dents, et devant eux il y avait cette manifestation incompréhensible, sans doute tout aussi dangereuse.

Durant d'interminables secondes, ils observèrent l'escalier, puis le couloir voilé de gel, sans savoir comment réagir.

Puis ils entendirent les pas de Barbarossa qui s'approchait des marches.

Vauvert brandit son Smith & Wesson. Il serra la crosse de son arme à deux mains, bien décidé à en découdre.

— Foutu taré ! beugla-t-il de toutes ses forces. Si tu t'approches, je te bute, tu entends ?

— Il va en effet falloir que certains d'entre nous meurent ! répliqua le journaliste. C'est ainsi que les choses se finissent toujours, n'est-ce pas ?

La voix de l'homme montait et descendait, comme si elle changeait et muait à chaque syllabe qu'il prononçait.

Vauvert ne l'apercevait pas encore, mais il tira tout de même, une fois, puis une deuxième, au hasard dans le salon. Sa deuxième balle brisa un des pieds de la table. Le meuble s'effondra sur lui-même, emportant le corps mutilé de Coutaud qui s'étala sur le sol dans une grande éclaboussure de sang.

— Bordel, gémit le policier.

Il jeta un œil au tapis de glace. Ça y était, il était arrivé à leur niveau. Dans un instant il passerait sous leurs pieds… et alors… *que se passerait-il, alors ?*

— C'est tout ce que tu peux faire, Alexandre ? continuait de vociférer le psychopathe d'une voix encore changée. Tu as vu ce qui est arrivé à ton ami par ta faute ? Tu sais que c'est toi qu'on blâmera pour tout ça, hein ? Toi et ta pute aux cheveux blancs ?

— Ne l'écoute pas, souffla Eva au creux de son oreille. Il faut reculer !

Cette fois, ce fut elle qui lui saisit le bras et le tira vers elle.

— Eva, attends. On ne peut pas…

— On n'a pas le choix ! Viens !

Il se laissa entraîner à contrecœur, sans cesser de surveiller l'escalier, son Smith & Wesson à bout de bras.

À l'instant où ses pieds se posèrent sur le tapis opaque de glace, ce fut comme si le froid pénétrait en lui. Au plus profond de lui. Il s'infiltra dans ses os. Il eut l'impression que des voix se mettaient à chuchoter dans son esprit. De toutes petites voix lointaines, qui se mélangeaient et se chevauchaient sans jamais s'arrêter.

— Tu ressens ça ?

— Oui, lui dit Eva. Je les entends, moi aussi…

Elle continua d'avancer dans le couloir gelé, pliée en deux, ses bras serrés autour d'elle comme si elle souffrait.

— Je n'aime pas ça. C'est sans doute dangereux.

— Je crois que c'est… juste une illusion… haleta-t-elle.

— Cela ne ressemble pas à une putain d'illusion ! s'écria Vauvert, sentant la crosse de son arme en train de geler dans sa main.

Il n'y avait pas que la crosse. Le canon était maintenant recouvert de givre scintillant.

Il essaya de presser la détente. Impossible. Le Smith & Wesson était neutralisé par le phénomène surnaturel qui investissait la maison.

Jurant entre ses dents, il pénétra avec Eva dans la pièce faisant office de bureau.

C'était d'ici qu'était partie l'invasion glacée. Du gel épais et bleuâtre avait intégralement tapissé les murs de la pièce. Sur la table, l'ordinateur de Coutaud avait éclaté comme s'il se trouvait dans un congélateur.

Et pourtant, face à eux, au milieu des murs figés par la glace, la fenêtre s'ouvrait sur la chaleur étouffante du ciel d'été.

Au-dehors, tous les chiens du quartier aboyaient à la mort.

— On peut sans doute passer par là, déclara-t-il en se dirigeant vers la fenêtre.

Eva s'était immobilisée et vacillait, ses bras toujours serrés autour d'elle.

— Eva ?

Il la vit tomber à genoux, le visage traversé par une douleur intense, et il se précipita sur elle pour la soutenir. Elle tremblait de tout son corps.

— Que se passe-t-il ? Tu m'entends ?

— Mon ventre, dit-elle d'une voix voilée. J'ai... mal...

Il posa sa main sur ses hanches, puis sur son ventre rond, cherchant à comprendre ce qui s'était produit.

Il se rendit compte que la chemise d'Eva était humide.

Il sentit la panique affluer en lui.

Non, pas ça, songea-t-il. *Tout mais pas ça...*

Il releva sa main. Rouge de sang. Il constata que le liquide poisseux suintait le long du pantalon de la jeune femme.

— Non, murmura-t-il. Mon Dieu, non. Pas ça.

Naïvement, il avait cru que les balles les avaient épargnés tous les deux. Que Barbarossa, tirant sans viser, ne pouvait pas les avoir atteints.

— Où as-tu été touchée ? murmura-t-il d'une voix qu'il réussit à maintenir parfaitement calme, même si ses yeux s'emplissaient de larmes brûlantes.

71

Le putain d'escalier est en train de GELER.

Barbarossa, planté au milieu du salon, n'en croit pas ses yeux.

Il lève sa caméra à bout de bras. C'est pourtant vrai. Ceci se produit vraiment devant lui. Et tout apparaît également sur l'écran numérique, tel qu'il le voit : le voile opaque en train de se propager d'une marche vers l'autre, de plus en plus vite. L'escalier en est à moitié recouvert. La substance monte sur la rampe, escalade le mur, se répand sur le plafond comme un flot de peinture translucide et impossible.

Il enregistre, fasciné, ne voulant pas perdre une miette du spectacle. Sa tête bouillonne de questions. De frustrations.

C'est le même phénomène qui s'est déjà produit la veille à Paris, et qui recommence ici. Pourquoi ? Pour protéger la proie ?

— Comment fais-tu ça ? murmure-t-il. Petite pute, comment arrives-tu à créer ça ?

Il sent le froid qui parvient jusqu'à lui, comme il l'avait senti dans le parking souterrain. Ses bras se hérissent de chair de poule.

Il lutte contre ses réflexes qui lui hurlent de reculer, de s'éloigner de ce phénomène, et au lieu de cela il dirige son arme de sa main droite. Il ne cesse pas de filmer. Il veut une preuve de ceci. Il lui FAUT conserver une trace de ceci. Plus que jamais. Cela dépasse tous ses rêves les plus fous.

Il contemple le gel en train de grossir sur les marches.

De translucide, celui-ci devient bleuâtre, puis blanc.

La chose, en se déplaçant, produit un son étrange. Cela évoque un bruit de verre pilé. Plus elle se répand, plus ce son augmente, se multiplie, se rapprochant de lui…

Sans réfléchir, Barbarossa presse la détente du pistolet.

Le coup part. La balle s'enfonce dans le tapis de glace sur les marches. Une fissure se dessine aussitôt autour de l'impact.

A-t-il entendu crier à l'instant où la balle frappait cette chose ?

Il observe, médusé, la fissure rouge qui s'agrandit.

Oui, rouge.

Du sang suinte de la fêlure.

C'est bien cela. Du sang s'écoule sur les marches.

La couche de gel est en train de saigner.

— Nom de Dieu. Tu es vivant, hein ?

La glace a arrêté sa progression au bas de l'escalier. Mais au plafond, il la voit qui continue de se propager en ondulations blanches, filant vers les angles de la pièce, cherchant à le prendre de revers. Les bruits grinçants qu'elle émet sont de plus en plus forts.

Cette fois, Barbarossa recule, par précaution.

Cette chose peut être blessée. Il vient d'en avoir la preuve.

Tout ce qui peut être blessé peut être tué.

Il tire de nouveau.

Cette fois, il entend le cri de douleur que produit le givre, ou quoi que soit cette chose.

Et de nouveau, il le voit qui se met à saigner.

72

En bas, d'autres coups de feu résonnèrent.

Et en Eva, dans sa chair, la douleur empira. Comme si des centaines d'hameçons la déchiraient de l'intérieur.

Elle haleta. Elle sentit le goût du sang au fond de sa gorge.

— Parle-moi, dit Alexandre en soulevant sa chemise. Bon sang de bordel, ne t'endors surtout pas. Où as-tu pris cette balle ?

Elle secoua la tête. Le vertige la saisissait. Le froid l'engourdissait.

— Je ne vois pas la plaie, s'alarma-t-il.

— Je n'ai pas pris de balle, lui dit-elle.

Il fronça les sourcils. Sa respiration formait un nuage devant son visage.

— Mais ce sang, alors ? D'où vient-il ? Oh, mon Dieu…

Elle baissa les yeux, terrifiée par le ton de sa voix, et comprit la raison de sa panique.

La source du saignement ne provenait pas de son ventre ni de sa taille. Sa peau, gonflée par la grossesse, était intacte. C'était entre ses cuisses que le sang coulait. Le tissu de son pantalon, là où ses jambes se touchaient, était gorgé et poisseux.

Le sang sortait de son sexe. Voilà ce qui se passait. Comme cela s'était produit dans son rêve.

— Non, souffla-t-elle, d'une voix qui ressemblait à un pleur. Pas comme ça… Cela ne peut pas… Je ne veux pas…

La douleur lui sembla subitement très loin, à des milliards d'années de ses sens. C'est dans son cœur qu'elle eut l'impression qu'on lui enfonçait un poignard.

— Ne bouge pas, lui dit son compagnon. Ne fais plus le moindre effort, Eva, je t'en prie…

Elle n'avait de toute façon plus la force de lutter. Elle s'accrocha à Alexandre, l'homme qu'elle aimait, comme à une bouée, comme à une toute dernière chance en laquelle elle ne croyait même plus.

À ce contact, elle eut l'impression d'être éblouie par une vive lumière blanche.

Elle sentit également un coup à l'intérieur de son ventre. Puis un autre. Ses enfants bougeaient, s'agitaient. Subitement, cette pensée raviva en elle une vague d'espoir fou, car cela signifiait qu'ils étaient encore en vie. Chaque choc de leurs minuscules membres contre la paroi de son abdomen avivait cet éblouissement.

Le sol se mit à tanguer. À basculer.

Elle se sentit partir.

Pendant un instant, les murs autour d'elle s'effacèrent, et elle ne fut plus dans cette pièce, mais dans une immensité à ciel ouvert, sur une banquise blanche et lisse.

Alexandre était là, lui aussi, dans le monde de son rêve, la serrant contre lui pour la protéger du froid.

— Tu les entends ? lui dit-il au creux de son oreille.

Elle hocha faiblement la tête. Oui, elle les entendait. Elle n'entendait même plus que ça. Deux cœurs qui battaient, de plus en plus fort, sous la couche de glace, ou bien tout au fond d'elle, contre ses muqueuses, elle ne savait pas, elle ne comprenait pas.

Elle cligna des yeux et se sentit revenir sur le sol.

Ils étaient de nouveau dans le bureau de Coutaud.

— Le gel... dit Vauvert en se redressant. Regarde...

Elle observa la pièce autour d'eux.

— ... Il a disparu, dit-elle.

Les murs n'en gardaient aucune trace. De la glace qui emplissait les lieux un moment auparavant, il ne restait rien. Le froid persistait encore, mais il avait commencé à diminuer.

— Je te l'avais dit, murmura-t-elle. C'est une illusion.

Vauvert se redressa.

— Ce sont eux, n'est-ce pas ?

Elle cligna des yeux.

Les rivages blancs de son rêve flottaient à la périphérie de ses sens, comme le souvenir d'une mélodie quand elle refuse de vous quitter. Le goût de son propre sang remontait dans sa gorge.

— Oui, dit-elle d'une voix voilée. Je ne sais pas comment ils font ça, mais ce sont nos enfants qui créent ce phénomène...

Elle observa ses doigts tachés de sang.

— J'entends leurs cœurs battre en moi. Ils sont blessés. Ils sont terrifiés. Et ils ont… une sorte de pouvoir terrible…

Vauvert tourna la tête vers le couloir, où le gel était encore présent, mais avait commencé à se déplacer.

— Ça… se rassemble… Je crois que c'est en train de redescendre vers le salon… Ils vont s'en prendre à Barbarossa…

73

Le gel s'agglutine de plus en plus vite.

Les balles qu'a tirées le journaliste ont lézardé la matière translucide et l'ont fait saigner en de nombreux endroits, mais celle-ci est en perpétuel mouvement, elle se colmate aussitôt, emprisonnant les filets écarlates dans ses méandres à mesure qu'elle coule et se reconstruit, par folles saccades, progressant sur les murs du salon.

Qu'importe, Barbarossa filme, avide, ces méandres bleuâtres en train de glisser le long des marches, figeant le bois, gagnant du terrain à chaque instant. La rampe, prise dans la glace, se fissure et implose. L'air est si froid qu'il devient irrespirable.

Cette chose défie son entendement, mais elle n'aura pas le dernier mot.

Le journaliste la met en joue de nouveau, décidé à lutter contre elle.

Rien ne se produit quand il presse la détente.

Avec un sentiment de panique, il réalise que son arme a gelé dans sa main.

Il recule.

Dans sa tête, par contraste avec le froid ambiant, il lui semble que la balle devient lave en fusion. Des papillons noirs envahissent sa vision.

L'ampoule de la lampe, sur le meuble à côté de lui, vire à l'opaque sous le froid. Puis éclate.

— Sorcière, murmure Barbarossa en se repliant vers la cuisine. Tu es une putain de sorcière, c'est ça ? En fin de compte, ce genre de choses existe…

Au cours de ses voyages, dans les bas-fonds illettrés du tiers-monde, il a rencontré bien des femmes qui se prétendaient sorcières. Toutes, elles n'étaient que des menteuses et des manipulatrices, faisant jaillir à travers la peau des organes de volailles supposés être des tumeurs, jouant des drogues et du folklore pour abuser la crédulité des miséreux. *Des impostures. Des manipulations.*

Il n'y croyait plus. Il ne sait même pas s'il y a jamais vraiment cru. Et, malgré tout, cette rencontre, il l'a secrètement désirée, sans trop se l'avouer. Il l'a attendue, si longtemps…

Le gel continue de manger la pièce, de recouvrir les murs et le sol, se refermant autour de la cuisine.

Le journaliste, lui, recule.

Il réalise qu'il vient de marcher sur une flaque de sang. Ses semelles déposent des empreintes rouges sur les dalles de béton.

Cela n'a plus d'importance. Il lui faut quitter cet endroit tout de suite. La fenêtre est sa seule voie de sortie à présent. Il se hâte jusqu'aux vitres brisées, écrasant les débris de verre, tout en rabattant sa capuche sur sa tête.

Partout dans le quartier, les chiens aboient. Il imagine les petits vieux collés à leurs fenêtres, cherchant à distinguer ce qui passe ici. Il sait que les flics ne vont pas tarder à débarquer.

Il n'a pas le temps de réfléchir. Le crissement de la glace en mouvement est tout proche. Sur les dalles de la cuisine, déjà.

Il braque sa caméra vers la chose translucide. Il a besoin de cette dernière image. Quoi qu'il se passe maintenant, il aura enregistré tout cela. Il pourra l'étudier. *Comprendre*, peut-être.

— Tu ne me fais pas peur, annonce-t-il, d'une voix où couve toute sa rage. Si tu existes, alors le moyen de te détruire existe aussi. Je le trouverai.

Et, glissant ses lunettes noires pour dissimuler ses traits, il enjambe la fenêtre et émerge sous le soleil estival. Revenir aussi brusquement dans la chaleur lui fait l'effet d'entrer dans un sauna. Qu'importe. Il est hors de danger.

Il n'a pas gagné, mais il n'a pas perdu non plus.

Loin de là.

74

— Ils ont mal, murmura Eva. Mes bébés ont mal…

— Ne bouge pas, lui dit Vauvert, d'une voix aussi stable que son esprit était désemparé. Je vais jeter un œil.

Il s'assura qu'elle était bien adossée contre le mur, et se leva.

Dans le couloir, il entendait le bruit de verre en mouvement que produisait la glace. Il alla se planter dans l'encadrement de la porte pour observer. Comme il s'y attendait, le tapis de gel continuait de s'éloigner et de se condenser dans la cage d'escalier.

Cette chose impossible devait être en train d'envahir le salon. Et, si toute cette masse de glace s'y était déplacée, elle devait le recouvrir du sol au plafond.

Vauvert tendit l'oreille. Le journaliste avait cessé de tirer, mais c'était la seule certitude qu'il pouvait avoir.

— Ce phénomène… il a peut-être eu raison de Barbarossa ?

— Non, murmura Eva.

Il se tourna vers elle.

— Quoi ?

Elle avait ôté ses lunettes noires, et il réalisa que les yeux injectés de la jeune femme étaient entièrement rouges, sans plus la moindre trace de blanc. Comme si ses orbites étaient emplies de sang. Il ne l'avait jamais vue dans cet état et cette vision le fit frissonner.

— Il est en train de fuir, ajouta-t-elle. Je ressens… ce qu'ils ressentent… de la rage…

Vauvert ne perdit pas de temps à tergiverser.

Il savait que le journaliste ne disposerait pas de nombreuses façons de quitter les lieux.

Il traversa la pièce et se posta à la fenêtre.

D'ici, il voyait la petite rue, et les jardins des maisons voisines.

Il y avait plusieurs voitures garées le long du trottoir.

Il aperçut la Volkswagen noire.

L'instant suivant, il aperçut également Barbarossa, de dos, en train de marcher vers son véhicule d'un pas pressé.

Un sentiment de fureur sans pareille monta en lui. *Il s'échappait.* Le salopard allait s'en tirer, une fois encore.

Non. Il n'en était pas question.

Son arme se trouvait toujours dans son holster. Vauvert la dégaina et observa le barillet. La glace qui paralysait le Smith & Wesson avait disparu. Mais celui-ci fonctionnerait-il de nouveau, comme si rien ne s'était produit ?

Il allait vite le savoir.

Il plaqua son ventre contre la fenêtre pour se caler, et mit le journaliste en joue.

À cette distance, il pouvait encore l'atteindre.

C'était maintenant ou jamais.

Il pressa la détente.

Le coup partit.

La balle toucha sa cible. Vauvert vit avec délice le psychopathe s'effondrer comme une masse. Son sang éclaboussa le trottoir.

— Je t'ai eu ! souffla-t-il. Bon sang de bordel, enfin !

Barbarossa roula sur le côté, se tenant une jambe qui était en train de libérer un filet de sang tout autour de lui. La balle l'avait atteint à la cuisse. Il avait perdu ses lunettes noires et Vauvert voyait son visage déformé par la fureur.

— Je te l'avais dit ! lui cria Vauvert en le maintenant en joue. Tout est fini pour toi, espèce de taré !

Il vit alors Barbarossa qui éclatait de rire.

Et un pressentiment terrible le traversa.

Presque aussitôt, il entendit la sirène de police. Il vit la voiture de patrouille qui remontait la rue sur les chapeaux de roues.

Vauvert vit également que Barbarossa en profitait pour rouler sur le côté. Le salopard tentait le tout pour le tout et cherchait à se mettre à l'abri.

— Non ! Toi, tu restes là ! beugla Vauvert en tirant de nouveau.

Mais, cette fois, il le manqua. Barbarossa avait eu le temps de se glisser derrière sa voiture. Vauvert tira encore. Sa balle traversa la vitre arrière de la Volkswagen, qui se couvrit de fêlures.

La voiture de police pila devant la maison et ses portières s'ouvrirent à la volée. Trois officiers en uniforme mirent Vauvert en joue.

— *Lâche ton arme !* hurla un des policiers, un genou à terre, visant la fenêtre du premier étage. *Tout de suite !*

— Pas moi ! répliqua-t-il en agitant son arme pour leur désigner Barbarossa. Il est là-bas !

Pour toute réponse, ses collègues ouvrirent le feu sur lui.

Les balles frappèrent les montants de la fenêtre tandis qu'il se jetait en arrière.

75

Allongé sur le trottoir, à l'abri derrière sa voiture, Barbarossa attend que les coups de feu cessent.

Sa cuisse saigne, mais la douleur est tolérable. Du moins pour l'instant. Il tâte son muscle déchiré. La balle semble l'avoir touché sur le côté, l'ouvrant comme un coup de lame, mais sans pénétrer dans sa jambe. Cela s'est joué à quelques centimètres. Il s'en tire à bon compte.

Il serre tout de même les dents, et tremble un peu. Son sang afflue dans ses tempes, frappe comme sur un tambour.

À présent, les policiers ordonnent à Vauvert de se rendre. Ils veulent savoir s'il est seul. S'il a fait du mal à quelqu'un là-dedans. Pendant que l'un d'eux beugle, il entend un autre en train de communiquer avec le central, expliquant qu'ils sont bien en présence d'un forcené, qu'il a commencé à tirer dans la rue et qu'ils ont besoin de renforts de toute urgence.

Les idiots.

Dans sa malchance, Barbarossa se dit qu'il n'aurait pas pu rêver mieux.

C'est presque trop beau pour être vrai.

Lentement, il se place à genoux contre sa voiture. Il déverrouille la Volkswagen, ouvre la portière côté passager, le plus doucement possible, et tend la main pour atteindre la boîte à gants.

À l'intérieur, il trouve ce qu'il cherchait.

La solution à ses problèmes immédiats.

En tout cas il l'espère.

— Il y a quelqu'un, là-bas ? appelle la voix d'un des policiers. Monsieur ?

Barbarossa ne répond pas. Il dégoupille la grenade qu'il vient de récupérer. Il la regarde, dans sa main, la sent vibrer, noire et mortelle.

— Il y a quelqu'un ? insiste le policier. Monsieur ? Vous êtes blessé ?

Barbarossa bande tous ses muscles et se redresse sur un genou pour lancer l'engin de mort aussi loin qu'il le peut, avant de plonger au sol.

Il entend les cris de volailles que poussent subitement les trois hommes éberlués, grenade, attention, oh ! Mon Dieu !

Piailler ne les sauvera pas, ils n'ont pas le temps de se mettre à l'abri. L'explosion les avale déjà. Une bulle de chaleur engloutit la rue. Le trottoir est secoué par un souffle phénoménal, et Barbarossa se plaque de toutes ses forces contre l'asphalte pour ne pas être emporté lui aussi.

76

L'explosion fut ressentie dans la maison comme si elle y avait eu lieu.

Elle fit éclater les vitres de la façade, ouvrit toutes les portes à la volée.

Les deux policiers, qui s'étaient réfugiés dans le couloir, furent pris par surprise et trébuchèrent. Ils s'écrasèrent aussitôt au sol.

— Putain, gémit Vauvert, sa respiration bloquée par la puissance du souffle.

Eva roula un peu plus loin, hoquetant.

— Qu'est-ce qu'il a fait ? Qu'est-ce que ce malade a encore fait ? balbutia-t-elle, repliée en boule, les bras devant son visage.

Vauvert serra les dents. L'espace de quelques instants, il n'entendait plus qu'un sifflement tenace dans ses tympans. Puis, à côté de lui, les pans déchirés d'une porte s'effondrèrent, et les sons lui parvinrent de nouveau normalement.

— Foutu psychopathe, dit-il en rampant vers Eva. Il est armé pour la guerre !

— Parce qu'il est en guerre, répliqua-t-elle. Il nous a choisis et il est en guerre contre nous.

Elle toussa. Cracha du sang. Son compagnon sentit l'inquiétude le paralyser.

— Tu as toujours mal ?

— Non… Je…

Elle tâta son ventre.

— Ne t'inquiète pas, d'accord ? Je crois que je ne saigne plus du tout… et… je les sens en moi… nos enfants…

— Comment ?

Elle cligna plusieurs fois des yeux. Sa mâchoire tremblait.

— Le froid ne me quitte pas, Alex. Mais ce froid… c'est eux… J'ai même l'impression de les entendre murmurer…

— Je ne les entends pas, soupira Vauvert. Mais je sens toujours le froid, oui.

Il observa rapidement le couloir où toute trace de gel avait disparu.

— Au moins, cela signifie qu'ils sont toujours vivants, n'est-ce pas ?

Elle hocha faiblement la tête.

— Oui. Ça, j'en suis sûre, Alex.

Il la serra dans ses bras.

— Ne bouge pas d'ici, d'accord ? Il faut que cela se termine.

Il se releva, le regard terrible.

Il rechargea son Smith & Wesson.

Puis il s'avança vers l'escalier.

77

Barbarossa ouvre les yeux. Aveuglé et sourd un instant. Le bleu du ciel revient, ainsi que les hurlements aigus des alarmes des voitures, qui se sont déclenchées un peu partout.

Des débris calcinés continuent de retomber de part et d'autre de la rue.

Tandis qu'il se redresse, et bien qu'il soit encore légèrement sonné, il peut contempler l'ampleur du carnage. Et quel travail ! Le véhicule de police a été soulevé par l'explosion de la grenade, et repose à présent de côté. Il y a un corps broyé en dessous, dont on n'aperçoit que la tête noircie et un bras, coude plié dans un sens contre nature. Les deux autres officiers ont été emportés plus loin et ne sont pas dans un meilleur état. Déchiquetés comme des mannequins dépourvus d'os. Leur peau est noire ou rouge, leur uniforme collé à leur chair ouverte. L'un d'eux n'a même plus de peau sur le visage, son sourire de squelette est tourné vers le ciel, mâchoire béante.

Une fulguration de fierté traverse le journaliste.

Lui aussi est capable de déchaîner sa magie.

Il observe la façade de la maison. La chose glacée semble avoir disparu.

Il se demande combien de gens sont en train de l'épier à l'instant. Les rideaux des fenêtres bougent, le long de toute la rue. Avec sa capuche sur sa tête, aucun d'eux ne pourra le reconnaître, mais il sait que tous ces gens témoigneront de sa présence sur les lieux.

L'instant d'une bouffée délirante, il se dit qu'il aimerait les tuer tous. Entrer dans leurs maisons l'une après l'autre et les massacrer pour ne rien laisser derrière lui. Comme il l'a fait toutes ces années.

Mais il ne le peut pas. Pas maintenant. Pas comme ça.

Il lui faudra trouver une autre solution.

Il se rend compte qu'il tremble de tout son corps. La douleur dans sa jambe blessée se rappelle à lui. Elle brûle sa cuisse, et commence à remonter dans son dos.

Sans réfléchir, il recule, se replie aussi vite qu'il le peut vers son véhicule. S'installer au volant est une nouvelle torture. Il réprime un gémissement. Le sang continue de s'écouler sous son pantalon. Il va avoir du mal à conduire. Il n'a pourtant pas le choix. Il n'est plus en position de lutter. Tout ce qui lui reste à présent comme option est de fuir. Vite.

Alors qu'il tourne la clef de contact, la porte de la maison s'ouvre.

Le policier au physique de géant apparaît, le visage recouvert de poussière, les yeux fous.

Vauvert braque son arme à deux mains dans sa direction, hurlant :

— STOP !

— Pas cette fois, connard, grince Barbarossa.

Il écrase la pédale de l'accélérateur, diffusant une onde de douleur intense jusque dans son bassin.

La voiture fait un bond en avant.

Le flic lui tire dessus. Il entend les détonations. Il entend les impacts des balles sur la carrosserie.

Mais il ne risque plus rien.

Il fonce tout droit.

Déjà il est hors de portée.

Le flic a cessé de tirer.

Barbarossa roule au hasard, vire à chaque intersection pour s'éloigner le plus possible du quartier.

Son champ de vision est mangé par des taches noires aux allures de crânes ricanants.

Il EST EN VIE.

Rien n'est perdu.

Sur ses lèvres, un sourire féroce ne veut pas s'effacer. Il s'en rend compte quand la grimace devient douloureuse, comme si un autre visage, sous sa peau, cherchait à crever la surface.

Il pile à un feu rouge. S'accroche au volant. Et subitement prend conscience qu'il est en train de rire, et que son corps tout entier tremble, comme prêt à imploser.

Il serre les dents, cale sa tête en arrière, se force à demeurer silencieux. Immobile.

Maintenant il a vu.

Maintenant il SAIT.

Plus rien d'autre n'a la moindre importance.

Quand le feu passe au vert, il écrase l'accélérateur avec un sentiment d'ivresse sans limites.

VI

Survivre

78

Eva et Alexandre ressemblaient à des zombies.

Ensanglantés et éberlués. Les nerfs à fleur de peau. Elle, surtout, semblait près de s'évanouir à chaque pas à travers le salon, contournant le cadavre sans tête du médecin légiste. Il la soutenait contre lui pour lui éviter de trébucher, et il sentait son halètement, comme si chacune des inspirations de la jeune femme était une torture. Elle se tenait pliée en deux et serrait fébrilement ses bras autour de son ventre, grelottant malgré la chaleur.

À l'extérieur, ce ne fut guère mieux. Ils s'installèrent sur les marches du perron. L'un comme l'autre, ils étaient figés de stupéfaction devant le spectacle de ruines. Ce qui avait été une bande de jardin, le bout de rue devant eux, tout avait été dévasté par l'explosion. La voiture de patrouille, couchée sur le flanc, avait fini par prendre feu. Des flammes gesticulantes montaient en crépitant dans le bleu parfait du ciel d'été. Les corps démantelés et écorchés des deux policiers, qu'ils apercevaient non loin d'eux sur l'asphalte, avaient déjà commencé à attirer les premières mouches. L'air était empli de ce bourdonnement entêtant et des hululements de plusieurs alarmes de voitures le long de la rue.

— Quelle horreur, murmura enfin Eva, entre deux frissons.

Son compagnon la serra contre lui. Il sentait la chaleur du soleil sur sa peau, pourtant la sensation de froid refusait de le quitter. Ce froid-là était *en dessous* de sa peau. Il se répétait que les secours ne tarderaient plus, que ce n'était qu'une question de minutes à présent, et que tout serait achevé. Il savait bien qu'il se mentait. *Rien* ne s'achèverait, le psychopathe venait de prendre le large une fois encore.

D'un long regard fatigué, il parcourut les façades des maisons. Il apercevait des silhouettes aux fenêtres, mais aucun voisin n'était assez téméraire pour oser mettre le nez dehors. Il ne pouvait pas les blâmer. Son regard ne cessait de revenir aux corps des policiers. Il réalisa que l'un d'eux se trouvait *sous* le véhicule renversé, écrasé par les tonnes de métal, et qu'il était en train de contempler les jambes brisées de cet homme. L'os d'un tibia était sorti de sa jambe, transperçant le muscle. Il ferma les yeux pour ne plus voir cette horreur.

— Est-ce que c'est une sirène ? dit-il, penchant la tête en arrière.

Eva gloussa comme une folle.

— Non, Alex. Je crois que c'est juste une alarme de plus.

— Ils ne vont pas tarder… Ils nous emmèneront à l'hôpital…

— Je sais…

Elle posa ses deux mains sur son ventre et laissa couler des larmes.

— Et en garde à vue.

— Oui, dit-il, la gorge douloureuse. C'est ce qui nous attend.

— Tout ça… tous ces morts… pour en arriver là, grinça-t-elle.

— On va leur expliquer ce qui s'est produit… Nous savons à qui nous avons affaire, maintenant.

— Cela ne l'empêchera pas de revenir, n'est-ce pas ?

— Nous n'avons guère le choix, Eva…

— Mais tu as vu ce qu'il est prêt à faire…

Bon sang de bordel, je sais ! hurlèrent ses pensées. *Il nous a retrouvés ici. Il nous retrouvera encore, où que l'on soit.*

— Il est fini, se contenta-t-il de répondre, aussi doucement que possible. Il ne pourra plus rien contre nous. Je te le jure…

Eva eut un sourire amer.

— Tu n'espères pas qu'ils vont croire notre histoire ?

Vauvert resta muet quelques secondes. Il n'avait pas pensé à cela. En réalité, depuis qu'il avait vu Barbarossa partir, il n'avait plus été capable de penser à quoi que ce soit. Ils étaient en vie. Et leurs enfants l'étaient aussi, du moins il priait de toute son âme pour que ce soit le cas. C'était tout ce qui semblait exister au monde.

La peur était toujours là, malgré tout, lui nouant les tripes.

— Nous savons qui il est, marmonna-t-il. Il faudra bien qu'ils nous croient.

— Je ne te parle pas de ça. Ce qui s'est passé dans cette maison… cette illusion… cette couche de glace sur les murs…

Elle se redressa et ôta de nouveau ses lunettes noires, plongeant son regard écarlate dans le sien. Et même ainsi, avec ses cernes terribles, la couleur cendreuse de sa peau et le sang qui maculait les mèches de ses cheveux blancs, il la trouva belle à se damner.

— On ne pourra pas leur parler de ça, murmura-t-il. C'était… une forme de magie…

— Elle venait de moi, cette magie.

Il hocha la tête.

— Oui. Je sais.

— Elle est dans mon sang, dit-elle, la voix serrée. J'ai beau le nier de toutes mes forces, elle coule dans mes putains de veines. Et à présent elle est passée dans mes enfants.

— *Nos* enfants, Eva. Nos enfants à tous les deux.

Elle se massa nerveusement les tempes.

— Il faut que je te dise… Ces derniers jours, j'ai fait des rêves… J'ai rêvé de cette glace…

À ces mots, il sentit son pouls s'accélérer.

— Tu as rêvé d'une banquise, c'est ça ?

— Oui, soupira-t-elle. Une banquise. C'est exactement ce que c'était. Un continent tout entier… à perte de vue… Je n'arrête pas de faire ce rêve…

— Moi aussi. Je fais le même rêve. Toutes les nuits.

Elle déglutit. Elle se gratta la joue, étalant sans le vouloir davantage de sang sur sa peau.

— Depuis quand ? lui demanda-t-elle.

— Ça a commencé dimanche dernier, chez toi, dit-il d'une voix d'outre-tombe, réalisant tout à coup l'évidence.

— Quand je suis partie sur la scène de crime ?

— Oui. Quand tu as rencontré Barbarossa. C'est cette nuit-là que j'ai fait le rêve pour la première fois. Et ensuite je l'ai fait chaque nuit. Parfois, je suis seul sur la banquise. Mais parfois, tu es avec moi… Tu es nue… et…

— Et je saigne, murmura-t-elle.

— Et tu saignes, oui. À chaque fois que j'ai fait le rêve. C'est pire que maintenant… Comme si… tu te mutilais toi-même le ventre…

Elle replaça ses lunettes. Elle tremblait de tout son corps.

— Je sais. Je me vide de mon sang. Et ensuite la banquise s'ouvre sous moi pour m'aspirer…

— C'est exactement ça. Nous faisons le même rêve, grommela-t-il dans sa barbe. Tu crois que… Bordel, mais comment des enfants dans ton ventre ont-ils pu entrer dans nos rêves à tous les deux ?

Elle secoua la tête. Son visage était crispé par la concentration. Ou bien par la douleur. Elle semblait sur le point de s'évanouir d'un instant à l'autre. Vauvert souhaita que les secours arrivent plus vite. Mais il n'entendait que ces foutues alarmes de voitures. Et de nouveau des chiens qui recommençaient à aboyer.

— Le froid revient en moi, dit-elle, d'une toute petite voix. Ils vont me tuer, s'ils continuent…

Elle s'étouffa et hoqueta. Cracha du sang sur les marches du perron.

Chaque minute qu'ils passaient ainsi, sans soins, mettait davantage sa santé en péril.

Vauvert n'en pouvait plus. Il se leva.

— Que fais-tu ? fit Eva en le regardant retourner vers la porte d'entrée.

— Je ne sais pas ce que foutent ces cons, mais on n'a plus le temps de les attendre. Je vais chercher les clefs de la voiture de Romuald et je t'emmène à l'hôpital.

— Quoi ? Attends !

Il avait déjà disparu à l'intérieur. Un instant plus tard, il ressortit, les clefs de voiture à la main.

— Mais… Barbarossa… recommença Eva.

— Il est blessé lui aussi. Il ne nous retrouvera pas tout de suite. Pas dans un lieu public.

En tout cas je l'espère, acheva-t-il pour lui-même.

Dans l'immédiat, il ne voyait pas d'autre solution.

Elle se laissa prendre dans ses bras puissants, et il la souleva sans effort. Le poids de la jeune femme n'était pas un problème pour lui. En revanche, le fait de contracter les muscles de son dos et de ses épaules tendit sa peau. Ses plaies encore toutes fraîches se rouvrirent avec une série de claquements secs. Il eut l'impression qu'on le fouettait avec des lanières de feu. Il serra les dents et sourit, son visage impénétrable.

— Les collègues iront nous chercher à l'hôpital, s'ils ne sont pas trop demeurés… Tu as besoin de soins tout de suite…

Il s'interrompit, se rendant compte qu'Eva s'était évanouie contre lui.

— Et tant que je peux échapper à la garde à vue, je serai là pour veiller sur toi, murmura-t-il en pressant le pas vers la Mégane de Coutaud.

79

Clinique Sarrus-Teinturiers

La chef de service s'assura que personne ne passait dans le couloir et referma la porte de la chambre le plus doucement possible. Cela ne lui ressemblait pas. Axelle Couplet n'avait jamais été le genre de femme à se dissimuler. Ni à laisser quiconque lui marcher sur les pieds. Elle tenait à afficher en toutes circonstances son tempérament bouillant, n'en déplaise à nombre de ses collègues.

Elle se pencha sur la table, à côté des restes de leurs plateaux-repas, pour déposer l'ordinateur portable qu'elle avait apporté, puis fusilla du regard les deux personnes installées dans la pénombre de la chambre : la femme aux cheveux blancs dans le premier lit, et le colosse assis sur le deuxième, ses bras et ses épaules bandés de frais, ses cheveux ébouriffés lui donnant un air sauvage.

— Ah, vous êtes beaux, comme ça ! éclata le médecin. Vous allez causer ma mort, vous savez ça ?

Elle parlait fort et vite, avec un accent du Sud prononcé et des inflexions outrées.

— Je préférerais que vous évitiez de dire de telles choses, grommela Vauvert en se massant l'épaule.

— Je dis ce que je veux, comme je le veux, Vauvert ! Je vous rappelle que je risque ma place en vous aidant ! Vos têtes sont en train de passer en boucle à la télévision, sur chaque écran que compte cette clinique ! Ils prétendent que des policiers sont morts à cause de vous ! Ils refusent de donner des détails, mais c'est une histoire de terrorisme, c'est ça ?

— Il ne faut pas croire les informations. Nous avons des raisons de nous cacher…

— Mais bien sûr !

Elle croisa les bras. Elle tremblait légèrement. Le docteur Couplet était une femme grande, mince, avec des pommettes hautes et un menton allongé. Ses cheveux étaient retenus en chignon qui avait dû être strict quelques heures auparavant, mais qui commençait à se défaire et lui donnait à présent un air bohème. Toute l'intensité de son visage semblait contenue dans ses yeux cernés et colériques, qui allaient nerveusement de l'un à l'autre.

— Quoi qu'il se soit passé, ne vous foutez pas de moi, vous avez joué avec le feu, comme d'habitude ! La seule bonne nouvelle, si je puis dire, c'est que vos bébés vont très bien, madame. La perte de sang a été causée par un déchirement musculaire. Le placenta n'est pas atteint. Ce sera sans doute douloureux pour vous, mais soyez assurée que c'est sans conséquence sur la santé de vos enfants.

Eva hocha la tête.

— Merci… dit-elle faiblement.

— Quant à vos blessures, reprit la femme en blouse blanche en se tournant vers Vauvert, elles sont vilaines, mais pas pires que toutes celles que je vous ai déjà soignées ces dernières années. Cela vous fera de nouvelles cicatrices sur les anciennes. Je finis par penser que vous aimez ça.

— Merci pour ce que vous avez fait, Axelle, hasarda Vauvert.

— Oh, ça va bien ! répliqua le médecin. Je n'arrive pas à comprendre si vous êtes les personnes les plus chanceuses du monde ou les plus gros idiots que j'aie jamais vus ! Et de toute manière, est-ce que vous vous rendez un peu compte de la merde dans laquelle vous me mettez, à débarquer comme ça dans mon service ?

— Eh bien…

— J'ai falsifié trois registres pour vous, je vous ai fait passer devant tout le monde et en toute illégalité ! Un soin urgent sur un patient a dû être repoussé parce que nous occupions la salle, et j'ai été obligée d'inventer une histoire à dormir debout pour que cette garce d'infirmière de garde ne me dénonce pas directement à la direction ! Je ne sais même pas pourquoi je fais ça ! Ça me rend malade !

Vauvert baissa les yeux. Il était torse nu, des bandages propres enserrant cette fois avec soin ses bras et ses épaules. À côté de lui, allongée sur lit, Eva demeurait impassible. Ils avaient fermé les stores, pourtant la jeune femme conservait ses lunettes noires. Ses cheveux étaient collés à son visage.

— Vous n'aurez aucun problème, murmura-t-elle. Vous ne serez impliquée en rien…

— Je l'espère bien ! fulmina le docteur Couplet. Parce que ce n'est pas tout. Comme si le fait d'entendre votre signalement aux infos toute la journée ne suffisait pas, la police n'a pas arrêté d'appeler l'accueil pour me joindre. J'ai finalement dû les avoir au téléphone. Ils voulaient savoir si je n'avais pas ausculté des patients sans les déclarer !

— Et que leur avez-vous dit ?

— Que croyez-vous que je leur aie dit ? Je leur ai menti ! Nom de Dieu, vous m'avez fait mentir à la police ! S'ils se mettent en tête de venir vérifier en personne et qu'ils débarquent dans cette pièce, je vous jure que je nierai en bloc vous avoir apporté la moindre aide, c'est compris ? Et ils vont finir par vous trouver ici. Vous le savez très bien. Des gens vous ont vus entrer. On ne peut pas vous confondre. Quelqu'un va forcément vous dénoncer. Je peux vous soigner, mais je ne peux pas faire de putains de miracles !

Elle jura encore plusieurs fois, après quoi elle s'approcha d'Eva.

— Bon. Maintenant, je vais être très franche. Il y a une chose qui me perturbe. Montrez-moi vos mains et vos bras.

La policière se laissa faire. Le médecin la débarrassa des serviettes qui entouraient ses avant-bras, et observa attentivement sa peau. Vauvert se pencha pour voir ce qu'elle faisait. Il y avait des rougeurs sur les paumes des mains d'Eva. La peau était parcourue de minuscules petites fissures blanchâtres.

— Qu'est-ce que c'est ? demanda-t-il.

— Des engelures, dit le médecin, dévisageant Eva. C'est douloureux ?

— Pas vraiment, répondit la policière.

— Ça devrait l'être. Ces érythèmes sont encore superficiels, ils devraient s'en aller naturellement si vous traitez votre épiderme correctement, mais j'ai pris des échantillons et je me chargerai de vos analyses de sang demain matin sans faute, on ne sait jamais. À quelle source de froid avez-vous été exposée ?

Elle haussa les épaules.

— Aucune…

— Vous vous foutez de moi ? Vous avez des engelures en plein mois d'août. Pour obtenir ce genre de lésions, il faut être soumis à une température de – 20 degrés, minimum ! On vous a enfermée dans un congélateur ? C'est ce qui est arrivé ? On vous a torturée ? C'est pour ça que vous êtes en fuite ?

Les deux policiers se regardèrent sans rien dire.

— Sérieusement, ne me faites pas ça ! s'écria-t-elle. Si vous voulez que je puisse vous aider, vous devez m'expliquer ce qui s'est passé ! La télé parle d'un massacre de plusieurs personnes, dans cette maison ! Il paraît qu'un homme a eu la tête tranchée !

Vauvert toussa dans son poing. Puis il lui dit :

— Nous sommes en danger, Axelle. C'est tout ce que vous devez savoir. C'est pour cette raison que nous avons décidé de nous cacher pour le moment. Vous donner des détails ne ferait que vous mettre également en danger.

Le médecin se redressa. Son expression furieuse ne voulait pas la quitter. Elle défit son chignon en déconfiture et noua ses cheveux en queue-de-cheval.

— Dans ce cas… Débrouillez-vous… Eva, continuez de crémer ces lésions avec le tube que je vous ai donné, et conservez vos bras dans ces serviettes… Et vous Alexandre… allez au diable…

Elle jeta un regard nerveux à sa montre.

— Ma vacation est terminée depuis des heures. Si je reste ici, je vais finir par attirer encore plus l'attention que ce n'est déjà fait. Je vous laisse dans cette chambre. Elle n'est pas attribuée, elle est située au fond du couloir, je ne vois aucune raison pour que le personnel d'entretien entre ici cette nuit. Avec un peu de chance, aucune infirmière ne vous dérangera dans la matinée. Mais, bien sûr, je ne peux pas vous le promettre à cent pour cent…

Elle désigna l'ordinateur portable qu'elle leur avait apporté.

— Je laisse une clef Internet avec, comme vous l'avez demandé. L'ordinateur est une antiquité, mais il fonctionne encore bien. Considérez que c'est un cadeau.

— Merci, Axelle, dit Vauvert.

Elle fit quelques pas vers la porte, avant de se retourner, le visage grave.

— Vous savez, vos collègues vont vous retrouver. Profitez au moins de ce répit pour vous reposer. Et surveillez ces engelures, d'accord ?

80

Personne ne les dérangea, du moins pendant les premières heures. Eva dormait à poings fermés et Alexandre passa un long moment à l'observer. Les médicaments dont il était bourré tenaient la douleur à distance. Dans ces instants entre chien et loup, il pouvait encore s'imaginer que toute cette histoire n'était qu'un mauvais rêve. Qu'il finirait par se réveiller et que sa vie serait celle des autres hommes et des autres femmes. Sans dangers incessants. Sans phénomènes inexplicables prêts à l'engloutir dans les tréfonds de la folie.

Malheureusement, cela ne servait à rien de se bercer d'illusions. Sa vie était attirée vers cet abysse depuis des années. Il avait beau lutter de toutes ses forces, il était sans cesse ramené au même endroit, de l'autre côté du miroir.

Eva gémit et se tourna dans son sommeil.

Il se demanda si elle rêvait de la banquise. Il se demanda pourquoi leurs enfants avaient choisi cette image glacée et terrifiante, dans leurs rêves intra-utérins. Il se demanda aussi comment une telle chose pouvait être possible. Il ne pouvait répondre à aucune de ces questions. Pas encore.

Mais il pouvait chercher des réponses concernant Dorian Barbarossa. Le journaliste, lui, était bien concret, avec la balle logée dans son cerveau de psychopathe. Et Vauvert avait désormais des centaines d'interrogations à son sujet.

Il savait qu'il trouverait toutes les explications s'il se donnait la peine de creuser sous la surface. S'il mettait au jour les racines cachées.

Ses yeux réduits à des fentes, il se connecta à Internet grâce à la clef que leur avait laissée le docteur Couplet.

Il évita de lire en détail les flashes d'information. Le plan Épervier était déclenché, tous les moyens mis en œuvre pour les retrouver, et tous les médias diffusaient leur description. Il ne s'attendait pas à ce qu'il en soit autrement. Cela ne servait à rien de paniquer. Les collègues réussiraient à les localiser, comme l'avait dit le médecin. Ce n'était qu'une question de temps.

Ce temps, il devait l'utiliser pour rechercher des faits.

Et les trouver.

Au début, bien sûr, il n'eut accès qu'aux habituelles interviews promotionnelles. Des mensonges et des paillettes. Les résumés de l'enfance malheureuse de Barbarossa et de son intégration sans faute dans le système étaient tous étrangement semblables, parfois rédigés à l'identique, au mot près. Les expressions « courageux jeune homme » et « preuve que l'insertion sociale et professionnelle fonctionne » revenaient un peu trop souvent au goût du policier. C'était comme s'il entendait la voix de Barbarossa derrière ces éloges, dictant sa propre biographie. Le petit fumier avait compris que rien n'est plus simple que de réécrire le passé lorsqu'on se trouve dans les rivières d'or des projecteurs. Cela faisait belle lurette que les journalistes se contentaient de recopier les dossiers de presse sans réfléchir avant d'apposer leur signature au bas des articles. Barbarossa en profitait sans complexe.

Vauvert ne jeta qu'un rapide regard sur les réseaux sociaux. Comme d'habitude, les gens s'y étripaient avec passion : on adorait son émission ou on la taxait de voyeurisme malsain, mais, dans un cas comme dans l'autre, tout le monde saisissait le moindre prétexte pour s'insulter copieusement. Le policier ne s'attarda pas sur ces supports, où il savait qu'il n'apprendrait rien de neuf.

En revanche, il vit que la promotion pour sa prochaine émission télévisée était déjà lancée sur la chaîne Canal 42.

Intrigué, il mit les écouteurs pour ne pas réveiller Eva, et démarra la vidéo.

Des images *chocs*, comme il s'y attendait. Un enfant sur un lit, en train de pleurer. Des adultes en transe, les yeux chavirés, répétant des prières avec des voix hystériques. Les images défilèrent. Brutales, syncopées et granuleuses, salies comme si on plongeait la tête du spectateur en enfer l'espace de quelques secondes, écrasées par une bande-son tonitruante. Le possédé avait de la bave aux lèvres. Son entourage n'était pas plus beau. L'oncle et la tante semblaient l'écarteler. On voyait un genou pressé sur la poitrine du gosse, et ses hurlements de douleur et de terreur retentissaient, visiblement trafiqués, multipliés en studio. Le but était de générer une tension terrible, et il était parfaitement atteint. Vauvert avait l'impression de voir des images d'un film comme *L'Exorciste* ou *Evil Dead*. Sauf que ceci était la réalité. L'insoutenable réalité.

— *Dans mon prochain épisode*, déclarait la voix de Barbarossa, *je vous entraînerai dans la folie et l'horreur modernes. Cette fois, mes amis, nous ne sommes pas au cinéma. Au nom des superstitions, des personnes peu scrupuleuses jouent avec la vie de nos enfants, peut-être dans la maison à côté de la vôtre. Et parfois, ces enfants en meurent. L'histoire que je vais vous raconter est véridique. Elle s'est produite en région parisienne. Seuls les noms ont été changés pour respecter la mémoire de la victime.*

Le titre s'afficha en lettres de sang : EXORCISME ASSASSIN.

Vauvert grommela. Il avait subitement le cœur au bord des lèvres.

Ce type se moquait de tout le monde.

Puis une terrible pensée lui vint. Et un picotement familier commença à naître au creux de sa nuque.

— Il a dit que personne n'avait jamais compris… murmura-t-il pour lui-même. Que ses crimes n'étaient jamais déclarés comme tels… putain…

Cela pouvait paraître idiot, trop gros, mais après ce qui s'était produit cet après-midi, plus rien ne lui semblait hors de proportion.

Il constata, sans surprise, que ses identifiants avaient été annulés sur le réseau interne de la police. Qu'à cela ne tienne, il avait depuis longtemps ouvert des comptes personnels sur diverses plates-formes. Il commença par se connecter à son compte AFP, où il pouvait consulter l'historique de toutes les dépêches de la presse, et effectua plusieurs recherches croisées dans les faits divers.

Le fourmillement à la base de son crâne devint plus fort à chaque seconde, tandis que défilaient les pages Internet. Les rapports de décès. Suicides. Gourous de sectes mis en détention pour abus de faiblesse.

Il trouva une première occurrence du genre d'événement qu'il cherchait.

Dès lors, il sut qu'il ne se trompait pas.

Haïti : un prêtre accusé d'escroquerie se suicide, titrait la dépêche AFP.

Cela s'était produit à Port-au-Prince, l'année passée, à la suite d'une émission de Barbarossa.

> *–Accusé d'avoir abusé de la crédulité de nombreuses familles et poursuivi pour escroquerie, un jeune prêtre exorciste haïtien de trente-deux ans s'est donné la mort en se tirant une balle sur l'autel de sa chapelle, hier matin. Il n'y a eu aucun témoin, mais le suicide ne fait aucun doute…–*

Il continua de lire, fasciné par ce qu'il découvrait.

A priori, il n'y avait aucun lien entre le journaliste et ce prétendu suicide. La tragédie s'était produite après le retour de Barbarossa en France.

Mais, comme Vauvert ne tarda pas à le constater, ce n'était pas la seule dépêche de ce genre.

Loin de là.

81

— Comment cela, introuvables ? répéta Adrien Marcazzan au téléphone. Vous vous foutez de ma gueule ? Je croyais que tout le monde était mobilisé !

— *Nous le sommes, monsieur le juge. Je vous assure que tous les effectifs sont à leur recherche.*

— Ce n'est pas suffisant. Vérifiez les admissions dans toutes les cliniques.

— *Nous l'avons déjà fait, mais…*

— Eh bien, recommencez, nom de Dieu ! Ou plutôt non, vous allez faire mieux que ça ! Vous allez mobiliser tous les hommes disponibles et vous allez les envoyer fouiller eux-mêmes les hôpitaux ! Vauvert et Svärta se cachent quelque part sous notre nez. Nous savons qu'ils sont blessés. Peut-être gravement. Ils n'ont pas pu quitter l'agglomération dans cet état. Nous *devons* les retrouver…

Il baissa la voix. À l'étage, dans les chambres, sa femme et son fils dormaient depuis un moment, il ne tenait pas à les réveiller. Il se hâta donc de traverser le hall et de sortir dans le jardin plongé dans l'obscurité, tout en continuant de parler dans le téléphone. D'une main distraite, il tira sur sa cravate pour desserrer le nœud qui commençait à l'étrangler. Il avait beau être en bras de chemise, il transpirait abondamment. La fraîcheur nocturne n'y changeait rien.

— Cinq personnes sont décédées aujourd'hui, rappela-t-il à son interlocuteur. Je suis allé sur les lieux, vous comprenez ? J'ai vu vos collègues déchiquetés par cette grenade. J'ai senti l'odeur de leur chair grillée. J'ai vu un homme avec la tête tranchée, nom de Dieu !

— *Je sais, monsieur, mais…*

— Non, vous ne savez rien ! Vous n'étiez pas là ! Vous n'avez pas senti l'odeur de la mort, vous n'avez pas vu les os de vos collègues qui sortaient de leur putain de corps ! Alors je vais vous le répéter une dernière fois. Vous n'avez plus le droit à l'erreur. La situation est en train de dégénérer, il faut stopper cette folie aussi vite que possible. Nous savons que Vauvert et Svärta étaient chez Coutaud. Ils sont impliqués dans cette boucherie. D'une manière ou d'une autre, tout cela est parti d'eux et des règlements de comptes personnels dans lesquels Vauvert s'est lancé. Il faut les considérer comme armés et dangereux…

— *Je vais envoyer des hommes faire le tour des cliniques, monsieur.*

— Vous allez envoyer la *totalité*. Et vous allez me les trouver avant l'aube. Je ne veux pas savoir comment vous vous y prenez, ni dans quel état ils finissent. Je veux simplement des résultats avant que le ministre ne me pende personnellement par les couilles. C'est bien compris ?

— *Cinq sur cinq, monsieur le juge.*

Quand il raccrocha, il tremblait de rage et de frustration. Il dépassait de loin ses attributions. Ses incursions sur le terrain au cours des derniers jours n'étaient pas passées inaperçues en haut lieu, il le savait. Et, désormais, ses demandes pressantes aux groupes d'intervention allaient également remonter jusqu'aux oreilles du parquet, des ministres, des instances qui faisaient et défaisaient le destin des gens tels que lui. Il y aurait des interrogations. Des sanctions, peut-être, une fois la tempête passée. Mais Marcazzan n'avait plus vraiment le choix. Il avait beau se creuser les méninges, il ne voyait pas d'autre manière de procéder. Il était allé trop loin. À présent, il était *obligé* de se mouiller.

— Nom de nom, grommela-t-il, ses yeux luisant dans la pénombre. Foutus incompétents ! Il faudrait tout faire à leur place !

Il pesta encore dans sa barbe tandis qu'il atteignait la petite dépendance située de l'autre côté du jardin et tournait la clef dans la serrure. La clef accrocha un peu, mais il mit cela sur le compte de sa fatigue nerveuse. Il n'avait jamais été un grand dormeur, il préférait venir se ressourcer ici, dans ce bureau à l'écart de la maison, où il pouvait travailler sereinement une bonne partie de ses nuits. Ainsi, il ne dérangeait pas sa famille. Il pouvait en outre régler ses affaires les plus délicates sans se soucier des oreilles indiscrètes.

Il passa la porte, aussitôt surpris de trouver de la lumière dans le bureau.

Il avait peut-être oublié d'éteindre, la nuit dernière ?

Il réalisa que ce n'était pas le cas. Une peur panique l'envahit.

Un intrus se trouvait là. Devant lui. Un sourire carnassier retroussant ses lèvres. Le front de l'individu était traversé par une grande cicatrice blanche et ses yeux intensément clairs le dévisageaient avec un dédain aussi violent que désinvolte.

— Bonsoir, monsieur le juge. Je me demandais quand vous finiriez par vous pointer ici !

— Nom de Dieu, qui êtes-vous ?

82

Eva se réveilla aux alentours de une heure et demie du matin. Elle tâtonna pour prendre sa bouteille d'eau et se tourna vers Vauvert. Il était assis sur la chaise entre les deux lits, l'ordinateur portable sur ses genoux. Le halo bleu de l'écran illuminait son visage. Il ressemblait à une sorte de Bouddha couvert de cicatrices.

— Qu'est-ce que tu fais ?

Son compagnon releva la tête, et les ombres dansèrent sur ses traits rugueux. Un mélange de sérénité et de profond désarroi émanait de lui.

— Je vérifiais certaines choses en ligne. Comment tu te sens ?

Elle but de longues gorgées d'eau à la bouteille avant de soupirer :

— Mieux.

À vrai dire, elle n'osait inspecter ses bras. Elle se doutait que les minuscules cloques des engelures s'étaient étendues jusqu'au coude. Quand elle avait saisi la bouteille, elle avait bien vu que des petits bouts de sa peau se détachaient de ses paumes. La sensation de froid persistait en elle. Tout au fond de son ventre…

Elle cala son dos contre l'oreiller et imprima un lent mouvement circulaire à son cou pour dénouer sa nuque et penser à autre chose.

— Et toi ? Tes recherches ont porté des fruits ?

— Plus que ce que j'aurais souhaité, ouais…

Il posa l'ordinateur sur la tablette et vint s'asseoir au bord du lit.

— J'ai suivi une intuition, grommela-t-il. Figure-toi qu'il y a eu des décès à chacune des émissions de Barbarossa, ou presque. Mais personne ne semble s'en être préoccupé, parce que ces morts ont toutes trouvé une explication ou une autre…

— Je t'écoute, murmura-t-elle.

— La première qui m'a sauté aux yeux date de l'année dernière, en Haïti. À la suite des malheurs climatiques et politiques qui ont ébranlé l'île, la population n'a guère pu compter sur l'aide des communautés internationales. Les intégristes religieux de tout poil, en revanche, ont rappliqué ventre à terre pour profiter de la situation. Scientologie, fondamentalistes américains… Barbarossa est allé y tourner un sujet. Il s'est acharné sur un prêtre catholique peu scrupuleux qui décelait des enfants possédés et proposait de les exorciser contre rémunération. Il se trouve que le bonhomme droguait ces gosses pour provoquer des crises d'épilepsie. Le résultat était spectaculaire, et les miséreux forcément persuadés de son pouvoir…

— Je me souviens de cette histoire. Il m'en a parlé. C'est exactement la même chose qui s'est produite à Drancy. Le prêtre avait mis de la drogue dans l'eau bénite qu'il utilisait pour le rite…

— C'est ça. C'est-à-dire que Barbarossa connaissait le mode opératoire du père Guillaume. Il l'a laissé faire en connaissance de cause, depuis le début. Mais ce n'est pas tout. Quand il t'a parlé d'Haïti, je suppose qu'il n'a pas évoqué le suicide du prêtre, n'est-ce pas ?

Elle secoua la tête.

— Ah, non. Bien sûr que non. Il s'est vraiment donné la mort ?

— En tout cas, officiellement, c'est ce qui est arrivé. Grâce à l'émission et au témoignage de Barbarossa, ce prêtre exorciste avait été poursuivi pour escroquerie. Les médias se sont acharnés sur lui. Et le type a fini par se suicider d'une balle dans la tête. Aucun témoin de la scène, mais les traces de poudre sur les mains de la victime indiquaient qu'il avait pressé la détente. La police n'a pas cherché à aller plus loin que l'évidence la plus facilement acceptable.

— Je vois, dit-elle.

Elle réfléchit quelques instants.

— Cela ne fait pas de Barbarossa le coupable de cette mort pour autant. Peut-être que ce bonhomme s'est vraiment suicidé.

— Je t'aurais dit que oui… si cela avait été le seul cas…

— Combien d'autres ?

— Cinq, uniquement dans l'année écoulée. Et je suis sûr de ne pas tous les avoir retrouvés, admit Vauvert en se massant les tempes. Ce type est sacrément malin. Cependant, la fréquence mortelle dans son sillage crève les yeux, une fois qu'on commence à s'y intéresser. Par exemple, tu te souviens de l'émission que tu m'as fait regarder, où il prononçait cette phrase sur la mort ? Avec ces gens dans les grottes qui voyaient des extraterrestres ?

— Oui, bien sûr. Cela se passait dans l'Aude.

— C'est ça. Dans les cavités des montagnes, où s'était installée une secte croyant découvrir des extraterrestres sous terre. Figure-toi que trois personnes sont décédées en plein milieu du reportage.

— Comment ça ?

— Accident de spéléo. La fille qui apparaît dans l'émission fait partie des morts. Leur matériel aurait été défectueux. Ce n'était pas la première fois, personne n'a été plus surpris que ça. Cela a même aidé à dissoudre leur groupe une fois pour toutes…

— Il m'a dit qu'il n'avait jamais tué deux fois de la même manière, dit Eva.

— Il ne mentait pas. Chacun de ces décès est radicalement différent des autres. Il est persuadé que personne ne fera le rapprochement, parce que c'est trop gros. Personne ne serait prêt à croire ça. Et pour l'instant, il ne s'est pas trompé. Sans preuve matérielle, il ne risque rien…

Elle se redressa. Ses yeux dans la pénombre semblaient dégager une aura rouge, derrière le rideau soyeux de ses cheveux. À chacune de ses expirations, son souffle faisait onduler les fines mèches blanches.

— Notre problème, dit-elle, c'est précisément cela. Signaler des décès autour de lui, cela ne constitue en aucun cas des preuves. Pour le moment, tout ce qu'il y aura dans le dossier, c'est le fait que ton arme a tué Levy, et que nous étions dans la maison de Coutaud quand il a été décapité…

— Ouais. J'en ai parfaitement conscience…

Il se pencha au-dessus d'elle et l'embrassa tendrement.

— Mais on a enfin des infos concrètes, ajouta-t-il, d'une voix qu'il espérait la plus rassurante possible. Jusqu'ici, Barbarossa a toujours eu un temps d'avance sur nous parce que nous ignorions qui il était. C'est fini, à présent. C'est lui qui va être traqué. On va faire notre métier. On va faire tomber ce fils de pute.

— Tu es sûr qu'on y arrivera à temps ? soupira Eva.

Il s'allongea à côté d'elle, et la serra dans ses bras.

— Je te le promets. Il ne nous fera plus de mal, et on ne le laissera plus blesser qui que ce soit. À présent, il faut prévenir les services.

— Mais qui ? Ils vont nous mettre en garde à vue sans nous écouter. Tu connais la lenteur des procédures.

— Tu peux appeler Erwan. Il n'est pas à Toulouse, il n'aura pas les mains liées comme les autres.

— Si on utilise le téléphone, l'appel sera tracé, lui rappela-t-elle.

— On est obligé de courir le risque.

Il décrocha le combiné du téléphone et le lui tendit.

— Sans regret ? murmura-t-elle.

— Sans regret. Appelle-le et explique-lui notre situation de A à Z.

Elle hocha la tête et composa le numéro de portable du lieutenant Leroy.

Tout au fond d'elle, s'enroulant dans la chair de son ventre, elle ne put s'empêcher de ressentir la grande vague froide. Peut-être mortelle.

Qui attendait.

83

Marcazzan a reculé et s'est saisi du tisonnier posé contre le mur. Il le brandit devant lui, menaçant.

— Qu'est-ce que vous fichez ici ? Et comment êtes-vous entré ?

Face à lui, Dorian Barbarossa sourit. Il est assis confortablement dans le fauteuil du juge, derrière le petit bureau en acajou. Cela fait des heures qu'il s'est introduit ici. À l'abri des regards, il a ainsi pu soigner sa blessure à la jambe sans risquer de se faire surprendre. La plaie ne s'est pas infectée. Le bandage serré lui comprime la cuisse, il aura du mal à marcher pendant un jour ou deux, mais cela ne sera pas si gênant que ça. Il a de la chance, comme toujours. Sans compter qu'il a eu tout son temps pour faire des recherches sur Internet, sachant que Marcazzan finirait par venir ici à un moment ou à un autre. Il n'a eu qu'à attendre, et comme d'habitude il ne s'est pas trompé.

— Remettez ce tisonnier à sa place, je vous prie, lui dit-il d'une voix qui semble monter et descendre à chaque inflexion. Je veux simplement discuter avec vous. Je sais que vous préférez un peu de discrétion vis-à-vis de votre charmante famille. Ce qui est compréhensible, bien sûr. Après tous les sacrifices que vous avez faits pour eux…

Marcazzan le regarde avec un air stupéfié. Le visage du juge est subitement contracté, couvert de rides. Ses petits yeux noirs étincellent. La sueur fait des vagues sur ses cheveux soigneusement plaqués. De toute évidence, il cherche à comprendre. Il n'y arrive pas. Il observe les mains de Barbarossa, gantées de plastique chirurgical, ainsi que le pistolet posé sur le bureau. Sans baisser son tisonnier, il se retourne, jetant des regards désemparés dans le jardin.

— Si c'est à votre chien que vous pensez, ajoute Barbarossa, ne vous inquiétez pas, je ne lui ai fait aucun mal. Casse va dormir paisiblement durant quelques heures.

Une ombre traverse le visage de Marcazzan.

— Vous connaissez le nom de mon putain de chien ? Vous êtes venu pour voler, ou pour me tuer ?

Barbarossa pousse le pistolet de l'index, le faisant tourner devant lui, une fois, deux fois. À la troisième, l'arme s'immobilise, son canon braqué vers le juge.

— Vous craignez la mort, Marcazzan ?

— Ne faites rien à ma famille, c'est tout ce que je vous demande.

— Voilà qui est adorable, dit Barbarossa, relançant le mouvement du pistolet sur le bureau. Il est également vrai que si vous mouriez maintenant, vos petits secrets disparaîtraient avec vous. Je ne sais pas si je dois y voir une forme idiote de courage ou une profonde lâcheté…

— Je n'ai pas de secrets, dit le juge en faisant un pas vers lui, lentement, son tisonnier serré dans sa main.

Barbarossa empoigne le pistolet et le met aussitôt en joue.

— Arrêtez-vous là, c'est bien.

Marcazzan fait comme il le lui demande.

— Et maintenant ?

— Maintenant, nous allons parler des secrets que vous n'avez pas, si vous le voulez bien. Mais avant, posez ce tisonnier. Allez. Ne me faites pas répéter. Cela vaut mieux pour vous, croyez-moi.

— Mon Dieu… murmure le juge en s'accroupissant pour déposer la tige métallique à terre, tandis qu'il découvre le bandage plein de sang sur la jambe de Barbarossa. C'est vous, n'est-ce pas ? L'homme qui s'est battu avec eux, cet après-midi… la grenade… celui que les voisins de Coutaud ont vu dans la rue…

— Ça, ce sont mes secrets, réplique Barbarossa. Mais commençons par parler des vôtres, si vous le voulez bien.

— Je n'en ai pas ! s'entête Marcazzan. Je ne sais pas ce qui se passe dans votre tête, mais vous délirez !

— Oh, vraiment ? Rien ne vous lie à Arnaud Levy, alors ? Rien de compromettant sur son ordinateur, pour que vous alliez en personne le récupérer chez lui ? Vous avez fait un crochet par la déchetterie, tout à l'heure, et vous avez jeté cette machine dans l'incinérateur.

— Comment… comment savez-vous *ça* ?

— Tout se sait, tout se découvre. Il y a des yeux partout, désormais. Ne vivons-nous pas dans le monde de Big Brother ? Mais ce n'est pas à vous de poser les questions. Votre vrai problème, c'est que Vauvert a commencé à comprendre, lui aussi. Il sait où fourrer son nez pour remonter le fil de vos affaires. Tout ça à la suite d'une regrettable histoire de jeunes femmes à qui il manquait des organes, si je ne m'abuse. Il faut dire que votre ami Levy n'était pas très futé dans le choix de ses victimes. Je suppose que votre empressement à retrouver Vauvert et à le mettre en examen n'est pas étranger à ce petit secret-là ?

— Vous bluffez, dit Marcazzan. Vous ne savez rien. Vous prêchez le faux pour obtenir le vrai.

— Peut-être bien. Quoi qu'il en soit, je suis le seul qui puisse vous aider.

— Et pourquoi cela ?

— J'y viens… j'y viens… mais dans l'immédiat…

Du canon de son arme, Barbarossa indique le placard. Sa voix semble encore changer, se faire plus grave, plus lente, comme si diverses personnes se relayaient pour utiliser sa gorge. Son accent est devenu celui du Nord.

— Si vous nous serviez un verre ? J'ai vu que vous aviez du cognac XO Gold dans votre petite réserve, là-bas… Cela fait longtemps que je n'y ai pas goûté…

— Vous vous moquez de moi ?

— Faites ce que je vous demande, Marcazzan.

La voix est passée à l'aigu. Le ton de la menace, cette fois.

Marcazzan n'a d'autre choix que d'obtempérer. Il se dirige vers le placard où sont renfermées les bouteilles.

— Ne vous en faites pas, je vais vous expliquer ce que je sais, reprend Barbarossa sans le quitter du regard ni baisser son arme. De cette manière, vous comprendrez pourquoi je suis le seul à pouvoir vous aider.

— Je ne vois pas de quoi vous parlez, grogne le juge en prenant les verres.

— Alors je vais vous rafraîchir la mémoire. Je vous parle de l'accident de voiture qu'a eu votre fils Quentin, il y a deux ans. L'accident au cours duquel il a failli mourir, comme il l'a si bien expliqué à tous ses camarades sur les réseaux sociaux. Vous voyez mieux ? Je vous parle des organes qu'il a fallu transplanter pour que Quentin ne reste pas cloué dans une chambre d'hôpital pendant des années… Organes que vous vous êtes procurés, bien que de manière un peu originale et peu légale… avec la complicité de votre ami le docteur Levy et de sa clinique privée…

Cette fois, le juge tressaille. Un des verres qu'il tenait dans sa main lui échappe, se brise à ses pieds.

— Nom de Dieu, mais qui êtes-vous ?

— Quelqu'un qui vous comprend, soyez-en sûr.

— Que me voulez-vous ? insiste Marcazzan.

Le journaliste soupire, avant de secouer doucement la tête.

— Je vous l'ai dit, ce n'est pas à vous de poser les questions. Maintenant, vous allez m'écouter attentivement, et me dire si je me trompe. Je suis toujours fasciné par ce genre de tragédies, voyez-vous. La vôtre est survenue durant les vacances d'été, dans votre propriété des Landes. Votre fils Quentin n'avait que treize ans. D'après ce que vous avez raconté à la police, il avait piqué vos clefs pour vous emprunter votre véhicule…

— C'est la vérité, soupire Marcazzan.

— Non, c'est un premier mensonge, réplique Barbarossa avec un sourire mauvais. Je suis sûr que vous étiez au courant. Vous êtes le genre d'homme qui s'imagine que sa famille est comme lui, au-dessus de tout le monde, supérieure en tout. Je pense que vous aviez vous-même donné des cours de conduite à votre fils, et que vous lui prêtiez volontiers les clefs de votre jolie voiture hors de prix pour qu'il puisse frimer devant ses petits copains de classe. En l'occurrence, celui qui se trouvait avec lui lors de l'accident. Il était âgé de treize ans, lui aussi.

Marcazzan reprend un verre, le pose sur la table. Il jette un regard furieux à Barbarossa.

— Il s'appelait Yannis Gabarre. C'était le meilleur ami de mon fils.

— Mais lui, il n'a pas survécu.

— Non, en effet. Yannis est mort sur le coup. C'était une bêtise de gosses. Un jeu idiot…

— Un jeu ? glousse Barbarossa. Qui consistait en quoi ?

Marcazzan hésite un instant, puis, tout en apportant la bouteille de cognac, lui explique d'une voix terne :

— C'était un défi qu'ils se lançaient pour se faire peur. Devant notre maison, il y avait une longue descente. Quentin et Yannis avaient inventé ce qu'ils appelaient le jeu de la mort. L'un d'entre eux s'allongeait sur le capot de la voiture pendant que l'autre prenait le volant. Et ils lançaient la voiture sur la pente, en roue libre, feux éteints. Celui qui était sur le capot n'avait pas le choix, il devait se cramponner jusqu'à ce que l'autre décide d'arrêter de rouler. Mais ils n'allaient pas vite, ce n'était pas réellement dangereux en soi. Normalement, personne n'emprunte jamais cette route. Cela leur procurait le genre de sensations intenses dont raffolent les gamins de leur âge… Et puis… ils n'ont pas eu de chance, voilà tout.

Barbarossa acquiesce.

— Quentin en a eu, en tout cas. Il est encore en vie. Servez-nous, maintenant.

Marcazzan continue de faire comme il le lui demande. Tout en versant l'alcool ambré, il explique :

— C'était au tour de Quentin de conduire, et à celui de Yannis de se trouver sur le capot. C'est ce qui a sauvé mon fils. Ils ont descendu la pente devant notre maison comme ils venaient de le faire à plusieurs reprises… sauf que… cette fois, une autre voiture est arrivée en sens inverse. Quentin roulait sans les phares, le conducteur ne l'a pas vu… Ils se sont percutés de front. Yannis a été tué sur le coup, broyé entre les deux véhicules.

— Il n'a pas dû souffrir, murmure Barbarossa avec une étincelle cruelle dans les yeux. C'est amusant que la presse n'ait pas évoqué cette histoire. En temps normal, les pigistes se gargarisent de ce genre de bêtises. Mais pas cette fois. Strictement aucun détail n'a filtré dans les rédactions. Vous avez le bras long, Marcazzan.

Il soulève le verre d'alcool, hume le cognac, et humecte ses lèvres.

— D'ailleurs, poursuit-il, il n'y a eu aucune mention de la personne qui a percuté votre voiture. Quelle n'a pas été ma surprise, en creusant un peu, de découvrir qu'il s'agissait d'une de vos connaissances !

— C'était la fille de nos voisins, soupire Marcazzan. Elle rentrait chez elle. Ses parents… venaient de lui acheter sa première voiture…

— Ce ne sont pas de simples voisins. Ce sont vos amis de longue date. Vous avez fait vos études ensemble. Et, surprise, Catherine Leguerno est magistrate, elle aussi, à la Cour régionale des comptes ! Pas étonnant que la police ait regardé ailleurs…

— Qu'est-ce que cela change ?

— Ce que cela change, dit Barbarossa en sirotant son verre, c'est qu'entre personnes au bras long qui se croient tout permis, on a parfois de drôles d'idées. En l'occurrence, avec la fille Leguerno et votre fils Quentin aux portes de la mort, et ce besoin de leur trouver des greffons à tous les deux, coûte que coûte, vous n'avez pas dû attendre longtemps pour vous mettre d'accord, non ? Était-ce vous qui connaissiez Arnaud Levy, ou bien les Leguerno ? Et qui a eu l'idée en premier ? (Le journaliste hausse les épaules.) Quelle importance, après tout ! La seule chose qui a dû compter pour vous, c'est que ce genre d'opération prend des années si l'on se contente de suivre la voie légale, n'est-ce pas ? Bien sûr, vous ne pouviez imposer une telle attente à vos enfants chéris…

Marcazzan ne répond pas. Il le dévisage avec des yeux comme des fusils. Devant lui, Barbarossa continue de boire son cognac à petites gorgées. Lui ne touche pas au sien.

— Avec la complicité de Levy, finit par dire Barbarossa, vous avez trouvé un stratagème efficace. Vous avez volé des organes à des paumés pour pouvoir sauver les vies de vos enfants. Je ne sais pas exactement comment vous vous y êtes pris, mais ce qui est certain, c'est que la combine a fonctionné. Et ce n'était que le début. Vous veniez de créer un nouveau débouché. Je suppose que dans votre carnet d'adresses, il y avait quantité d'autres notables aux abois, désireux de s'offrir des greffons de toute urgence et ne regardant pas aux moyens ni à la somme à débourser…

— Ça suffit ! éclate le juge. Que voulez-vous ? De l'argent ?

— Oh, non. Je vous l'ai dit, mais vous n'écoutez pas. Je ne souhaite que vous aider.

— Je ne vous crois pas.

— Vous devriez. Nous avons un ennemi commun, vous et moi.

— Vous parlez de Vauvert ? hésite le juge, en fronçant les sourcils.

— Bien sûr que je parle de lui. Nous savons qu'il s'agit d'un élément pourri du système.

— Bien sûr qu'il l'est…

Marcazzan passe une main nerveuse dans ses cheveux. Il continue de transpirer, mais son regard est différent. Beaucoup plus attentif, tout à coup. Beaucoup moins effrayé.

— Mais vous vous trompez, ajoute-t-il. Vauvert n'a pas tout compris, loin de là. Et en ce qui concerne le peu qu'il a suspecté, il n'a aucune preuve...

— Il en trouvera, dit le journaliste. Quant au reste ? L'accident de votre fils ? L'absence de toute transplantation officielle, alors que Quentin a bien quitté l'hôpital avec un traitement postopératoire ? Il le découvrira aussi. Ne suis-je pas remonté jusqu'à vous en seulement quelques heures ?

— Vous saviez précisément où chercher. Mais les dossiers se perdent, et les personnels sont incompétents partout. L'administration est une machine paresseuse.

— Pas si Vauvert la réveille. Lui aussi sait où chercher. Vous le connaissez. Il saura trouver les bonnes ficelles sur lesquelles tirer. Il ne vous lâchera pas. Jusqu'à ce qu'il vous ait fait tomber, vous et tous vos complices.

— Et même si vous aviez raison ? Que voulez-vous faire ? demande le juge.

La voix de Barbarossa monte subitement en puissance :

— Le crucifier en place publique, bien sûr ! En faire un exemple ! Je suis journaliste. Je sais comment faire ces choses. Je les ai déjà faites maintes fois. Cela va même me rapporter de l'argent. Je vais réaliser un reportage qui expliquera quel genre d'homme est le commandant Vauvert.

— Qu'est-ce que vous racontez ? Cela ne suffira pas.

— Bien sûr. L'idée est qu'il n'y survive pas. Ni lui ni sa copine aux cheveux blancs. (Le timbre de sa voix se fait chuchotement.) Je vous avoue que, des deux, c'est elle la plus dangereuse. C'est d'elle qu'il faut se méfier… Elle peut faire des choses que vous ne croiriez pas… Moi-même, je ne le croyais pas avant de l'avoir vu de mes propres yeux…

Le juge secoue la tête. Il tousse. Regarde derrière lui à plusieurs reprises, comme s'il craignait qu'un intrus ne jaillisse soudain et ne les surprenne.

— Ce que je crois, dit-il, cherchant ses mots, c'est que vous êtes un dangereux criminel. Vous avez tué des policiers de sang-froid. En fait, vous êtes totalement fou.

— Oh, oui, réplique Barbarossa avec un grand sourire. Je suis un criminel. Tout comme vous, Marcazzan. Et que je sois fou ? Ma foi, je le sais depuis longtemps. Cela me rend-il moins fou ?

— Vous pouvez vous vanter. Vous ne vous en sortirez pas.

— Bien sûr que si. C'est pour cela que je me trouve ici, devant vous, et que vous êtes encore en vie. Je suis venu vous proposer de vous en sortir, vous aussi. La question est simple. Qu'êtes-vous prêt à faire pour que tous vos problèmes soient résolus ?

Le juge prend une grande inspiration. Sous la peau de ses joues, les articulations de ses maxillaires se contractent.

Lentement, il hoche la tête.

— Que proposez-vous ? murmure-t-il en saisissant finalement le deuxième verre de cognac.

Barbarossa tend le sien.

Ils trinquent.

Yeux dans les yeux.

— Je vous propose de nous sauver tous les deux, Marcazzan. Avant que les forces de police ne comprennent qu'il s'agissait de moi, dans cette fusillade…

Marcazzan ne peut s'empêcher de ricaner. Il avale son cognac d'une seule gorgée.

— Vous rêvez.

Il repose le verre.

Il dévisage Barbarossa.

— J'ai vu ce que vous avez fait dans cette maison, mon vieux. Les scientifiques ont retrouvé votre sang dans la rue. Et il y a les balles que vous avez tirées avec cette arme…

Barbarossa hoche la tête.

— Je sais. Mais voilà…

Il jette le pistolet vers le juge, qui l'attrape au vol, surpris.

Marcazzan l'empoigne et le braque devant lui par réflexe.

— Que…

— Au cas où vous vous poseriez la question, il n'est pas chargé, soupire Barbarossa. Et mes empreintes ne sont plus dessus, bien sûr. Vous vous occuperez de faire disparaître cette preuve un peu gênante. Je me doute que vous avez l'habitude…

Le juge baisse l'arme.

— Cela ne changera rien…

— Cela changera tout. Vous allez également me servir d'alibi.

— Quoi ?

— Vous allez faire une déposition selon laquelle vous étiez avec moi à ce moment-là. Vous allez témoigner que Vauvert m'a agressé, alors que j'essayais de sauver le pauvre homme à qui il a coupé la tête… et que c'est Vauvert qui a lancé la grenade sur ses collègues qui venaient l'arrêter…

— Je n'étais pas sur place. J'étais ici. Avec ma famille.

— Vous mentirez. Vous n'êtes plus à un parjure près. Vous déclarerez que nous sommes en contact depuis un certain temps. Disons, six mois, pour être convaincant. Je vous ai parlé de mon projet d'émission sur le commandant Vauvert. Vous avez sauté sur l'occasion de le coincer. Vous et moi, nous l'avons poussé dans ses retranchements. Ce que nous n'avions pas prévu, c'est qu'il deviendrait fou furieux, comme cela lui est déjà arrivé dans le passé. Cette fois, il a franchi toutes les limites. Il est incapable de distinguer la réalité du fantasme. De mesurer les conséquences de ses actes. Après avoir attenté à la vie de sa propre petite amie, Eva Svärta, il est allé assassiner le docteur Levy parce qu'il sautait son ex-femme. Puis il a réglé son compte au médecin légiste avec lequel il travaille depuis des années, sans raison, sans doute parce que Coutaud pouvait témoigner contre lui. À ce moment-là, je me suis interposé. En véritable héros, je dois le reconnaître. Mais Vauvert et sa pute m'ont attaqué. Ils étaient armés pour la guerre… Vous direz que vous avez été témoin de ça, d'une manière ou d'une autre, et la parole d'un juge irréprochable, futur président de Chambre, fera taire les preuves contradictoires.

— Vous délirez totalement ! Il aurait essayé de tuer Svärta, et ensuite il ferait équipe avec elle ? Une telle bêtise ne tiendra jamais la route !

— Oh, je vous en prie, Marcazzan, ne faites pas votre pucelle ! Vous savez très bien qu'on peut faire avaler n'importe quel mensonge. Il suffit qu'il soit assez gros, et qu'on le répète avec assez de force. D'ailleurs, je vais vous aider. Vous leur apporterez une preuve concrète qui accréditera votre histoire...

— Et laquelle, je vous prie ?

— C'est simple. Vous allez ajouter au dossier les éléments d'un autre assassinat. Un homme abattu par balle sur une aire d'autoroute à côté de Limoges, pas plus tard que ce matin. Vous prouverez que le commandant Vauvert avait déjà commencé sa chevauchée meurtrière à ce moment-là...

— De quoi diable parlez-vous ?

— Demandez la comparaison de la balle ayant tué cet homme avec le calibre de Vauvert. Vous comprendrez.

— C'est son arme... qui a tué cet homme ?

— Celle-là même, acquiesce Barbarossa. Bien sûr, il prétextera que je la lui avais volée. Puis rendue. Mais qui peut croire une explication pareille ? C'est encore plus tiré par les cheveux que votre propre version. Le commandant est en crise. En plein délire paranoïaque. Il se sent persécuté, il s'invente des histoires où tout le monde complote contre lui. Sauf que les faits parleront d'eux-mêmes. Il peut nier tout ce qu'il veut, il se trouvait lui-même sur les lieux quand cet homme a été tué. Vous n'aurez qu'à géolocaliser son GPS ou je ne sais quelle autre astuce de procédure pour prouver que c'est la vérité.

Le juge demeure pensif. Il reprend son verre, le remplit de nouveau de cognac et le boit comme le premier, cul sec.

— Nom de Dieu, vous êtes le diable en personne.
— Seulement dans mes rêves, soupire Barbarossa. Mais il y a plus urgent. Vous allez ordonner à vos hommes d'intercepter Vauvert et Svärta dès cette nuit. L'idéal, ce serait qu'ils tirent à vue. Qu'aucun des fugitifs ne survive à l'interpellation. Pas de possibilité de recours pour eux…
Le juge secoua énergiquement la tête.
— Dans quel monde vivez-vous ? Je n'ai pas ce pouvoir. Les policiers ne sont pas des tueurs à gages.
— Vous voulez dire qu'avec votre position, vous n'en avez pas un seul sous le coude à qui vous pourriez graisser la patte ?
— C'est la vérité. Je suis juge, pas commissaire de police. Et même si c'était le cas, je ne pourrais jamais ordonner une telle chose !
— Très bien, dit Barbarossa. Dans ce cas, il reste une autre solution. Et elle est d'ailleurs bien plus sûre.
— Laquelle ?
— Vous allez les tuer vous-même, Marcazzan. Ils ne se méfieront pas de vous.
— Votre humour est détestable, grince le juge.
— Ce n'est pas de l'humour, lui répond Barbarossa d'une voix caverneuse. Je ne plaisante jamais avec la mort.
— Alors c'est encore pire.
Barbarossa boit lentement son verre de cognac. Puis il murmure, sa voix changeant de plus en plus vite à mesure que monte son excitation :
— Vous savez, Marcazzan, nous sommes pareils, tous les deux. Nous cachons notre vrai visage au reste de la société. Mon problème, c'est que ma

couverture est un peu entamée. La vôtre, en revanche, est encore intacte. Du moins pour le moment. Il ne tient qu'à vous de la conserver aussi virginale. Et il n'y a qu'une seule et unique manière de le faire. Il va falloir vous salir les mains.

Il sourit, avant d'ajouter :

— Mais vous avez déjà fait ce genre de choses, n'est-ce pas ?

Le juge demeure quelques instants immobile. Il se ressert sans même observer son verre, et le porte à ses lèvres. Cul sec.

— Écoutez, souffle-t-il, les yeux désormais luisants sous l'effet de l'alcool. Même si j'imaginais que ce plan puisse fonctionner, ce dont je doute sincèrement, il faudrait être capable de les retrouver. Or, nous n'avons aucun moyen de les localiser. Tous les services sont sur le coup depuis cet après-midi et ils n'ont encore aucune piste.

Barbarossa se fend d'un sourire sarcastique.

— Cela ne m'étonne pas du tout. Mais ne vous inquiétez pas. Moi, je sais où ils se trouvent. Je les surveille en temps réel. Ils ne peuvent pas m'échapper.

— Comment est-ce possible ?

— C'est très simple. Regardez.

Il fait glisser la tablette posée sur le bureau. D'une pression sur l'écran, il active le GPS. La carte de Toulouse s'affiche. Le pointeur, un cercle bleu entouré d'un halo, s'est immobilisé en plein centre-ville.

— Qu'est-ce que c'est que ça ?

— Eux. Cela fait des heures qu'ils sont là. Ils se terrent dans la clinique sur les allées Charles-de-Fitte.

— Comment… est-ce que… balbutie le juge. Nom de Dieu, comment avez-vous réussi à faire ça ?

— C'est un tour de magie, dit Barbarossa.

Il émet un gloussement féroce.

— En fait, c'est bêtement ce qu'on appelle la technologie. Mais ils seront morts tous les deux avant de le comprendre.

84

Paris,
XXe *arrondissement*

— Eva, ce que tu me racontes est à peine croyable, murmura Leroy.

Il était assis sur son lit, nu et couvert de sueur, et quelque peu hébété.

— *C'est malheureusement la vérité*, dit sa collègue au bout du fil. *Je te jure que c'est ce qui est arrivé, Erwan. Cet homme est un psychopathe. Et il est en pleine crise. Il ne va pas s'arrêter tant qu'il ne me verra pas morte, tu comprends ? Si on essaie de contacter le service, tout ce qu'ils s'empresseront de faire, c'est de nous mettre en garde à vue et de nous fourrer dans les pattes d'un avocat sans nous laisser la possibilité de nous expliquer… Tu connais la musique…*

— Et comment, soupira Leroy. On a reçu les alertes toute la journée. Vous êtes considérés comme armés et dangereux… Ça ne change jamais, hein ? J'ai l'impression de me revoir, il y a trois ans, quand Alexandre et moi étions partis à ta recherche sans autorisation. On était passés à deux doigts de se faire abattre par les locaux de Rodez…

Il se leva, fit craquer ses vertèbres cervicales, et sortit de la pièce sans prendre le temps de se vêtir. Même en plein milieu de la nuit, la chaleur était étouffante dans la chambre. Elle était pire encore dans le salon.

— Je vais me servir du fichier des infractions constatées. Mais d'abord, il faut que j'établisse la liste des endroits où le bonhomme a vécu. Pour en arriver au stade que tu décris, il a dû commencer à tuer il y a longtemps. Sans doute dès son adolescence…

Dans son dos, la jeune femme couchée en travers du lit grogna, se redressa à son tour et ébouriffa ses cheveux dénoués. Elle était, comme lui, couverte de sueur, le cœur palpitant. Et pour cause. L'appel de sa collègue les avait dérangés alors qu'ils étaient en train de faire l'amour depuis près de deux heures. Leroy se retourna vers elle et posa son index sur ses lèvres.

— Ouais, grommela la fille à voix basse. Je sais…

— *Quoi ?* fit Eva.

— Je n'ai rien dit, soupira Leroy. Juste un instant…

Il cherchait toujours à reprendre sa respiration. Il s'installa à la table du salon, où était posé son ordinateur portable.

Il effleura le pavé tactile. L'écran s'illumina.

— Je m'y mets tout de suite. S'il y a des preuves de son implication dans d'autres crimes, sois sûre que je vais te les trouver. Tu n'as qu'à me rappeler dans la matinée, j'aurai des informations plus précises à te donner.

— *Merci, Erwan.*

— Mais entre-temps, promets-moi de te soigner. Tu es enceinte, putain ! Et il faut qu'Alexandre contacte quelqu'un sur Toulouse. Il y a forcément une personne en qui il peut avoir confiance. Vous ne pouvez pas rester comme ça, sans protection !

— *Je sais. Je…*

Elle toussa bruyamment au bout du fil.

— Eva ? Tout va bien ?

— *Oui, oui… Écoute, la situation n'est pas si simple. Je te jure qu'on va faire ce qu'on peut…*

— S'il se passe quoi que ce soit, par pitié, appelle-moi immédiatement ! C'est compris ?

— *Cinq sur cinq. Merci encore, Erwan…*

Elle raccrocha. Cela ne lui plaisait pas. Mais il ne pouvait rien faire de plus pour elle dans l'immédiat. Il poussa un long bâillement tandis qu'il lançait plusieurs moteurs de recherche simultanément. Les fenêtres colorées se multiplièrent sur son écran.

Sa petite amie s'approcha de lui. Elle avait attaché ses cheveux avec une grosse barrette et passé une chemise de nuit transparente. Elle était un peu plus grande que lui, beaucoup plus en chair, et clairement inquiète.

— Est-ce qu'ils sont blessés ?

— Oui. Mais tout va bien pour le moment. Elle m'a assuré qu'ils sont en sécurité…

— Pour combien de temps ?

Il haussa les épaules, yeux rivés à l'ordinateur.

— Ils ont besoin de nous, ça c'est certain.

— Nous ?

Perrine Alazard se renfrogna. Elle posa ses poings sur ses larges hanches, et lui demanda :

— Dis-moi, Erwan… Depuis quand sommes-nous ensemble ? Six mois ?

Le jeune homme se retourna, sourcils froncés.

— Je ne sais pas… quelque chose comme ça… Quel rapport ?

— Oh, trois fois rien, dit-elle en secouant la tête. Si ce n'est qu'on bosse ensemble, et que lorsque Eva le découvrira, elle va nous en vouloir à tous les deux de ne pas le lui avoir dit. Parce qu'elle le découvrira tôt ou tard. Tu en as conscience ?

— Eh bien… oui… Je veux dire… sans doute. Mais on a d'autres préoccupations pour l'instant, non ?

— Ouais, soupira-t-elle. Alors… Elle t'a expliqué la raison de ce carnage à Toulouse ? C'est ce type qui l'a suivie dans le Sud ?

— C'est lui, oui. Mais ils vont avoir du mal à se faire entendre…

Il lui répéta ce que lui avait raconté Eva. Cet incroyable récit des morts qui s'étaient accumulées tout au long de la journée. Le nouveau compagnon de Virginie abattu chez lui avec l'arme d'Alexandre. Le légiste décapité alors qu'Eva et Alexandre se trouvaient dans sa maison. Sans oublier les trois policiers victimes de la grenade. Et plus il parlait, plus le visage de Perrine se décomposait.

— Bon sang, murmura-t-elle. Tu m'étonnes que personne n'acceptera de les écouter tant qu'ils ne seront pas derrière les barreaux ! Et encore. Cette histoire est tellement folle…

— Moi-même, je n'arrive pas à croire la moitié de ce qu'Eva m'a raconté, dit Leroy en se massant les tempes. Ajouté à ça, l'identité du fou furieux qui les poursuit… On nage en plein délire…

— Pourquoi ? De qui s'agit-il ?

— De quelqu'un que tu connais, figure-toi…

Il tapa une commande sur le clavier. La page Wikipedia consacrée à Dorian Barbarossa s'afficha. La photo qui illustrait l'article montrait le journaliste sautant en parachute. Même dans ce cliché un peu flou, son regard clair comme du cristal était braqué vers l'objectif, et son sourire impeccable. La cicatrice sur son front évoquait un éclair, prêt à crever l'écran et vous foudroyer sur place.

— Oh, putain, fit Alazard. Pas lui ! Tu ne peux pas être sérieux !

— Que veux-tu que je te dise ? C'est la cerise sur le gâteau dans cette histoire de fous. Ton idole télévisuelle est un tueur en série, chérie. D'après Eva, chacune de ses émissions a été précédée ou suivie d'un meurtre. Parfois davantage.

— Et personne ne s'en est jamais rendu compte ?

— Pas jusqu'à aujourd'hui. Il est entré dans une phase de crise aiguë. La fréquence de ses meurtres va s'accélérer jusqu'à ce qu'il arrive à avoir Eva. C'est elle qu'il veut. Selon elle, c'est à cause de ça…

Tout en parlant, il avait lancé la recherche d'images sur Mina Karlova. La photo de la jeune Turque s'afficha en plein écran.

— Mince, souffla Perrine. Ces cheveux…

— C'est cette fille qui lui a logé une balle dans le crâne, quand il avait dix-sept ans. Tu comprends le problème ?

— Et comment. Allez, lève-toi de là et laisse-moi m'en occuper ! Je suis bien meilleure à ce jeu que toi !

Elle le poussa de la chaise, et il lui céda sa place sans résister. Il savait qu'elle avait raison. Lui était bon, mais Perrine, elle, pouvait accomplir de vrais miracles avec un clavier sous les doigts et une connexion haut débit. Une fois sa petite amie installée devant l'ordinateur, il se plaça derrière elle et glissa ses mains dans l'ouverture de sa chemise de nuit pour effleurer son opulente poitrine.

— Arrête ça, tu veux ! Va plutôt nous chercher quelque chose à boire. Tu m'as épuisée.

— J'espère bien, déclara-t-il en bombant le torse.

— Idiot !

Il se dirigea vers la cuisine. Il ouvrit le congélateur et sortit un sac de glace pilée.

— J'ai de quoi faire des White Russians. Ça te dit ?

— Et comment !

— Alors, c'est parti.

Tandis qu'il attrapait la bouteille de vodka et allait ensuite prendre le shaker qui séchait dans l'égouttoir, Perrine Alazard se plongea dans les manipulations informatiques qu'elle maîtrisait parfaitement. En deux clics, elle fut connectée à son serveur personnel. Elle utilisait une routine qu'elle avait programmée elle-même, avec un algorithme permettant de récupérer les données de diverses bases simultanément, et ainsi de gagner un temps précieux.

Retrouver la liste des établissements scolaires qu'avait fréquentés Barbarossa, ainsi que ses domiciles successifs au cours des vingt dernières années ne lui prit qu'un instant. Elle s'en servirait pour recréer l'environnement du journaliste. Ensuite, le plus long serait de paramétrer l'algorithme pour qu'il recoupe les crimes recensés dans cet environnement.

Il n'était que 2 heures du matin.

Elle avait toute la nuit devant elle.

Et des White Russians confectionnés avec amour par Erwan pour la tenir éveillée.

85

Toulouse,
clinique Sarrus-Teinturiers

Après qu'elle eut raccroché avec Leroy, Eva resta un moment à tousser. Elle ne ressentait aucune douleur, mais elle avait de plus en plus de mal à inspirer, comme si elle s'était trouvée en haute montagne et que l'air était raréfié. Quand elle baissa les yeux, elle vit les petites gouttes de sang qu'elle venait de cracher sur son tee-shirt. Celles-ci étaient minuscules, mais d'un rouge intense.

— Bon sang de bordel, grogna Vauvert, assis sur le lit à côté d'elle. Ton état est de plus en plus préoccupant. Il faut appeler quelqu'un.

— Ce n'est pas la peine. Je me sens bien.

— Arrête de me mentir, Eva.

Elle haussa les épaules.

— J'ai besoin de me reposer, c'est tout. Mais dès que je dors, je fais ce rêve. Je veux dire… je partage le rêve de nos enfants… C'est comme si cette banquise continuait de grandir en moi…

— Et tes engelures ?

Elle leva ses paumes vers lui. Son épiderme fissuré en maints endroits. Ce n'était pas douloureux du tout. Elle avait l'impression de peler, comme cela arrive après un coup de soleil. Et, après tout, le phénomène était presque le même. C'était le froid qui la brûlait, et non le soleil. Ce froid qui la grignotait peu à peu de l'intérieur. Elle observa ses coudes, constata qu'eux aussi étaient touchés.

— Ça continue… murmura-t-elle. Je sens… le froid… de plus en plus nettement… il vient de là…

Elle souleva lentement son tee-shirt, exposant son ventre arrondi.

D'autres marques d'engelures étaient apparues là aussi. Des petites ampoules blanches sur la peau de son abdomen. Elles formaient des lignes abstraites. Presque un langage mystérieux. Du braille, oui. Inscrit, scarifié à même sa peau.

— Oh, mon Dieu, dit Vauvert. Tu ne peux pas continuer comme ça…

— Je crois que je n'ai guère le choix…

Elle abaissa son tee-shirt. Vauvert lui prit la main et la serra jusqu'à lui faire mal.

— Je vais m'en sortir, Alexandre, ne t'en fais pas. On a déjà traversé des événements de ce type, toi et moi. On s'en est toujours tirés à bon compte, n'est-ce pas ?

Il émit un grognement. Elle réalisa que ses yeux brillaient dans la pénombre. Elle n'avait encore jamais vu son compagnon pleurer.

Il détourna la tête. Ses muscles saillaient sous ses bandages.

— Nous avons toujours eu de la chance, dit-il. Quand nous avons rencontré ce genre de phénomènes, ils émanaient d'autres personnes que nous.

Ils ont atteint d'autres que nous. Cette fois, cela vient de notre propre corps.

Il hésita, avant d'ajouter, toujours sans la regarder :

— Je suis sûr que c'est à cause de ton père…

Cela, elle le savait.

C'était sa terreur. Son déni le plus désespéré.

— Mon père est mort à présent, dit-elle. Je n'y pense plus. Je n'y tiens plus.

Elle était consciente qu'il ne la croyait pas. Mais elle se sentait obligée de mentir. Pour chasser la peur. À chaque fois qu'elle pensait à son père, elle se revoyait sur ce lac gelé, courant après le monstre qu'il était devenu.

C'était juste avant qu'elle ne tombe enceinte. Elle avait enfin retrouvé son père, l'assassin de sa mère et de sa sœur jumelle. Et il était mort devant ses yeux, aspiré par les eaux glacées.

— Il avait vendu son âme à des forces qui nous dépassent, murmura-t-elle. Il n'était plus humain. Et maintenant, il est mort. Cette histoire-là est achevée.

— On n'a jamais retrouvé son corps, dit Vauvert, ses yeux brillants la scrutant de nouveau.

— Il *doit* l'être. C'est comme ça.

Il inspira.

— Tu sais que j'ai toujours fait des rêves étranges, n'est-ce pas ?

— Des prémonitions, dit Eva.

— C'est ce qu'il semble. Je ne les ai jamais écoutés. J'ai toujours cru que je valais mieux que ça… ou plutôt, j'étais trop effrayé de ce que cela impliquait dans la vie.

Elle haussa les épaules.

— Qu'est-ce que cela change, maintenant ?

— J'ai rencontré une femme, il y a des années. Une médium. Elle m'a dit que j'avais ce don. Que je le refusais, mais que cela faisait partie de mon destin.

— Et qu'as-tu fait ?

— Je ne l'ai pas écoutée. Qu'aurais-je dû faire d'autre ?

Au-dehors, les phares d'une voiture balayèrent la rue, leur brève lueur glissant sur les crevasses de son visage, soulignant son nez de travers et ses yeux plissés. Il avait une allure terrible, mais curieusement rassurante.

— J'ai toujours voulu nier ces choses-là, poursuivit-il. Mais quoi que je fasse, ces phénomènes reviennent. Ils me poursuivent. *Nous* poursuivent…

— C'est pourquoi nous avons besoin de soutien. On ne peut pas s'en sortir seuls. Même si Erwan va faire tout ce qu'il peut pour nous assister, il n'est pas là. Si on persiste à se cacher, les conséquences seront pires…

— Je fais confiance à mes hommes, murmura-t-il, mais pas à la hiérarchie. Mon groupe est sur le terrain, en train de nous chercher à l'instant où on parle. Si je préviens qui que ce soit parmi eux, l'information remontera aussitôt. Et tu sais très bien ce qui se passera s'ils nous retrouvent.

— Ils nous mettront en garde à vue…

— Exactement. Ils nous croient impliqués dans ces morts. On aura beau leur expliquer, combien de temps crois-tu que cela prendra ?

— Trop longtemps, acquiesça la jeune femme. Je ne peux pas supporter d'être séparée de toi maintenant. Barbarossa est quelque part dehors… Il nous a déjà retrouvés cet après-midi. Il le fera de nouveau…

— C'est ce que je ne comprends pas, grogna Vauvert. Comment il a fait ça ?

— Il était dans mon parking. Il a très bien pu placer un mouchard sur ma voiture. N'importe qui peut en acheter sur le Net. Cela lui a permis de nous suivre comme il le voulait. Et ensuite, il t'a suivi toi, jusqu'à la propriété de Levy.

— Peut-être, mais ça ne tient pas debout. Nous avons changé de voiture.

— Il aurait pu tracer les GPS de nos téléphones, mais nous nous en sommes également débarrassés…

— Et malgré ça, il nous a retrouvés chez Coutaud, soupira Vauvert. Le mouchard n'était ni dans la voiture, ni dans nos téléphones.

— Tu veux dire qu'il est sur nous ? Ce serait la seule explication, non ?

Vauvert se redressa. Ses yeux flamboyèrent dans le noir.

— Pas sur nous. Sur toi, Eva. C'est toi, sa proie. Il a pu la glisser dans un de tes vêtements. Je ne sais pas, ta veste, par exemple ?

— Impossible. Comment aurait-il fait ça ? D'ailleurs, je ne porte plus les mêmes affaires.

— Qu'est-ce que tu as gardé sur toi, ou avec toi, tout le temps durant ces derniers jours ?

— Rien… à part mon arme… et mon sac, bien sûr.

— Vide-le tout de suite.

Il alluma la lampe de chevet pendant qu'elle récupérait le petit sac à main Vuitton en cuir noir, qu'il lui avait offert trois mois plus tôt, et qui ne la quittait plus. Elle le renversa sur le lit. Le contenu s'étala devant eux. Il n'y avait pas grand-chose à l'intérieur : son portefeuille avec ses papiers d'identité, son arme de service dans son holster, le strict nécessaire en matière de maquillage, une petite bouteille d'eau…

— Aucun mouchard, dit-elle.

— Tu vas tout de même laisser tout ça ici. On ne sait jamais. Tu n'as besoin que de ton arme et de tes papiers.

Elle acquiesça, se pencha pour récupérer son portefeuille. Et subitement se figea.

— Nom de Dieu ! fit-elle. J'avais oublié !

— Qu'y a-t-il ?

— J'ai la carte de ce fumier.

Elle ouvrit son portefeuille et en sortit la carte de visite que lui avait remise Barbarossa lors de leur brève entrevue, le lundi précédent. Elle fit pivoter le rectangle de plastique d'avant en arrière. Le logo de la chaîne de TV scintillait.

— Il y a des parties en relief. Mais c'est trop fin pour abriter un mouchard, non ?

— Détrompe-toi, dit Vauvert en récupérant la carte et en l'observant attentivement. Il suffit d'une puce… pas plus grande que celle d'un téléphone portable…

Il tendit la main devant la lampe de chevet.

La lumière traversa la carte de visite.

En transparence, un minuscule rectangle se dessina, coulé à l'intérieur du plastique.

— Elle est bien là. C'est une puce, pas de doute là-dessus. Elle doit lui donner ta position GPS en temps réel.

— Le fumier, murmura Eva. C'est comme ça qu'il me traque…

— Et il sait où on est.

— Il faut partir immédiatement.

— Attends…

Vauvert souleva le combiné du téléphone.

— Que… fais-tu ?

Il leva la carte devant lui pour lire le numéro.

— Tu ne vas pas…

Mais c'est bien ce qu'il fit. Elle l'observa composer le numéro. Vauvert ne la quittait pas des yeux, ses maxillaires saillants, le regard noir, mais il ne prononçait plus le moindre mot.

Téléphone collé à son oreille, il attendit.

Dans le silence subitement glacial de la pièce, Eva entendit les deux premières sonneries qui retentissaient.

À la troisième, on décrocha.

Vauvert ne dit rien.

Figé comme une statue.

Il écoutait la respiration de l'autre.

Et il savait que l'autre écoutait la sienne.

Plusieurs secondes passèrent ainsi, sans que soit prononcé le moindre mot. Puis le policier articula à voix basse, très lentement :

— Tu as vu de quoi nous sommes capables…

L'homme au bout du fil ne répondit pas.

Mais ne raccrocha pas.

Vauvert ajouta, en détachant chacun de ses mots :

— Nous allons te retrouver, Dorian. Ce que t'a fait Mina Karlova, ce n'est rien comparé à ce que nous te ferons. Et j'irai t'arracher cette balle que tu as dans ta tête de pervers, et qui te sert de cerveau. Je l'arracherai de mes propres mains et j'en ferai un collier que j'offrirai à ma femme.

Il y eut un hoquet, dans l'écouteur.

Il avait enfin provoqué une réaction.

Une voix nasillarde siffla :

— *Il faudrait encore que vous arriviez à quitter cette clinique…*

Puis on raccrocha violemment.

Eva se redressa.

— Nom de Dieu, pourquoi as-tu fait ça ? C'était idiot !

— Non, dit-il. Au contraire. Je lui ai montré que nous pouvons prendre les devants. Qu'on n'est pas obligés de suivre son rythme à lui. Au pire, cela lui fera faire une connerie…

Il alla ensuite chercher ses rangers, les enfila et commença à les lacer.

— Et nous, on se dépêche de quitter cet endroit avant qu'il ne débarque. Il faut l'attirer quelque part d'où on le verra venir…

86

Le sentiment d'assurance qu'affichait le policier n'était qu'une façade. Elle le savait. Ils étaient aussi terrifiés par la situation l'un que l'autre.

Mais ils n'avaient plus le choix.

Le bruit de leurs pas se répercuta dans le couloir désert.

Ils ne perdaient pas de temps, se hâtant vers la porte des escaliers. Eva devait plisser les yeux, agressée par la brillante lumière, même au travers de ses lunettes noires. Elle suivait pourtant son compagnon sans poser de question. Ils s'attendaient à tomber dans un piège à n'importe quel moment. Ils devaient se montrer prêts.

Vauvert emprunta l'escalier le premier, son arme brandie devant lui.

— La voie est libre… Viens…

Ils se trouvaient au deuxième étage. Ils descendirent aussi vite que possible les marches jusqu'au premier.

Toujours personne.

Aucun tireur embusqué pour attenter à leurs vies.

Vauvert fit tout de même une halte et braqua son révolver sur la lucarne en plexiglas de la porte. Il pouvait voir le couloir de cet étage. Lumineux, lui aussi désert. Il n'y avait aucun danger tapi ici.

Pas encore.

Eva quant à elle surveillait l'arrière, le Beretta dirigé vers le haut de l'escalier. Son cœur battait trop fort. La sensation de froid engourdissait ses membres. Elle luttait de toutes ses forces pour rester droite.

— On continue, ordonna Vauvert en reprenant la descente.

Ils dévalèrent les marches deux par deux.

Ils atteignirent le rez-de-chaussée.

Vauvert poussa la porte.

Le hall.

C'était un espace vaste, brillamment éclairé, tout en colonnes et en fauteuils rouges, qui embaumait le parfum industriel, une odeur de bonbon. Les sièges étaient vides, à cette heure de la nuit. Toutefois, il y avait des gens dans le hall. L'hôtesse d'accueil, une jolie rousse, se trouvait à son poste, installée derrière le comptoir. Il y avait également un agent de sécurité qui discutait avec elle, un gobelet de café à la main.

— On sort maintenant, souffla Vauvert en s'élançant.

Ils avaient traversé la moitié du hall quand l'hôtesse les invectiva :

— Attendez un peu ! Monsieur, madame ? Que se passe-t-il ? Vous êtes des patients ?

Ils continuèrent de courir vers les portes sans répondre.

Le gardien, lui, fut un tout petit peu plus long à la détente, mais il les reconnut.

— C'est vous qu'on recherche à la télé ! Nom de Dieu ! Stop !

Ils atteignirent le sas.

Les portes coulissèrent. Ils accélérèrent. Ils débouchèrent dans la rue, dans la moiteur de la nuit.

— Laetitia, passe-moi le téléphone ! entendirent-ils beugler tandis que les portes se refermaient tout doucement.

— Par ici, ordonna Vauvert en partant sur la gauche, en direction du métro.

Ils remontèrent la contre-allée au pas de course, attentifs à tout ce qui pouvait se passer tout autour, craignant une arme braquée vers eux, ou pire encore. Le danger pouvait surgir de n'importe où. Quelques voitures étaient stationnées. Ils les dépassèrent en scrutant au travers des vitres, mais aucun tueur sadique ne s'y dissimulait. Un peu plus loin, ils aperçurent deux véhicules qui attendaient au feu rouge, tandis qu'un groupe de jeunes gens ivres traversaient au passage pour piétons. Le quartier était peu fréquenté, à cette heure-ci, mais jamais totalement désert. D'autres voitures jaillissaient à intervalles réguliers du tunnel de la place Saint-Cyprien.

— On traverse…

Ils avaient presque atteint le passage pour piétons quand une imposante Audi Q7 arriva à vive allure. Elle ralentit subitement en approchant d'eux.

Par réflexe, Vauvert braqua son arme vers la vitre du conducteur, prêt à faire feu.

La voiture s'immobilisa. La vitre s'abaissa.

— Dites, ça ne va pas la tête, commandant ? s'exclama Adrien Marcazzan, le visage livide.

— Bordel, Marcazzan ? Qu'est-ce que vous fichez ici ?

— Montez, je vous expliquerai après, ordonna le juge en déverrouillant les portières. Et dépêchez-vous. Vous êtes en danger !

87

Perrine Alazard était concentrée.

Sur l'écran, les informations défilaient. La plupart n'avaient guère de rapport avec ce qu'elle recherchait, des bagarres de rue entre toxicomanes, des tags néonazis sur les murs d'établissements scolaires, une jeune homosexuelle de treize ans, première de sa classe, battue à mort par ses camarades dans la cité voisine. L'algorithme continuait de travailler, de classer et d'entasser les données, et la policière affinait les paramètres à chaque nouvelle occurrence.

Peu à peu, elle y voyait plus clair. Les pièces de l'environnement familial du journaliste se mettaient en place.

Père. Martin Barbarossa. Manœuvre. Plusieurs condamnations pour escroquerie. Décès par noyade dans la Seine à l'âge de quarante ans. Peut-être un règlement de compte. Ou seulement une cuite de trop.

Mère. Avigail Barbarossa. Femme au foyer. Arrêtée pour racolage dans sa jeunesse. Deux cures de désintoxication avortées. Elle avait eu un seul enfant, Dorian, à l'âge de dix-sept ans. Décès par noyade, elle aussi, à trente-cinq ans. Dans son cas, cela s'était produit dans sa propre baignoire. Un suicide, indiquait le fichier de police.

De plus en plus intéressant.

La jeune femme glissa la paille entre ses lèvres. Un bruit de succion monta de la glace pilée. Leroy lui prit le verre vide des mains et repartit vers la cuisine.

— On peut dire que ce bonhomme était mal parti dans la vie, dit-il en versant de la glace dans le shaker pour préparer un nouveau cocktail.

— Plutôt, oui. Je vois qu'il a été interpellé à plusieurs reprises pour vol alors qu'il était encore mineur. À l'âge de quinze ans, il a même été impliqué dans une tournante… mais il n'a pas participé au viol en tant que tel…

— Il faisait le guet ? demanda Leroy en versant la vodka dans le doseur.

— Même pas. Il a bien agressé la fille, une dénommée Nabilla, seize ans, avec deux de ses camarades. Mais c'est le seul des trois qui n'a pas eu de rapport sexuel avec la victime. Lui… il l'a fouettée avec du fil de fer.

— Oh… d'accord…

Leroy déboucha la bouteille de liqueur de café.

— Cela ne semble pas s'être reproduit, ajouta Perrine. Cela ne prouve donc rien… À moins que… attends… j'ai trouvé un fait divers plutôt bizarre… Le programme n'arrive pas à le recouper avec exactitude, mais la localisation et les dates sont troublantes…

— Je viens voir ça…

Leroy ajouta le lait et secoua le shaker. Il remplit les deux verres, y plaça deux nouvelles pailles, et revint les déposer sur la table.

— Merci, dit sa petite amie tandis qu'il prenait place à côté d'elle.

— Alors ? Qu'est-ce que c'est, ce fait divers ?

— Cruauté sur des animaux. Plus exactement, des disparitions de chats dans la cité où habitait Barbarossa. Il y a même eu deux chiens kidnappés. On retrouvait ces bêtes au bout de quelques jours… éventrées et démembrées, une vraie boucherie. Quant à l'identité du coupable, mystère total.

Elle afficha des extraits de journaux de quartier. Les associations avaient passé des appels à témoins pour démasquer le pervers qui s'en prenait à leurs animaux de compagnie. En vain.

— D'après les dates, le phénomène a débuté quelques semaines après l'accident de Barbarossa. Ou, très exactement, dès sa sortie de l'hôpital. Il était revenu vivre chez sa mère.

— Et ça s'est arrêté aussi soudainement que ça a commencé, dit Leroy.

— En effet. Le dernier chien massacré l'a été au mois d'octobre. On l'a retrouvé dans une poubelle. L'animal avait la tête tranchée. Sa peau en partie arrachée. La personne responsable de cette horreur avait visiblement voulu le dépecer mais n'y était pas arrivée. Puis plus rien.

— Peut-être que Barbarossa a quitté le quartier à cette période ?

— Non, pas du tout, soupira Alazard en reprenant son verre. Il y est resté plusieurs années de plus. En revanche…

Elle changea de fenêtre.

La rubrique nécrologique d'Avigail Barbarossa s'afficha.

Leroy siffla entre ses dents.

— Merde. La date. Les meurtres d'animaux ont stoppé net à la mort de sa mère !

— C'est ce qu'il semble. Je n'ai pas d'accès direct au PV de l'autopsie, mais si je me fie aux informations disponibles, Avigail s'est suicidée aux médicaments. À moins qu'il s'agisse du plus con des accidents. Mélange d'anxiolytiques et d'alcool. Elle s'est fait couler un bain au milieu de la nuit et elle s'est endormie. Morte noyée.

— Un suicide, hein ? grinça Leroy. Ou alors… un assassinat déguisé en suicide ?

Les deux amants échangèrent un regard.

— Qu'est-ce que tu en penses, toi ? ajouta-t-il.

Alazard but une gorgée de White Russian. Sous l'effet du cocktail, désormais, ses yeux étaient emplis de paillettes.

— À ce stade, je ne sais plus ce que je pense, Erwan. Mais ce ne sera pas trop difficile de vérifier l'alibi du jeune Dorian…

Elle entra de nouveaux paramètres et laissa le moteur faire sa recherche.

Le résultat ne tarda pas.

— Merde, fit Leroy. Il a un alibi.

— Et un sacrément bon…

L'information figurait en bonne place sur la fiche de police. La nuit où sa mère décédait, seule dans son appartement, Dorian Barbarossa, encore âgé de dix-sept ans, était en train de cambrioler un pavillon à Antony, avec deux autres délinquants de son quartier. On les avait interpellés vingt-quatre heures seulement après les faits. Barbarossa avait écopé d'un mois de prison avec sursis. Quant aux deux autres, étant majeurs et récidivistes, ils avaient eu droit à un an ferme.

— Pas de récidive, ajouta la jeune policière. Cela explique pourquoi ce dérapage de jeunesse a été effacé des bulletins 2 et 3 de son casier judiciaire.

— Je ne vais pas te demander comment tu as récupéré son bulletin numéro 1, soupira Leroy. Tu sais que, normalement, seule la justice a accès à cette partie du casier…

— Tu voulais des informations, non ? Officiellement, c'est la dernière fois qu'il a été inquiété pour quoi que ce soit. (Elle fit défiler les pages.) À partir de là, il a suivi des études d'ingénieur du son, comme on le savait déjà… Son comportement n'a plus jamais été le même. Il est devenu du jour au lendemain le citoyen modèle. Et bien sûr, il n'a plus jamais eu le moindre contact avec ses anciens camarades… en tout cas, d'après les informations que je peux trouver…

Leroy aspira avec sa paille. Il secoua la tête.

— On se plante peut-être de piste. On a tellement envie de lui trouver des crimes odieux qu'on en devient paranoïaques.

— Peut-être…

Elle lança tout de même une recherche approfondie sur l'identité des deux autres garçons avec qui le jeune Dorian avait commis ce cambriolage. Ils étaient encore fichés tous les deux. Nino Costa et Slimane Thanina.

— Ces deux-là étaient déjà bien connus. Ils avaient l'habitude de faire des coups ensemble. Mais… uniquement tous les deux. Jusqu'à ce cambriolage-là.

— Si Dorian était leur ami, avança Leroy, ils auront pu lui proposer de rejoindre leur petite équipe ?

— C'est possible…

L'index sur le pavé tactile, elle effectua de lents mouvements circulaires.

— J'aimerais tout de même jeter un œil aux procès-verbaux de cette affaire. Le problème, c'est que les procédures ne sont pas accessibles par Internet. Tout est stocké en base étanche, aux archives du tribunal de Nanterre.

— Et au commissariat d'Antony, renchérit Leroy. Ils ont leurs propres archives. Si le planning n'a pas changé, l'officier de nuit est un bon copain. On est collègues de promotion, on s'est souvent donné des coups de main. Je vais lui demander de nous envoyer une copie du dossier par e-mail, ça ne devrait pas le déranger…

Il s'empara aussitôt de son téléphone et composa le numéro du commissariat.

— Mon petit muffin, dit Perrine avec un sourire espiègle, j'adore quand tu es comme ça.

88

Toulouse

— Vous aviez raison, Vauvert. J'aurais dû vous croire… Nous n'en serions pas là…

La voix du juge était serrée. Il emprunta le pont Saint-Michel. La voiture de luxe glissait sur l'asphalte sans le moindre heurt, sous le constant kaléidoscope d'ombre et de lumière des lampadaires.

— J'ai vu ce que ce malade a fait à Coutaud, continua-t-il. Ils vous tiennent tous pour responsables, mais je sais que c'est faux… Vous n'auriez jamais pu commettre de telles atrocités… un homme découpé comme un cochon… Nom de Dieu, rien que d'y penser, j'ai encore envie de vomir…

Il mit le clignotant et choisit la rue Achille-Viadieu, moins fréquentée que la Grande Rue Saint-Michel.

— Ils croient que c'est *nous* qui avons tué Coutaud ? fit Eva. C'est pas vrai !

— Eh bien… en vérité, oui… Et vous avez la mort des trois policiers sur le dos, également… Tout le monde est après vous… Ordre direct du divisionnaire Kiowski… J'ai essayé de le raisonner, vous savez… Je lui ai parlé de cet homme que vous avez vu tuer Levy… mais c'était tout bonnement impossible. Kiowski ne veut rien entendre. Un vrai forcené. Il veut votre tête au bout d'une pique, Vauvert…

Assis à la place du passager, Vauvert ruminait. Il observait le juge d'un œil noir : Marcazzan se tenait droit sur son siège, poitrine bombée comme à son habitude. Ses cheveux poivre et sel étaient couverts de gouttelettes de transpiration. Sa lèvre inférieure tremblait légèrement.

Il ne lui en voulait pas. Marcazzan s'était contenté de faire ce qu'il considérait comme son travail.

Vauvert se sentait surtout déstabilisé.

La situation était hors de contrôle.

Elle semblait empirer à chaque minute.

Tournant la tête, il observa la clinique du Parc tandis qu'ils la dépassaient. Deux voitures de patrouille stationnaient là. Un homme en uniforme était en train de parler dans son téléphone.

Vauvert n'aimait pas ça. Il n'aimait pas *du tout*.

— Vous avez vu ? s'exclama Marcazzan. Kiowski a demandé à ce que tous les centres hospitaliers soient fouillés cette nuit. Vous comprenez ce que je vous dis ? Il vous veut. Morts ou vifs.

— Ouais, grogna le policier. Je me doutais que ça arriverait un jour ou l'autre. En attendant, nous avons découvert qui est le malade qui nous poursuit. Celui qui a massacré tous ces gens. Il s'appelle Barbarossa. Cet homme est atteint de démence, et il est lourdement armé. Il faut essayer de géolocaliser son téléphone, ou son véhicule. On aura peut-être une chance de l'arrêter avant qu'il ne fasse d'autres victimes…

— C'est une très bonne idée. Vous dites que son nom est Barbarossa ?

— Dorian Barbarossa. Ce fils de pute est journaliste pour la télévision.

— Je vais ordonner qu'on le localise, alors. Ne vous inquiétez pas.

Vauvert secoua la tête.

— On est recherchés à sa place ! Bien sûr qu'on s'inquiète ! Et d'abord, où nous amenez-vous ?

— J'ai reçu un tuyau d'un de mes informateurs, dit Marcazzan. Peut-être une preuve solide pour vous innocenter.

— Laquelle ?

— Sa voiture. Quand on s'est parlé au téléphone, vous m'avez signalé que ce Barbarossa conduit une Volkswagen…

— C'est ça, dit Vauvert. Une Volkswagen de couleur noire.

— Eh bien, mon informateur m'a assuré qu'il a repéré ce véhicule. Il a vu votre homme quand il s'en est débarrassé… Il était blessé, semble-t-il… à la cuisse… c'est bien ça ?

Vauvert hocha la tête. Sourcils froncés.

— Oui. C'était bien lui. Je lui ai tiré dessus.

— Attendez, intervint Eva. Vous ne nous avez toujours pas expliqué comment vous avez fait pour nous retrouver…

Marcazzan la regarda dans le rétroviseur. Des gouttes de sueur se formèrent sur son front. Il hésita un instant, tourna à l'angle d'une rue qui descendait en direction de la Garonne, et murmura :

— Un coup de chance. Je faisais moi aussi le tour des cliniques, au cas où…

— À 3 heures du matin ? Vous êtes insomniaque ?

De nouveau, il mit le clignotant. Un mirage de sourire effleura ses lèvres tandis qu'il s'engageait dans une ruelle coincée entre plusieurs chantiers de construction.

— Disons que ce ne sera pas la première fois que je vous donne un coup de main cette semaine. N'est-ce pas, commandant ?

Vauvert grommela dans sa barbe. De part et d'autre de la voiture, il n'apercevait que des palissades de chantier. Les lampadaires avaient un problème d'alimentation dans cette zone. Plus aucune lumière. Sans doute coupée à cause des constructions en cours.

Dans sa nuque monta un picotement désagréable.

Un pressentiment.

Mauvais.

Il serra sa grosse main sur la crosse de son Smith & Wesson.

— C'est ici, dit le juge.

Il se gara au bout de la rue.

— Comment ça, ici ? s'inquiéta Eva. On est dans une impasse. Il n'y a pas de voiture…

— De l'autre côté de la palissade. En tout cas, c'est ce que mon indic m'a expliqué…

— Vous êtes certain que c'est quelqu'un de confiance qui vous a rencardé ?

— Vous avez ma parole.

Marcazzan coupa le moteur.

Un silence total régnait dans le quartier.

Dans la lueur des phares, ils pouvaient voir les palissades des chantiers qui les entouraient. Des immeubles à moitié achevés s'élevaient de part et d'autre. Façades de béton gris à nu. Balcons encore dépourvus de fenêtre. Un grand panneau blanc et rouge indiquait que des studios et T1 seraient prochainement disponibles.

— Je ne sais pas quoi en penser, dit Eva en récupérant son arme. Et si c'est un piège ?

Marcazzan loucha vers le canon du Beretta qui s'agitait près de son épaule. Davantage de transpiration s'agglutina sur son front. Il retira un mouchoir de la poche de sa chemise et s'épongea par petites pressions.

— Enfin, que voulez-vous que je vous dise ? balbutia-t-il. Vous ne souhaitez pas vérifier ? C'est ça ? C'est peut-être une preuve matérielle irréfutable. N'est-ce pas ce dont nous avons besoin pour vous innocenter ? Tenez…

Il éteignit les phares.

Les ténèbres les engloutirent.

— Bordel, soupira Vauvert. Vous n'êtes pas en train de vous foutre de notre gueule, hein, Marcazzan ?

— Absolument pas. Pourquoi ferais-je ça ?

Il tremblait maintenant. L'odeur de sa sueur, âcre, montait dans la voiture.

— Je n'aime pas ça, dit Eva.

— Mais si c'est la vérité ? fit Vauvert. Dans ce cas, le juge a raison. Cela nous donnerait des preuves contre Barbarossa. Il n'a peut-être pas eu le temps de détruire ce véhicule à cause de sa blessure. Mais il va revenir pour le faire, dès que cela lui sera possible. Et alors, on n'aura plus rien contre lui…

Il scruta les ténèbres au-dehors. À mesure que ses yeux s'habituaient, il pouvait distinguer les recoins de l'impasse. Un trottoir partiellement démoli. Des containers de poubelles. Les lieux étaient déserts. Il n'y avait aucune autre voiture en stationnement à l'exception de la leur. Seulement les hautes silhouettes des machines de chantier. Des ombres noires partout.

À un endroit, la clôture pivotait comme une grande porte pour permettre l'entrée sur le site en construction. Elle n'était pas verrouillée.

Elle était même entrouverte.

Quelque chose brillait de l'autre côté. Tout au fond du chantier.

Peut-être seulement les vitres des baies, entreposées à l'air libre.

Ou bien les phares d'une voiture, comme le prétendait le juge Marcazzan.

Peut-être la voiture du journaliste, maladroitement dissimulée pour la nuit.

Avec toutes les preuves dont ils avaient besoin à l'intérieur.

Il n'y avait qu'une manière d'en avoir le cœur net.

Vauvert ouvrit sa portière.

— Je vais vérifier, et on n'en parlera plus. Vous restez ici.

— Vous êtes sûr ? fit le juge. Je pourrais vous…

— Vous restez là, lui dit Eva en braquant son arme vers lui. On a assez de problèmes comme ça.

Marcazzan leva les mains.

— D'accord, d'accord.

Ils observèrent Vauvert tandis qu'il se dirigeait à pas lents vers la palissade.

Aucun ennemi ne se jeta sur lui.

Il s'arrêta devant l'ouverture.

Il poussa. Le pan de plastique pivota en raclant le sol.

Les miasmes du béton et du plâtre pulvérulent montèrent autour de lui. Une odeur de canalisations ouvertes flottait sur le chantier.

Il hésita un instant de plus, aux aguets, puis se glissa dans le passage.

La palissade se remit en place derrière lui.

Une haute grue surplombait le site.

Celui-ci était plus vaste que Vauvert ne l'aurait cru.

Sur la droite et sur la gauche, les corps des bâtiments avaient déjà été construits, formant de hauts cubes de béton gris, hérissés de barres de fondation.

Mais, droit devant lui, il n'y avait encore que le trou creusé pour accueillir les parkings souterrains. Un vaste espace, encombré d'empilements de grilles et d'énormes segments de tuyaux.

Plusieurs véhicules étaient garés de l'autre côté.

Vauvert ne les distinguait pas bien en raison de l'obscurité totale qui baignait les lieux.

Il apercevait cependant une voiture de couleur sombre, qui aurait pu être une Volkswagen, stationnée aux côtés d'une camionnette et d'un bulldozer.

Son pouls s'accéléra.

C'était peut-être le véhicule de Barbarossa.

Il devait s'en assurer.

Tout en restant prudent.

Arme brandie devant lui, il avança.

Le plus dur était de faire attention à l'endroit où il posait les pieds. Des barres de métal émergeaient du sol. Partout, il y avait des gaines de câbles, des tranchées, des sacs de plâtre. Autant de pièges qui pouvaient le faire trébucher à n'importe quel moment.

À mesure qu'il approchait des véhicules, il sentit son cœur battre de plus en plus fort dans sa poitrine.

Il entendit alors un son. Étouffé. Il ne le reconnut tout d'abord pas.

Il avança encore.

Il tendit l'oreille.

Un bruit de crépitement s'élevait à l'intérieur de la voiture.

Le son d'un émetteur radio.

89

Eva colla son front contre la vitre pour essayer de distinguer quelque chose.

Elle grelottait. Cette sensation désagréable de froid ne voulait pas la quitter. Elle s'immisçait jusque sous la peau de son crâne.

Peu à peu, sa vision commença à se troubler.

— Qu'est-ce que…

Elle recula brusquement. Ce n'était pas sa vision qui était en cause. La surface de la vitre s'était couverte d'une légère couche de buée.

— Ce n'est pas le moment, murmura-t-elle. Pas de nouveau…

Elle effleura la buée du bout des doigts.

Elle était glacée.

Elle se muait déjà en givre translucide.

— Vous sentez ce froid ? fit le juge, tourné vers elle.

Elle hocha fébrilement la tête.

— Je crois… qu'il y a un problème… Mais… je ne comprends pas…

Ne sachant que faire, prise de vertiges de plus en plus forts, elle passa sa main tenant son Beretta entre les sièges pour se maintenir.

Elle sentit aussitôt un contact froid sur son poignet. Elle sursauta. Trop tard. La pression augmenta subitement. Un cliquetis retentit.

Des menottes.

Le juge venait de lui passer la pince de métal autour du poignet droit. Il lui arracha le pistolet des doigts avant qu'elle ne puisse réagir.

— Marcazzan, que faites-vous ? Nom de…

Elle tira de toutes ses forces. Mais la deuxième menotte était accrochée à la barre de l'appui-tête. Elle ne réussit qu'à secouer le siège du conducteur.

Marcazzan se pencha vers elle et la frappa au visage avec la crosse de sa propre arme.

Elle cria.

Un deuxième coup, porté à la clavicule, déclencha une vague de douleur intense.

Elle s'écroula, inconsciente, en travers de la banquette.

Le juge serra le pistolet à deux mains. Dans ses yeux écarquillés brillait une flamme désespérée. Il braqua le canon sur elle. Elle ne bougeait plus.

Il se redressa maladroitement entre les sièges.

Il tremblait de tout son corps.

Mais il devait faire ce qui devait être fait.

C'était maintenant ou jamais.

Il dirigea l'arme vers la chevelure blanche de la policière.

Il visa le front.

Il n'avait pas droit à l'erreur.

— Je suis désolé, murmura-t-il. Mais vous devez arrêter de me causer des ennuis une fois pour toutes, tous les deux…

90

Vauvert crut entendre un cri étouffé.

Il se tendit. Hors de question de se laisser distraire maintenant.

Il s'accroupit derrière une bétonnière.

Le son de la radio continuait.

Il crachait et crépitait dans la voiture, une douzaine de mètres plus loin.

Mais le policier ne voyait pas assez distinctement à cette distance.

Il attendit que ses pupilles s'adaptent un peu plus aux ténèbres ambiantes.

Au bout de quelques instants il réalisa son erreur. Cette voiture n'était pas celle de Barbarossa. Il ne s'agissait même pas de la même marque.

Il y avait un autre problème.

Un problème de taille.

Quelqu'un se trouvait dans ce véhicule.

Vauvert leva son arme, retenant sa respiration, prêt à tirer.

À mesure que ses yeux acceptaient l'obscurité, il distingua mieux la silhouette derrière le volant. Des épaules larges. L'éclat des dents. Le type souriait. Il restait immobile dans l'ombre, à le fixer. Attendant quoi ?

La radio crachota encore. Quelqu'un parlait, demandait quelque chose. Mais la réception était emplie d'interférences.

C'est un gardien. Bon sang de bordel, bien sûr. Le chantier est gardé. Il a appelé les renforts et il les attend en espérant que je ne le repérerai pas.

Il n'avait plus de temps à perdre.

Il se redressa, mettant en joue l'individu dans la voiture.

— Vous ! Sortez de là tout de suite !

La personne ne bougea pas.

L'éclat de ses dents rutila de nouveau.

Pourquoi se moquait-il de lui ?

— Vous m'avez entendu ? Je peux vous voir, vous savez ! Sortez de votre voiture !

Vauvert avança d'un pas de plus.

Il distingua mieux le visage de l'homme assis dans le véhicule.

Celui-ci ne le fixait pas, comme il l'avait cru.

Car sa tête était basculée en arrière.

Sa gorge et une partie de sa cage thoracique avaient été tranchées si profondément que, même dans l'obscurité, Vauvert pouvait apercevoir la colonne vertébrale dans la blessure béante.

Ce qu'il avait pris pour un sourire, c'était l'os.

Il releva son arme, tétanisé, le cœur au bord des lèvres.

Dans son dos, un coup de feu déchira le silence.

91

Un instant.

C'est tout ce dont elle avait besoin. Un instant. Le temps de se ressaisir.

Eva lutta pour reprendre connaissance. Le froid l'engourdissait. Le froid intense dans son ventre. Qui courait dans ses veines, sous sa peau. Elle entendait la voix du juge qui lui disait qu'il était désolé. Elle savait qu'il allait faire feu dans une fraction de seconde.

Elle cligna des yeux. Derrière le rideau de ses cheveux qui lui recouvrait le visage, elle aperçut le canon du Beretta, tremblant, s'approchant de son front.

Cet idiot de Marcazzan n'avait pas confiance en lui. Il se rapprochait d'elle pour ne pas la manquer. Il savait qu'il n'aurait droit qu'à un essai.

Elle avait une chance de survivre.

Elle agrippa le poignet du juge avec sa main gauche, et l'écarta de son visage.

Le coup partit.

La détonation fut assourdissante. La douleur transperça son tympan, aussi vive que si on lui enfonçait une aiguille dans l'oreille. Un instant, elle crut qu'elle avait été touchée par le tir, avant de réaliser que c'était le son de la déflagration qui l'avait secouée. Un sifflement aigu emplit son crâne.

— Pourquoi… ?

— Pas le choix, couina Marcazzan.

Il agita sa main de toutes ses forces. Mais il n'y avait rien à faire. Eva refusait de lâcher l'arme. Sa vie en dépendait. Elle serrait convulsivement ses doigts sur la crosse du Beretta, interdisant au juge de s'en servir.

Elle sentit le froid ramper sur sa main, maintenant. Sur la peau de sa main, et ensuite sur le pistolet. Le visage de Marcazzan se décomposa quand il constata que des diamants de givre apparaissaient sur sa peau.

— Qu'est-ce que c'est que ce truc ?

Eva ne dit rien. Elle puisait dans toutes ses forces en réserve, malgré le sifflement dans ses tympans qui ne voulait pas s'en aller et qui perturbait tous ses sens.

Tu es entraînée. Pas lui. Tu peux tenir.

Elle se débattit corps et âme. Elle parvint à se redresser, le corps vrillé, son poignet droit prisonnier des menottes. Le métal mordait dans sa chair, prêt à lui rompre l'os si elle se tordait encore. Marcazzan s'en rendit très bien compte. Se décalant entre les sièges, il fit pression de tout son poids sur le bras de la policière, cherchant à le briser. Elle cria, mais ne lâcha pas prise.

Constatant qu'il n'y arriverait pas ainsi, l'homme se releva en jurant. Il se jeta en avant, franchissant les sièges. Il se vautra sur elle. Il essaya de l'écraser, de lui donner des coups de coude dans le visage. Eva tint bon. Elle serrait toujours la crosse du Beretta, et la fine couche de givre continuait de se former sur leurs mains emmêlées. Elle frappa le pistolet contre la portière, cherchant à l'éjecter des doigts du juge. Marcazzan utilisait la force de ses deux mains contre la seule main gauche d'Eva, mais il était incapable de lui arracher son arme.

Dans la lutte, un deuxième coup de feu fut tiré. La balle traversa la vitre. Une pluie de verre retomba sur eux. Eva remarqua que ce verre était recouvert de givre.

— C'est de la sorcellerie, haleta Marcazzan.

Le froid la dévorait de l'intérieur. Elle avait de plus en plus de mal à respirer. Son bras droit, plié à l'envers, lui semblait sur le point de se disloquer.

Marcazzan, de son côté, devint hystérique. Il la mordit au cou, de toutes ses forces, tel un animal pris de panique.

Elle le repoussa. Juste un peu. Suffisamment. Elle répliqua par un coup de tête, aussi violent qu'elle put le donner.

Elle sentit le nez du juge qui se brisait net. Il hurla.

Son sang jaillit. Eva reçut des éclaboussures brûlantes dans les yeux.

— Sa… lope ! cracha-t-il.

De la buée sortait de sa bouche.

La température continuait de baisser.

Il essaya de se redresser. Mais n'y parvint pas.

Eva fit passer ses jambes autour du torse de son agresseur. Cette fois elle le tenait. Elle serra ses cuisses pour l'immobiliser. Elle savait où presser pour faire mal.

Alors que Marcazzan criait de douleur et de frustration, le pistolet commença à glisser entre leurs doigts.

Elle y était presque.

Elle poussa les poignets de Marcazzan vers la portière. Les frappa contre les débris de verre. Une fois. Deux fois.

Le juge cria de nouveau. Cette fois, le Beretta échappa de leurs mains à tous les deux. Il passa par la vitre. Eva l'entendit qui tombait sur le trottoir.

Marcazzan se dégagea et, d'un coup de reins, parvint à se propulser de nouveau à l'avant de la voiture.

— Maintenant c'est fini !

Il se précipita à l'extérieur. Il se jeta sur le trottoir pour rechercher le pistolet.

Il le trouva à côté de la roue arrière.

Il s'en saisit et se redressa avec un grand cri de rage.

Eva ouvrit sa portière à cet instant-là. L'angle frappa Marcazzan de plein fouet.

Il tituba, mais ne perdit pas son arme.

— Il le faut ! s'écria-t-il, en braquant le pistolet à deux mains. Je n'y suis pour rien !

Il la visa. Elle était recroquevillée sur la banquette. Son poignet droit toujours attaché à l'appui-tête.

Les détonations se succédèrent.

La première balle perfora le coude de Marcazzan, disloquant son bras et lui faisant lâcher son arme.

La seconde traversa son épaule, près de son cou, arrachant un paquet de chair de la taille d'un poing.

Un arc de sang jaillit de la plaie béante.

Le juge tourbillonna sur lui-même, les membres ballants. Son sang ruisselait à gros bouillons sur sa chemise de marque.

Alexandre Vauvert, posté à une dizaine de mètres, tira une troisième et dernière fois.

Il toucha le juge en pleine poitrine. Marcazzan fut projeté en arrière contre la palissade du chantier de construction. Il y répandit son sang là aussi.

Puis l'homme s'écroula comme un pantin désarticulé.

Au même instant, une sirène de police retentit.

— Bordel, soupira Vauvert. Ça ne finira jamais.

Le son de sirène provenait d'une rue toute proche. Il se rapprochait d'eux à vive allure.

92

Livide, Vauvert se précipita dans le véhicule dont l'intérieur ressemblait désormais à celui d'un camion réfrigéré. Les vitres étaient opaques de givre. Sur la banquette, Eva poussa un gémissement. Il constata que son bras, relié à l'appui-tête par les menottes, était tendu à craquer au-dessus d'elle.

— Bon sang… Ne bouge pas…

Il empoigna l'appui-tête de ses deux mains et tira jusqu'à ce qu'il casse. La partie supérieure s'arracha d'un bloc. Eva dégagea aussitôt la paire de menottes et se recroquevilla en fœtus. Elle haletait. Elle grelottait. Tout autour d'elle, l'intérieur de la voiture continuait de se couvrir d'une fine couche de gel.

— Il voulait me tuer, gémit-elle. Pourquoi a-t-il fait ça ? Ça n'a pas de sens !

— Plus rien n'a de sens, répliqua Vauvert. J'ai l'impression de vivre un cauchemar. Mais je n'arrive pas à me réveiller.

Il claqua la portière. Quand il referma ses mains sur le volant, il constata que celui-ci était givré.

— La voiture de Barbarossa… demanda Eva. Elle n'était pas là, n'est-ce pas ?

— Non, dit-il, l'air perdu. Il n'y a jamais eu d'informateur. L'agent de sécurité du chantier est mort. Assassiné. C'était juste un putain de piège.

Le son de la sirène s'approchait dangereusement.

— Ils ont été prévenus, murmura Eva.

— Je viens de tuer un juge d'instruction réputé incorruptible, dit Vauvert, comme pour se persuader lui-même de la réalité de leur situation. Si l'équipe d'intervention nous trouve maintenant…

— Ils vont tirer à vue, dit Eva. Que veux-tu qu'ils fassent d'autre ?

Il hocha la tête.

— Ils ne nous auront pas.

Il s'empressa de tourner la clef de contact.

Le moteur se lança, avant de caler.

— Eva, je t'en supplie… arrête de faire ça…

— Mais je ne le contrôle pas ! explosa sa compagne. Qu'est-ce que tu crois ?

Il essaya de nouveau de démarrer le véhicule.

Sans aucun résultat.

Le froid paralysait la mécanique.

— Démarre, bordel ! Allez ! Allez !

Au troisième essai, le moteur repartit timidement, eut quelques ratés, avant de s'étouffer.

Les lueurs des gyrophares illuminèrent l'impasse. Deux, peut-être trois voitures, se dirigeaient droit vers eux.

— C'est trop tard, fit Eva. On est pris…

— Pas encore, grogna son compagnon.

Le quatrième essai fut le bon. Le moteur se mit à tourner. Puis à rugir. Vauvert enclencha la première, pressa l'accélérateur. L'Audi bondit en avant. Ils franchirent à toute vitesse la quinzaine de mètres qui les séparaient de l'entrée du chantier.

Derrière eux, les lumières pulsantes des voitures de patrouille se reflétaient sur les palissades.

— Tu as bien ta ceinture ?

— Fonce, dit Eva, en se cramponnant à la poignée au-dessus de sa fenêtre.

L'Audi heurta l'ouverture. Sous le choc, les pans s'écartèrent, et la puissante voiture força son passage dans la palissade. Il y eut un terrible grincement, tandis que la carrosserie accrochait, de part et d'autre. Un rétroviseur s'arracha. Les portières furent lacérées. Mais cela n'arrêta pas le véhicule. Un instant plus tard, ils roulaient sur le sol de terre battue du site.

Vauvert ralluma les phares. L'Audi renversa une brouette vide, l'éjectant net de sa trajectoire. Les obstacles se dressaient partout. Mais il était hors de question de ralentir.

— Et si le chantier est entouré de bâtiments ? s'écria Eva, la voix hachée par les secousses.

— Tout à l'heure, je suis allé jusqu'au fond. Le mur donne sur une grande avenue. On sortira de ce côté... Accroche-toi !

La fosse du parking se trouvait sur leur chemin. Il dut la contourner, tant bien que mal. À chaque instant, les pneus de l'Audi heurtaient des barres de métal enfouies dans le sol, des outils, des choses invisibles qui la frappaient, la griffaient et la secouaient.

Il ne quittait pas le trou des yeux.

Un simple écart, et la voiture risquait de basculer et de s'écraser au fond.

— Les voitures ne nous ont pas suivis sur le site ! l'avertit Eva. Mais je vois des lampes torches ! Ils sont en train de se mettre en position !

— On sera sortis avant qu'ils ouvrent le feu ! lui promit-il.

En tout cas, *il l'espérait*.

Ils dépassèrent le bulldozer et la voiture du gardien. Ils étaient parvenus à l'extrémité du chantier. Ce côté donnait sur une avenue. Mais il fallait encore choisir un coin de palissade qui soit assez vulnérable pour être défoncé par le véhicule.

Pas le temps de tergiverser, se dit Vauvert.

Il fonça droit devant.

La collision avec la palissade fut beaucoup plus brutale que lorsqu'ils étaient entrés.

Cette fois, la voiture fut stoppée net, les projetant en avant.

Vauvert, poitrine comprimée par la ceinture de sécurité, laissa échapper un juron. Le pare-chocs avait brisé une partie de la palissade, mais les barres qui la maintenaient n'avaient pas cédé.

— Ça va toujours ?

— Sors-nous de là ! lui cria Eva.

Il ne se le fit pas redire. Il enclencha la marche arrière, recula sur plusieurs mètres, et repartit, pied au plancher.

Eva s'agrippa comme elle le pouvait.

Nouveau choc. Tout aussi violent. La voiture se souleva. Ils furent secoués sur leurs sièges, étranglés par leurs ceintures. La tôle hurla en se déchirant.

Mais la voiture continua sur sa lancée.

Cette fois, elle creva entièrement la palissade.

Ils glissèrent au travers, perdant leur second rétroviseur au passage.

De l'autre côté, c'était le vide.

Le chantier se trouvait en haut d'une pente.

La voiture plongea brutalement en avant.

— Accroche... commença Vauvert.

Le reste de sa phrase fut avalé dans un grand hoquet, tandis qu'ils basculaient, aspirés, et que son cœur remontait dans sa poitrine.

La chute ne dura qu'une fraction de seconde. Les roues de l'Audi entrèrent de nouveau en contact avec la terre. Ils furent redressés d'un coup. Avec l'impression de rebondir. Le sommet du crâne du policier percuta le plafond.

— Putain !

La voiture dévala la pente à vive allure.

Vauvert pria pour qu'ils ne fassent pas de tonneau.

Heureusement, ils atteignirent l'avenue en contrebas sans s'être renversés.

Le pare-chocs de l'Audi heurta le revêtement. Il y eut des étincelles. Ils furent de nouveau brinquebalés d'un côté à l'autre. Mais ils étaient revenus sur une route goudronnée.

Vauvert pila.

Le véhicule dérapa un instant avant de s'immobiliser en travers de la chaussée.

À l'arrière, Eva, toujours cramponnée, haletait comme une bête.

— On y est arrivés ? hoqueta-t-elle.

— Ouais.

Il jeta un rapide regard alentour. L'avenue était déserte. Le lit de la Garonne se trouvait à quelques centaines de mètres.

En haut du talus, les lampes torches des policiers perçaient la nuit, peignant un ballet de faisceaux dans le ciel.

— Ils ne nous rattraperont plus, acheva-t-il en faisant demi-tour.

Il s'orienta en direction du périphérique et repartit. Des parties de la carrosserie traînaient sur la chaussée. Il semblait qu'un des pneus était crevé. Peut-être même deux. Malgré tout, la voiture roulait. Il faudrait qu'elle tienne encore un peu.

Au fond de lui, Vauvert n'en menait pas large. Il songea au nombre incalculable de preuves qu'ils abandonnaient derrière eux. À ce que les apparences allaient être.

Cette fois, aucune de leurs explications ne serait retenue. Il avait assassiné de sang-froid un magistrat.

Mais, alors que la vapeur de sa respiration montait devant ses yeux, et que les paillettes de givre continuaient de se former sur le pare-brise, il se dit qu'ils avaient un problème plus urgent encore.

Il jeta un regard dans le rétroviseur central. Eva était recroquevillée sur la banquette, ses cheveux collés sur son visage ne dissimulant pas ses traits creusés, sa pâleur de spectre.

Un problème qui allait peut-être tuer la femme qu'il aimait.

À moins qu'ils ne trouvent une solution.

Très vite.

VII

Les voleurs de rêves

93

Play.

La scène a été filmée en infrarouge. L'image est par conséquent en noir et blanc. D'une clarté de cristal. Chaque détail de l'impasse, des palissades, des machines immobiles, est parfaitement défini. On peut voir le grain du béton, là où le trottoir est encore intact, la terre grumeleuse là où l'enrobé a été arraché. Et l'Audi, bien sûr. Stationnée tout au bout. Sa carrosserie luisante. Ses vitres opaques.

La caméra 10 mégapixels de Barbarossa possède une capacité de zoom confortable. Elle lui a permis de tout capturer sans avoir à s'approcher.

De tout enregistrer.

En gros plan.

Dans ses moindres, infimes détails.

Le journaliste effleure l'écran tactile. *Fast-forward.* Les images grises et blanches défilent en accéléré. Il ne dispose que de très peu de temps, mais il tient à revoir le passage où le juge s'effondre.

Voilà. C'est là. Sous ses yeux. Encore une fois. Les blessures de Marcazzan, béantes, visqueuses. Des gouffres dans sa chair. On peut même distinguer l'os de sa clavicule, si on zoome suffisamment. Le sang du juge est noir d'encre. Il ruisselle sur son cou et son visage, plaque sa chemise contre son corps. Une flaque se répand tout autour de l'homme à terre.

Barbarossa jubile. Il sent des papillons dans son ventre. Cette mort en direct, il la boit, comme une boisson grisante, il emplit son âme avec, et il laisse sa chaleur l'inonder jusqu'à l'ivresse.

Les événements ne se sont pas déroulés comme il l'avait prévu, c'est vrai. Il comptait sur le juge pour se débarrasser des proies, et ensuite il n'aurait eu qu'à orchestrer le suicide de Marcazzan.

Mais le destin en a décidé autrement.

Qu'à cela ne tienne.

La chasse ne s'arrête pas pour autant. Au contraire. Elle n'en devient que plus pimentée. Ce sang répandu est la promesse de celui qu'il reste à libérer. Des deux vies qu'il va saisir, étouffer entre ses mains.

Bientôt.

Dans l'immédiat, il doit retourner la situation à son avantage.

Ce n'est pas bien compliqué.

Personne ne peut le battre à ce jeu-là.

Il stoppe la vidéo. Puis il la télécharge sur sa tablette.

Il a conscience que le temps presse. Il se tient encore tapi dans le noir, sur le balcon d'un immeuble en construction. En contrebas, les voitures de police continuent d'arriver. Elles s'agglutinent dans l'impasse. Les officiers poussent des cris. Se renvoient des ordres confus.

Ils ne peuvent l'apercevoir, bien sûr.

Ils ne peuvent pas se douter un seul instant de sa présence. Si près. Juste sous leur nez.

Ni que c'est lui-même qui les a prévenus.

Un simple appel. Une connexion sécurisée. Impossible à tracer.

Il peut faire accourir tous ces gens où il veut, quand il veut, à présent.

C'est une sensation grisante.

Il a autant de pouvoir que cette petite pute aux cheveux blancs, oui.

Et il va le prouver une nouvelle fois.

La vidéo est entièrement chargée sur la tablette.

C'est le moment.

Barbarossa fait glisser ses doigts sur l'écran. Il pousse le fichier vers l'icône d'un serveur anonyme qu'il vient de débloquer.

Il tape un rapide message indiquant qu'il fait son devoir de bon citoyen.

Puis il effleure l'icône d'envoi.

Voilà qui est fait.

Le commissariat central recevra ce superbe film dans quelques minutes.

Il est temps de quitter les lieux. Il ne se presse pas. Il descend l'escalier marche après marche, ménageant sa blessure à la jambe.

Il ne craint rien.

Ce n'est pas lui que ces hommes recherchent, mais leurs propres collègues.

À présent, ses proies sont isolées pour de bon. Elles sont aux abois. Elles ne vont plus avoir aucun endroit où aller.

Il ne lui reste qu'à leur donner l'assaut final.

Il leur promet les plus belles morts qu'il ait jamais données.

Oh oui !

94

3 h 50 du matin

En l'espace de quarante minutes, tous les effectifs avaient investi le terrain.

L'équipe technique avait installé ses projecteurs. Les puissants halogènes baignaient toute l'impasse, tout le chantier et tous ses abords d'un jour clinique au milieu de la nuit. Il ne restait plus la moindre ombre, nulle part. Plus aucune parcelle de secret pour dissimuler l'horreur.

Sur les visages des officiers était affiché le même air d'incompréhension. Et de dégoût, aussi. Un immense dégoût.

Ils étaient plusieurs dizaines sur les lieux, pliés en deux pour arpenter le terrain, en rangs ordonnés, sous la violente lumière blanche. Ils ne se parlaient pas. Ils relevaient les preuves. Les bouts de carrosserie abandonnés un peu partout. Les traces de sang. Ils étaient tous concentrés sur leur tâche. Ils évitaient de se regarder. Ils évitaient de se parler.

Ils avaient tous conscience de la présence du préfet, debout derrière eux. De son regard soucieux braqué sur eux. Il attendait un résultat. Il exigeait un miracle. Le plus vite possible.

À ses côtés se trouvait le commissaire divisionnaire, Boud Kiowski, ainsi que la procureur de la

République, Anastasia Chanabé. Elle était la dernière arrivée sur la scène de crime, mais, comme à son habitude, elle était apparue tirée à quatre épingles. Même au milieu de la nuit, alors que ses collègues arboraient des yeux cernés et des mines hagardes, elle rayonnait. Et pas seulement en raison de sa beauté naturelle. Son maquillage était impeccable. Ses gestes parfaitement assurés. Elle portait un ensemble de tailleur gris clair et des talons hauts, ce qui ne la dérangeait pas le moins du monde pour déambuler dans le chantier.

— Alors, toujours rien d'exploitable ? lança Kiowski à un agent de la police scientifique qui passait à côté d'eux, les mains chargées de pochettes transparentes scellées.

L'homme secoua la tête.

— Désolé, chef. Tout ce que je peux vous dire, c'est que l'IJ a réussi à joindre l'employeur de l'agent de sécurité. Le pauvre homme s'appelle Olivier Veron. Il a été égorgé il y a moins de trois heures. On n'a pas trouvé de trace de lutte.

— L'arme ?

— Une rainureuse électrique du chantier. Ça l'a à moitié tranché en deux. Elle était derrière la voiture, couverte de sang. On vient de l'envoyer au labo pour rechercher des empreintes…

Le commissaire le remercia et le laissa reprendre son travail.

À côté de lui, la procureur s'alluma une cigarette. Elle la tint entre ses doigts fins. Un léger courant d'air faisait onduler sa chevelure noire, coupée en carré plongeant.

— Vraiment, tout cela me dépasse, dit-elle d'une voix songeuse. Une telle avalanche de décès sans lien entre les victimes…

— S'il y en a un, on va le trouver, répliqua le commissaire.

Le préfet soupira. Ses cheveux gris étaient en désordre. Il tremblait légèrement dans son costume froissé. Il dégageait un mélange de consternation et de colère qui ne demandait qu'à exploser.

— Cela ne change rien à la situation dramatique, lâcha-t-il. Adrien était un ami. Quand je pense que je vais devoir appeler sa femme pour lui annoncer ce qui s'est passé… Que vais-je lui dire, hein ? Et les meurtriers courent toujours !

La procureur souffla un filet de fumée.

— Attendez, monsieur le préfet. Nous ne sommes pas certains qu'il s'agisse d'Alexandre et Eva…

— Vous voulez rire, j'espère ?

— Je suis désolée, mais, pour moi, c'est inimaginable qu'ils aient pu commettre des actes pareils. Je connais Vauvert. C'est un excellent policier.

— On verra ce que nous dira la balistique. Mais ne nous voilons pas la face, et épargnez-nous votre sensiblerie, je vous prie. C'est Vauvert qui a fait ça. Nous le savons tous. Avec le passé de violence de cet homme, je ne comprends même pas pourquoi il fait encore partie des effectifs ! Et voilà le résultat ! À présent, il se promène en semant la mort !

Il jeta un coup d'œil nerveux de côté. Le corps du juge Marcazzan était allongé sur le trottoir. Son sang avait éclaboussé la palissade et s'était répandu en une large flaque autour de lui. Il n'avait pas eu le temps de sécher et luisait sous l'éclairage des projecteurs.

— Quelle horreur, ajouta le préfet avant de se retourner et de croiser les bras.

Kiowski et Chanabé échangèrent un regard dubitatif. Mais avant qu'ils n'aient l'occasion de faire le moindre commentaire, ils virent le lieutenant Benjamin Blanca qui arrivait vers eux au pas de course.

— Qu'y a-t-il ? lui demanda le commissaire.

— Un témoin nous a contactés, annonça le lieutenant, livide. Il a tout vu…

Le préfet s'illumina.

— Un témoin ? Il est là ?

— Ce n'est pas aussi simple… Il nous a contactés par Internet. Il tient à rester anonyme. Il a filmé tout ce qui s'est passé… et… il nous a envoyé la vidéo…

— Qu'est-ce que c'est que cette histoire ? fit la procureur.

— Montrez-nous ça ! ordonna le préfet. Tout de suite !

— Suivez-moi…

Le lieutenant les amena jusqu'au fourgon. Un ordinateur portable était installé à l'arrière. Le préfet, le commissaire divisionnaire et la procureur pénétrèrent dans le véhicule sans trop savoir à quoi s'attendre. Ils prirent place sur la banquette.

— Alors, qui est ce témoin ? demanda Anastasia Chanabé.

— Sans doute la même personne qui nous a téléphoné pour nous signaler la présence de Vauvert et Svärta avec un otage… Mais son identité est impossible à retrouver. Il a passé son appel téléphonique en utilisant un service Internet russe. Quant à la vidéo qu'il nous a envoyée, il l'a postée depuis un hébergeur basé en Chine… Mais… je crois que le mieux est vraiment que vous voyiez par vous-mêmes…

Il lança la lecture de la vidéo. Il avait l'air d'un homme prêt à rendre son dernier repas.

Et pour cause.

Les images en noir et blanc défilèrent.

Sur le petit écran, ils virent l'impasse. Ils virent l'Audi du juge se garer près de la palissade.

Ils virent ensuite le commandant Vauvert sortir du véhicule, son arme braquée devant lui, et quitter précipitamment le champ de l'image.

— C'était bien eux, exulta le préfet. Mais que se passe-t-il dans cette voiture ?

Le lieutenant Blanca ne dit rien. Il serrait les dents. Le regard flou. Il avait déjà visionné la vidéo. Il savait ce qui allait se dérouler. Il avait vu l'horreur. L'impossible équation.

Et ses trois supérieurs ne tardèrent pas à la voir, eux aussi, de leurs propres yeux.

La vitre arrière de la voiture qui éclatait. Le juge qui se jetait à l'extérieur et qui rampait au sol.

Ils ne pouvaient pas réellement distinguer ce qu'il faisait, mais il venait visiblement d'être agressé.

Ils le virent se relever.

Ils le virent se faire abattre.

Coup de feu après coup de feu.

En gros plan.

— Mon Dieu, s'exclama la procureur, une main devant sa bouche.

Blanca hocha la tête.

Un instant plus tard, le commandant Vauvert réapparaissait à l'écran, son Smith & Wesson à la main. C'était, sans le moindre doute possible, lui qui venait de faire feu à trois reprises sur le juge. Il s'engouffra dans la voiture sans même un regard au cadavre.

— D'où a été prise cette vidéo ? demanda Chanabé. C'est une vue aérienne ?

— Eh bien… Selon toute logique, de l'immeuble en construction situé en face. Le témoin est peut-être un cinéaste amateur. Ou bien un informaticien. En tout cas, son matériel est de première qualité.

— Et on ne peut pas remonter jusqu'à lui ?

— Vu les serveurs qu'il a utilisés, j'en doute…

— Cela ne change rien, c'est une preuve irréfutable, dit Kiowski, qui n'en croyait pas ses yeux. Bon sang, trois balles. Marcazzan n'a pas eu la moindre chance. Ce malade l'a fusillé de sang-froid ! Vous avez raison, il est devenu totalement fou…

Sa voix était défaite. Les heurts incessants entre le commissaire et le commandant étaient de notoriété publique, et ne dataient pas de la veille. Les deux hommes n'avaient jamais pu se supporter. Pourtant, chacun avait toujours respecté les compétences et l'intégrité de l'autre. Voir ces images plongeait Kiowski dans des abysses de perplexité.

Le préfet se leva et posa une main contre la paroi du fourgon, comme si un poids écrasait subitement ses épaules. Il tremblait.

— Cet homme… Cet homme et cette femme… Ce sont des forcenés ! Il faut les stopper avant qu'ils ne fassent d'autres victimes !

Le lieutenant Blanca s'éclaircit la gorge.

Ses trois supérieurs se tournèrent vers lui.

— Quoi ? dit Kiowski.

— Je peux vous faire part de quelque chose, chef ?

— Mais bien sûr. Qu'y a-t-il donc, Benjamin ?

— Il y a certains détails que je trouve troublants. Toute cette histoire a commencé le week-end dernier. Une prostituée assassinée…

— Quel rapport ? demanda le préfet.

— Il manquait des organes à cette fille. Un homme a été interpellé, mais le commandant Vauvert suspectait Levy d'être mêlé à cette histoire…

— Du délire pur et simple, oui ! Arnaud est… *était* le nouvel ami de Virginie, son ex-femme ! Voilà pourquoi cet homme s'est mis en tête de le persécuter. Cette affaire de prostituée assassinée a peut-être été le catalyseur, mais cela ne change rien au fait que Vauvert est parti en vrille. Vous avez vu où cela l'a conduit. Il s'est rendu au domicile d'Arnaud et il l'a abattu comme un chien.

Le lieutenant leva les mains.

— Je sais, monsieur. C'est ce que les apparences tentent à démontrer. Pour autant, ce n'est pas toute l'histoire. Je dois vous le dire. Quand Vauvert a été relevé de ses fonctions, c'est moi qui ai hérité de ses dossiers. Par acquit de conscience, j'ai vérifié la téléphonie d'Arnaud Levy. Il apparaît que, depuis le début de cette affaire de meurtre et d'organes manquants, Marcazzan et Levy se sont appelés tous les jours…

Le préfet fronça les sourcils. Une ombre passa sur son visage.

— Qu'est-ce que vous sous-entendez, lieutenant ? murmura-t-il.

— Rien du tout, monsieur le préfet. Tout cela n'est qu'un instinct personnel. Mais je me demande si ces meurtres ne sont pas liés à l'enquête que Vauvert avait commencée, et s'il ne nous manque pas des éléments cruciaux pour comprendre les tenants et les aboutissants de ces massacres.

— D'accord…

Le préfet fit un pas vers lui.

Sans prévenir, il le poussa en arrière.

Blanca fut projeté contre la paroi du fourgon. Ses épaules frappèrent la tôle.

— Mais…

— *La ferme !* beugla le préfet. Ou je vous jure que c'est la mise à pied pour insubordination !

Il approcha son doigt de la joue du policier, et y appuya durement pour souligner chacun de ses mots :

— *Le – débat – est – clos.* C'est bien compris ?

Le lieutenant déglutit. Le préfet lui faisait mal. Il chercha un appui vers le commissaire ou la procureur. Tous les deux le regardaient, bouche bée, mais n'intervinrent pas pour autant. Le préfet était leur supérieur à tous.

— Je ne vous ai pas entendu, lieutenant ! aboya-t-il. Avez-vous compris ce que je viens de vous dire ? Ou faut-il que je prenne une mesure immédiatement ?

— Non… c'est… d'accord… monsieur le préfet.

L'homme aux cheveux gris continua de le dévisager comme si Blanca était une sorte de chose dégoûtante.

— Adrien était mon ami. Un homme exemplaire. Et il a été assassiné. Nous en avons la preuve irréfutable. Si jamais je lis quoi que ce soit dans les PV de cette nuit qui puisse entacher sa réputation, il y aura du remaniement dans les rangs. Et je pèse mes mots.

Blanca serra les dents et les poings.

Il n'avait pas le choix.

Il hocha la tête.

Le préfet soupira, et se détourna, comme s'il n'existait plus.

— Et maintenant, chers amis, annonça-t-il à Kiowski et Chanabé, il serait temps de revoir le plan Épervier. Ces deux personnes sont folles, elles se sont lancées dans ce qui semble être une course meurtrière. Je veux que les ordres soient donnés de tirer.

95

Vauvert roula pendant une vingtaine de kilomètres en bordure du canal du Midi, tous feux éteints, et Eva s'efforça de demeurer lucide, accrochée au fauteuil derrière lui. Le froid ne quittait pas la voiture. Cependant, il avait diminué. Un tout petit peu.

La policière savait que ce n'était qu'un répit. Avant que quelque chose de réellement terrible se produise. Elle sentait cette chose qui grandissait en elle. À chaque minute.

Cela ne servait plus à rien de paniquer.

Elle restait donc immobile. Silencieuse. Résignée.

À plusieurs reprises, elle aperçut les lueurs de gyrophares passant à vive allure sur la route nationale, à seulement quelques dizaines de mètres d'eux.

Tous les flics du département étaient à leur recherche.

Mais aucun d'entre eux ne les avait repérés.

Pas encore.

Vauvert ralentit en entrant dans un minuscule village. Il s'arrêta sur un parking, où étaient stationnés quatre ou cinq véhicules. Les premières maisons se trouvaient à une distance raisonnable d'eux, et en outre il n'y avait pas la moindre lumière, nulle part, derrière les fenêtres. À 4 heures du matin, en pleine campagne, tout le monde devait dormir à poings fermés.

— Il nous faut une autre voiture, dit-il à voix basse. Avant qu'ils n'accèdent aux coordonnées GPS de celle-ci. Tu vas m'attendre pendant une minute, le temps que j'en fasse démarrer une.

Alors qu'Eva se redressait sur la banquette, son pied effleura un objet sur le plancher. Elle plongea la main pour le récupérer.

— Oh, fit-elle.

C'était un téléphone. Elle pressa le bouton à sa base. L'écran s'illumina.

— Où as-tu trouvé ça ? s'alarma son compagnon.

— Juste là. À mes pieds. C'est… c'était… le téléphone de Marcazzan. Il a dû tomber de sa poche quand on s'est battus, tout à l'heure.

— Merde. Avec ça, c'est certain, ils doivent avoir notre position.

— Peut-être pas encore, lui dit-elle. Quoi qu'il en soit, il n'est pas verrouillé. Je vais rappeler Erwan. On a vraiment besoin de lui…

— Fais vite, alors. Et surtout, laisse ce téléphone ici… d'accord ?

Elle hocha la tête. Il sortit sans bruit du véhicule dans la nuit bleutée. Elle le regarda s'éloigner à pas de loup vers les autres véhicules, tandis que la sonnerie retentissait dans l'écouteur du téléphone.

— *Allô ?* fit la voix de Leroy.

— C'est moi, murmura-t-elle. Erwan, je n'ai pas beaucoup de temps. Il nous faut de l'aide. Il y a eu… un piège… Tous les services sont après nous…

— *Oh, bon sang. Que s'est-il passé ? Vous êtes blessés ?*

— Non, non, ça va, nous n'avons rien, lui assura-t-elle en essayant de conserver une voix la plus convaincante possible. Mais il y a encore eu des morts. Consulte le central, tous les détails doivent déjà circuler en interne. Je te jure que nous n'y sommes pour rien. C'est lui… Barbarossa… Il nous a piégés… Il ne nous lâche pas… Il faut absolument arriver à le localiser… Avant qu'il ne finisse par nous avoir pour de bon…

— *C'est justement sur quoi on travaille.*

— Comment ça… *on* ?

— *Ah, oui…* (Leroy s'éclaircit la gorge.) *Ma copine, dont je t'avais déjà parlé. Elle est chez moi en ce moment. Elle est en train de m'aider. Elle est douée en informatique. Je veux dire, vraiment douée. Elle sait comment accéder à davantage de bases de données en une seule nuit que je n'aurais été capable de le faire en une semaine…*

— D'accord, soupira Eva. Informaticienne ?

— *Quelque chose comme ça.*

— Et qu'a-t-elle trouvé, ta mystérieuse petite amie ?

— *Tout d'abord, elle a retracé pas moins de trois téléphones mobiles appartenant à notre bonhomme. Le problème, c'est qu'ils sont tous les trois désactivés. Barbarossa n'est pas idiot. Il ne veut pas être localisé.*

— Il y a un moyen de contourner ça ?

— *Pas vraiment. Mais on a installé une alerte sur ces numéros. S'il rallume un seul de ces appareils, ne serait-ce qu'un instant, ma copine m'assure qu'elle obtiendra ses coordonnées géographiques.*

— Ça n'est pas assez. On ne peut pas se contenter d'attendre !

— *Je le sais bien. Mais on y travaille. On va trouver quelque chose. Je te le jure.*

Eva toussa. Sa gorge lui semblait givrée de l'intérieur. Un grand frisson la parcourut.

— Localise-le, Erwan. Trouve un moyen. C'est notre vie qui est en jeu. Je vais devoir me débarrasser de ce téléphone maintenant. Mais je te rappellerai dès que je le peux.

— *Attends. Où allez-vous ?*

Elle soupira.

— Je ne sais pas. Alexandre a parlé de Béziers. Une amie à lui habite là-bas. Il me dit que c'est la seule solution, mais je ne sais pas pourquoi, et il ne veut pas m'en dire plus. Je te rappelle dès que j'ai accès à un autre téléphone, d'accord ?

— *D'accord.*

Au-dehors, un moteur s'alluma dans le silence nocturne.

Elle déposa le téléphone sur la banquette et s'empressa de quitter le véhicule.

La communication est coupée.

L'interlocuteur a raccroché.

Dorian Barbarossa ôte ses écouteurs. Il déconnecte le petit boîtier qui lui a permis de cloner le téléphone de Marcazzan, et le jette sur le siège du passager.

Une amie à lui, a dit la proie. *Je n'en sais pas plus.*

— Béziers, alors, murmure-t-il.

Il songe à ses téléphones, rangés dans son sac, dans le coffre du véhicule. Il est heureux d'avoir pensé à les désactiver à temps. S'il a besoin de contacter Matheo pour obtenir des renforts logistiques, il n'aura qu'à acheter un téléphone prépayé, anonyme, intraçable.

Son sourire se dessine dans la pénombre.

Les proies croient pouvoir le doubler.

Elles s'imaginent avoir une chance.

Elles n'en ont aucune. Il est trop intelligent pour elles.

L'excitation ne le quitte pas. Plus grande que jamais.

Il s'apprête à démarrer quand il aperçoit une voiture de police passer sur le périphérique tout proche, le visage blanc d'un officier collé à la vitre. Le véhicule emprunte la bretelle une centaine de mètres plus loin, prend la première à droite au rond-point et s'engage dans le chemin sur lequel il s'est garé.

Les flics roulent vers lui au ralenti.

Il est le seul automobiliste garé là, sur le bord de la route. Derrière lui se trouve une petite boîte de nuit, fermée ce soir. Un peu plus loin encore, il n'y a qu'une ancienne piste d'atterrissage craquelée, devenue terrain à l'abandon.

La voiture de patrouille s'arrête juste à côté de son véhicule. Une lampe est braquée au travers de sa vitre.

Barbarossa serre doucement ses mains sur le volant.

Son sourire ne s'efface pas.

Quand le gyrophare se met en marche, il sent son cœur accélérer. Juste un peu.

Il observe le policier s'approcher de lui. Il continue de sourire même avec le rayon de la torche droit dans ses yeux.

— Bonsoir, monsieur. Police nationale.

— Bonsoir, dit-il en baissant sa vitre. Il y a un problème ?

— Je peux voir vos papiers, et ceux du véhicule ?

— Bien sûr.

Barbarossa lui donne d'abord le porte-carte contenant son permis, avant de récupérer la pochette où se trouvent les divers papiers de location, ainsi que la carte grise du break Renault dans lequel il se trouve.

— La voiture n'est pas à moi, je l'ai louée cet après-midi, dit-il en tendant les papiers. Je suis de passage en ville pour quelques jours.

Le flic lit en diagonale le contrat de location, consulte la pièce d'identité, et lui braque de nouveau le rayon de sa lampe torche en plein visage.

— Je vous connais.

Barbarossa cligne des yeux.

— C'est possible…

— Vous êtes le journaliste de la télé, n'est-ce pas ?

— C'est moi, oui.

— Vous pouvez m'expliquer ce que vous faites ici à une heure pareille ?

Tu vas me lâcher, oui ?

Barbarossa ravale ses réflexions. Il a conscience qu'un autre policier, peut-être deux, attendent dans la voiture de patrouille. Il doit conserver son calme. Il hausse les épaules le plus naturellement du monde, comme s'il s'apprêtait à confier un secret bien malgré lui.

— Pour vous dire la vérité ? Je suis en repérage pour mon émission, justement…

D'un mouvement de tête, il désigne le club vide, derrière lui, en ajoutant :

— Du journalisme d'investigation. J'ai un nouveau sujet à tourner qui va s'intéresser aux gérants de certaines boîtes de nuit telles que celle-ci… Je sais que je n'ai pas d'autorisation, mais mon patron est au courant. Je ne fais rien de mal. Si ?

— Ouais, réplique le policier qui se moque visiblement de ses justifications. Je sais très bien ce que vous faites, monsieur Barbarossa. Ma femme regarde votre émission… (Il soupire.) Mais pour ce soir, vous ne pouvez vraiment pas rester là. Vous voyez bien que le club est fermé. Vous n'avez rien à faire ici, compris ?

— Cinq sur cinq, dit Barbarossa, du miel dans la voix. De toute manière j'avais fini mon repérage.

Le policier lui rend ses papiers. Derrière lui les pulsations bleues du gyrophare sont hypnotiques. La vision de Barbarossa s'emplit d'un envol de mouches noires. Il cligne des yeux pour faire disparaître l'hallucination. En vain.

— Et faites attention, ajoute l'agent. Il y a eu du grabuge en ville. On recherche des forcenés. Je vous déconseille de traîner cette nuit, si vous ne voulez pas être contrôlé à chaque coin de rue pour rien…

— Merci de me prévenir, répond Barbarossa.

Il allume son moteur et ses phares sans se faire prier. Tandis qu'il repart, le véhicule de police reste en arrière, sans doute pour s'assurer qu'il quitte bien les lieux.

Aucun problème pour ça.

Barbarossa franchit les deux ronds-points successifs, avant de s'engager sur le périphérique.

— *Béziers*, murmure-t-il en roulant vers l'autoroute.

Dans le rétroviseur, il aperçoit la voiture des flics toujours stationnée sur le petit chemin, son gyrophare continuant d'envoyer ses ondes bleues dans la nuit.

96

Installé dans sa voiture, Benjamin Blanca regardait le camion des pompes funèbres repartir. À son bord, les cadavres de l'agent de sécurité et du juge, avec leur lot de mystère.

Il ne savait plus quoi penser des événements de cette journée. Il se sentait trahi, par Vauvert, par le préfet, par son propre chef, et cela lui donnait envie de vomir.

Comment était-ce possible ?

Le commandant Vauvert était l'homme le plus intègre qu'il eût jamais rencontré.

Mais maintenant, ça. Ces morts. Ces preuves accablantes.

Si des personnes telles qu'Alexandre et Eva pouvaient perdre les pédales et sombrer ainsi dans la démence, du jour au lendemain, alors qu'est-ce que cela disait des autres ? Des gens comme lui ? Il était moins fort moralement que ces deux-là. Parfois, il en arrivait à douter des bases de son métier. Et de lui-même. De lui-même, il doutait *tout le temps*.

Combien de temps fallait-il pour que ce métier, avec son rythme, son stress quotidien, finisse par éroder l'esprit d'un homme ? Pour qu'il soit plus facile de se laisser tomber que de lutter pour demeurer debout ?

Le lieutenant était d'ores et déjà perdu.

Ce n'était pas la première fois qu'il se posait des questions sur la voie qu'il avait choisie. Mais c'était, très clairement, la première fois qu'il envisageait de rédiger son rapport de démission. Il était encore temps de quitter ce métier avant que la dépression ne gagne. Avant qu'il ne se laisse glisser sur la pente dont personne ne revient jamais.

Il s'arracha subitement à ses pensées, car une personne s'approchait de la voiture. Il s'efforça de se recomposer un visage neutre.

C'était la procureur.

Elle avançait sous l'éclairage des projecteurs.

— Madame ? Vous avez besoin de quelque chose ?

— Oui, dit-elle. De votre avis.

— Je crois que mon avis n'est guère souhaité, répliqua-t-il d'un ton amer.

Elle inspira une bouffée de sa cigarette, puis soupira :

— Le préfet est un idiot.

— Je ne comprends pas. Que voulez-vous exactement ?

— Je veux savoir ce que vous a confié Vauvert.

— Mais… rien du tout. Hier, après le décès de Ribault et sa mise à pied, il m'a simplement donné ses dossiers, comme le chef le lui avait demandé, et ensuite il a quitté l'hôtel de police avant que l'équipe de l'IGS ne vienne le chercher. Comme je l'ai dit, il suspectait Levy de tremper dans une sorte de trafic d'organes. Mais il n'avait aucune preuve. Juste son instinct. Vous le connaissez…

Elle acquiesça.

— J'ai suivi l'affaire de meurtre que vous avez évoquée. Anita Somossy. Il lui manquait, en effet, deux organes. Mais le responsable a été clairement identifié. C'était Ribault.

— Je ne dis pas le contraire, madame. C'est bien Tony Ribault qui a assassiné la petite Somossy, il n'y a pas le moindre doute là-dessus. Le problème, c'est qu'il n'avait rien à voir avec le retrait de ses organes…

— Il lui fournissait ses médicaments. On les a retrouvés à son domicile.

— C'est le cas, oui. J'étais présent durant la perquisition. On a saisi un sac contenant des antibiotiques, et l'analyse a prouvé que c'était le même lot que ceux décelés dans le sang de la victime. Mais c'est justement ça qui me chiffonne. Ça ne colle pas… et j'ai beau essayer de tourner les pièces de ce puzzle dans tous les sens, elles refusent de s'emboîter…

Chanabé regarda derrière elle. Personne ne prêtait attention à eux. Elle fit le tour de la voiture et prit place sur le siège du passager.

— Expliquez-moi, dit-elle. Ça m'intéresse.

Blanca observa la procureur installée à côté de lui. Elle était en contre-jour, mais il percevait les traits de son visage, son petit nez, sa bouche fine. Il ne put s'empêcher de rougir comme un adolescent.

— Eh bien, c'est simple, balbutia-t-il, je me suis penché d'un peu plus près sur les pièces à conviction prélevées chez Ribault. Les boîtes d'antibiotiques ont été analysées une par une. Il n'y avait aucune empreinte dessus.

— Probablement parce que Ribault n'y avait pas encore touché.

— Je veux dire, aucune empreinte du tout. Même pas sur le sac qui les contenait. Le labo a bien cherché. C'est comme si tout avait été manipulé avec des gants. On n'a pas retrouvé ne serait-ce qu'un début d'empreinte partielle.

— Et alors ? Qu'est-ce que ça prouve ?

— Oh, rien. Ça ne prouve rien du tout. Je ne suis pas en train d'émettre la moindre accusation, ici, on est bien d'accord ?

— Je ne suis pas le préfet, soupira Chanabé. Épargnez-moi la langue de bois et allez droit au but, je vous prie.

— D'accord, dit Blanca. Vous voulez savoir ce qui me perturbe ? C'est le fait que le juge Marcazzan nous ait accompagnés ce jour-là, dans l'appartement de Ribault. Il avait insisté pour être présent lors de l'interpellation.

— Je suis au courant de tout ça. Cette initiative de sa part n'a pas été très appréciée. Mais Marcazzan est, je veux dire *était*, comme ça. Il aimait se faire mousser. Dans le cas présent, je ne vois pas ce que cela change.

Le lieutenant secoua la tête.

— Peut-être rien. Mais, madame, j'ai de sérieuses questions. Beaucoup trop de questions. Je vois un ensemble de faits qui s'accumulent et que je trouve plus étranges les uns que les autres. Par exemple, Tony Ribault est décédé dans sa cellule quelques heures après avoir avoué…

— Des suites des blessures que Vauvert lui a infligées, lui rappela la procureur.

— Ce n'est pas exactement ce qui figure dans le procès-verbal de l'autopsie.

Le regard d'Anastasia Chanabé changea.

Il se mit à luire.

Elle se pencha vers lui. Il respira subitement le parfum qui flottait autour de son cou. Il se sentit très mal à l'aise.

— Qu'est-ce que vous me racontez ? murmura-t-elle.

Blanca s'éclaircit la gorge.

— J'ai consulté les conclusions du légiste. Elles stipulent que l'homme s'est étouffé. Il n'y a aucune corrélation avec ses blessures à la mâchoire causées par Vauvert. Ni aucune explication sur la manière dont cet étouffement a pu se produire. Ribault était farci de tranquillisants. Quelqu'un aurait pu lui coller un oreiller sur le visage sans le moindre problème. Vous comprenez ce que je veux dire ?

Elle hocha la tête.

— Je comprends, mais il y a une limite dangereuse entre l'instinct et la paranoïa, Benjamin.

Le lieutenant déglutit.

— Désolé, madame.

— Ne le soyez surtout pas. Voici ce que vous allez faire. Vous allez continuer d'enquêter. Vous allez relire les PV trop vite classés. Vous allez fouiller les poubelles s'il le faut. S'il existe un lien entre Levy et Marcazzan, et qu'ils sont de près ou de loin mêlés à une affaire criminelle en réunion, vous allez trouver les preuves dont a besoin un tribunal. Et vous me les apporterez.

Il leva les yeux vers elle. La procureur souriait. Un sourire qu'il n'aimait pas.

— Je vous demande pardon ?

— C'est votre travail, lui dit-elle. Je compte sur vous pour l'accomplir avec professionnalisme… et intégrité, ajouta-t-elle en jetant un regard appuyé par la vitre, au moment où le préfet longeait la palissade.

Blanca observa l'homme qui titubait sur le sol inégal jusqu'à ce qu'il ait rejoint sa berline de fonction dans laquelle l'attendait son chauffeur.

— Et s'il se rend compte que je continue de mener l'enquête alors qu'il me l'a formellement interdit ? demanda-t-il.

La procureur sortit son paquet de cigarettes et le tapota sur son poignet, en une succession de petits coups secs, pour tasser le tabac.

— Si cela arrive, lieutenant, nous n'avons jamais eu cette discussion.

97

6 h 30 du matin

Le disque rouge du soleil montait dans le ciel, au-dessus des platanes qui bordaient la petite route déserte. Il n'y avait même plus de revêtement sur ce chemin de traverse, essentiellement emprunté par les tracteurs. Seulement de la terre compacte et sèche, dont les irrégularités faisaient tressauter le véhicule. Vauvert conduisait lentement. Avec l'arrivée de l'aube, il avait éteint ses feux.

Ils y étaient presque, avait-il assuré à Eva.

Elle l'espérait. Elle avait le cœur au bord des lèvres.

À quelques kilomètres de Minerve, il bifurqua encore. Il suivit des sentiers défoncés qui couraient à travers les vignes.

— Voilà, on arrive, dit-il. C'est juste devant nous.

— Ton amie… habite au milieu de nulle part ? demanda Eva, sa voix hachée par les cahots de la voiture.

— Ouais. Elle a déménagé ici pour être tranquille…

Ils atteignirent le sommet d'une colline calcaire. Ils étaient entourés de vignes et de buissons de garrigue à perte de vue. Tout au fond de la petite déclivité, il y avait une maison en pierre et aux volets bleus, typique de la région. Plus loin encore se dressait un pic rocheux où poussaient des oliviers.

Eva se redressa sur son siège, luttant contre la fatigue et les frissons qui couraient sous sa peau. Elle aperçut une balancelle sur le porche de cette maison, et une femme brune assise dessus.

— C'est elle, dit Vauvert. Elle s'appelle Ameline De Santis. Mais elle préfère Amy. Je ne l'ai pas revue depuis…

Il fit un rapide calcul.

— Trois ans. Juste avant qu'on ne se rencontre.

— On dirait qu'elle nous attend, dit Eva.

— C'est probablement le cas.

— Comment l'as-tu prévenue ?

— Je ne l'ai pas prévenue, dit-il en roulant au ralenti, attentif à ne pas heurter un des ceps de vigne qui encombraient le chemin. Je ne crois pas qu'Amy ait besoin qu'on le fasse. Elle a un don. Très spécial…

— De quoi parles-tu ?

— C'est une médium, Eva. Une extralucide. Amy est… impressionnante. S'il y a quelqu'un qui peut nous expliquer ce qui est en train de se passer dans ton corps… ce qui est en train de se produire avec nos bébés… c'est elle. Vraiment. Elle saura quoi faire, j'en suis persuadé.

Eva ne répondit rien. *Une médium ?* Voilà pourquoi il n'avait rien osé lui dire jusqu'à maintenant. Mais, après tout, pourquoi pas. L'intérieur de la voiture scintillait encore de givre. Les engelures avaient progressé sur ses bras, comme une seconde peau, des arabesques râpeuses sur son corps. Et, tout au fond d'elle, dans son ventre, elle sentait ses enfants qui se tordaient, se retournaient, à l'étroit contre la paroi de son utérus. Elle avait besoin d'aide, oui. De n'importe quelle aide, et le plus vite possible.

Alors qu'ils approchaient, elle observa la femme installée sur la balancelle. Sa robe noire liserée de dentelle blanche lui donnait un air de poupée. Il n'y avait pas que ça. La peau d'Amy De Santis était aussi pâle que la porcelaine, encadrée par de longs cheveux noirs et lisses. Ainsi assise dans le jour naissant, elle ressemblait à un spectre.

Un instant, ce fut comme si les rayons de l'aube l'effaçaient vraiment.

Eva cligna des yeux. La femme réapparut, debout devant la balancelle cette fois. Elle leva une main gantée de résille pour les saluer. Son regard était très clair, et Eva se sentit transpercée. Comme si cette femme regardait au travers d'elle.

Vauvert arrêta le moteur de la voiture.

Ameline De Santis les rejoignit. Eva vit qu'elle était mince, avec une taille marquée. Son visage était ovale et sans défaut, avec des traits fins et des yeux d'une couleur indéfinissable, entre le bleu et le violet. Elle devait avoir une trentaine d'années, mais en réalité il était difficile de lui donner un âge.

— Bonjour, Alexandre, dit-elle.

En observant sa compagne albinos sortir de la voiture, elle ajouta, d'un air inquiet :

— Mon Dieu, il était temps que vous arriviez. L'énergie que vous dégagez est terrifiante…

— Vous pouvez m'aider ? murmura Eva.

La femme sourit. Une aura presque palpable émanait d'elle. Une puissance étrangement douce et calme, réalisa Eva. Elle se sentait en sécurité devant elle. Malgré le vertige qui la gagnait.

— Entrez, lui dit De Santis. Il faut vous allonger.

— Je… me sens… très fatiguée, balbutia Eva.

Elle cligna des yeux et chancela, tandis que ses forces l'abandonnaient. Elle sentit les bras d'Alexandre autour d'elle. La voix de la femme, toujours aussi calme, disait :

— Vos enfants se sont accrochés à un rêve qui n'est pas le leur, c'est ce que vous ressentez. Ils ont peur. Ils sont en colère. Je peux vous aider. Alexandre, venez. Il faut s'occuper d'elle tout de suite… Je sais quoi faire…

98

Le givre. Il se forme. De nouveau.

Barbarossa écrase les freins. La voiture de location stoppe, de travers, sur le bas-côté, à deux pas d'un platane.

À vue d'œil, le pare-brise est en train de se parer d'une couche translucide.

— Sorcière, murmure-t-il. Putain de sorcière.

Il quitte la voiture avec précipitation. Il resserre ses bras autour de lui, grelottant, dans le soleil levant.

Le froid. Un tel froid…

Barbarossa ne comprend pas ce qui arrive, et il déteste ne pas comprendre.

S'éloigner de la voiture ne semble rien changer au phénomène. La grande vague de froid continue de monter en lui. À l'intérieur de lui. L'hiver rampe sous sa peau, se propage dans les fibres de ses muscles, sans qu'il puisse rien y faire.

Les taches noires suivent. Elles envahissent son champ de vision. Elles sont pareilles à des gouttes d'encre emplissant ses rétines, glissant et se mélangeant, un fourmillement hypnotique.

— Non ! Stop !

Le tourbillon enfle. Les mouches noires l'aveuglent.

Il se sent vaciller. Tomber à genoux. Ses coudes heurtent le sol de terre.

— Mais… tu… entres en moi ! crache-t-il. Comment arrives-tu à faire ça, putain ?

99

Eva avait perdu la notion de toute réalité.

Elle *coulait*.

Entre les couches successives des mondes.

Elle savait qu'elle plongeait vers son rêve de glace, son rêve de banquise. Mais cette fois la sensation était plus violente, plus terrifiante.

Elle sombrait, en chute libre, au milieu d'orages et de nuées qui cinglaient sa peau comme des milliers d'épingles acérées. Un chaos aveuglant. Un froid insoutenable.

Elle tombait toujours plus profond.

Dans quel cauchemar ?

Au cours de cette chute, elle revit des pans entiers de sa vie. Ils défilaient devant ses yeux. Ils se glissaient contre elle, l'espace d'un bref instant, comme des larmes sous la pluie.

Elle vit apparaître sa mère, Victoria. Et sa sœur, Justyna. Toutes les deux tendaient leurs mains vers elle. Un instant, elle crut même sentir la main de sa sœur dans la sienne. Et elle la vit, à ses côtés, tombant dans le vide avec elle. Son petit regard de fillette de six ans fixé sur elle. Justyna n'avait pas vieilli, contrairement à elle. Elle conservait pour l'éternité l'apparence qu'elle avait eue cette nuit-là.

Quand le monstre les avait emmenées dans la cave de cette maison. Cette horrible nuit où Eva avait été forcée de regarder. De voir son propre père égorger sa sœur jumelle devant elle.

Le spectre de Justyna se dissipa dans le blizzard, sa substance aspirée vers le haut, diluée par la chute. Seul son regard resta, un instant encore, à ses côtés – deux yeux fixes dans le vide, des yeux ronds et rouges de petite fille albinos – comme pour continuer de dévisager Eva, de se gorger d'elle. Puis ce regard fut emporté à son tour par les tourbillons de neige.

Eva continua de tomber. Seule.

Elle traversa d'autres strates et d'autres nuées.

D'autres souvenirs fiévreux.

Ils étaient tous là. Les monstres humains, pédophiles et assassins, qu'elle avait traqués tout au long de sa vie. Ceux qu'elle avait mis en prison, et ceux, aussi, qu'elle avait abattus au terme d'une interpellation difficile. Parmi eux, elle reconnut la silhouette brisée de Judith Saint-Clair, cruelle prédatrice affrontée jadis, son corps à présent fripé et contrefait, guettant son heure à quatre pattes, un masque de porcelaine taché de sang abritant ses traits hideux. Et tous les autres criminels. Terroristes. Illuminés. Eux aussi avaient du sang jusqu'au coude, leurs sourires comme des rasoirs. Leurs yeux avides la regardaient tomber. Leurs mains cherchaient à l'attraper. Certains y parvenaient parfois. Elle se sentait alors portée par eux, secouée l'espace d'un instant, avant qu'elle ne glisse entre leurs doigts et ne continue de chuter dans le vide blanc, dans les tourbillons et les flocons.

Et puis il y avait lui.

Son cauchemar le plus terrible.

Son père.

Lui aussi était là, bien sûr. Au sein des souvenirs les plus vénéneux. Ses cheveux étaient blancs comme de la neige, et ils battaient en tous sens autour de son crâne. Ses yeux étaient deux gouffres rouges qui la fixaient avec un mélange de rage, de fierté et d'envie.

Son maudit père. La raison de cette goutte de mal à l'état pur dans son cœur. Dans son âme.

Elle avait vu de quoi il était capable.

Elle avait vu ce que la magie avait fait à son physique. Le rabaissant. Le métamorphosant.

Il avait fait d'elle non pas une femme, mais l'enfant d'un monstre. Longtemps, il lui avait fait oublier son passé. Mais elle ne l'avait pas laissé gagner. Pas cette fois. Plus jamais. Elle avait été spectatrice de sa mort, oui. Elle avait vu ses yeux brillant de folie et de puissance inhumaine, et son sourire de crocodile lui hurlant qu'il reviendrait, que rien ne cessait jamais, tandis que la surface du lac se brisait sous ses pieds et qu'il était aspiré dans les eaux glacées.

Comme elle à présent.

De plus en plus vite.

Elle hurla sans bruit.

La chute cessa.

Elle était de retour sur la banquise. Dans ce rêve de banquise. Mais le décor avait changé radicalement. La tempête faisait rage dans ce monde. Ce n'était plus une simple étendue de gel luisant, c'était désormais un chaos de neige se soulevant en vagues fractionnées, en grandes hachures de givre. Eva sentit le froid intense sur sa peau. Sa morsure profonde. Puis elle réalisa qu'elle le sentait encore plus douloureusement de l'intérieur. Les engelures progressaient à vue d'œil, sous son épiderme, suivant le parcours des veines.

Vais-je mourir ? se demanda-t-elle. Sans même comprendre pourquoi ? Après toutes ces épreuves ?

Subitement, le mirage d'Alexandre se profila au sein de la tempête.

Une bouffée irrationnelle d'espoir et d'amour la traversa.

Alexandre Vauvert. L'homme de sa vie. Le premier avec qui elle avait été véritablement heureuse. Celui qui avait réussi à lui faire croire que les horreurs du passé ne ressurgiraient plus. Qu'elle pouvait avoir un présent. Un futur, avec lui.

Le visage du colosse se troubla. Puis s'effaça.

Le sol de glace s'affaissa sous les pieds d'Eva.

Elle cria et tomba à genoux. La surface de la banquise se craquelait. Et pas seulement sous elle. Elle voyait de tous côtés des lignes rouges se dessiner, se multiplier et se croiser. Un réseau de fissures, qui devenaient des crevasses. La matière rouge et palpitante qui se cachait sous le sol de glace apparaissait maintenant. Cette horreur allait être libérée. Un battement de cœur monstrueux monta. Chaque pulsation était une explosion, qui secouait le décor du rêve, fracturait la banquise en davantage de lignes brisées, et le pouls ne cessait d'augmenter.

Cela arriva.

Eva fut aspirée.

Ses jambes perforèrent la glace. Ses coudes heurtèrent la banquise. Elle fut à moitié ensevelie. En dessous, elle sentit du liquide, de la chaleur, entourer ses cuisses. Au-dessus, son torse, prisonnier de la surface, était pris dans la tempête, elle ne sentait que le froid intense.

Ses vêtements furent arrachés. Elle se débattit, rendue sourde par le double battement de cœur qui résonnait en elle et le son déchirant de la glace en train de se fendre.

Ne paniquez pas, fit une voix surgie de la tempête. Nous sommes là. Vous n'êtes pas seule.

Eva regarda en tous sens sans rien voir.

Les derniers lambeaux de ses vêtements disparurent, emportés dans les rafales de neige.

Ses cheveux étaient déjà transformés en glaçons.

La peau de son visage suivait de près.

Elle se recouvrait de glace. Ses bras, ses épaules, sa poitrine étaient en train de geler.

Désormais elle ne pouvait plus bouger. Elle n'arrivait même plus à refermer ses paupières, figées par le froid, prêtes à s'effriter et à éclater comme une sculpture de givre.

Elle réalisa alors qu'Ameline De Santis était assise sur la banquise à ses côtés. Mais elle ne semblait pas être là. Ses longs cheveux noirs restaient immobiles sur ses épaules au lieu de voler dans la tempête.

La médium saisit sa main.

Revenez, lui dit-elle, de sa voix incroyablement tendre, comme un rayon de lumière chaude au sein de la tempête.

Eva, ajouta la voix d'Alexandre au creux de son oreille. Courage, mon amour. Écoute notre voix.

Eva essaya de crier. Sa bouche était gelée. Sa gorge un bloc de glace.

À cet instant, la surface de la banquise céda tout à fait.

Elle fut engloutie dans un liquide brûlant.

Elle hoqueta alors qu'elle glissait dans le bain. Elle s'agita, éclaboussant Alexandre et Ameline, qui la maintenaient tant bien que mal.

— Eva, répéta-t-il. Tout va bien. Tout ira bien.

Elle se replia en fœtus dans la baignoire. Ils l'avaient déshabillée avant de la plonger dans le bain d'eau chaude. Sa peau la brûlait à l'extérieur, tandis que l'intérieur de son corps semblait être un bloc de glace. Les sensations contradictoires lui donnaient le vertige.

— Je n'y arriverai pas, hoqueta-t-elle. Ces hallucinations vont me tuer.

Ameline De Santis posa sa main sur son front, et Eva éprouva une étrange forme de paix telle la caresse du soleil sur sa peau.

— Je vais vous aider, lui assura la femme. Mais il faut vous calmer, Eva. Il faut absolument vous calmer.

Elle hocha la tête.

— Je… j'essaie…

La panique reflua peu à peu.

Elle respira le plus calmement possible.

Pourtant, la température de l'eau baissait déjà autour d'elle, tandis que le froid produit par son corps prenait le dessus. Elle continuait de grelotter.

— *Cryokinésie*, murmura la médium.

— Quoi ?

— C'est ainsi que cela s'appelle. De la cryokinésie. Ce n'est pas un phénomène si rare que ça. Les légendes du monde en sont pleines. Le froid est toujours la manifestation des esprits et des spectres, surtout quand ils sont en colère. Plus cette colère est grande, plus le froid augmente…

— Non, attendez, la coupa Eva. Vous me parlez de spectres. Mais il s'agit d'enfants. De mes enfants. Ils sont bien vivants !

— Je vous parle d'esprits, du pouvoir que possèdent les âmes, répliqua la femme. N'est-ce pas pour cette raison que vous êtes venus ici ? J'ai le don. Je peux voir. Je peux entendre. Je peux déchiffrer la trame, du moins quand l'univers l'accepte. (Sa voix était calme, mais avait la musique d'une blessure.) Tout le monde s'imagine qu'il s'agit d'une bénédiction. En réalité, ce que je perçois rendrait fous la plupart des gens… Vous savez tout cela. Vous avez ce don aussi, tous les deux. Vous en avez simplement peur…

Vauvert se racla la gorge. Il n'osa rien dire.

Eva se redressa dans le bain, bras serrés autour d'elle. Ameline De Santis rouvrit le robinet d'eau chaude, et le jet s'écoula, brûlant. Peu à peu, le bain se réchauffa, les ondes glaciales refluèrent.

— Vos enfants ne sont pas ordinaires, parce que vous n'êtes pas une femme ordinaire, Eva. Et parce qu'Alexandre n'est pas un homme ordinaire non plus… Vous êtes des esprits éveillés… Ne le niez pas. L'un comme l'autre, vous avez toujours laissé ces talents vous guider, que ce soit dans votre vie ou dans votre métier…

Elle approcha sa main du front d'Eva de nouveau. Eva remarqua que les doigts de la femme avaient quelque chose d'étrange. Ses phalanges étaient de travers, comme si elles avaient été brisées à plusieurs reprises et que les os s'étaient mal ressoudés. L'instant suivant, elle sentit une vague de lumière la parcourir, et elle oublia ce détail.

Vauvert, à ses côtés, lui tenait la main. Il se contentait de rester là, ses yeux rivés sur elle, mâchoires serrées.

La médium poursuivit :

— Ces dons que vous possédez, vos enfants en ont hérité. Mais chez eux, ces talents seront plus puissants. Ils seront dévorants. Car il s'est produit une chose très rare…

— Laquelle ? finit par lâcher Vauvert. Amy, par pitié, ne jouez pas avec nous ! Expliquez-nous ce qui arrive à nos enfants !

— Avez-vous déjà entendu parler des voleurs de rêves ?

Vauvert fronça les sourcils.

— Quoi ?

— Je connais le mythe, dit Eva. Ce sont des démons qui ne peuvent pas rêver… Ils se nourrissent des rêves des humains pour combler ce manque…

De Santis eut un sourire sibyllin.

— Croyez-moi, Eva, les voleurs de rêves ne sont pas qu'un mythe.

— Attendez, attendez, intervint Vauvert. De quoi est-ce que vous parlez, là ?

— L'histoire des voleurs de rêves est simple, expliqua-t-elle. Les contes en ont fait des démons, mais à l'origine il s'agit de personnes comme les autres, douées d'une faculté psychique hors du commun. On raconte que certains des grands génies avaient ce don. Vos enfants l'ont aussi. Ils ne sont pas encore capables de faire leurs propres songes, aussi ils volent les vôtres. Ils font vos rêves, Eva. Voilà ce qui est en train de se passer.

Elle s'interrompit pour désigner, sur le ventre rond de la policière, les traces grises des engelures. Celles-ci avaient progressé. Elles dessinaient maintenant le contour de plusieurs dessins très nets. Eva baissa les yeux et réalisa que ces dessins étaient ceux de minuscules mains, poussant de l'intérieur.

— En fait, acheva la femme, je devrais dire qu'ils font vos cauchemars, Eva…

100

Barbarossa a réussi à s'adosser au tronc d'un platane. Sa vision toujours assombrie. Sa peau se hérisse de chair de poule. Dans son crâne, enfouie au chaud dans son cortex, il sent la balle, l'intruse de métal, cet éclat de mort, qui vibre, comme si elle prenait vie et se réveillait, cherchant à murmurer quelque chose à son esprit.

— Non, non, gémit-il. Que se passe-t-il, putain ?

Il ferme les yeux, les ouvre, et voilà qu'il se trouve dans un autre lieu. Une maison, peut-être. Il voit des murs aux teintes bleues chatoyantes. Il secoue la tête, essaie de chasser les images de son esprit, mais l'illusion persiste. Cette pièce ceinte de murs indigo. Une table en verre, gravée de symboles et de circonvolutions mystiques, trône au centre.

Il y a une fenêtre, à l'extrémité de cette pièce. Il distingue un pic rabougri, surmonté de feuilles bleutées. Sur la face de roc asséché par le soleil, une inscription en grandes lettres blanches. Il déchiffre les mots : *Gardarem la tèrra*.

Subitement il voit une personne, qui n'était pas là un instant auparavant et qui se tient désormais à côté de lui.

La fille aux cheveux blancs se moque de lui. Elle ne dit rien, elle n'a pas besoin de parler. Il sait qu'elle le trouve ridicule. Il sait qu'elle est en train de sourire. Et son sourire silencieux, son sourire de mépris, est une torture.

Mina, pense-t-il, tandis que sa raison crie : *illusion !*

Incapable de bouger, comme si son corps tout entier était congelé sur place, il sent le parfum de la fille qui se penche sur lui. Le canon d'un pistolet est pressé contre sa tempe. Tout se déroule dans un insoutenable ralenti. Il sait que Mina Karlova est en train de presser la détente, à chaque fraction de seconde qui passe, il sait ce qui va se produire. Sa tête va exploser. Sa cervelle va se répandre et cette fois il ne survivra pas.

— Une illusion ! parvient-il à aboyer enfin. C'est juste une illusion !

Et en effet, comme si le fait de le formuler le tirait d'un mauvais rêve, il reprend possession de son corps. Les taches noires qui peuplent sa vision s'éparpillent.

Il se redresse d'un bond.

Il est seul, au bord de la route déserte.

— Nom de Dieu…

La sensation de froid reflue.

Le journaliste cligne des yeux en tournant sur lui-même pour être sûr que nulle menace ne va survenir de derrière son épaule.

Il n'y a que des platanes, et des champs de vigne à perte de vue, de part et d'autre de la route. Le chant des cigales monte déjà dans l'air, comme un ressac.

Le danger est passé.

À quelques mètres de lui, il voit que le givre sur le pare-brise de la voiture a disparu lui aussi.

— Une putain d'illusion, répète-t-il, sans cesser de regarder dans toutes les directions.

Il fait quelques pas, pose ses mains sur le capot, essaie de retrouver sa respiration. Son cœur bat comme un fou dans sa poitrine.

Il réalise que cela fait plus de quarante-huit heures qu'il n'a pas dormi.

Ce n'est pourtant pas la fatigue qui crée ces phénomènes.

— C'est toi, grogne-t-il entre ses dents.

Elle. La proie. *Le putain de monstre.*

Il croyait qu'elle ne faisait que lui rappeler Mina Karlova, mais peut-être est-elle réellement en train de la ressusciter. D'une manière qui le dépasse. Avec de la sorcellerie. Une forme de terrible sorcellerie.

Il doit se rendre à l'évidence. La proie est devenue bien plus dangereuse qu'il ne l'aurait jamais imaginé.

Maintenant, il faut la retrouver. Au plus vite. Pour en finir. Il est persuadé qu'il sera libéré, une fois que l'albinos et son chevalier servant seront morts tous les deux.

Il est également persuadé qu'ils se trouvent tout près d'ici.

Il se concentre.

Des murs bleus.

Il y a eu des murs bleus.

Il essaie de se souvenir des images qui l'ont assailli durant ces instants de vertige. Elles ne sont pas venues à lui pour rien. Il a très bien vu cette pièce aux murs couleur indigo. Avec une table en verre, de forme circulaire, en son centre. Il a l'impression d'avoir posé ses mains dessus. Le verre était frais. Les gravures délicates, tout autour.

Il y avait une montagne, réalise-t-il. *Un pic peinturluré.*

Gardarem la tèrra.

Est-ce un endroit réel ? Une prophétie de quelque sorte ?

Il faut qu'il le comprenne.

Il s'installe de nouveau au volant.

Le GPS lui indique qu'un village se trouve quelques kilomètres plus loin.

Il a besoin de plus d'informations.

Vite.

101

— Mes enfants me volent mes cauchemars ? murmura Eva.

Elle caressait doucement son ventre, sur lequel les tatouages de petites mains commençaient à s'estomper.

À ses côtés, son compagnon n'en menait pas large. Il se sentait impuissant, et cette sensation était insoutenable.

— Bon sang, grogna-t-il. C'est de la démence !

Il se redressa, mal à l'aise, et, ne sachant quoi faire de sa masse imposante dans la salle de bains, il colla son dos contre un mur carrelé et croisa les bras.

— Je sais que c'est difficile à croire, déclara Ameline De Santis d'une voix douce. Mais voilà ce qui est en train de vous arriver. Vous l'avez constaté vous-mêmes, n'est-ce pas ? Ce froid… ce givre venu de nulle part… Vos enfants ont la capacité de rendre réelles vos peurs profondes, Eva.

Vauvert se racla la gorge. Un tic nerveux fit tressauter le coin de son œil.

Il voyait des gouttes de sueur se former sur le front d'Eva.

Pourtant, quand elle respirait, de la vapeur s'échappait de ses lèvres bleuies.

Il ne pouvait le nier. Tout cela était bel et bien en train de se produire. Dans la chair de la femme qu'il aimait. Mais que pouvait-on faire contre un tel phénomène ?

— Amy, je ne comprends vraiment pas, dit-il d'une voix anxieuse. J'ai fait le même rêve qu'Eva, moi aussi. En fait, depuis le début de la semaine, je me retrouve dans ce rêve chaque fois que je m'endors...

— Cela n'est guère étonnant, répliqua la médium. Vous êtes leur père, ces enfants ont un lien naturel avec vous. Pour ce que j'en sais, il est même possible qu'ils aient déjà commencé à développer des liens psychiques avec d'autres personnes avec qui ils ont été en contact.

Le policier pinça l'arête de son nez entre son pouce et son index, cherchant à réfléchir calmement, et n'y parvenant toujours pas.

— Ils peuvent absorber les rêves de n'importe qui ? Juste comme ça ?

— Ce n'est pas aussi simple dans la pratique. Mais, en théorie, oui. C'est le don des voleurs de rêves. Ils ont accès à cet océan infini qu'est l'inconscient. Ils se nourrissent de vos talents psychiques.

Dans la baignoire, Eva renversa la tête en arrière et ferma les yeux.

— C'est donc pour ça, soupira-t-elle. Vous avez raison, Amy, je possède un talent particulier. Je ne saurais l'expliquer, mais je peux me projeter dans la peau des autres, voir avec leurs yeux, ressentir ce qu'ils éprouvent. C'est la façon dont je travaille. Quand je me laisse aller, je peux penser comme les tueurs, ou je peux revivre ce que les victimes ont subi. Ou en tout cas, je le pouvais. Tout a changé depuis peu. Je ne l'ai pas senti au début. Je crois que ce don m'échappe. Peut-être l'ai-je totalement perdu, pour ce que j'en sais. Je n'ai même pas su reconnaître un tueur alors qu'il se tenait juste devant moi !

— Il ne faut pas vous inquiéter, Eva. Votre faculté reviendra. Pour l'instant, vos enfants l'absorbent. Ils s'approprient vos forces, vous comprenez ? Le problème, c'est qu'ils s'approprient également vos faiblesses.

— Mes peurs ?

— Vos plus profondes angoisses, oui.

— Alors ce sont elles qui créent ce froid ? Tout cela vient de mon inconscient ?

La médium hocha la tête.

— De quoi avez-vous le plus peur, Eva ?

La policière resta immobile, songeuse. Vauvert, de son côté, savait très précisément à quoi elle pensait en cet instant. Il avait été avec elle cette terrible nuit-là. Quand ils avaient poursuivi le père d'Eva au cœur des Pyrénées, en pleine tempête de neige. Il y avait eu du froid, oui. Et de la peur. Une des peurs les plus intenses de leur vie, c'était certain.

— Mon père, murmura Eva. C'était un monstre. Il a assassiné ma sœur et ma mère… Cela a toujours été lui, ma plus grande hantise. Lui et personne d'autre.

— Vous en parlez au passé ?

— Je l'ai vu mourir, dit-elle.

Elle se tourna vers Vauvert et rectifia :

— *Nous* l'avons vu mourir. Alexandre était avec moi.

— Il est tombé dans un lac gelé, précisa Vauvert. Le corps n'a jamais été retrouvé, mais cette histoire est achevée.

— De toute évidence, elle n'est pas encore terminée pour votre inconscient, dit De Santis.

Eva hocha la tête.

— Vous avez raison. Je sais que c'est idiot, mais au fond de moi j'ai toujours cette angoisse irrationnelle que mon père puisse réapparaître… continuer à me faire du mal… à moi, ou à mes enfants…

Ameline De Santis se leva. Elle s'essuya les mains avec un linge blanc.

— Je comprends mieux d'où viennent ces images de glace, alors. Attendez un instant, je vais chercher de quoi purifier l'atmosphère…

Elle ne fut pas longue. Moins d'une minute plus tard, elle revint dans la salle de bains avec des petits brûloirs et une boîte en bois laqué. La boîte renfermait de longues feuilles d'une plante séchée, tressées entre elles et nouées par de la ficelle. Elle plaça un de ces paquets dans un des brûloirs et fit craquer une allumette.

— Qu'est-ce que c'est ? demanda Vauvert.

— De la sauge. Ce n'est pas grand-chose, mais ce sera un début pour ce que nous avons à faire…

Des serpents de fumée montèrent dans les airs, tout autour d'eux. Le parfum des feuilles en train de se consumer était épicé et, étrangement, plutôt agréable.

— Il faut que je vous parle des voleurs de rêves, poursuivit la médium, tout en disposant un deuxième brûloir de l'autre côté de la pièce. On raconte beaucoup de choses sur eux. La plupart de ces histoires relèvent de la superstition, mais, comme dans toute superstition, on peut y trouver des fragments de vérité. On dit notamment que les voleurs de rêves le sont par hérédité. Ils naissent avec cette faculté, comme d'autres naissent extralucides, ou capables de supprimer les verrues avec leur simple souffle…

— Par hérédité ? murmura Eva. Nous ne le sommes pas, ni l'un ni l'autre !

— Vous possédez des dons psychiques particuliers, vous l'avez reconnu.

Eva fut forcée de l'admettre. Elle jeta un regard à Vauvert qui gigota sur ses pieds, mal à l'aise.

De Santis continua :

— On dit que les parents d'un voleur de rêves sont toujours des personnes dotées d'une sensibilité hors du commun. Comme vous deux. On dit également que ce sont des personnes qui dorment les yeux ouverts. Mais il n'y a pas que ça. Je me souviens d'une histoire bien précise à ce sujet…

Tout en parlant, elle ouvrit un placard et en sortit des serviettes, ainsi qu'un peignoir de bain, qu'elle déposa à côté de la baignoire.

— Si l'on croit cette histoire, chaque personne est faite pour une autre, bien spécifique, quelque part dans le monde. C'est le seul être que l'on puisse aimer sincèrement, véritablement. Avec lui, nous sommes comme les deux moitiés d'un tout.

— Des âmes sœurs ? fit Eva.

— C'est exactement ça. Pensez à ce qu'a décrit le penseur grec Platon, par exemple. Les humains étaient initialement des êtres doubles. Deux âmes dans un même corps. Mais ils ont été partagés en deux. Voilà notre tragédie. Des âmes sœurs à jamais séparées. L'univers leur donne parfois l'occasion de se retrouver, dans cette vie, mais à la seule condition que ces âmes se montrent dignes. Elles doivent se battre pour se rejoindre, et tous les obstacles possibles se dressent entre elles pour qu'elles n'y arrivent jamais, vous comprenez ?

Vauvert grogna. Il connaissait ce sentiment, oui. Il ne le connaissait que trop bien. Mais cette idée lui donnait le vertige.

— Ces personnes doivent prouver la valeur de leur détermination, poursuivit De Santis. Il leur faut affronter les forces de l'esprit, de la nature, et même de la mort. En vérité, rares sont ceux qui retrouvent leur véritable moitié…

— Mais cela arrive, n'est-ce pas ? demanda Eva.

La médium s'illumina d'un sourire.

— Ne l'avez-vous pas fait, tous les deux ? Vous êtes la preuve que deux âmes destinées à se compléter peuvent se trouver. Quand elles parviennent à surmonter les épreuves, il ne peut y avoir plus grand ni plus sincère amour entre deux personnes. On dit que les enfants qui naissent de leur union sont le fruit de leur rêve commun. Ces enfants ont un lien puissant avec le monde des songes. Ce sont eux qu'on appelle voleurs de rêves.

Eva fronça les sourcils.

— Ce n'est pas une belle histoire du tout. Ce pouvoir est horrible.

— Je suppose que c'est une question de point de vue, lui dit la femme aux cheveux noirs. Dans les légendes allemandes, ces voleurs de rêves ont été appelés Mara. Ils sont décrits comme des démons qui s'assoient sur votre poitrine et boivent vos rêves en même temps que votre vie. Mais au Japon, on croit précisément l'inverse. Les Bakus ne dévorent que vos mauvais rêves. Un pouvoir n'est jamais que ce qu'on décide d'en faire.

— D'accord, grogna Vauvert. Mais dans le cas d'Eva ? Que font nos enfants ?

— En ce moment, ils absorbent la psyché, dit De Santis. Votre psyché, Eva…

Elle se tourna vers la policière.

— Si nous ne réagissons pas, je ne vous cache pas que cela risque de vous tuer. Vos enfants n'ont pas conscience de ce qu'ils font. Vos peurs provoquent les leurs. Elles provoquent leur colère. Une colère aveugle de nouveau-nés.

— Nom de Dieu ! explosa Vauvert. Il faut faire quelque chose !

— Ne jurez pas, je vous prie, soupira De Santis. J'ai dit que c'est ce qui se produirait si nous ne faisions rien. Il existe un moyen d'empêcher cela.

— On peut leur ôter ce pouvoir ? demanda Eva.

— Oh, non. Vos enfants sont ce qu'ils sont, rien ni personne ne pourra jamais le changer. En revanche, il est possible de détourner le phénomène de votre corps. En d'autres termes, nous devons faire en sorte qu'ils cessent de se nourrir de vous, et que leurs pouvoirs se concentrent sur un objet inanimé, qui ne souffrira pas.

— Une sorte de transfert ?

— Exactement. C'est ainsi que procèdent les rebouteux. Même si cet art s'est peu à peu oublié, il a toujours fonctionné.

— Alors, c’est ce que nous allons faire, déclara Vauvert. Vous êtes capable de réaliser un tel transfert, n’est-ce pas ?

— Je connais les gestes, les prières, oui.

— Mais vous ne les avez jamais utilisés sur des voleurs de rêves ? fit Eva.

La femme lui sourit.

— Ne vous inquiétez pas. Je ne vois pas de raison pour que cela échoue. En général, on se sert de graines ou de plantes, pour transférer la maladie du corps de la personne dans un corps végétal. C’est la plante qui meurt à la place de l’humain. Mais dans votre cas, le répit serait trop bref. Je sais ce que nous allons utiliser…

Elle ôta alors le pendentif qu’elle portait autour du cou. C’était une pierre triangulaire noire et lisse, veinée de rouge en son centre.

— Qu’est-ce que c’est ? demanda Eva.

— Ce cristal est de l’hématite. Un excellent conducteur psychique. Je vais en réduire une partie en poudre, que je diluerai dans du lait. Et vous devrez le boire, Eva.

— D’accord. Et ensuite ?

— Je vous expliquerai. Pour l’instant, sortez de ce bain et séchez-vous. Je vais vous donner des affaires propres. Il faut me faire confiance, tous les deux. C’est essentiel.

Eva et Alexandre échangèrent un regard quelque peu perdu.

Cette situation était folle, mais ils entrapercevaient enfin un espoir.

Peut-être.

102

Paris,
6 h 30

Le café était fort.

Leroy savourait chaque gorgée descendant en ligne de feu dans sa poitrine. Cela lui faisait du bien.

Il s'était posté à la fenêtre, d'où il observait le soleil en train de monter au-dessus du rocher de Vincennes dans un ciel fait de toutes les teintes de rose.

Dans sa tête, les pensées se bousculaient. L'impatience le dévorait.

— Ils n'ont toujours pas rappelé, grommela-t-il. Ils ont peut-être un problème… si jamais les collègues les ont cueillis… ou alors si…

— On l'aurait appris sur le réseau, soupira Perrine. Je suis sûre qu'ils vont bien. Laisse-leur seulement un peu de temps pour trouver un point de chute.

— Ouais…

Il la rejoignit à l'autre bout du salon. Sur la table, la jeune fille avait allumé son propre ordinateur à côté du sien. Ainsi, elle disposait de deux machines pouvant travailler en même temps. Elle s'était mis en tête de scanner les principales bases de données Internet, aidée par un logiciel de piratage strictement illégal mais qui avait déjà fait ses preuves. Presque tous les achats, garanties matérielles, assurances et autres abonnements étaient enregistrés en ligne. Des sociétés de services en payaient d'autres pour stocker et conserver ces informations sur des serveurs. Il suffisait de connaître les adresses de ces nuages informatiques, et d'utiliser les bons programmes pour dénouer la pelote. En tout cas, *en théorie*. Car, pour l'instant, les résultats tant attendus se faisaient désirer.

— Ton programme est encore en marche, au moins ? lui demanda-t-il pour la dixième fois. Cela fait des heures…

— Tout fonctionne très bien, Erwan. Le logiciel surveille l'activité de son téléphone. Notre bonhomme ne s'est pas reconnecté, c'est tout. Et de toute manière, je te parie qu'il ne rebranchera aucun de ses téléphones. Il est plus malin que ça.

— Quand même…

Il effleura le pavé tactile de son ordinateur et fit glisser le curseur vers une icône. Sa petite amie lui repoussa le bras sans ménagement.

— Ne touche à rien ! Il y a déjà trop de commandes qui tournent en même temps, l'utilisation du processeur est au maximum. J'ai lancé la recherche sur son matériel nomade depuis plus d'une heure, on ne va pas risquer de la faire planter maintenant.

— Son matériel nomade ? fit Leroy en se repliant vers la cuisine, où il déposa son mug vide. Tu penses à un ordinateur ?

— Un ordinateur, une tablette, ou n'importe quel lecteur multimédia. Pourquoi pas une caméra numérique. Les nouvelles générations sont systématiquement équipées d'une fonction GPS. Il est journaliste, je te parie qu'il n'utilise que du matériel dernier cri. Si j'arrive à obtenir l'identification d'un seul de ces objets, je pourrai déterminer immédiatement où il se trouve.

— Mais pour le moment, tu n'as pas accès à ces identifications ?

Perrine soupira et se massa les tempes.

— Je suis passionnée d'informatique, Erwan, pas magicienne. Pour l'instant, j'ai accédé aux bases clients des principales plates-formes de vente, mais j'avance dans le noir. Les transactions sont cryptées, compressées et bien archivées. Retrouver celles de Barbarossa avec le peu d'éléments dont on dispose, ça me semble mission quasi impossible. Il n'y aura pas de miracles.

— Il en faudrait un. Ils sont en danger.

Un carillon s'éleva de l'ordinateur de Perrine. Elle leva l'index. La fatigue commençait à se lire sur ses traits, pourtant son sourire demeurait radieux.

— Quoi qu'il en soit, voilà un mail du commissariat d'Antony ! Ton ami a bien retrouvé le dossier du cambriolage, il nous a tout transféré.

— Autrement dit, l'alibi de Barbarossa le soir du suicide de sa mère…

— Exact. D'après ce que je peux voir, tout est là. Saisine initiale, dépôt de plainte, placements en garde à vue, toutes les auditions et les avis des magistrats… Je t'imprime tout ça, ce sera plus simple…

Leroy se plaça à côté de l'imprimante et récupéra les feuillets à mesure qu'ils étaient éjectés de la machine. Les photos de Dorian Barbarossa, Nino Costa et Slimane Thanina figuraient sur les documents. Des visages juvéniles, aux regards d'une incroyable dureté. Il lut les procès-verbaux en diagonale, cherchant les informations utiles.

— Les trois garçons ont servi le même discours durant leur garde à vue ?

— Oui. Ils jurent avoir été ensemble à Antony ce soir-là. Ils ne se sont pas quittés de la nuit. C'était Costa le cerveau. Thanina et Barbarossa sont restés dormir chez lui après le cambriolage…

— Mais ?

— Il y a une chose qui me chiffonne, dit Perrine. Jette un œil aux dépositions des victimes.

— J'y suis…

Il lut attentivement les quelques feuillets. Il était habitué à ce genre de fait divers. Un couple de personnes âgées résidant dans un pavillon. Ils avaient été braqués en fin de soirée. Leurs agresseurs, visages masqués par des cagoules, les avaient d'abord frappés, puis ligotés. Le coup classique. Les cambrioleurs avaient vidé la résidence de ses principaux équipements de valeur en moins d'un quart d'heure. Par chance, l'homme avait vu une fourgonnette se garer devant chez eux et l'avait trouvée suspecte. Il avait pensé à noter le numéro de la plaque, et c'était grâce à cet élément que la police était remontée jusqu'à Costa. Récidiviste. L'interpellation avait eu lieu dès le lendemain. Tous les objets volés étaient stockés dans la cave de Nino Costa.

Comparution immédiate. Les trois garçons avaient avoué.

— Je vois ce qui ne colle pas, murmura Leroy tout en continuant de lire. Les victimes ont précisé avoir vu deux personnes sortir du véhicule. Pas trois…

— Voilà.

Perrine se leva et se rendit à son tour dans le coin cuisine. Elle posa une tasse propre à l'emplacement adéquat de la machine, et se mit à chercher une capsule à son goût dans la boîte.

— Cinq minutes plus tard, poursuivit-il, c'étaient également deux individus qui faisaient irruption dans leur salon… Ils les ont menacés avec des matraques télescopiques et des bombes au poivre… Visages impossibles à discerner sous les cagoules, mais de toute évidence jeunes… Les victimes ont été aspergées de bombe incapacitante, après quoi l'homme a reçu un coup qui lui a fracturé la clavicule. Sa femme a été poussée du pied et frappée, une seule fois semble-t-il, alors qu'elle était à terre. Ils s'en sortent bien, malgré tout…

Il parcourut le reste des procès-verbaux.

— D'accord, les victimes n'évoquent que deux cambrioleurs dans la maison. Mais l'un des garçons était peut-être resté dans la fourgonnette pour faire le guet…

— Alors pourquoi les trois garçons ont-ils avoué ? fit Perrine, en observant le café qui coulait dans sa tasse.

— Ça, c'est la question à mille euros, grommela Leroy.

Il revint en arrière. Relut certains passages avec plus d'attention.

— Il y avait des preuves matérielles impliquant Costa, en l'occurrence le blouson qu'il portait. Même chose pour Thanina, qui avait laissé ses empreintes sur les lieux du cambriolage comme un débutant. En revanche, on n'avait rien sur Barbarossa. S'il avait nié avoir participé au braquage, il aurait très bien pu échapper à la prison.

— Mais il ne l'a pas fait. Ce qui lui donne…

— … un alibi en béton armé pour la nuit où sa mère est décédée, acheva-t-il. Je le vois bien. Le suicide d'Avigail est dur à croire, se noyer dans une baignoire n'est pas quelque chose de commun… Mais il ne faut pas oublier le passé de toxicomane de cette femme…

— C'est lui, déclara Perrine. C'est forcément lui. Il a tué sa mère. C'est comme ça. Il l'a droguée et il l'a noyée. Et il a fait passer ça pour un suicide. C'était peut-être son premier meurtre. Dès le début, il a compris qu'il pouvait s'en tirer en inventant un mensonge assez gros.

— Sauf qu'on n'a rien pour le prouver.

— On y arrivera ! s'enflamma la jeune fille, avec un éclat féroce dans le regard. Ce n'est qu'une question de logique et d'enchaînement de faits. Tout débute par cette fusillade, la descente punitive du frère et de la sœur Karlova. Barbarossa reçoit une balle dans la tête. Dès sa sortie de l'hôpital et son retour dans le quartier, des actes de cruauté sur les animaux domestiques commencent… et se concluent avec le soi-disant suicide de sa mère, Avigail, presque un an plus tard. Un mois très exactement avant que Barbarossa ne fête ses dix-huit ans…

— Il a goûté à un plus gros gibier que les chiens et chats du quartier, dit Leroy. Le schéma classique… Ce qui explique pourquoi ces petits crimes ont cessé du jour au lendemain. Il a commencé à chasser un autre type de proies…

Il soupira. Puis il ajouta :

— OK. Je suis sûr que tu as raison, Perrine. Mais alors, on fait quoi ? Je veux dire… dans l'immédiat, il nous faudrait déjà parvenir à le localiser, avant qu'il ne fasse davantage de mal à Eva et Alexandre…

— Son matériel informatique, répliqua-t-elle. Pour moi, il n'y a que ça. Avec les bonnes références, je pourrai le repérer en deux minutes, je t'assure !

— Mais tu l'as dit, c'est mission impossible pour obtenir ces références…

— Je sais…

La jeune fille resta songeuse. Elle revint s'installer à la table, devant les deux écrans, avec son café. Puis elle récupéra des élastiques et rassembla ses cheveux ondulés en deux couettes blond platine dignes d'une collégienne.

— En fait, reprit-elle, je t'ai dit que c'était mission *quasi* impossible. Il doit y avoir un moyen. Après tout, Barbarossa a dû conserver des factures, des boîtes d'emballage… Tout ça se trouve chez lui en ce moment… tandis que lui, il est à l'autre bout du pays en train d'essayer de buter Eva et Alexandre…

Elle se pencha sur le clavier et ouvrit une nouvelle fenêtre à l'écran.

— Attends, fit Leroy. Tu ne penses pas à…

— Montmartre, répliqua-t-elle sans lui laisser le temps de finir sa phrase. Il est propriétaire de sa maison. Tout ce dont on pourrait avoir besoin se trouve là-bas. Il suffit de nous y rendre tout de suite. Il n'est même pas 7 heures du matin, il n'y aura pas de témoins si on est assez dégourdis…

— Tu as envie de perdre ton emploi ?

— Personne ne saura que nous y sommes allés, insista la jeune fille. Je suis sûre qu'on peut s'introduire dans cette maison sans se faire remarquer. Ne me dis pas que tu n'as jamais fait ce genre de choses durant une enquête ?

— Ce n'est pas la question ! Ce type est maniaque, Perrine. Il a forcément une alarme et une surveillance vidéo.

— Justement, dit-elle. J'ai vu ça. Comme je te le disais, tous nos dossiers clients sont stockés en ligne. Il suffit de savoir où fouiller. Barbarossa a souscrit un contrat avec une boîte que je connais bien. Alliance Sécurité Privée. C'est une petite société, un peu chère, mais très efficace dans son genre. Pas étonnant que Barbarossa leur fasse confiance. Il est chez eux depuis six ans maintenant. Sa maison est aussi protégée qu'un bunker.

— Et c'est censé être une bonne nouvelle ?

— Parfaitement. Je dois encore avoir le numéro de Robert…

Elle récupéra son téléphone et consulta ses contacts.

— Je l'ai. Quand je pense que j'ai failli l'effacer…

— Qui c'est, ce type ?

— Un ex, dit Perrine avec un sourire torve. Il travaille chez ASP, et je sais qu'il a accès au central de surveillance. Le revers de toute protection technologique, tu vois, c'est que ce sont des hommes qui la contrôlent…

Leroy croisa les bras.

— Je ne te suis toujours pas…

— C'est simple, je lui ai évité de se faire virer. Et peut-être même une petite condamnation, pour te dire la vérité. Il avait franchement foiré sur un départ d'incendie dans les locaux d'une compagnie aérienne, l'an dernier. Je venais d'arriver dans le service, je me suis servie du réseau interne… et je lui ai sauvé la mise en interceptant le PV qui signalait son absence de réaction pendant plus d'un quart d'heure. Rien de bien méchant. Entre-temps, il est monté en grade. Et comme il m'en doit une… autant que ce soit maintenant !

— Tu veux vraiment pénétrer avec effraction chez Barbarossa ? Tu te rends compte de ce que tu dis ?

La jeune femme secoua la tête.

— Pas avec effraction, Erwan. Au contraire. Si on ne se plante pas dans le timing, Robert n'aura qu'à déconnecter le système, les portes seront ouvertes et les caméras désactivées le temps qu'on ait trouvé ce qu'on cherche. Personne ne saura qu'on était là. Mais attends… Il me répond…

Elle enfila les oreillettes de son téléphone et dit :

— Bonjour beau brun. Ceci est une voix venue de ton lointain passé… Oui… c'est bien moi… Tu n'as pas effacé mon numéro, alors ? (Elle gloussa.) Je sais… Je sais… En fait, j'ai besoin d'un service… Oui… Du genre *gros*, on ne se refait pas…

Elle rit encore, en tortillant ses cheveux de son index. Elle se mit à faire les cent pas dans le salon. Leroy serra les poings. Il se sentit bizarrement jaloux, mais d'une certaine manière la débrouillardise de sa petite amie le fascinait.

Elle ne fut pas longue à négocier. Il entendit vaguement le type au bout du fil hésiter et maugréer, mais Perrine lui rappela d'une voix suave :

— Tu te souviens de ce que tu m'avais dit… quand on s'était occupés de ce petit problème de négligence… Oui… Oui… Eh bien voilà, c'est aujourd'hui… Ce sera la seule et unique chose que je te demanderai de ma vie, je te le jure… Mais oui… D'accord… Je compte sur toi, hein ? Pas de faux plan ?

Elle raccrocha, tout sourires, et ôta ses écouteurs.

— Et voilà. Il n'est pas au central, mais il s'y rend tout de suite. Quant à nous, on a une demi-heure pour rejoindre Montmartre. On ne disposera que de dix minutes au maximum. Ce que Robert va faire pour moi est strictement illégal, on a intérêt à être sortis de la maison au bout de ces dix minutes… Cela pimentera un peu la mission, non ?

Leroy ouvrit la bouche et la dévisagea, l'air sidéré. Perrine souriait d'un air innocent.

— Pimenter la mission ? murmura-t-il. Bon sang, plus je te fréquente, plus je découvre des aspects très flippants chez toi, Perrine.

— Je croyais que ça faisait partie de mon charme ?

Il fronça les sourcils.

— Attends… Tu n'aurais jamais fait ça chez moi ? Fouiller dans ma vie personnelle, ou alors jouer avec la sécurité de mon appartement ? Hein ?

Perrine déposa un baiser sur sa tempe.

— Si je devais le faire un jour, je te promets que tu ne le saurais jamais, mon cœur.

103

Eva se laisse aller.

Elle se sent en confiance.

La prière que murmure Ameline De Santis, juste à côté d'elle, la berce et la guide.

Jusqu'à ce qu'elle s'endorme les yeux ouverts.

Qu'elle plonge en elle. À l'intérieur d'elle, dans le monde de ses rêves.

Cette fois, elle le fait de son plein gré.

Elle sait que c'est le moment. Maintenant. Avant qu'il ne soit trop tard.

Alors qu'elle sombre, qu'elle s'enfonce dans les voiles du sommeil, elle entend les murmures de ses enfants qui remontent au travers de son corps, qui voyagent dans chacune de ses cellules, et elle se sent aspirée vers eux, plus loin à l'intérieur d'elle-même.

Elle est revenue sur la banquise, dans le monde blanc.

Dans l'univers de ses peurs profondes.

Le froid se glisse sur sa peau comme un vêtement. Et pour cause, elle est entièrement nue, à présent debout sur ce sol glacé et lisse à perte de vue.

Mais, pour la première fois, elle ne s'y sent pas perdue.

Elle aperçoit la silhouette d'Alexandre, au loin, si loin. Il lui crie des choses qu'elle n'entend pas. Il tente de s'approcher d'elle, mais elle voit qu'il ne parvient pas à se déplacer, malgré ses efforts évidents pour le faire. Elle sent son amour, pourtant, projeté vers elle, si loin et en même temps tout contre elle, comme si les lèvres de son compagnon effleuraient son oreille et lui susurraient qu'elle n'est pas seule, qu'elle ne le sera jamais. Il lui transmet sa force et sa détermination. C'est tout ce dont elle a besoin.

Elle serre les bras autour d'elle. Ses cheveux volent sur ses épaules. Le ciel est de nouveau bas et gris, un horizon vide, un ciel de néant. Elle ressent les vibrations sous la surface, à chaque battement de cœur.

Et elle voit le sang, à ses pieds.

Encore.

Le même sang, coulant entre ses cuisses nues et maculant la glace de gemmes rouges et humides.

Elle tombe à genoux, saisie par le vertige, incapable de trouver un appui. Tout autour d'elle, en dessous, la banquise se couvre de veines rouges, et les gémissements augmentent. Les battements de cœur accélèrent et accélèrent. Toute la peur, toute l'incompréhension des deux âmes en elle montent et l'emplissent.

Mes amours, dit-elle sans ouvrir la bouche. Mes petits voleurs de rêves. Je suis là. Je suis venue vous voir. Ne vous inquiétez pas. Faites-moi confiance.

Elle fait glisser sa main sur son ventre rond. Elle constate qu'une blessure béante est apparue, et cela lui semble naturel. Sa peau a beau être couverte d'une pellicule de givre, la chair rouge en dessous est chaude, presque brûlante. Elle sent son cœur battre, et les leurs aussi. Deux petits échos, deux tambours à l'unisson. Qui continuent d'accélérer, dans l'attente, dans la curiosité.

Eva presse sur cette plaie. Il n'y a pas de douleur. Elle fait glisser ses doigts en elle, dans sa chair palpitante. Le sang suinte un peu.

Le plus lentement possible, elle enfonce sa main dans son ventre.

Elle n'éprouve rien. Tout ceci est une illusion. Une image mentale, comme un pont entre les mondes. Ameline lui a expliqué que c'était ainsi qu'il fallait procéder. Et ainsi elle procède. Toujours aussi calmement.

Elle referme ses doigts sur le caillou noir qu'elle a caché en elle pour l'emporter dans le monde des songes.

Avec précaution, elle le sort de son écrin de chair.

Cette fois, elle a l'impression de s'arracher une partie d'elle. Et c'est exactement ce qu'elle fait, en réalité. Elle retire le petit triangle d'hématite de son propre corps, tel un bézoard humain, une sécrétion magique, une partie d'elle devenue minérale et immortelle, et au fond d'elle, elle sent ses enfants qui ouvrent leurs yeux et regardent, impatients.

La pierre noire est posée sur sa paume. Vibrante. Chaude. Comme une goutte d'encre absolue dans ce monde de blancheur.

Elle sent la texture du rêve qui tremble autour d'elle, et elle se dit que cela fonctionne. Cela doit fonctionner. Elle n'a pas le choix.

Il lui faut faire attention maintenant. Elle se penche tout doucement sur la banquise, essayant de ne pas perdre l'équilibre, car elle a l'impression de tanguer, de plus en plus vite. Elle dépose le caillou noir qui est un bout de son corps sur le sol de glace, et elle sent ce sol frémir avec plus d'intensité, devenir souple, presque liquide. Sans la moindre difficulté, elle peut enfoncer sa main sous la surface. Là, elle sent leurs bras à tous les deux, en dessous. Ses enfants qui essaient de se raccrocher à elle.

Elle ferme les yeux. Le vertige ne veut pas la quitter. Le monde est devenu une spirale.

Ne te laisse pas absorber par le rêve, lui dit la voix d'Alexandre. Nous sommes là.

Oui, répond-elle.

Elle ouvre les yeux. Son bras est enfoncé dans la banquise jusqu'au coude, et tout autour elle voit le réseau de veines qui pulsent, se développent sous la glace, à perte de vue maintenant.

Elle lâche le petit joyau d'hématite, le leur abandonnant, et elle le sent aspiré par les profondeurs de la banquise.

Cette fois, la glace ne retient pas son bras. Eva se redresse, encore incrédule, et observe son ventre. La plaie est refermée. Son corps a la couleur et la texture lisse d'une statue de marbre, mais à l'intérieur elle se sent vivante et pleine de chaleur. Pleine de lumière, aussi.

Elle réalise qu'elle perçoit le chant. La douce litanie. Une berceuse, peut-être, qui était là tout le temps, mais dont elle ne reprend conscience que maintenant. C'est la voix de la médium qui l'accompagne depuis le début, les mots rituels du transfert, répétés inlassablement, avec ferveur et avec dévotion.

Tu y es presque, murmure la voix d'Alexandre au creux de son oreille. Mon amour, tu vas y arriver.

Elle sourit. Elle voit le changement à l'œuvre, oui.

C'est sereinement qu'elle observe le monde du rêve, le monde de glace à perte de vue – qui peu à peu s'altère.

Cela a commencé par la teinte du ciel. Le gris s'est éclairci, tandis qu'une lueur bleue et pure monte à l'horizon, lentement.

Et avec cette lueur, en lentes vagues progressives, arrive la chaleur.

La surface de la banquise se modifie. La glace est agitée d'ondulations, comme si elle devenait fluide. Sa structure profonde change, mue et se réchauffe. Elle devient sable. Eva le sent sous ses pieds : du sable, oui, à la douceur de talc, d'une blancheur parfaite.

Elle n'a jamais rien vu d'aussi beau. Au fond d'elle, son cœur semble grandir, se coller à sa cage thoracique.

Un océan se lève, au loin, déferle avec onctuosité vers elle. Ses eaux sont violettes et chaudes, pleines de veines chatoyantes.

À présent Eva ne ressent plus du tout le froid. Seulement cette chaude douceur et ce calme absolu.

Elle fait quelques pas en avant, sans y réfléchir, ses pieds imprimant des empreintes dans le sable, qui disparaissent derrière elle. Elle s'approche du rivage, de cette mer violette qui semble murmurer, et elle contemple le soleil qui affleure à l'horizon. Elle sait que cet astre va monter tout doucement, à présent, apportant la lumière dans ce monde qui n'est pas le monde, mais qui le deviendra bientôt. Il mettra encore plusieurs mois à émerger. Le temps que la gestation soit achevée en elle. Mais plus rien ne l'arrêtera. La saison de glace est révolue. Elle vient d'y mettre un terme. Enfin.

Elle ferme les yeux, prenant une grande inspiration de cet air chaud aux odeurs d'épices, et…

… poussa un cri bref de surprise, en revenant à elle d'un coup. Elle haletait. Sa peau ruisselait de transpiration. Clignant de nouveau des yeux. Elle était toujours allongée sur le futon, dans l'angle de la pièce qu'Ameline De Santis avait appelée son « salon indigo ». La médium, installée à sa droite, lui tenait une main tout en murmurant sa douce mélopée.

Alexandre, à sa gauche, lui tenait l'autre main. Il la regardait intensément, sans rien dire, un air de profonde concentration sur son visage buriné. Elle vit des larmes sur ses joues, bien que rien dans son expression ne soit triste. Bien au contraire. C'était l'espoir qui l'illuminait de l'intérieur, et il lui sembla qu'elle n'avait jamais posé les yeux sur un sourire plus désarmant que celui de son compagnon, à cet instant précis.

Elle ouvrit la bouche, mais aucun son ne parvint à sortir de sa gorge. C'était comme si elle était vidée de toutes ses forces. Et en même temps, curieusement rassérénée. Elle se tourna vers la médium. Celle-ci rayonnait de profonde douceur. Elle continuait de murmurer une litanie à voix basse, en ralentissant la voix, petit à petit, comme la mélodie d'une berceuse qui s'apprête à s'achever.

Mais les enfants à qui elle chantait cette berceuse étaient-ils endormis ?

Eva sentait toujours leur présence, lourde et silencieuse, à l'intérieur de son ventre. Sa peau semblait plus tendue que d'habitude.

Il y avait un objet froid posé sur son ventre.

Elle releva la tête. La pierre noire triangulaire brillait, contrastant sur sa peau blanche.

La sensation de froid disparut tout à fait.

Alors Ameline De Santis se tut, et ouvrit les yeux.

Elle souriait.

— Vous le sentez ?

— La pierre, dit Eva. Elle… se réchauffe… tout doucement…

— Le transfert a fonctionné. Vous avez été parfaite. Vos enfants sont en paix à présent, Eva.

— C'est certain ?

De Santis inclina la tête sur le côté. Eva vit qu'elle aussi était épuisée par l'effort qu'elle venait de produire, mais une irrésistible sérénité irradiait de son être.

— Je vous l'assure. Tant que vous porterez cette pierre sur vous, ils ne seront plus troublés par vos cauchemars.

Vauvert déglutit. Puis se pencha pour l'embrasser.

— C'est fini, murmura-t-il. Bon sang, c'est enfin fini.

— Vous devez vous reposer, dit De Santis en se levant. Ce que vous venez de faire vous a demandé une énergie considérable. Le salon indigo est un lieu de paix, vous êtes en sécurité pour reprendre des forces. Je vais vous apporter de l'eau et vous préparer de quoi manger.

— D'accord, réussit à articuler Eva. Merci, Amy.

La femme sortit de la pièce. Eva respira doucement, les yeux rivés sur le plafond bleu pâle. C'était vrai qu'elle se sentait bien ici. La lumière était tamisée et apaisante. Elle filtrait à travers des rideaux de mousseline. Quand Eva tourna la tête pour regarder à l'extérieur, elle aperçut le pic qu'elle avait vu en arrivant. Elle remarqua pour la première fois l'inscription sur la face asséchée. Quelque chose en rapport avec la terre…

Vauvert lui caressa les cheveux.

— Je suis fier de toi.

Elle sourit. Ses cordes vocales se dénouaient peu à peu.

— Ce n'est pas fini, murmura-t-elle. Que va-t-on faire pour Barbarossa, maintenant ?

— Je ne sais pas, dit-il d'une voix sombre.

104

7 h 05

— Mince, siffla l'homme au comptoir. Si on m'avait dit…

Installé au milieu de l'étroite rue principale, le bar-tabac – pompeusement baptisé « Café des Amis » – est le seul endroit du village à être ouvert. Barbarossa se doute que l'heure matinale n'y est pour rien. Il ne semble pas y avoir autre chose en termes de commerce, ici. Les maisons tout autour ont encore leurs volets clos.

Il salue le tenancier du café d'un signe de la main.

— Bonjour. Vous êtes ouvert ?

— Mais bien sûr. Entrez donc, monsieur ! Vous êtes pas un touriste, vous, hein ?

L'homme fait le tour du comptoir pour lui serrer la main. Il est rougeaud, le nez enflé, les joues pigmentées de couperose, les cheveux en pagaille. Barbarossa ne peut s'empêcher de remarquer qu'il porte une chemise à carreaux à la propreté douteuse.

— Vous êtes de la télé, je me trompe pas, hein ?

Barbarossa compose le sourire le plus chaleureux qu'il peut produire.

— Vous ne vous trompez pas.

L'homme désigne son front d'un air entendu.

— Je savais que c'était vous. Avec votre cicatrice et tout. Je vous ai vu, avec ce gosse possédé, vous savez. C'est fort, de faire des émissions comme ça…

— Ce numéro-là n'a pas encore été diffusé, c'était seulement la bande-annonce, lui répond Barbarossa sans cesser de sourire. Mais oui, c'est moi qui présente l'émission. Je peux commander un petit déjeuner ?

— À votre disposition. Thé ou café ?

— Café. Un grand, s'il vous plaît.

— Prenez donc place, vous avez le choix ! Il ne reste plus grand monde au village et les derniers vieux croûtons ne sont pas encore debout ! Quand ils vont vous voir, ils ne vont pas en revenir. C'est qu'on reçoit rarement des célébrités, dans le coin.

Pendant que l'homme s'affaire derrière le comptoir, préparant les couverts et sortant des petites portions de confiture, Barbarossa s'installe à la table la plus éloignée de la porte. Le bar-tabac est minuscule et très sombre. Cela lui convient parfaitement. Que le village soit endormi ou non, il ne tient pas à ce qu'on l'aperçoive. Il dépose soigneusement sa caméra numérique sur la table en bois, puis place ses coudes de part et d'autre. Il attend, sans rien dire, marquant un rythme lent du bout de l'index.

— Alors, qu'est-ce qui vous amène dans notre belle région ? demande le bonhomme tandis qu'il serre le porte-filtre sur la machine à expresso. Vous préparez une émission ?

— Exactement, lui répond Barbarossa. D'ailleurs, vous allez peut-être pouvoir m'aider. Je suis attendu à un rendez-vous, mais figurez-vous que j'ai égaré mes notes. Tout ce dont je me souviens, c'est que c'est une maison qui doit se trouver tout près d'ici. À proximité d'un pic sur lequel on a peint un slogan…

Il puise dans les souvenirs de l'image – l'hallucination ? – qu'il a eue, au bord de la route.

— *Gardarem la tèrra*, dit-il. Cela vous dit quelque chose ?

L'homme dispose des viennoiseries plus très fraîches dans un panier et hoche la tête.

— Ah ça, oui. Je vois bien où ça se trouve. Le petit pic n'a pas de nom, ici on l'appelle juste l'Olivier, rapport au fait qu'il y a un grand olivier qui pousse tout en haut. C'est pas très loin, une petite trentaine de kilomètres, si vous continuez du côté de Minerve, mais il faudra quitter la nationale et prendre le chemin de l'Aude. Attention, c'est pas une vraie route, mais un sentier vicinal. Ça m'étonne pas que vous alliez là-bas, d'ailleurs.

— Pourquoi ?

— Vous savez bien… Vous vous intéressez à la barreuse, c'est ça ? Elle a fait quelque chose de mal ?

Barbarossa demeure le regard très droit.

— La barreuse ?

— C'est comme ça qu'on appelle les guérisseuses, par ici. Enfin, Amy, c'est la seule que je connaisse qui ait vraiment le don. C'est pas elle que vous allez voir ?

— Si, répond Barbarossa en enregistrant le nom. *Amy*. C'est bien elle que je cherche. La barreuse…

Le bonhomme dépose le plateau devant lui. Un éclat nouveau éclaire son visage. Un sourire de connivence.

— Dites, c'est pour une émission de la télé, donc... il doit y avoir une récompense si on vous file des petits tuyaux ? Genre, ce qui se raconte, tout ça ?

— Je vois que vous êtes très fin, dit Barbarossa. Vous connaissez les rouages du métier, hein ?

Il ouvre son portefeuille et en sort plusieurs billets de cinquante euros, qu'il étale sur la table. L'œil du tenancier brille comme s'il regardait le soleil en face.

— Disons... comme ça ? murmure-t-il. Cela couvre-t-il le petit déjeuner... et vos frais personnels ?

— Mais tout à fait, s'empresse de dire le bonhomme en raflant les billets, qu'il fourre en vrac dans sa poche de chemise, comme s'il craignait que le journaliste se ravise subitement et ne les reprenne.

Barbarossa sourit.

— Juste une chose. Puis-je vous filmer, pendant que vous me donnez ces tuyaux ?

— Pour passer à la télé ?

— Pas si vous ne le souhaitez pas. Mais je préfère conserver mes petits tuyaux de cette manière. Une vieille habitude de travail...

— Ben, alors, dans ce cas, oui. Pas de problème.

— Merci.

Il effleure le bouton, l'enregistrement est lancé. Il jette tout de même un œil à la rue, alors qu'un tracteur passe en pétaradant, faisant vibrer la vitrine. Mais le conducteur de l'engin n'a pas tourné la tête, il ne peut pas l'avoir vu.

— Très bien... Alors, monsieur, comment vous appelez-vous ?

— Samuel Torrailles, dit l'homme en regardant alternativement la caméra posée sur la table et Barbarossa. Mais bon, tout le monde m'appelle Sam.

— D'accord, Sam. Je vais réaliser un portrait de la guérisseuse Amy. Que pouvez-vous me dire sur elle ?

— Elle habite à la maison de l'olivier, comme je vous l'ai dit. Cela fait quelques années qu'elle s'est installée là. Les gens vont la voir pour chasser le mauvais œil ou pour *faire des secrets*, comme on dit. Il paraît qu'elle peut guérir les brûlures avec ses mains.

— Vous l'avez déjà vue faire ?

— Personnellement, j'ai jamais assisté aux brûlures, admet l'homme. Mais elle fait des miracles sur les plantes, ça, c'est vrai. Mon frère a eu recours à ses services pour soigner ses vignes, quand elles avaient attrapé le court-noué. Amy, elle lui a sauvé toutes ses plantations et lui a évité l'arrachage. Pour vous qui venez de Paris, je me doute que tout ça, ça doit vous sembler être des superstitions, mais je vous assure que les traditions ont la vie dure ici. Même ma femme est allée plusieurs fois la voir pour ses soucis d'ostéoporose, rapport à sa ménopause. Je vous confirme que ça marche vraiment. Enfin, bref, on paye pas la barreuse avec de l'argent, notez bien. Ma femme, elle lui apporte des gâteaux, ou du gibier que j'ai chassé.

— Mais vous, vous ne l'aimez pas ? Je me trompe ?

Une ombre passe sur le visage de l'homme.

— J'ai jamais voulu dire ça, explique-t-il. C'est juste que je suis pas bête. Il y a des gens qui prétendent que ce genre de don vient de Dieu. Moi, ce que je crois, c'est que c'est pas naturel. À trop jouer avec la nature, ben, voilà quoi, on finit par attirer le malheur. C'est pas vrai ? Mais dites donc, Amy, elle aurait pas causé la mort de quelqu'un, tout de même ?

— Secret professionnel, dit Barbarossa. Y a-t-il autre chose à savoir sur elle ?

Le dénommé Sam se gratte le ventre.

— Ben, ouais, un peu. Avant d'habiter à l'Olivier, je sais qu'elle était du côté de Carcassonne. Même qu'elle était mariée avec un type pas net, Eddy, un bonhomme qui trempait dans des bricoles. Cambriolage, recel, enfin, tout ce genre de trafics. Il y a quelques années, il s'est fait serrer pour de bon avec son frère Joan. Il paraît que le flic qui les a interpellés s'est vraiment lâché sur eux. Joan a eu une jambe et un bras cassés. Quant à Eddy, c'est tous ses doigts de la main que le flic lui a brisés. Je vous jure. Il lui a pété ses doigts un par un ! Des fois, on voit de ces trucs…

— Et le flic en question ? Il n'a pas été sanctionné ?

— Vous voulez rire ? Il a été félicité, je suppose. D'ailleurs, je l'ai vu, ce gars. C'est un géant, la gueule toute criblée de cicatrices. Un vrai mercenaire, ouais.

— Où est-ce que vous l'avez vu, ce policier ?

— Ben, ici même. Il était venu pour acheter des cigarettes, quand ils avaient arrêté Eddy et Joan.

— C'est une information précieuse que vous me donnez là.

— Ah, ouais ?

Barbarossa jette un regard de côté à la rue. Toujours personne. Les volets ne se sont pas encore ouverts en face.

— Oh, oui.

Il se lève et tend la main à Sam, qui la serre en souriant.

— Je ne comprends pas…

— Ce n'est pas très grave, dit Barbarossa en abattant le couteau de chasse.

La pointe crantée s'enfonce dans la gorge de l'homme.

Ses yeux roulent dans leurs orbites.

D'épais filets de sang jaillissent de son nez et de sa bouche tandis qu'il titube en arrière.

Il tente maladroitement de retirer la lame du couteau, mais celle-ci perfore sa trachée de part en part. Il ne parvient même pas jusqu'au comptoir et s'effondre derrière une table sans avoir émis le moindre son.

105

Dans la maison au pied du pic de l'Olivier, l'atmosphère était étrangement sereine, comme si le petit matin avait figé le temps dans son aura bleutée. Ameline leur servit un petit déjeuner copieux à base de fruits, d'œufs et de fromage. Le pain sortait du four, il embaumait la maison d'un parfum délicieux.

Eva avait tenu à revenir dans le salon, pour ne pas rester à l'écart. À présent, elle était installée sur le canapé, où elle luttait contre la somnolence. Elle acheva un grand verre de jus d'orange pressée et le reposa sur la table basse.

— Vous devriez dormir, conseilla leur hôtesse. Vous êtes à bout de forces, Eva.

Elle hocha doucement la tête. Elle avait remis ses lunettes noires, mais celles-ci ne suffisaient pas à masquer ses traits épuisés. Des cernes rouges et profonds descendaient sur ses pommettes. Son teint était crayeux. Les mèches de ses cheveux collaient à sa peau, poisseuses de transpiration. Eva souriait pourtant, une main sur son ventre rond.

— Tout va bien, dit-elle. Vraiment. Je les sens… ils dorment enfin en paix…

Elle avait passé le pendentif d'hématite à son cou. La pierre noire triangulaire brillait sur sa poitrine.

Chaque fois qu'Alexandre posait les yeux dessus, il lui semblait percevoir un battement de cœur, à la lisière de ses sens.

Il se racla la gorge.

— Bon, il est plus de 7 heures. On devrait recontacter Erwan. Amy, pouvons-nous utiliser votre téléphone ?

— Bien sûr. Il est sur le meuble, dans l'entrée.

— Merci.

Il traversa le salon et trouva le mobile. Sans perdre de temps, il composa le numéro du lieutenant Leroy, puis rédigea le message :

Erwan, c'est Alexandre. On est à l'abri pour le moment. As-tu du nouveau sur notre homme ? Peut-on le localiser ?

Il attendit quelques instants. Le téléphone ne tarda pas à vibrer. La réponse de Leroy s'afficha sur l'écran :

On y travaille en ce moment même. Je t'appelle à ce numéro dans un quart d'heure avec plus d'infos.

— Bien, murmura-t-il.

C'était, enfin, un espoir. Il voulait le croire. Il revint dans le salon pour l'annoncer à Eva, mais se rendit alors compte que la jeune femme s'était endormie.

Ameline De Santis se leva.

— Il faut qu'elle se repose. Elle l'a mérité.

— Ouais.

Il fronça les sourcils. Lui-même se sentait exténué. Il n'avait pas fermé l'œil depuis plus de quarante-huit heures. Les blessures qui parcouraient son corps étaient encore douloureuses, comme un bourdonnement en continu sur ses bras, ses épaules. Dès qu'il se penchait en avant, c'était le bas de sa colonne vertébrale qui lui envoyait des ondes de douleur. Pourtant, le stress le maintenait en alerte. Il ne voyait pas quoi faire d'autre. Il avait l'impression qu'un courant électrique animait ses cellules, leur interdisant de se relâcher un seul instant.

La médium sortit sur le porche. Il la suivit. Elle s'installa sur la banquette de la balancelle. Elle avait attaché ses cheveux en chignon strict, et Vauvert remarqua qu'elle avait enfilé des mitaines en résille noire. Sans doute pour masquer ses doigts déformés. De son côté, le policier s'appuya au mur et alluma une cigarette.

Le papier grésilla. La fumée emplit ses poumons. Apaisante.

Il contempla les champs de vignes qui s'étendaient devant la maison.

Le son entêtant d'un moteur de tracteur montait au loin.

Les gens d'ici se levaient tôt pour travailler. Avant que la chaleur n'écrase tout.

— Il va venir, dit alors Ameline, son regard bleu clair perdu à l'horizon. Cet homme qui vous poursuit.

— Vous en êtes sûre, hein ?

— Ce n'est qu'une question de temps, dit-elle. Il vous a retrouvés jusqu'ici, n'est-ce pas ?

— Parce qu'il avait mis un mouchard sur nous, dit le policier en expulsant de la fumée. Mais on s'en est débarrassés. Il n'a plus de moyen de savoir où nous sommes…

La femme secoua la tête.

— Il n'en a plus besoin. Il est lié à vous. À elle, surtout. Il ne pense plus qu'à cela. Il est attiré par Eva comme par un aimant.

Il déglutit.

— Vous pouvez vraiment voir tout ça, Amy ?

— Pas avec mes yeux, si c'est ce que vous voulez dire. C'est écrit dans l'air, Alexandre. L'*akasha*, l'essence du monde autour de nous, est troublée comme un océan dans lequel on aurait déversé du mazout. Une énergie négative approche. Un courant de mort qui vient vous chercher. Cet homme, c'est tout ce qu'il a dans sa tête. Une pulsion noire.

— Ouais. Ça, je sais, grommela-t-il.

Il souffla un long filet de fumée.

— Avez-vous des armes chez vous, Amy ?

— Moi ?

Elle eut un rire clair.

— Non, Alexandre. Je n'ai pas ce genre de choses chez moi.

— Il va nous en falloir pour le stopper, s'il vient ici. Il ne me reste pas assez de munitions pour nous défendre.

— Je ne peux malheureusement pas vous aider pour ça.

— Cela ne vous fait pas peur ?

Elle sourit.

— Bien sûr que si. Mais il n'est pas en mon pouvoir de changer ce qui doit arriver. Je peux simplement vous prévenir.

Le policier se racla de nouveau la gorge, mais ne répondit rien.

Il demeura les yeux rivés sur l'horizon, bercé par les moteurs infatigables de tracteurs dans le lointain, et par le chant omniprésent des cigales dont le volume augmentait peu à peu.

Dans sa main, il serrait le petit téléphone.

Leroy avait dit un quart d'heure.

Il suffisait d'attendre.

Et de prier pour que le lieutenant parisien puisse *vraiment* trouver quelque chose qui leur soit utile.

106

Paris,
quartier de Montmartre

Jusque-là, tout se déroulait comme Perrine l'avait prévu.

La société ASP gérait l'alarme et les caméras extérieures du pavillon. Elle contrôlait également l'ouverture de la porte d'entrée. Depuis le central, l'ex-petit ami de la policière, le dénommé Robert, n'eut aucun mal à tout désactiver. Il la rappela pour lui donner le signal.

— *Vous avez dix minutes. Pas une de plus. C'est compris ?*

Perrine et Erwan foncèrent. Ils se faufilèrent à l'intérieur de la maison. La jeune femme, écouteurs sur les oreilles, restait au téléphone avec Robert, afin de leur éviter toute mauvaise surprise.

Au début, ils tournèrent en rond dans le salon et la chambre de Barbarossa. Les lieux étaient parfaitement rangés. Tout rayonnait de propreté. Chaque objet semblait avoir une place bien définie. Pourtant, aucun écran de téléviseur n'était visible nulle part. Ils ouvrirent les placards, les tiroirs, sans y découvrir le moindre papier personnel.

— Il ne garde rien ici, grogna Leroy. Ce type est un fantôme.

Dans l'oreillette de Perrine, Robert lui indiqua :

— *Normalement, il y a une deuxième porte avec un code. On ne la contrôle pas, mais elle figure sur nos notes. Elle doit se trouver dans la chambre. Non ?*

— Exact ! annonça la jeune femme en écartant les cintres de la penderie. Je suis devant, et l'endroit où il l'a mise n'est pas banal... Erwan ! Viens voir ça !

Tandis que son petit ami la rejoignait, elle fit glisser ses doigts sur le pavé tactile. Un clavier virtuel apparut.

— *Selon les renseignements que j'ai*, continua la voix au bout du fil, *il n'y a pas d'alarme. Mais je ne peux pas t'aider pour le code...*

Elle ne perdit pas un instant et tapa une série de chiffres, avant de presser la touche entrée. Elle venait de composer la date où Barbarossa avait reçu la balle dans le crâne.

L'écran devint rouge, avant d'afficher de nouveau le clavier.

Pas le bon code. Cela aurait été trop facile.

Elle réessaya tout de même en changeant l'ordre du jour et du mois.

Sans plus de résultat.

— On n'a pas beaucoup de temps, fit remarquer Leroy.

— Tu as une idée ?

— Essaie des prénoms. Celui de Barbarossa est Dorian. Sa mère, Avigail. Son père, Martin...

Elle tapa tous les noms qu'il lui dictait, mais sans succès. Elle tenta même d'inscrire Canal 42, la chaîne de télévision pour laquelle Barbarossa travaillait. Le petit écran persistait à s'illuminer en rouge dès qu'elle pressait la touche entrée. La porte restait close.

— Je n'y arrive pas !

— Essaie Mina.

Perrine s'exécuta.

L'écran vira au rouge une fois de plus.

Elle fit un autre essai avec Karlova.

Sans le moindre résultat.

— Ce n'est toujours pas ça, soupira-t-elle. Je ne vois pas. Robert, tu ne peux vraiment pas nous aider ?

— *Tu veux rire ?* s'exclama l'homme dans son oreillette. *Il aura mis n'importe quel mot de passe. Mais vous n'avez plus que six minutes, pas une de plus. La réinitialisation du système que j'ai lancée peut passer pour une maintenance, passé ce délai l'ordinateur va émettre une déclaration d'incident sur l'historique.*

Leroy prit le relais, réessaya des mots au hasard. Balle. Mort. Sursis. Il tenta même d'écrire Eva Svärta.

L'écran restait rouge.

Le temps continuait de défiler à toute vitesse.

— On n'y arrivera jamais comme ça, s'alarma Perrine.

— C'est une porte magnétique, dit alors Leroy en ressortant de la penderie. C'est le courant qui l'aimante et la maintient fermée.

— Tu as raison ! J'ai vu le compteur dans l'entrée. Tu n'as qu'à couper l'alimentation générale…

— *Oh, attention !* s'écria Robert. *Ne vous amusez surtout pas à toucher au compteur ! La moindre coupure, c'est une alarme immédiate dans notre serveur. Et, là, ça ne passe pas par moi. Je ne pourrai rien faire pour la bloquer...*

— Merde. Erwan, attends ! transmit aussitôt la jeune femme en ressortant dans la chambre.

— J'ai trouvé le compteur ! lança Leroy depuis le vestibule.

— Non ! Ne fais pas ça ! Robert dit que...

Elle n'eut pas le temps de finir sa phrase.

Le *clac !* du compteur neutralisé retentit.

Dans l'oreillette de la policière, Robert se mit à vociférer :

— *C'est pas vrai ! Vous l'avez fait ! Vous avez déclenché l'alarme !*

— Erwan, on a un problème !

Elle se hâta de revenir au milieu des cintres de la penderie.

Cette fois, au moins, elle n'eut qu'à pousser la porte, qui s'ouvrit toute seule.

Elle alluma sa lampe torche et éclaira la volée de marches qui menait au sous-sol.

— *Vous devez sortir d'ici tout de suite*, lui dit Robert, la voix hachée.

— On va le faire. On a combien de temps ?

— *Tout dépend de la proximité de la patrouille d'intervention. Entre trois et dix minutes, au grand maximum. Je suis en train de quitter la salle de contrôle. Je ne tiens pas à ce qu'on se rende compte que j'ai joué avec la maintenance... Dorénavant, vous êtes tout seuls.*

— On fera avec, dit Perrine. Merci pour ce que tu as fait.

Leroy la rejoignit, et ensemble ils descendirent dans le sous-sol.

Dans les secrets de Barbarossa.

VIII

Face à la mort

107

Chemin de l'Aude,
Minervois

Dorian Barbarossa a stoppé son véhicule en retrait du chemin.

Un peu plus loin, au pied des reliefs montagneux, un tracteur arpente une vigne sans se presser. C'est un engin énorme, de couleur rouge vif, avec des pneus de deux bons mètres de diamètre. De part et d'autre, des vannes reliées à une cuve pulvérisent une brume de produit le long des rangées de raisins. Le conducteur est quasi invisible, derrière la vitre de la cabine. Pour l'instant, il tourne le dos à Barbarossa. Mais quand il sera arrivé au bout de la parcelle, il fera demi-tour, et se retrouvera alors face à lui.

Hors de question de se faire repérer ici. Si près du but.

Le journaliste enclenche la marche arrière et manœuvre au sein des massifs de thym et de romarin, pour se garer sous un olivier sauvage.

Là, la voiture enfoncée au milieu des buissons et des branches argentées, il sait qu'il est enfin invisible. L'homme sur son tracteur peut continuer de traiter la vigne. À moins de venir jusqu'ici, il est impossible qu'il puisse détecter la présence du véhicule.

Barbarossa inspire.

Sa tête a recommencé à tourner, de manière très désagréable.

La sensation de vertige le tenaille.

Plus forte que jamais.

C'est comme si le sol était mouvant, tout d'un coup. Il penche. Il tangue. Avec de plus en plus de violence.

Déstabilisé, Barbarossa se retient au volant de toutes ses forces.

— Pas maintenant, dit-il en se mordant les lèvres. Ce n'est pas fini.

Dans ses rétines, les taches noires volent en tous sens. Il a beau savoir qu'elles ne sont pas là, pas vraiment, il ne peut s'empêcher de les chasser du revers de la main, comme une nuée d'insectes voraces. Ce qui ne change rien, bien sûr. Les taches continuent de grouiller autour de lui. De se resserrer sur lui, lentement.

Il ferme les yeux. Il serre les paupières. Il tremble de tout son corps.

Dans son esprit, il n'y a plus de place que pour une seule et unique obsession. La femelle aux cheveux blancs. *La proie.* Entourée de son mystère, de ses miracles.

Barbarossa tourne et retourne cette idée dans tous les sens.

De la magie.

Cherchant à l'atteindre, à pénétrer en lui…

Il sait ce qu'il a vu. Ce à quoi il a assisté. Ce souffle froid, ce givre impossible et vivant en train de ramper sur les murs, il l'a même filmé, dans la maison à Toulouse. Et cette vidéo est si spéciale, si précieuse, que le simple fait de la conserver sur la carte mémoire de sa caméra soulève une vague crainte superstitieuse en lui. Il s'est résolu à la stocker bien en sécurité sur un serveur web auquel lui seul a accès.

Une vidéo ne peut pas mentir. Ce n'étaient pas des hallucinations. C'était bel et bien le fruit de la sorcellerie. De la véritable, indéniable sorcellerie.

Il y a eu le contact psychique, également.

Ce pic rocheux, maintenant face à lui. Il ne l'a pas rêvé. C'est elle qui lui a envoyé cette vision directement dans sa tête. Mais il ne comprend pas pourquoi cette femme a fait ça. Pourquoi lui donner ainsi sa localisation ? Chercherait-elle à le piéger ? Ou bien à lui faire douter de lui ? L'idiote. Personne ne peut le piéger aussi facilement.

Elle doit penser qu'il est fou.

Mais il n'est pas fou.

IL. N'EST. PAS. FOU.

Il cligne des yeux. Les papillons noirs ne quittent pas ses rétines. Mais ils sont déjà moins nombreux.

— Tout ça va passer, murmure-t-il.

Oui. Il en est intimement persuadé. Tous ces symptômes vont bientôt cesser. Il sera libéré. *Dès que la proie sera morte.* Quand il aura répandu les entrailles de cette femme. Quand il aura arraché de ses mains ce qui grandit dans son ventre. À ce moment-là, oui, tout ira, enfin, mieux dans sa tête.

Il se rend compte que, pendant toutes ces années, il a couru après des illusions. C'était elle qu'il attendait de rencontrer. Elle seule.

C'est pour cela qu'elle a réussi à lui résister, comme personne avant elle.

Parce qu'elle est son ultime épreuve.

Et elle est toute proche.

Maintenant, la proie et son chevalier servant sont isolés.

À sa merci.

Le jeu touche à sa fin.

Barbarossa sent un grand frisson remonter le long de sa colonne vertébrale.

Son visage est parcouru de tics nerveux.

Levant les yeux, à travers les branches de l'olivier, il observe la masse rouge du tracteur qui se déplace lentement, auréolée d'un nuage de pulvérisation. Les longs tubes arqués des vannes du tracteur tressautent, comme des bras ballants et ridicules.

Barbarossa se met à réfléchir.

Un sourire impénétrable se dessine sur ses lèvres.

108

Paris

Ils ne disposaient que de très peu de temps.

Les rayons de leurs lampes se croisaient de manière fébrile, balayant par saccades les murs de la pièce souterraine.

Perrine illumina un cadre contenant le portrait d'une jeune fille aux cheveux blancs – elle reconnut non sans malaise Mina Karlova – puis un bureau, occupé par trois larges écrans. Erwan, quant à lui, fonça vers un tas de caisses en métal entreposées au fond de la salle. Il fit basculer les loquets de la première et l'ouvrit.

— Nom de Dieu…

Sa petite amie le rejoignit aussitôt.

Elle vit ce qu'il avait trouvé.

Elle non plus n'en crut pas ses yeux.

Dans la caisse étaient stockées des sphères noires, soigneusement alignées dans une structure en mousse.

— Des grenades, s'exclama-t-elle.

— Ce dingue en a assez pour déclencher une guerre. Éclaire-moi…

Elle dirigea le rayon de sa torche tandis qu'il ouvrait une deuxième caisse. À l'intérieur, ils découvrirent le même contenu mortel. Davantage de grenades noires, lisses, attendant dans leur mousse protectrice de prendre la vie. Au bas mot, il devait y avoir une dizaine de ces engins dans chacune des caisses. Et autant de cases vides.

— D'accord. On a largement de quoi le mettre en garde à vue. Il suffit de revenir ici de manière légale… on peut prévenir le juge Devienne, il aime les résultats, il nous écoutera…

Tout en parlant, elle se dirigea vers une des armoires qui occupaient le mur. Le tiroir contenait un pistolet Glock dans un holster, deux tasers manuels encore dans leur emballage plastique, ainsi qu'un instrument consistant en une portion de fil de fer reliée par deux poignées, et dont le but était évident. *Étrangler*. Cet endroit renfermait le parfait nécessaire à meurtres.

Mais la policière était venue ici pour autre chose.

Elle devait trouver les documents de ce fou, et elle devait les trouver tout de suite. Ses reçus de matériel informatique étaient forcément quelque part dans cette pièce. Des relevés d'assurance lui suffiraient. Tout ce dont elle avait besoin, c'était de références concrètes. Un seul numéro de série lui permettrait de localiser sa position en temps réel.

— Il faut sortir, l'avertit Leroy. La sécurité va débarquer. Viens…

— J'arrive. Juste un instant.

Elle ouvrit une autre armoire. Et cette fois elle poussa un petit cri de victoire. Des classeurs se trouvaient alignés à l'intérieur. Elle parcourut leurs tranches. Notes de frais. Avis d'imposition. Assurances. Fournisseurs. Tout ce qu'elle cherchait était là, sous ses yeux.

— Je le savais ! Avec ça, on le tient !

Elle s'empara du classeur contenant les relevés des assurances, ainsi que de celui intitulé « fournisseurs ». Elle les glissa dans le sac à dos qu'elle avait emporté avec elle.

À l'instant où elle tournait les talons, le rayon de sa torche accrocha une vitrine. Il y avait des étagères, derrière la porte en verre, et elle crut reconnaître des disques durs. Ce fut plus fort qu'elle. Elle s'approcha, ouvrit la vitrine et éclaira fébrilement les alignements de petites boîtes noires.

Elle ne s'était pas trompée. C'était bien de cela qu'il s'agissait.

Des disques durs externes.

Ils étaient rangés avec soin sur les différents niveaux de la vitrine.

Comme exposés.

— Dépêche-toi ! Allez ! lui cria Leroy depuis l'escalier.

— Oui, oui…

Elle chercha des étiquettes, des signes d'un classement quelconque. Il n'y en avait pas. Tout ce dont elle pouvait être sûre, c'est que certains de ces disques étaient récents, avec une très grande capacité de stockage, et d'autres plus anciens, aux performances moindres. Elle n'en avait jamais vu autant rassemblés. Y en avait-il une cinquantaine ? Ou même davantage ? De quoi stocker des dizaines de milliers d'heures d'enregistrements vidéo, réalisa-t-elle.

Dix années de voyeurisme, peut-être.

Les disques durs les plus anciens semblaient être situés tout en haut, sur la gauche. Ils étaient très probablement classés dans un ordre chronologique. Perrine s'apprêta à en récupérer quelques-uns, au hasard, mais se ravisa. Si elle voulait que ces pièces à conviction soient considérées comme légales, il fallait qu'ils les saisissent et les enregistrent dans les règles, avec une commission rogatoire.

— Perrine ! vociféra Leroy. Bon sang ! Dépêche-toi !

— J'arrive !

Elle retira sa main et referma la vitrine.

Ce dingue ne perdait rien pour attendre.

Cette fois, elle s'élança vers les marches. Elle savait qu'elle avait pris beaucoup trop de temps, et son cœur tambourinait dans sa poitrine. Erwan l'attendait dans la chambre, un air de franche panique sur le visage. Il se hâta de revenir dans le salon.

— Allez, on se dépêche ! Il faut sortir d'ici !

— C'était moins une, hein, fit-elle en le suivant.

— Merde, répondit-il à voix basse.

Il se plaqua contre le mur et s'approcha de la fenêtre.

Une voiture venait de se garer devant le portail. C'était un véhicule de maître-chien, avec le logo ASP sérigraphié sur la portière.

— Merde, répéta Leroy. Putain de merde. Ils sont déjà là.

Impuissants, ils virent un agent en uniforme sortir de la voiture.

L'homme ouvrit son coffre.

Un doberman muselé bondit.

L'agent serra la courte laisse dans son poing.

Il avança sur le chemin de gravier, sa main posée sur la gazeuse lacrymogène à sa ceinture.

Les deux policiers reculèrent.

— On est coincés ! s'écria-t-elle.

— Non, répliqua son petit ami en battant en retraite. La cuisine… Il y a une fenêtre de l'autre côté…

Elle se replia à ses trousses, et constata qu'il avait raison. La cuisine donnait sur une petite pelouse intérieure. Leroy ouvrit la fenêtre le plus doucement possible. Au-dehors, la voie semblait libre. La cour se trouvait à l'opposé de l'entrée. Un simple mur la séparait de la rue.

— On fonce !

Ils se glissèrent par la fenêtre puis traversèrent l'espace arboré en courant.

Dans leur dos, ils entendirent la porte d'entrée s'ouvrir. Le doberman, à présent libéré de sa muselière, aboya avec férocité.

— Vite !

Leroy était en parfaite forme physique. Bondir sur le mur et l'escalader ne lui prit que quelques secondes. Pour elle, malheureusement, la manœuvre s'avéra plus compliquée. La jeune femme était en net surpoids, et elle n'avait pas l'entraînement de son petit ami. Même sur la pointe des pieds, ses bras n'atteignaient pas le haut du mur, et elle ne parvenait pas à sauter assez haut pour s'y agripper. Elle retroussa sa jupe et chercha à se hisser sur le container de recyclage. Impossible d'y prendre appui. Ses jambes ne la portaient pas. Elle trébucha. Son genou heurta le container.

Elle poussa un cri de douleur.

— Accroche-toi, la motiva Leroy.

Plié en deux au-dessus du mur, il tendit ses mains vers elle. Elle bondit de nouveau, avec toute la force dont ses cuisses étaient capables, lui saisit le bras, resta enfin suspendue. Il la tira alors vers lui, et tant bien que mal, après quelques tractions désordonnées, elle parvint à le rejoindre au sommet. Ils se laissèrent glisser ensemble de l'autre côté, au moment précis où les aboiements du doberman arrivaient dans la cour. Le gardien venait de libérer sa bête.

— Viens ! s'écria Leroy, à bout de souffle mais sans lui lâcher la main pour autant.

Ils détalèrent dans la rue, fuyant aussi vite qu'ils le pouvaient tandis que les aboiements du chien résonnaient dans tout le quartier. Ils tournèrent enfin à l'angle, avant que l'agent de sécurité n'ait eu le temps de se lancer à leurs trousses.

Arrivés à la voiture de Leroy, ils se jetèrent à l'intérieur et restèrent plusieurs minutes à haleter, reprenant difficilement leur respiration. À la fin, Perrine éclata d'un rire nerveux.

— On a réussi !

— Tu es folle, grogna-t-il, peinant toujours à respirer. On l'a vraiment échappé belle. Ça aurait pu mal tourner. Ce chien…

— Ça n'a pas été le cas ! On a ce qu'on cherchait !

Elle se redressa. Son cœur battait comme un tambour, mais elle rayonnait.

— Tu crois qu'il nous a vus ? Qu'il pourrait nous reconnaître ?

— J'espère que non, fit Leroy.

— Mais il va signaler une intrusion, ça, c'est certain.

— Exactement… Ça ne va pas tarder à arriver sur le canal…

Il glissa la clef dans le contact et alluma sa radio reliée au central. Il passa sur le canal de sécurité publique.

Il ne se trompait pas. Moins de deux minutes plus tard, l'opérateur émettait l'annonce. On venait de signaler une tentative de cambriolage dans une résidence à Montmartre. Besoin d'une patrouille pour faire les constatations.

Il décrocha le micro.

— Ici le lieutenant Erwan Leroy, de la Criminelle. Je suis justement dans le quartier. Je vais faire un saut à cette adresse pour voir ce qui se passe.

— *Bien reçu, lieutenant. Un agent de sécurité est sur place pour le moment. Il essaie de joindre le propriétaire. Dans combien de temps pouvez-vous être sur les lieux ?*

— Moins de cinq minutes, dit-il. Je suis déjà en chemin.

Il se tourna vers Perrine.

— En fin de compte, tout se déroule pour le mieux. Je me rends sur place, je trouve un prétexte pour vérifier la cave et je signale la découverte de son arsenal. D'ici moins d'une heure, ce foutu psychopathe sera officiellement recherché pour suspicion de meurtres. *Au pluriel.*

— Parfait, dit la jeune policière. Je t'attends ici. J'ai de quoi m'occuper…

Elle sortit de son sac les classeurs qu'elle avait pris chez Barbarossa. Puis elle tâtonna sous le siège pour attraper son ordinateur.

— Tu vas pouvoir le localiser d'ici ?

— Normalement, oui, dit-elle en dépliant l'ordinateur sur ses genoux. Il me suffit de trouver une référence de matériel exploitable dans les documents de notre bonhomme. Et j'ai largement de quoi sous la main.

— Tu es la meilleure.

Il passa son brassard rouge de police sur le bras et récupéra son arme de service. Puis il se pencha pour embrasser sa petite amie.

— Cette fois, dit-il, plus rien ne peut aller de travers !

Elle ne répondit rien.

Elle aurait aimé être aussi optimiste que lui.

Les images de ces armes de guerre entassées dans le sous-sol ne voulaient pas quitter ses rétines.

L'espace d'une minute, Perrine resta tétanisée devant son ordinateur. La fatigue consécutive à sa nuit blanche commençait à se faire sentir. Mais, en même temps, tout son corps vibrait sous l'effet de l'adrénaline. Elle savait qu'elle ne devait pas perdre une seconde de plus. Le psychopathe était sur les traces d'Eva et Alexandre. Il fallait le localiser à tout prix.

Elle attendit que le logiciel pirate se lance.

La barre de progression se dessina lentement sur l'écran.

L'ordinateur émit un carillon, la tirant brusquement de sa léthargie. Tous les composants étaient à présent chargés.

Le programme ne demandait plus qu'une référence de matériel à localiser.

Perrine feuilleta le classeur. Elle repéra tout de suite la facture d'une caméra numérique achetée en fin d'année. C'était précisément ce dont elle avait besoin.

Elle entra le numéro de série de la caméra et pressa la touche entrée. Cette immatriculation matérielle était bien reconnue par le logiciel. La recherche GPS débuta.

De nouvelles barres multicolores défilaient l'une après l'autre. Le numéro de série de la caméra correspondait à un signal GPS. Le programme indiqua une première localisation globale : le sud-ouest du pays.

Ça, elle le savait déjà.

Tandis que la recherche s'affinait, elle passa les écouteurs de son téléphone, et rappela le numéro que Vauvert leur avait donné.

109

Le téléphone posé sur la table du salon émit une mélodie.

Eva sursauta, tirée de sa rêverie. Par réflexe, elle plaça sa main sur le pendentif d'hématite. Elle fut rassurée de constater que celui-ci était tiède. À vrai dire, il était presque chaud.

Vauvert, qui attendait sur le fauteuil à côté d'elle, se leva d'un bond.

— C'est pour vous ? demanda Ameline De Santis.

— Je ne sais pas, dit-il en fronçant les sourcils. Ce n'est pas le numéro d'Erwan…

Il prit tout de même l'appel.

— Allô ? Oui ? (Il hocha la tête et leva la main vers Eva.) D'accord… et Erwan, où est-il… ?

Eva se redressa sur le canapé.

— Qui est-ce ?

— Perrine Alazard. Elle dit qu'elle est avec Erwan… Perrine, attends… je te mets sur haut-parleur…

Il effleura l'icône sur l'écran du téléphone, et la voix féminine s'éleva dans la pièce :

— *Vous m'entendez ? Je disais que j'ai de très bonnes nouvelles !*

— On t'écoute, dit Eva en s'approchant.

— *Erwan est en train de perquisitionner au domicile de Barbarossa. Ce dingue a amassé des armes plein son sous-sol.*

— Bien, fit Vauvert en se grattant la tête. On a enfin des preuves contre lui, alors ?

— *Totalement. Tout va aller très vite maintenant. On va pouvoir interpeller ce psychopathe.*

— Encore faudrait-il qu'on puisse le localiser, répliqua-t-il d'un ton amer. Jusqu'ici, ce type est plus glissant qu'une anguille.

— *Ne t'inquiète pas. Je dispose de sa position GPS. Sa caméra numérique est traçable. En fait, je le vois en mouvement, à l'instant même. Il doit vous chercher…*

— Où est-il exactement ?

— *Entre Carcassonne et Minerve. Il n'y a pas de village à proximité sur la carte.*

Vauvert se pinça l'arête du nez. Eva songea à la même chose que lui. Elle malaxait nerveusement la pierre à son cou. L'hématite semblait vibrer. Cela ne la rassura pas pour autant.

— Le nom de la route ? demanda-t-il avec une certaine anxiété dans la voix.

— *Il n'y a pas de route non plus. La départementale la plus proche est la D26, mais il s'en est éloigné de plus de deux kilomètres. À l'instant, il se trouve sur une voie appelée le chemin de l'Aude. C'est en rase campagne…*

Adossée contre le mur, Ameline de Santis soupira.

— Dans ce cas, nous avons un sérieux problème…

— Bordel, dit Vauvert. Perrine, écoute-moi bien, c'est l'endroit où nous sommes. Ce taré est déjà ici.

Nous avons besoin de renforts immédiatement. Tu peux t'en charger ?

— *Bien sûr. Vous pouvez vous barricader en attendant ?*

— Ouais. Bien sûr. On n'a pas le choix…

Perrine Alazard raccrocha. Le policier marcha jusqu'à la porte d'entrée et poussa le verrou.

— Va savoir ce qu'il mijote, cette fois, grommela-t-il en se plaçant à une des fenêtres de la pièce.

Eva fit de même. Elle se sentait subitement nauséeuse. Un sentiment irrationnel de peur montait en elle. Elle scruta les vignes au-dehors. Les rangées étaient larges. Un homme pouvait très bien s'y déplacer sans se faire repérer.

Sans compter que le bruit de moteur tonitruant du tracteur, qui était toujours en train de sulfater, noyait tous les autres sons. Ils n'entendraient pas Barbarossa approcher non plus.

— On est trop exposés, dit-elle. Il peut venir de n'importe quel côté…

Vauvert dégaina son Smith & Wesson et l'arma.

— Quoi qu'il en soit, je suis bientôt à court de munitions, annonça-t-il. Je ne tiendrai pas un siège.

— Même chose pour moi, réalisa Eva en vérifiant son arme à son tour.

Elle se tourna vers la médium :

— Amy, vous êtes bien sûre que vous n'avez rien dans cette maison qui pourrait servir à nous défendre ? Ou même seulement à nous protéger ?

La femme haussa les épaules.

— Je suis désolée, Eva. Je vous l'ai déjà dit. Vous êtes dans un lieu de paix et de guérison. Il faudra vous débrouiller par vos propres moyens.

La policière soupira, et observa de nouveau l'extérieur.

Elle ne voyait toujours personne à l'horizon.

Mais le bruit de ce maudit tracteur l'empêchait de se concentrer.

Cela la traversa tout à coup.

— Le tracteur !

— Quoi ? fit Vauvert en se collant à la fenêtre.

— Il se dirige vers nous…

— C'est vrai, dit De Santis en les rejoignant. Et ce n'est pas normal. Il ne vient jamais aussi près de la maison…

À cet instant, l'engin agricole arriva à l'extrémité des rangées de raisins et sortit de la vigne.

Il continua de rouler sur le chemin.

Dans son sillage, les vannes dispersaient un halo flou de produits chimiques.

— C'est lui, dit Vauvert. Nom de Dieu.

Eva aperçut sa silhouette dans la cabine de pilotage. L'homme tenait une main levée devant son visage.

Le salopard était en train de filmer.

Le tracteur prenait de la vitesse à chaque seconde.

Il fonçait droit sur eux.

— Il va défoncer le mur ! cria-t-elle.

— En arrière ! beugla son compagnon.

Elle sentit son bras puissant se resserrer autour d'elle, l'écarter du mur et la repousser de l'autre côté de la pièce. Elle atterrit contre le canapé, qui amortit sa chute, et se renversa sous son poids.

L'instant suivant, l'énorme machine agricole entrait en collision avec le mur.

Ses roues avant s'encastrèrent dans la maison. Il y eut un choc phénoménal. Les blocs de pierre volèrent en éclats, le mur tout entier se fissura d'un coup, et s'ouvrit, s'effaçant purement et simplement sous l'apparition de métal rouge.

— Mettez-vous à l'abri ! cria Vauvert, en poussant cette fois Ameline devant lui.

La femme rejoignit Eva dans l'angle opposé. Pris dans l'effondrement du mur, Vauvert n'eut malheureusement pas le temps de la suivre. Eva le vit perdre pied et s'étaler sur le sol devant les larges pneus du tracteur. L'instant suivant, il reçut une cascade de pierres et de morceaux de plâtre sur le dos. Un nuage de poussière noya la pièce.

— Alexandre ! hurla-t-elle.

Il batailla pour se relever, mais tomba de nouveau à genoux, devant les hautes roues de la machine qui continuait d'avancer par secousses tandis que le mur se disloquait.

110

Le chaos était assourdissant. La maison tout entière tremblait sur ses fondations.

Vauvert, cloué au sol, ne parvenait plus à respirer. La raison lui apparut aussitôt. *Les vannes du tracteur.* Celles-ci venaient de traverser le mur et à présent elles propulsaient leur produit de sulfatage à l'intérieur. Un épais brouillard chimique emplissait déjà le salon.

Eva cria de nouveau son nom. Il serra les dents, banda ses muscles. Il ne fallait pas s'évanouir maintenant. Surtout pas.

— Mettez-vous à l'abri, toutes les deux ! parvint-il à crier avant de s'étouffer.

Il roula alors sur le dos et brandit son Smith & Wesson à deux mains. Devant lui, les énormes roues patinaient. Le tracteur vibrait et oscillait, pris dans le solide mur de pierres qu'il avait à moitié traversé. Mais l'obstacle se fissurait à vue d'œil, les pierres s'arrachaient une par une. Le monstre mécanique n'allait plus être retenu bien longtemps.

Les yeux mi-clos, la gorge en feu, Vauvert chercha à viser au sein du nuage toxique.

Il lui était impossible d'apercevoir le conducteur.

Il tira deux balles au hasard. La vitre de la cabine vola en éclats.

Il comprit alors qu'il n'y avait personne là-haut. L'engin était livré à lui-même. Son infatigable moteur tournerait tant que personne ne l'arrêterait.

— Salopard, susurra-t-il entre ses dents.

D'un coup de reins, il arracha son corps massif à l'avalanche de gravats et se précipita vers le tracteur vrombissant. Plus près des vannes, l'air était saturé de sulfate, la douche de produit chimique collait à sa peau, attaquait ses yeux et sa gorge comme de l'acide. Il fut saisi d'une violente quinte de toux. Il ne voyait presque plus rien. Cela ne l'arrêta pas pour autant. Il escalada la carrosserie de la machine, ouvrit la porte vitrée et s'empressa de se hisser sur le siège. Il tourna la clef de contact tout en enclenchant la commande de débrayage. Le moteur stoppa enfin.

Les vannes cessèrent leurs jets.

— Où te caches-tu ? beugla-t-il à la ronde. Montre-toi, foutu taré !

Il scruta les vignes, son arme brandie, tandis que le brouillard de produits chimiques s'estompait.

Barbarossa était bien là. Droit, dans les rayons de l'aube, à une vingtaine de mètres à peine de la maison. Dans sa main gauche, il tenait une caméra. Dans la droite, un pistolet braqué vers Vauvert.

— Je ne me cache pas ! cria-t-il d'une voix haut perchée de castrat. Je n'en ai plus besoin ! À présent vous êtes tous morts ! Morts !

Vauvert fit feu le premier.

Barbarossa répliqua aussitôt.

Leurs balles se croisèrent. Celles de Barbarossa étaient étonnamment précises. L'une d'elles frôla la joue du policier. L'espace d'un instant, Vauvert se sentit aveuglé, et son cœur remonta dans sa poitrine. Il s'accroupit dans l'étroite cabine du tracteur.

Ses prunelles le brûlaient.

Il était incapable de viser. Cela ne servait à rien d'essayer.

Cette fois, il était pris au piège.

Barbarossa continua de lui tirer dessus tout en avançant.

Les balles frappaient avec insistance la carrosserie du tracteur.

Elles se rapprochaient de lui à chaque seconde. C'était un miracle qu'aucune n'ait encore réussi à traverser.

Vauvert se retourna, coincé contre le siège, réalisant qu'il ne pouvait même pas se redresser sans s'exposer mortellement.

Une balle transperça la portière et lui érafla le bras. Il étouffa un gémissement de douleur.

La panique le gagna.

Il ne pouvait pas rester ici s'il voulait se défendre.

Il jeta un œil en direction du salon dévasté, se demandant s'il aurait le temps de sauter de cette cabine et de se mettre à l'abri sans se faire trouer la peau, quand il aperçut Eva.

Elle avait rampé au milieu des gravats, jusqu'à la partie du mur encore intacte. Voyant qu'il l'avait repérée, elle leva son Beretta et lui fit un signe de la tête. Il comprit.

Il se tint prêt.

Eva sourit. Son sourire d'animal, de bête de proie impitoyable, qu'il avait déjà vu de nombreuses fois sur le terrain. Malgré tout ce qu'elle venait de traverser, elle n'avait rien perdu de son âme de prédateur. Elle se leva sans attendre, passa son Beretta au travers de la fenêtre et ouvrit le feu sur Barbarossa.

Vauvert se redressa à son tour. Il commença à tirer avant même de repérer clairement leur persécuteur. Il le vit enfin, sur sa droite, qui battait en retraite vers la vigne.

L'effet de surprise était de leur côté, cette fois, et Barbarossa se trouvait pris entre deux feux. Les déflagrations résonnaient dans toute la vallée. Les balles arrachaient des nuages de poussière aux ceps de vigne et faisaient éclater les grappes de raisin, tandis que le fugitif se précipitait à couvert.

— Bon sang ! vociféra Vauvert en continuant de tirer sans toutefois réussir à l'atteindre.

Ce qui devait arriver arriva.

Le percuteur de son arme buta dans le vide.

Il pressa de nouveau la détente. Sans plus de résultat.

Il avait utilisé ses dernières munitions.

Et à présent Barbarossa était hors de vue, tapi dans la vigne.

Jurant dans sa barbe, le policier se jeta de la cabine et glissa contre la carrosserie du tracteur. Son dos heurta un des pneus, puis le mur de pierres à moitié démoli, et enfin le parquet du salon. Une onde de douleur le balaya, mais il l'ignora. Il roula sur lui-même pour se placer à l'abri du canapé renversé.

— Où est-il ? lança-t-il à Eva.

— Je ne le vois plus, dit-elle en se déplaçant jusqu'à la deuxième fenêtre. Je crois qu'il fait le tour de la maison !

— Il va chercher à entrer ailleurs… Il faut fermer les volets…

Vauvert jeta un regard à la pièce voisine – le vaste « salon indigo » où Ameline De Santis donnait ses consultations – et il réalisa que la médium s'y était réfugiée. La femme toute de noir vêtue était recroquevillée au pied du mur, ses bras serrés autour de ses genoux, son grand regard bleu empli d'une sereine résolution.

— Amy ! appela-t-il. Sortez de là ! Éloignez-vous des fenêtres ! Vite !

La femme hocha la tête. Elle se leva et revint vers eux, courbée en deux.

Elle avait effectué la moitié de la distance quand la fenêtre située au fond de la pièce vola en éclats.

La balle passa à côté d'elle. Tout près. Un mandala en perles accroché au mur se défit, et ses perles roulèrent en tous sens sur le plancher.

Ameline essaya de courir vers eux.

— Non ! À terre ! beugla Vauvert.

Trop tard. Une deuxième déflagration retentit, et, cette fois, la médium reçut la balle de plein fouet. Ce fut comme si on venait de la gifler, elle vacilla, glissa sur les perles répandues et s'effondra sans parvenir à atteindre la porte. Du sang ruisselait en abondance le long de son bras.

— Bon sang de bordel ! s'écria Vauvert en se précipitant vers elle. Amy ! Tenez bon !

Eva accourut elle aussi. Elle se colla au mur à distance prudente de la fenêtre et envoya un feu nourri au travers de la vitre brisée.

Barbarossa s'était déjà mis à couvert.

— Je ne le vois toujours pas, dit-elle, tout en maintenant son arme braquée vers la fenêtre. Il est caché dans les vignes.

— Couvre-nous, fit Vauvert.

Il avait pris Ameline De Santis dans ses bras et la tira le plus doucement possible vers le séjour. Il y parvint, non sans mal. La femme tremblait de tous ses membres. Elle hoqueta, puis vomit un filet de sang.

— Amy ! Restez avec nous ! Vous m'entendez ?

Elle cligna ses grands yeux lumineux. Son visage de poupée de porcelaine était agité de spasmes, pourtant elle exprimait une sérénité à toute épreuve.

— Nom de Dieu, je suis désolé, ajouta-t-il en l'amenant avec lui vers l'escalier.

— Ne... blasphémez pas, murmura-t-elle. Ce n'est pas... de votre faute...

— Si, dit-il d'une voix d'outre-tombe. Ça l'est. Mais je vous jure que je trouverai une manière de me faire pardonner.

Il monta les marches aussi vite qu'il le put, Eva sur leurs talons. Ils longèrent un long couloir qui menait à l'arrière de la maison, s'engouffrèrent dans une pièce qui s'avéra être une petite chambre au sol de bois et aux murs blanchis à la chaux. Là, il allongea la femme blessée sur le lit. Son état était grave. Des frissons la parcouraient, et son bras continuait de saigner sans discontinuer sur le dessus-de-lit brodé. Vauvert inspecta sa plaie : la balle avait touché Ameline dans le haut du biceps, et se trouvait encore dans sa chair, probablement dans l'os du bras. Le regard du policier se peupla de ténèbres. Il savait ce qu'impliquait ce genre de blessure. L'issue était rarement heureuse. Il ne pouvait pourtant pas céder à la panique.

— Accrochez-vous, grommela-t-il. On va vous faire un garrot. Il faut stopper ce saignement.

Eva, qui n'avait pas perdu de temps, fouillait dans l'armoire. Elle trouva des écharpes, qu'elle s'empressa de nouer autour du bras d'Ameline, au niveau de l'épaule. Cela ne ferait pas de miracle, mais au moins l'hémorragie serait provisoirement contenue. Elle serra autant qu'elle put, et fit un nœud.

— Vous avez mal ?

La médium secoua la tête.

— Pas tant que ça… mais… je crois que je vais m'évanouir…

— Restez éveillée, lui dit Vauvert. Surtout, restez éveillée, Amy ! D'accord ?

Il se passa les mains sur le visage, réalisant trop tard qu'il était en train d'étaler le sang de la femme sur sa peau. Il jura.

— Et bordel, je n'ai plus de munitions !

— Moi non plus, dit Eva. Il va nous falloir trouver quelque chose pour nous défendre…

Ils échangèrent un regard angoissé.

Ils entendirent alors un grand bruit de verre brisé, comme si on venait de jeter un objet au travers d'une fenêtre.

Un sifflement aigu suivit.

— Qu'est-ce que c'est que ça ? demanda Eva.

Vauvert déglutit avec difficulté. Le vertige le saisit.

Le son ne faiblissait pas. Une odeur violente, âcre, s'élevait déjà dans toute la maison.

Il reconnaissait cette odeur, oui. Celle du phosphore. Il savait que les volutes de fumée blanche, irrespirable, ne tarderaient pas à arriver jusqu'à eux.

— Une bombe incendiaire, murmura-t-il. Ce fumier nous traque comme des lapins dans un terrier…

111

Une chose était certaine. Ils ne pouvaient pas rester ici.

— On n'a pas beaucoup de temps ! s'exclama Vauvert en se précipitant vers la fenêtre de la chambre.

L'odeur irritante, évoquant celle de l'ail, devenait plus forte à chaque seconde. Il n'y avait pas le moindre doute, il s'agissait bien d'une grenade au phosphore. Cela signifiait que la maison serait la proie des flammes en seulement quelques minutes.

Il n'y aurait, alors, plus aucune chance de s'en sortir vivant.

En se collant contre la vitre, il scruta les alentours. Il n'apercevait que des rangées de vigne à perte de vue, des ceps immobiles sous le soleil. Pas la moindre trace de Barbarossa. Mais il devinait aussi, tout au bout, la carcasse du tracteur encastrée dans le mur. Des langues de fumée blanche s'échappaient du rez-de-chaussée, spiralant le long de la maison, et la lueur de l'incendie se réfléchissait sur la carrosserie de l'engin.

Le policier sentit tous ses muscles se raidir sous la panique. La question n'était pas de savoir si le feu allait atteindre le réservoir de gasoil de la machine, *mais dans combien de temps…*

Lorsque cela se produirait, la maison allait exploser en un gros feu d'artifice.

— Il faut sortir d'ici, annonça-t-il. Et le plus vite possible. On n'a pas le choix.

— Les combles… murmura alors Ameline De Santis.

Il se tourna vers la femme allongée sur le lit.

— Quoi ?

— La trappe, là-haut, dit-elle en désignant le plafond. Elle mène aux combles, sous les toits. Autrefois, c'était une réserve…

Un regain d'espoir afflua dans la poitrine de Vauvert.

— Cela signifie qu'il y a une issue ? s'exclama-t-il en levant les bras pour ouvrir la trappe. Une lucarne pour le chargement, qui donne à l'extérieur ? C'est ça ?

— À chaque extrémité du toit. Les combles traversent toute l'étendue de la maison.

— C'est parfait. Eva, tu passes en premier. Dépêche-toi.

Sa compagne hocha la tête et vint se placer sous l'ouverture dans le plafond. Il la saisit par les hanches et la porta à bout de bras jusqu'à ce qu'elle parvienne à se faufiler à l'étage.

Ensuite, il revint auprès du lit où était allongée De Santis.

— Et maintenant, à vous.

— Je ne ferai que vous ralentir, murmura la femme, avant d'être prise par une quinte de toux.

— Vous ne discutez pas. Nous n'avons pas beaucoup de temps. Allez.

Malgré ses protestations, il la prit de nouveau dans ses bras, faisant bien attention à ne pas déplacer son garrot, et il la souleva vers la trappe. Là-haut, Eva la saisit pour l'aider à passer, tandis que Vauvert poussait la médium aussi doucement qu'il pouvait.

En moins de trente secondes, les deux femmes disparurent dans les ténèbres du toit.

Ce fut à son tour. Il s'agrippa, grimaça sous la douleur qui se diffusait dans ses muscles meurtris, et se hissa, en ahanant.

Il se laissa enfin rouler sous le toit, sur un sol gluant de poussière, quand un nouveau bris de fenêtre se fit entendre au rez-de-chaussée.

L'odeur du phosphore saturait l'air, le rendant irrespirable, même ici.

Il s'empressa de passer le bras par l'ouverture, de récupérer la corde et de remonter la trappe.

Une fois celle-ci refermée, ils se retrouvèrent plongés dans le noir.

112

L'obscurité n'était pas un problème pour Eva.

Elle ôta ses lunettes et se redressa sans hésitation. Ses pupilles hypersensibles lui permettaient de voir sans la moindre difficulté, même dans les ténèbres profondes des combles. Elle put se rendre compte que l'espace sous le toit était vaste, il parcourait toute la maison, exactement comme le leur avait annoncé Ameline. Des barriques démantelées et quelques bidons vides jonchaient le sol. À chaque extrémité brillaient les interstices de petites portes carrées, surmontées de poulies et de cordages. C'était par ces lucarnes que l'on hissait, autrefois, les stocks de graines et autres denrées à entreposer pour l'hiver.

— Suivez-moi, dit-elle en se dirigeant vers la plus proche de ces issues.

Elle sursauta en entendant un choc sourd, derrière elle, et réalisa qu'il s'agissait des épaules massives d'Alexandre qui venaient de heurter une poutre.

Il étouffa un juron entre ses dents. Il portait la médium dans ses bras et avançait courbé en deux. Eva se dit qu'il devait souffrir le martyre, pourtant son visage demeurait impassible, les os de ses maxillaires saillant par intermittence. Ses yeux brûlaient dans le noir comme des torches.

— Je peux tenir debout, murmura Ameline De Santis.

— Et moi je peux vous porter. Mes yeux commencent à s'habituer…

Eva ne disait rien. Elle marchait prudemment entre les fragments éparpillés.

Ils avaient franchi les deux tiers de la distance qui les séparait de la lucarne quand elle repéra un tas d'objets relégués dans un coin des combles, à la base du toit. Cela ressemblait à d'anciennes bombonnes, mais aussi à des outils pourvus de pointes et de tranchants.

— Continuez vers la sortie, dit-elle en s'approchant de cet entassement hétéroclite.

— Fais vite, grogna Vauvert.

Elle dut se mettre à quatre pattes pour atteindre le stock d'outils. Elle reconnut du matériel de vendange. Il y avait des hottes qui devaient servir à recueillir le raisin, des tabliers, des tas de gants troués…

Sous un tablier, elle trouva une paire de gros sécateurs et s'en empara.

Elle récupéra également plusieurs gants, avec une idée précise en tête.

Le reste du matériel n'était d'aucune utilité. Elle secoua les quelques bidons abandonnés là, pour constater qu'ils étaient tous désespérément vides.

Tant pis. Elle avait perdu assez de temps.

Elle se retourna pour revenir sur ses pas.

Quand soudain le sol trembla.

Un souffle glacé la submergea.

Elle poussa un bref cri, saisie de panique. Elle regarda le plancher sous ses mains, s'attendant à y voir le tapis de givre, mais il ne s'agissait pas de cela.

Le froid venait d'elle. *De sa peau.*

Elle sentit un coup donné à l'intérieur de son ventre, se plia en deux et cria de plus belle. Ses enfants bougeaient. Ses enfants avaient peur de nouveau.

Et il se passait également autre chose.

— Eva ? appela Vauvert à voix basse. Il y a un problème ?

Elle ne répondit pas, recroquevillée dans la pénombre. Une vive douleur traversa son ventre. Elle se cramponna au pendentif d'hématite à son cou, et réalisa que, par comparaison avec son propre corps, il était chaud. Brûlant, même. La pierre battait comme un cœur. Comme *deux* cœurs.

— Mes amours, hoqueta-t-elle. N'ayez pas peur…

Pourtant, elle sentait son pouls accélérer de manière proportionnelle aux battements du minéral. Elle était terrifiée, oui. Comme elle ne l'avait jamais été de sa vie. Elle ne pouvait pas s'en empêcher.

La sensation de froid s'intensifia.

Elle cligna des yeux.

Il fit subitement jour autour d'elle.

Elle n'était plus sous le toit, accroupie au milieu des débris de barriques.

Elle se trouvait dans les vignes, à distance prudente de la maison.

Mais elle ne rêvait pas. Elle *savait* qu'elle ne rêvait pas.

Elle se tenait debout, mains sur les hanches, et elle regardait la maison en proie aux flammes, devant elle.

Elle réalisa alors, avec une angoisse totale, ce qui se produisait.

Elle voyait avec les yeux de leur tourmenteur.

La chair de poule sur sa peau augmenta.

113

Cela le reprend tout d'un coup et il hoquette. Il sent les poils se soulever sur sa peau et le souffle glacé glisser sur sa nuque.

Les papillons noirs sont revenus en nombre. Ils pullulent dans les vignes. Ils avalent le soleil.

Barbarossa se frotte les yeux. En vain.

Il ne voit plus rien parce qu'il fait subitement nuit autour de lui.

Et froid. De plus en plus froid, à chaque seconde.

Il n'est plus dans la vigne, debout au milieu des raisins.

Il se trouve dans un espace clos, plongé dans les ténèbres.

Il lève les yeux, cherchant à comprendre ce qui se passe, et tout à coup il aperçoit des personnes, devant lui. Il reconnaît sans le moindre mal la silhouette du géant, accroupi dans la pénombre. Il l'entend appeler son nom :

— Eva ? Réponds-moi, bon sang de bordel !

Barbarossa sent le sol se dérober sous ses pieds. Il tombe à genoux, sur un plancher de bois recouvert de crasse. Des bidons et des outils de vendange sont éparpillés autour de lui.

Je vois avec ses yeux, réalise-t-il. *Exactement comme cela s'est produit tout à l'heure. La sorcière m'envoie des images.*

Une soudaine nausée monte en lui. Il lutte contre l'évanouissement.

Pris d'un brusque pressentiment, il tourne la tête et voit, tout près de lui, dans le noir, un visage livide aux cheveux de craie.

Le spectre de Mina Karlova le dévisage en silence. Ses yeux plissés. Sa langue se promenant sur ses lèvres. Son haleine est glacée. C'est ça, le souffle qu'il sentait sur sa nuque. Le souffle de ce souvenir. Le froid pénétrant de la mort.

— Non, murmure-t-il. Putain, non…

Mina Karlova jubile en respirant sa peur. Car il est certain que sa peur s'évapore autour de lui comme une odeur de phéromones.

Les yeux de la jeune fille deviennent entièrement blancs, comme emplis de lumière.

Ses lèvres, que sa langue n'arrête pas d'humidifier, luisent également dans le noir. Il réalise alors que cette bouche est rouge, ces lèvres gluantes. Il ne sait pas d'où ce sang peut bien provenir, mais une grande vague de terreur monte en lui.

— Non, répète-t-il en reculant. Tu es morte.

Alors qu'elle approche ses mains pour l'étrangler, diffusant vers lui son froid intense, Barbarossa lève son arme et tire, tire et tire encore dans le visage du fantôme, en poussant un long cri de rage.

114

Alors que les coups de feu retentissaient à l'extérieur, Eva revint à elle.

Elle émergea comme un nageur remonte à la surface, dans la pénombre des combles. Elle poussa un cri aigu. Dans son ventre les enfants s'agitèrent. Un haut-le-cœur la saisit et elle vomit un filet de bile acide.

— Eva ! beugla Vauvert. Nom de Dieu, réponds-moi ! Que se passe-t-il ?

— Ça recommence, haleta-t-elle, reprenant difficilement ses sens.

— Quoi ?

Elle serra les dents, tandis que son ventre était secoué par de nouveaux spasmes. Les enfants dans sa chair s'agitaient beaucoup trop. Sa peau demeurait hérissée de chair de poule. Elle grelottait. Et pourtant sur sa poitrine le pendentif d'hématite était brûlant comme un soleil miniature. Puisant dans ses réserves de forces, elle effectua à quatre pattes le chemin jusqu'à la lucarne, auprès de laquelle l'attendaient Alexandre et Ameline.

— Je viens de voir… comme si j'étais dans sa tête… dit-elle en les rejoignant. Je ne suis pas sûre de comprendre ce qui s'est produit…

— Ce sont eux, murmura la femme blessée, adossée à la pente du toit. Cela signifie qu'ils sont encore connectés à cet homme…

— Mais comment ? (Elle agrippa l'hématite, brûlante et pulsante, et la leva devant elle.) Nous avons fait un transfert dans votre pierre ! Ce n'est pas assez ?

— Le transfert ne change rien, Eva. Je vous ai dit qu'ils pouvaient établir un lien psychique avec d'autres personnes. Cet homme peut voir en vous… mais en contrepartie, vous pouvez également voir en lui…

La policière prit une longue inspiration. D'accord. Elle comprenait l'idée. Ou, du moins, en partie. Elle ne savait pas encore comment mettre à profit ce phénomène, mais il fallait qu'elle en tienne compte. C'était une question de survie.

— Il n'est pas de ce côté, en tout cas… soupira-t-elle.

Elle se plaça à côté de la lucarne. Celle-ci était constituée d'un volet de bois, maintenu fermé par un crochet. Accrochée à un anneau sur la poutre, une épaisse corde devait servir, jadis, à hisser les sacs et les barriques jusqu'ici.

— Tu es sûre d'avoir vu où il se trouve ? demanda Vauvert en soulevant le crochet aussi délicatement que possible.

— Absolument certaine. Il est caché dans la vigne, à une bonne distance. Le réservoir du tracteur peut exploser à tout moment, je crois qu'il s'est mis à l'abri. Et je crois qu'il a des cauchemars qui le hantent, lui aussi. Cela va nous donner un répit…

Un dernier coup de feu retentit, et ils sursautèrent tous les trois. Puis le silence baigna de nouveau la vallée.

— Je n'en suis pas si sûr, grommela Vauvert.

— Quoi qu'il en soit, il faut y aller, souffla Eva en remettant ses lunettes noires.

— Ouais.

Il saisit la poignée du panneau de bois. Avec prudence, il le poussa.

Eva plissa les yeux sous le flot de lumière. Elle devinait à peine les rangées verdoyantes des vignes. Le bleu du ciel. L'ocre des montagnes. Peu à peu, les images devinrent plus nettes. De la fumée blanche irrespirable sortait par toutes les fenêtres et formait un brouillard acide autour de la maison.

— On va être terriblement exposés, fit Vauvert en scrutant l'extérieur.

— Mais on n'a pas le choix, dit-elle. Tiens…

Elle lui tendit la paire de sécateurs qu'elle avait récupérée, ainsi qu'un épais gant de vendange.

Il comprit, et la remercia d'un hochement de tête. Il s'empressa d'enfiler le gant à sa main droite, avant de dérouler la corde le long de la façade. Puis il tendit son autre main vers la médium.

— Il va falloir faire vite…

— Quoi ? Attendez…

Il saisit la femme par la taille sans lui demander son avis et la ramena contre lui. Ameline De Santis hoqueta.

— Non… Vous ne pourrez jamais…

— Bien sûr que je peux, grogna-t-il en passant ses jambes à l'extérieur.

La femme fermement tenue sous son bras, il agrippa la corde avec son autre main. Le gant l'empêcherait de s'arracher la peau. En tout cas, il fallait l'espérer.

Serrant la corde entre ses pieds pour ralentir la descente, il se laissa glisser contre la façade, dans les langues de fumée.

Un instant, ils se balancèrent dans le vide. Tout leur poids était uniquement retenu par la main droite du colosse. Écartelé, il grimaça, trembla, mais se stabilisa tant bien que mal.

Il relâcha très légèrement sa prise.

La corde commença à filer sous le gant.

Ils descendirent ainsi d'une trentaine de centimètres.

Ensuite, il serra son poing et croisa les jambes, stoppant net la chute, avant de relâcher de nouveau.

Par secousses, ils se rapprochèrent du sol.

Eva, penchée au-dessus d'eux, scrutait les alentours avec inquiétude. Elle pria pour que Barbarossa ne jaillisse pas trop vite.

115

Jusque-là, Vauvert tenait bon.

Mais ses doigts serrés sur la corde commençaient à se tétaniser.

Il avait beau contracter tous ses muscles, son bras tendu lui semblait sur le point de se disloquer.

Il s'accrocha, pourtant, avec ses dernières forces.

Après quelques grandes saccades, ils atteignirent enfin le sol. Ou presque. Il décida qu'ils étaient assez près et se laissa tomber. Il ne se reçut pas trop mal, en s'accroupissant pour amortir le choc, et il roula dans la poussière en emportant Ameline avec lui. La femme poussa un gémissement de douleur.

— Tenez bon, grogna-t-il en se redressant. On va s'en sortir.

La médium hocha la tête. Elle était trop faible pour parler. Sa blessure avait cessé de saigner grâce au garrot, mais son visage était aussi gris que celui d'une morte.

Vauvert releva les yeux vers le toit. Derrière le voile de fumée blanche, il vit qu'Eva s'était à son tour cramponnée à la corde et qu'elle se glissait hors de la lucarne. Elle avait enfilé deux gants, et se laissait guider comme elle le pouvait en se stabilisant avec ses jambes. Sa descente était plus souple. Mais beaucoup plus lente.

Pour l'instant, heureusement, elle avait eu raison. Barbarossa ne semblait être nulle part dans le périmètre.

Vauvert cligna des yeux et eut une toux grasse.

Il espérait qu'au moins, la fumée de la bombe incendiaire les rendrait plus difficiles à localiser.

— Venez, murmura-t-il en reprenant Ameline par la taille.

Il la tira précautionneusement jusqu'à un muret en pierres qui bordait la vigne, et l'aida à s'allonger au sein des hautes herbes. Scrutant les environs, il découvrit des débris de métal qui avaient été jetés un peu plus loin. Cela ressemblait à des morceaux de carrosserie, un quelconque engin agricole qu'on avait démantelé sans jamais prendre la peine d'apporter les restes à une déchetterie. Une aubaine pour eux. Il récupéra une large plaque de métal bombée et en couvrit partiellement la femme blessée pour mieux la dissimuler aux regards.

— Ne bougez pas de là, d'accord ? Il ne pourra pas vous repérer…

Ameline hocha la tête.

Il surveilla ensuite Eva, et fut heureux de voir qu'elle atteignait le sol sans encombre. Elle courut se mettre à couvert un peu plus loin, au milieu des ceps de vigne.

Toujours pas de Barbarossa en vue.

Une explosion se produisit à l'intérieur de la maison. Vauvert sursauta. Il constata que les flammes s'étaient multipliées. Elles montaient à présent très haut, dévorant la totalité du premier étage. Les fenêtres éclataient l'une après l'autre. Chaque nouvelle ouverture crachait des colonnes d'épaisse fumée blanche dans le ciel.

Eva attira son attention en levant la main. Puis elle fit un signe du pouce pour signaler qu'elle allait se déplacer.

Il répliqua avec le même geste, indiquant quant à lui l'autre direction.

Peut-être arriveraient-ils à prendre leur adversaire à revers.

Il vérifia une dernière fois qu'Ameline était bien dissimulée derrière le muret, avant d'empoigner une autre plaque de métal. Il la garda contre lui et s'enfonça, accroupi, dans la vigne.

Le tracteur explosa à ce moment-là.

La déflagration fit trembler le sol, tandis qu'un souffle brûlant précipitait le policier à plat ventre. Derrière lui, la moitié de la maison s'effondra dans des hurlements de matériaux brisés. Les produits chimiques contenus dans le réservoir du tracteur s'embrasèrent en grandes flammes vertes et bleues, et des fragments volèrent à la ronde.

Vauvert jura et toussa. L'odeur âcre du phosphore lui brûlait plus que jamais la gorge.

Il se figea, tous ses sens en alerte.

Il avait perçu un mouvement dans la vigne.

Une silhouette se déplaçait, là-bas.

C'était lui. Dorian Barbarossa avançait à pas lents, de rangée en rangée.

Vauvert évalua ses chances de le rejoindre avant qu'il ne le voie. Le psychopathe se trouvait à une bonne trentaine de mètres de lui. Peut-être plus.

Le prendre par surprise était impossible.

Il n'avait pourtant aucune autre option. Il se releva, grimaçant sous la douleur dans le bas de son dos, empoigna fermement la plaque de métal et, sans plus réfléchir, s'élança comme une fusée. Il sollicita toutes les forces de ses jambes. Chaque seconde comptait.

Il pria pour que l'univers lui accorde assez de chance.

Trente mètres plus loin, le journaliste se tourna vers lui, visiblement surpris par son audace. Il tenait toujours sa caméra d'une main, un pistolet de l'autre.

Vauvert entendit un hurlement de rage désespérée et réalisa que c'était lui-même qui le poussait, tout en se précipitant vers l'ennemi.

Barbarossa ne dit rien. Il le mit simplement en joue, sans cesser de filmer.

Puis il tira sur lui.

Vauvert leva la plaque de métal devant son visage. Il vacilla, quand la balle la frappa.

Barbarossa fit feu, encore et encore.

Vauvert ne ralentit pas. Il courait, le morceau rectangulaire de carrosserie brandi comme un bouclier d'un autre temps, surpris lui-même de constater que les tirs étaient stoppés. Ou, en tout cas, la grande majorité des tirs. Certaines balles parvenaient à perforer le métal. Il les sentait qui glissaient contre ses cuisses et sa taille, lui entaillant la peau au passage.

Il accéléra, se propulsant de toutes ses forces vers son adversaire. C'était maintenant ou jamais. Et son cri de rage devint hurlement de guerre.

Jusqu'à ce qu'une des balles perfore de nouveau la plaque, et cette fois s'enfonce dans son ventre.

L'espace d'un instant, un grand éclair blanc effaça le monde autour de lui.

La douleur le submergea, le plia en deux comme un origami.

Vauvert ferma les yeux et continua pourtant de courir. Il refusait de capituler. Pas maintenant. Pas si près…

Il parvint à effectuer trois ou quatre autres pas avant de trébucher et de tomber face contre terre.

La plaque de métal lui échappa. Le goût salé du sang, son propre sang, envahit sa gorge. Il s'étouffa et cracha des jets rouges.

Il se trouvait à une dizaine de mètres à peine de Barbarossa.

Qui tira encore, avec un rire hystérique.

La balle frôla la tête de Vauvert.

Il tenta de se redresser.

Il fallait qu'il y arrive.

Il se mit à genoux. Il n'avait même plus peur. S'il devait partir face à ce monstre, alors il s'en irait en le regardant droit dans les yeux.

Barbarossa tira une nouvelle fois.

La balle lui perfora l'épaule. Il la sentit très distinctement pénétrer dans son muscle, et sa vision se voila d'un filtre rouge.

Un flot d'images, un raz de marée de souvenirs, déferla dans ses rétines.

Toute sa vie défila devant lui.

Chacun des instants qu'il avait passés avec Eva.

Et tous ceux qu'il ne connaîtrait jamais avec ses enfants.

— Non… non… fut tout ce qu'il parvint à hoqueter.

Il s'écroula comme une masse sur le flanc.

116

Enfin.

Barbarossa filme l'agonie du colosse. Et elle est aussi belle qu'il l'avait espéré.

Zoom. Le chevalier pitoyable apparaît en gros plan sur son écran. C'est une bête massive recroquevillée dans la poussière. Un animal pris de spasmes qui se vide de son sang.

Oh oui, Barbarossa jubile maintenant. Il avance en clignant des yeux, car les papillons noirs ne veulent pas le laisser tranquille. Qu'importe. Cela n'a plus grande importance. Il a eu l'un d'entre eux. Pas encore sa proie, son obsession, mais déjà un obstacle majeur de renversé. Il tient à savourer cette victoire.

Il pointe son arme vers la tête du policier.

Avec un éclat de rire conquérant.

Il presse la détente.

Mais, cette fois, aucune détonation ne suit.

Il presse de nouveau. Et de nouveau encore.

L'arme émet une succession de cliquetis.

Il a tiré toutes ses balles.

En soupirant, il laisse tomber le pistolet à ses pieds, et il continue de s'approcher.

— Tu crois que c'est ta chance ? ricane-t-il en rejoignant la montagne de muscles ramassée sur elle-même. Regarde donc ça…

Il dégaine son couteau de chasse et le tend devant lui pour le voir dans l'œil de la caméra. Le soleil se reflète sur la longue lame crantée. Quand il la tourne à droite, puis à gauche, elle scintille de mille feux.

L'homme à terre ne regarde pas. Il est en train de vomir du sang, ses mains serrées sous son ventre, tremblant de tout son corps. Barbarossa le contemple avec joie au travers des taches noires tourbillonnantes.

— Relève la tête, chien, susurre-t-il d'une voix grave et lente, en levant le couteau pour frapper. Que je puisse t'égorger proprement…

Alors qu'il se penche pour porter le coup mortel, Vauvert se redresse, d'un bloc, beaucoup plus rapidement que ce à quoi il s'attendait. Un instant trop tard, il réalise que le maudit policier tient un sécateur à la main.

Barbarossa se replie en arrière aussi vite qu'il le peut. Il n'est pourtant pas assez rapide. Vauvert abat le sécateur, cherchant à l'embrocher. La pointe griffe sa jambe, trouve son mollet avant qu'il n'ait le temps de s'écarter. Barbarossa pousse un cri strident quand le métal s'enfonce dans sa chair.

La douleur fuse dans toute sa jambe.

Il parvient à faire deux pas en arrière et s'écroule. Sa caméra lui échappe des mains.

— Foutu animal ! beugle-t-il en la récupérant à tâtons. Tu ne perds rien pour attendre !

Le géant ne dit rien. Il se contente d'avancer vers lui sur ses coudes et ses genoux, et son visage évoque en effet le cuir brut d'une bête sauvage. Un masque rigide de détermination, avec des yeux sombres comme la nuit qui ne quittent pas Barbarossa, et un rictus furieux qui appelle le sang et la vengeance.

— Tu crois pouvoir me tuer, c'est ça ? raille le journaliste en dirigeant la pointe de son couteau vers lui. Tu es stupide à ce point ?

Vauvert continue d'avancer, en dépit de son épaule qui saigne à gros bouillons. Il serre encore le sécateur, et il a beau se trouver à quatre pattes, Barbarossa sait qu'il est parfaitement capable de s'en servir. Et qu'un seul autre coup de cet outil, bien placé par ces mains puissantes, serait sûrement fatal…

Méfiant, le journaliste recule alors, tout en faisant très attention à chaque fois qu'il appuie sur son pied gauche. La plaie dans son mollet est béante. La douleur afflue par grandes vagues étourdissantes.

Les taches noires vrillent et se multiplient autour de lui.

Il sent qu'il vacille, et se reprend.

Puis il constate que le policier tressaille, lui aussi. L'idiot est en train de puiser dans ses dernières forces. Sa progression se fait plus lente. Il tousse, crache davantage de sang.

— Tu ne… t'en sortiras pas… parvient à murmurer Vauvert d'une voix d'outre-tombe.

Ses yeux roulent dans leurs orbites.

Il s'écroule enfin dans la poussière.

— Oh, mais je crois pourtant que si, dit Barbarossa.

Il émet un rire spasmodique.

Le flic reste à terre. Il ne bouge plus. Peut-être est-il déjà mort.

Il doit s'en assurer. Une fois pour toutes.

Il s'approche, décidé à lui ouvrir la gorge d'une oreille à l'autre.

Le cri de la femme explose derrière lui.

— BARBAROSSA !

C'est la voix de la sorcière. La maudite femelle aux cheveux blancs. Sa présence est tellement électrique qu'il sent ses ondes ramper sur le sol jusqu'à lui, le faisant frissonner au plus profond de ses fibres.

Barbarossa pivote d'un bloc, le visage tordu par un rictus irrépressible, et la chair de poule couvrant instantanément tout son corps.

Elle est là, oui. Elle se trouve au bout du rang de vigne, échevelée et pantelante, penchée en avant, avec ses mains sur ses genoux. *Eva Svärta.* Ses vêtements sont déchirés et maculés de poussière. Elle a perdu ses lunettes, et elle le dévisage avec ses yeux écarlates, au milieu des épaisses vapeurs de l'incendie.

— C'est moi que tu veux, dit la policière, illuminée par les flammes bleues.

— Oh, oui, soupire Barbarossa en levant sa caméra vers elle. Et je vais t'avoir. Tu m'auras bien fait courir.

Il effectue un zoom. *Gros plan.* Sur son écran, il peut voir chaque détail du visage creusé de l'albinos. Il peut lire sa détresse et son épuisement. Qu'elle le brave tant qu'elle le souhaite. Il peut déjà voir la mort sur ce visage émacié. La mort donnée par lui. Et alors, sa victoire sera totale.

— Tu vas encore devoir courir, dit la proie. Si tu tiens à m'attraper…

Elle commence à reculer, pas à pas, sans le quitter de son regard rouge.

Lui se met à marcher vers elle. La douleur fuse dans son mollet gauche à chaque fois qu'il pose son pied, mais elle est éclipsée par la joie sans limites qui l'emplit, le submerge, le fait avancer plus vite vers sa récompense.

Il brandit son couteau pour qu'elle le voie bien. Pour qu'elle comprenne que cette lame va bientôt fouiller dans son ventre.

— Un chasseur, une proie, halète-t-il. C'est ainsi que cela finit toujours.

— C'est ce qu'on va voir !

Elle tourne les talons.

Et s'enfuit dans la vigne.

Poussant un hurlement de rage, Barbarossa s'élance après elle.

117

Tout allait s'achever ici. Elle le savait.

Pourtant, l'issue n'était pas encore écrite.

Sa vie ou sa mort, cela ne dépendait plus que d'elle.

Eva gardait cette idée en tête, alors qu'elle fuyait à travers les vignes, sous le soleil écrasant, s'éloignant de la maison en flammes et de la puanteur de phosphore.

À vrai dire, elle marchait à vive allure plutôt qu'elle courait. C'était tout ce qu'elle pouvait faire désormais. Il lui fallait économiser ses dernières forces. Tenir le plus longtemps possible. Elle avait l'étrange sensation de flotter, comme si son esprit restait à côté de son corps. Et cela valait mieux, car son corps n'était plus qu'un puits de douleur. Son ventre semblait peser des dizaines de kilos, comme s'il était empli de plomb. Elle se jura qu'elle ne ralentirait pas. Elle ne céderait pas à la fatigue.

ELLE N'ABANDONNERAIT PAS MAINTENANT.

L'image d'Alexandre, couvert de sang, cloué au sol, ne voulait pas la quitter. Cette vision la hantait, la torturait à chaque pas, plus que sa propre douleur.

Elle s'efforça de ne pas y penser.

Tant qu'elle demeurait en vie, il restait un espoir. Elle tenait à s'y accrocher. Coûte que coûte.

Elle passait de rangée en rangée, enjambant les ceps de vigne, les piquets et les fils de fer.

Elle n'avait nul besoin de se retourner pour vérifier si le psychopathe la suivait. Elle pouvait l'entendre, tout près. Il poussait des gémissements, des cris de rage, il marmonnait dans sa barbe et éclatait de rires hystériques par intermittence. Elle se demanda s'il était en train de lui parler, ou bien de dialoguer avec lui-même. Quoi qu'il en soit, elle n'écoutait pas, elle se concentrait sur le sol de terre sèche, inégale, sillonnée de crevasses qui étaient autant de pièges. *Avance.* C'était tout ce à quoi elle pouvait penser. *Ne le laisse pas te rattraper.*

Elle savait que le psychopathe était blessé, lui aussi, et cela au moins la rassurait. Elle avait très bien vu la plaie au mollet de Barbarossa. Le muscle était ouvert, déchiqueté par le coup de sécateur qu'il avait reçu. Une sale blessure. Elle ne pouvait peut-être pas courir, mais lui non plus. Il était réduit à boiter à ses trousses comme un infirme. Il perdait son sang. Pas elle.

Alors elle continuait de fuir.

Ses pieds butaient sur les cailloux et se prenaient dans les souches. Les branches des vignes lui griffaient les bras. Elle déploya tous les efforts possibles pour ne pas trébucher. Pour continuer d'avancer, coûte que coûte.

À l'extrémité de la plantation, elle enjamba précautionneusement un petit muret de pierres. Elle se retrouva sur le chemin cabossé et bordé de romarin qui serpentait vers la route, encore si loin.

Derrière elle, il y eut un grand fracas, des craquements de bois brisé, et elle comprit que Barbarossa venait de perdre l'équilibre en franchissant l'obstacle. Elle l'entendit jurer et l'appeler, lui promettre qu'elle n'irait pas loin. Qu'elle était déjà morte.

Des paroles. De la parade.

Il commençait à douter de lui.

Eva retrouva un regain d'énergie.

Elle remonta la piste aussi vite que ses membres épuisés le lui permettaient.

Au détour du fossé, elle aperçut des vêtements de couleurs vives au milieu des herbes sèches. Une silhouette couverte de sang gisait là, allongée au fond du trou et assaillie par des essaims de mouches. Le cadavre était habillé d'une salopette bleue et de bottes en caoutchouc vert. C'était, réalisa-t-elle, le pauvre viticulteur à qui avait appartenu le tracteur.

Ne te laisse pas distraire.

Elle serra les dents. Elle ne ralentit pas une seule seconde.

Le chemin lui sembla interminable.

Soudain, elle sursauta quand la voix de Barbarossa explosa, tout près sur ses talons :

— Tu ne peux aller nulle part ! Il n'y a plus que toi !

Elle haleta. Malgré ses efforts, elle savait qu'elle n'arrivait plus à maintenir le rythme. Ses pieds raclaient la terre. L'homme qui la poursuivait se rapprochait lentement.

C'est à cet instant qu'elle aperçut le véhicule.

Le break Renault était garé en retrait, presque invisible dans les hautes herbes et sous les branches d'un olivier.

Il devait s'agir de la voiture de Barbarossa.

Et, si c'était le cas, il y avait peut-être des armes à l'intérieur.

Elle s'en approcha aussi vite qu'elle le put et actionna une poignée. Bien sûr, la voiture était verrouillée. Sans perdre de temps, elle ramassa une pierre et l'abattit sur la vitre arrière. Le verre se brisa en mille éclats. Elle y était presque. Prise d'une subite euphorie, elle passa la main à l'intérieur et ouvrit le loquet de la portière.

Elle se jeta sur la banquette arrière.

Vite, elle tâtonna sous les sièges, à la recherche de tout objet abandonné par Barbarossa. Elle repêcha une tablette numérique, une deuxième caméra, et enfin une petite bombe d'autodéfense au poivre, rangée dans le vide-poches de la portière.

Sa déconvenue fut à la hauteur de ses espoirs. Elle réalisait très bien que cette bombe ne serait pas suffisante pour le stopper.

Mais c'était tout ce dont elle disposait à présent. Il faudrait faire avec. Elle ôta le cran de sûreté du spray au poivre.

— Sors de là, chienne ! beugla Barbarossa avant d'éclater de rire, puis de pousser une série de cris, comme s'il se lançait dans un haka rauque : Hanh ! Hanh ! Hanh !

Elle le vit arriver, et ce fut comme voir un cauchemar vivant. Le journaliste perdait du sang par son mollet déchiqueté, mais il continuait d'avancer, par tractions successives, son pied traînant derrière lui. Il était animé par une force électrique, convulsive. Une lueur de démence illuminait ses yeux intensément clairs. Même la cicatrice sur son front semblait luire, un clair ourlé, plus blanc que le grain de sa peau.

Il s'approcha de la voiture, son bras gauche levé brandissant son éternelle caméra numérique, tandis que sa main droite, armée du couteau de chasse, effectuait de sauvages allers et retours, poignardant le vide devant lui.

— Hanh ! Hanh ! criait-il à chaque fois qu'il abattait la lame. Tu vois ce que je vais te faire ? Hanh ! Hanh ! Hanh !

Eva se réfugia à l'autre extrémité de la banquette. Quand il avança sa main tenant le couteau vers la poignée, elle n'hésita pas une seule seconde et donna un violent coup de pied. Elle obtint l'effet escompté : la portière frappa son agresseur, éjectant la lame de ses mains.

— Salope ! rugit-il en s'accroupissant pour récupérer son arme.

Il réapparut l'instant suivant, écumant, et réitéra sa tentative d'intrusion. Cette fois, il parvint à ouvrir la portière sans problème. Eva tenta de s'échapper en sortant de l'autre côté, mais cette portière-là refusait catégoriquement de s'ouvrir.

Barbarossa se pencha pour la poignarder.

Sans attendre, Eva lui opposa la bombe au poivre et envoya un nuage de produit irritant. *En vain.* Barbarossa ferma les yeux, grimaça, mais continua de vociférer tout en tranchant dans l'air en tous sens. Sa lame s'enfonça dans la banquette et en ressortit à plusieurs reprises, tout près des jambes d'Eva.

Celle-ci balança d'autres coups de pied désordonnés, au hasard, tout en hurlant elle aussi, car il lui semblait que la bombe faisait plus d'effet sur elle que sur lui. Ses prunelles étaient en feu. Elle peinait à respirer. Se servant finalement de la bombe comme d'un marteau, elle frappa la vitre jusqu'à ce qu'elle éclate. Elle brisa les débris au ras de la portière pour libérer le passage.

— Tu ne peux pas fuir ! éructa Barbarossa. Tu es à moi !

Poussant un cri aigu de défi, elle lui envoya un dernier coup de pied, déviant sa lame, et se jeta par la vitre brisée. Les derniers fragments de verre entaillèrent son flanc, mais elle parvint à se glisser à l'extérieur, et roula au milieu des hautes herbes et des branches.

— Qu'est-ce que tu crois faire ? hurla le psychopathe d'une voix rauque. La chasse s'achève ici, salope !

Il bondit en arrière et fit le tour du véhicule, sa jambe traînant dans les herbes derrière lui. Malgré son énergie apparente, il s'était mis à tousser, lui aussi. Ses yeux étaient mi-clos, gonflés et rougis par l'effet de la bombe au poivre, et de grosses larmes coulaient sur ses joues. Pourtant, l'œil fixe de sa caméra, lui, restait braqué droit devant lui pour immortaliser ces instants de mise à mort.

Eva, désormais sans arme, recula sur les fesses, se repliant entre les pins, au milieu d'arbustes épineux et de grands massifs de thym.

— Parce que tu crois être la mort ? lança-t-elle, décidée à lui tenir tête jusqu'au bout. Tu es idiot à ce point ?

— Moi ? (Il émit un gloussement éraillé, qui s'acheva dans une quinte de toux.) Bien sûr que non. La mort est passive. Moi, je la provoque ! Je la répands ! Je la contrôle !

Il se redressa subitement, balayant l'air devant lui, comme s'il écartait un nuage, ou une nuée d'insectes, quelque chose d'invisible, du revers de la main.

— Hanh ! Hanh ! Regarde ! Hanh ! HANH !

Eva sentit une vague de peur panique la submerger. Les cris bestiaux de cet homme la rendaient folle.

Elle sentit aussi des frissons la gagner.

Ça recommence, réalisa-t-elle.

Quelque chose dérapait. Cela se produisait tout autour d'elle. Une ondulation dans l'air. Le sol, sous ses mains et ses fesses, était en train de bouger. Des rides parcouraient la terre, comme le sable au fond de l'eau. Eva déglutit. Elle chercha à retrouver sa respiration. Ses forces déclinaient à chaque instant. Le vertige la saisit. Des spasmes reprirent dans son ventre. Des spasmes *glacés*.

— Qu'est-ce que tu fais, encore ? grogna Barbarossa, se figeant un instant, avant de chasser de nouveau un brouillard invisible devant lui.

Eva ne faisait rien. Rien de conscient, en tout cas.

C'étaient les murmures qui avaient repris dans sa tête. Les battements désordonnés de cœurs jumeaux qui montaient, assourdissants, dans son oreille interne.

Le froid se répandait sous sa peau. Un froid intense et contre nature, impossible sous le soleil de plomb du Midi. Il glissait sur sa nuque. S'insinuait dans sa tête. Son cerveau lui sembla tout à coup congelé, un iceberg prisonnier de son crâne.

Un fourmillement de taches noires surgit de nulle part.

Elle cria, et cligna des yeux, en vain. Davantage de papillons noirs envahirent son champ de vision. Elle comprit alors. C'étaient ces choses que le forcené voyait, et qui le poussaient à agiter ainsi ses mains devant son visage. Elle aussi, bien que sachant qu'il s'agissait d'une illusion d'optique, eut envie de gesticuler pour les chasser.

Les paroles de la médium lui revinrent.

Cet homme peut voir en vous… mais en contrepartie, vous pouvez également voir en lui…

Elle secoua la tête. Elle pouvait voir, oui. Et ce que ce psychopathe percevait était atroce et la paralysait. Au milieu de son crâne, Eva prit conscience de la présence dure et métallique, cet éclat de mort prisonnier des replis de son cerveau. Cette maudite balle qui avait, paradoxalement, sauvé la vie de ce monstre tout en lui permettant d'exterminer tant de personnes innocentes.

— Encore de la sorcellerie, haleta Barbarossa en s'approchant, courbé en deux, sa caméra ne la quittant pas de son œil inquisiteur. Comment fais-tu ça ?

Il donna des coups hystériques avec le couteau, brisant les arbustes en travers de son chemin, s'empêtrant dans les herbes hautes.

— Hein, petite chienne ? Dis-moi comment tu fais ! Comment est-ce que tu rentres dans ma tête ?

Eva s'enfuit à quatre pattes, se faufilant comme elle le pouvait entre les branches épineuses et se déchirant la peau au passage.

Sous ses mains, elle sentait le sol qui continuait de glisser et de se déformer. Elle se mit à grelotter, à mesure que le froid augmentait en elle.

— Ce n'est… pas moi…

Il éclata de rire gras.

— Bien sûr, que c'est toi ! Depuis le début, tu joues avec moi ! Tu me lances tes sorts ! Mais tu vois, tu ne peux rien ! TU N'ES RIEN !

Il traversa un massif de thym, dont les fleurs mauves s'éparpillèrent autour de lui.

Eva, quant à elle, buta soudain contre la pente d'un talus. Elle chercha à l'escalader, mais ses bottes glissaient sur la terre friable. Son pantalon se prit dans des épines de ronces et se déchira. Elle gémit de douleur, se démena. Au terme d'un douloureux effort, pourtant, elle parvint à se hisser en haut du talus.

— C'est la raison de notre rencontre, poursuivit l'homme en gravissant à son tour la pente. Tout était écrit, depuis le début.

Eva trébucha, tomba sur ses fesses de nouveau.

Elle se mit à ramper à reculons.

Barbarossa avait beau avancer par saccades, faisant glisser son pied dans les herbes et la poussière, il s'approchait de plus en plus. Son couteau dessina un éclair devant lui, comme une promesse avide.

— C'est pour ça que tu lui ressembles à ce point, murmura-t-il. Pour que je comprenne. Pour que nous nous affrontions. Maintenant, je vais te tuer. Et elle sera chassée une fois pour toutes de ma tête !

— Pauvre taré, cracha Eva.

Son dos heurta une clôture.

Elle fut stoppée net.

Le contact avec le grillage avait été douloureux.

Puis il devint *glacial*.

Tournant la tête, Eva constata que les piquets de la clôture étaient en train de geler. Une fine couche de givre blanc les nappait, l'un après l'autre, à vue d'œil.

Barbarossa s'arrêta un instant, penché sur sa jambe valide. Il pointa son arme vers elle.

— Alors, comment fais-tu ?

— Si tu me tues, tu ne le sauras jamais…

L'idée le fit sourire. Un sourire comme une cicatrice.

— Bien sûr que si, susurra-t-il. Je vais t'ouvrir le ventre comme une truie… et je trouverai ton secret…

Eva secoua la tête, agitant ses mèches blanches devant ses yeux. Les frissons qui la secouaient étaient de plus en plus violents. Elle n'avait même plus la force de fuir, et de toute manière l'homme était trop proche. Il la poignarderait dans le dos si elle se retournait.

Il leva le couteau de chasse au-dessus d'elle.

Tremblante, elle ramassa ses jambes en fœtus.

— Attends… supplia-t-elle.

Il n'attendit pas. Il abattit la lame sur elle, lui entaillant la cuisse. Elle donna de furieux coups de pied au hasard.

— Hanh ! cria-t-il en frappant de nouveau.

La policière esquiva en roulant sur le côté. Pas assez vite, pourtant. La lame trancha dans le tissu de son pantalon et lui perfora la cuisse en profondeur.

Elle hurla de douleur.

Les taches d'encre fourmillèrent de nouveau dans ses rétines, peuplant sa vision d'une nuée de spectres, et cette fois elle fit comme Barbarossa, elle se retrouva à essayer de les chasser avec ses mains. En vain. Ne sachant plus quoi faire, elle se saisit de l'hématite qui battait sur sa poitrine. Par comparaison avec le froid qui l'emplissait, la pierre était brûlante, un minuscule soleil noir. Il lui sembla entendre les cris de ses enfants dans la paume de sa main.

Des larmes ruisselèrent sur ses yeux. Elle cracha de la poussière et du sang.

Barbarossa était penché sur elle. Son rire de dément éclata, tandis qu'il agitait sa caméra juste devant son visage.

— Regarde-moi bien ! Un dernier souvenir !

— Toi, plutôt ! cria-t-elle en tirant d'un coup sec pour briser la chaîne du pendentif. Regarde donc ça !

Elle jeta le collier.

Barbarossa l'écarta d'un revers de la main, rejetant le pendentif loin de lui, et brandit son arme pour frapper.

Puis il s'immobilisa.

Il n'y avait pas que la clôture qui était en train de geler.

L'air était parcouru de rides parfaitement visibles, à présent. Le sol perdait ses couleurs à chaque seconde. L'environnement se retrouvait en pleine, effervescente transformation.

— Bienvenue dans ton cauchemar, maintenant ! cria Eva.

Barbarossa recula, tournant la tête en tous sens.

Tout autour de lui, les massifs de thym s'effaçaient l'un après l'autre, remplacés par une étendue de glace bleutée sur laquelle soufflait un vent glacé.

Il voulut faire un pas de plus, mais son mollet blessé ne le porta plus.

Il s'écroula à genoux sur la banquise en formation.

Puis il poussa un nouveau cri, plus strident, quand la glace commença à se former sur ses pieds, ses jambes et ses cuisses.

118

Un instant, Eva se demanda si elle rêvait tout éveillée. La banquise de ses cauchemars était bien là, sous ses yeux, emprisonnant les jambes de Barbarossa. Pourtant, au-dessus d'eux, le soleil brillait toujours avec force. La plaine de l'Aude n'avait pas changé. L'odeur entêtante du thym flottait de la même manière, accompagnant les fragrances plus âcres de l'incendie.

C'était simplement autour d'eux que le rêve débordait dans la réalité.

Débordait dangereusement.

— Comment fais-tu ça ? gémit Barbarossa en observant ses cuisses gelées.

— Je te l'ai dit, ce n'est pas moi, dit Eva.

Le psychopathe jura. Puis il batailla pour se redresser. Une manœuvre difficile. Ses genoux étaient réellement soudés par le givre.

Alors qu'il se débattait, sa caméra lui échappa des mains et glissa loin de lui.

Il hurla, un hurlement de rage intense. Puis il donna de violents coups sur la glace avec son couteau. Partout où la pointe entaillait la couche de givre, des gouttes rouges jaillissaient.

Eva tressaillit.

Chacun de ces coups de couteau, elle les sentit au fond d'elle.

Des gouttes de sang s'écoulèrent de sa bouche et de ses narines, ruisselant sur son menton.

Ses enfants s'agitaient en elle. Elle ressentait leur angoisse, leur incompréhension, et par-dessus tout leur colère aveugle, leur terrible puissance qui transformait le monde en enfer glacé. Elle posa ses mains sur son ventre, respirant le plus lentement possible.

— Cette abomination ne m'aura pas ! vociféra Barbarossa en assenant de nouveaux coups, de toutes ses forces. Personne ne peut m'avoir ! PERSONNE !

Eva chercha à reprendre sa respiration. Sa vision devenait floue. Des aiguilles de douleur la transperçaient de l'intérieur. Les murmures dans sa tête l'empêchaient de réfléchir.

Elle réalisa avec une terreur infinie que le givre l'attaquait, elle aussi.

Il rampait sous sa peau, dessinant les réseaux de ses veines. Les engelures réapparaissaient, lentement, le long de ses bras.

Ses propres angoisses allaient la dévorer vive. À moins qu'elle ne réagisse tout de suite.

Elle vit la caméra, qui avait glissé jusqu'à elle.

Mue par une pulsion subite, elle s'en saisit.

L'écran était noir. Le choc avait éteint le petit outil numérique. Peut-être l'avait-il même cassé.

Elle pressa le bouton ON.

La caméra se ralluma.

Eva la leva dans ses mains tremblantes.

Sur le rectangle lumineux de l'écran, elle constata qu'il n'y avait aucune banquise autour d'elle.

Il n'y avait, en réalité, même plus la garrigue asséchée de l'Aude.

La caméra affichait l'intérieur d'un appartement. Barbarossa apparaissait bien à l'image, pourtant. Sa position était la même, à genoux sur le plancher, vacillant, son regard enflammé par la rage.

Des illusions. Encore.

Mais de quel côté était la réalité ? La caméra lui montrait-elle désormais le monde tel qu'il était ? Ou alors le pouvoir terrible de ses enfants projetait-il ici ses cauchemars ?

À moins que ce ne soient ceux de Barbarossa ?

Il n'y avait qu'une façon de le savoir.

Avec mille précautions, Eva s'appuya aux piquets de la clôture. L'un d'eux se brisa, rongé par le givre. Elle en agrippa un autre. Il fallait qu'elle se mette debout. Elle souffrait le martyre, mais elle voulait y arriver. Maintenant.

Un craquement sec retentit. Barbarossa poussa un cri de victoire.

Elle réalisa qu'il venait d'arracher un de ses genoux au sol de glace. Et il bataillait ferme pour libérer le deuxième.

D'un bras peu assuré, elle leva la caméra, ajustant l'image sur lui. Son pouce pressa le bouton d'enregistrement. L'inscription RECORD s'afficha. Le compteur se mit à défiler.

— Qu'est-ce que tu comptes faire avec ça ? beugla l'homme en tirant sur sa jambe prisonnière de la banquise.

— Je fais comme toi, haleta Eva. Je regarde la mort.

— Espèce d'idiote, je ne vais pas mourir ! Je ne *peux* pas mourir !

Il se débattit de plus belle.

Eva zooma. Gros plan sur le visage enragé de l'homme. Sur l'écran de la caméra, comme au travers d'un filtre, les couleurs du monde étaient désaturées, la gamme de teintes vintage. Barbarossa la fusillait du regard, et il avait plus que jamais un air échevelé de pirate. Un pirate fou, avide de pillage et de meurtres, et dont les traits étaient encore juvéniles.

Un adolescent, réalisa Eva.

— Sorcière ! beugla-t-il. Arrête tout de suite !

Ce n'était pas le Barbarossa adulte qu'elle voyait sur cet écran. Pas le Barbarossa qui se trouvait physiquement devant elle, écumant de rage.

Dans l'œil de la caméra, c'était un autre Barbarossa qui apparaissait. Celui qu'il avait été, des années auparavant. Ce jeune homme-là portait les mêmes vêtements que le Barbarossa adulte, mais son front n'arborait encore aucune cicatrice. Sa cheville n'était pas blessée, et il n'était pas non plus prisonnier d'un sol de givre. Il se tenait simplement à genoux devant elle, et fixait la caméra avec des yeux terrifiés.

Eva observa l'un, puis l'autre, saisie par l'étrangeté de la situation.

Devant elle, le Barbarossa qui brandissait son couteau vers elle, et qui hurlait :

— Tu ne peux pas me faire ça !

Et, dans le rectangle numérique, l'autre Barbarossa, le Barbarossa de dix-sept ans, acculé dans l'angle de cette pièce, et qui tendait une main tremblante vers elle comme pour la supplier de l'épargner.

L'instant suivant, une silhouette féminine apparut sur l'écran. Eva ne voyait pas son visage. Seulement ses cheveux blancs qu'elle avait attachés en natte. Cette fille était mince, plutôt petite. Elle portait des bottines, un pantalon militaire et un sweat-shirt à capuche frappé d'un œil dans un triangle.

La fille brandissait un pistolet à bout de bras, droit sur Barbarossa.

Un Ruger Mark II. Calibre 22.

— *Non !* cria-t-il d'une voix aigrelette. Je ne veux pas mourir ! Pas moi !

Mina Karlova fit un pas de plus vers lui.

Eva sentit un sourire irrépressible tirer les coins de ses lèvres.

— Pourtant la mort t'ouvre ses bras… dit-elle.

Sur l'écran de la caméra, l'arme de Mina Karlova s'illumina, tandis que la jeune fille faisait feu. Eva vit le Barbarossa de dix-sept ans s'arc-bouter, une grande tache rouge sur le front, et s'effondrer contre le mur en y abandonnant une traînée de sang et de cervelle.

Ce fut comme si une vague brûlante montait en elle, de ses reins jusque dans sa tête. Elle se mordit convulsivement la lèvre inférieure et tressaillit.

Puis elle releva les yeux vers le Barbarossa adulte, devant elle, au milieu de la garrigue.

Le givre avait totalement disparu. Les buissons de thym dressaient leurs fleurs bleues et mauves.

Barbarossa gisait au milieu de ces buissons.

Eva ne le voyait pas de près, mais il ne pouvait y avoir le moindre doute. Sa tête était réduite en charpie. Sa cervelle jonchait la terre desséchée autour de lui.

Elle s'agenouilla lentement.

Elle posa ses mains sur son ventre rond, où elle sentait les battements de cœur de ses deux enfants, curieusement apaisés.

— C'est fini… Mon Dieu, c'est fini…

Un gémissement rauque monta du talus, la faisant sursauter.

Une silhouette massive avançait, au ralenti, au milieu des buissons.

— Alexandre, murmura-t-elle, souriant malgré son épuisement total.

Quand il l'aperçut à son tour, le visage de son compagnon s'illumina. Il finit les derniers mètres à quatre pattes et la prit dans ses bras.

— Mon amour, gémit-il. J'ai cru… j'ai vraiment cru que cette fois…

Elle le fit taire en l'embrassant. Leurs deux visages étaient couverts de sang, leur peau collait, mais la sensation, après tout ce qu'ils venaient de traverser, était presque agréable. Ils sentaient, l'un comme l'autre, leurs cœurs qui battaient à l'unisson. Leurs quatre cœurs.

— Ameline ? finit-elle par dire à voix basse.

— Elle est en vie. Ne t'en fais pas.

— Et toi ? Tu as pris une balle ! Tu as perdu tellement de sang…

— Pour toi, j'en perdrais encore davantage, grogna-t-il en la serrant plus fort contre lui.

Une légère brise se leva, chassant un peu la puanteur de l'incendie, et ils restèrent ainsi, blottis l'un contre l'autre, jusqu'à ce qu'ils entendent les sirènes venues de la route, loin en contrebas.

Eva tenait toujours la caméra dans sa main.

Son regard dans le vague.

Épilogue

En deux semaines de travail collectif et intense qui mobilisa la quasi-totalité des effectifs, le département de la police criminelle de Paris identifia pas moins de quarante et un meurtres distincts sur les vidéos de Dorian Barbarossa – à commencer par celui de sa propre mère. Pour ce tout premier enregistrement, qui était sans aucun doute son coup d'essai, il avait dû se servir d'un téléphone portable, car l'image était fortement pixellisée. On y reconnaissait pourtant très bien le garçon, alors âgé de dix-sept ans, tout comme ce qu'il faisait : plié en deux au-dessus de la baignoire de leur salle de bains, il maintenait sous l'eau la tête de sa mère, pendant plusieurs minutes, sans rien dire, le regard fixe. Avigail Barbarossa ne s'était pas débattue, tant elle était déjà farcie d'un cocktail de médicaments. Puis son fils se redressait, se rapprochait de l'appareil en train de filmer et, alors qu'il se penchait pour l'éteindre, adressait un sourire d'ange droit dans l'objectif.

Ses anciens amis, Nino Costa et Slimane Thanina, avec qui il avait été condamné pour un cambriolage cette même nuit, furent vite retrouvés et auditionnés. Cette fois, dix ans après les faits, ils finirent par tout avouer. En vérité, ils n'étaient que tous les deux à Antony. C'étaient eux seuls qui s'étaient introduits dans la maison et avaient agressé les propriétaires. Ensuite, ils avaient rapporté leur butin et l'avaient stocké dans la cave de Costa. Barbarossa n'avait sonné à la porte de Costa que vers 6 heures du matin. Ils ne l'avaient jamais vu aussi agité. Selon la déposition de Thanina, « il faisait peur si on le regardait droit dans les yeux, comme s'il avait vu le diable et qu'il avait aimé ça ». Il leur avait demandé de lui servir d'alibi, et ils avaient accepté, en échange d'un ancien coup de main qu'il leur avait donné, sans trop poser de questions, ni vouloir lui en poser sur ce qu'il avait fait exactement. Si jamais on les interrogeait sur quoi que ce soit, oui, Dorian avait passé toute la soirée et la nuit avec eux, c'était comme ça, ils n'en démordraient pas. L'ironie du sort avait voulu que la police vienne les arrêter tous les trois, moins de vingt-quatre heures plus tard, procurant ainsi à Barbarossa le meilleur alibi qui puisse exister : une condamnation pour un braquage auquel il n'avait même pas participé ! Dans ce cas de figure, le lien avec la mort de sa mère n'avait effleuré les pensées de personne. Son coup d'essai était déjà un coup de maître.

Quarante autres assassinats avaient suivi, étalés sur une période de dix ans et douze pays, et radicalement différents les uns des autres. Des meurtres qui avaient, toujours, été vite classés, pris pour de simples suicides, des accidents, ou pour lesquels on avait arrêté la mauvaise personne.

Barbarossa avait tout filmé. Chacun de ces crimes. Il les avait, tous, mis en scène avec une terrifiante clarté, et ensuite il avait fait plusieurs copies de ces vidéos sur des disques durs séparés, probablement dans la peur de perdre ces précieux trophées.

L'enquête n'était donc qu'à son début. Il restait des dizaines d'heures d'enregistrement à visionner, à décortiquer et à expertiser, et chaque scène dévoilait son lot de nouvelles atrocités. De tortures sans cesse différentes. Davantage de morts en direct. Les hommes de la Brigade criminelle avaient beau avoir le cœur bien accroché, jamais ils ne s'étaient retrouvés face à l'horreur dans une telle démesure.

La dernière émission du journaliste, qui relatait l'exorcisme du jeune Léo Martel, fut bien sûr saisie et ajoutée comme pièce au dossier. Elle ne serait pas diffusée, ni maintenant ni, probablement, jamais. La chaîne de télévision accusa difficilement le coup, qui risquait d'être fatal pour son audience. Les chaînes concurrentes se frottèrent les mains tout en faisant leurs gros titres avec l'affaire.

Même des semaines plus tard, les médias ne se lassaient pas. Les informations continuaient de tourner en boucle à chaque frémissement des policiers. Les plateaux télé sortaient tous les spécialistes possibles de leurs placards. Les portraits et rétrospectives sur la vie du journaliste dément envahissaient le Web, et la fabuleuse corne d'abondance de ses crimes éclipsa pour un temps la chasse aux illuminés extrémistes et les derniers scandales politiques.

Quant aux événements qui s'étaient déroulés dans la plaine de l'Aude, au pied du pic de l'Olivier, les enquêteurs se heurtèrent à un mystère de taille.

Tout d'abord, l'autopsie pratiquée sur le corps de Dorian Barbarossa révéla la présence d'engelures sur son corps, et notamment sur ses cuisses, sans qu'aucun élément climatique ou matériel ne puisse expliquer ce phénomène.

Ce n'était pas la seule bizarrerie.

Personne ne comprit pourquoi, ni comment, la balle de calibre 22, qui était demeurée prisonnière des replis de son cerveau durant les dix dernières années, avait brusquement pu poursuivre sa course pour ressortir par la face postérieure de son crâne. C'était comme si le projectile venait d'être tiré, ou bien comme si on avait de nouveau fait feu au même endroit, à la même distance et selon le même angle. En admettant qu'une telle coïncidence puisse être possible, il n'y avait eu ni arme, ni même la moindre personne à proximité du psychopathe. Toutes les constatations matérielles l'attestaient. Le témoignage du commandant Eva Svärta le confirmait également. L'hypothèse d'un tireur éloigné fut brièvement envisagée, sauf qu'il n'y avait aucune *autre* balle. C'était bien la même, celle tirée par Mina Karlova dix ans plus tôt, qui avait défoncé le crâne et répandu la cervelle de Barbarossa.

La policière, interrogée plusieurs fois par ses collègues à ce sujet, ne put apporter de plus amples éclaircissement. Elle affirmait avoir vu Barbarossa s'écrouler, oui, mais elle ne conservait pas de souvenir du contexte. Ou en tout cas, c'est ce qu'elle prétendait. Elle avait tenu la caméra braquée sur lui à cet instant. Un enregistrement de sa mort avait été réalisé. S'il y avait une explication, acheva le commandant Svärta – et se bornant à cette version –, elle se trouvait sur les dernières images enregistrées par l'appareil.

La carte mémoire de la caméra de Barbarossa, par conséquent, fut l'objet d'une grande convoitise, et longuement analysée par les techniciens. Les vidéos montraient, en effet, l'escalade de violence et la progression de la folie de Barbarossa au cours des dernières vingt-quatre heures de sa vie. Meurtre d'un vacancier sur une aire d'autoroute ainsi que celui d'Arnaud Levy, tous deux abattus d'une balle dans la tête. Un commerçant et un viticulteur de l'Aude poignardés à mort. Un agent de sécurité découpé à coups de rainureuse de chantier. Jusqu'au saccage final de la maison d'Ameline De Santis à l'aide de trois grenades incendiaires. Les vidéos expliquaient mieux que tout discours ce qui s'était produit, minute après minute ce matin-là.

Sauf la toute dernière.

Celle qui aurait pu, ironiquement, leur apporter les réponses à toutes leurs questions.

Elle posait problème.

Selon le témoignage du commandant Eva Svärta, c'était elle qui tenait la caméra à ce moment-là. Elle prétendait avoir relancé l'enregistrement. Et en effet, il y avait un dernier fichier sur la carte mémoire. Deux minutes et dix secondes de vidéo, très précisément.

Les experts du service informatique soumirent ce fichier à plusieurs filtres pour essayer d'y voir plus clair.

Rien n'y fit.

La vidéo était brouillée par une nuée de taches noires dont la provenance restait inconnue, malgré tous les efforts pour « nettoyer » l'image. Il s'agissait sans aucun doute d'un dysfonctionnement de la caméra consécutif à sa chute sur le sol, bien qu'aucun expert ne soit capable d'expliquer quel type de dysfonctionnement exactement. Ce nuage mouvant empêchait de distinguer quoi que ce soit à ce qui s'était déroulé devant l'objectif.

Un technicien essaya bien d'isoler, point par point, les parties de l'image qui restaient visibles et de les replacer ensemble sur un écran, à la manière de pièces d'un puzzle en mouvement particulièrement retors. Il passa plus d'une semaine sur son idée, penché sur les pixels, mais tout ce qu'il obtint fut une image floue de Barbarossa à genoux, devant une surface blanche qui ressemblait à s'y méprendre à l'angle d'un mur. Ce qui était parfaitement impossible, bien sûr.

La vidéo fut classée comme défectueuse et inutilisable pour l'instruction.

Il y avait bien assez d'autres preuves à exploiter.

Eva et Alexandre suivaient tout cela de très loin.

La plupart du temps, ils n'allumaient pas la télévision. Ils passaient des semaines sans consulter leurs e-mails.

Ils s'étaient installés dans une maison de location perdue dans la pinède. Ils n'y avaient pour voisines que les montagnes à l'horizon, et pour compagnie que le chant des cigales et l'odeur réconfortante des pins parasols.

Leur maison était située à moins de deux kilomètres de la nouvelle habitation d'Amy De Santis. Elle louait, elle aussi, en attendant la reconstruction de sa propriété. La médium venait les voir de temps à autre, à pied. La marche était conseillée pour sa convalescence. Alexandre et Eva n'en étaient pas encore là. Le policier, tout particulièrement, avait passé près de dix jours en observation à l'hôpital de Montpellier. La balle qu'il avait reçue dans le ventre avait entraîné des complications, et une infection du sang plutôt sévère. Le colosse avait beau être d'une constitution hors du commun, il récupérait à peine de ce traumatisme, et sa convalescence à lui demanderait un certain temps. Les médecins avaient même été étonnés qu'il puisse déjà tenir debout.

Quatre semaines après les événements, alors que le mois de septembre s'étirait et que la vague de chaleur ne semblait pas se retirer du sud du pays, ils eurent la surprise de voir Anastasia Chanabé sonner à leur porte. Elle apportait le bonjour de tout le commissariat, ainsi que des bonnes nouvelles. Ils lui firent traverser la maison et la menèrent sur le patio arrière, un espace ombragé tapissé d'aiguilles de pins où se trouvait une table en tek.

— Ma foi, vous voilà bien installés, dit la procureur en prenant place sur une des confortables chaises. Vous ne devez pas être dérangés, ici.

— On peut dire que c'était l'idée, dit Vauvert.

Il lui offrit un grand sourire.

— Mais vous êtes toujours la bienvenue, Anastasia. Pour être franc, je suis ravi de vous revoir.

Il avait encore un bras dans le plâtre, et se laissait pousser un duvet de barbe, ce qui lui donnait un air à mi-chemin entre un rugbyman à la retraite et un ours des Pyrénées prêt à l'attaque.

— Vous avez l'air d'aller mieux, lui dit-elle. Tout est rentré dans l'ordre, maintenant ?

Il haussa les épaules.

— Cette foutue balle a été un peu compliquée à gérer, c'est vrai. Ce que je regrette le plus, c'est qu'elle m'a empêché d'assister aux obsèques de Romuald. Je m'en voudrai toujours pour ça... (Il grimaça.) Mais bon, aucun organe n'a été touché, et pour le reste, ce ne sont que des détails désagréables. Je me remets tout doucement. Bien obligé de prendre mon mal en patience, comme on dit.

Eva revint avec des bières fraîches pour la procureur et Alexandre. Elle, de son côté, se contenta d'un thé glacé. Elle s'assit sur la chaise à côté d'Alexandre. Son ventre avait pris un volume étonnant au cours des dernières semaines. Elle avait encore des pansements partout sur les jambes et les cuisses, ainsi qu'au niveau de l'épaule, mais ses cernes avaient disparu. En vérité, elle rayonnait d'une beauté et d'une sérénité nouvelles.

— Et vous, Eva ? lui dit Chanabé. Comment se portent les bébés ?

L'albinos s'éventa avec un magazine, faisant voler ses mèches blanches devant son visage.

— Pour l'instant, tout va pour le mieux. Les deux petits sont en bonne forme. Ils sont même déjà gros par rapport à la moyenne. L'obstétricien que je vois à Montpellier sait ce que nous avons traversé, il accorde une attention toute particulière à ma grossesse… Selon lui, le terme arrivera un peu plus tôt que prévu. Mais nous n'y sommes pas encore…

Tout en parlant, une main effleurant avec douceur son ventre gonflé, elle jouait avec son pendentif en pierre noire triangulaire, le faisant tourner entre ses doigts pâles. Le vent semblait porter des rires dans les branches des pins.

— Et de votre côté, Anastasia ? lui demanda-t-elle. Vous avez parlé de bonnes nouvelles ?

La procureur hocha la tête. Elle but une gorgée de sa bière.

— En effet. Je dois vous dire que le lieutenant Blanca a effectué un travail exemplaire. Il a réussi à faire parler la femme de Marcazzan. La mort de son mari l'a dévastée. Elle a enfin tout avoué.

— Le trafic d'organes ? fit Vauvert.

— Oui. Vous aviez raison depuis le début, Alexandre. Tout passait bien par l'intermédiaire de Levy et de sa clinique. Il recrutait des paumés, à qui il proposait de l'argent contre ce qu'il présentait comme des expériences de recherche médicale. Il ne leur expliquait pas ce qu'il allait leur faire, bien sûr, et une fois l'opération effectuée il était trop tard pour revenir en arrière. Cela n'a pas été facile, mais nous avons retrouvé plusieurs victimes. Au moins six personnes sont décédées, dont Anita Somossy et Jeanne Bonnet.

— Bon sang, grommela le policier. Et sa femme était complice ?

— Elle jure que non. Selon elle, tout a commencé il y a deux ans, à la suite d'un grave accident de voiture impliquant leur fils Quentin ainsi que la fille d'amis à eux, Sophie Leguerno. Vous avez sans doute déjà entendu parler de Catherine Leguerno ?

— La magistrate ?

— Elle-même. Sa fille et le fils Marcazzan avaient plusieurs organes touchés. Comme vous le savez, la liste d'attente de greffe est impartiale. Mais, pour ces gens, il était hors de question d'accepter la lenteur de la filière légale. C'est à ce moment que Levy leur a proposé de monter une combine. Certes, moralement inacceptable, mais qui leur a permis de sauver la vie de leurs enfants et de leur épargner au moins un an de lit médicalisé. Jennifer Marcazzan jure que tout aurait dû s'arrêter là. C'était l'arrangement initial qu'elle avait eu avec son mari.

— Mais cela n'a pas été le cas, soupira Vauvert. Le filon était trop juteux.

— Adrien Marcazzan s'était malheureusement pris au jeu. Et, visiblement, son amie Catherine Leguerno elle aussi. Il semble que ce soit elle, le véritable cerveau. Mme Marcazzan n'était pas dupe, elle savait très bien que leur petite affaire se poursuivait et se développait dans son dos, mais elle préférait fermer les yeux. Après ce qui s'est passé, elle a décidé de soulager sa conscience. Elle nous a transmis l'ordinateur d'Adrien. Il avait effacé ses e-mails, mais comme vous le savez, on peut retrouver tout un tas de choses sur un disque dur. Nous détenons toutes les preuves dont nous avions besoin. J'ai placé moi-même Catherine Leguerno en garde à vue ce matin.

— Elle s'en sortira ? demanda Eva. Je veux dire… c'est une magistrate.

— Oh, ça, elle nous l'a bien fait comprendre, répondit Chanabé avec un sourire aussi charmant qu'inflexible. Je m'attends à ce qu'elle sorte de son chapeau tous les recours imaginables. Elle va aussi essayer de m'atteindre, d'une manière ou d'une autre, elle m'a clairement menacée. Mais je ne suis plus une jeune fille fragile. J'en ai maté d'autres. Comme je vous le disais, nous avons des preuves irréfutables. C'est bien Marcazzan qui avait placé les médicaments chez Ribault pour le désigner comme coupable. Et ce n'est pas tout. Nous avons un e-mail très clair dans lequel Catherine Leguerno ordonne à Marcazzan de se débrouiller pour lui régler son compte. Ce qu'il a fait. Il a rendu visite à Ribault à la maison d'arrêt et il l'a étouffé avec un coussin.

Elle but une gorgée de bière, puis acheva :

— Il va sans dire que vous êtes blanchi dans cette affaire, une fois pour toutes, Alexandre.

Le policier hocha la tête, le regard indéchiffrable. De l'index, il joua avec le cendrier sur la table en tek.

— Oui, dit-il. Et… ?

— Eh bien, dit la procureur, vous pourrez revenir la tête haute.

Il lui sourit. Un sourire qui ressembla plutôt à une grimace.

— Qu'est-ce qui vous fait croire que j'ai envie de revenir ? murmura-t-il d'un ton sourd. Le service m'a traîné dans la boue. Eva a failli mourir. Que devrais-je regretter ?

— Vous êtes fait pour ce métier. Voilà pourquoi.

— Vous savez quoi ? Je vais être père dans moins de quatre mois. Je veux être présent quand Eva accouche. Je veux être là quand mes enfants grandissent. Voilà ce que je veux, Anastasia. Je me suis assez fait tirer dessus sans raison.

— Cela veut dire que vous ne reviendrez pas ?

Il s'alluma une cigarette. Souffla la fumée, le regard dans le vague.

— Le SRPJ n'a pas besoin de moi. Vous l'avez dit, Blanca a fait du bon boulot. C'est un excellent flic. Si Kiowski est pas trop con, il le nommera chef de groupe. Il a ce qu'il faut pour ça.

Le regard de Chanabé se para d'une ombre.

Elle n'insista pas, et son sourire sincère ne se troubla pas.

Ils passèrent une heure entière à parler de tout et de rien. Des petits producteurs de vins du Minervois, et de la courbe de poids des jumeaux. Ils évoquèrent même – brièvement – le parcours meurtrier de Barbarossa, et l'intérêt d'un réalisateur américain pour faire un film sur la vie du psychopathe. Vauvert taquina Eva en énumérant des actrices célèbres pour jouer son rôle, et elle le frappa avec le magazine pour qu'il se taise.

Aucun d'entre eux ne remarquait la présence, en retrait, parmi les pins.

L'homme était collé contre un tronc, que ses mains pétrissaient lentement. Sa chevelure blanche tombait en boucles sur ses épaules. Il portait une veste d'écailles qui se fondait, telle la peau d'un reptile, aux couleurs des sous-bois.

Il ne les quittait pas du regard – un regard entièrement rouge dans lequel dansaient des spectres cruels.

Surtout Eva.

La vision de son ventre gonflé le faisait sourire et dévoilait ses dents taillées en pointe. Ses mains aux doigts sinueux pétrirent plus fort le tronc du pin, dénudant l'écorce et faisant perler la résine à l'odeur épicée.

Quand Eva, subitement, leva les yeux et regarda dans sa direction, il avait disparu.

Hé bien ! filles d'enfer, vos mains sont-elles prêtes ?
Pour qui sont ces serpents qui sifflent sur vos têtes ?

Jean Racine, *Andromaque*

Remerciements

Les cycles sont faits pour se succéder. Les certitudes et les mondes pour être brisés. Merci à Claude Mesplède et à Marin Ledun pour quelques précieux mots échangés. Et à Carola et Isabelle pour leurs augustes conseils. Merci également aux éditions Pocket, et à l'équipe éditoriale de France Loisirs, pour leur soutien depuis le début.

Merci à Orlanda qui continue de supporter ma folie galopante, et à ma famille qui s'y est habituée à l'usure – ou qui fait agréablement bien semblant. Merci à mes amis qui restent même quand je suis – trop – absent. Merci à Bip-Bip, J-M, Julie, pour leur aide précieuse. Merci tout particulier à Coyote, frère d'encre, pour les défis relevés, et surmontés, ensemble, en vrais guerriers.

Merci à Sylvie et toute la famille Loncar-Ferracci pour leur accueil chaleureux sur l'île de beauté. Merci à Bernard Visse, Stéphanie Nicot, Stéphane Manfredo. Merci à Fabrice, Hervé, Patou et toute la merveilleuse famille Sansonetto. In Bikini dura rock.

Je n'ai jamais autant écrit en musique que durant cette année écoulée. Pour l'inspiration, pour l'euphorie et pour tout ce qu'ils m'apportent, merci à

Nick Cave, Judas Priest, Moonspell, Watain, Ghost, Behemoth, Client, Lana Del Rey, Marduk, Omnia, Gamma Ray, Laibach, Satyricon, Ghoultown, Dead Can Dance…

Et encore et toujours, merci à toi, lecteur qui tiens ce livre dans tes mains. J'espère que tu as passé un agréable moment sur le train fantôme.

Sire Cédric
Toulouse, le 7 septembre 2013

Table

Composition et mise en pages : FACOMPO, LISIEUX

Achevé d'imprimer par GGP Media GmbH, Pößneck
en août 2014
pour le compte de France Loisirs,
Paris

N° d'éditeur: 78079
Dépôt légal: septembre 2014

Imprimé en Allemagne